超级月亮

白雨路 著

1998

人民东方出版传媒
东方出版社

图书在版编目（CIP）数据

超级月亮 1998 / 白雨路著. -- 北京：东方出版社，2024.9. -- ISBN 978-7-5207-4041-8

Ⅰ. I235.1

中国国家版本馆 CIP 数据核字第 2024FK8031 号

超级月亮 1998

（CHAOJI YUELIANG 1998）

作　　者：	白雨路
责任编辑：	王　委
出　　版：	东方出版社
发　　行：	人民东方出版传媒有限公司
地　　址：	北京市东城区朝阳门内大街 166 号
邮　　编：	100010
印　　刷：	廊坊市印艺阁数字科技有限公司
版　　次：	2024 年 9 月第 1 版
印　　次：	2024 年 9 月第 1 次印刷
开　　本：	787 毫米 ×1092 毫米　1/16
印　　张：	32.75
字　　数：	626 千字
书　　号：	ISBN 978-7-5207-4041-8
定　　价：	98.00 元
发行电话：	（010）85924663　85924644　85924641

版权所有，违者必究

如有印装质量问题，我社负责调换，请拨打电话：（010）85924602　85924603

自序

1998年，我上高一。

那年我沉迷于小说，偏科严重，在经历了数理化老师无数次捶胸顿足扼腕叹息后，我开始每天更早起床去教室自习补课。

一个深秋的早晨，我迷迷糊糊地起床出门，发现天还没亮，路上黑魆魆的，一个人都没有，我骑着自行车一路到了学校。当我把自行车停好，抬起头时，眼前出现了一个巨大的、象牙色的月亮。和以前看到的月亮完全不同，它大到离谱，几乎占满了自行车棚后面的整个天空，而且目测距离非常近，大概只有十几米，感觉只要我往前再走几步，就能融入月亮的光环中。我像木头一样怔住，完全不敢相信自己的眼睛，我拼命眨眼确认，月亮仍静谧地挂在那里，散发着温柔的微光。短短几分钟，我脑子里快速滚动过各种天文学、物理学、地理学知识，可能是起床太早的缘故，整个人仍处于迷离状态，最后我竟然说服了自己：这必定是我这种学渣不知道的天文现象，对，就是这样，赶快去学习……然后我就傻呆呆地转身走了！

那天之后，同样的时间，同样的位置，我却再也没有看见同样的场景。我时而觉得自己那天出现了错觉，时而笃信自己真的看到了不可思议的巨大月亮。那一幕就像心海深处一条鲸鱼，越游越深，沉到了海底，最后慢慢变成了我和月亮之间的一个"约定"，此后近二十年，我没有和任何人提起。

直到前几年，当网上突然出现"超级月亮"的热搜时，我眼前一亮，以为这个"超级月亮"就是我曾看到的那个"超级"月亮，仔细研究才发现，热搜上的"超级月亮"确切地表述为"近地点满月"——当满月从地平线升起时，月亮比它升到天顶时大一点，且人的肉眼并不易察觉。

这个概念虽然没有解决我的困惑，但潜伏在深海多年的记忆慢慢浮现，让我重新燃起了对那神奇一幕的好奇心。当我第一次向家人和好友谈起，他们无一例外都觉得我可能出现了幻觉或记忆偏差。我继续在网上搜索，试着寻找真相。让我惊讶的是，居然真的有一些人有同样的经历，有人形容月亮比大塔还要大，有人描述月亮超过了旁边的大树，有人甚至能看到月球表面的坑洼……更有趣的是，这些人和我一样，平生只看到过一次。

　　直到那时，我才确信，那天的我没有出现错觉，我的记忆也没有欺骗我。我又开始查阅天文学、物理学网站和书籍，研究了中国科学院物理研究所发表的科普文章，才知道多年来很多哲学家、物理学家、天文学家都试图从大气折射、距离变化、大脑错觉、感知分流等各个角度解开这一谜题，甚至涉及了意识终极领域，但令人遗憾的是目前仍无法解释。

　　仿佛一切又回到了原点，谜题还是没有解开。唯一值得欣慰的是，因为有了"同道中人"，我不再感觉孤单，闲暇之余多次浏览那些和我有一样经历的网友描述的文字，竟然发现了我们之间一个神奇的共同点……

　　机缘巧合下，我终于把盘踞在心里多年的构思用喜欢的方式记录下来，让1998年"超级"月亮的秘密融入文字中，完成了这个小小的夙愿。

　　也许，每个人在青春年少时，都曾怀抱着一个美丽的梦想，可是很多人终其一生、用尽全力也没有实现，包括我自己。随着时光流逝，这个梦想被我们忘却了，抑或是被我们无奈放弃了，但其实它一直都在那里，就像一生只出现一次的"超级"月亮，只要想起，它就能照亮心房，温暖前路。

　　感谢我的朋友张颀、吴琼，如果没有你们的鼓励，我不可能走完这段未知的路。

目录

第一集　你从哪里来，我的朋友 …………………… 001

第二集　我依然等待你的归期 …………………… 021

第三集　你总是，心太软 …………………… 043

第四集　世界改变，你也改变 …………………… 065

第五集　欢迎你来我的内心世界 …………………… 085

第六集　青春若有张不老的脸 …………………… 105

第七集　缘字终难猜透 …………………… 125

第八集　且让我给你安慰 …………………… 147

第九集　偏偏你未知道 …………………… 167

第十集　有你一切都变得不一样 …………………… 187

第十一集　相约一年又一年 …………………… 209

第十二集　我一生最初的迷惘 …………………… 229

第十三集　我决定不躲了 …………………… 251

第十四集　今生最亮的月亮 …………………… 271

第十五集　聚散都不由我 …………………… 291

第十六集　假装已经忘记 …………………… 313

第十七集　痛一点也愿意 …………………… 333

第十八集　有些故事还没讲完……………………353

第十九集　也许这会是最好的结局……………………373

第二十集　我应该要有新的回忆……………………393

第二十一集　我确定我会在……………………413

第二十二集　希望快乐真的属于你……………………433

第二十三集　回头便知我心只有你……………………453

第二十四集　我的爱明明还在……………………475

第二十五集　还记得年少时的梦吗……………………495

附录　主题曲及插曲……………………515

后记……………………518

第一集

你从哪里来，我的朋友

1-1 文工团家属院　夜

画面一片雾蒙蒙的灰黑色。

镜头轻轻晃动。

远处似乎有一些影影绰绰的灯光和围在一起的人群。

声音嘈杂，像隔着一层玻璃，听不真切。

镜头随着一个人的主观视角慢慢晃动着往前走。嘈杂的声音逐渐变得容易分辨，有电视机的声音（1986版电视剧《西游记》片头音乐：孙悟空从石头里蹦出来时的配乐），还有人群的欢笑声、聊天声、吵闹声。

画面渐渐清晰。院子里聚集着一群人（背影），人群包围着的中心射出电视机忽明忽暗的光线。

镜头继续晃动着往前走。

人群里突然传出小孩的哭声。

女人A：（画外音）这谁家孩子，快点哄哄！

女人B：（画外音）我们家孩子困了，怎么碍着你了？

女人A：（画外音）困了就抱回家睡觉，别影响我们看电视！

女人B：（画外音）我们也想看这大彩色电视！

男人A：（画外音）行了行了，别吵了！都快开始了！

人群：（画外音，七嘴八舌）就是，别吵了，都少说两句吧……

字幕：1988年4月　清城市文工团家属院

镜头视角已经来到人群后面。最后一排是一些成年男人，其中一个男人（贾有才）感觉背后有人，突然回头，看向镜头。

贾有才：（从惊讶到笑容）乔主任，回来了？又加班了？

乔卫国：（尴尬，压低声音）贾有才，你小声点，损我是不是？什么乔主任，还没正式宣布呢，别乱叫！

贾有才：（爽朗）知道了！乔卫国主任！您当咱们文工团办公室主任，那是实至名归！

乔卫国无奈摇头，随后踮起脚尖，朝人群里面张望。

1-2 文工团家属院　夜

人群中心的桌子上放着一台崭新的"金星牌"彩色电视机，电视里播放的是1986版电视剧《西游记》片头画面。

镜头贴近地面慢慢移动，小板凳前面，一双接着一双，是孩子们脚上穿着的20世纪80年代经典童鞋。

人群中，女人们坐在一起织毛衣，毛衣花色样式各异，每个人的手指都灵活快速地上下翻飞。

一双手扶着高高的户外天线。

一个小女孩（乔晓羽，7岁）笑靥如花，突然从下往上占满整个画面。

乔晓羽：爸！

乔卫国从人群中露出脑袋，看到了乔晓羽。

乔卫国：晓羽，你妈呢？

乔晓羽：在家看书呀！

乔卫国：（抬下巴，示意乔晓羽坐下）看吧，快看吧！

乔晓羽转身坐到小板凳上。

电视画面推出字幕"第二十三集 传艺玉华州"。第一幕，玉华州国王做噩梦，佛像变成恶鬼。①

人群中孩子们吓得一起发出"啊"的一声。

乔晓羽身旁的小男孩（童言，7岁）轻轻挪动身体，靠近乔晓羽。乔晓羽伸出胳膊搂住童言。

电视画面突然出现雪花。

男人A：快转转天线！

扶着户外天线的小伙子边转动天线，边歪头看着电视屏幕。

电视画面变清晰了一些。

男人B：（画外音）好了好了！

电视画面是孙悟空从空中观察玉华州，旅店老板和客人们的衣服、裤子飞走（被孙悟空偷走），旅店老板和客人们大喊："我的裤子！我的衣服！"

看电视的人群发出一阵笑声。

突然，大院一片漆黑。

有人起身张望，有人钻出人群，几个大孩子叫嚷着跑来跑去，人群中一片嘈杂。

人群：（七嘴八舌）这是怎么了？停电了？停电了！怎么这时候停电，哎哟，真是的……

乔卫国：晓羽！

黑暗混乱中，乔卫国想挪动到乔晓羽的位置。

一只手臂（齐向前）在人群中央高高举起，手上拿着一个手电筒。

齐向前：（大喊）大伙儿别着急，我有手电筒！

齐向前手中的手电筒朝天空发出一束光线。

人群中齐声发出感叹。

男人A：是齐科长吧？不愧是咱们团保卫科科长，看电视还带着工作装备！

齐向前：（得意）有备无患嘛！（大声喊）大伙儿别乱跑，各家男人照顾好自家老人孩子，没大人的孩子，嫂子弟妹们帮衬着点儿，谁家离得近，拿点蜡烛来！（指着两个小伙子）你们俩，拿个梯子去看看电闸！

几个小伙子应声钻出人群跑远。

乔卫国：（继续缩紧身体挪动）晓羽，晓羽！

人群：（七嘴八舌）我这儿有蜡烛，快，大家点上！

大家三三两两地聚在一起，小心翼翼地各自点亮蜡烛。

1-3 文工团家属院 夜

一支蜡烛慢慢亮起。

乔晓羽：（画外音）爸，我在这儿！

蜡烛周围的画面渐渐清晰，蜡烛旁边，乔晓羽和童言头靠着头挤在一起。

---

① 1986版电视剧《西游记》1982年开拍，边拍边播，1988年4月16日播出第二十三集。

乔卫国赶紧走过去蹲下，看着乔晓羽和童言。

许如星举着蜡烛，摸摸乔晓羽和童言的头。

乔卫国：（对许如星）弟妹啊，多谢你看着晓羽。

许如星：（微笑）我还得多谢晓羽看着我们童言呢！这俩孩子，天天黏在一起，找到一个就找到了一对儿！

乔晓羽和童言对视微笑。

另一支蜡烛慢慢亮起。

贾有才举着蜡烛靠近金艳丽，金艳丽穿着时髦，坐在凳子上面不改色地织毛衣，红色的指甲盖晃动着，分外显眼。

贾有才：（谄媚）老婆你太厉害了，这么黑咕隆咚的还能织毛衣，不愧是见过大世面的钢琴家！

金艳丽：那是，在舞台上出了天大的事，也得照弹不误！

旁边，贾午（7岁，微胖）手里举着一袋打开的麦丽素，一脸茫然。

贾午：（委屈）妈！姐把我的麦丽素都吃了！

旁边，贾晨（11岁）瞥一眼贾午，慢慢张开嘴，从嘴里拿出一粒麦丽素，递到贾午嘴边。

贾晨：（面无表情）给。

贾午看着沾着口水的麦丽素，发出一声号叫。

金艳丽皱眉，看着手里的毛衣，本来准备在毛衣上织一个笑脸图案，变成了开口朝下。

再一支蜡烛慢慢亮起。

齐贝贝（7岁）舔舔嘴唇。

齐贝贝：妈，我饿了，我也想吃麦丽素。

高洁：（一把拉过齐贝贝）洗手了吗？那么多细菌，吃了立马让你拉肚子！再说，大晚上吃甜食，对牙齿多不好！

齐贝贝无奈地噘起嘴。

一支蜡烛的火苗猛地出现在齐贝贝眼前，把齐贝贝吓了一跳。

齐贝贝：啊！（瞪眼）栗凯！你干吗？

栗凯（8岁）拿着一支点亮的蜡烛跳来跳去，龇牙咧嘴地吓唬周围的小孩，孩子们被吓得纷纷后退。

高洁：（白眼）没人管的野孩子！（小声跟齐贝贝耳语）贝贝乖，千万别跟他玩儿！

1-4 文工团家属院　夜

人群中突然一阵骚动。

女人C：我的衣服呢？我的裤子呢？

男人C：什么衣服，什么裤子？

女人C：下午刚晾干的衣服裤子，看电视的时候还在绳子上挂着哪，这一会儿工夫不见了！

男人C：难不成，孙大圣来过了？

大家哈哈大笑。

人群：（七嘴八舌）快给找找，谁捡着了还给人家……

大家低着头在周围寻找。

齐向前眼珠一转、眉头一皱，快步走到栗凯旁边，栗凯吓得往后一躲。

齐向前：栗子，你爸呢？

栗凯撇嘴、摇头。

齐向前：（一拍脑袋）完了，灯下黑！

齐向前扒拉开人群跑远。

1-5 胡同　夜

文工团家属院大门口的胡同漆黑一片，齐向前拿着手电筒往前跑，微微喘气。手电筒朝前面射出一道圆形光圈。

镜头贴近地面，齐向前的脚匆忙往前跑。

黑暗中，一个人影从胡同里闪过。

齐向前：（大喊）站住！今天你跑不了！

人影快速移动，齐向前加快脚步追赶，手电筒发出的光圈在人影身上晃动，光圈越来越大，人影（栗铁生）脚下犹豫，突然回头扔下一些东西，继续往前跑。

栗铁生：（大喊）快点！小偷跑了！小偷跑了！

齐向前：你给我站住！

栗铁生停住脚步，回头。齐向前举起手电筒，手电筒的光正好照在栗铁生脸上。

栗铁生：哎哟，齐科长！你来晚了！小偷跑了！

齐向前跑上前，一把抓住栗铁生。

栗铁生：哎，哎？齐科长，有话好好说，你这是干吗啊！

齐向前：（气愤）老栗子！你给我来这套？今天你被我抓了现行，还有什么好说的！

栗铁生：（挣脱开齐向前）抓什么现行？齐大科长，我见义勇为，你还没表扬我呢！

齐向前：你别胡扯！

栗铁生：你不知道，那小偷跑得像兔子一样！我拼命追，差一点就抓住他了！没想到他把赃物扔下就跑！（把脸贴近齐向前）看我脸上，还被那兔崽子抓了一把！齐科长，你可得给我申请见义勇为奖金啊！

齐向前：（气得脸部变形）你见义勇为？呸！你……你就是贼喊捉贼！走，拿着你的赃物，让大伙看看！

齐向前拉扯栗铁生。

远处，乔卫国跑过来。

栗铁生：（像看见救命稻草）师哥！师哥！

乔卫国：（边跑边喊）这是怎么了？丢的衣服找着了没？

栗铁生：找着了找着了！我从小偷手里夺回来的！

栗铁生赶紧捡起衣服裤子，递给乔卫国。乔卫国一件一件地检查。

齐向前：（手指栗铁生）老栗子，你脸皮可真够厚的，现在还能脸不变色心不跳地编瞎话，行，我服！我服！

栗铁生：（对乔卫国）师哥，我真没编瞎话，（把脸贴近乔卫国）你看，我见义勇为还负伤了呢！

乔卫国厌恶地推开栗铁生。

齐向前：（对乔卫国）乔大哥，今天

这事儿你再拦也没用，我明天就向团长报告，哼，简直太嚣张了！

乔卫国瞪了一眼栗铁生，把齐向前拉到一边。

乔卫国：齐科长，我知道你尽职尽责，可是这衣服不都找着了吗，报告团长也不能把他怎么样……这事儿要是传出去，对咱们团影响不好，你这保卫科也不好看！再说，街道下个月评选"平安大院"，这节骨眼儿上，可不能出岔子啊！等过了这风头，你想怎么收拾他都行！看在我的面子上，这次就大事化小，等会儿我好好说他……

齐向前喘着粗气，一脸不满。

乔卫国：（央求）齐科长……

齐向前：（把衣服裤子一把拽过来）这保卫科的活儿真没法干了！

齐向前抱着衣服裤子，气鼓鼓地转身离开。

栗铁生：（凑近乔卫国）师哥……

乔卫国：以后别叫我师哥！栗铁生，我问你，栗凯都上小学了，你还不改？

栗铁生：（求饶）改了，改了……师哥，我早就改了，今天真不是我……

乔卫国：行了，别说了，快回去吧，还停着电呢！（突然想起什么）哎？这停电不会是你小子使的坏吧？

栗铁生：（委屈）师哥，你把我看成什么人了，这种下三烂的手段，我才看不上呢！我是看见停电了，才……（意识到自己说漏嘴）

乔卫国：（恨铁不成钢）你！

栗铁生：（一溜烟跑开）师哥，我去帮忙看看保险丝……

乔卫国看着栗铁生的背影无奈摇头。

1-6 文工团家属院 夜

一只手拿着20世纪80年代手工游戏——"东西南北"折纸，随着下面的手指翻动，折纸也横竖交替变化着。

孩子们：（七嘴八舌）东！西！南！北！

一件披肩斜系在一个孩子（童言）身上，一双小手（乔晓羽）把另一双小手（童言）在胸前摆成唐僧念经的手势。

一双小手（乔晓羽）把另一只小手（齐贝贝）在额头上反摆成孙悟空望远的手势。另一双小手（贾午）也在额头上反摆成孙悟空望远的手势。

齐贝贝（背影）猛地侧腰把贾午推开，举起一根长棍子扛在肩膀上。

一双小手（乔晓羽）给一个孩子（贾午）的头上戴上"雷锋帽"，还把帽子两边扯开当猪八戒的大耳朵。

一只小手（乔晓羽）把一串大贝壳项链戴在一个孩子（栗凯）脖子上。

童言、齐贝贝、贾午、栗凯分别装扮成唐僧、孙悟空、猪八戒、沙和尚的样子站成一排。乔晓羽站在他们前面。

乔晓羽：（笑着回头）张叔，王叔，李阿姨，准备好了吗？

张叔坐在扬琴后面拿着琴键，王叔把竹笛放在嘴边，李阿姨抱着琵琶。邻居们围坐在后面。

乔晓羽双手一抬，《敢问路在何方》[①]的扬琴、竹笛、琵琶合奏声响起，乔晓羽像模像样地指挥着几个叔叔阿姨演奏。

栗凯用扁担挑着一个空水桶跑到齐贝贝身边。

栗凯：大师兄，师父被妖怪抓走了！

齐贝贝头上戴着生日帽，腰上围着小花裙，在人群中间跳来跳去。

齐贝贝：（兴奋）妖怪，哪里跑！

童言腼腆地低着头。

乔晓羽一边指挥，一边眼神示意童言。

童言：（小声）阿弥陀佛。

贾午扛着一个小扫把，故意撅起肚子，懒洋洋地跟在后面。

贾午：（用鼻子哼哼）俺老猪饿了，想吃麦丽素！

大家哄堂大笑。

乔晓羽指挥着童言、齐贝贝、贾午、栗凯在场中央转着圈表演。

邻居们随着音乐哼唱、鼓掌，欢声笑语不断。

1-7 文工团家属院　夜

乔卫国从大门口走进来，听到演奏声，面露疑惑，加快脚步往人群方向走去。

人群后面的贾有才转头招呼乔卫国。

贾有才：（笑）乔主任，快来看，晓羽又当导演排大戏哪！

乔卫国越过人群，看到乔晓羽又唱又跳又指挥。

乔卫国：（苦笑看着乐团师傅）哥哥姐姐们，你们白天在团里还没练够啊，晚上还加班！

张叔：（笑着弹扬琴）咳，这不是停电了嘛，陪孩子们乐乐！

李阿姨：（弹着琵琶）就是，咱们文工团大院可不兴冷场！

乔卫国苦笑。旁边，金艳丽坐在凳子上跟着旋律大声唱歌。

乔卫国：（对金艳丽）我说艳丽，孩子们最听你的，你也不拦着点！

金艳丽：（白眼乔卫国）拦什么拦？这儿要是有架大钢琴，能有他们几个的风头？

乔卫国无奈。

突然，院子里灯都亮了，大家抬头张望，电视屏幕也亮了，出现《西游记》片尾曲画面。

人群：（七嘴八舌）来电了，来电了！哎呀，这集都完了！没看着！哪个是妖怪啊……

金艳丽：（大声）没看着就没看着吧，咱们孩子们演得也不差！大家说是不是？

人群：（七嘴八舌）就是，就是！孩子们演得真好！

大家一起鼓掌。

乔晓羽站在中间，带着童言、齐贝贝、贾午、栗凯一本正经地谢幕，邻居们欢笑着鼓掌。

[①]《敢问路在何方》由阎肃作词，许镜清作曲，是 1986 版电视剧《西游记》的片尾曲。

1-8 文工团家属院　夜

乔卫国牵着乔晓羽的手往家走。

乔卫国：晓羽，你就快上小学了，以后要好好学习、天天向上，知道吗？

乔晓羽：知道了爸爸！你都说过好多次了……爸爸，那我写完作业以后，能去团里看你们排大戏吗？

乔卫国：万般皆下品，唯有读书高……（半蹲下看着乔晓羽）晓羽，爸爸希望你好好读书，以后做学问，当个大学问家，好不好？

乔晓羽：（拉着乔卫国的手臂）可是我想排大戏，像文工团的叔叔阿姨一样……

乔卫国：晓羽，就算你想要天上的月亮，爸爸都会想办法给你摘下来，可是……

乔晓羽抬起头，看看天上皎洁明亮的月亮。

乔卫国：排大戏……（摇头）

乔晓羽：为什么我不能排大戏？

乔卫国：等你长大了，爸爸会告诉你的。

乔晓羽：爸爸……

乔卫国：（站起身）晓羽最懂事了，快回家吧，你妈还等着咱们呢……

乔卫国牵着乔晓羽进家门（平房）。

1-9 乔晓羽家老平房　夜

乔卫国和乔晓羽走进家门。

乔晓羽：妈妈，我们回来了！

沈冰梅：（画外音，从书房传来）好。

乔晓羽蹦蹦跳跳到书房门口，探进脑袋。

沈冰梅背对着书房门口，坐在书桌前安静地看书，没有回头。

乔晓羽：（兴奋）刚才停电的时候，我和贝贝他们几个表演《西游记》了！大家都夸我们演得特别好！

沈冰梅：（回头）晓羽，还记得妈妈跟你说过的话吗？

乔晓羽：（从开心到失落）嗯，记得……（一字一顿背诵）遇到高兴的事情不要太开心，遇到难过的事情也不要太悲伤……

沈冰梅：（淡淡微笑）对，喜怒不形于色。时间不早了，快去洗漱睡觉吧。

乔晓羽有点失望地转身走出书房。

乔卫国走进书房。

乔卫国：冰梅，你怎么没下去看大彩电啊？

沈冰梅：（翻书）你又不是不知道，我不喜欢热闹。

沈冰梅拿过一本书，封面写着《注册会计师条例解读手册》①。

乔卫国探头瞄一眼书名。

乔卫国：在学校干行政不是挺轻松的吗，怎么又学这个？

沈冰梅：虚度光阴也挺无聊的，不如多学点东西。

乔卫国：你数学功底好，没问题，我

---

① 1986年《中华人民共和国注册会计师条例》颁布，1988年中国注册会计师协会成立。

就盼着啊，晓羽这方面能随你，那成绩肯定差不了！

沈冰梅翻看书。

乔卫国：最近团里太忙，没怎么下厨，明天周末，你想吃什么，我好好露一手！

沈冰梅：（没回头）听晓羽的吧，我都行。

1-10 童言家老平房　夜

童言睡在小床上，小脸平和安稳。

童振华出现在童言卧室门口，看到许如星坐在童言床边。

童振华走近，看到许如星的手正轻轻掀开童言的睡衣，心脏部位露出一条长长的疤痕。

一滴泪落在床单上。

童振华拍拍许如星的肩膀。

许如星：（擦泪）振华，你说，童言要是早一年做手术，会不会恢复得更好一些……

童振华：别再自责了，医生不都说了嘛，只要别剧烈运动，按时吃药，定期检查，应该没事的。

许如星：可童言毕竟是儿童心脏病里最严重的，我怎么能不自责……老天爷是不是在惩罚我……

童振华：就算是惩罚，也是惩罚我，跟你没关系……如星，你别再说这种话了，要是让童言听到……你忘了，医生说，童言恢复期特别重要，一定要心情平稳……

许如星难过地点头。

许如星：对了，童飞转学的事……怎么样了？

童振华：正在办，应该快了。

许如星：妈走了以后，虽说我弟弟妹妹把童飞照顾得很好，可由着他在乡下疯玩也不是个事儿，现在童言终于做完手术了，也该早点接童飞回来了。

童振华：前几年童言总住院，里里外外已经够你累的，这回再加上童飞……唉，都怪我工作太忙，不能帮你多分担。

许如星：你是业务副厂长，是厂里的骨干，该忙就去忙吧！我在家多干点儿活倒没什么，就怕童飞还是像以前一样……

童振华：童飞小时候不懂事，现在大了，也该给他立立规矩了，到时候我训他，你可别拦着。

许如星：（张嘴想反驳，又叹气）你别吓着孩子就行。

许如星转头看向沉睡的童言。

1-11 贾午家老平房　夜

卧室，贾午躺在床上酣睡，嘴角流出口水。

镜头在昏暗的客厅慢慢移动，经过一架老旧的钢琴，上面摆着金艳丽在舞台上弹钢琴的演出照，光彩夺目。旁边摆着贾有才的吉他。

突然从卧室传来"咚"的一声。

贾午"哇"地大哭起来。

金艳丽和贾有才躺在床上酣睡，金艳丽的腿压在贾有才的肚子上。

贾午：（画外音，哭喊）妈……姐又把我踢下床了……（号叫）

金艳丽：（迷糊）贾有才！快去看看你儿子……

贾有才：（闭着眼呢喃）行，没问题……老婆……

金艳丽和贾有才继续酣睡。

镜头移动到贾晨和贾午的卧室，贾午躺在床边的地板上号叫，贾晨四仰八叉地躺在床上。

1-12 栗凯家老平房 夜

一个女人的背影（周青云）走进家门，脚上的高跟鞋发出"咔哒咔哒"的声音。

栗铁生从床上坐起来。

栗铁生：（埋怨）你怎么回家越来越晚了？

周青云换鞋，拿脸盆接水。

周青云：我哥还在店里忙着，我好意思走吗？哪像你，一个人吃饱全家不饿！

栗铁生：你把我说成什么人了？我今天还给栗子弄了条新裤子（举起一条儿童裤子），看，多时髦！

周青云：（讥讽）弄？说得真好听，是偷吧？栗铁生……你能不能要点脸？

栗铁生：哪有，我捡的，捡的！哎？不是你嫌我穷，让我想办法挣钱吗？

周青云：让你挣钱，是让你偷鸡摸狗吗？你好歹也是文工团文武场的大师傅，说起来也是一身本事，星期天去外面接点红白喜事的活儿，不比别人容易？

栗铁生：（懒洋洋倒下）我可是大师傅，角儿！干那个多丢人！再说，过周末还让我出去叮一天，也挣不了几个钱……（打哈欠）算了吧……

周青云：你个懒鬼！不知道走正路挣钱，成天偷鸡摸狗的，让我们娘儿俩出去怎么做人？

栗铁生：你有完没完！

两人你一言我一语争吵。

隔壁卧室，栗凯躺在小床上，目光呆滞地闭上眼睛，拉起被子捂住自己的头。

1-13 齐贝贝家老平房 夜

齐向前和高洁躺在床上睡觉。

齐向前突然睁开眼。

齐向前：不对！

高洁被吵醒，不满地翻身。

齐向前猛地坐起来，被子掀开一大截。

齐向前：我想起来了！老栗子肚子没那么大！

高洁：（抱怨）你又抽什么风？小声点！别把贝贝给吵醒了！

齐向前：（气鼓鼓）哼！我就不相信了！我堂堂保卫科科长抓不住一个蹩脚小偷！

高洁困倦烦躁地拖过被子盖上。

（闪回）

1-14 文工团家属院 夜

两小时前。

齐向前拿着找回来的衣服、裤子分给

邻居们，邻居们纷纷表示感谢。

邻居们：（七嘴八舌）还是得靠咱们齐科长，火眼金睛啊，比孙大圣还厉害……

齐向前露出得意的笑容。

远处，栗铁生躲在墙角黑暗处，把一条儿童裤子从肚子下面的衣服里拽出来，偷笑。

（闪回结束）

1-15 乔晓羽奶奶家　日

乔晓羽奶奶（背影）有点颤巍巍地站在柜子旁边，柜子上摆放着一排装裱好的老照片，是乔晓羽爷爷和奶奶年轻时的戏曲舞台照，乔晓羽奶奶扮相明快亮丽、英姿飒爽，乔晓羽爷爷拿着鼓键子，坐在板鼓后面，气宇轩昂。

乔晓羽奶奶拿起一张照片认真擦拭。

墙上，乔晓羽爷爷的遗照慢慢由虚到实。

乔晓羽站在旁边，踮起脚尖，看着那些老照片。

乔晓羽：奶奶，您穿戏服真好看！

乔晓羽奶奶笑着摸摸乔晓羽的头。

乔晓羽奶奶：奶奶像你这么大的时候，看见戏台子上演《穆桂英挂帅》，就一心想着要扮上穆桂英上台演戏……

乔晓羽：然后呢？

乔晓羽奶奶拿着一张乔晓羽爷爷奶奶的合影，扶着凳子，缓缓坐下。

乔晓羽奶奶：（看着合影）然后啊，我就瞒着家里跑到剧团学戏，还在那儿认识了你爷爷。

乔晓羽：我知道，爷爷是文武场大师傅！

乔晓羽奶奶：（笑）我们晓羽什么都懂！（看着乔晓羽爷爷的照片）"一台锣鼓半台戏"①，这戏好不好，有一半都在这板鼓上，那些角儿啊，只要看见你爷爷往那儿一坐，心里就踏实了！

乔晓羽：爷爷真厉害！奶奶，学戏累吗？

乔晓羽奶奶：累啊……小时候学戏，练不好，师傅那是真打！那些年，我们身上全是伤……

乔晓羽：那您不觉得苦吗？

乔晓羽奶奶：（微笑）干自己喜欢的事儿，不苦！

乔晓羽：奶奶，我也想扮上穆桂英！

乔晓羽奶奶：（笑）这孩子……不是奶奶不想，要让你爸爸知道了，他又该不乐意了……

乔晓羽：（抱着奶奶撒娇）奶奶，奶奶，就给我扮一次吧，最后一次嘛，奶奶……

乔晓羽奶奶：（苦笑）好好，再给我孙女扮一次！

1-16 乔晓羽奶奶家　日

里屋，乔晓羽和奶奶面对面坐着，旁

---

① 戏曲乐队又称"文武场"，打板鼓的师傅位居首席，号令"三军"，是乐队总指挥，控制场次变换、上下场、尺寸快慢、唱念节奏、身段亮相、气氛渲染等，行内称作"戏中之胆"。

边地上放着一个打开的大箱子，里面放着各式各样的戏曲行头。

乔晓羽奶奶拿起头饰给乔晓羽装扮点翠头面，乔晓羽坐得笔挺，一动不动。

乔晓羽：（抬起眼睛看奶奶）奶奶，爸爸……为什么不想让我排大戏？

乔晓羽奶奶：（犹豫）唉，你爸爸小时候看了太多我和你爷爷受苦的样子，他不想让你干这个，也是为了你好……

乔晓羽：可是您不是说，干自己喜欢的事儿，不苦吗？

乔晓羽奶奶：（笑着给乔晓羽戴上顶花）对！不苦……（左右端详）看我们晓羽，多好看！

两人背后的柜子上，乔晓羽奶奶的舞台照由虚到实。

（闪回）

1-17 旧时老戏台　日

乔晓羽奶奶的舞台照慢慢转变成真实的场景。

年轻时的乔晓羽奶奶戏曲装扮在舞台上表演。

小时候的乔卫国在台下跑来跑去地玩耍。

台下，几个妇人瞄着舞台，边嗑瓜子边议论。

妇人A：哎哟，真风光啊，小时候我怎么没学戏呢？

妇人B：有什么风光的，不就是个戏子吗？

妇人C：就是，搔首弄姿的，下九流！

小乔卫国一脸愤怒，跑过去抓起她们的瓜子，扔在她们脸上、身上，转身跑走。

妇人们：（七嘴八舌）这是谁家小孩？没人管教的小王八蛋！看我不抓住你！

1-18 旧时小学门口　日

小乔卫国背着书包站在学校门口，一群孩子围在他身后。

孩子们：（喊）臭戏子，下九流！臭戏子，下九流！

小乔卫国愤懑地赌气把围着的孩子推开，转身跑远。

小乔卫国边跑边擦眼泪。

1-19 旧时农村田地　日

"文化大革命"时期的农村，墙上张贴着"打倒走资派""横扫一切牛鬼蛇神"的标语横幅。

少年乔卫国放学路上路过田地，远远看见乔晓羽爷爷在田里劳动，旁边一个干部模样的人边点烟，边教训他。

干部A：老乔，别总以为你自己还是艺术家，告诉你，甭管以前是干什么的，现在都得好好劳动改造！

乔晓羽爷爷一言不发地干活儿。

少年乔卫国远远地望着父亲。

1-20 旧时农村院落　日

一堆文武场的乐器被扔到垃圾堆里。

一副鼓键子被人硬生生掰断。

乔晓羽爷爷扑到垃圾堆上保护乐器，一堆乐器扔在他身上，一个板鼓砸在他头上，他终于支撑不住，慢慢倒了下去。

镜头推进到少年乔卫国的脸部，乔卫国表情痛苦。

乔卫国：（哭喊）爸！

（闪回结束）

1-21 剧场　日

一双手（栗铁生）举起鼓键子，戏曲文武场师傅开始演奏。

台下，乔卫国坐在最后一排，望着舞台上虚化的身影，愣神。

台上开始排练《铡美案》片段，演员们一板一眼地行腔。

秦香莲（演员）：（唱）旁人家爹娘亡故身穿孝，你强盗身穿大红袍，杀妻灭子心狠毒，比禽兽不差半分毫，恨起来打掉贼乌纱帽……

秦香莲边唱边走上前，伸手要打陈世美的帽子，陈世美正准备按照戏本动作推开秦香莲，没想到秦香莲直接抡起手臂，扇了陈世美一个响亮的耳光。

台下，乔卫国吓得一激灵，从回忆中清醒过来，猛地站起身，远远地望着台上。

台上，后面的一众演员都惊呆了，一时不知所措。

侧台上，栗铁生和其他师傅都停下演奏，探出头来看热闹。

陈世美（演员）：（捂着脸、又惊又气）你干吗？

秦香莲（演员）：（一脸怒气）我干吗？我替秦香莲打陈世美！国家都改革开放了，咱们的戏本子也得改改！老陈同志，这你就不懂了吧，告诉你，观众就爱看这个！解气！

扮演公主的演员从舞台侧面跑到扮演陈世美的演员旁边，小心查看他被打的脸。

公主（演员）：（抬起头，白眼扮演秦香莲的演员）嫂子，您这是干吗？还带改戏的？

秦香莲（演员）：哎哟，心疼了？不打自招啊！就是打给你看的！你俩以为我瞎啊，天天眉来眼去，还真把自个儿当成公主和驸马，假戏真做哪？就不怕狗头铡砍死你俩？

公主（演员）：（恼羞成怒）你，你血口喷人！泼妇！

秦香莲（演员）：（一不做二不休）老娘今天就泼妇了，我不光打他，还打你！

扮演秦香莲的演员冲上去揪住扮演公主的演员的头发，扮演陈世美的演员站起身，要去抓扮演秦香莲的演员。

包拯（演员）：（下意识用了戏腔）王朝马汉！

扮演王朝马汉的演员赶紧跑过来劝架，文武场师傅也冲上舞台，大家乱成一团。

乔卫国一路小跑从侧面台阶跑到舞台上。

乔卫国：（大喊）都给我住手！

扮演秦香莲的演员和扮演公主的演员头发散落，都停住了手。

扮演秦香莲的演员伸出手，还想打扮

演公主的演员。

乔卫国：（喝住）是要把保卫科、把团长都招来吗？

扮演秦香莲的演员愤愤地放下手，大家赶紧把她们拽开。

乔卫国：能耐了是吧？忘了祖师爷的教诲了？上了台，戏比天大！还学会公报私仇了！都一把年纪了，给咱们文工团留点脸面吧！

扮演公主的演员嘤嘤地哭起来。

乔卫国：（指着扮演秦香莲的演员和扮演陈世美的演员）你们两口子要离要和，回家吵、回家闹！别耽误排戏！（指着扮演公主的演员）你也别哭了，人家夫妻俩的事，跟你没关系，别瞎掺和，快下去吧！（对大家）今天的事儿到此为止，都别出去乱嚼舌头，这出戏明天再排，都散了吧！

大家纷纷散开。

扮演秦香莲的演员镇定地把散落的头发一捋，傲气地下台。

秦香莲（演员）：（突然转头对扮演陈世美的演员）你，给我回家！

扮演陈世美的演员敢怒不敢言地瞪着扮演秦香莲的演员，扮演秦香莲的演员白眼，转身走远。

乔卫国眼神示意扮演陈世美的演员赶紧跟上。

扮演陈世美的演员回头望一眼扮演公主的演员，犹豫着慢慢跟在扮演秦香莲的演员身后，走出剧场。

扮演公主的演员把眼泪一抹，气鼓鼓地转身走向侧台。

1-22 剧场　日

乔卫国、栗铁生、金艳丽并排坐在观众席最后一排。

栗铁生刚掏出烟，乔卫国看向栗铁生。

栗铁生：（不情愿地把烟放回口袋）知道了知道了。

金艳丽：这两口子，回家指不定怎么闹呢！还真是"人生如戏，戏如人生"啊……

乔卫国：再怎么闹，也不能耽误演出！艳丽，你和她们俩都挺熟，有空好好劝劝！

金艳丽：我可不蹚这浑水，两头不讨好！

乔卫国看向金艳丽。

金艳丽：（不情愿）知道了知道了！

乔卫国：家家有本难念的经啊……

金艳丽：说起这个，咱们大院老童家这本经就快不好念了！

栗铁生：怎么了？

金艳丽：你们还不知道呢？童振华的大儿子——童飞，要从乡下姥姥家回清城上学了！

乔卫国：哦……童飞，唉，也是个可怜孩子，一出生就没了亲妈……

金艳丽：可不是嘛……哎？我想起来了，他妈妈许如月还是你和冰梅的媒人吧？

乔卫国：（陷入回忆）是啊，那两年，

如月是咱们团的会计，介绍我和冰梅认识的时候，正挺着大肚子呢，可惜只过了几个月就难产走了……

金艳丽：按理说，如星是如月的亲妹妹，留下照顾童飞，还和童振华走在一起，也挺好，可偏偏如星又生了个先天性心脏病的童言，唉……

栗铁生：老话怎么说的，麻绳专挑细处断，噩运只找苦命人！

乔卫国：我记得，孩子姥姥本来就不同意如星嫁给童振华，一看这架势，干脆把童飞带回乡下养了，这些年都不怎么来清城……

金艳丽：孩子姥姥年前生病去世了，童厂长去接了好几次，这孩子死活不回来，在乡下住在舅舅家，就像湖里的野鸭子——没人管！再不接来啊，都快上房揭瓦了！

栗铁生：真的？比我们家栗凯还浑吗？

金艳丽：我看，你们家栗子这儿童团老大的位置不保了！

栗铁生：咳，当不了老大，当老二也成！

乔卫国站起身。

栗铁生：师哥，去哪儿啊？

乔卫国：不跟你们贫了，我去接晓羽……今天冰梅又去上会计师培训班，把晓羽送到她奶奶家了。

金艳丽：下次把晓羽带来，上次那首曲子还没教完呢！

乔卫国：我说金艳丽，你自己俩孩子，又是贾晨，又是贾午，不好好跟着你学钢琴，怎么就盯上我们晓羽了？

金艳丽：乔主任，你还不知道吗，我那俩孩子，没有艺术天赋！晓羽又聪明，又努力，手指还灵活，那可是弹琴的好苗子……

乔卫国：（打断）你快得了吧……告诉你啊，你别总想着收徒弟的事儿了，晓羽以后不干这个！我先走了！

栗铁生：师哥，带我问师娘好，回头我去看她老人家！

乔卫国摆手，走向剧场门口。

金艳丽看着乔卫国的背影，面露无奈。

金艳丽：（自言自语）这个乔卫国，哪儿哪儿都好，就是脑袋被门挤了，这根筋看来是转不过来了……

1-23 乔晓羽奶奶家　　日

乔晓羽奶奶把馒头一个一个装到篮子里。乔卫国站在旁边。

乔卫国：妈，少装点吧，吃不了。

乔晓羽奶奶：（用一块白纱蒸笼布盖住馒头）拿着吧，现在什么都涨价了，带回去分给邻居们。①

乔卫国无奈摇头，回头看到乔晓羽正坐在屋门口的穿衣镜前，恋恋不舍地把戏曲头饰卸下来。

乔晓羽奶奶拿起篮子，走到乔卫国的自行车前，准备放到车筐里。篮子太重，

---

① 1988 年，国家决定取消"价格双轨制"，进行"物价闯关"，物价飞涨。

乔晓羽奶奶的腿不自觉地崴了一下。

乔卫国：妈，您的腿怎么了？

乔晓羽奶奶：（掩饰）没事儿，前两天收拾老剧团那些头盔和戏服，扭了一下，贴上膏药，早就不疼了！

乔卫国：（皱眉）妈，那些老物件就放着吧，实在想收拾，叫我和卫东来，您本来就有旧伤，可别再摔着！

乔晓羽奶奶：让你们俩收拾，那我可不放心……趁我现在腿脚还利索，能收拾多少就收拾多少，要不以后到了那边儿，你爸肯定埋怨我……

乔卫国：妈，怎么又说这个……

乔晓羽奶奶：有什么不能说的，生老病死，谁也逃不掉！

乔卫国：明天我去医院挂个骨科，到时候来接您，还是照个片子踏实！

乔晓羽奶奶：真不用……

乔卫国：就这么定了！晓羽，咱们走吧，跟奶奶再见！

乔卫国扶着自行车，乔晓羽坐上后座。

乔晓羽：奶奶，我回家了，童言还等着跟我玩儿呢，下次再来看您！

乔晓羽奶奶：快去吧，别让好朋友等着急了！你们这代孩子，不像你们爸妈，兄弟姐妹多，你们太孤单了……多交点朋友，好朋友啊，就是一辈子的兄弟姐妹……

乔晓羽：奶奶，我知道了！我走了，奶奶再见！

乔卫国跨上自行车骑远，乔晓羽坐在后座向奶奶挥手。

乔晓羽奶奶微微伛偻，站在后面微笑着向乔晓羽挥手。

1-24 文工团家属院门口　日

太阳快要落山，天边一片橘红色。

乔卫国骑着自行车，乔晓羽坐在后座，进入家属院大门。

大门上挂着醒目的"平安大院"牌匾。

大门口是一个斜坡，镜头随着自行车溜下斜坡。

乔卫国：（笑）下坡喽！

乔晓羽大笑着闭上眼睛，抬起腿。

（慢镜头）乔卫国、乔晓羽的身影和笑脸。

1-25 贾午家老平房　日

电视屏幕播放毛阿敏在1988年春晚演唱的《思念》[①]。毛阿敏身穿金色大垫肩蝙蝠衫，风姿绰约，歌声动听。

歌词：你从哪里来，我的朋友，好像一只蝴蝶飞进我的窗口，不知能作几日停留，我们已经分别得太久太久……

贾有才和金艳丽随着音乐跳交谊舞，金艳丽穿着夸张的大垫肩蝙蝠衫。

---

① 《思念》由乔羽作词，谷建芬作曲，毛阿敏演唱。1988年央视春晚毛阿敏演唱了这首歌，火遍大江南北。

1-26 文工团家属院　日

继续毛阿敏《思念》音乐。

乔卫国骑着自行车进入大院。

大院里，过道左右是两排平房，一排是屋子，一排是厨房，厨房门口是菜地，菜地里种着新鲜的西红柿、茄子、黄瓜、豆角……

自行车一路经过各家各户。乔卫国朝邻居们点头打招呼，乔晓羽向小伙伴们招手。

齐贝贝家门口，齐向前正在教齐贝贝练武术，齐贝贝扎着马步。

栗凯家门口，栗凯正拿着棍棒胡乱挥舞。

贾午家门口，贾晨站在一块小黑板前教贾午写自己的名字。贾午写得歪歪扭扭，贾晨拿起筷子敲贾午的脑袋。

远远地，乔晓羽看到童言坐在小板凳上，托着下巴发呆。

乔晓羽：（喊）童言！

童言听到声音，站起身，开心地向乔晓羽挥手。

自行车停住，乔晓羽跳下自行车后座，朝童言跑去。

童言也朝乔晓羽的方向跑过来，两人抱在一起，开心地欢笑。

1-27 组镜

插曲音乐响起。

乔晓羽：（画外音，成年）小时候，我以为这样的日子，这样的朋友，会永远存在，不会改变，后来才知道，那只是人生中短暂的一瞬；长大后，我以为那样的日子，那样的朋友，只是人生中短暂的一瞬，根本不必在意，现在才明白，那些人、那些事，早已变成我生命的一部分，永远都不会消失。

画面呈现文工团家属院一年四季的场景。

春雨后，蜻蜓在草丛里、积水上飞来飞去，整个画面朦胧，就像在梦境中一般。

大院里有很多积水，乔晓羽、童言、贾午、齐贝贝、栗凯穿着拖鞋、雨鞋在雨里踩水玩耍。栗凯疯狂踢水，贾午也跟着踢水。栗凯把自己的雨鞋脱下来灌满水转圈，撒得到处都是水花。乔晓羽拉着童言躲闪。

许如星给童言换衣服，乔晓羽站在旁边，看到童言心脏部位手术留下的疤痕。乔晓羽疑惑地轻轻碰了一下，童言对乔晓羽微笑。

童言坐在小板凳上，看着手里的药片皱眉，慢慢把药片放进嘴里，喝了一口水吞下去，苦得闭上眼睛。再睁开眼，眼前出现一块话梅糖。乔晓羽笑嘻嘻地把话梅糖放进童言嘴里，童言含着糖笑了。

夏夜里，大院里铺着凉席，乔晓羽、童言、贾午、齐贝贝、栗凯并排躺在凉席上睡着了，许如星坐在旁边，拿着蒲扇给孩子们轻轻扇风。

齐向前抱起酣睡的齐贝贝，向许如星点头致谢，许如星微笑。

栗铁生背着睡着的栗凯走远。

贾晨蹲在地上，推贾午，贾午迷糊地揉着眼睛，被贾晨拽起身。

童言躺着，慢慢睁开眼睛，看到对面的乔晓羽闭眼沉睡，童言又闭上眼。

秋叶落，银杏树下，金黄色的银杏树叶铺满整个院子。

两只手分别拿着一片树叶的根部，交叉在一起，同时往后用力，其中一根断了。

乔晓羽拿着一片树叶开心地蹦着跳着，童言笑着看乔晓羽。

冬雪后，乔晓羽和童言站在一个雪房子前面，乔晓羽小心翼翼地把一个布娃娃放进雪房子里，两人对视微笑。

一个塑料筐扣在雪地上，一边用小木棍撑起，小木棍上系着绳子，筐下放着谷物。

栗凯蹲在大院角落里牵着麻绳另一端。

一只麻雀慢慢靠近塑料筐，走走停停，吃起谷物来。

远处，栗凯猛地拉动绳子，筐子应声落下。

栗凯得意地抓着麻雀。一扭头，看到一包麦丽素。

乔晓羽手里举着一包麦丽素递到栗凯眼前，齐贝贝趁栗凯不注意，一下子把麻雀抢过来，栗凯吓了一跳，乔晓羽赶紧把麦丽素塞到栗凯手里。

麻雀从齐贝贝的手里"扑棱"一声放飞，（慢镜头）飞到湛蓝的天空中。

1-28 童言家老平房　夜

电视上播放老版新闻联播片头。

许如星穿着围裙，进进出出，把一盘盘饭菜端到桌子上。

童振华从卧室走出来，帮着许如星摆菜，不时看向许如星。电视屏幕在许如星的身后闪烁。

新闻主播：设立海南省和建立海南经济特区的消息传来，海南各界群情振奋、奔走相告，无论是海内外的旅游者，或者来海南岛求职的人才，都和当地广大群众一道，争相传阅登有海南建省、办特区消息的报纸号外，表达他们喜悦的心情……[①]

童振华回头看一眼电视，看看许如星。

童振华：如星，前两天跟你说的事，你……想好了吗？

许如星：（摆好筷子，停下动作）咱们在清城过了半辈子，突然要去那么远的地方，对我来说，太突然了……

童振华：海南建经济特区，现在最缺的就是专业技术人员，我们厂正在搞经营责任制改革，这次和当地一起建分厂，派我去先行先试，不管是政策力度，还是待

[①] 1988年4月13日，第七届全国人民代表大会第一次会议通过了设立海南省和建立海南经济特区的两个议案。1988年4月26日，海南省委、省政府正式挂牌。

遇保障，都是前所未有的……①

许如星：（打断童振华）振华，你别给我念文件了，我也听不懂……我就问你，童言眼看要上小学了，童飞也快来清城了，去了海口，人生地不熟的，怎么上学？

童振华：这个你不用担心，当地政府已经承诺了，只要人过去，孩子上学的事同步解决！

许如星：可是童言的身体……

童振华：海口四季常青，不像清城，冬天这么冷，说不定搬过去生活，对童言的身体恢复更有利……

许如星的眼神中突然有了一些希望。

1-29 童言家老平房　夜

卧室，小桌子前，童言（背影）正在安静地看书。

许如星：（画外音）童言，出来吃饭吧！

童言慢慢合上书，走出卧室。

小桌子上，《小学三年级·数学》的书皮皱皱巴巴，封面上写着"贾晨"。

1-30 童言家老平房　夜

童振华、许如星、童言围坐在桌前吃饭。

许如星：（端起碗，又慢慢放下）振华，搬家是大事，让我再想想……

童振华点头。

童言：（抬起头）爸爸妈妈，童飞哥哥什么时候来？

许如星：（挤出笑容，给童言夹菜）哥哥过两天就来了，到时候，童言要把好吃的、好玩的都和哥哥一起分享，好吗？

童言：（重重点头）嗯！

许如星：（温柔抚摸童言的头）真乖。

童言埋头吃饭。

1-31 文工团家属院门口　日

镜头慢慢移动，是一排孩子的小手，每双小手都端着一个容器，有的是大碗，有的是搪瓷杯，有的是小篮子……

乔晓羽、童言、齐贝贝、贾午、栗凯表情各异，乔晓羽期待，童言平静，齐贝贝兴奋，贾午咽口水，栗凯不耐烦。

文工团家属院门口，孩子们坐在马路牙子上，看着对面一个老师傅正在操作黑乎乎的老式爆米花机，老师傅一边拉风箱，一边摇转爆米花机的手柄。

孩子们紧张而期待地盯着爆米花机。

突然"嘭"的一声巨响，童言吓得一哆嗦，乔晓羽赶紧握住童言的手。

爆米花机旁边，一团白烟升腾而起，弥漫了路口。

孩子们跳着站起身，栗凯已经抢先一步跑向老师傅。

路口白烟慢慢散去，白烟后面，远远地出现一大一小两个身影。

童言转头看向远处的身影，乔晓羽也

---

① 1988年海南建省，十万人才下海南。

跟着转头看过去。

两个身影慢慢清晰，是童振华和一个小男孩（童飞，9岁）。童振华想牵起童飞的手，童飞挣脱开。

童飞头发乱蓬蓬的，穿着打扮明显是农村孩子的样子，精瘦黝黑，眼神桀骜。

许如星从文工团家属院门口快步走出来，跑到童飞身边，眼中含泪，蹲下拥抱童飞。童飞面无表情。

毛阿敏《思念》音乐响起。

歌词：你从哪里来，我的朋友，好像一只蝴蝶飞进我的窗口，不知能作几日停留，我们已经分别得太久太久。你从哪里来，我的朋友，你好像一只蝴蝶飞进我的窗口，难道你又要，匆匆离去，又把聚会当成一次分手……

齐贝贝、贾午、栗凯站在爆米花机旁边，忙着吃手里的爆米花。

童言走到老师傅跟前，举起手递给老师傅一张旧版纸币，老师傅把童言手里的搪瓷杯盛满爆米花。

齐贝贝、栗凯抬起头，好奇地望着童飞。

贾午还在狂吃，齐贝贝用胳膊使劲碰他，他才抬起头，愣愣地看着童飞，嘴里塞满了爆米花。

童言慢慢走到童飞面前，把搪瓷杯举到童飞眼前。

乔晓羽远远望着陌生的童飞。

画面定格在乔晓羽看向童飞的眼神。

第二集

我依然等待你的归期

2-1 文工团家属院　日

画面由虚到实，乔晓羽和贾午坐在小板凳上，面对面玩儿翻绳。童言坐在旁边，安静地看着翻绳变来变去。齐贝贝和栗凯蹲在地上玩儿弹珠。大院里其他几个孩子奔跑玩耍。

齐贝贝盯着手里的弹珠，弹珠一路滚进洞里。

齐贝贝：（起身欢呼）我赢了！

栗凯：（沮丧地站起身）哼，太无聊了，都过来，咱们玩儿打仗！我带一个排！

齐贝贝：（抢话）我也带一个排！

栗凯：（不耐烦）行行行！（命令乔晓羽）晓羽，你还是给我们当"人质"。

乔晓羽：（害怕）栗子哥，可是我不想当"人质"了……

贾午张嘴想对栗凯说话，给乔晓羽求情。

栗凯：（瞪眼）让你当什么就当什么，怎么那么多话！

贾午无奈地闭上嘴。

童言：（怯怯地靠近乔晓羽）晓羽，我和你一起当"人质"。

栗凯：哼，就你那小心脏。

乔晓羽：（看着童言）谢谢你，童言。

栗凯：（命令）去仓库里面待着！

贾午又张嘴想安慰乔晓羽。

齐贝贝：（拍乔晓羽的肩膀）晓羽，你放心，我们一会儿就来解救你们！

贾午又无奈地闭上嘴。

仓库的门从外面被锁上。

贾午、齐贝贝等几个孩子跟着栗凯跑远。

2-2 废旧仓库　日

乔晓羽和童言坐在仓库黑漆漆的角落，只有一丝光亮从屋顶的缝隙透进来。

乔晓羽：童言，今天你们家来的小哥哥是谁啊？

童言：他叫童飞，是我哥哥。他叫我爸爸"爸爸"，叫我妈妈"小姨"。

乔晓羽：（迷茫）我听不懂。

童言：（懵懂）我也不懂。

乔晓羽：他是你的哥哥……可是，我怎么没见过他呢？

童言：以前回姥姥家过年的时候，我见过他。

乔晓羽：他来你们家干什么？

童言：是爸爸把哥哥接来的，哥哥要来清城上小学了。

乔晓羽：我们今年也要上小学了！

童言：嗯！我们一起上小学！

乔晓羽：（低落）爸爸说，上了小学，要好好学习，不能排大戏了……

童言不知道该说什么，黑暗中轻轻握住乔晓羽的手。

乔晓羽：奶奶说，排大戏很苦，可是我不怕苦呀……

童言静静地看着乔晓羽。

乔晓羽：（自言自语）不能排大戏，我很难受，可是妈妈说，遇到高兴的事情不要太开心，遇到难过的事情也不要太悲伤……

童言：晓羽……

乔晓羽：没事，我知道你也没有办法……童言，我遇到高兴的事情、难过的事情，可以跟你说吗？

童言：嗯！你说什么我都愿意听……

乔晓羽：（笑）谢谢你，童言，我好多了！

童言开心地微笑。

乔晓羽突然抓紧童言的手。

乔晓羽：（声音颤抖）童言，我脚底下，有东西……在动……

童言：（低头）……是老鼠……

乔晓羽：（大叫）啊！救命啊！（哭喊）救命啊！

童言：（喊）救命！

2-3 文工团家属院 日

突然"铛"的一声，仓库门上的一把锁掉到地上。

仓库门打开，一道耀眼的光照进来，乔晓羽下意识用胳膊挡住眼睛。

仓库门口，童飞面无表情地看着乔晓羽，举着砖头的手停在半空。

童言和乔晓羽牵着手跑出仓库。

乔晓羽泪眼迷蒙、跌跌撞撞。

童飞在后面看着他们跑远，手里还举着砖头。

（慢镜头）乔晓羽边跑边回头，泪眼中，看到童飞模糊的身影离自己越来越远。

2-4 文工团家属院 日

栗凯站在仓库门口，看着手里被砸坏的锁。

童飞站在对面，斜着眼睛，面无表情。

栗凯：（霸道）告诉你，这个大院是我的地盘儿！不管你是从哪儿来的，以后都得听我的！

童飞瞥一眼栗凯。

栗凯：（走上前）听见了吗？

童飞抬起眼睛瞪着栗凯。

栗凯：我跟你说话呢！（推童飞的肩膀）聋了？

童飞一把抓住栗凯的手腕，拧到栗凯身后。

栗凯：（龇牙咧嘴）哎呀！哎呀！放开！你给我放开！

童飞鼻子哼出冷笑，放开手的同时，顺势把栗凯推远，栗凯没站稳，摔倒在地。

童飞冷眼看栗凯，转身走远。

栗凯：（坐在地上大喊）你等着！我饶不了你！

栗凯气鼓鼓地看着童飞的背影。

2-5 童言家老平房 夜

童振华、许如星、童飞、童言围坐在桌前吃饭。许如星不停地给童飞夹菜。

许如星：（讨好地笑）童飞，多吃点啊。

童飞面无表情地吃饭。

童振华：（严肃）童飞，今天你和栗子打起来了？

童言：（抬起头）童飞哥哥是为了保护我和晓羽。

童振华：（沉吟）不管怎么样，以后还是得把那些习气改一改，不要和别人发生冲突，知道了吗？

童飞继续吃饭，没有回答。

许如星：（打圆场）栗凯那孩子的习性你还不知道吗，也不能怪童飞，好了好了，快吃饭吧！

童振华：对了，童飞，你以后和弟弟一样，改叫"妈妈"吧，别叫"小姨"了。

童飞停下吃饭，表情冷漠。

大家都停下动作，空气仿佛凝固。

许如星：孩子刚搬来清城，说这些干什么啊？以后再说……

童振华：还以后什么，这件事说了多久了，再不改过来，以后上学多麻烦！

童飞咬紧牙关，把嘴里的饭硬生生咽下。

童飞：（一字一顿）她不是我妈妈。

童振华：（放下筷子）你……

许如星：（拦住童振华）好了！还让不让孩子们吃饭了！上学还早呢，急什么，都别说了，吃饭吧。

童振华忍住怒气，拿起筷子吃饭。

童言怯怯地依次看每个人的脸。

许如星：（温柔地摸摸童言的头）没事，别害怕，吃吧。

童飞斜眼看着许如星对待童言温柔的动作。

2-6 童言家老平房　夜

卧室，许如星在一张小床前忙碌，摆好枕头、铺好被子。童飞站在旁边。

童言坐在对面另一张小床上，穿着和童飞一样的睡衣，看起来比童飞的旧一些。

许如星：（回过头微笑）童飞，小姨给你准备了和弟弟一模一样的床铺，以后你们俩就睡在一个房间，好吗？

童飞默默地坐到床边。

童言钻进被子里躺下。

童言：妈妈晚安。

许如星：（弯下腰摸摸童言的头）晚安。

童飞抬起眼睛看着许如星的动作。

许如星转过身，伸手想摸摸童飞，童飞迅速扭头拒绝。

许如星有点尴尬，慢慢收回手，站起身。

许如星：（挤出微笑）你们俩早点睡吧，有事叫我啊。

童飞躺下，盖好被子。

许如星把床头灯关掉，慢慢走出卧室。

卧室昏暗，只有一点月色从窗外透进来。

童飞侧身躺着，盯着墙壁。

（闪回）

2-7 农村树林　日

夏天，茂密的树林，蝉声不断，一群男孩爬到树上捉蝉。一个小男孩蹑手蹑脚地爬到树杈上，看到一只大蝉，正准备用手捉，一根树枝从眼前一扫而过。小男孩抬头一看，是童飞拿着一根树枝把大蝉粘走了。

小男孩：（着急）童飞！那是我先看到的！

童飞：（坏笑）可是我先捉住的！

童飞一把抢过小男孩手里的小筐。

小男孩哇哇大哭起来。

童飞靠在树杈上眯着眼玩儿树叶。

远处，小男孩妈妈一脸怒气，牵着满脸鼻涕眼泪的小男孩走远。

小男孩妈妈：（扭过头，恶狠狠）有爹生没娘养的！呸！

童飞斜眼瞪着小男孩妈妈的背影。

2-8 农村田地　日

童飞姥姥坐在玉米地里收玉米，童飞跑过来帮忙。

远处，一群人在收玉米，前一场小男孩妈妈也在其中。大家望着童飞和姥姥，七嘴八舌地议论。

女人A：童飞他爸可真够狠的，把孩子扔在村里不管，也太偏心了！

女人B：听说是因为老二得了心脏病，成天住院，顾不过来！

小男孩妈妈：心脏病？（故意提高嗓门）那可真是老天开眼，谁让许如星勾引她姐夫，报应啊！

远处，童飞和姥姥还是听到了人群的对话，忍不住抬起头。

女人B：真的啊？

女人A：（做手势）嘘……小声点！

小男孩妈妈：（讥笑）说不定俩人早就勾搭到一起了，如月可真可怜！

女人A：我记得许如星小时候就喜欢缠着她姐夫，怪不得……

女人B：可不是嘛……

几个女人凑在一起嘀嘀咕咕。

远处，童飞狠狠地把玉米扔在地上。

童飞：姥姥，他们说的是真的吗？

童飞姥姥：你弟弟生了重病，你爸忙不过来，是姥姥把你带回来的，咱们这儿多好，比城里好多了，别听她们瞎嚼舌根啊！

童飞忍着恼怒，站起身跑远。

童飞姥姥：童飞！童飞！（不住地咳嗽）

2-9 农村平房　日

童飞站在屋子里，看着柜子上姥姥的遗像，面无表情。

（闪回结束）

2-10 童言家老平房　夜

卧室，童飞躺在小床上不断翻身。

童言：哥哥，你睡不着吗？

童飞：（迟疑）嗯。

童言：为什么？

童飞不出声。

童言：我不告诉别人。

童飞：这里的床太软了，也听不到鸡叫狗叫蟋蟀叫，没意思。

童言：乡下真好，我可以去住吗？

童飞：你不是生病了吗？哪儿都不能去。

童言：我以前得了很重的病，可是现在都治好了，真的！

童言坐起身，拧开床头灯。

童飞被灯光晃了一下眼睛，揉揉眼睛，也坐起身。

童言慢慢解开上衣扣子，露出心脏手术留下的疤痕，长长的一道，像蚯蚓一样。

童言：（真诚）哥哥，你看！

童飞：（看着童言的疤痕）你……疼吗？

童言：（摇头）已经不疼了。哥哥，以后带我去你小时候住过的地方玩儿，好吗？

童飞：（心软，点头）嗯。

童言满足地躺下，拖过被子盖上，肩膀露出一截。

童飞看着童言，穿上拖鞋走过来，给童言盖好被子。童言望着童飞微笑。

齐秦《外面的世界》①前奏音乐响起。

童飞和童言分别躺在自己的小床上睡着了。

2-11 剧场　日

舞台上，贾有才抱着吉他，投入地边弹边唱《外面的世界》，不时甩动自己的头发。乔卫国坐在架子鼓后面演奏。

歌词：在很久很久以前，你拥有我，我拥有你，在很久很久以前，你离开我，去远空翱翔，外面的世界很精彩，外面的世界很无奈，当你觉得外面的世界很精彩，我会在这里衷心地祝福你……

团长坐在台下，架着胳膊听歌。

一曲完毕，贾有才潇洒亮相，然后回过头，举起手势准备介绍乔卫国。

乔卫国从架子鼓后面站起身，（快镜头）快速跑到舞台下，坐到团长旁边。

贾有才：（看着台下）哎？乔主任，我正准备好好给观众介绍鼓手呢，你怎么跑了？

乔卫国：（摆手）我就是临时给你帮忙的，你还是赶紧去找伴奏带吧！

贾有才：别呀，今天咱们这乐队就算正式组建了！

贾有才边说边蹦下舞台。

贾有才：就叫"贾乔乐队"！

乔卫国：（白眼）"贾乔"？还"家雀儿"呢！干脆叫"麻雀乐队"得了！

贾有才："麻雀乐队"？这名字有创意啊！乔主任，你比我贾有才有才多了！

团长：你俩别斗嘴了，（疑惑）贾有才，我怎么觉得哪儿不太对劲，（想起来）哎？节目单上写的是歌伴舞，伴舞呢？

贾有才：团长，您终于看出来了？没错，原本是歌伴舞的，现在啊，就只剩独唱了。

团长：怎么回事？

贾有才抬下巴示意乔卫国。

团长：（疑惑看乔卫国）卫国，这伴舞跟你有什么关系？

乔卫国：（不好意思）团长，是这样……

贾有才：（打断乔卫国）团长，这事儿我得好好跟您汇报！年初排练的时候，是团里的舞蹈演员和晓羽一起伴舞的，现在倒好，乔主任反悔了，把闺女给藏

---

① 《外面的世界》由齐秦作词、作曲、演唱，收录在齐秦1987年发行的专辑《冬雨》中。

起来了……

乔卫国：团长，前两年晓羽上幼儿园，团里需要小演员，我就暂时答应了，可是现在晓羽马上就要上小学了，我不想耽误她学习……

金艳丽衣着雍容华丽，快步从侧台走出来。

金艳丽：（大嗓门）乔主任，就一个舞蹈，对咱们晓羽来说，那是小菜一碟！能耽误什么学习？我看啊，你就是思想出了问题！

乔卫国：（着急）你别给我乱扣帽子……（转向团长）团长，我可没有别的想法啊……要不，你们找找其他孩子……

金艳丽：过几天就要演出了，哪还有时间找别的孩子？

团长：好了好了，卫国是咱们团里的大管家，能有什么别的想法？不过啊，（转向乔卫国）艳丽负责这台晚会的歌舞节目，她说的也有道理，救场如救火，卫国，要不，你看在我的面子上，让晓羽再来演一场？这可是咱们清城建市十周年文艺晚会，市领导都要出席的，这种流行歌曲，还是搭配个伴舞好，我心里踏实……

贾有才：哎哟团长，您就放心吧，这首歌好多大电视台都唱过了，（打趣）"外面的世界很精彩，外面的世界很无奈"，还是清城最好，欢迎大家都回来建设清城！

团长：（被逗笑）行了，你别给我出岔子就行！（转向乔卫国）卫国，你看……

乔卫国：（犹豫）……好吧，不过，晓羽上学以后，就不参加团里的活动了，你们赶紧再找找其他孩子吧！

金艳丽：知道啦，老乔同志！（摇头）晓羽这么好一个苗子，硬生生被你给掰蔫儿了……

乔卫国：说什么呢，我那是用心良苦！

金艳丽：那明天我去家里接晓羽，你可别拦着啊。

乔卫国：我已经答应了，当然说话算数！

团长：艳丽，下一个什么节目？赶紧排！我等会儿还有个会呢！

金艳丽：来了来了！

舞台上，两个小伙子把钢琴搬上来。金艳丽走过去招呼。

金艳丽：（指挥两个小伙子挪动钢琴）再往这边挪一下，好，好……

台下，贾有才凑到团长身边。

贾有才：（耳语）团长，您听咱们这进口音响，效果怎么样？

团长：你小子，有点本事啊……

贾有才：（谄媚）全靠您指挥得好……

乔卫国坐在旁边，无奈地摇摇头，看着舞台上。

舞台上，金艳丽坐在钢琴后面，弹奏前奏。

一位独唱演员举着话筒款款走上舞台。

2-12 童言家老平房　夜

乔晓羽款款走到卧室中间。

童言坐在小板凳上，抬起头，认真地看着面前的乔晓羽。

乔晓羽嘴里哼着《外面的世界》旋律，翩翩起舞。

童飞打开门走进来，看到正在跳舞的乔晓羽，愣住。

乔晓羽也不知所措地愣在原地。

童言：（站起身）晓羽，我哥哥可以看你跳舞吗？

乔晓羽：（有点害羞）嗯，可……

童飞快速退出卧室。

乔晓羽有点怅然若失。

童言：晓羽，你接着跳吧。

乔晓羽：嗯。

乔晓羽继续哼唱着跳舞、亮相。

童言笑着鼓掌。

乔晓羽用袖子抹额头的汗，坐在童言旁边。

乔晓羽：好看吗？

童言：真好看！

乔晓羽突然有点低落。

童言：晓羽，你怎么了？我说错话了吗？

乔晓羽：没有。（低头）爸爸说，这是我最后一次参加团里的演出，以后要好好学习，不能再分心了……

童言难过地看着乔晓羽，不知道该怎么安慰。

乔晓羽：（给自己加油似的深呼吸）所以，我一定要演好最后一次！

童言：嗯！加油！

乔晓羽：那我再跳一遍！

童言重重点头。

乔晓羽站起身，哼唱着开始跳舞。

卧室外，童飞透过门缝看着翩翩起舞的乔晓羽，门缝里的整个画面像是笼罩了一层淡淡的光芒。

2-13 贾午家老平房　夜

贾午、贾晨并排坐在电视机前，目不转睛地看电视。

电视屏幕正在播放1987年首播的电视剧《好爸爸坏爸爸》。

贾有才拎着一个皮包进屋，扫了一眼电视，快步走进卧室。

金艳丽坐在床边，斜眼看着贾有才。

金艳丽：干嘛，鬼鬼祟祟的？

贾有才堆笑，从皮包里拿出一沓老版人民币，递给金艳丽。

金艳丽：你去抢银行了？

贾有才：说什么呢？

金艳丽：那这是哪儿来的？

贾有才：（蹭到金艳丽身边）我表姐夫不是在外贸公司嘛，搞了一批进口音响，咱们团想买都买不着的那种！我顺便帮采购科王科长牵了个线，他们都是聪明人，怎么能让我白忙活呢？

金艳丽：贾有才，你胆儿挺肥的？都敢"投机倒把"了？

贾有才：小声点！什么"投机倒把"，他们一个想买，一个想卖，这叫什么，商品经济！懂吗？我已经计划好了，过几天就让他们给你带一台最高档的进口钢琴！

金艳丽：（得意地白眼）算你有良心！（谨慎）哎，我跟你说，你可小心点，别到处吹牛！

贾有才：知道知道……

透过门缝，能看到贾午和贾晨看电视的背影，电视屏幕播放《好爸爸坏爸爸》主题歌[①]。

歌词：我有一个好爸爸，爸爸、爸爸、爸爸、爸爸、爸爸、好爸爸、好爸爸……

2-14 栗凯家老平房　夜

电视屏幕正在播放戏曲节目。栗铁生躺在破沙发上跟着哼唱。

周青云走来走去收拾屋子，不时遮挡住栗铁生的视线。栗铁生歪头看电视。

栗铁生：（终于不耐烦）干吗呀，成心的吧？

周青云：（一甩手里的抹布）看看那个贾有才，在团里就会弹个破吉他，唱几首流行歌曲，可是人家到处找门路赚钱，你看看你，好歹也是乔老爷子的徒弟，成天就会小偷小摸！

栗铁生：（不屑）他那是"投机倒把"！哼，比我的小偷小摸也好不到哪儿去！

周青云：真是"烂泥扶不上墙"！

栗铁生：（烦躁）你看他好，跟他过去！一天到晚说我！

周青云：（涨红脸）你！

栗铁生：你什么你，有本事去呀，看人家要不要你！

周青云气得把抹布摔在栗铁生脸上，转身推门出去，"砰"的一声关上门。

栗凯从卧室跑出来。

栗凯：（看着栗铁生）我妈去哪儿了？

栗铁生：（若无其事）还能去哪儿，肯定去你舅舅家了，过一会儿就自己回来了，睡吧！

栗凯讪讪地回卧室。

栗铁生继续摇头晃脑地听戏。

2-15 文工团家属院　夜

一排屋子里的灯一盏一盏熄灭。

乔晓羽的房间还亮着，微弱的灯光下，乔晓羽的剪影在翩翩起舞。

2-16 文工团家属院　夜

栗凯家门口。

高跟鞋"咔哒咔哒"的声音响起。

从窗外看去，栗凯家里的灯亮了。

栗凯：（画外音，迷糊）妈，你回来了？

周青云：（画外音）你爸呢？

栗凯：（画外音）我爸说，他挣钱去了……

周青云：（画外音）……狗改不了吃屎！

大院外，远远地传来几声狗叫。

2-17 文工团库房　夜

库房里一片漆黑，两个人影在晃动。

男人A：老栗子，你不是说这批设备是正常报废吗，怎么还是大半夜来？跟做

[①]《好爸爸坏爸爸》由诸葛怡作词，刘为光作曲，石越演唱，是1987年首播的电视剧《好爸爸坏爸爸》的主题曲。

贼似的！

栗铁生：（小声）你不就是贼吗？白天让你来搬，你更心虚！

男人A：也是啊……还是你想得周到，嘿嘿……

栗铁生：贾有才倒腾了一批进口设备，我一猜，这旧设备就要淘汰！

男人A：你脑子真灵！

栗铁生：我跟采购科王科长说好了，这批给他处理了，我们俩"二一添作五"！

男人A：你们俩"二一添作五"，那我呢？

栗铁生：哎呀，少不了你的，跟他分完，咱俩再对半分！

男人A：老栗子够意思！可是这么多，一晚上也搬不完啊！

栗铁生：咱今天就是来踩踩点，下周五团里演出，保卫科都在那边忙活呢，我第二个出场，演完了就来，正好躲开齐向前那个死对头！到时候你在这儿等我，留点神，别让人发现！

男人A：别逗我了，你会怕齐向前？这么多年，他可拿你一点办法都没有！

栗铁生：老齐是头倔驴，还是离他远点！快过来，（用力挪一个箱子）搭把手！

男人A：你不是说今天就来踩个点儿吗？

栗铁生：贼不走空！

两人在黑暗中搬起一个箱子。

2-18 贾午家老平房　日

贾有才掀起门帘，两位工人把一台崭新的钢琴抬进来。金艳丽高兴地指挥工人摆放钢琴。

金艳丽：放这儿，对！往这边一点儿！好！

贾有才：（得意地看着钢琴）老婆，怎么样，这礼物满意吗？

金艳丽：（嗔笑）看把你能耐的，满意！（转身端水杯）师傅，喝点水，辛苦了啊！

两位工人接过水杯喝水。

金艳丽仔细查看着钢琴，轻轻抚摸钢琴的边缘。

贾有才：我去送送师傅。

金艳丽：师傅慢走啊！

贾有才带着两位工人出去。

金艳丽迫不及待地坐到钢琴前，打开琴盖，演奏起来。

贾晨：（画外音）妈，我放学了！

贾晨背着书包，站在门口。

金艳丽停下演奏，兴奋地转过身。

金艳丽：闺女回来了！看见这新钢琴没？你爸刚买的！进口的！雅马哈！快来，（走过去拽贾晨）闺女，你小时候跟妈学的那首《星光圆舞曲》还记得吗？来，给妈弹一遍！

贾晨被金艳丽拽着，歪歪斜斜地躺在钢琴凳上，书包耷拉到地上。

贾晨：（撇嘴）妈，什么圆舞曲，我早忘了，饭做好了吗，饿死了……还星光呢，我都饿得眼冒金星了……

金艳丽：（瞪眼）这都忘了？你还记得什么？

贾有才进门，拎着一个食品袋。

贾有才：行了，闺女上了一天学，肯定累坏了，看这是什么，爸在门口买了烧鸡！快来吃！

贾晨噌的一下站起身。

贾有才把烧鸡放到桌子上，拽下一条鸡腿递给贾晨，贾晨迫不及待地吃起来。

金艳丽无奈地看着贾晨。

贾午抱着足球站在门口，浑身脏兮兮的。

贾午：妈，我回来了！（转头看贾晨，眼睛冒光）鸡腿！

金艳丽：（拾起精神）贾午，快看咱们家的大钢琴！《蜜蜂》，还记得吧？等会儿吃完，来给妈弹一遍！

贾午紧盯着桌子上的烧鸡，舔着嘴唇慢慢走向烧鸡。

贾午：（呆愣）蜜蜂，我记得啊！

金艳丽：（意外）真的？

贾有才：（拽下一条鸡腿递给贾午）儿子记性这么好！来，奖励大鸡腿！

贾午：（接过鸡腿，含混地边吃边说）我记得，晓羽就是让蜜蜂给叮了，手指头肿了这么大！童言说，蜜蜂叮了人就会死，齐贝贝突然哭了，比晓羽哭得还大声，你们说她是不是傻……哈哈哈哈……

金艳丽忍着失望和怒气，重重地呼吸。

金艳丽：（瘫在椅子上）吃吧，吃吧，都是冤家，讨债的冤家……这俩孩子，是随了谁啊……

贾有才：（松弛）看你说的，我也是搞艺术的啊，急什么，等贾午长大点，跟着我学吉他，不都一样吗？

金艳丽：（气得直起身）那能一样吗？吉他能跟钢琴比吗？钢琴是乐器之王！

贾有才挤眉弄眼地学金艳丽的动作和手势，贾晨、贾午也装模作样地学起来。

金艳丽转过身，贾有才、贾晨赶紧停住动作，贾午反应慢，还在学。

金艳丽举起手想打贾午，贾午赶紧往后躲远。金艳丽无奈摇头，胳膊慢慢落下。

金艳丽看着自己展开的手指，长长地叹气，指缝间出现乔晓羽的笑脸。

乔晓羽：（惊喜）好漂亮的钢琴啊！

乔晓羽站在门口。

金艳丽：（笑着招呼）晓羽，快来！

乔晓羽：艳丽阿姨！这就是新钢琴吗？

金艳丽：是啊，今天刚到的！

乔晓羽慢慢走到钢琴面前，轻轻抚摸琴键。

乔晓羽：（试探）我……能弹一下吗？

金艳丽：（高兴）当然能！晓羽，你快坐这儿！哎哟喂，这俩孩子快把我气糊涂了……

贾晨和贾午赶紧低下头吃烧鸡。

乔晓羽坐到琴凳上，认真地开始弹奏《月光下》。

金艳丽：（不时小声指导）注意节奏，好，好……

贾有才：（啃着鸡爪，自言自语）还是

老祖宗说的在理啊，亲爸教不了亲儿子！

金艳丽：（转过头）什么？

贾有才：（笑）你有晓羽这个好徒弟，不就行了吗？

金艳丽苦笑。

乔晓羽仿佛什么也没听见，投入地弹琴，沉浸在音乐的世界里。

贾午停住吃鸡腿的动作，呆呆地看着乔晓羽的侧影。

2-19 剧场　夜

舞台上方挂着红色横幅"清城市建市十周年文艺晚会"。

剧场座无虚席，前排坐着一些领导。

两位主持人款款走上舞台。

主持人：（拿起话筒）尊敬的各位来宾，亲爱的朋友们，晚上好！今天我们欢聚在这里，热烈庆祝清城市建市十周年！首先，我向大家介绍今天莅临晚会的领导……（话音渐弱）

2-20 剧场化妆室　夜

化妆室里人来人往，演员们各自忙碌着，有的在化妆，有的在换衣服，有的对着镜子练习动作。还有一些工作人员拿着道具匆忙地走来走去。

金艳丽坐在化妆镜前，后面站着一位化妆师，正在给金艳丽梳理头发。

化妆镜里出现乔晓羽的笑脸。

金艳丽：（笑着转头）晓羽，化好了吗？让阿姨看看！

金艳丽仔细端详着乔晓羽略施粉黛的脸庞。

乔晓羽：（笑）艳丽阿姨，好看吗？

金艳丽：好看！我们晓羽最好看了！

化妆师：晓羽，一会儿要上台了，紧张吗？

金艳丽：别看晓羽年纪小，那可是老演员了，才不紧张呢，是不是？

乔晓羽：有点紧张……（偷笑）不过，得装作不紧张，我妈说，要……（皱眉回忆）喜怒不形于色……

金艳丽：（无奈）这个冰梅，把小孩教成老学究了……乔主任又给孩子定那么多规矩，这个不让学，那个不让干！这么好的苗子，可惜了，晓羽要是我亲闺女该多好啊，（怜爱地看着乔晓羽，遗憾地摇头）搞错了，老天爷肯定搞错了……

化妆师：（笑）看把你爱的，要不用贾晨和贾午两个换晓羽一个，问问乔主任愿意不愿意！哈哈……

金艳丽：他要是愿意，我立马就换，一点也不犹豫！哈哈……

乔晓羽：（有点害羞）艳丽阿姨，我爸呢？

金艳丽：在后台盯着合唱团呢！

乔晓羽站起身朝外跑去。

金艳丽：晓羽，一会儿就要上台了，可别乱跑啊！

乔晓羽：知道啦！

乔晓羽蹦跳着跑出化妆室。

2-21 剧场　夜

镜头从侧台看向舞台，戏曲演员正在

台上表演。

栗铁生带着文武场师傅们坐在舞台侧面演奏。

戏曲演员演唱结束、亮相，用手势介绍文武场，栗铁生和其他师傅起身鞠躬，收拾乐器，走下舞台。

栗铁生装作不经意地望过去，齐向前站在剧场侧门，目光刚毅地巡视着现场。

栗铁生拉住一个拉三弦的徒弟小胡。

栗铁生：小胡，你把我的家伙什儿收好，我有点事出去一趟，等会儿大合影的时候，就说我去厕所了啊！

小胡：师傅，您去哪儿啊？

栗铁生：问那么多干吗？好好干你的活儿！

小胡挠头。

栗铁生快步离开。

2-22 剧场后台 夜

一群合唱团演员站在一起，叽叽喳喳聊天，乔卫国站在他们前面嘱咐着。

乔卫国：（对大家）前排加的那几个动作可别忘了啊……

栗铁生把脸扭到一边，快步从乔卫国身后走过。

乔卫国：（回头看见栗铁生）哎？这个老栗子，演完就跑！（回过头）大家安静会儿，后排的小伙子们，最后那个横幅准备好了吗？

大家：（七嘴八舌）准备好了，乔主任，放心吧！

办公室的小汪匆忙走进来。

小汪：乔主任！门口有人找你！

乔卫国：谁呀，我这儿忙着呢，演出完再说！

小汪：他说他是你弟弟！

乔卫国：（疑惑）卫东？

2-23 剧场门口 夜

乔卫国快步走出剧场。

门口，乔卫东神情焦急地跑过来。

乔卫国：卫东，你怎么来了？

乔卫东：（急迫）哥，妈她……

乔卫国：（着急）妈怎么了？

乔卫东：（眼圈泛红）妈摔倒昏过去了，送到医院，医生说是脑出血！

乔卫国：（声音颤抖）现在呢？现在情况怎么样？

乔卫东：正在医院抢救，刚才我去家里找你，才知道你在忙演出，嫂子已经赶去医院了，让我来这儿找你……

乔卫国：（稳住情绪）别急，肯定没事，走，咱们一起去医院……（突然想起）可是晓羽，晓羽还要上台……

乔晓羽：（画外音）爸，二叔！

乔卫国转身，乔晓羽小小的身影站在后面。

金艳丽、贾有才从剧场门口快步走出来。

乔晓羽：（哽咽）奶奶她怎么了？

乔卫国：晓羽……奶奶没事……

乔晓羽：（流泪）爸，我刚才听见二叔说的话了，奶奶昏过去了，是不是？我要去看奶奶……

金艳丽：乔主任，晓羽奶奶怎么了？

乔卫国：（扭过头）脑出血……

贾有才：乔主任，你们快去吧，这边我们给你盯着！

金艳丽走过去抱住哭泣的乔晓羽。

乔卫国：（纠结）可是晓羽……

金艳丽：没有伴舞也一样能演，团里会理解的，我去跟团长说！

乔卫国：（咬紧牙关，摇头）应了的戏就得唱，这是祖师爷定的规矩……

金艳丽：祖师爷祖师爷……晓羽现在这么难受，怎么上台？也太为难孩子了！

乔卫国在乔晓羽面前蹲下，给乔晓羽擦干眼泪。

乔卫国：（看着乔晓羽）晓羽，爸爸和二叔现在去看着奶奶，肯定会没事的！爸是不愿意你排大戏，可上了台，就得有台上的规矩，不能让别的演员白练，你明白吗？

乔晓羽：（哽咽）明白……

乔卫国：听话，好好演，就像……就像奶奶在台下看着你一样！

乔晓羽流着泪点头。

2-24 剧场　夜

舞台灯光照射下，乔晓羽微笑的脸庞。

舞台上，乔晓羽翩翩起舞，和其他舞蹈演员配合默契。贾有才抱着吉他边弹边唱。

侧台，金艳丽担心地看着台上的乔晓羽。

乔晓羽微笑亮相，和演员们一起向台下鞠躬致意。

观众席响起热烈掌声。

（幻象）乔晓羽奶奶坐在观众席中间，微笑着鼓掌。

（闪回）

乔晓羽奶奶坐在凳子上，拿起戏曲头饰给乔晓羽装扮点翠头面，慈祥地端详乔晓羽。

乔晓羽坐在自行车后座，奶奶温柔抚摸乔晓羽的头。

乔卫国骑着自行车走远，乔晓羽奶奶微微佝偻，向乔晓羽挥手。

（闪回结束）

乔晓羽转身走向侧台，脸上的微笑慢慢消失，眼泪奔涌而出。

乔晓羽：（哭着）奶奶……

2-25 文工团库房　夜

库房里一片漆黑，外面传来窸窸窣窣的脚步声。

库房大门"哐啷"一声打开，一束手电筒的光直射进来。

齐向前带着保卫科两个职工，每人拿着一个手电筒四处搜寻。

库房一角空空荡荡。

微弱的光线下，齐向前愤怒而沮丧的脸。

齐向前：（喘气）还是晚了一步！

2-26 乔晓羽家老平房　日

镜头慢慢移动到高高的柜子上，摆放

着乔晓羽奶奶的遗像和一些祭品。

乔卫国、沈冰梅身着素服、戴着黑袖巾，邻居们轮流走过来安慰、握手，乔卫国、沈冰梅神情悲痛，对邻居们表示谢意。

栗铁生阴沉着脸走进屋，跪下给遗像磕头，随后站起身，抹着眼泪走出门。

童振华、许如星进门，走到遗像面前鞠躬。

童振华：（握住乔卫国的手）乔主任，节哀。

乔卫国点头致谢。

许如星：（走到沈冰梅身边）冰梅姐，节哀啊。晓羽呢？

沈冰梅：（示意卧室，叹气）一天都没吃饭，刚才还哭了一场。

许如星：我去看看。

沈冰梅轻轻点头。

2-27 乔晓羽家老平房　日

许如星走进卧室，乔晓羽坐在凳子上，呆呆地看着手里的戏曲珠翠头饰。

许如星轻轻蹲下，拥抱乔晓羽。乔晓羽脸上留下一行眼泪。

许如星：好孩子，别哭了，想吃什么，阿姨给你做。

乔晓羽：（抬起头）如星阿姨，童言呢？我想跟他说说话。

许如星：他有点不舒服，吃了药睡下了，等他醒了，我就让他来找你玩儿，好吗？

乔晓羽轻轻点头。

许如星难过地抚摸着乔晓羽。

2-28 文工团家属院　日

童飞从家门口走出来，远远看见乔晓羽坐在院子里的石板凳上擦眼泪。

童飞犹豫了一下，慢慢走到乔晓羽身边坐下，看到乔晓羽右臂的黑袖巾。

童飞：姥姥去世的时候，我也戴过这个。

乔晓羽：（转头看看童飞）那时候，你也很难过吧？

童飞：（摇头）难过有什么用！

乔晓羽看着童飞的侧脸，又转过头看着手上的戏曲珠翠头饰。

乔晓羽：这是奶奶留给我的。你姥姥留给你什么东西了吗？

乔晓羽的肚子"咕噜咕噜"响，乔晓羽下意识捂着肚子，不好意思地低头。

童飞：（想了想）等我一下。

童飞跑远。

乔晓羽看着童飞的背影。

突然，一根插在筷子上的烤玉米出现在乔晓羽眼前，乔晓羽抬起头，疑惑地看着童飞。

童飞：这就是我姥姥留给我的。

乔晓羽看着烤焦的玉米皱眉。

童飞：这是姥姥留给我的手艺，看着黑乎乎的，其实很好吃，你们城里人没吃过吧。

乔晓羽犹豫，还是忍不住咽了一下口水。

童飞：（递给乔晓羽）我姥姥说过，不管遇到多大的事儿，也得好好吃饭。

乔晓羽犹豫着，慢慢接过玉米。

童飞：吃吧，你奶奶肯定不想让你饿着肚子哭。

乔晓羽含着眼泪咬了一口玉米。

2-29 文工团办公室　日
敲门声响起。

栗铁生走进团长办公室，看到团长坐在办公桌后阴沉着脸，齐向前站在旁边，一脸正气。

团长：（皱眉）老栗子，你来了？

栗铁生：（试探）团长，我正忙着排练呢，什么事儿啊，呦，齐科长也在？

团长：老栗子，叫你过来，主要是问问你仓库里那批旧设备的事儿……

栗铁生：什么旧设备，我不知道。

齐向前：嘴够硬的？咱们团演出那天，十几台设备一夜之间都没了，你敢说跟你没关系？

栗铁生：齐科长，我知道你看我不顺眼，那也不能栽赃陷害啊，那天晚上我可有演出，全团都能给我做证！

齐向前：你徒弟小胡说了，你演完就找借口走了！

栗铁生：上厕所不行啊，还不让人拉屎了？

齐向前：（气得指着栗铁生的鼻子）好，好，老栗子，不承认是吧，看这是什么？

齐向前把一张纸甩在栗铁生身上，栗铁生不耐烦地拿起来看。

齐向前：看到了吧？采购科王科长专门写了证明材料，他只跟你一个人说过那批设备要报废，你当时就说要偷偷拿出去卖了，他阻止你，你根本不听劝！万万没想到，你这么快就动手，还趁大家演出的时候！

栗铁生看着纸上的文字，表情越来越愤怒。

栗铁生：（把纸撕成两截，扔在地上）这个王……王八蛋！真不是东西！

齐向前：承认了吧？（看团长）团长，他承认了！

团长：（站起来挥手）好了好了，事情弄清楚就行，（转向栗铁生）老栗子，王科长的问题，团里自然会查清楚！不过……事儿是你干的没错吧，这样，回头把设备都拿回来，已经处理的按折旧价补齐，赶紧把这件事给了结了！

齐向前：（不服）团长，这也太纵容他了！

团长摆手，示意齐向前不要着急。

齐向前一脸无奈地坐下。

团长：（语重心长）老栗子，你是乔老爷子的关门弟子，又在团里这么多年，我这么做，是为了给团里留点脸面，你明白吗？

栗铁生闷不作声。

团长坐下，拿起桌子上的一堆材料翻看。

团长：行了，你们去吧，我这儿还一脑门子官司呢！

栗铁生不服气地一甩头，转身走出办公室。

齐向前不满地"哼"了一声，跟着走出办公室。

团长坐在办公桌前，把一摞纸摔在桌子上，上面的一张纸上写着"举报贾有才投机倒把"。

2-30 文工团办公楼门口　日

栗铁生、齐向前一前一后走出办公楼。

栗铁生：（回头）老齐，姓王那小子不讲道义，我认栽！你有什么得意的？你抓住我了吗？

栗铁生满不在乎地转身走远。

齐向前：（气愤地看着栗铁生的背影）你！偷东西还有理了！

2-31 文工团家属院　日

一群人围在公告栏前面指指点点。

栗铁生走过去，踮起脚尖看公告栏。

公告栏贴着"清城市文工团关于对贾有才投机倒把的通报批评"。

贾有才：（画外音）看够了吗？

大家转头，看见贾有才站在人群外，或尴尬或鄙视地纷纷散开。

贾有才走到公告栏前，冷眼看着上面贴的大纸。

栗铁生：（凑过来，阴阳怪气）贾大才子，看来你也被采购科那个王八羔子给坑了啊！

贾有才：我跟你可不一样，你是自己搞事儿，我啊，是被团里上上下下给坑了！

栗铁生：（左右张望）你小声点儿吧，还想不想干了？

贾有才：哼，此处不留爷，自有留爷处！我贾有才在哪儿都能挣钱，老子不干了！

公告栏上的大纸被一把撕下。

2-32 栗凯家老平房　日

栗铁生、周青云、栗凯坐在桌前吃饭，一对夫妻走进来。

妻子A：周姐，吃饭呢？

周青云、栗铁生赶紧站起身迎接。

周青云：呦，小王，你们吃了没，坐下一起吃吧！

妻子A：不用不用，我们吃过了！

妻子A冲丈夫B使眼色。

周青云：小王，是有什么事儿吧，尽管说，别客气！

丈夫B：（吞吞吐吐）周姐，大栗哥，还真有个事儿麻烦你们，老家有事，我们得回去一趟，时间还挺久的，家里有一些物件儿不太放心，其实也不值什么钱，不过最近治安不好……

妻子A：（埋怨丈夫）看你结结巴巴的，（转头笑对周青云）辛苦周姐和大栗哥替我们保管几天，我们全家最信得过的就是你们了！

妻子A再次冲丈夫B使眼色，丈夫B会意，从门口迅速搬进来一堆东西放到地上，有电视机、首饰盒、邮票集、手表，镜头最后落到一个儿童的存钱罐上。

周青云看着这些东西，抬头再看看栗

铁生，栗铁生低头不语。

周青云正准备说话，妻子A拉着丈夫B往外走。

妻子A：那就辛苦周姐、大栗哥了！栗凯再见！阿姨回来给你带好吃的！

夫妻俩离开。

栗凯继续安静地吃饭。

周青云重重地往凳子上一坐。

空气安静几秒。门口树上的鸟"扑棱"一声飞走。

周青云：（冷不丁）栗铁生！

栗凯被吓了一跳，抬头看着周青云，再看向栗铁生。

栗铁生：（恼羞成怒）干吗呀？

周青云：（发火）人家为什么让你保管！心里没点儿数吗？真的是信得过你吗？是怕你趁人家不在家，去偷！这叫什么，最危险的地方就是最安全的地方！

栗凯咬紧牙关，忍住眼泪。

栗铁生默默拿出烟盒。

周青云：你说你和王科长商量好了，谁信啊？自己窝囊就算了，连累我们娘儿俩也跟着成了惯犯家属！你让栗凯长大了怎么抬得起头做人！

栗铁生：爱信不信！公道自在人心！

周青云从身上解下围裙，往地上一扔。

周青云：（指着栗铁生的鼻子）你一个小偷，还好意思说公道？行，你就等着你的公道吧！

周青云转身离开家。

栗凯：（看着栗铁生）我妈去哪儿了？

栗铁生：（烦躁）肯定又去你舅舅家了，过一会儿就自己回来了，吃吧！

栗铁生把烟盒摔到饭桌上。

2-33 齐贝贝家老平房　日

透过窗户向外看去，周青云穿着高跟鞋，气冲冲地经过窗外。

高洁看着周青云走远，转过头，许如星坐在屋里。

许如星：（小声）又走了？

高洁：唉，这次都怪我们家老齐，非要告到团长那儿，怎么也拦不住！

许如星：齐科长公事公办，也是没办法的事儿。

高洁：可不是嘛，以前老栗子小偷小摸也就算了，这次的设备不是小数目啊，做了这么多年邻居，结果闹得不愉快……还好我们过几个月就要搬家了，要不然天天见面都尴尬！

许如星：听说你们要搬到市中心了？

高洁：为了贝贝上个好一点儿的小学，我们大人折腾就折腾吧！

许如星：高大夫，你为了贝贝真是尽心尽力，我得好好向你学习！

齐贝贝从外面跑着进门，脸上脏兮兮的。

高洁：哎哟小祖宗，你又跑哪儿疯去了？怎么一身的泥？

齐贝贝：童飞带我们抓蚂蚱，炸着吃，可香了！

高洁正准备发火，意识到许如星在，硬生生把怒气压下去。

高洁：好了，快去外面脸盆洗洗！

齐贝贝噘着嘴走出门。

许如星：（充满歉意）高大夫，实在不好意思，童飞这孩子在乡下野惯了，回头我好好说他……

高洁：（勉强微笑）没事，没事，只要不拉肚子就行……对了，你们家童振华调动工作的事怎么样了，真的要去海南吗？

许如星：说到这个，我还在犹豫呢，全家搬过去，不是小事啊！

高洁：我帮你问了我们医院的专家，海南的气候，确实对童言的恢复更有利。

许如星：（点头）谢谢你，高大夫，（下定决心）只要对童言的身体好，我也愿意折腾！

高洁：（感慨）要说为孩子尽心，你比我付出更多！

2-34 齐贝贝家老平房门口　日

齐贝贝在门口的脸盆边大把洗脸，水撒得到处都是。

许如星：（画外音）为了童言的身体……（话音渐弱）

齐贝贝：（停下洗脸的动作）海南？

2-35 文工团家属院　日

乔晓羽、贾午：（一起）海南？

高大的银杏树下，乔晓羽、贾午、童言、齐贝贝围成一圈。

齐贝贝：（无奈点头）嗯，如星阿姨说的，他们全家要搬到海南。

乔晓羽：（眼泪快要流出来）童言，你真的要搬走了？

童言：（难过）我爸爸要去海南工作，我也不想走……

贾午：（懵懂）为什么，为什么童言也得去？童言不能留下吗？

齐贝贝：听我妈说，那里天气好，对童言……这里（指着童言的心脏部位）好。

乔晓羽：（流出眼泪）贝贝要搬家，你也要走……

童言跟着流泪。

贾午：（安慰乔晓羽）晓羽，我……

栗凯：（从树后面跳出来）你们几个怎么又哭哭啼啼的？我妈都离家出走好几天了，我也没哭啊，说不定过几天童言就搬回来了，有什么可哭的，快！贾午、贝贝，跟我去门口，等会儿隔壁大院的就打过来了，还得战斗呢！

齐贝贝：晓羽，我还在清城，我会经常回来找你们玩儿的！（拍拍乔晓羽）放心吧！

齐贝贝跟着栗凯跑远。

贾午无奈地挠挠头，也跟着齐贝贝跑远。

2-36 文工团家属院　日

栗凯拿着玩具枪，蹲在一处大铁门后，警惕地四处张望。突然眼前出现一个身影。

栗凯抬头一看，是童飞。

童飞歪头示意栗凯跟自己走，栗凯疑惑地看着童飞。

栗凯：（戒备）干吗？

童飞：请你吃"雪人"（雪糕品牌），敢去吗？

栗凯：（舔舔嘴唇）有什么不敢？

2-37 文工团家属院　日

乔晓羽和童言坐在银杏树下。

乔晓羽：（哽咽）童言，你去了海南，身体就好了吗？

童言：（擦泪）我不知道……

乔晓羽：（擦干眼泪）那你就去吧，我等你回来，就像你每天等我一样。

童言：（真挚）晓羽，等我把身体养好，很快就会回来的。

乔晓羽含着泪点头。

贾午躲在墙角，远远看着乔晓羽和童言。

贾午：（自言自语）晓羽，他们都走了，还有我陪着你呢……

乔晓羽和童言互相为对方擦眼泪。

2-38 文工团家属院　日

齐秦《外面的世界》音乐响起。

歌词：在很久很久以前，你拥有我，我拥有你，在很久很久以前，你离开我，去远空翱翔，外面的世界很精彩，外面的世界很无奈，当你觉得外面的世界很无奈，我还在这里耐心地等着你……

大院里的邻居们送别童振华一家。

乔卫国、贾有才、栗铁生、齐向前和童振华拍着肩膀互道珍重，沈冰梅、金艳丽、高洁和许如星围在一起，互相握着手抹眼泪。

乔晓羽、童言、童飞、贾午、贾晨、齐贝贝、栗凯站成一排，贾有才拿着相机给孩子们合影。童言紧紧拉着乔晓羽的手。

2-39 文工团家属院门口　日

继续齐秦《外面的世界》音乐。

院门口停着一辆卡车，童振华、许如星往车上搬行李，童言和乔晓羽站在旁边。

童飞坐在卡车前排副驾驶的位置。

童言递给乔晓羽一包麦丽素，安静地留下两行泪。

乔晓羽拿着麦丽素，没有哭。

许如星走过来抱抱乔晓羽，招呼童言上车。

卡车慢慢开走，乔晓羽看着手里的麦丽素。

卡车缓缓驶远。

2-40 卡车内　日

卡车后排座位上，童言低着头默默擦泪，许如星抱着童言安慰。

童飞看向后视镜，后视镜里，乔晓羽泪流满面，哭成泪人。

童飞低头看着自己手背上的结痂。

2-41 组镜

插曲音乐响起。

乔晓羽：（画外音，成年）小时候，我以为这样的日子，这样的朋友，会永远存在，不会改变，后来才知道，那只是人生中短暂的一瞬；长大后，我以为那样的日子，那样的朋友，只是人生中短暂的一瞬，根本不必在意，现在才明白，那些人、那些事，早已变成我生命的一部分，永远都不会消失。

乔晓羽慢慢走在文工团家属院的一排平房前面，经过栗凯家。

栗铁生站在门前，打开手里的信封，纸上写着"离婚协议书"。栗凯阴沉着脸走出家门。

乔晓羽继续走着，经过齐贝贝家。

高洁正在把日用品收拾到箱子里，齐贝贝拿起一个听诊器，挂在耳朵上，跑到院子里栗凯面前，把听诊头放在栗凯胸前，栗凯满脸怨气地把齐贝贝的手甩开，齐贝贝又疑惑又生气。

乔晓羽继续走着，经过贾午家。

贾晨追着贾午打，贾午拿起一把玩具枪乱挥舞，一下子砸到了钢琴一角，钢琴被磕出一条裂痕。金艳丽气得站起身要发火，贾午和贾晨赶紧跑出门。

乔晓羽走进自己家门，望着柜子上奶奶的遗像。

乔晓羽低头看着自己的双手，左手心放着戏曲珠翠头饰，右手心放着一包麦丽素。

2-42 乔晓羽家老平房　日

乔晓羽坐在电视机前，轻轻擦泪。

电视里播放 1987 版电视剧《红楼梦》第十二集黛玉葬花的片段。

乔晓羽看着电视，若有所思。

2-43 文工团家属院　日

土地上散落着几片小小的粉色花瓣。

乔晓羽学着电视剧里林黛玉的样子，肩上挑着一个小袋子，慢慢走到院子里的花圃和菜地前。

乔晓羽蹲下，把地上的花瓣轻轻放在一个小袋子里。

远处，贾午疑惑地看着乔晓羽。

贾午：（喃喃自语）晓羽在干什么？好几天都不说话，（疑惑）花瓣有什么好玩儿的……（犹豫片刻）管它呢，只要晓羽高兴就好！

一双小胖手把枝杈上的粉色花瓣揪下来。

一双小胖手捧着花瓣递到乔晓羽面前。

乔晓羽吃惊地看着贾午手里的花瓣。

一堆花瓣被两只手放进小袋子里。

乔晓羽把小袋子埋在一个小土坑里。

乔晓羽微笑，贾午咧嘴笑。

2-44 乔晓羽家老平房　日

乔晓羽面对着墙壁，跪在卧室角落里。

沈冰梅：（画外音）李婶儿，真对不住您！

李婶儿：（画外音）我这辛辛苦苦种的豆角好不容易开花，结果都被你们家晓羽给摘下来埋了，我今年都没收成了！

沈冰梅：（画外音）对不起，您算算多少钱，我马上赔给您……

乔晓羽把头埋得更低了。

李婶儿：（画外音）算了算了，现在的小孩啊，不知道心疼粮食，可得好好管管……

沈冰梅：（画外音）我一定好好教训她，您慢走，回头我就让卫国把钱给您送过去……

沈冰梅走到乔晓羽后面，乔晓羽怯怯地转过身，沈冰梅严厉地看着乔晓羽。

乔晓羽：（害怕）妈，我……

沈冰梅：知道错了吗？

乔晓羽慢慢闭上嘴，委屈的眼泪充满了眼眶。

沈冰梅不怒自威地轻轻摇摇头。

乔晓羽硬生生把眼泪憋了回去。

乔晓羽：（忍着不哭，默念）喜怒不形于色，喜怒不形于色……

2-45 乔晓羽家老平房　夜

乔晓羽坐在小桌子前，小心翼翼地拿出一张纸。

桌子下，乔晓羽的膝盖红肿。

乔晓羽拿出铅笔，在纸上写下歪歪扭扭，几乎认不出来的几个字"童言：你好吗"。

2-46 组镜

乔晓羽小小的背影坐在台灯下。

齐秦《外面的世界》音乐响起。

歌词：每当夕阳西沉的时候，我总是在这里盼望你，天空中虽然飘着雨，我依然等待你的归期，我依然等待你的归期……

卧室的格局变化成20世纪90年代现代单元楼的房间。乔晓羽坐在书桌前，背影已经是少女的样子，扎着马尾。乔晓羽写完了一封信，打开侧柜，从里面拿出一个小木箱，用一把小钥匙开锁，把信纸认真地放进小木箱里。

2-47 文工团小区　日

贾午：（画外音，少年）晓羽！乔晓羽！

文工团小区院子，已经长成少年的贾午抬起头，对着二层窗户大喊。

贾午：（喊）乔晓羽！

2-48 小区民宅　乔晓羽家　日

坐在书桌前的乔晓羽转过头微笑，站起身打开窗户朝下望去。

乔晓羽：（笑着）来啦！

第三集

你总是，心太软

3-1 小区民宅　乔晓羽家　日

刘德华、那英《东方之珠》①音乐响起。

歌词：小河弯弯向南流，流到香江去看一看，东方之珠，我的爱人，你的风采是否浪漫依然。月儿弯弯的海港，夜色深深，灯火闪亮，东方之珠，整夜未眠，守着沧海桑田变幻的诺言……

字幕：1997年6月　清城市文工团小区

20世纪90年代中期中国内地普通家庭。

客厅，镜头依次呈现极具年代感的电视机、沙发、书架……书架上摆放着乔卫国的"清城市文工团先进个人"奖状、战斗机模型、运动员奖牌，乔晓羽的"清城市优秀小演员"证书和演出照，沈冰梅的"清风会计师事务所优秀员工"奖杯……

卧室，镜头依次移动呈现书桌上的老式录音机、磁带，墙上贴着的明星画报，堆起来的课本、小说、少女杂志……

乔晓羽整理床铺、穿衣服、收拾书包。

厨房，一只手正在煎鸡蛋。

卫生间，乔晓羽洗完脸猛地抬起头，镜子里，一张青春少女湿漉漉的脸庞。

厨房，铲子把煎好的鸡蛋放在盘子里。

卫生间，乔晓羽在镜前扎起马尾，端详自己，微笑。

乔晓羽跑进厨房，拿起盘子里一个煎蛋塞到嘴里。

乔卫国正系着围裙做饭。

乔晓羽：（边吃边说）爸，我去学校了！

乔卫国：哎？今天不是周末吗？去学校干吗？

乔晓羽边嚼边走出厨房。

乔卫国端着盘子，跟着乔晓羽走到客厅。

乔晓羽：（终于咽下去）庆祝香港回归，学校的升旗仪式有演讲活动，老师让我们文艺小分队去帮忙！

沈冰梅从卧室走出来，衣着端庄正式，在穿衣镜前整理衣服。

乔卫国：（不满）帮什么忙？闺女啊，你都要升高二了，不要天天想着搞文艺搞文艺，文艺哪那么好搞啊？你爸我搞了半辈子文艺……

沈冰梅：（打断乔卫国）卫国，我去单位加班，晚点儿回来。

乔卫国：唉，这母女俩，都不好好吃饭！我又白忙活了……

乔卫国放下盘子、解下围裙，一脸不满地坐下。

沈冰梅穿鞋出门，乔晓羽跟着冲出房门。

乔卫国：（望着乔晓羽背影）乔晓羽，你这学期期末考试……唉……（无奈摇头）

3-2 文工团小区　日

继续刘德华、那英《东方之珠》音乐。

---

① 《东方之珠》由罗大佑作词、作曲，刘德华、那英演唱，是以香港回归祖国为主题的流行音乐中最有名的歌曲之一。

歌词：船儿弯弯入海港，回头望望，沧海茫茫，东方之珠，拥抱着我，让我温暖你那苍凉的胸膛……

从小区大门口高处望进去，小区里是一排中层单元楼。乔晓羽骑着自行车，从小区大门出来。大门上写着"清城市文工团小区"。

3-3 街道　日

继续刘德华、那英《东方之珠》音乐。

歌词：让海风吹拂了五千年，每一滴泪珠仿佛都说出你的尊严，让海潮伴我来歌唱你，请别忘记我永远不变黄色的脸……

乔晓羽骑着自行车穿过街道。街道两旁的商铺、住宅都挂着国旗，到处张贴着"热烈欢庆香港回归祖国""香港回归，普天同庆"的横幅。

3-4 租书店门口　日

"良友租书店"门口停放着乔晓羽的自行车。

3-5 租书店　日

镜头从门口慢慢推到租书店的书架旁。乔晓羽挑选书的背影。

镜头从书架上的金庸、古龙全套，移动到一排琼瑶小说《梅花烙》《鬼丈夫》《水云间》《新月格格》《六个梦》……

乔晓羽的手抽出一本《鬼丈夫》。

乔晓羽聚精会神地翻看，忍不住轻声哼唱《鸳鸯锦》①歌词"去年元夜时，花市灯如昼……"，哼到"忆当时初相见"发现自己起调高了，没唱上去，咳嗽起来。

租书店老板：（画外音）小姑娘，看半天了，租吗？

乔晓羽：（回头）哦，老板，租，一周。

乔晓羽把书放到柜台上结账。

3-6 学校门口　日

（空镜）学校大门上写着"清城市第一中学"。

3-7 学校教学楼　日

乔晓羽走上教学楼二层，靠着护栏往下张望。

3-8 校园　日

远处操场上，几个高中生举着国旗排练升旗仪式，贾午在旗杆下摆弄着绳子，齐贝贝在调整话筒。

3-9 学校教学楼　日

乔晓羽正准备向楼下招手。

黄大卫：（做着投篮动作跳到乔晓羽面前）Jordon Coming！

乔晓羽：（吓了一跳）黄大卫！你吓死我了！

黄大卫：你胆子也太小了吧！

---

① 《鸳鸯锦》由琼瑶作词，吴大卫作曲，叶欢演唱，是电视剧《鬼丈夫》的片头曲。

乔晓羽：（假装打）哎，你不赶快去练习升旗，在这儿偷懒，小心我告诉魏老师！

黄大卫：（得意）不用练了！我可是职业的，《义勇军进行曲》46秒，国歌一停，国旗到顶！

乔晓羽：（笑）真是个傻大个儿！

黄大卫：什么傻大个儿，"一中乔丹"好吗！

乔晓羽：（笑）就你这黄毛儿，罗德曼还差不多！

黄大卫摸摸自己天生发黄的头发。

齐贝贝：（画外音，遥远喊声）黄毛儿，快下来练升旗！

黄大卫：（望向旗杆方向，沮丧）齐贝贝嗓门这么大，咱们早晚有一天被她震聋！

乔晓羽：（笑）她啊，只震你这种不听话的！

齐贝贝：（画外音，喊）黄毛儿，快下来，上次你就晚了三秒！

乔晓羽：快下去吧，要不等会儿该倒霉了！

黄大卫：你还是先操心你自己吧！

乔晓羽：（疑惑）我？

黄大卫歪头，眼神示意教室里，然后做着假装打篮球的动作跑跳下楼梯。

3-10 学校教学楼　日

乔晓羽顺着走廊走向高一（2）班，快走到教室门口突然停住了，她听到教室里传出一个女生悠扬的朗诵声。

余芳：（画外音，激昂）七月一日，回家的日子！让我们共同依偎在祖国母亲的怀抱……

乔晓羽有点疑惑地走到教室门口，看到余芳（侧脸）正站在讲台上朗诵，一只手拿着笔袋假装麦克风，另一只手高高举起表达着情感。

余芳意识到教室门口有人，轻轻回头瞄了一眼，不经意地轻笑一下，继续朗诵。

余芳：（激昂）回家吧！我们将共同拥有一个自豪的名字！让我们升起鲜艳的五星红旗……

突然乔晓羽身后传来一个女性的声音，打断了余芳的朗诵声。

魏老师：（画外音）晓羽，你来了？

乔晓羽回头，看到班主任魏老师。

乔晓羽：魏老师。

魏老师：嗯……你来我办公室一趟吧。

乔晓羽点头。

余芳赶紧走下讲台，走到魏老师身边。

余芳：魏老师！稿子我已经背下来了，您放心！

魏老师：嗯，感情再丰富一点，再背熟一点！（转头看乔晓羽）晓羽，来吧。

乔晓羽看了一眼余芳，跟随在魏老师身后。

余芳瞟乔晓羽的背影。

3-11 教师办公室　日

魏老师和善地拍拍乔晓羽。

魏老师：晓羽，坐。

乔晓羽：谢谢老师。

两人坐到椅子上。

魏老师：（斟酌）晓羽，老师同学们都知道你是文工团长大的孩子，是学生会文艺小分队队长，今年市里演讲比赛还得了二等奖，按理说，这次升旗仪式的演讲活动你参加很合适，不过……你知道，余芳是班长，为班里、学校都做了不少工作，她也代表咱们的形象……

乔晓羽：魏老师，我明白，我是来帮忙的，这次活动还有什么需要我做的，您随时吩咐我。

魏老师：（欣慰）晓羽真是个懂事的孩子。

3-12 小区民宅　乔晓羽家　日

电视画面播放1997年NBA总决赛公牛对战爵士第四场。

乔卫国坐在客厅沙发上看篮球比赛，时而激动欢呼，时而捶胸顿足。

敲门声响起。乔卫国一边紧盯着电视屏幕，一边倒退着挪到门口开门。贾有才走进来，乔卫国眼神依然紧盯电视屏幕，没回头看贾有才一眼，继续欢呼。

乔卫国：（激动）好球！乔丹，牛！

贾有才随意地走进来往沙发上一坐，熟络地调侃起来。

贾有才：乔主任，真有你的，也不怕贼进来！

乔卫国：贼？贾老板，你逗我吧？和老栗子住那么多年邻居，我还怕贼？再说，大白天这么悠闲的，也就你这种大老板了……

贾有才：你还别说，老栗子这几年安生多了！

乔卫国：儿子都要高三了，还不安生？

手机铃声响起。贾有才从兜里掏出一个老款手机，豪气十足地接听。

贾有才：（拿着手机）对对！就进那批桑拿设备，现在蒸桑拿最流行！到货了就装修，就装在咱们歌舞厅三层，咱们洗唱玩儿一条龙！你们等着，到了今年冬天啊，肯定火爆清城！

贾有才收起手机，乔卫国不屑又羡慕地看着贾有才。

乔卫国：（嘲讽）哼，不去住你的大别墅，成天混在我们这老破居民楼，想硌硬我们穷苦老百姓是吧？快走快走！

贾有才：（堆笑）别赶我走呀乔主任！好歹我也是你的老部下，咱们当年组乐队那会儿……

乔卫国：（打断贾有才）快别当年了，桑你的拿去！（盯着电视屏幕）哎哟，这三分进的，真牛！

贾有才：老乔，你撵不走我！我舍不得咱们这些老邻居……山上那个别墅啊，大是大，没什么意思！周围邻居全是暴发户！我跟他们没有共同语言！

乔卫国：（斜眼看贾有才）你不也是暴发户吗？

贾有才语塞，一脸不满。

3-13 校园　日

乔晓羽从教学楼走出来，齐贝贝、贾

午快步走到乔晓羽面前。

齐贝贝：(语速快，大嗓门)晓羽，黄毛儿跟我们说了，到底怎么回事？

乔晓羽张嘴正要说话，贾午皱着眉接话。

贾午：还能怎么回事，这不明摆着，肯定是被余大班长抢了。

乔晓羽又张嘴，齐贝贝着急地接话。

齐贝贝：她会演讲吗？她会吗？什么都要抢！

乔晓羽干脆闭上嘴，无奈地看着齐贝贝和贾午。

贾午：会不会有什么关系，人家有个好爸爸！青山集团董事长！咱们学校体育场都是她爸爸赞助修建的……

齐贝贝：哼，我就看不惯这个大小姐嚣张的样子！就她，还当班长……

乔晓羽终于忍不住了，一把抱住齐贝贝。

乔晓羽：哎呀我的好贝贝、大宝贝！好啦好啦，从来也没有人跟我说过一定是我代表2班演讲啊！所以，也没有什么抢不抢的！再说，我爸早就反对我搞这些了，他让我一心一意学习，好好考大学！

余芳：(画外音)晓羽，你在这儿啊，我刚才还去魏老师那里找你呢！

余芳突然出现在乔晓羽和齐贝贝身后。

齐贝贝一脸不屑地转过头。

余芳：(甜美微笑)晓羽，我突然接到演讲任务，一点准备都没有，还得找你这个文艺骨干帮忙指导呢！

乔晓羽没来得及说话，齐贝贝先插嘴。

齐贝贝：(冷笑)余大班长，你怎么可能没有准备呢？你准备最充分了吧！

齐贝贝还准备说话，贾午赶紧打断她。

贾午：贝贝，学校对面新开了一家小吃店，牛肉卷饼超级好吃！快走吧，练了半天，我都饿了！

贾午推着一脸不满的齐贝贝走开。

乔晓羽：(对余芳)班长，刚才你演讲的时候我听到了，挺好的，加油。

乔晓羽转身跟着齐贝贝和贾午走远，齐贝贝回头冲余芳"哼"了一声。

余芳不动声色地微笑。

3-14 小区民宅　乔晓羽家　日

电视屏幕播放篮球比赛中场休息，出现"步步高"VCD广告(歌词：世间自有公道，付出总有回报，说到不如做到，要做就做最好，步步高……)

门开，乔晓羽、贾午、齐贝贝走进来，贾午一见贾有才也在，下意识地转头想走，又故作淡定地和乔晓羽、齐贝贝一起进屋。

乔卫国：贝贝来了！

齐贝贝：(笑)乔叔好！贾叔好！

贾有才：贝贝又长高了！

贾午：(皮笑肉不笑)爸，你也在啊……

贾有才：我怎么不能在？你升旗练得怎么样啊？

贾午：（无奈）爸，我是护旗手。

贾有才：护旗手？护旗手也很重要！好好练！你看看晓羽和贝贝多优秀！要代表自己班级演讲！

贾午挤眉弄眼，暗示贾有才不要说了，贾有才没有会意。

贾有才：是不是还要在清城电视台播出啊……

乔卫国：（皱眉）这马上就要期末考试了，晓羽，还是好好复习，把成绩提上去最重要！

贾有才：（对乔卫国）你看你，别打击孩子积极性嘛！

乔晓羽：（黯然）我们班不是我演讲。

乔卫国怔了一下，转而起身拿水果盘给孩子们。

乔卫国：没事儿！不演讲更好，正好抓紧时间复习。来，贝贝、贾午，吃水果！我们晓羽的数学不行啊，得多向贾午和贝贝请教！你们多帮帮她！

乔晓羽有点尴尬。

贾有才：（打圆场）我们贾午的英语太差！晓羽、贝贝也多帮帮他，互相帮助、共同进步！

贾午：（嘀咕）还不是遗传基因太差。

贾有才：（瞪眼）你个臭小子，以为我耳背了？

贾有才扬起手，贾午赶紧拉起乔晓羽、齐贝贝往门外走，乔晓羽、齐贝贝边走边偷笑。

贾午：爸，不打扰您和乔叔聊天了，我带晓羽、贝贝去咱家吃西瓜，贝贝的演讲稿还没背熟呢！

贾有才假装打贾午的手无奈放下。

3-15 小区楼道　日

乔晓羽、贾午、齐贝贝从家里关门出来，正好碰上栗铁生上楼梯。

乔晓羽、贾午、齐贝贝：栗叔好！

栗铁生：孩子们好啊，这是干什么去？

贾午：栗叔，我们排练节目呢！

栗铁生：排练节目好，不愧是咱们文工团的孩子，好好练！

乔晓羽、贾午、齐贝贝：栗叔再见！

栗铁生走上楼梯，开门进屋（乔晓羽家对面）。

乔晓羽、齐贝贝、贾午边下楼梯边聊天。

齐贝贝：（小声）最近栗叔有没有……（举起食指和中指）

贾午：不是那样，是这样……（做小偷夹钱包的手势）栗叔有没有这样，看看你爸最近的表情不就知道了吗？要是这种表情……

（闪回）

齐向前站在"清城市安全保卫工作先进单位"的牌匾前，笑容满面地点头。

（闪回结束）

贾午：那就是天下太平。要是这种表情……

（闪回）

齐向前看着"清城市安全保卫工作先进单位"的牌匾被两个人摘掉、拿走，捶胸顿足。

（闪回结束）

贾午模仿着齐向前捶胸顿足的动作。

贾午：（收起动作，坏笑）那就是……

齐贝贝捂着嘴笑。

乔晓羽：听我爸说，栗叔是个孤儿，为了吃饱饭，跟坏孩子混在一起，才……

从栗凯家的方向传来轻轻的吉他声。

贾午：是栗子哥在弹吉他！

乔晓羽对贾午做"嘘"的动作。

齐贝贝：（不满）每次碰到栗凯，他都对我爱搭不理的，好像欠了他什么似的，哼！

乔晓羽：栗子哥马上就要高三了，肯定没时间搭理咱们，走吧！

三人说笑着走下楼梯。

3-16 文工团小区　日

镜头从小区大门上的"清城市文工团小区"大字慢慢移动到小区全景。

乔晓羽、贾午、齐贝贝从居民楼的一个单元门口出来，说笑着走进另一个单元门口。

3-17 小区民宅　栗凯家　日

栗铁生进门，听到栗凯卧室传来吉他声。

栗铁生慢慢走到栗凯卧室门口，栗凯背对着门在弹吉他。书桌上凌乱地放着一些吉他曲谱，墙上贴着齐秦的海报。

栗铁生：儿子，刚才碰到贾午他们几个了，你怎么没跟他们一起玩儿？

栗凯弹吉他的手停顿了一下，没有回答，继续轻轻弹起来。

栗铁生：（尴尬）对了……庆祝香港回归，你们学校有没有什么活动？

栗凯：（冷漠）有。

栗铁生：哦……儿子，饿了吧，想吃什么饭？

栗凯：都行。

栗铁生无奈摇头，轻轻转身离开了栗凯卧室。

3-18 小区民宅　贾午家　日

客厅，镜头依次呈现金色的舞台柱、房顶的旋转闪灯、华丽的地毯、高级的钢琴、1997年顶级的VCD机和家庭卡拉OK音响设备……

齐贝贝走来走去，抬头看了看屋顶的灯球，摸了摸VCD机。

齐贝贝：贾午，你家又装修了吧？这风格，越来越像你爸的歌舞厅了。

贾午：（竖大拇指）齐贝贝，你真有眼光！（指着客厅）这是大堂，（指着自己的卧室）那是包间，（指着贾晨的卧室）那——（一字一顿）是豪华包间。

齐贝贝：一定是贾晨大小姐的闺房了？

贾午：哼，一学期就回来一次，还不准别人动她房间任何东西！

乔晓羽：贾晨姐明年就要大学毕业了吧？嘿嘿，收拾你的人要回来了！

贾午：她才不想回来呢，就想留在龙城，而且听说……她有男朋友了！

齐贝贝和乔晓羽立刻凑了上来，迫不及待地打听。

乔晓羽：大学同学吗？长什么样？

齐贝贝：帅吗？快说快说！

贾午：（不屑）看你俩，言情小说看多了吧！唉，都不是，就是她以前的高中同学！也在龙城上大学……不过，我爸妈坚决反对，说他们家是农村的，穷得叮当响……上次我听到他们吵架了，我姐哭了一晚上，这个暑假可能都不回来了！

乔晓羽：（失望）啊？贾晨姐暑假不回来了？我一直盼着她回来呢，好想听她讲大学里的事儿啊！

贾午：（坏笑）不回来更好，省得多一个人管我！

任贤齐《心太软》[①]前奏突然响起，贾午和乔晓羽一抬头，发现齐贝贝已经打开了VCD，电视上播放MV伴奏，齐贝贝拿起话筒，开始陶醉演唱。

齐贝贝：（深情）你总是心太软，心太软，独自一个人流泪到天亮，你无怨无悔地爱着那个人，我知道你根本没那么坚强……

贾午、乔晓羽：贝贝！刚才是谁说要背演讲稿的！

齐贝贝笑着继续陶醉演唱。

贾午、乔晓羽和齐贝贝抢话筒，凑在话筒边，一起唱起来。

贾午、乔晓羽、齐贝贝：（混乱，跑调）你总是心太软，心太软，把所有问题都自己扛……

3-19 教室　日

镜头从窗外慢慢进入教室。

高一（2）班教室，一位老师正在上课，全班同学认真听课。

老师在黑板上写着一些数学公式。乔晓羽皱着眉边听边写。铃声响起。

老师：好了，这节课就到这儿！同学们，快要期末考试了，大家都抓紧时间复习！

老师拿着教材离开教室。

同学们有的聊天，有的在教室里跑跳。

乔晓羽收好文具，从课桌抽屉里摸出琼瑶小说《鬼丈夫》，低着头翻看起来，头埋得很深，外面只能看到她的马尾。

乔晓羽的同桌姚瑶正在把课本上的人物配图画成卡通人物。

坐在她们后面的黄大卫和贾午拿出篮球，两人眼神对视，然后分别从不同角度把头伸向乔晓羽看的书。乔晓羽似乎已经习惯了，懒得理他们。

贾午：你租了本什么鬼故事，瘆得慌！

黄大卫：就是，这不是咒我们贾午吗？

贾午生气，打黄大卫的头。

乔晓羽没抬头，挥挥手示意他们别打扰自己。

黄大卫和贾午勾肩搭背，抱着篮球走

[①] 《心太软》由小虫作词、作曲，任贤齐演唱，收录在任贤齐1996年发行的专辑《心太软》中，1997年红遍大街小巷。

出教室。

乔晓羽继续埋头看书。

同学A：（画外音）乔晓羽！

乔晓羽被喊声吓了一跳，下意识抬头的同时，赶紧收起书塞进课桌抽屉。

同学A：魏老师叫你去她办公室一趟！

乔晓羽皱眉，答应了一声。姚瑶安慰似的拍拍她的肩膀。

乔晓羽疑惑地起身，慢慢走出教室。

教室前排，余芳和曹阿荣（嚼着口香糖，卷发）说笑聊天，听到同学A和乔晓羽的对话，远远盯着乔晓羽走出教室。

3-20 小区民宅　乔晓羽家　日

电视屏幕正在播放体育频道新闻。乔卫国一边随意看着，一边收拾文件袋。

乔卫国打开一份折页纸，上面写着"清城市文工团庆祝香港回归文艺汇演节目单"，镜头移到节目单最后一个节目"戏曲大联唱"。

电视屏幕播放体育频道1997年NBA总决赛公牛对战爵士第五场之前乔丹突发流感的新闻。

乔卫国放下手中的文件袋，紧紧盯着电视屏幕。

电视屏幕：公牛对战爵士第五场关键之战即将上演，乔丹在赛前突然患上流感，高烧不退……

电话铃声响起，乔卫国接听。

乔卫国：（拿着听筒）喂，你好，是我。啊？怎么回事？（听对方说话，着急）……这个老栗子！什么？齐向前已经去派出所了？这下麻烦了！好好好，我马上过去！你跟团长说，明天就要录像了，大伙儿先练着，老栗子的事我来处理！

乔卫国顾不得关电视，直接跑到门口换鞋准备出门。突然想起一件事，回身抓起放有"清城市文工团庆祝香港回归文艺汇演节目单"的文件袋，冲出门口。

电视屏幕继续播放乔丹突发流感的新闻。

电视屏幕：球迷纷纷猜测，乔丹可能无法参加"天王山之战"……

3-21 教师办公室　日

乔晓羽走进老师办公室，魏老师看到她，赶紧招呼她过来。

魏老师：（急切）晓羽，现在有件急事，老师需要你的帮助啊。

乔晓羽：魏老师，您别这么客气，有什么事需要我做？

魏老师：庆祝香港回归的升旗仪式和演讲活动明天就要正式演出了，可是校务会上几位校领导看完彩排后，都觉得演讲活动结尾有点单薄，体现不出我们一中欢庆香港回归的激动心情。

乔晓羽点头。

魏老师：你知道的，两位音乐老师都被抽调到省里参加联排了，想来想去，只有你带着文艺小分队想想办法，才有可能完成这次临时任务。

乔晓羽：（犹豫）嗯……

魏老师：晓羽，你有什么顾虑，尽管

说，（停顿）是不是因为之前咱们班演讲的人选……

　　乔晓羽：魏老师，当然不是……

　　魏老师：老师就知道你不会计较那些小事！（停顿）老师已经在校长那里打了包票，晓羽，时间紧迫，你看……你愿意帮这个忙吗？

　　乔晓羽：魏老师，您别这么说……我……

　　魏老师：这次活动的录像要在清城电视台播出的，代表了咱们学校的形象，校领导相信你的能力！

　　乔晓羽：好……我会努力完成任务……

　　魏老师：太好了！晓羽不愧是文工团长大的孩子，勇挑重担！

　　乔晓羽皱眉，低头沉思。

3-22 派出所门口　日

　　派出所门口，乔卫国急匆匆往前走，抬头一看，对面的齐向前也一脸严肃地快步走过来。两人目光对视，都加快脚步，像竞走比赛一样冲进派出所大门。

3-23 派出所　日

　　栗铁生和乐器店老板坐在派出所大厅里，乐器店店主怒气冲冲，栗铁生满腹委屈。一位警察坐在桌子后面记录。

　　乔卫国和齐向前一起走进派出所大厅。

　　乔卫国抢先一步走过去。

　　乔卫国：警察同志好！我……

　　齐向前：老黄！

　　黄警官：（抬头看到齐向前）齐科长？

　　齐向前越过乔卫国，走上前和黄警官握手。

　　乔卫国：（疑惑）老齐，你和这位警察同志认识？

　　齐向前：那当然，黄警官负责咱们这片儿大半年了，我们保卫科接受黄警官的指导，我能不认识吗？

　　乔卫国：（赶紧凑上去握手）黄警官好！我是文工团的办公室主任乔卫国！

　　黄警官：（握手）乔主任您好，（指栗铁生）他是你们单位的员工吧？

　　乐器店老板听到警察和乔卫国对话，跑过来拉住乔卫国，神情愤怒。

　　乐器店老板：你就是这个小偷的领导？你们单位的职工偷我的东西，还打人！

　　栗铁生：我哪有偷你的东西！别血口喷人！

　　乐器店老板：哼，你还不是小偷，十几年前你还偷过自己单位的设备呢！我在文工团也有熟人，别以为这条街上的人都不知道！我可是老人儿了！

　　栗铁生憋红了脸，冲过来举起拳头。

　　乐器店店主：警察同志，他又要打人！

　　齐向前：（拉住栗铁生）老栗子，你干吗呢？这是派出所！（对黄警官）老黄，你看看，这个老栗子平时在团里就这么嚣张，谁都管不了，今天你可得好好管教他！

乔卫国：（用胳膊肘碰齐向前）黄警官还没开始查呢，管教什么？（拽过栗铁生）老栗子，到底怎么回事？你怎么又……

栗铁生：（委屈）师哥……

乔卫国瞪栗铁生一眼。

栗铁生：乔主任，我没有……

乐器店老板：还不承认，我这边刚跟一个顾客聊着，一不注意，他拿起鼓键子就跑！

栗铁生：你店里太暗，我是拿着鼓键子去太阳底下看看成色！

乐器店老板：哼，别骗人了！

栗铁生：（拉住乔卫国）乔主任，我真的没有……明天就要演出了，鼓键子有裂缝，我想着申请集中购买来不及了，还不如自己买一个先用着，别耽误事儿……

齐向前：老栗子，这套词儿我听得耳朵都起茧子了……人家都抓你现行了，还不承认？你啊，就是本性难改！

栗铁生：齐向前，我知道你看我不顺眼，有本事回团里说，别在这儿给我造谣！

乔卫国：（对齐向前）老齐，你少说点风凉话吧！（对黄警官）黄警官，他俩有点小矛盾，您别介意啊……

黄警官：（微微点头，对乐器店老板）说完了吗？

乐器店老板：没说完！警察同志，刚才我想拿回鼓键子的时候，他居然推我，我现在后背还疼着呢！（激动）警察同志，拘留他！

齐向前：（斜眼看栗铁生）老栗子，你还学会打人了？

栗铁生：你哪只眼睛看见我打人了？我根本没碰到他！

乐器店老板：明明就是推我了！

乔卫国：都少说两句吧！

栗铁生、乐器店老板、乔卫国、齐向前互相指责，乱成一团。

黄警官：（大声）都别吵了！以为派出所是大马路吗？

四人吓得不敢再吵。

黄警官：是你们办案还是我办案？再吵，今天都别走了！

3-24 校园　日

操场旗杆下，乔晓羽、贾午和其他几个文艺小分队成员围坐一起。齐贝贝从远处跑来。

齐贝贝：（喘气）晓羽，你怎么这么容易就把这事儿接下了？

乔晓羽：（抱歉）对不起，没来得及跟大家商量……

齐贝贝：不是怪你没有跟我们商量，我是替你生气，有好事儿没想着你，烫手的山芋扔给你，你就接了！

贾午：晓羽，这次，我觉得齐贝贝说得没错……

齐贝贝：这次没错？我哪次说错过？

贾午撇嘴。

齐贝贝：晓羽，明天就要举行活动了，现在才准备压轴节目，哪还来得及啊？

其他几位同学也纷纷点头、皱眉、附和。

曹阿荣：（画外音）哟，快看，文艺小分队又开会呢！

乔晓羽等人回头，余芳、曹阿荣带着几个女生走过来。

曹阿荣：（小声，但故意让人听见）活动没搞几个，开会倒是挺多……

曹阿荣和几个女生不怀好意地讥笑。

余芳：（高傲微笑）晓羽，听说你要负责升旗仪式压轴节目？任务艰巨啊！只有一天时间，真是太辛苦了……

曹阿荣：晓羽怎么会辛苦呢，她最喜欢出风头了……

齐贝贝：（差点冲过去）曹阿荣！你！

乔晓羽使劲拽住齐贝贝。

余芳：阿荣，你不懂，这次升旗仪式可不一样，要是逞能接了任务，又没弄好，不光出不了风头，还会闹大笑话！

乔晓羽捏紧拳头，低头调整呼吸，抬起头微笑。

乔晓羽：班长，我正准备去拜托你呢，压轴节目全校同学都会参与，到时候还得麻烦你多配合，如果只有咱们（2）班出了岔子，影响了整体效果，那才会闹笑话！

余芳：（恼羞成怒，眼神凌厉）那是，我是班长，当然会配合！（眼神一变）晓羽，你最近数学成绩不好，又要补课，还要搞活动，有什么需要帮助的，可千万别客气……

贾午：（忍不住）班长，你说话别这么刻薄……

余芳：（转向贾午）贾午，你是数学课代表，怎么不好好帮助你的好朋友提高数学成绩啊？对了，卷子收了没有，别耽误了下节课！

贾午被噎得说不出话。

余芳：阿荣，咱们走吧，（对乔晓羽）晓羽，好好排练！我们可拭目以待呢！

曹阿荣和几个女生坏笑着，跟着余芳走远。

乔晓羽握紧拳头，闭上眼睛，嘴里默念着什么。

齐贝贝：还念你的"喜怒不形于色"咒语呢？……要不是你拦着，我今天肯定要跟她干一架！你怕她，我可不怕她！

乔晓羽：（平静下来）我也不怕她，只是没必要跟她浪费时间。

齐贝贝：哼，咱们这次一定要做出个样子给她们瞧瞧！看她们再说风凉话！（突然想起）对了，刚才你说，压轴节目全校同学都会参与，这是什么意思？

乔晓羽：香港回归祖国，大家都热情高涨，可升旗仪式和演讲只有一部分同学参与，我想，如果能有一个全校同学都参与的大合唱……

齐贝贝：（恍然大悟）原来你早有预谋？

乔晓羽：（笑）哪有什么预谋，只不过既然答应了要负责，（做一休的动作）脑子还是要不由自主转动几下的……

贾午：可是咱们只有不到一天时间，把全校同学动员起来，难度是不是太大了一点？

乔晓羽：咱们几个先把方案定下来，我去找魏老师报告，请她转告其他班主任，然后再分头联系每个班的文体委员，请合唱团的同学们帮忙排练，你们觉得怎么样？

齐贝贝：真有你的，不愧是文工团长大的，乔导演，那咱们唱什么歌呢？

乔晓羽：（沉吟）香港回归主题的歌很多……不过，这么大型的合唱，那必须是大家都会唱的，一听到音乐就忍不住张嘴的……

齐贝贝：（突然开始深情演唱）你总是心太软，心太软……

几个女生忍不住跟着齐贝贝一起唱。

贾午：你们几个，是想把校长气冒烟吗？

乔晓羽：我想到了一首歌，男女通吃、老少皆宜、旋律振奋、节奏明快，（调皮）还是贝贝最爱的偶像唱的……

大家围拢成一圈，乔晓羽把歌名告诉大家，齐贝贝伸出大拇指，大家纷纷眼睛发亮。

乔晓羽：（认真地看着大家）香港回归祖国，咱们国家这么大的一件事，如果文艺小分队能组织好这次压轴表演，以后等我们老了，聚在一起回忆，多美好！多有意义啊……

齐贝贝：就是，文艺小分队成立快一年了，除了负责元旦和五四青年节的合唱，还没组织过什么大型活动，咱们在学生会文体部里也得有点作为啊！要不然他们还以为这是个花瓶组织呢！

队员A：是啊，学习部的活动一直有老师们支持，热火朝天的！

队员B：体育小分队每年组织运动会也特别受欢迎！

贾午：好，那咱们这次就搞个大的给他们看看！

大家纷纷点头。

乔晓羽：（思考）我现在去找魏老师，然后和贾午去找伴奏，贝贝去学生会复印歌词，你们几个负责给合唱团的同学和每个班文体委员交代任务，大家分头行动！

所有人：（一起）好！

3-25 教师办公室门口　日

从教师办公室门口向里望去，乔晓羽站在里面，正向魏老师报告节目计划，魏老师频频点头。

门口走廊边，余芳和曹阿荣斜眼看着教师办公室里的乔晓羽。

曹阿荣：（小声）班长，乔晓羽肯定是在告咱们的状！看她平时文文弱弱的，还挺会巴结老师！

余芳：除了唱歌跳舞，她还会干什么，成绩那么差，只能巴结老师了，哼……

3-26 教师办公室　日

教师办公室里，听完乔晓羽说完，魏老师频频点头。

魏老师：……买道具的事不用担心，这项活动有经费，我跟其他班主任打个招呼，你带着文艺小分队全力准备明天的压轴节目！

乔晓羽：（点头）嗯！

3-27 派出所　日

派出所里，黄警官拿着"清城市文工团庆祝香港回归文艺汇演节目单"翻看。

乔卫国把齐向前拉到大厅一角，齐向前一脸不情愿。

乔卫国：（小声）老齐，我知道你尽职尽责，可是这东西不是也没丢吗，这事儿要是传出去，对咱们团里影响不好，你这保卫科也不好看！明天就要演出了，这节骨眼儿上，可不能出岔子啊！等过了这风头，你想怎么收拾他都行！看在我的面子上，这次就大事化小，等会儿我好好说他……

齐向前：乔主任，你这套词儿，我也听得起茧子了！好好，我不管了，行了吧？你是他师哥，你管他一辈子！

乔卫国赶紧走到黄警官身边，堆着笑脸给警察指节目单内容。

乔卫国：黄警官您看，这个"戏曲大联唱"可是重头戏，（指栗铁生）他是文武场的总指挥，还是板鼓师傅，没了他这节目真搞不成！现在整个乐队就等着他彩排……

黄警官：乔主任，这个我理解，可是我理解没用啊……

乔卫国：黄警官，老栗同志脾气是急了点，他是担心影响了明天的演出，庆祝香港回归的文艺汇演要在清城电视台播出，市里特别重视！您看……

黄警官沉吟了一声。

乔卫国：（给栗铁生使眼色）老栗子，快给这位老板道歉，道歉！

栗铁生阴沉着脸。

乐器店老板：哼！就算他不是想偷东西，推人就算了吗？要不是我跑得快，早就受重伤了！

乔卫国快步走到栗铁生身旁。

乔卫国：（小声却严厉）老栗子，赶紧赔礼认错，带他去医院看看……栗凯明年就要高考了！为孩子想想！你难道今天真要在这儿不走了吗？

栗铁生低头不语。半响，终于站起身，慢慢走到乐器店老板身边。

栗铁生：（一脸不情愿）对不起。

乐器店老板：哼，告诉你，这事儿没完，等会儿我自己去医院，检查费用你一分也别想少！这是看在乔主任面子上！（转身对乔卫国）乔主任，以后多照顾我们生意啊！

乔卫国：（客气）一定一定！

警察：行了，各让一步不是挺好的吗？都来这儿签个字吧！

乐器店老板嘟囔着签完字，走出派出所。

栗铁生走过去签字。

黄警官：乔主任，你女儿叫乔晓羽吧？

乔卫国：是啊，你怎么知道她？

黄警官：（笑）我儿子叫黄大卫，和乔晓羽是同学！

乔卫国：（惊讶）原来是黄毛儿，哦

不，黄大卫的爸爸，经常听晓羽说起，这可太巧了……

齐向前：刚才忘了介绍了，咱们几个都是一中家长！

栗铁生：我签完字了，可以走了吗？

黄警官：可以了。

栗铁生转身就走。

乔卫国：（赶紧和黄警官握手）黄警官，我得赶紧回去忙彩排了，今天这事儿真谢谢你！

黄警官：都是我应该做的，你们快去忙吧。

乔卫国：（转身追栗铁生）老栗子，你等会儿我！

乔卫国追着栗铁生走出派出所。

黄警官：（看着栗铁生的签名，问齐向前）这个栗铁生也是一中家长？

齐向前：嗯，有个儿子，马上就要升高三了，这孩子也真够倒霉的，摊上这么个爹！

齐向前看着乔卫国和栗铁生走远的背影，无奈摇头。

3-28 文工团大门口　日

单位大门上挂着"清城市文工团"的牌子，乔卫国和栗铁生一前一后进大门，栗铁生慢慢停下脚步。

乔卫国：（回头）老栗子，快点啊。

栗铁生：（犹豫）师哥，我不去了。

乔卫国：又怎么了？

栗铁生：（消极）闹了这一场，团里肯定都知道了，我不想去了，就说我……病了吧。

乔卫国：你……

小汪：（画外音）乔主任！

乔卫国回头，办公室的小汪快步走过来。小汪看看栗铁生，把乔卫国拉到一边。

小汪：（小声）乔主任，我真替你冤得慌，明明这次活动团长让副主任、他自己的小舅子负责，又让你替他们擦屁股，去派出所接人，你干这么多，最后也不会说你一句好！

乔卫国：得了，别说这些了……团长在吗？

小汪：在，等着你们呢。

乔卫国走到栗铁生身边，拽着栗铁生往里走。

乔卫国：行了，别耍小孩子脾气了，我去跟团长说！

3-29 小区民宅　乔晓羽家　日

空荡荡的客厅，只有电视屏幕发出忽明忽暗的光线。

电视屏幕：总决赛公牛对战爵士第五场，乔丹在决战前夜患上流感，病情非常严重，甚至没有参加赛前的热身投篮……

镜头慢慢推进到电视屏幕。

电视屏幕：乔丹能否上场参赛，让我们拭目以待……

3-30 学校门口　日

乔晓羽和贾午分别推着自行车，走到学校门口。

乔晓羽：走吧，先去音像店找伴奏磁带。

贾午：晓羽，没想到你还挺会鼓动人心的。

乔晓羽：怎么啦，你觉得我在说谎骗大家啊？

贾午：你怎么可能骗人……可是，刚才那些话应该不是你接这个任务的终极原因吧？

乔晓羽：（笑）哪有什么终极原因？你这个发小儿，像是很了解我的样子！别耽误时间了，快走快走！

乔晓羽骑上自行车走远。

贾午：（看着乔晓羽的背影，自言自语）我看啊，你就是……

3-31 组镜

任贤齐《心太软》音乐响起。

歌词：你总是心太软，心太软，独自一个人流泪到天亮，你无怨无悔地爱着那个人，我知道你根本没那么坚强。你总是心太软，心太软，把所有问题都自己扛……

乔晓羽和贾午在音像店急匆匆地找磁带。

齐贝贝在复印机旁边等待，拿起一张复印好的纸认真查看。

文艺小分队的几位成员在教学楼走廊里快速穿行，在教室门口嘱咐着一些同学。

文工团团长办公室，乔卫国耐心向团长解释，团长拿着节目单踱步。

剧场里，团长对演员们嘱咐着什么，在场人员纷纷点头。

贾午、齐贝贝在一个商店里购买一大袋小国旗。

乔晓羽在学校广播室，把磁带放到录音机里，脸上露出微笑。

栗铁生低着头出现在剧场后台，其他演员面无表情，栗铁生长长地呼气，拿起鼓键子，演奏起来。

乔卫国在幕布后面看着戏曲乐队，松了一口气。

乔晓羽、贾午、齐贝贝和一排同学拿着国旗排练。余芳在远处看着他们，露出不屑、不满的神情。

操场上，乔晓羽、贾午、齐贝贝和其他同学围成一圈，把手叠在一起，做加油的动作。

乔卫国进家门，看到钟表上显示晚上10点。沈冰梅从卧室望向他，乔卫国歉疚地笑。

乔晓羽在自己卧室，做后仰动作，往床上倒下，满脸疲惫，闭上眼睛。

3-32 校园　日

演讲台上，齐贝贝站在话筒前演讲。

齐贝贝：（激昂）这是一个盛大的节日！这是一个所有中华儿女铭心刻骨的日子！

全校同学穿着校服列队整齐站立。

贾午、黄大卫和其他几个升旗的同学站在旗杆下，国旗已经升起。

3-33 广播室　日

广播室，乔晓羽站在窗边望着旗杆，

手扶着录音机。

3-34 校园　日

演讲台上，齐贝贝继续演讲。

齐贝贝：一样的心愿，万众期盼！紫荆花盛开了！五星红旗高高飘扬！因为，我们都是中国人！

3-35 广播室　日

广播室，乔晓羽用力按下录音机。刘德华《中国人》①伴奏音乐响起。

3-36 校园　日

贾午和三位男生走到话筒前依次演唱。

贾午：五千年的风和雨啊，藏了多少梦。

男生A：黄色的脸黑色的眼，不变是笑容。

男生B：八千里山川河岳，像是一首歌。

男生C：不论你来自何方，将去向何处。

台下全校同学一起合唱。

歌词：一样的泪，一样的痛，曾经的苦难，我们留在心中，一样的血，一样的种，未来还有梦，我们一起开拓……

3-37 组镜

继续刘德华《中国人》音乐。

校园操场上，台下全校同学一起挥动国旗合唱。

歌词：手牵着手不分你我，昂首向前走，让世界知道我们都是中国人……

文工团庆祝香港回归文艺汇演录制现场，"戏曲大联唱"演员在舞台上表演节目，栗铁生在幕布旁演奏板鼓。

文工团录制完成，所有演员谢幕。

（历史真实画面）香港回归前夕举国欢腾，北京天安门广场中国政府对香港恢复行使主权倒计时牌前一片欢腾。香港夜景，庆祝晚会明星群像。

乔晓羽：（画外音，成年）小时候，我以为这样的日子，这样的朋友，会永远存在，不会改变，后来才知道，那只是人生中短暂的一瞬；长大后，我以为那样的日子，那样的朋友，只是人生中短暂的一瞬，根本不必在意，现在才明白，那些人、那些事，早已变成我生命的一部分，永远都不会消失。

校园操场上，全校同学每个人举着小国旗进行表演。

表演结束，乔晓羽跑到操场和齐贝贝、贾午击掌。

校园操场上，同学们欢呼跳跃着，镜头逐渐拉远，呈现校园全景。

3-38 小区民宅　乔晓羽家　夜

电视屏幕播放1997年NBA总决赛公牛对战爵士第五场，乔丹带病上场，压哨赢球的新闻。

乔卫国、沈冰梅坐在电视机前。

---

① 《中国人》由李安修作词，陈耀川作曲，刘德华演唱，收录在刘德华1997年发行的专辑《爱如此神奇》中。

电视屏幕：乔丹拖着病体，砍下38分7篮板5助攻3抢断1盖帽，最后时刻完成对马龙的抢断并完成致命中投绝杀……赛后，疲惫不堪的乔丹倒在皮蓬怀里……

乔晓羽从卧室走出来，坐在乔卫国身边，一边看电视一边搂住乔卫国的脖子。

乔晓羽：爸，你偶像太牛了！

乔卫国：（激动）那是！乔丹，就是乔丹！

沈冰梅：我以为只有冬天才有流感，没想到夏天也这么严重，不会是吃坏肚子了吧？

乔卫国：（感慨）真不容易，真不容易……（突然想起）对了，我听贾老板说，你们这两天在折腾什么大活动？闺女啊……

乔晓羽：（撒娇）爸，我知道了！最后一次，下不为例！

乔卫国：（不满）又是最后一次……

乔晓羽：（调皮）爸，你不是经常念叨，祖师爷的规矩，"救场如救火"，我这也是听从您老人家的教诲嘛！

乔卫国张嘴，无语。

沈冰梅：我看啊，这就是你们老乔家的遗传基因吧……

乔卫国：我才不信什么基因，你这个大会计师数学那么好，闺女的数学分数怎么总在我心脏边儿上转悠？晓羽的成绩啊，要是能有你当年的一半，我就知足了！

沈冰梅：现在的数学跟咱们那时候不是一个难度……我是辅导不了，要不，咱们给她请个家教？

乔晓羽：（赶紧）不用不用，我知道了！我去复习数学了！

乔晓羽边说边跑回卧室，乔卫国无奈摇头。

3-39 教室　日

高一（2）班教室，魏老师站在讲台上。同学们坐在座位上，有的看卷子，有的翻书，一两个交头接耳。

魏老师：期末考试的卷子，各科老师都发下去了吧，同学们，不要以为你们还是高一，偶尔考不好也不当一回事，时时刻刻都要有紧迫感！拿这次政治考试题目为例……（话音渐弱）

乔晓羽低头翻看自己的试卷，翻到数学卷子显示78分，乔晓羽皱眉叹气，侧身看看同桌姚瑶，姚瑶正在把卷子撑开挡住自己，在练习本上画美少女漫画。

乔晓羽回头看坐在姚瑶后面的贾午，贾午翻着试卷一脸苦相。

乔晓羽：（小声）哎，英语多少？

贾午无奈地摇了摇头，没有回答。坐在乔晓羽后面的黄大卫伸长脖子看了一眼乔晓羽的试卷，眼睛亮了。

黄大卫：我比你多两分，哈哈！

魏老师听到黄大卫说话，停止说话，盯着黄大卫。

魏老师：黄大卫！你还好意思看别人卷子，看你这次考的，哪一科拿得出手！

黄大卫吐了吐舌头。

魏老师：同学们，明天就要正式放暑假了，一定要好好抓住这个查漏补缺的好机会，利用暑假，把自己的短板补上来！

黄大卫、贾午：（同时，小声）又开始了……

魏老师：注意安全，别到处乱跑，也别去野湖里游泳……尤其那几个喜欢狗刨的！还有，暑假作业提前做！不要快开学了才……

同学们：（一起喊）临！时！抱！佛！脚！

魏老师憋不住笑了一下，又板起脸，离开教室。

同学们看老师走了，有的站起来，有的跳起来，都笑着欢呼，迎接即将到来的暑假。

3-40 小区民宅　贾午家　夜

客厅，屋顶一圈幽暗的彩灯突然打开，贾有才和金艳丽在家门口轻轻换鞋。

金艳丽一脸浓妆，走到卫生间，对着镜子卸妆。

贾有才瘫在沙发上喝茶水。

金艳丽：（画外音）累死我了，今天客人真多！

贾有才：生意好是好事儿啊，咱们阳光休闲城就是要越办越大！

金艳丽走到客厅坐下。

金艳丽：我白天在团里上一天班，晚上还得去给你打工。哎？最后那拨客人是谁，这么晚了，还非得让我再弹一首！

贾有才：那是青山集团的两个副总，都是大客户！老婆大人辛苦了！（殷勤）来，我给你按摩按摩……

贾有才装模作样地给金艳丽揉肩膀。

金艳丽：对了，听说童厂长一家要搬回清城了。

贾有才：是吗，你听谁说的？

金艳丽：你忘了如月、如星和我是老乡吗？前几天听老家的人说，童厂长调回清城工作，全家也要跟着搬回来了。

贾有才：我记得童言和咱们贾午差不多大，大儿子叫什么来着？童飞？该上大学了吧？

金艳丽：好像没有……童飞小时候死活不来清城，耽误了一年，成绩一直跟不上，后来还留级了，结果和他弟弟童言成同学了！

贾有才：童飞和他小姨现在怎么样？

金艳丽：谁知道呢，在一起生活了这么多年，肯定都接受了吧。

贾有才：哎，等他们回来，请大伙去咱们阳光休闲城吃一顿，玩一玩！都是老邻居，这么多年不见了！

金艳丽：（转身推开贾有才）人家现在肯定很忙，哪有工夫理你！别喝茶了！快洗洗睡吧，明天还得忙活一天呢！

贾有才：嗯嗯，老婆大人说得对！

3-41 小区民宅　贾午家　夜

贾午卧室，贾午躺在床上，迷糊地睁开眼。

3-42 文工团小区　日

小区大院的银杏树下，乔晓羽坐在秋千上晃着，齐贝贝在后面笑着推她，贾午坐在旁边。

贾午：齐贝贝，你们家不是在市中心吗，又热闹、又繁华，你怎么老混在我们小区？

齐贝贝：(无奈)我妈太忙了，暑假好几天，我也没见着她几次，我爸做饭，那叫一个难吃，实在受不了了……(假装对着乔晓羽哭)还好有你收留我这个可怜的孩子……

乔晓羽和齐贝贝夸张地拥抱在一起。

贾午：(阴阳怪气)哦……我知道了，你就是来蹭饭的吧！

齐贝贝：什么蹭饭？我是来和晓羽讨论作业的！(换了语气)顺便尝尝乔叔的手艺……

乔晓羽：就是，贝贝来帮我补习数学的！

齐贝贝：幸亏你今天找我来，要不然，(假装哭)我哪能吃到这么好吃的饭菜！

乔晓羽和齐贝贝又夸张地拥抱在一起。

贾午：(撇嘴)受不了你们两个……对了，你知道吗，童言要回来了，还有童飞，他们全家都要回清城了！

乔晓羽猛地从秋千上站了起来，脸上露出不相信的表情。

乔晓羽：童言？童言要回来了？

齐贝贝：童言真的要回来了？

贾午：是啊，昨天晚上我听我爸妈悄悄聊天知道的，他们还以为我睡了……(话音渐弱)

插曲音乐响起。

镜头从乔晓羽还不敢相信的眼睛，转到小区全景，慢慢往前推进，小区的面貌逐渐变化，变成20世纪80年代文工团家属院的样子，小区楼房慢慢变成一排平房，小区花园慢慢变成厨房和菜圃，长长的石板通道延伸向远处。

(慢镜头)模糊的画面中，一个小男孩和一个小女孩的背影，牵着手往前跑去。

第四集

世界改变，你也改变

4-1 文工团家属院　日

（梦境）

20世纪80年代的文工团家属院。

雨后，很多蜻蜓在草丛里点水翻飞，孩子们奔跑玩耍。

画面和声音都像隔着一层纱，不那么真切。

栗凯：（命令乔晓羽）晓羽，你还是给我们当"人质"。

乔晓羽：（害怕）栗子哥，可是我不想当"人质"了……

童言：（怯怯地靠近乔晓羽）晓羽，我和你一起当"人质"。

栗凯：哼，就你那小心脏。

乔晓羽：（看着童言）谢谢你，童言。

栗凯：（命令）去仓库里面待着！

仓库的门从外面被锁上。

4-2 废旧仓库　日

（梦境）

乔晓羽和童言坐在仓库黑漆漆的角落，只有一丝光亮从屋顶的缝隙透进来。

乔晓羽：童言，我遇到高兴的事情、难过的事情，可以跟你说吗？

童言：嗯！你说什么我都愿意听……

乔晓羽：（笑）谢谢你，童言……

童言开心地微笑。

乔晓羽突然抓紧童言的手。

乔晓羽：（声音颤抖）童言，我脚底下，有东西……在动……

童言：（低头）……是老鼠……

乔晓羽：（大叫）啊！救命啊！（哭喊）救命啊！

4-3 小区民宅　乔晓羽家　日

卧室，乔晓羽从梦中惊醒，喘着气擦汗、揉眼，意识到自己只是做了噩梦。乔晓羽慢慢坐起，听见客厅里父母在轻声聊天。

4-4 小区民宅　乔晓羽家　日

客厅，乔卫国在拖地，沈冰梅在收拾文件袋。

乔卫国：天气这么热，还是周末，怎么又要加班？

沈冰梅：单位办入职培训，让我去给年轻人讲一课，实在不好推辞……

乔卫国：你们单位搞个培训还选在新城开发区，那么远，你也不提前告诉我……晓羽这一点真是随你，什么事儿都闷在肚子里！

沈冰梅：晓羽放暑假，你在家，我有什么不放心的？怎么，你也加班吗？

乔卫国：（尴尬）我？我有什么班可加，现在去剧场看演出的人越来越少了，躺在家里看电视、看VCD多舒服啊……

沈冰梅站起身，对着镜子穿正装。

沈冰梅：（微笑）那乔主任就好好休息一下吧。

乔晓羽从卧室出来，看着沈冰梅。

乔晓羽：（刚睡醒的样子）妈，你要出差啊？

沈冰梅：嗯，（边收拾提包边说）白

天讲课，晚上和刚入职的年轻人座谈，明天就回来了。（看表）时间不早了，卫国，我走了啊。（对乔晓羽）晓羽，白天别出去疯玩，还有，以后早点起床，你看你睡到现在，是吃早饭还是吃午饭？过暑假也得自律才行！

乔晓羽：（撇嘴）知道了。

沈冰梅转身出门。

乔卫国：冰梅，你胃不好，出去可千万别喝酒、别贪凉！

沈冰梅：嗯，放心吧。

沈冰梅走出门。

4-5 小区民宅　乔晓羽家　日

乔晓羽和乔卫国往沙发上一瘫。

乔卫国：闺女，今天中午想吃什么，随便点！你妈口味太清淡，咱俩平时都没什么油水。

乔晓羽：爸，你真好！那当然是（拖长音）……

乔晓羽和乔卫国分别拿着一桶老式康师傅方便面，一起放在餐桌上。

乔卫国、乔晓羽：（一起）方便面！

餐桌上方，乔晓羽和乔卫国的手步调一致地揭开盖子、放调料、倒开水、封口。

餐桌上放着已经吃完的方便面桶。

乔卫国和乔晓羽满足地擦嘴。

乔晓羽：（像小学生一样举手）爸，我申请，晚上吃另一种口味的方便面。

乔卫国：再吃，我看你就变成方便面了……这是你妈不在家，才让你吃一顿，晚上爸做你最爱吃的扬州炒饭！

乔晓羽：那我就勉为其难地同意了吧，谁让乔主任是清城市扬州炒饭冠军呢……

两人笑起来。

乔晓羽：爸，我想吃苹果。

乔卫国：没问题，我去洗，等着。

乔晓羽打开电视。乔卫国起身走向厨房。

厨房里传来流水的声音。

电话铃声响起，乔晓羽接电话。

乔晓羽：（拿着听筒）喂，贾叔，哦，（冲着厨房）爸，是贾叔的电话！

乔卫国擦着手跑出来，边拿电话边示意乔晓羽去厨房。乔晓羽盯着电视，没注意到乔卫国的眼神，继续拿着遥控器换台。

电视屏幕播放 1997 年最流行的节目：半边天、夕阳红、广播体操、大风车、12 演播室等。

乔卫国：（拿着听筒）哎，贾老板，什么事儿……哦哦，好的，我知道了，你快忙你的大生意吧！

乔卫国放下电话，坐在沙发上。

乔卫国：童厂长托你艳丽阿姨在咱们小区租了一套退休职工的老房子，很快就要搬回来了……

乔晓羽有点愣神。

乔卫国：（感慨）哎，这一晃都多少年了，他们离开清城的时候，你才几岁啊……

乔晓羽：我上一年级……

乔卫国：哦，对，一年级！十年了吧……

乔晓羽：（喃喃自语）九年……零二十八天……

乔卫国：你说什么？

乔晓羽：哦，没什么……

乔卫国：也不知道那小哥俩变成啥样了，肯定是大小伙子了！

乔晓羽：（若有所思）昨天晚上，我梦到了小时候的事儿。

乔卫国：什么事儿？

乔晓羽：我们在仓库里玩儿，老鼠窜来窜去的，太吓人了。

乔卫国：老平房那些年，老鼠是挺多的！我记得有一天晚上，一只大老鼠就在我肚子上蹦！

两人哈哈大笑。

电视屏幕开始播放20世纪90年代热播的情景喜剧《我爱我家》。

乔卫国：这个好看！调大点声，哈哈！

两人聚精会神看电视，不时随着剧情笑得前仰后合。

镜头从客厅推进到厨房，厨房洗碗池的果盆里放着几个苹果，果盆里的水已经满了，水龙头流着细小、几乎无声的一束水流。

客厅里传来父女俩的欢笑声。

厨房，洗碗池里逐渐盛满水，慢慢溢出。

4-6 小区民宅　齐贝贝家　日

齐贝贝的卧室里一片凌乱，墙上贴着刘德华的巨幅海报，书桌上放着录音机。

齐贝贝的手指轻轻按下录音机按键，刘德华《爱是如此神奇》[①]音乐响起。

歌词：每一天，我睁开了眼睛，你的倩影，就好似一道晨曦，轻轻照亮我的心。每一夜，当万物都宁静，只有我和你，在梦里，多么神奇，多么甜蜜，生命中有你……

齐贝贝坐在书桌旁，闭上眼睛陶醉地跟唱，然后从书桌抽屉里拿出日记本，翻开一页，在本上写"今天是喜欢刘德华的第927天……"

齐贝贝（背影）认真写日记。

齐贝贝：（画外音）我每天都要努力，更努力，成为更好的自己，将来有一天，我一定要用自己挣的钱，去看刘德华的演唱会……

齐向前：（画外音）贝贝，吃饭了！

齐贝贝突然想起了什么，飞奔出卧室。

4-7 小区民宅　齐贝贝家　日

齐贝贝飞奔到客厅，迅速打开电视。

齐向前、高洁坐在客厅餐桌前，惊讶地看着齐贝贝一连串的动作。

电视屏幕播放娱乐节目，画面是刘德华1997年到北京宣传新专辑，接受记者采访。镜头推进到电视屏幕。

---

① 《爱是如此神奇》由李安修作词，Danny Beckeman作曲，刘德华演唱，收录在刘德华1997年发行的专辑《爱如此神奇》中。

刘德华：（电视画面）其实《中国人》这首歌在我手上已经有两年多了，但是当时就决定要现在推出来，比较有纪念意义嘛……我爱中国，并为此感到光荣！

齐向前：（看着电视）大家都说小孩子追星耽误学习，我看刘德华挺好的，贝贝，这个明星可以追，爸爸同意！

齐贝贝：（做鬼脸）爸，你不同意，我就不追了……吗？不可能啊！

高洁：这个调皮鬼！你是学生，再怎么追星，也得保证学习是第一位的！

齐向前：（欣慰）我们贝贝挺自觉的，这次期末考试考得不错！

高洁：光是不错可不行，医学院分数可高了，还得继续努力！

齐贝贝：可是……

齐向前：你妈说得对，只要努力，一定能考上医学院，将来像你妈妈一样救死扶伤，贝贝没问题，我们相信你。

齐贝贝：爸妈，我……

高洁：对了，我下午出诊，得早点走了。

齐向前：下周消防检查，我也得去趟单位。

高洁和齐向前只顾聊天，没注意到齐贝贝的情绪。齐贝贝不说话了，拿着筷子，有一搭没一搭地夹菜吃饭。

高洁：哎呀，妈妈忘了这周末答应陪你逛街的，来，（从钱包里拿出一些钱）你约晓羽一起去吧，多买点好吃的！

齐贝贝：（无精打采）没事，妈，你快去救死扶伤吧……

高洁和齐向前一前一后出门。

齐贝贝仰起头盯着天花板。

4-8 小区民宅　齐贝贝家　日

齐贝贝在厨房洗碗，突然听到小猫的叫声。

齐贝贝家住在一层。齐贝贝走到阳台，隔着护栏往外看，远处草丛里有一只很小的猫。

齐贝贝：哇，小猫咪，你怎么自己在这儿，你妈妈呢？

小猫咪"喵喵"地叫。

齐贝贝：你一定是饿了，等会儿啊！

齐贝贝从厨房里出来，拿着一个小碗，里面放了一些切好的肉肠。

4-9 齐贝贝家小区　日

齐贝贝走到草丛边，把碗放在地上。

小猫慢慢走过来，闻了闻，吃了两口，剩下的用嘴叼着跑进草丛里。

齐贝贝望着小猫微笑。

4-10 小区民宅　乔晓羽家　日

乔晓羽和乔卫国还在看电视。

镜头慢慢往下移动，地板积了浅浅的一层水。乔晓羽穿着拖鞋，水已经快淹没拖鞋。

乔晓羽感觉不对，低头看脚。

乔晓羽：（惊呼）爸！快看，地上！

乔卫国猛地站起来，看向厨房。

乔卫国：完了，苹果！

两人踩着水一前一后跑向厨房，还不

小心撞在一起。

两人看着厨房的洗碗池,愣住。乔卫国赶紧过去把水龙头关了。

镜头从乔卫国茫然的脸移动到乔晓羽懵懂的脸。

乔晓羽:爸,你忘关水龙头了……

乔卫国:刚才我接电话,不是让你来接着洗苹果吗?

乔晓羽:(眼神迷茫)有吗?

乔卫国:难道是我没拧紧?

乔晓羽:爸,怎么办?

乔卫国:还能怎么办,赶快"毁尸灭迹"啊!

电视屏幕开始播放范晓萱《我爱洗澡》MV,《我爱洗澡》[①]音乐响起。

歌词:我爱洗澡乌龟跌倒,Ah-Oh Ah-Oh,小心跳蚤好多泡泡,Ah-Oh Ah-Oh,潜水艇在祷告。我爱洗澡皮肤好好,Ah-Oh Ah-Oh,戴上浴帽唱唱跳跳,Ah-Oh Ah-Oh,美人鱼想逃跑。上冲冲下洗洗,左搓搓右揉揉,有空再来握握手……

(快镜头)乔卫国和乔晓羽飞快地拿拖把、扫帚、簸箕收集地板上的水,一轮一轮穿梭在各个房间,干了几圈之后,两人累得气喘吁吁。乔晓羽突然眼睛一亮,指指沙发,乔卫国脸上露出惊喜表情。两人开始拆沙发靠垫里的海绵。两人每人拿一个海绵,对视点头,开始用海绵推着地板吸水。

父女俩随着欢快的音乐节奏干活,乔晓羽头发乱蓬蓬,脸上还有污渍,乔卫国卷着裤子,狼狈不堪。

4-11 小区民宅 乔晓羽家 日

敲门声响起。

乔卫国赶紧去开门,门外站着童振华、许如星、童言一家三口。

乔卫国:(惊喜)童厂长!弟妹!你们可回来了!哎哟,这是童言吧!长这么高了!快进来!

(慢镜头)乔晓羽从卧室闪出,脸上有污渍,头发凌乱潮湿。

范晓萱《RAIN》[②]音乐响起。

歌词:我怀念有一年的夏天,一场大雨把你留在我身边,我看着你那被淋湿的脸,还有一片树叶贴在头发上面。那时我们被困在路边,世界不过是一个小小屋檐,你说如果雨一直下到明天,我们就厮守到永远……Rain, Falling in my heart, 你的声音仍然深印我心田,世界改变,你也改变,我在海角天边……

乔晓羽和童言互相看到对方,童言穿着白色衬衣,露出干净清澈的微笑。

(闪回)

文工团家属院。雨后,孩子们穿着拖鞋、雨鞋在雨里踩水玩耍。栗凯把自己的雨鞋脱下来灌满水转圈。乔晓羽拉着童言

---

① 《我爱洗澡》由许常德作词,刘天健作曲,范晓萱演唱,收录在范晓萱1997年发行的专辑《小魔女的魔法书2摩登家庭》中。

② 《RAIN》由许常德作词,郭子作曲,范晓萱演唱,收录在范晓萱1995年发行的专辑《RAIN》中。

躲闪，用身体护住童言，童言看着乔晓羽被淋湿的头发和衣服。

（闪回结束）

镜头从乔晓羽小时候的脸变换为现在的脸。

童言看着乔晓羽。

童振华：老乔，咱们多少年不见了啊！（对童言）童言，快叫乔叔！

童言：（回神）乔叔好！

乔卫国：好，好！都长这么大了，真是帅小伙子！

童振华、许如星、童言看着屋子里乱七八糟的湿毛巾、簸箕、海绵、潮湿的地板，还有乔卫国和乔晓羽身上又脏又湿的衣服，露出惊讶的表情。

4-12 小区民宅　乔晓羽家　日

乔卫国、乔晓羽、童振华、许如星、童言坐在沙发上聊天。

童振华：原来是这么回事，你们父女俩看电视也太投入了，哈哈！

许如星：（温柔）晓羽，身上衣服湿了，要不要去换一下，虽说是夏天，可也别着凉了。

乔晓羽：（有点害羞）哦，阿姨，我这就去换。

乔晓羽回自己卧室，童言看着她的背影。

乔卫国：（笑）快喝水！童厂长，你这次是作为特殊人才被咱们清城给请回来的吧！

童振华：什么厂长，就叫我老童！咱们都老了啊，我在外面折腾了这么多年，也该回来为咱们家乡服务了！

乔卫国：（感慨）是啊，都老了……你看孩子们都长这么大了，咱们能不老吗？哈哈……

许如星：冰梅姐没在家？

乔卫国：哦，她呀，加班去了！

许如星：冰梅姐还是像以前一样，一心扑在工作上！不像我，没怎么工作过，我最佩服的人就是冰梅姐了！

乔卫国：弟妹，你就别谦虚了，童厂长那些年没白天没黑夜地忙单位的事，童言小时候做了好几次大手术，你一个人忙里忙外，多不容易啊！对了，你们家童飞呢？怎么没一起来？

乔晓羽已经换好衣服、收拾好头发回到客厅，童言眼神不由自主追随着乔晓羽。乔晓羽坐下。

许如星：（笑）快看看我们晓羽，真是漂亮的大姑娘了！小时候阿姨每次抱你都心疼，晓羽这么瘦，吃的饭跑哪里去了！

乔卫国：是啊，以前我们工作忙，弟妹你没少照顾晓羽，晚上回来，孩子们已经在你那儿睡着了。

许如星握着乔晓羽的手，众人感慨。

童振华：童言，刚才叫你哥上来了吗？

童言：我哥说，他和师傅们一起搬行李……

童振华：乔主任，我这个大儿子啊，唉……你知道的，小时候在乡下疯惯了，太难管！（摇头）打骂都没用……以后他哪儿说的不合适、做的不对的，你们多担待，哦不，你告诉我，我回家收拾他！

许如星：（尴尬）什么收拾不收拾的，乔主任，让你见笑了。

乔卫国：（笑）都是好孩子，都是好孩子。听说童言学习成绩特别好，数学、物理什么的都是全国竞赛冠军！真是厉害啊！晓羽的数学成绩啊……我就不说了……童言可得好好帮帮晓羽啊！

乔晓羽：（尴尬）爸……

乔晓羽和童言对视，乔晓羽有点难为情。

许如星：孩子们都是一起长大的，这次童飞和童言插班到清城一中，互相有个照应，我们真是放心多了！

乔卫国：晓羽啊，带童言去小区里转转吧！（对童言）童言，这小区以前就是咱们老院子重修的，是不是回来都不认识了？

童言：是啊乔叔，变化真大，我总是想起小时候的院子。

许如星：孩子们当着咱们都不好意思说话，这么多年没见面，肯定想聊聊小时候的事儿，童言啊，带晓羽去咱们家认认门，以后又是邻居了！

童言、乔晓羽点头，互相看了一眼，站起身走出家门。

许如星：冰梅姐明天回来吗？这些年在外地，连个说知心话的人都没有，真想你们，这次终于回来了……（话音渐弱）

4-13 文工团小区　日

插曲音乐响起。

童言、乔晓羽走到单元门口，互相看着对方，既熟悉又陌生，都有点不好意思。

童言看着小区全貌。

童言：（指远处）我记得，那里是个仓库，咱们总在那儿捉迷藏。

乔晓羽：你记性真好，我昨天还梦到……

童言：梦到什么？

乔晓羽：（笑）没什么……童言，这些年你还好吗？

童言：嗯，我挺好的。

乔晓羽：（指着童言心脏的位置）它还好吗？

童言：（点头微笑）它……也挺好。

两人微笑，画面唯美。

童言：小时候我妈总说手术做晚了一年，偷偷跟我爸哭，担心我活不到成年，你看咱们不是很快就要18岁了吗？（笑）

乔晓羽：你的生日是9月1日开学日——还不到17岁呢。

童言：（微笑）你还记得。

乔晓羽：当然记得……（微笑）如星阿姨每年都会做很多好吃的。

童言微笑。

童言：刚搬到海南的时候，我还给你写信了，可是很多字不会写，也不知道该写什么……你给我写过信吗？

乔晓羽：我……我那时候，其实也不会写几个字，总不能都用拼音吧？

两人忍不住笑起来。

童言：晓羽，你一点也没变。

乔晓羽：你也是。

（闪回）

1988年童家搬走时的场景。

文工团家属院门口，停着一辆卡车，童振华、许如星往车上搬行李，童言和乔晓羽站在旁边。

童言递给乔晓羽一包麦丽素，安静地留下两行泪。

乔晓羽拿着麦丽素，没有哭。

（闪回结束）

童言和乔晓羽一起望向远处。

文工团小区院子里停着一辆卡车，师傅们正在把行李和家具搬到一个单元里。童飞从卡车里跳下来。

童言：晓羽，你还记得我哥吗？

乔晓羽望过去，远处卡车旁边，童飞穿着白色背心、破旧牛仔裤，和师傅聊天。

乔晓羽：（回忆）我……记得。

乔晓羽视角下的童飞，童飞头上、身上都是汗水，精瘦强壮，和童言的孱弱干净形成鲜明对比。

童飞也看到了他们，远远地笑着挥手。

4-14 文工团小区　日

童言和乔晓羽来到童飞对面。

童飞视角下的乔晓羽，乔晓羽穿着白色连衣裙，和童言站在一起，特别美好。童飞有一瞬间怔住。

（闪回）

1988年童家搬走时的场景，卡车缓缓驶远。

卡车里，童言低着头默默擦泪。童飞看向后视镜，后视镜里，乔晓羽泪流满面，哭成泪人。

（闪回结束）

童飞从回忆的神情迅速变成玩世不恭的状态。

童飞：（随意）童言，这是你青梅竹马的乔晓羽同学吧？小时候像只瘦猴一样，现在长成大美女了！

童言：（尴尬）哥……（对晓羽）我哥喜欢开玩笑，别介意。

乔晓羽：童飞哥。

童飞：（洒脱）别哥哥妹妹的，都把我叫老了，叫名字就行！

乔晓羽看看童言，童言微笑。

童言：哥，我也来干活儿吧！

童飞：你不能干这些重活儿，别动手了。我把这些搬上去，马上就完工，你俩接着叙旧吧！

童飞对童言做鬼脸，然后搬着一堆杂物上楼。

乔晓羽看着童飞的背影。

乔晓羽：童飞哥和小时候……不太一样了。

童言：嗯，是不太一样了……

乔晓羽疑惑地看着童言。

童言：没什么，只要他开心就好。

4-15 文工团小区　日

小区门口开进来一辆20世纪90年代最时尚的红色夏利小轿车。

童言、乔晓羽看着车开进来，停到他

们面前。

车上走下来贾有才、金艳丽、贾午一家三口。

贾午一见到童言就开心地跑过来，贾有才、金艳丽也高兴地走过来围住童言，贾有才搂着童言，左右端详。

贾午：童言，你终于回来了！

贾有才：童言都长这么高了！哈哈，你爸妈呢？

童言：叔叔阿姨好，贾午，终于又见到你们了，我爸妈在晓羽家聊天。

金艳丽：等会儿晚饭都别做了啊，叫着你全家、晓羽全家，咱们都去阳光休闲城吃一顿，好好聚聚！

童飞也从单元门口走出来。

大家热络地聊天。

大门口，栗铁生和栗凯推着自行车走进小区。

贾有才：（招呼栗铁生）老栗子，看看谁回来了？

栗铁生：是童厂长一家回来了吗？哎哟，孩子们都长大了，认不出来了！

贾有才：晚上都去我那儿吃饭，你们也去！

栗铁生：那我们就沾老童的光，吃顿好的！

童言：栗叔好，栗子哥，好久不见。

栗凯对童言轻轻点头，随即低头恢复冷漠的表情。

栗凯：（面无表情）爸，你去吧，我有点不舒服，先回家了。

栗凯往楼门口走去。

童飞斜眼看着栗凯的背影。

贾午一边搂着童言，一边拽着童飞，往自己家方向走。

贾午：走走，去我家打游戏！你们不知道，晓羽有多笨，什么也学不会，这些年都没人陪我玩儿，你们回来可太好了！

贾有才：臭小子，一回来就带着大家打游戏！

乔晓羽：贾午！你说我笨？

贾午拽着童飞、童言跑走，乔晓羽笑着追打。

4-16 小区民宅　乔晓羽家　夜

乔晓羽坐在卧室书桌前，打开侧柜，从里面拿出一个小木箱，用一把小钥匙开锁，里面整齐堆放着厚厚的信。乔晓羽拿出几封翻看，是小时候自己写给童言的信，先是几封几乎认不出字的信，有拼音、图画、各种符号，接着是几封几乎都是拼音的信，接下来的信里正常的汉字越来越多。乔晓羽又翻看了几封，全部收好，拿出一张新的信纸，在纸上写起来。

乔晓羽：（画外音）童言，你好吗？你终于回到清城了，也许你没看出来，我真的好开心！你笑起来还是那么熟悉和温暖，和小时候一模一样。可是我也不知道，为什么还在给你写这些永远不会寄出的信。这些年，给你写信，把喜怒哀乐告诉你，好像已经变成了我的习惯……可能我还需要时间，来适应你真的回来了这件事吧……

乔晓羽躺在床上，翻来覆去想着心

事，慢慢闭上眼睛。

4-17 小区民宅　齐贝贝家/黄大卫家　日

电话铃声响起。

齐贝贝从睡梦中惊醒，从床上爬起来接电话。

齐贝贝：（拿着听筒）喂，黄毛儿，您老人家百忙之中想起来关心我了？

黄大卫：（画外音）看你说的，咱俩可是小学同学、拜把子兄弟！现在是你不理我好吗？

齐贝贝：我问你，最近你是不是跟外面那些乱七八糟的人混在一起？悠着点啊，让你老爸黄警官逮着，有你好受的！

黄大卫家里，黄大卫瘫在沙发上。

黄大卫：（拿着听筒）哪有，只是跟他们一起打过几次球而已，别的事儿我从来不掺和。对了，前几天听我爸说，你们文工团那个栗……栗什么……

齐贝贝：你说栗叔？

黄大卫：（画外音）对对，就晓羽对门，那个栗凯的爸爸，又进去一次，还是你爸和晓羽爸去给接出来的！

齐贝贝：（惊讶）真的？这事儿……其他人知道吗？

黄大卫：（画外音）应该不知道吧……栗凯那哥们儿看着挺酷的，真是看不出来……唉，这暑假过得太无聊了，过两天找你们和贾午玩儿去……（话音渐弱）

齐贝贝拿着听筒皱眉，慢慢坐到沙发上。

4-18 小区民宅　童飞家　日

童振华、许如星、童飞、童言坐在餐桌前吃早饭。

许如星忙着从厨房端食物，给童飞、童言分别夹菜。

许如星：这两天搬家，童飞都累瘦了，多吃点！

童飞：爸，小姨，等会儿吃完早饭，我去趟南山公墓。

童振华、许如星愣了一下，对视。

童飞：（笑）今天是我妈生日，我去看看她。

许如星：（尴尬）是啊，还是你记得最清楚，（对童振华）振华，要不咱们一起去吧？

童飞：（迅速插话）不用了，爸刚调回来工作，单位肯定很忙，小姨也不用跑了，搬家的这些东西都还没收拾好，你在家忙吧！我又不是小孩子了，自己去没问题。

童言：哥，我陪你一起去吧。

许如星：（赶紧点头）就是，让童言陪你一起去吧。南山挺远的，你一个人去，我们也不放心啊。

童飞张嘴想拒绝，没忍心，继续吃饭。

童振华起身从包里拿出一沓钱，坐下，递给童飞。

童振华：（默默夹菜）童言，陪你哥去买点鲜花，还有蛋糕，路上小心。

童言：（认真）嗯。

童飞：（笑）谢谢爸。

全家人继续默默吃饭。

4-19 文工团小区　日
童飞、童言从单元门口走出来。
齐贝贝骑着自行车出现在小区门口。
齐贝贝远远看见童言，扔下自行车兴奋地飞奔过来。童言也笑着向齐贝贝招手。
齐贝贝跑过来，一把抱住童言，童言不好意思地笑着拥抱齐贝贝。
齐贝贝：（激动）童言！你终于回来了！我们想死你了！
童言：我也很想你们！贝贝，你还是这么……
齐贝贝：（笑）还是这么火热吗？
童言：（抿嘴笑）对。
齐贝贝：（才发现童飞）童飞？对吧？
童飞：（坏笑）还记得你童飞哥，（玩世不恭）可以啊，是不是对哥哥我印象深刻啊？
齐贝贝：（鄙视）没想到你现在变得这么自恋……对了，你们这是要去哪儿玩儿？带我一个！
童飞：今天不行了！我们要去南山公墓。
齐贝贝：南山……公墓？去那儿干吗？
童言张嘴想要解释。
童飞：（笑）去看我妈！
齐贝贝：（突然反应过来）哦哦，你们……快去吧……

童言：那我们先走了。
齐贝贝：好，好。
童飞、童言向小区门口走去。
齐贝贝转过身，尴尬地伸舌头。
童言：（回头）贝贝，你是去晓羽家吗？等我回来去找你们，我答应乔叔，要帮晓羽补习数学。
齐贝贝：太好了！我们终于解脱了……
童言：嗯？
齐贝贝：（笑）没什么，快去吧！
童言笑着挥手，和童飞一起走远。

4-20 小区民宅　乔晓羽家　日
乔卫国在厨房收拾碗筷。
乔晓羽卧室传来电子琴的声音。
乔卫国关掉水龙头，认真听琴声。
乔卫国：晓羽，你是不是又偷偷找艳丽阿姨练琴了？
乔晓羽卧室，乔晓羽停下弹琴的动作。
乔晓羽：哪有……爸，那都是好久以前的事了，我现在准备自学成才！
乔卫国走到乔晓羽卧室门口。
乔卫国：晓羽啊，爸不反对你的爱好，不过学习还是最重要的！你赶紧把暑假作业做完，抽空去找童言补习一下数学，我都跟你如星阿姨说过了……
乔晓羽：（撇嘴）好……
敲门声响起。
乔卫国开门，齐贝贝站在门口。
乔卫国：贝贝来了？快进来。

齐贝贝：乔叔好！好久不见，您工作很忙吧！

乔卫国：再忙也没有你妈妈忙！医生最辛苦了！

乔晓羽：（从卧室蹦出）"齐大夫"快来，听听我新学的曲子！

齐贝贝开心地走进来。

乔卫国：（拿起公文包出门）贝贝，好好玩儿啊！晓羽，爸去团里一趟，回来给你们做好吃的！

齐贝贝：乔叔，您这么一说，我都流口水了，（放低声音）乔叔，我保证好好监督晓羽复习数学，您放心！

乔卫国：（竖大拇指）贝贝最好了，哈哈哈……

乔晓羽无奈地看着齐贝贝。

4-21 小区民宅　乔晓羽家　日

卧室，乔晓羽弹奏起许茹芸的《独角戏》[①]，齐贝贝伴着旋律唱起来。

歌词：是谁导演这场戏，在这孤单角色里，对白总是自言自语，对手都是回忆，看不出什么结局。自始至终全是你，让我投入太彻底，故事如果注定悲剧，何苦给我美丽，演出相聚和别离。没有星星的夜里，我用泪光吸引你，既然爱你不能言语，只能微笑哭泣，让我从此忘了你……

齐贝贝一开始唱得非常深情，情不自禁地动作表情越来越夸张，乔晓羽被逗得前仰后合，齐贝贝也笑得唱不下去，最后两人笑瘫在地上。

乔晓羽：（笑）就你这搞笑的性格，将来怎么当医生啊？

齐贝贝：唉，别提了，难道我妈是医生，我就必须当医生吗？

乔晓羽：当医生多好啊，工作稳定，又受人尊重，高阿姨肯定都帮你计划好了。

齐贝贝：（无奈）嗯，唯独没把"征求当事人意见"计划进去。

乔晓羽：我记得你小时候挺喜欢拿着听诊器给我们"看病"的，你忘了？

齐贝贝：（尴尬）好像还真是……所以我妈那时就默认我长大了一定会当医生吧……我爸总说"老鼠的儿子会打洞"，可我不是老鼠，是有思想的人类啊！

乔晓羽：（笑）好！有思想的人类，那你想做什么呢？

齐贝贝：（眼睛一亮）我想背着行囊，环游世界！最后一站回到香港，去看刘德华的演唱会！

乔晓羽：（笑）齐大小姐又开始梦游了。

齐贝贝：（猛地坐起来）同样是父母，你爸怎么这么反对你子承父业呢？真是不懂这些爹妈……

乔晓羽无奈沉默。

齐贝贝：咱们团这些孩子里，只有你从小就有天赋，将来要是当了演员，肯定

[①] 《独角戏》由许常德作词，季忠平作曲，许茹芸演唱，收录在许茹芸1996年发行的专辑《如果云知道》中。

是大明星啊！

乔晓羽：谁说我要当明星了？忘记我跟你说的吗，我要当——导演！

齐贝贝：导演？哈哈哈！好吧好吧，等你当导演的时候，我就在旁边唱——（美声唱法）"是谁导演这场戏，在这孤单角色里，对白总是自言自语，对手都是回忆……"

两个人再次笑倒在地上。

齐贝贝：唉！在家待着多无聊，走吧，青青音像店！听说最近出了好多新专辑，再不去就要被人抢空了！

乔晓羽：你不是还要监督我学习吗？

齐贝贝：（搂住乔晓羽的脖子）哪轮得上我监督啊，还是让青梅竹马、温柔帅气的童言小哥哥监督你吧！

乔晓羽脸红了，追着齐贝贝打。

乔晓羽：看你胡说！

齐贝贝在房间里窜来窜去。

乔晓羽：（突然反应过来）什么小哥哥，他比我小！

齐贝贝笑着跑出房间门。

齐贝贝：（画外音，在门口喊）晓羽，快点换衣服，我去楼下等你！

乔晓羽又气又笑看着齐贝贝的背影。

4-22 小区楼道　日

齐贝贝站在乔晓羽家门口，准备下楼，发现对门栗凯家门没关严，露出一丝缝隙，里面传出吉他声。齐贝贝悄悄从门缝望进去，栗凯坐在屋里，背对着门，边弹边唱齐秦《外面的世界》。

栗凯：（弹唱）在很久很久以前，你拥有我，我拥有你，在很久很久以前，你离开我，去远空翱翔，外面的世界很精彩，外面的世界很无奈，当你觉得外面的世界很精彩，我会在这里衷心地祝福你……

齐贝贝的耳朵越凑越近，吉他声戛然而止。齐贝贝凑得更近，疑惑地听着屋里的动静。

突然房门打开，齐贝贝一抬头，栗凯的脸出现在面前。

齐贝贝：（站起身）栗凯，你干吗，吓我一跳！

栗凯：我干吗？你在这儿干吗？

齐贝贝：我……我从晓羽家出来，正常下楼，不行啊？

栗凯：我早就听门口有动静，原来是你在这儿偷偷摸摸，跟做贼似的……

齐贝贝：（生气）我做贼？你才做贼！你全家……

栗凯脸色一变。

齐贝贝突然意识到自己说错了话。

齐贝贝：（尴尬）我不是那个意思……

栗凯压住火气，深呼吸，准备关门，齐贝贝赶紧挡住门。

齐贝贝：栗凯，我爸他不是故意为难栗叔的，他……他就是那个倔脾气……

栗凯：你说完了吗？

齐贝贝：我……

栗凯：告诉你，你爸和我爸有什么过节，我不想管，你也不用跟我说这些，以后最好离我远点！

齐贝贝正要反驳，栗凯退回屋用力把

门关上。

齐贝贝张着嘴，气得指着门说不出话。

4-23 音像店　日

镜头从门口的"青青音像店"标牌进入店里，乔晓羽在展示柜旁边转来转去，专心挑选磁带。

齐贝贝一脸不高兴，嘴里嘟嘟囔囔。

乔晓羽：（歪头调皮地看着齐贝贝）这是谁惹得齐大公主"晴转阴"了？

齐贝贝：（生气）晓羽，你不知道栗凯刚才有多凶！我好心好意跟他解释，他一副看不起人的样子，小时候就欺负咱们，现在还这么横！

乔晓羽：（点头）栗子哥确实小时候挺霸道的，可是，（小心翼翼）他哪敢欺负你啊……

齐贝贝：（撇嘴）也是，我也不是好惹的……

乔晓羽：好了好了，栗子哥确实是文工团大院的孩子王，经常命令咱们干这干那，可是他也经常保护咱们不是？只要有他在，其他大院的孩子从来不敢欺负咱们啊。

齐贝贝：你这个人，还真是好脾气……

乔晓羽：栗子哥也挺可怜的，自从他爸妈离婚以后，他就变得冷冷的，不怎么说话了。

齐贝贝：（声音柔和下来）哼，父母离婚了不起啊？

乔晓羽拿起一张专辑放在齐贝贝眼前。专辑封面是范晓萱打扮成小魔法师的样子。①

齐贝贝：范晓萱的新专辑？

齐贝贝拿过来仔细翻看上面的歌曲。

齐贝贝：看起来……好像都是儿童歌曲？

乔晓羽：（笑）我觉得特别适合你。

齐贝贝：（反应过来）拐弯抹角说我幼稚呗，哼，别急，说不定下一张专辑，她就突然出一首特别……

乔晓羽：特别什么？

齐贝贝：特别……不儿童的歌曲！

两人笑起来，继续挑专辑。

齐贝贝：（犹豫）对了，栗凯的妈妈，很少回来看他吗？

乔晓羽：听艳丽阿姨说，他妈妈在深圳打工，做生意，每年会回来一两次吧，不过都是叫栗子哥出去见面，我们都没碰到过……

齐贝贝透过展示柜缝隙望向窗外，栗凯骑着自行车从远到近，停在音像店门口。

齐贝贝：真是"说曹操曹操就到"，冤家路窄……

栗凯走进音像店。

乔晓羽看到栗凯，挥手打招呼。

乔晓羽：栗子哥，你也来了？真巧！

栗凯：（点头）嗯。

栗凯看到齐贝贝，面无表情地转身走开。

---

① 范晓萱 1996 年、1997 年发行专辑《小魔女的魔法书》《小魔女的魔法书第 2 辑魔登家庭》，主打卡通歌曲，曲风贴近儿童市场。

齐贝贝翻了个白眼，手放在架子上假装翻看磁带，眼神却偷偷看向栗凯。

远处展示柜前，栗凯拿起一张齐秦的新专辑，轻轻摸了摸自己的口袋，低头看看钱似乎不够，又把专辑塞了回去。

栗凯：（对乔晓羽）晓羽，我先走了。

乔晓羽：（耳语齐贝贝）栗子哥还是比较怕你，进来不到一分钟，就被你吓走了……

齐贝贝：哼，装作很冷酷的样子，以为自己是明星啊？

乔晓羽笑着摇头。

齐贝贝透过展示柜缝隙望向窗外，栗凯走出音像店，骑着自行车走远。

齐贝贝走到刚才栗凯看过的展示柜前，拿出那张齐秦的专辑，走到音像店老板的柜台上。

齐贝贝：老板，买这张。

乔晓羽拿着一张许茹芸的专辑走过来，看着柜台上齐秦的专辑《丝路》。

乔晓羽：（疑惑）范晓萱——齐秦？你这曲风变化也太快了吧……

齐贝贝咬着嘴唇皱眉思考。

4-24 大巴车内　日

童飞、童言坐在大巴车上，童飞抱着蛋糕，童言抱着鲜花，看着窗外的景物。

童言：哥，你看那边，变化好大啊，我都不认识清城了。

童飞：是啊，都快十年了，肯定都变了。

童飞低头看蛋糕，蛋糕上写着"祝妈妈生日快乐"。

童言：哥，你挑的这个蛋糕真好。

童飞：（笑）你是不是馋了？

童言：（认真）不是，哥，我是真的想去看看大姨。

童飞：（笑）知道啦，逗你的。

4-25 街道　日

（空镜）大巴车在街道上行驶而过，向郊区开去。

4-26 墓地　日

童飞、童言走在公墓里，慢慢走到童飞妈妈墓碑前。

墓碑上面写着"爱妻许如月之墓"。

童飞轻轻蹲下，把蛋糕慢慢放到墓碑前。

童飞：（笑）妈，今天你过生日，我来看你了。看这个蛋糕，我挑的，好看吗？你这个当妈的，从来没有给我过过生日，看看儿子我，多孝顺！

童言：（看着童飞）哥……

童飞：（笑）我没事儿。童言，我要跟我妈说你的坏话了，你去那边转转吧！

童言轻轻把鲜花放在墓碑前，鞠躬。

童言：大姨，我也来看您了，童飞哥很好，您放心，我们会互相照顾的。您好好吃蛋糕。（对童飞）哥，我去下面等你。

童言往远处走去。

童飞看童言走远，慢慢蹲下，靠在墓碑前。

童飞：（微笑）妈，我们搬回清城了，

这么多年让你一个人在这儿，我对不起你（流泪）……妈，以后我就能经常来看你了，我以后再也不离开你了，妈……（泪流满面）

4-27 大巴车内　日
童飞、童言坐在回城的大巴车上，童飞无言望着窗外。

童言看向童飞。

童言：哥，你没事吧？

童飞：（笑）没事啊，我妈今天一定很开心，我挑的蛋糕，她肯定爱吃。

童言：如果大姨还在，肯定对我也很好。

童飞：（苦笑）如果她还在，怎么会有你呢？（戳了一下童言的头）这么笨，怎么考年级第一的？

童言难过地低下了头。

童飞：（笑着拍童言的肩膀）逗你的！

童言：（真诚）哥，总有一天，我们会见面的……我是说我和大姨，总有一天会见面的。

童飞：（皱眉）说什么呢！

童言：所有人的终点，不都是那里吗？终究有那么一天，我们都会见面的……

童言微笑。

童飞眼眶泛红，扭头望向窗外。

4-28 小区民宅　乔晓羽家　日
卧室，乔晓羽和童言坐在书桌前。乔晓羽忐忑地偷偷看童言。

童言翻开练习册，指着一道数学题。乔晓羽认真默读题，尴尬地摇头。

童言：没事，这个有点难。

童言往前翻了几页，指着另一道题，示意乔晓羽。乔晓羽低着头默读题，脸红摇头。

童言：（忍不住挠头）其实这个，也有点偏。

乔晓羽：童言，你不用安慰我了，（挤出笑容）我都习惯了……

童言：（认真）晓羽，你别急，我会想出办法的。

乔卫国：（画外音）吃饭了！

齐贝贝冲进卧室，两只胳膊分别抱住乔晓羽和童言。

齐贝贝：好了！晓羽这冰冻数学的脑子啊，非一日之寒！你别想一天就教会她，还是吃饭最重要，快来，我都饿死了！

齐贝贝拉着乔晓羽和童言走出卧室。

4-29 小区民宅　乔晓羽家　日
餐桌前，童言端着一碗汤喝。

乔卫国、乔晓羽、齐贝贝一起看着童言。

乔晓羽：童言，你怎么还没吃饭，就把汤都喝完了？

餐桌上摆着丰盛的饭菜。

童言：（迷茫）我们在海南，都是吃饭之前先喝汤……

乔卫国：（反应过来）哦哦，我还以为

今天这汤这么受欢迎呢，哈哈！

童言：（脸红）乔叔做的汤确实好喝……

乔卫国：好！那等会儿吃完饭再喝一碗！来，童言，快吃菜，别客气啊……

大家端起碗吃饭。

4-30 小区民宅　乔晓羽家　日

饭后，乔晓羽、齐贝贝、童言坐在沙发上看电视。

电视屏幕播放 1997 年热播的电视剧《宰相刘罗锅》。

乔卫国从厨房端出一盘切好的西瓜。

乔卫国：孩子们，来吃西瓜喽！

齐贝贝：哇！乔叔真好！

齐贝贝抓起一块西瓜吃起来。

齐贝贝：（边吃边说）真好吃！

乔卫国：（示意童言）童言，快吃呀！

童言拿起一块西瓜吃了一口。

童言：乔叔，能给我拿点盐吗？

乔卫国：（疑惑）盐？

齐贝贝、乔晓羽也疑惑地看着童言。

一个装着盐的小碟子放到茶几上。

童言拿起西瓜，蘸了蘸盐，吃起来。

乔晓羽：童言，西瓜为什么要蘸盐吃？这也是海南人的吃法吗？

童言：（微笑）对，你可以试试。

乔晓羽充满期待地拿起西瓜蘸盐，然后放到嘴里，刚咽下一口，就被呛得咳嗽起来。

齐贝贝拿起西瓜蘸了一下盐，试着尝了尝，然后伸出舌头做出夸张的表情。

童言：（笑）我们平时还会拿水果蘸辣椒盐吃。

乔晓羽、齐贝贝：（一起）辣椒盐？

童言：对，就是辣椒粉和盐混在一起。

齐贝贝：（忍着）童言，这些年，你真不容易……

童言笑了，继续拿起西瓜蘸着盐吃。

乔晓羽小口吃着西瓜，若有所思。

4-31 文工团小区　日

小区门口，齐贝贝回头向乔晓羽和童言挥手，笑着走出大门。

乔晓羽和童言放下挥动的手臂，随后对视微笑，都有点不好意思。

乔晓羽看到地上有几片叶子，蹲下捡起来两片，其中一片递给童言。

乔晓羽：还记得这个吗？

童言疑惑地看着手里的叶子。

乔晓羽用手拿着叶根两端，示意童言，童言也照着乔晓羽的样子拿好。乔晓羽把自己手里的叶根和童言手里的叶根交叉，用力往后一拔，乔晓羽的叶根断了。

童言笑了。

乔晓羽：你们在海南都不玩这个吗？

童言认真思考回忆。

（幻想画面）

童言和乔晓羽站在海南街头一棵高高的椰子树下，两人都拿着一根长长的椰子叶，费力地把叶子交叉在一起，用力往后一拔，一起向后摔倒在地上。

（幻想画面结束）

乔晓羽：（尴尬地笑）原来是这样……

童言微笑。

4-32 文工团小区　昏

小区大院银杏树下，乔晓羽坐在秋千上晃着，想着心事。

范晓萱《RAIN》音乐响起。

歌词：Rain, Falling in my heart, 你的声音仍然深印我心田，世界改变，你也改变，我在海角天边。Rain, Falling in my heart, 你的诺言虽然没有实现，爱是雨点落在昨天，永不放晴的缠绵……

远处，童言一路小跑着进大门。

乔晓羽从秋千上站起来。

童言快步走到乔晓羽面前，大口喘着气，努力平复呼吸。

乔晓羽：你去哪儿了，怎么跑着回来？

童言调整呼吸，一只手从背后伸出来，拿着一包麦丽素，递给乔晓羽。

乔晓羽接过麦丽素，有点动容。

童言：（认真）晓羽，我想告诉你，我还是那个童言，永远都是。

乔晓羽抬起头，看着童言露出微笑。

乔晓羽：（画外音，成年）小时候，我以为这样的日子，这样的朋友，会永远存在，不会改变，后来才知道，那只是人生中短暂的一瞬；长大后，我以为那样的日子，那样的朋友，只是人生中短暂的一瞬，根本不必在意，现在才明白，那些人、那些事，早已变成我生命的一部分，永远都不会消失。

傍晚的银杏树下，乔晓羽和童言一起吃着麦丽素，微笑着聊天，落日的余晖照在他们身上。

4-33 小区民宅　童飞家　夜

童飞和童言的卧室，童言躺在双层床的下铺，已经睡熟。

童飞趴在双层床的上铺，从床垫下抽出一个笔记本，然后从笔记本夹层里拿出一张老照片，是童飞妈妈许如月二十多岁时的照片。童飞温柔地看着照片。接着童飞又从笔记本夹层里拿出另一张老照片，是童家1988年搬家前家属院邻居们的合影，童飞盯着合影轻轻皱眉沉思。

4-34 文工团小区　日

小区院子里，烈日炎炎，童飞、童言、贾午、黄大卫围在一起说笑。

黄大卫拍着篮球。

黄大卫：走吧！我知道一中家属楼后门可以进篮球场，好久没打球了，手都痒了！

童言：（对童飞）哥，我就不去了，我上学期没考好，回家看会儿书。

童飞：快回去吧！这么大的太阳，你哪受得了。

童言对大家抱歉地笑了笑，进楼门回家。

贾午：（对童飞）没考好？童言不是学习很好吗，怎么会没考好呢？

童飞：对啊，没考好……只考了年

级第三！

贾午正在喝饮料，差点喷出来。

黄大卫愣住，拍篮球的手停在原位。

童飞：等到9月开学，你们就知道了！我弟弟，那可是个天才，和我不一样，学习嘛，我是废了，不过打篮球（拍拍黄大卫）……你叫什么来着，黄大卫是吧，今天让哥哥见识一下你什么水平，配不配叫自己"一中乔丹"（趁黄大卫不注意抢走篮球）……

童飞和黄大卫抢球玩儿，栗凯从单元门口走出来，看到了他们，点头示意了一下，低头走过。

童飞看着栗凯沉默的脸，夸张地咳嗽了一声。

童飞：嘿！

栗凯：（不耐烦）有事吗？

童飞：忙什么呢，打球去吧，正好，我们三缺一！

栗凯：不好意思，我忙着呢，没空陪你们玩儿。

栗凯又准备走，童飞看着他的背影，冷笑了两声。

栗凯停住。

童飞：（坏笑）小时候欺负比你小的孩子，不是挺横的吗？现在怎么了，这么怂？不会是不敢吧？

栗凯转过身，瞪着童飞。

童飞：（笑）哎哟，不愧是当年文工团大院一霸啊，这么凶干什么，有本事球场上见！

贾午：（拽童飞）童飞哥，算了……咱们走吧。

栗凯：去哪儿打，走。

童飞把手里的篮球扔给栗凯。栗凯接住球，抬起眼睛冷冷地盯着童飞。

第五集

欢迎你来我的内心世界

5-1 小区民宅　贾午家　日

电视屏幕正在播放电视栏目《健美五分钟》[①]，健美教练马华喊着口号："天天跟我做，每天五分钟！"穿着健美服的女孩们做着一些健身动作。

镜头移出电视屏幕，贾有才穿着紧身衣，在客厅中间电视机屏幕前费力地跟着运动，啤酒肚突出，动作滑稽搞笑。

金艳丽从卧室走出来，站在贾有才身后，不动声色地看着贾有才。

金艳丽：跳得挺美啊，贾有才！

贾有才吓了一跳，停下动作，擦汗。

贾有才：老婆，你吓死我了！

金艳丽：你这是在锻炼身体，还是在看美女啊？

贾有才：哎呀，当然是在减肥了！成天陪客人喝酒，老婆你看我这肚子（摸自己的肚子），再不减肥就要脂肪肝了，你不是经常劝我锻炼身体吗，老婆？

金艳丽：（白眼）你悠着点吧，能不喝酒就别喝！挣钱再多有什么用，最后都捐给医院了！

贾有才：老婆说得对。哎，老婆，咱俩一起跳吧！

贾有才嬉皮笑脸地拽着金艳丽扭来扭去，金艳丽一把甩开他。

金艳丽：你心情还真好，暑假都快过了一半了，贾晨还不回家，你也不问问！

贾有才：你这当妈的都不问，我哪儿知道去……

金艳丽：我问什么问，上次不是你把闺女赶走的吗？

贾有才：（不满）我可没赶她走，她自己一句话都不说就走了，我现在还生气呢，我都是为她好啊，老婆！你说，她找的那个男朋友能行吗？我专门找人打听过，家里一堆穷亲戚，咱们闺女以后要是真的嫁过去，那不是吃一辈子苦吗，我坚决不能同意啊！

金艳丽叹气，坐到沙发上。

金艳丽：我也不同意，可是你训她有什么用？闺女大了，不是小时候，你训她一顿，她就能回心转意了！

贾有才沉默，关掉电视。

贾有才：老婆，要不，你给她打个电话？让她先回来再说。

金艳丽：（斜眼）哼，刚放暑假我就打过了！她说要准备商务英语考试，在宿舍复习呢，我能说什么？

贾有才：那你就说……你生病了，想她了？

金艳丽：（抓起抱枕打贾有才）我病了？你咒我生病！咒我……

贾有才：（捂头）我病了！我病了！老婆我错了！我错了！

门铃声响起。

贾有才赶紧跑去开门，沈冰梅和许如星站在门口，贾有才露出如释重负的表情。

贾有才：哎呀，两位大美女莅临寒

[①]《健美五分钟》是 20 世纪 90 年代央视一档健身栏目，将健美操运动由小众群体推向了社会公众，栏目主持人马华被称为"中国健美第一人"。

舍，蓬荜生辉啊！

沈冰梅：贾老板，真正的大美女在你家呢！

许如星：刚才在门口就听到你们俩打情骂俏，这老夫老妻的，感情真好！

贾有才：哎哟，两位弟妹来救了老哥一命，今天我请客啊！

金艳丽：别贫嘴了！快倒茶去！冰梅、如星，快坐！如星，你回来以后，还没好好来我们家坐坐吧？

许如星：（环顾四周）是啊，艳丽姐，你们家装修得真豪华，感觉就像进了国际大酒店！这些年贾老板生意不错啊，给你挣了不少钱吧！

金艳丽：快别提了，家里装修，贾有才非要用休闲城那个装修队，结果把家里搞成这样，一点品位也没有！

沈冰梅：就是，咱们艳丽可是钢琴艺术家，家里得装修成维也纳金色大厅才行！

三个女人一起笑起来。

贾有才端来茶水，放到茶几上。

贾有才：两位弟妹喝茶！（对金艳丽）老婆，我不是心疼你吗，装修这种事，哪能让你累着！

金艳丽：得了吧，你就是为了省钱，（指着卧室的装饰品）看这个灯柱、看那个灯球！每次亲戚朋友来都笑话！

许如星：（笑）不是笑话，他们是羡慕你，艳丽姐！贾老板对你多好，什么也不让你操心！

贾有才：就是，就是！

金艳丽：哎，对了，你俩今天来有事吗？

沈冰梅：没什么事，如星刚回到清城，想到处转转，可是我平时逛街太少，所以就来求助你这个清城最时尚的大明星了！

许如星：是啊，我可记得，艳丽姐是清城文工团团花，清城市的"钢琴公主"！想当年，她往钢琴边一坐，多少小伙子眼睛都直了，耳朵都竖起来了！

金艳丽：（笑）你们两个，今天嘴里抹蜜了吧！（看向自己的钢琴）可惜啊，两个孩子，没有一个愿意学的，贾晨小时候练了几天，后来放弃了，贾午这孩子，连碰都不碰！（对沈冰梅）倒是晓羽，没事儿还经常来找我学，要不是你们家乔主任拦着，我真要好好收个徒呢！

沈冰梅：晓羽老来麻烦你，我是不是该给学费啊？

金艳丽：（笑）你也太见外了！（坏笑）再说，给什么学费啊，将来让晓羽给我当儿媳妇就行啦！

许如星：冰梅姐，我们童言也不错，你也考虑考虑！

三个女人再次笑起来。

金艳丽：那咱们去女人街吧，跟着我，保证你们俩今天逛得满意，吃得开心！

贾有才：我正好去休闲城，开车把三位大美女捎过去，顺路！走！

四人起身说笑着出门。

5-2 篮球场　日

清城一中篮球场。

栗凯运球，和童飞正面对峙。栗凯三

步上篮，被童飞盖帽。黄大卫走过来拍拍栗凯。童飞和贾午击掌。栗凯不服地瞪着童飞，童飞不屑地歪嘴笑。

四个人在球场上你来我往，打了几轮，各有胜负。贾午传球，童飞远投3分，篮球应声入筐。

贾午跑过来和童飞庆祝。栗凯捡起球，看了童飞一眼，露出了认可童飞球技的表情。

篮球场外走来两个人，其中一人（小黑）向黄大卫挥手。

小黑：黄毛儿！

大家停住，看着小黑和威哥走进球场。威哥两只胳膊布满文身，不是学生的样子。

黄大卫：小黑，威哥！

小黑：（对黄大卫）黄毛儿，刚才给你家打电话，你没在，原来跑这儿来了！

黄大卫：刚才正好去找贾午，就来打会儿球。

威哥：（眼神看向童飞）这个看着眼生，他是谁？

黄大卫：威哥，他是贾午大院里的，刚从外地搬回来，下学期就转到一中了。

威哥：（挑衅）在那边就看见了，小子打得不错啊！一起练练吧，黄毛儿，你和我们一队，3对3，OK？

栗凯和贾午下意识地看向童飞，童飞大大咧咧地笑了。

童飞：（笑）没问题，陪这位大哥练练！

小黑冲黄大卫使眼色，黄大卫无奈地走到小黑身边。

威哥冷冷看着童飞。

童飞转身，一边一个搭住栗凯和贾午的肩膀。

童飞：（小声）贾午你看黄毛儿，栗凯你防那个小黑，我对付那个花豹子。

5-3 小区民宅　童飞家　日

镜头从童飞和童言的卧室门口，慢慢移动到乔晓羽和童言的背影。两人坐在书桌旁，童言给乔晓羽辅导数学。

乔晓羽穿着白色连衣裙，童言穿着干净的白色衬衣。

两人的头越来越近。窗台阳光洒进来，照在两人乌黑的头发上。

乔晓羽好像突然明白了一道题的解题思路，高兴地马尾晃了一下，扫到了童言的脸颊和肩膀，两人下意识对视微笑。

乔晓羽：童言，你太厉害了，一下子告诉我三种解题思路！

童言不好意思地笑。

乔晓羽：我可不是吹捧你……你比我们老师讲得还清楚。

童言：因为你聪明，所以才听得懂。

乔晓羽：我聪明？怎么可能……（沮丧）我可笨了，偏科大王，数学经常垫底，我爸快愁死了，你怎么成绩这么好啊？小时候没看出来啊！

童言：搬到海南以后，爸妈还是一直担心我的身体，不让我做什么剧烈运动，待在家里时间长了，也挺无聊的，就做做题……

乔晓羽：（惊讶）无聊，就做题……（苦笑）童言，我太佩服你了，我无聊了顶多看看小说……

童言：什么小说，好看吗？

乔晓羽：（赶紧摇头，脸红）没什么没什么，你还是……好好做题吧。

童言：哦。

乔晓羽站起身看童言的书架。书架上放着各种学习用书，有一本明显风格不同的书，乔晓羽抽出来，是《小王子》。

乔晓羽：《小王子》……

童言：这是我最喜欢的一本书。

乔晓羽：（翻看）童话？（翻开一页阅读）"最重要的东西，用眼睛是看不见的，只有用心才能看清楚"……好美的文字，我可以借阅吗？

童言微笑点头。

乔晓羽轻轻翻阅着书。

5-4 篮球场　日

篮球场上，镜头依次追逐着六个人的动作。威哥动作霸道强势，贾午动作灵活，黄大卫在篮下靠身高优势得分，小黑假动作多，栗凯抢篮板敏捷，童飞一人带球过人，远投、近投频频得分。

童飞和栗凯配合越来越默契，比分逐渐领先。威哥看情况不好，瞟了一眼童飞，然后对小黑使了个眼色，小黑会意，童飞看到了他们的眼神交流。

贾午把篮球传给栗凯，栗凯突破到篮下，小黑趁乱把脚放到栗凯旁边，栗凯跳起投篮，眼看就要踩脚，童飞冲过去假装抢篮板，推开小黑，栗凯绊到小黑的脚摔倒，小黑也趔趄了一下差点摔倒。小黑恼羞成怒，反而装出生气的样子。

小黑：（对童飞）会不会打球？怎么还撞人呢！

童飞：（忍住生气，笑）对不住啊，哥们儿，冲过劲儿了！

贾午过去蹲下查看栗凯的脚。

威哥看小黑没成功，露出不满的神情，走过来站在童飞面前。

威哥：（挑衅）可以啊，小子，是个高手！今天哥哥累了，下次再找你练！小黑，走！

童飞一动不动，露出无所谓的笑容。

威哥、小黑走远。

童飞赶紧蹲下查看栗凯的脚伤，栗凯疼得皱眉。

童飞：有点肿了……（对黄大卫）黄毛儿，他们都是一中的吗？

黄大卫：小黑是一中的，那个威哥早就辍学了，在外面混社会的，我跟他们打过几次篮球，（对栗凯露出歉意）栗凯，不好意思，这些人确实……

栗凯：（忍着疼痛）没事，跟你没关系。

贾午：你们等着，我去旁边小卖部弄点冰块！

黄大卫：（赶紧）我也去，我也去！

贾午和黄大卫跑远。

5-5 篮球场　日

童飞、栗凯坐在篮球架旁边。

童飞：那两个人打球不地道。

栗凯：刚才……谢了！

童飞：这点小事儿，谢什么！

栗凯：要是踩脚了，至少在家躺一个月。

两人坐在篮球架旁边沉默良久。

栗凯：你打得不错，以前在校队吗？

童飞：（笑）我这种天天逃课的差生，就算打得再好，也进不了校队……我打球就图一个开心，出一身臭汗，爽！

栗凯无声地轻笑一下。

童飞：当年我们搬家的时候，你还不是这样啊，怎么回事？别误会啊，我也很烦你小时候的样子，不过……你现在变化也太大了。

栗凯低头沉默。

童飞：（拍拍栗凯的肩膀）不就是父母离婚吗，怎么，再惨，还能比我惨？

栗凯：你妈妈是不在了，可是，她从来没有抛弃过你。

童飞：抛弃？哈哈……

栗凯：笑什么？

童飞：从来没被珍惜过，哪来的抛弃？

栗凯沉默无言。

童飞：听说你妈经常给你寄钱回来，不是挺关心你的吗？

栗凯：我不需要她的钱……

童飞：你需要什么？

栗凯：我？（苦笑）一个哪怕只有虚名的完整的家，这一点想法，都是奢望……

童飞：你最重要的人，都还在这个世界上吧？

栗凯抬眼看童飞。

童飞：虽然渺茫，可至少你还有希望啊……藏在黑暗里改变不了任何事，想办法让自己开心点吧。

栗凯：看你回来以后的样子，还以为你洒脱了。

童飞：我是很洒脱啊！这就是成年人的世界，改变不了，就得适应！知道吗，兄弟！

栗凯：成年人？你还好意思叫自己成年人？都18了，还和你弟弟一个年级，丢死人了，我要是你，都没脸去上学！

童飞假装生气一把抓住栗凯的衣服领口，装作要推倒他。

栗凯：哎哟，我的脚！

童飞：（大笑）我刚才就不应该救你！

栗凯也笑了。

远处，贾午和黄大卫拎着一袋冰块跑来。

5-6 小区民宅　童飞家　日

卧室书桌旁，乔晓羽做完一道题，童言检查完毕，认可地点头。乔晓羽长出一口气。

童言：休息一下吧。

乔晓羽：谢谢童老师！

两人对视笑了。

乔晓羽：（看着双层床）你们家好像还有一个卧室空着吧，怎么睡上下床呢？

童言：这次搬回来，我妈本来准备

了两个房间，我哥说他习惯了，反正以后上大学还是上下床，就不改了，其实我知道，他是担心我夜里身体不舒服。

乔晓羽：童飞对你真好。

童言：嗯，这些年他一直爬上爬下的。

乔晓羽：有个哥哥真好啊。

童言：其实我哥也把你当成亲妹妹的。

乔晓羽：（惊讶）把我当妹妹？可是在我的印象里，他小时候很少说话，也懒得理我……

童言：你还记得咱们在老院子的时候吗，有一次……

敲门声响起，打断了童言的话。

贾午：（画外音）童言，开门！

童言赶紧起身，走出卧室。

5-7 小区民宅　童飞家　日

客厅，童言打开门，童飞和贾午大汗淋漓，全身脏兮兮地走进门，贾午把抱着的篮球放下。

童飞：（擦汗）刚才着急去打球，忘带钥匙了。

贾午：（对童言）童言，快给我们拿点冷饮，渴死了！

童言赶紧跑去冰箱找饮料。

乔晓羽拿着练习册从卧室走出来。

贾午：（惊吓）怎么你也在这儿，吓我一跳！

乔晓羽：我怎么不能在这儿，（噘嘴）我来找童言老师帮我辅导数学！

贾午：（接过童言递过来的饮料）童言，你没回来的时候，晓羽老是找我讲数学题，可愁死我了！你回来太好了，我终于解脱了！

乔晓羽：（不满）哼，就知道你嫌弃我！童言才不会像你一样说我笨，而且讲得比你好多了！

贾午脸上露出异样的表情，马上又恢复正常。

贾午：（搂住童言）童言，我太同情你了，晓羽的数学啊，可是体育老师教的，你的心脏能承受得了吗？

乔晓羽：（拿着练习册追打贾午）你才是体育老师教的！

童飞和童言看着乔晓羽和贾午在屋里打闹，开心地笑。

贾午：（倒在沙发上）我错了我错了，饶了我吧！听说妈妈们都去逛街购物了，咱们也出去吃点好的吧，我请客！

乔晓羽：（用练习册敲贾午的头）今天在童言家，先饶了你！我要吃炒冷面、牛肉卷饼、砂锅，还有烤鱿鱼……

贾午：（用手挡头）姑奶奶你想吃什么都行！我先回家冲个凉，等会儿咱们小区门口会合！

贾午喝着饮料，开门离开。

童飞：一身臭汗，我也去冲一下。

童言：（对乔晓羽）晓羽，趁这点时间，咱们把最后一道题讲了吧！

乔晓羽瞬间由开心变成无奈。

乔晓羽：（撇嘴）好吧，童老师。

5-8 组镜

邓丽君《甜蜜蜜》[①]音乐响起。

歌词：甜蜜蜜，你笑得甜蜜蜜，好像花儿开在春风里，开在春风里。在哪里，在哪里见过你，你的笑容这样熟悉，我一时想不起。啊，在梦里。梦里，梦里见过你，甜蜜，笑得多甜蜜，是你，是你，梦见的就是你……

沈冰梅、许如星、金艳丽一起逛女人街。繁华街道，三个女人穿梭在各商铺间，神采飞扬。

金艳丽试穿华丽的衣服，努力收紧小腹，沈冰梅和许如星看着她，忍住笑意，点头称赞。

沈冰梅在化妆品柜台前试用一款口红，被夸张的颜色吓到，想拿纸巾擦掉，金艳丽拦住她的手，还竖起大拇指称赞。

许如星逛着女装，又跑到男装区，想给老公和孩子买衣服，沈冰梅和金艳丽看到了，一边一个拉着她到女装区，给她比试衣服。

三人坐在理发店做头发。

5-9 小区民宅 童飞家 日

童飞擦着湿淋淋的头发从卫生间走出来，正准备去卧室换衣服，走到卧室门口，看到童言和乔晓羽在书桌前的背影。

（慢镜头）阳光下，乔晓羽的白色连衣裙和童言的白色衬衣被微风轻轻吹起，童言和乔晓羽微笑着对话、对视。

童飞站在原地，呆呆看着童言和乔晓羽的背影，擦头发的手停住。

童言：（回头）哥，你洗完了？

童飞：（迅速恢复表情）啊！

乔晓羽看到童飞白色浴巾下没穿衣服的上身，不好意思地低头。

贾午：（画外音，从楼下喊）童飞、童言、晓羽！走啦！

乔晓羽：（有点害羞）那个，我先下去等你们！

乔晓羽跑出门。

童飞看着乔晓羽的背影轻笑。

5-10 小吃店 日

小吃店里，乔晓羽、童言、贾午围坐桌旁，一边吃砂锅，一边吃牛肉卷饼。

乔晓羽：童言，怎么样，还是咱们清城的饭好吃吧？

童言微笑着点头。

贾午：哎？童飞去上厕所，怎么还没回来？不会是迷路了吧？

乔晓羽疑惑皱眉。

童言：我哥不管在哪儿，都是最快熟悉环境的，应该不会迷路……

5-11 台球厅门口 日

台球厅门口放着一个台球桌，童飞正在打台球。

童飞趴在台球桌上，握杆瞄准，一杆进洞。

---

① 《甜蜜蜜》曲谱源自印度尼西亚民谣，由庄奴作词，邓丽君演唱，收录在邓丽君1979年发行的专辑《甜蜜蜜》中。

一个人的鼓掌声响起。

童飞抬起头，看见曹阿荣站在面前，正在轻笑着鼓掌。

童飞站起身，歪头看看曹阿荣。

5-12 小吃店门口 日

乔晓羽、童言、贾午从小吃店走出来，远远望见马路对面，童飞和曹阿荣站在台球桌前，边打球边聊天。

乔晓羽：那不是……

贾午：曹阿荣？

乔晓羽和贾午对视，面露疑惑。

5-13 台球厅门口 日

乔晓羽、童言、贾午走到台球厅门口，童飞向他们招手。

曹阿荣回头看见了乔晓羽和贾午。

曹阿荣：乔晓羽、贾午？

贾午：阿荣，你怎么在这儿？

曹阿荣：我不在这儿，还能在哪儿？（示意童飞）怎么，你们认识？

贾午：（指向童飞）他叫童飞，（指向童言）他叫童言，都是我们文工团大院的，刚从海南搬回来，很快大家就都是同学了。

曹阿荣：（轻笑）又是文工团大院的！

童飞：（打完一杆站起身）文工团大院怎么了？

曹阿荣：（歪嘴轻笑）没怎么……（抬眼盯着童飞）你和他们不一样！

童飞咧嘴笑了。

乔晓羽沉默。

童言：哥，咱们回家吧。

童飞：（摆手）你们先走吧，我再陪这个美女玩会儿，好久不打了，练练手！

童言：那……你等会儿早点回家……

童飞摆摆手，继续打球。

乔晓羽、童言、贾午转身走开。

乔晓羽回头看向童飞的身影。

5-14 餐厅 日

金艳丽：（画外音）老板，来三份砂锅排骨！

沈冰梅、许如星、金艳丽拎着大包小包购物袋一起坐到一家餐厅的餐桌边。

许如星：两位姐姐保养得真好，这些年完全没有变化！

沈冰梅：唉，我不行，每天朝九晚五地忙，哪顾得上保养……艳丽才是真的美，看这皮肤，一点皱纹都没有！

许如星：就是，我最羡慕的就是艳丽姐，老公挣钱给你花，儿女双全，贾晨上名牌大学，贾午成绩好又听话，艳丽姐哪有什么烦心事！

金艳丽：那都是表面上的啊，外人看着光鲜亮丽，谁能没有烦心事呢？

许如星：说起贾晨，回来以后一直没见过呢，放暑假也不回家吗？

金艳丽：唉，别提了，刚才就因为这个和贾有才吵了一架！贾晨谈恋爱，老贾不同意，孩子怄气，不愿意回家。

沈冰梅：贾晨谈恋爱了？这不是好事吗？

金艳丽：唉，那个男孩的家庭条件确实有点差，其实我明白贾有才的心思，想找个门当户对的，不愿意让闺女受委屈，可贾晨现在年轻，谈恋爱正是火热的时候，哪能明白这些呢？

许如星：是啊，年轻的时候就是这样，谁的话也听不进去……

金艳丽：贾晨从小脾气就犟，现在更是，现在还和她爸冷战呢！

许如星：艳丽姐，你想闺女吗？

金艳丽：想啊，怎么不想，这都大半年没见面了。其实我倒是想见见那个男孩，要是人品好……

许如星：是啊，人好就行，他们还小，慢慢奋斗呗！

沈冰梅：只要他对贾晨真心实意就行。

服务员端着餐盘放下，三人边吃边聊。

金艳丽：所以啊，我最羡慕的就是冰梅，不光有自己的事业，还嫁了个好男人，乔主任疼媳妇儿可是出了名的，从来不让你下厨，家务也都包了，闺女的学习也管了，晓羽又漂亮又懂事，多幸福啊！

沈冰梅：（淡然）现在还是风平浪静，明年就不一定了。

许如星：明年？明年怎么了？

沈冰梅：明年一上高三，家里肯定不太平……你们别看乔卫国平时挺好说话，没什么主见的样子，就一件事不行——晓羽不能干他这一行。

金艳丽：晓羽还是想参加艺考？

许如星：咱们晓羽又漂亮又有才艺，让孩子试一下呗！

沈冰梅：乔卫国总是担心她分散精力，耽误了学习。晓羽这孩子表面乖巧，其实心里有什么事从来不说，唉，就怕到时候这父女俩……

金艳丽：有你这个定海神针在，他们俩能折腾出什么花样？哈哈……

许如星：两位姐姐这些烦恼都是甜蜜的负担啊！

金艳丽：你也不错啊，家里有两个帅气的儿子！

许如星轻叹一口气。

沈冰梅：前几天碰到哥俩，童飞这孩子开朗了很多，童言还是和小时候一样，兄弟俩感情很好吧？

许如星：他们俩倒是挺亲密的。

金艳丽：童飞和你……

许如星：童飞这些年不像小时候那么孤僻了，表面上和大家都说说笑笑的，不过心里到底怎么想的，谁也不知道……

沈冰梅：孩子大了，有自己的小世界是正常的，你别多想。

许如星：童飞在家里是个好孩子，重活儿累活儿都抢着干，不管到哪儿都顾着弟弟，就是不太安分，经常闯祸，学习更是一言难尽……因为这些事，老童没少揍他，可是你们知道的，我也不能管太多啊……这次搬回来，孩子们都在一起学习，互相帮助，真希望他能收收心，把学习成绩提高一点！他少挨揍，我也少担心！

金艳丽：童言的身体……还好吧？

许如星：每年定期检查，倒是没发现什么异常，不过我这颗心啊，总是提着，当年要是早点做手术就好了……

沈冰梅：（握住许如星的手）你为孩子们操心太多了！也多为自己考虑考虑吧！

许如星：（眼眶湿润）我累点没关系，只求两个孩子平安健康地长大成人，将来我到了那边见了我妈和我姐……

金艳丽：（嗔怪）呸呸呸，说这些干什么！

许如星：你们不知道，我妈直到走之前，也没原谅我……

许如星流泪。

沈冰梅：（轻拍许如星的肩膀）这个世界上哪有真的和女儿记仇的妈妈呢，她只是没说……

金艳丽：就是，如星，你对孩子的好，别人不知道，我们还不知道吗？童飞姥姥也是心疼你啊，别总想以前的事儿了。

许如星轻轻拭泪。

沈冰梅：我和你姐姐在老院子那会儿就是朋友，她如果看到童飞现在长得这么好，肯定会特别高兴的。

许如星看着沈冰梅，轻轻点头。

金艳丽：姐妹们，咱们好不容易出来逛街，别说这些难过的事了！怎么绕来绕去，话题又回到孩子们身上了？

许如星：（苦笑）不说孩子，难道说老公吗？

金艳丽：（撇嘴）老公？我看见贾有才就来气！每天带着一股烟味酒味回家，我恨不得让他睡在家门口！

沈冰梅：那贾老板肯定来挨个敲邻居家门，指不定谁倒霉了！

许如星：（破涕为笑）唉……老公永远排最后，孩子的事儿啊，永远最上心！孩子们也快饿了，回家吧？

金艳丽：回家！

三人一起笑着起身。

5-15 文工团小区　日

许如星、沈冰梅、金艳丽在小区院子里拎着袋子，互相摆手，准备各自走向自己家的单元门口。身后传来行李箱轮子的滚动声。

贾晨：（画外音）妈。

三个女人回头。

贾晨站在小区门口，拖着行李箱。

沈冰梅过去拉住贾晨的手。

沈冰梅：贾晨回来了，刚才阿姨们还念叨你呢！

许如星：这么多年没见，贾晨长成大姑娘了，真好看！你妈可想你了！

沈冰梅：（指许如星）如星阿姨还记得吗？全家都搬回清城了。

贾晨：如星阿姨好！贾午打电话告诉我了，欢迎回来，您还是那么漂亮！

许如星：（笑）我们贾晨又好看又会说话！给阿姨当女儿吧，阿姨这辈子没有女儿太遗憾了！

金艳丽：（红了眼眶，笑）我的宝贝闺

女才舍不得给你呢！

　　沈冰梅：快接贾晨回家吧，坐火车多累啊。

　　金艳丽走过去拽行李箱。

　　贾晨：妈，你身体好点了吗？

　　金艳丽：谁说我身体不好？我挺好啊！

　　贾晨：贾午给我打电话说你病了。

　　金艳丽：(嗔怪)这个贾午，怎么跟他爹一个德行，就会咒我！

　　许如星：(笑)贾午是个聪明孩子，跟他爸一样！

　　金艳丽：回家吧。

　　金艳丽拖着箱子，走到楼门口。

　　金艳丽：(边走边说)那个小韩……跟你一起回来的吧？怎么不来家里坐坐？

　　贾晨：今天太晚了，他……还得坐长途汽车回镇上。

　　金艳丽：(拉着贾晨的手)回来就好。

5-16 小区民宅　齐贝贝家　日

　　齐贝贝坐在书桌旁，看着齐秦的专辑磁带《丝路》发呆。

　　齐贝贝站起身，拉开窗帘，发现外面下雨了。

　　齐贝贝到阳台关窗户，透过玻璃看到小猫在阳台遮阳伞下躲雨。

5-17 小区民宅　齐贝贝家　日

　　客厅，高洁和齐向前坐在沙发上，齐贝贝站在旁边。

　　高洁：(严肃)不行，流浪猫身上有好多细菌，说不定还有传染病，还会把家里弄得到处都是毛，妈妈不同意。

　　齐贝贝：(摇晃着高洁的胳膊)妈，我负责打扫，肯定会注意卫生的，妈……

　　高洁：(脸色阴沉)贝贝，你马上就高二了，这么关键的时候，怎么还总想着逗猫弄狗的？

　　齐向前：贝贝，听你妈的，别养那些，你要是真喜欢动物——咱们养鱼怎么样？

　　齐贝贝噘着嘴不说话。

　　高洁：贝贝，你暑假成天往文工团小区跑，多和童言讨论讨论学习，听说他成绩特别好！

　　齐向前：我也听说了，对了，要是碰见老栗子父子俩，可别跟他们走太近！老栗子这人我打了一辈子交道，嘴里没一句实话！自己都稀里糊涂的，儿子能教好吗……（话音渐弱）

　　齐贝贝望着窗外无声叹气。

5-18 齐贝贝家小区　日

　　齐贝贝拿着一个大纸箱走出家门，冲进雨里。

　　齐贝贝把纸箱放到阳台遮阳伞下，又跑回家。

　　齐贝贝拿着小毯子和小碗出来，放到纸箱里，又在小碗里放了肉肠。

　　小猫怯怯地挪过来吃。

　　齐贝贝：小猫咪，我妈不让我收养小动物，你就在这个窝里睡觉吧！

　　小猫咪"喵喵"地叫。

齐贝贝微笑。

5-19 小区楼道　日

栗凯家门口的楼道，齐贝贝犹豫着上楼。

栗凯家门突然打开，栗凯走了出来，齐贝贝有点慌张，装作若无其事。

栗凯看到齐贝贝，面无表情地下楼，走路有点一瘸一拐。

齐贝贝：哎，你的脚怎么了？

栗凯：没事儿，打球摔的。

栗凯继续扶着墙下楼，经过齐贝贝。

齐贝贝：栗凯。

栗凯：（停住）又有什么事？

齐贝贝拿出齐秦的新专辑磁带递给栗凯。

齐贝贝：上次是我说话太冲了，喏，给你赔礼的。

栗凯看了一眼磁带，没有接。

栗凯：不用。

齐贝贝突然把磁带塞到栗凯手里，转身跑下楼梯。

齐贝贝：你就拿着听吧！我走了！

栗凯：齐贝贝！

齐贝贝：（坏笑）追不上我！

栗凯无奈地看着齐贝贝跑下楼。

5-20 小区民宅　栗凯家　日

栗凯把齐秦的磁带放进录音机里，按下播放按钮，齐秦《丝路》①音乐响起。

歌词：思念仿佛弥漫雾的丝路，而我身在何处。月升时星星探出夜幕，人能仰望，就是幸福。谁懂得追寻的孤独，爱始终缥缈虚无，我始终一步一步，忘了归途……

窗外雨还在下着。

（闪回）

栗凯的妈妈周青云回到清城看望栗凯，两人在高档饭店吃饭，周青云从包里拿出一摞钱想塞给栗凯，栗凯低头不语。

周青云送栗凯回到小区门口，想拥抱栗凯，栗凯撤身躲过，周青云转身离开，默默流泪。

（闪回结束）

栗凯坐在卧室床上抱着吉他随意弹奏。窗户上雨滴慢慢滑过。

5-21 小区民宅　贾午家　日

乔晓羽的一只手和齐贝贝的一只手依次伸出，贾晨给她们分别戴上一串手链。

贾晨卧室，贾晨、乔晓羽、齐贝贝围坐在一起。乔晓羽、齐贝贝端详着手腕上的手链。

齐贝贝：好漂亮啊！我在清城从来没见过这么好看的！

乔晓羽：贾晨姐，你太好了，谢谢！

贾晨：怎么谢？要不将来嫁给贾午，给我当弟妹吧！

乔晓羽：（嗔怪）贾晨姐，你也学坏了！

---

① 《丝路》由许常德作词，季忠平作曲，齐秦演唱，收录在齐秦1996年发行的专辑《丝路》中。

贾晨：（笑）哈哈，我可没胡说，我们贾午本来就喜欢你啊！

乔晓羽：他？算了吧……他只要一天不损我就不错了！

贾晨：看来这小子还是一张臭嘴，一点没变！

乔晓羽：贾晨姐，我天天盼着你回来！

贾晨：我也很想你们啊！

乔晓羽：快给我们讲讲大学里的新鲜事吧！

齐贝贝：（坏笑）就是就是，尤其是浪漫的爱情故事……

贾晨：这个贾午，还跟你们说什么了？

乔晓羽：贾午是我们的好姐妹，无话不说，所以……你就快招了吧！

贾晨：好吧……你们要听什么？

齐贝贝：（举手）我先说我先说！嗯……这个小韩姐夫是怎么向贾晨姐表白的呀？

贾晨：（甜蜜）其实是我先表白的。

乔晓羽和齐贝贝惊讶地张大了嘴。

乔晓羽：姐，你太勇敢了！

齐贝贝：贾晨姐，你太帅了！这个小韩姐夫到底有什么魅力啊？

贾晨：在别人眼里，他可能没有什么魅力，也没有什么特别之处，但对我来说，他就是独一无二的，跟其他人都不一样。

乔晓羽、齐贝贝：（异口同声、大声）哇！爱情！

贾午突然打开卧室门，把头伸进来。

贾午：Are you OK？

齐贝贝：出去出去！我们女生说悄悄话呢！

贾午：大姐，你这是悄悄话吗？楼下耳背的李奶奶都听见了好吗？

齐贝贝抓起一个毛绒玩具朝贾午扔去，贾午赶紧缩回头关上门。贾晨、乔晓羽、齐贝贝大笑。

门突然被打开，贾午、童飞、黄大卫一起拿着毛绒玩具和枕头向里面扔进来。

女生们对视一眼，马上反击，大家乱作一团。

贾午的卧室门开着，童言和栗凯正在认真地玩小霸王游戏机，栗凯被无辜地砸中了，被迫加入"大战"。

童言停下游戏，躲在一边笑不停。

（慢镜头）大家欢笑着、打闹着。

5-22 组镜

林志颖《非常欢迎》[1]音乐响起。

歌词：约好时间一定碰面，我已经做好准备。突然发现最好的地点，在我心里面。充满光线，还有好音乐，摆设简单，种满红玫瑰。完全开放，非常欢迎你来我的内心世界，非常欢迎你来对我彻底了解，找个话题，找个艳阳天，我会热烈招待一切。非常欢迎你来我的内心世界，非

---

[1] 《非常欢迎》由廖莹如作词，王治平作曲，林志颖演唱，收录在林志颖1996年发行的专辑《期待》中。

常欢迎你来我们真心相对，可以狂野，可以很悠闲，满心期待就要见面……

童飞、贾午、栗凯、黄大卫打篮球，乔晓羽、齐贝贝在旁边热情加油。

金艳丽坐在钢琴边投入演奏，沈冰梅、许如星边喝茶边欣赏，跟着哼唱。

乔晓羽、齐贝贝、贾晨在书报亭翻看时尚杂志，封面上是林志颖、范晓萱等明星海报，三人一起激动地尖叫。

贾午、童飞、黄大卫在街边游戏厅玩格斗游戏，时而兴奋，时而捶胸顿足。

童飞、童言、乔晓羽、贾午、贾晨打扑克，镜头依次移动，每个人脸上都贴着纸条，贾午脸上完全贴满，异常滑稽。

童飞、贾午、栗凯、黄大卫在贾午家用VCD看电影《古惑仔》，黄大卫学着电影里郑伊健的样子举起一把凳子，其他人比画着假装打架。贾晨推开卧室门瞪了一眼，男孩们立刻乖乖坐好。

贾晨在卧室用座机分机打电话，表情甜蜜，贾午偷偷在客厅拿起电话偷听，捂着嘴偷笑，发现听筒里听不到声音，贾晨突然出现在他身后，连打带踹，贾午抱着头求饶。

童言给乔晓羽辅导数学，乔晓羽困得眼睛快要睁不开，童言停下说话，微笑看着乔晓羽迷糊的样子，乔晓羽突然惊醒，不好意思地微笑。

乔晓羽：（画外音，成年）小时候，我以为这样的日子，这样的朋友，会永远存在，不会改变，后来才知道，那只是人生中短暂的一瞬；长大后，我以为那样的日子，那样的朋友，只是人生中短暂的一瞬，根本不必在意，现在才明白，那些人、那些事，早已变成我生命的一部分，永远都不会消失。

乔晓羽和齐贝贝窝在一起看言情小说，两个人看得太投入，童言走进来，她们都没发现，童言站在她们背后一起看起来。乔晓羽正要和齐贝贝分享故事情节，突然发现了童言，赶紧把书抱在怀里跑出去，齐贝贝看到发愣的童言，递给他一本，还拍拍他肩膀。童言看着言情小说封面一脸懵懂。

金艳丽、沈冰梅、许如星在一起包饺子，谈笑风生。

乔卫国、贾有才、童振华、栗铁生在童家一起聊天喝酒，推杯换盏。栗铁生拿出二胡拉奏，贾有才站起身晕乎乎地唱戏，乔卫国拽着他比画说他唱得不对，童振华高兴地鼓掌。

乔晓羽扶着乔卫国，贾午扶着贾有才，童飞扶着栗铁生，站在楼门口互相道别，爸爸们都喝醉了，摇摇晃晃。

5-23 小区民宅　栗凯家　夜

栗凯打开门，童飞扶着喝醉的栗铁生站在门口。

栗凯和童飞扶着栗铁生躺在沙发上。

栗凯：多谢你把我爸送回来。

童飞：今天我们家做东，应该的。

栗铁生慢慢挣扎着坐起来，半睁开眼睛，看着童飞。

栗铁生：童飞，叔叔看见你啊，就想

起你妈妈了，如月是个可怜人啊……

栗凯：（皱眉）爸，你喝多了，早点睡吧。

栗铁生：（晕乎乎）如月是个可怜人啊……

童飞：大栗叔，您还记得我妈年轻时候的事情吗？

栗铁生：（醉态）当然记得，我老栗子记性最好了……如月年轻时候，可是大美人儿……

栗凯：爸！

童飞：让大栗叔讲吧，我想听。

栗凯：我去倒点水，让他清醒一点。

栗凯走向厨房。

童飞坐到栗铁生旁边，栗铁生还在喃喃地嘟囔。

童飞：（看栗凯走远，小声）大栗叔，那您还记得……我爸和我小姨年轻时候的事情吗？

栗铁生：（醉态）当然……谁也瞒不过我老栗子的火眼金睛！

5-24 小区民宅　贾午家　夜

电视屏幕播放1997年热播的电视剧《京港爱情线》，画面是吴倩莲和李亚鹏正在对话。

贾午、贾晨坐在沙发上吃零食、看电视，金艳丽边打毛衣边看电视。贾有才的呼噜声从卧室传来。

电视画面：吴倩莲和李亚鹏拥吻。

贾晨面无表情拿起一个抱枕堵在贾午脸上，挡住他的视线。贾午双手拿着抱枕，使劲儿亲抱枕，声音夸张。贾晨夺过抱枕打贾午的头。两人打成一团。

贾午：妈，妈！

金艳丽低着头打毛衣。

金艳丽：行了行了！看电视呢！一见面就打！

贾晨：妈，你看贾午在干嘛！

金艳丽：看见了看见了！

贾午：妈，你看姐，就会欺负我……

贾晨：我欺负你？我是在教育你！

贾午：我又不是小孩儿了！用得着你教育，哼！

贾晨：妈，贾午天天去游戏厅，零花钱全花完了，还跟我要钱！

贾午：妈，姐给她男朋友打电话，说……

金艳丽：行了行了！想把你爸吵醒揍你一顿吗？贾午，不准再去游戏厅了！眼看快开学了，明天开始，老老实实在家给我写作业！睡觉去！

贾午不情愿地揉着脑袋回卧室了，回头冲贾晨做鬼脸。贾晨冲贾午翻白眼。

金艳丽关掉电视。贾晨起身准备走。

贾晨：我也去睡觉了。

金艳丽：等等，妈有句话想跟你说。

贾晨不情愿地慢慢坐下。

金艳丽：贾晨啊，你从小就有主意，不让爸妈操心，总能把自己的事情做得很好。

贾晨：妈，突然说这些干吗？

金艳丽：明年你就要毕业了，妈希望你好好完成学业，保护好自己，不要因为谈恋爱耽误了正事。

贾晨：我会好好完成学业的，我知道我爸想让我毕业以后回清城，可是……

金艳丽：你爸想让你回来，在清城安安稳稳地工作，如果能帮他更好，正好你学的是管理……

贾晨：妈，我学的是国际经贸管理，又不是酒店管理……

金艳丽：你爸以前在文工团搞乐队，后来下海做生意，哪懂什么国际不国际的。妈不会强求你回清城，你爸那边，妈负责跟他说。其他的事，等你毕业以后咱们再商量。你明白妈的意思吗？

贾晨：嗯。

5-25 小区民宅　贾午家　夜

贾晨回到卧室，坐在床上，从枕头下的书里拿出夹着的一张照片，是贾晨和男友韩墨高中毕业时的合影，两人表情青涩拘谨但甜蜜。贾晨把合影夹回书里，盖上被子。

5-26 租书店　日

"良友"租书店里，乔晓羽、齐贝贝、贾晨在书架上挑选书。齐贝贝在言情小说书架前挨个快速翻看，乔晓羽抽出一本小说慢慢翻看，贾晨走来走去浏览着书名。

贾晨：真羡慕你们这些青春少女啊，还能开开心心地看闲书。

乔晓羽：贾晨姐，那你现在都在看什么书啊？

贾晨：明年就毕业了，要写论文，还要找工作，当然要看好多专业书啦。

齐贝贝：贾晨姐，明年毕业了你回清城工作吗？

贾晨：我学的专业是国际经贸，回清城可能没有什么适合的工作，所以还是想留在龙城，或者去更大的城市。

乔晓羽：啊？贾晨姐，那我们会不会很久见不到你啊？

贾晨：你们考上大学来找我啊！

乔晓羽：（有点沮丧）好吧，我一定努力学数学……

齐贝贝：（夸张）晓羽，你现在有个专属、高级、年轻、帅气的家庭老师！还有什么可担心的！

乔晓羽：唉，我脑子里肯定是没有数学细胞，再好的老师也救不了我了……贝贝，快把你的细胞匀给我点……（把头靠在齐贝贝头上）

乔晓羽和齐贝贝抱在一起傻笑。

贾晨：（对齐贝贝）贝贝将来要考医学院吧？

齐贝贝：（犹豫）嗯，有点想，又有点不想……

贾晨：（笑）趁这两年好好想清楚，将来选一个自己喜欢的专业。别听他们说什么"男怕入错行，女怕嫁错郎"，我们女生也得入对行，职业是一辈子的，要真的喜欢、真的热爱才行。

乔晓羽：（若有所思）真的喜欢、真的热爱……

齐贝贝：（认真）贾晨姐，你说的这些真好，以前都没人跟我说过，我妈只会要求我将来当医生，从来不问我是不是喜欢。

贾晨：是啊，他们站在各自角度给咱们选择职业，自认为是为了孩子好，其实，社会一直在发展啊，职业好不好，也在一直变化呢。（对乔晓羽）晓羽，你怎么样，你爸还是不同意你艺考？

乔晓羽：也许我爸有他的道理，可能……我真的不适合。

贾晨：你爸那么宠你，到时候使劲撒娇！不管结果怎么样，试一试就不会后悔！

乔晓羽微笑点头。

贾晨：你们还有两年呢，别急！咱们小区明年高考的只有栗凯吧？也不知道他准备考什么大学，什么专业？

齐贝贝：（嘟囔）是啊，他想考什么大学呢……

贾晨：（笑）看来你很关心栗凯啊？

齐贝贝：（脸红）才没有！我巴不得他赶紧考大学走了，省得每天摆出一副别人欠他钱的样子……

贾晨：你们俩就是欢喜冤家、天生一对！

齐贝贝：贾晨姐，你又拿我开心！

贾晨：不逗你了，看你们俩多懂事，还知道考虑高考的事，贾午一天到晚稀里糊涂，什么也不想，今天一大早出门，也不知道又去哪玩儿了！

齐贝贝：哈哈，贾晨姐，你想知道贾午去哪儿了吗？

贾晨表情疑惑地看着齐贝贝。

5-27 游戏厅　　日

镜头呈现20世纪90年代随处可见的游戏机格斗画面。

一双手在快速打游戏。

5-28 游戏厅门口　　日

贾晨、乔晓羽、齐贝贝骑着自行车停到游戏厅门口。

齐贝贝：（冲游戏厅里大喊）这不是贾有才贾老板吗，您怎么来了？

5-29 游戏厅　　日

贾午听到"贾有才"三个字，噌地跳起来，钻到两台游戏机中间，蹲下躲起来。一抬头，发现了正在偷笑的齐贝贝。

贾午发现是恶作剧，生气地要打齐贝贝，看见贾晨、乔晓羽也进来了，赶紧收回手。

贾晨：贾午，你胆子够大的，爸妈不让你打游戏，你怎么又偷跑来了？

贾午：姐，暑假都快过完了，就让我再玩两天吧！

贾晨：你也知道暑假快过完了？你的作业写完了没？

贾午：快了快了！姐，我快没钱了，给我点钱呗……

贾晨：没有！

贾午撒娇地在贾晨肩膀蹭来蹭去，偷偷把手放到贾晨口袋里，拿出几张老版人民币，快速躲开。

贾午：（挥动着钱）姐，下周我过生日，你不用再送我礼物了！这就当贺礼了！

贾晨：（生气）我压根儿也没打算送你礼物，小兔崽子！

乔晓羽和齐贝贝笑弯了腰。

齐贝贝伸手从兜里掏出3元钱，递给贾午。

齐贝贝：给！赞助你好好玩儿两局，我也不给你买礼物了！

乔晓羽也从兜里拿出5元钱，笑着递给贾午。

贾午：（对乔晓羽）你也应付我？哼，什么朋友，没心没肺！对了，我今年可要大办！

齐贝贝：哎？以前也没听你大办生日，今年这是有什么好事啊？

贾晨：他能有什么好事，这是沾了童言的光！

齐贝贝：沾了童言的光？

乔晓羽：（笑）你不记得了？童言下个月生日，小时候他俩生日挨着，经常一起过。现在童言回来了，妈妈们又把生日凑一起过了。

贾午：（无奈）小时候我过生日，也就吃个长寿面，童言过生日，他妈妈那可是大办宴席，平时见不到的美味佳肴，那天都能吃到（咽口水）！

齐贝贝：小时候只知道童言生日那天有好吃的，现在才发现，如星阿姨这么讲究生日仪式啊！

贾晨：（感慨）小时候做过手术的孩子，只要平安地长大一岁，妈妈都会特别开心吧。

乔晓羽眉头微微皱了一下。

5-30 商店橱窗外　日

乔晓羽站在商店外，橱窗里摆放着一个小王子造型的钥匙扣。

乔晓羽看着钥匙扣，若有所思。

5-31 小区民宅　乔晓羽家　夜

卧室，乔晓羽坐在书桌前，打开侧柜，从里面拿出小木箱，用一把小钥匙开锁，里面整齐堆放着厚厚的信纸，乔晓羽拿出一张新的信纸，在纸上写起来。

乔晓羽：（画外音）我当时什么也不懂。我本应该根据她的行为来判断她，而不该只听信她的话。她花香四溢，沁我心脾，给我光明。我真不该离开她跑了出来！

乔晓羽坐在卧室书桌前，一页页翻看《小王子》。

5-32 小区民宅　童飞家　夜

卧室，童言坐在书桌前看书。

童言：（画外音）我本应该体会到，隐藏在她那不高明的花招后面的是一片脉脉温情。花儿是多么自相矛盾啊！

乔晓羽、童言：（画外音，声音重叠）可惜我那时太年轻，还不懂得爱她。

第六集

青春若有张不老的脸

6-1 文工团小区门口　日

金艳丽在小区门口的早点摊买豆浆和油条。

早点摊老板：金姐，今天怎么买这么多？

金艳丽：（笑）这不是闺女放暑假回来了吗？

早点摊老板：怪不得，看你高兴的，嘴都合不上！

金艳丽：（笑着递给老板钱）给，不用找了！

6-2 小区民宅　贾午家　日

金艳丽拎着豆浆和油条进家门，把早餐放到桌子上。

金艳丽：贾晨！贾午！吃饭！

贾晨从卧室出来，坐下吃饭。

金艳丽：你弟呢？叫他出来吃饭。

贾晨拿着一根油条，边吃边走到贾午卧室，打开房门，看了一眼，又关上房门，回到饭桌前。

贾晨：还是您亲自去吧。

金艳丽起身走向贾午卧室。

贾晨继续吃油条、喝豆浆。

贾午：（画外音）妈，妈，我错了，我错了！哎哟！我的耳朵！

金艳丽揪着贾午的耳朵，拽到客厅。

贾午：（龇牙咧嘴）妈，我错了！

金艳丽松开手，贾午赶紧坐下吃饭。

金艳丽：一大早起来就打游戏！又想让你爸给你没收了？过两天就要开学了，你作业写完了没有？

贾午：别呀别呀，我就玩儿一小会，马上开始写作业！早晨起来打游戏让人精神振奋，学习效率高！

贾晨：哼，照你这么说，打游戏全是好处，没有坏处了？

贾午：姐，你不愧是高才生，总结得很到位！

金艳丽和贾晨同时伸手要打贾午，贾午赶紧抱头。

6-3 眼镜店　日

镜头是贾午的主观视角，眼镜店里的摆设慢慢由模糊到清晰。

贾午戴着一副大大的近视眼镜，表情沮丧。

眼镜店老板、金艳丽、贾晨站在旁边。

眼镜店老板：怎么样，现在清楚了吧？

贾午：（点头）嗯。

眼镜店老板：度数不低啊，年轻人，可得注意了，学习太刻苦了吧，劳逸结合啊！

金艳丽生气地白了一眼贾午。

金艳丽：（对眼镜店老板）老板，多少钱？

眼镜店老板：（示意柜台）麻烦到这边，我给您算一下。

金艳丽：（打贾午的头）在学校看书学习没近视，放个暑假打游戏你给我把眼睛搞近视，丢不丢人！

金艳丽去结账。

贾晨看着贾午笑。

贾晨：老弟啊，这就是你说到的，打

游戏的好处吧?

贾午撇嘴。

6-4 学校门口　日

清城一中门口,同学们有的骑车、有的走路,三三两两走进校园。

6-5 教室　日

高二(2)班教室,魏老师站在讲台上,旁边站着童言。

魏老师:给大家介绍一位新同学,童言。

同学们好奇地看着童言,乔晓羽、贾午(戴着新眼镜)、黄大卫对童言微笑。余芳看向童言的眼神呆住。

魏老师:童言曾经获得全国数学、物理竞赛冠军……

大家一起"哇"地惊呼。童言不好意思地低下头。

魏老师:以后大家互相帮助、共同进步!来,咱们欢迎童言加入高二(2)班!

大家鼓掌。

魏老师:(示意童言)童言,你先坐余芳旁边吧。(对余芳)余芳,你是班长,多帮助童言熟悉一下班里情况。

余芳露出欢喜的表情。

童言坐到余芳旁边。

余芳:(小声)童言,你好。

童言温和地点头,随后转身开心地看向乔晓羽。乔晓羽和童言微笑对视。余芳看着童言和乔晓羽的互动,面露不悦。

6-6 教室　日

高二(5)班教室,班主任陈老师站在讲台上,旁边站着童飞。

童飞:(大大咧咧地抱拳行礼)我叫童飞,兄弟们以后多多关照啊!

同学们哄堂大笑。

陈老师无奈看着童飞。齐贝贝坐在下面捂嘴笑。

童飞坐到教室后排一个座位上,和旁边的同学热情聊天。

陈老师在讲台上故意咳嗽,大家赶紧坐好。

齐贝贝正在看书,突然后脑被小纸团砸了一下,回头发现是童飞,童飞偷笑,齐贝贝冲童飞做拳头打人的动作。

6-7 小区民宅　贾午家　日

金艳丽、沈冰梅、许如星围坐在饭桌前,边看电视边择豆角。

电视屏幕播放节目《半边天》[①],穿插着雅情护肤品广告。

金艳丽:孩子们都开学了,小区终于清静了!

许如星:是啊,难得咱们能一起安静地看会儿电视。

金艳丽:更难得的是,冰梅居然没上班!

[①] 《半边天》是20世纪90年代央视品牌栏目,以"展现时代女性的风采"为主旨。

沈冰梅：刚忙完几项工作，单位领导让我休息几天，要是前些年啊，我肯定不答应，现在年龄不饶人了，让我休息，我就休息吧！

许如星：所以啊，冰梅姐你就是我这辈子的偶像！

金艳丽：（示意电视里）上次你还说这个主持人是你偶像呢，你的偶像也太多了吧，哈哈哈！

许如星：是啊！你们这些职业女性都是我偶像！对了，冰梅姐，你也有偶像吗？

沈冰梅：（若有所思）我也有一个偶像……

金艳丽：哦，我想起来了，好多年前，有一次电视台播放她的节目，你还专门提前下班回家看！

沈冰梅：我一到家，晓羽正在看动画片《机器猫》，拿着遥控器不给我，那次是我唯一一次和晓羽抢电视（笑）。

许如星：是啊，年轻时候谁不向往王子和公主的童话故事呢。

金艳丽：不过啊，童话果然是童话，不是现实啊，王子和公主还是分开了。

沈冰梅：她虽然已经离开皇室，还是一直做慈善，帮助贫困地区的人。

金艳丽：冰梅的偶像也和普通人不一样，不像我……只知道明星！

许如星：我连明星都不知道！

贾晨从门外冲进来。

贾晨：妈！完了！

金艳丽：怎么了？吓我一跳，阿姨们都在这儿呢！

贾晨：（不好意思）阿姨们好……

金艳丽：什么事大惊小怪的？

贾晨：（委屈，沮丧）刚才去剪头发，理发师说我有一根白头发！还问我要不要拔！妈，我都长白头发了，（号叫）啊！

沈冰梅和许如星忍不住笑了。

金艳丽：（白眼）还以为你出什么大事了。

沈冰梅：（感慨）这个年纪的女孩，长一根白头发，可不就是天大的事吗？

6-8 小区民宅　乔晓羽家　日

沈冰梅进家门，乔卫国正坐在沙发上看电视。

电视屏幕播放成龙的爱多VCD广告、喜之郎果冻广告等当年的经典广告。

乔卫国：回来了？我做好饭了，（看时钟）哎，晓羽怎么还没回来？

沈冰梅：卫国，刚才单位有电话找我吗？

乔卫国：放心，没有！你就好好休息几天吧，别惦记工作了！

沈冰梅走进卫生间。

电视屏幕开始播放新闻。

卫生间传来流水声。

电视屏幕播放新闻戴安娜王妃车祸去世的消息。①

新闻主播：当地时间8月31日凌晨，

---

① 1997年8月31日，英国前王妃戴安娜在巴黎发生车祸，经抢救无效死亡。

英国前王妃戴安娜在法国巴黎发生车祸。当时,她乘坐汽车穿过巴黎的阿尔玛桥隧道,撞上了隧道的第13根柱子,戴安娜在被送医后抢救无效死亡……

沈冰梅从卫生间走出来,看着电视屏幕。

沈冰梅还没擦干的脸上,水滴顺着脸颊往下流。

6-9 小区民宅　贾午家　日

贾晨卧室,贾晨坐在书桌旁,金艳丽站在贾晨身后,帮她梳头发。

金艳丽:年轻的时候啊,偶尔长一根白头发,又白又硬,特别明显,就好像在向全世界说:"我有烦恼了!我老了!"

贾晨"噗嗤"一声笑了。

金艳丽:其实,那根本不是老了。

贾晨:那什么才是老了?

金艳丽:有一天,你发现一根白头发,正准备拔掉,仔细一看,并不是全白,而是有点灰白色,犹豫了一下,就没舍得拔……慢慢地,这样的头发越来越多,还没来得及反应,就灰白了一大片……这时候想拔……已经下不去手了。

贾晨:妈……

金艳丽:谁都有年轻的时候,也都有变老的时候……自然规律。

金艳丽快速拔下贾晨头上那一根白发,放在贾晨面前的桌上,离开卧室。

贾晨看着那根白发。

6-10 火车站　日

站台,金艳丽、乔晓羽站在贾晨旁边,贾午拖着行李箱。

金艳丽:写论文再忙也按时吃饭,别瞎对付!

贾晨:知道了!

乔晓羽:贾晨姐,真舍不得你走,暑假还没聊够呢。

贾晨:(摸摸乔晓羽的头发)寒假我早点回来,等着我!

贾午:姐,怎么感觉你们是一家人,我是个外人?

贾晨:(揪贾午的耳朵)你是不是早就盼着我走了?

贾午:哪敢哪敢,亲爱的姐姐,祝您身体健康、学业有成,早日荣归故里!

贾晨:你给我好好上学,别惹爸妈生气!

金艳丽:这两天休闲城太忙,你爸可能不来了……

贾晨:没事。

贾有才:(画外音)我来了!我来了!

贾有才气喘吁吁、挺着大肚腩从站台远处跑过来。

贾晨:爸,你怎么来了?我都大四了,还用这么多人送?

贾有才:唉,不管多大,在我和你妈眼里都是孩子!闺女,照顾好自己,钱不够花给爸打电话!

贾晨:(眼眶红了)爸,你也注意身体,少喝酒。

贾有才：放心吧，你爸我壮得像头牛！

大家笑。

火车进站，贾晨从贾午手里拿过行李箱上火车。

大家向贾晨挥手告别。

6-11 校园　日

学校自行车棚，乔晓羽和贾午锁好自行车，往教学楼方向走去。

童飞抱着篮球，和黄大卫从远处走来，四人碰面。

黄大卫：你俩从火车站回来了？

贾午：终于把天天打我的女魔头送走了。哎？快上课了吧，你们这是去哪儿？

童飞：（边拍球边说）下午第一节自习，打会儿球去，手痒了！

乔晓羽：年级主任最近可在巡查自习呢，你俩还是小心点吧。

贾午：就是，黄毛儿，你可是魏老师的重点打击对象！

童飞：没事儿，我听说老师们都在开会呢，我们半个小时就回来！黄毛儿，快走！

童飞和黄大卫转身跑远。

乔晓羽望着童飞的背影，无奈皱眉。

6-12 小区民宅　童飞家　日

客厅，许如星边打扫房间边看电视。电话铃声响起。

许如星：（拿着听筒）喂，振华啊，同学聚会？哦，我就不去了吧，都是你和姐姐的老同学，我去不合适……没事，真没事……你少喝点酒……

许如星放下电话，站在原地愣神。

突然电话铃声又响起，许如星吓了一跳，赶紧接电话。

许如星（拿着听筒）：喂，哦哦，陈老师！陈老师您好！啊？真不好意思……我这就去……

6-13 教师办公室　日

镜头从童飞的脸慢慢移动到黄大卫的脸，两人满头大汗，紧紧靠着墙壁站立，脚下放着篮球。

黄大卫的班主任魏老师、童飞的班主任陈老师站在旁边。

魏老师：黄大卫，这才开学几天，就逃课打篮球？还被教导主任抓住！亏你爸还是警察，你成天知法犯法！

黄大卫：（假笑）犯法……魏老师，您说得也太严重了吧……

魏老师：别跟我贫嘴！

黄大卫：（低头）我错了。

魏老师：陈老师，你们班这位同学是刚转学过来的？这么快就和大名鼎鼎的黄毛儿混到一起了？果然是臭味相投啊！

黄大卫：（傻笑）魏老师，我这么有名啊？

魏老师：我夸你了吗？刚才给你爸打电话，他工作忙过不来，你先回教室，把检查写好交过来，下次再有这种情况，就不是写检查这么简单了！

黄大卫迅速给魏老师鞠躬，一溜烟跑

了。黄大卫跑得太快，和刚走进办公室门口的余芳撞了个满怀。余芳捂着肩膀"哎哟"一声。

魏老师：（冲着黄大卫的背影喊）你能不能让人民警察少操点心啊！

黄大卫对余芳吐舌头做鬼脸，跑出办公室。

魏老师叹气，回头望着童飞。

魏老师：（对童飞）我想起来了，你就是我们班童言的哥哥吧？

童飞不情愿地点头。

魏老师：亲兄弟？这差别也太大了！

童飞若无其事地轻笑。

余芳走进办公室，疑惑地看着童飞。

魏老师：（回头）余芳？什么事？

余芳：魏老师，调查问卷收齐了！

魏老师：哦，收齐了给我放桌上吧。

余芳走到办公桌前，放下一摞纸，瞥了一眼童飞，转身走出办公室。

魏老师坐到办公桌前翻看材料。

许如星站在办公室门口。

许如星：（轻声）陈老师，您好，我是童飞的……

陈老师：（转身招呼许如星）哦，是童飞妈妈吧，您好，请进！

童飞抬头看到许如星，深深皱眉，无奈低头。

6-14 教室　日

高二（2）班教室，同学们在自习。

几个同学的手正在转笔，镜头从侧面望去，所有人转动的笔就像很多个风车在转动。

黄大卫从抽屉里拿出一摞纸，原来是早已经提前准备好的各种类型的检查。黄大卫一张张翻看，挑选了其中一张，满意地放到桌上。

乔晓羽放下笔，回头看着黄大卫的检查。

乔晓羽：（小声）黄大卫，老师真的叫家长了？

黄大卫：是啊，不过嘛，我是老油条了，交个检查就行。

贾午：（凑过来）那童飞怎么办？

乔晓羽和贾午对视，一起转头望向前排的童言，童言端正地坐在课桌前看书。

乔晓羽：（小声）童言还不知道，算了，别跟他说了。

黄大卫：你俩别担心，5班的陈老师脾气挺好，不像咱们魏……

乔晓羽：（做手势）嘘……

黄大卫眯着眼点头。

6-15 教师办公室门口　日

陈老师、许如星、童飞站在教师办公室门口的走廊。

陈老师：童飞妈妈，情况就是这样，还是要谢谢您专门跑过来一趟。童飞刚转学过来，学校的一些纪律可能还不太熟悉，今天啊，就是和您沟通一下，咱们家长和学校一起配合，都是为了孩子的成长和进步。

许如星：（尴尬）是是，陈老师，真不好意思，刚入学就给您添麻烦，我们家长一定配合!

陈老师:(和许如星微笑握手)以后咱们多沟通,我先回教室了……(对童飞)童飞,去洗洗吧,洗干净赶快去上课。

童飞沉默点头。

陈老师转身离开。

许如星向陈老师背影唯唯诺诺地鞠躬。

下午的阳光洒在走廊上。童飞沿着走廊往教室方向走,许如星追上他的脚步。

许如星:(试探)童飞,你爸爸今天忙,所以我过来了。你爸爸和我不要求你学习成绩多好,可是最起码……

童飞:(停下脚步)这里没有别人,就不用装作很关心我的样子了。

许如星张嘴,但没有说话,难过地低头。

童飞看了许如星一眼,无声叹气。

童飞:快回家吧,小姨,我回教室了。

童飞朝走廊远处走去。

楼道拐角处,余芳站在隐蔽的地方,听到了童飞和许如星的对话,面露疑惑。

6-16 小区民宅 童飞家 夜

客厅,灯光昏暗,只有电视屏幕亮着,但没有开声音。

许如星坐在沙发上看电视,神态困倦,抬头看时钟,又慢慢靠到沙发上。

童言从卧室走出来,坐到沙发上。

童言:爸还没回来?

许如星:你爸爸他们高中同学关系特别好,这么多年没见,今天肯定要多聊一会儿。你快去睡吧。

童言:我陪你一起等吧。

许如星:没事,快去睡吧,我不困。

童言轻轻点头,回卧室。

童飞和童言的卧室,童飞躺在上铺,听着随身听。看见童言进来,摘掉随身听耳机。

童飞:回来没?

童言:没有。

童飞:睡吧。

童言:嗯。

童言躺到下铺床上。

敲门声响起。

客厅,许如星披上外衣开门,童振华歪歪斜斜地趴在门上,许如星赶紧扶住他。

童振华:(醉笑)他们说十年没见面,非得让我多喝几杯!回来晚了……

许如星:唉,我就知道你得喝多!

童振华:(摆手)没有没有……真没喝多!放心,他们哪能灌倒我!

童言从卧室走出来,跑过来扶住童振华另一边。

童振华醉眼惺忪地看着童言,两只手捧住童言的脸颊。

童振华:(贴近童言)这是我们家童言吗?

卧室,童飞摘掉耳机,准备从上铺爬下来。

客厅,童言帮童振华脱外套。

童言:爸,你喝水吗?

童振华：（醉笑）如星，这帮老同学，居然都知道童言是全国数学竞赛冠军！消息真灵通……咱们童言真给爸长脸！

童振华晃晃悠悠地抱着童言，醉言醉语地絮叨。

卧室，童飞听到外面对话，停住正准备下床的动作，面无表情地重新回床上躺下，戴上耳机。

6-17 小区民宅　童飞家　夜

插曲音乐响起。

童飞和童言的卧室，童飞趴在床上，从床垫下抽出一个笔记本，从笔记本夹层里拿出一张老照片，是童飞妈妈许如月二十多岁时的照片，童飞看着照片。

童言躺在下铺安静地睡觉。

童振华和许如星的卧室，童振华瘫在床上轻轻打鼾。

许如星背对童振华躺在床的一边，慢慢合上双眼。

童飞和童言的卧室，童飞戴着耳机睡着了，手里还拿着许如月的照片。

一个人（童振华）的手里拿着的老照片，是20世纪70年代高中毕业合影留念。

客厅里，童振华歪坐在抽屉柜旁，手里拿着一张老照片。照片上是许如月年轻的脸庞。

6-18 小区民宅　童飞家　夜

客厅里灯光昏暗。许如星从卧室走出来，揉了揉眼睛。

客厅里，童振华歪坐在抽屉柜旁的地上，手里拿着老照片。

许如星：（惊讶）振华，你怎么坐地上？

童振华扶着柜子想站起来，许如星赶快过来扶起他。

童振华赶紧把照片藏在背后，许如星已经看到了他手里的照片。

童振华：胃不太舒服，起来找点药。

许如星：胃药不在那边，在这里。

许如星从另一格抽屉拿出一盒药，递给童振华。

许如星：找不到怎么不叫我？

童振华尴尬地笑。

许如星：我去给你倒水。

许如星转身往厨房走去。

童振华看着她的背影，背后的手捏紧照片。

6-19 剧场　日

舞台上，几位演员正在排练样板戏《沙家浜：智斗》。舞台上方挂着横幅"清城市迎国庆文艺汇演"。

舞台侧后方，栗铁生带着文武场乐队师傅演奏。

台下，乔卫国坐在观众席第一排陶醉跟唱。

胡传魁演员：（唱）想当初，老子的队伍才开张……似这样救命之恩终身不忘，俺胡某讲义气，终当报偿……

突然台上响起BB机的声音，大家停下演唱，扮演刁德一的演员一边摸出自己的BB机赶快查看，一边向大家捣蒜似的

第六集　青春若有张不老的脸

点头表示歉意。其他演员露出不满的表情。

胡传魁演员：（不耐烦）又来了……

刁德一演员：不好意思哥几个，我得赶紧回个电话。（朝台下）乔主任！我的乔大哥，好哥哥，来救个场啊！

乔卫国生气又无奈地挥手，示意他赶紧去打电话。

刁德一演员从侧台离开。

乔卫国跳到台上。

乔卫国：（扭头对栗铁生）老栗子，接着来吧！

文武场乐队伴奏继续响起。演员开始表演。

乔卫国：（唱）这个女人不寻常……

6-20 剧场　日

彩排结束，演员陆续离场。文武场师傅收拾乐器。

乔卫国坐到观众席休息，栗铁生走过来坐下。

演员们跟乔卫国打招呼离开。

栗铁生拿出一包烟。

栗铁生：参谋长，来一个？

乔卫国：祖师爷的规矩，"扮戏不吃烟"！

栗铁生：知道了，师哥！真有你的！唱得这么好，就是不上台，倒是成天把祖师爷挂在嘴上！

栗铁生收起烟。

乔卫国：（咳嗽）年纪大了，唱几嗓子，气儿都喘不匀。

栗铁生：底子还是在的，你可是世家出身。

乔卫国：快别提这个了。

栗铁生：你就是没好好练，要不然啊，也是个"角儿"！

乔卫国：说的好像我多想当"角儿"一样，不稀罕！

栗铁生：你小时候死扛着不学戏，文武场也不学，非要当什么飞行员、运动员，还要当作家，师父师娘也是拿你没办法……

乔卫国：老乔同志有你这个徒弟已经心满意足了，我就算了，江山自有后来人嘛！

栗铁生：师父心疼我是个孤儿，收留我，还教我一门手艺，要不然我早就饿死了……

乔卫国：都是缘分……话说回来，幸亏你跟着他学，要不然啊，我就倒霉了，哈哈……

栗铁生：师父师娘要是能活到现在该有多好，肯定也是老艺术家了。

乔卫国看着舞台出神。

镜头从乔卫国身后推到舞台上。

（闪回）

舞台灯光变换，变成20世纪60年代的老戏台，乔卫国的母亲（年轻时）表演穆桂英挂帅，乔卫国的父亲（年轻时）在后台演奏板鼓。乔卫国的母亲英姿飒爽地亮相。

（闪回结束）

乔卫国看着舞台出神。

栗铁生：师哥？

乔卫国回神，看向栗铁生。

栗铁生：今天是不是给贾午和童言过生日？

乔卫国：对对，走吧，咱们也去凑个热闹！

栗铁生和乔卫国起身。

6-21 小区楼道　日

栗凯家门开着，栗凯抱着吉他站在门口，面无表情，准备把门关上。

童飞一只胳膊撑住门。

童飞：我说，你就别一个人闷在家里弹吉他了，来跟大家一起玩儿会吧，"独乐（lè）乐（lè）不如众乐（lè）乐（lè）"嘛！

栗凯：（无奈）大哥，是"独乐（yuè）乐（lè）"……

童飞：（尴尬）咳，管它什么"乐"，反正你来就是了，就当去吃蛋糕呗。

栗凯：算了，我不喜欢凑热闹，也不喜欢陌生人，你替我跟童言和贾午说生日快乐，我就不去了。

童飞：也没有外人啊，都是咱们大院的孩子，（恍然大悟）哦，我知道了，你不会是……害怕见到齐贝贝吧？

栗凯：我害怕她？怎么可能？

童飞：那你为什么不去？

栗凯：（不耐烦）我高三了，要学习！

童飞：（看着吉他）抱着这个学？

栗凯有点尴尬。

童飞：（一把拽出栗凯）走吧！

栗凯被童飞拽出门。

6-22 小区民宅　贾午家　日

一盘盘饭菜依次摆满餐桌。

贾午惊讶地看着饭菜，齐贝贝盯着饭菜流口水，乔晓羽假装给齐贝贝擦口水，童言微笑着抬起头。

金艳丽得意地站在旁边。

童言：艳丽阿姨辛苦了！

金艳丽：（开心）看看我们童言，真懂事！

贾午：（不敢相信）妈，这都是你做的？你厨艺什么时候这么好了？

金艳丽：（轻哼笑）怎么可能？（端过一个盘子）只有这个是我做的！

大家低头一看，盘子里是凉拌黄瓜。贾午撇嘴。

许如星端着一个大蛋糕从厨房走出来，放到餐桌上。

许如星：（笑）这是你们艳丽阿姨买的大蛋糕！

大家：（一起）哇！

乔晓羽：如星阿姨做的菜色香味俱全，艳丽阿姨买的蛋糕美味可口，我们都流口水了！

许如星：（笑着摸乔晓羽的头）那今天就多吃点！

金艳丽：（疑惑）哎？怎么只有你们几个，（对童言）你哥呢？

童言：我哥……

门开，童飞搭着栗凯的肩膀走进门。

童言：哥！

贾午：栗子哥，我就知道你一定会来给我过生日！

童飞正准备张嘴，栗凯捅捅童飞，童飞调皮地轻笑。

齐贝贝看向栗凯，栗凯躲开目光。

金艳丽：快来快来，就等你们了。

童飞、栗凯坐到餐桌旁。

金艳丽：孩子们好好吃，好好玩儿，我们先撤了！大人们都在如星阿姨家呢，不打扰你们玩儿了！

许如星：（对童言）童言，等会儿吃点饭再吃蛋糕，你肠胃消化不好，别吃太多啊。

童言：（点头）我知道了。

金艳丽挽着许如星出门。

齐贝贝：（举着筷子站起身）开动！

大家笑着拿起筷子。

6-23 文工团小区　日

乔卫国、栗铁生走进小区大门，看见一个男人的背影站在小区院子中间。

乔卫国：哎，那不是……

栗铁生突然反应过来，下意识扭头想走。

男人转过身，是齐向前。

栗铁生装作若无其事地讪笑。

乔卫国：老齐，你有日子没过来了，今天怎么有空了？

齐向前：老童家搬回来一个多月了，我和高洁还没来看看他们呢，听说今天两个孩子过生日，高洁让我带点好吃的送给孩子们。

栗铁生：（撇嘴）就是，我看你还不如你们家贝贝！不就一个保卫科吗，成天忙得日理万机似的……

乔卫国：（拽栗铁生）老栗子，不说话没人当你哑巴！

齐向前：（白眼）乔主任，没事儿，我才不跟他一般见识呢，（走过去把手里的礼盒递给乔卫国）你帮我把这些送给孩子们，我先走了。

齐向前瞥栗铁生一眼，转身要走。

金艳丽：（画外音）哟，这是哪位稀客呀，不进门就要走？

齐向前回头，看见金艳丽和许如星从单元门口走出来。

齐向前：（微笑）如星妹子，好久不见啊。

许如星：是啊，齐大哥，高医生怎么没过来？

齐向前：她值班呢，下次再来。

许如星：齐大哥，别走了，去我们家聚聚吧，大家都在呢。

齐向前：（余光瞄一眼栗铁生）我……我就不去了，下次，下次……

金艳丽：你俩行了啊，天天在单位斗，还没闹够啊，今天孩子们过生日，都给我省省，（推一把栗铁生）一把年纪了，还跟小孩似的！

金艳丽眼神示意乔卫国，乔卫国会意，手臂架起齐向前。

乔卫国：好了，今天咱们老哥几个好好喝一杯，（对许如星）弟妹，酒准备好了吗？

许如星：（笑）放心，管够！

大家推推搡搡笑着走向另一个单元门口。

6-24 小区民宅　贾午家　日

蛋糕上插着 17 根蜡烛。

大家：（一起唱）祝你生日快乐，祝你生日快乐，祝你生日快乐，祝你生日快乐……

乔晓羽：（笑着）快许愿！

贾午、童言闭着眼睛许愿，随后一起吹灭蜡烛。

大家：（欢呼）生日快乐！

栗凯：贾午，童言，生日快乐。

童飞：（摸摸童言的头）老弟，17 岁了！

齐贝贝：（调皮）恭喜你们俩……又老了一岁！

贾午站起身切蛋糕，给大家分蛋糕。

童言：以前大家总担心我活不到成年，今天过完生日，离终极目标又近了一步……

齐贝贝：（憋着满嘴蛋糕，着急）说什么呢，快点"吓吓吓"！

童言：（认真）吓。

贾午：（边吃边说）就是，什么终极目标，咱们的目标是考大学！

齐贝贝：那是你的目标好吗，对童言来说也太容易实现了！

贾午：（皮笑肉不笑）也是……

乔晓羽：（对童言）童言，你一定会长命百岁的。

童言转头对乔晓羽深深点头。

童飞悄悄看向乔晓羽和童言。

大家陷入沉默，无声地吃着蛋糕。

贾午皱眉，眼珠一转，突然站起来走到 VCD 机前按下开关。

电视屏幕显示 VCD 的开机画面。

贾午：今天可是我们俩大寿，这么高兴的日子，怎么能没有歌舞助兴啊？（举起话筒）来，文艺小分队的先带个头！

贾午想把话筒递给乔晓羽，齐贝贝一把拿过话筒。

齐贝贝：我先来，我先来！

齐贝贝拿着话筒，唱周亮的《女孩的心思你别猜》[①]。

齐贝贝：（又蹦又跳地唱）女孩的心思男孩你别猜，你猜来猜去也猜不明白，不知道她为什么掉眼泪，也不知道她为什么笑开怀……

齐贝贝嗓门很大，有点跑调。

乔晓羽、童言笑着拍手合唱，贾午、童飞表情夸张、龇牙咧嘴，栗凯瞄一眼齐贝贝，无奈地轻轻摇头。

童飞：（对栗凯耳语）哥们儿，我知道你为什么不想来了……

齐贝贝：（开心地唱）啦啦啦啦啦啦啦啦啦……

齐贝贝两只手拎着裙子角鞠躬谢幕，大家笑着鼓掌，只有栗凯面无表情，没

[①] 《女孩的心思你别猜》由汪晓林作词，吴颂今作曲，周亮演唱，收录在周亮 1995 年发行的专辑《你那里下雪了吗》中。

有动作。

齐贝贝：（看着栗凯）栗凯，你这是什么表情？

栗凯：（不屑）怎么了？

齐贝贝：你觉得我唱得不好听是吧？

栗凯：岂止是不好听，简直就是噪声……

齐贝贝：（生气）你！好，我唱得不好，你来一个，你唱得好，我就服！

栗凯：你让我唱我就唱？

齐贝贝：那你就是不敢！

乔晓羽：（笑着搂住齐贝贝）你们俩几岁了，怎么还像小时候一样？

栗凯从齐贝贝手里拿过话筒。

栗凯和齐贝贝不服气地看着对方。

6-25 小区民宅　童飞家　日

一杯酒被人一饮而尽，酒杯放到桌子上。

乔卫国、栗铁生、齐向前围坐在桌子旁。

齐向前：（放下酒杯）告诉你！老栗子！别看我年纪大了，追你，哼，一点问题都没有！

栗铁生：别吹牛了，我让你五分钟！你也追不上我！

齐向前：让我？88年那次全团运动会百米跑，你多少秒，我多少秒？你忘了？

栗铁生：我那是怕伤你自尊心，故意的……

齐向前：自尊心？"自尊心"这几个字你会写吗？

乔卫国：行了行了，还88年呢，你们俩照照镜子，看看自己脸上的褶子！一个跑一个追，斗了半辈子，孩子都这么大了，该歇歇了吧！别斗嘴了！来，干一个！

栗铁生和齐向前互相白眼，端起酒杯和乔卫国碰杯。

6-26 小区民宅　贾午家　日

栗凯拿着话筒，唱齐秦的《丝路》。

栗凯：（唱）思念仿佛弥漫雾的丝路，而我身在何处。月升时星星探出夜幕，人能仰望，就是幸福。谁懂得追寻的孤独，爱始终缥缈虚无，我始终一步一步，忘了归途……

大家面露吃惊的表情。

齐贝贝：（得意）我没骗你们吧，他就是真人不露相！

栗凯：（恍然大悟）原来你……

齐贝贝：激将法用得怎么样？

栗凯：（无奈）幼稚……

童飞：（对栗凯）哥们儿可以啊，还说自己不想来，原来是需要人邀请的大歌星……

乔晓羽：是啊，栗子哥，你唱歌真好听。

贾午：我们文工团大院的能差吗？（凑近）对了，栗子哥，不如加入我们文艺小分队？

栗凯：我高三了，就不参加课外活动了。

贾午：（缩回）哦哦，是……来来，到

我的歌了，我给大家表演个深情的……

贾午唱黎明的《有情天地》[1]。

贾午：（唱）初次见你，就已熟悉，仿佛是缘，仿佛是情，站在风中，感觉你的气息，有个声音在我心里面……

电视屏幕画面：黎明、林嘉欣主演"椰风挡不住"果汁广告，两人在椰林中奔跑。

（幻想画面）

贾午和乔晓羽在椰林中笑着追逐奔跑。

（幻想画面结束）

童飞：这个啊！我也会。

贾午从幻想中惊醒。

童飞学着广告里黎明的样子把一瓶饮料扔给贾午，贾午学着林嘉欣的样子，装作娇羞地接住。

童飞也跟着唱起来。

童飞、贾午：（唱）有情天地，有缘相聚，心中那盏灯，会在某一天把你带回我身边，真情是挡不住（童飞、贾午将歌词改成了广告词）……（两人夸张地抱在一起对着大家说广告词）挡不住的真情、挡不住的椰风！

乔晓羽和童言笑弯了腰，齐贝贝做呕吐状，栗凯无奈笑着摇头，大家一起看着童飞和贾午耍活宝，笑作一团。

6-27 小区民宅　童飞家　日

电视屏幕正在播"椰风挡不住"果汁广告，黎明把一瓶饮料扔给林嘉欣，两人一起说广告词："挡不住的真情、挡不住的椰风！"

乔卫国、栗铁生、齐向前碰杯，栗铁生已经微醉，用力拍着齐向前的肩膀。

许如星和金艳丽坐在一旁轻声聊天。

许如星：乔主任，冰梅姐怎么还没回来？周末还加班吗？

乔卫国：咳，她啊，加班那是家常便饭！不用等她，咱们吃就行了，等会儿回去我给她做点。（对金艳丽）哎，你们家贾老板最近够忙的，生意不错啊！

金艳丽：（白眼）他啊，吃吃喝喝，瞎忙，连儿子生日都忘了！不回来更好，看见他就心烦！（对许如星）童厂长呢？怎么一会儿不见了，不会喝多了吧？

许如星：他呀，去厨房忙活了。

金艳丽：童厂长可以啊，居然下厨了。

许如星：咳，一年就这一次！

金艳丽：一年……一次？

许如星：（苦笑）嗯，他一定要亲手给童言做这碗长寿面。

大家愣住，不知道该说什么安慰许如星。

许如星挤出一丝微笑。

6-28 小区民宅　童飞家　日

厨房里，童振华笨拙地和面，慢慢地拉面，面条断了，童振华把面和在一起重新拉，面条慢慢拉开扯成长长的一条，童

---

[1]《有情天地》由丁晓雯作词，黎明作曲、演唱，收录在黎明1996年发行的专辑《为何你不是我的未来》中，作为椰风饮料广告歌曲风靡一时。

振华小心翼翼地移动双手，可惜面条又断了。童振华继续和面，一次又一次，不断重复。

    6-29 组镜

贾午家，乔晓羽拿着话筒投入地演唱范晓萱的《眼泪》①。

乔晓羽：（唱）青春若有张不老的脸，但愿它永远不被改变，许多梦想总编织太美，跟着迎接幻灭。爱上你是最快乐的事，却又换来最痛苦的悲，苦涩交错爱的甜美，我怎样都学不会……

乔晓羽、齐贝贝、贾午、童言、童飞、栗凯一起吃蛋糕。

童飞和齐贝贝把蛋糕抹在童言和贾午的脸上，乔晓羽帮童言挡住齐贝贝的"袭击"。

齐贝贝和贾午争抢话筒，栗凯一把拿过来，大家闹成一团。

乔晓羽：（画外音，成年）小时候，我以为这样的日子，这样的朋友，会永远存在，不会改变，后来才知道，那只是人生中短暂的一瞬；长大后，我以为那样的日子，那样的朋友，只是人生中短暂的一瞬，根本不必在意，现在才明白，那些人、那些事，早已变成我生命的一部分，永远都不会消失。

乔晓羽深情地唱歌，歌声优美动人，大家和着歌声一起唱着、摇晃着。

乔晓羽：（唱）哦眼泪，眼泪都是我的体会，成长的滋味，哦眼泪，忍住眼泪不让你看见，我在改变，孤单的感觉，你从不曾发现我笑中还有泪……

童飞家，许如星、乔卫国、金艳丽、栗铁生、齐向前坐在餐桌前聊天、碰杯。

童振华在厨房做面条，终于扯出一条长长的、完整的、不断的面条，童振华欣慰地呼出一口气，露出满意的笑容。

文工团小区院子，天色暗了，栗铁生醉醺醺地和齐向前拉钩，乔卫国和栗凯赶紧扶着栗铁生走向单元门口。齐贝贝扶着微醺的齐向前，向大家挥手告别。童振华、许如星挥手，看着齐贝贝和齐向前走出小区门口，然后往回走。最后只剩乔晓羽、童言、贾午站在院子里。

    6-30 文工团小区　夜

乔晓羽、贾午、童言站在小区院子里。

贾午：美好的一天结束了，（哭丧着脸）明天还要上学，睡觉吧……哎，童飞呢？

童言：（左右张望）刚才还在的……

贾午：我先回去了，明天见……

童言：明天见。

乔晓羽：童言，你等我一下，我上去拿书还给你。

童言：好，我在这儿等你。

乔晓羽跑向自己家单元门口。

贾午回头看看乔晓羽的背影，若有所思地走向自己家单元门口。

---

① 《眼泪》由黄国伦作词、作曲，范晓萱演唱，收录在范晓萱1995年发行的专辑《自言自语》中。

童言一个人站在院子里。

6-31 小区民宅　贾午家　夜

童飞收拾餐桌上的垃圾，拿起扫帚和簸箕扫地。

金艳丽从卫生间走出来，看到童飞。

金艳丽：（笑）当哥哥的就是不一样！童飞，快别忙活了，等会儿阿姨收拾就行了！

童飞：没事，我马上就弄完！

童飞把扫帚和簸箕放好。

金艳丽：快过来歇会！

童飞坐到沙发上，金艳丽递给他一瓶饮料，童飞打开喝了一口。金艳丽看着童飞，若有所思。

童飞：艳丽阿姨，您怎么了？

金艳丽：哦，没什么。

童飞：阿姨，您有我妈妈的照片吗？

金艳丽：你是说……如月的照片？

童飞点头。

金艳丽：（犹豫）好像有一些，你想看吗？

童飞：（笑）家里的照片就那么几张，我想看看她别的照片。

金艳丽：好，我去给你拿。

金艳丽站起身走向书房。

童飞翻看着老相册，金艳丽坐在旁边。

金艳丽：团里演出照挺多的，不过你妈妈不是演员，所以少一些……哎，这个！（指着一张照片）这是团里女职工的合影，你妈妈那时候刚到单位，不怎么说话，挺害羞的……（指着另一张照片）这是有一次演出结束，我和你妈妈，还有你沈阿姨的合影……

童飞盯着照片认真翻看。

童飞：您能给我讲讲我妈年轻时候的事儿吗？

金艳丽：（拍拍童飞）当然，你想听什么，阿姨能想得起来的，都告诉你……

童飞微笑。

6-32 文工团小区　夜

童言一人站在院子里，看着天上的月亮。

乔晓羽突然出现，挡住童言看月亮的视线。童言微笑。

乔晓羽从背后拿出《小王子》，上面还有一个精致的小盒子，递给童言。

乔晓羽：书看完了，物归原主……这个，是送你的生日礼物。

童言接过小盒子。

童言：我可以打开吗？

乔晓羽：（微笑）嗯。

童言打开小盒子，拿出礼物，是一个小王子造型的钥匙挂件。童言认真地看钥匙挂件，然后从兜里把自己的钥匙环拿出来，把小王子挂件和钥匙环扣在一起。

童言：谢谢，我特别喜欢。今年过生日有你在，真好。

乔晓羽：今年……终于能亲口对你说生日快乐了。

童言：真希望，时间永远停留在今天。

乔晓羽：别担心，以后每年我都……送你生日礼物！

童言笑了。

乔晓羽和童言对视微笑。

贾午在远处单元门后，看到了乔晓羽送童言礼物的全过程。贾午靠在门后，沮丧低头。

（闪回）

游戏厅门口，乔晓羽从兜里拿出5元钱，笑着递给贾午。

（闪回结束）

贾午阴沉着脸，慢慢上楼。

镜头从楼道慢慢转向小区院子，远远地，乔晓羽和童言站在月光下。

6-33 小区民宅 贾午家 夜

贾午垂着头进家门，看见童飞坐在金艳丽旁边。

贾午：童飞？我以为你早回家了。

童飞：哦，刚才帮艳丽阿姨收拾了一下。齐贝贝他们走了？

贾午：嗯。

金艳丽：（对贾午）你怎么了，刚过完生日，就有气无力的？

贾午撇嘴，没答话。

童飞：艳丽阿姨，我先回去了。

金艳丽：好，下次再来玩，想问什么随时来找阿姨。

童飞点头，站起身，走到门口。

童飞：（顺便拍拍贾午）走了。

贾午看着童飞出门。

贾午：（对金艳丽）妈，童飞问你什么了？

金艳丽：问他妈妈以前的事。

贾午：是吗？童飞从来没有提起过他妈妈，怎么突然问这个？

金艳丽：我猜啊，可能是今天你和童言过生日，这孩子触景生情，想他妈妈了……（小声，自语一般）不过，问如月以前的事倒能理解，为什么还要问……（皱眉）

贾午：还问什么？

金艳丽：（犹豫）没什么，玩了一天，快去洗洗睡吧！

贾午慢慢走向卧室。

突然门开，贾有才笑嘻嘻的脸从门后露出来。

贾有才：（喊）儿子！

贾午：（回头）爸，你干嘛，吓我一跳！

贾有才醉醺醺地走进来抱住贾午，贾午拼命挣脱。

贾有才：我们贾午今天过生日，爸祝你生日快乐！

金艳丽：（白眼）你还知道啊，这么晚才回家！

贾有才：（大手一挥）我当然知道，我一忙完就去给儿子买礼物，来，给！

贾有才从包里抖出一堆20世纪80年代小孩的零食，有泡泡糖、话梅糖、麦丽素、果丹皮、威化饼干……

金艳丽：贾有才，你疯了，买这么多老古董？

贾有才：（瘫在沙发上）这都是贾午小时候最爱吃的，那时候爸爸没钱买，现在让你一次吃个够，吃个够（逐渐睡着）……

贾午拿起那些零食，哭笑不得。

6-34 小区民宅　童飞家　夜

童言走进家门，昏暗的客厅，只有餐桌旁边的灯亮着。

童言慢慢走过去，看到桌子上摆着一碗精致的长寿面。

6-35 组镜

范晓萱《眼泪》音乐响起。

歌词：青春若有张不老的脸，但愿它永远不被改变，许多梦想总编织太美，跟着迎接幻灭。爱上你是最快乐的事，却又换来最痛苦的悲，苦涩交错爱的甜美，我怎样都学不会……

童言眼圈泛红，坐到餐桌前，拿起筷子。

贾午坐在卧室，看着床上一堆零食，拿出一颗麦丽素放进嘴里，无奈苦笑。

齐贝贝在卧室靠着录音机听歌。

栗凯在卧室弹吉他。

乔晓羽坐在卧室书桌前，拿出一张信纸写起来。

乔晓羽：（画外音）童言，你好吗？今天是你的生日，生日快乐！哦，刚才好像已经说过了……不知道为什么，有时候，我觉得你还是那个小时候的童言，可是有时候又觉得你离我很远，像一个陌生人。我总在想，如果小时候我们没有分开，现在会是什么样子……

童言坐在卧室书桌前，拿出小王子钥匙挂件仔细看细节，微笑。

童飞躺在上铺，低头望着童言的钥匙挂件，回身躺好，闭上眼睛。

第七集

缘字终难猜透

7-1 教室　日

高二（2）班教室，历史老师在讲台上讲课，同学们认真听讲。

贾午用黑框眼镜边挡住自己的眼睛，闭目瞌睡。

历史老师：（踱来踱去）"百家争鸣"是中国历史上第一次思想解放运动，是中国学术文化、思想道德发展史上的重要阶段，奠定了中国思想文化发展的基础……

贾午的头开始"小鸡啄米"，突然"咚"的一声头撞到桌子上，眼镜飞了出去掉到地上。

历史老师：（回头）什么声音？

贾午赶紧从地上捡起眼镜，发现眼镜腿已经折了。

历史老师走过来看着贾午。

历史老师：贾午，您老人家刚才又梦回哪个朝代了？

同学们大笑，黄大卫笑得最激动。

贾午不好意思，歪着戴上眼镜，眼镜又掉下来挂在脸上。

同学们笑得更大声了，乔晓羽笑得趴在桌子上，黄大卫笑得捶桌子，连童言都忍不住笑了。

下课铃声响起。

贾午又生气又尴尬。

历史老师：唉……赶紧去门口眼镜店修理去吧！要不下节课都没法儿上！

贾午：（苦笑）谢谢老师……

7-2 校园　日

校园里，三三两两同学走过。贾午沮丧地拿着眼镜往校门口走去。

齐贝贝：（画外音）贾午，你这是去哪儿？

贾午回头看到齐贝贝。

贾午：（眯着眼睛）是你啊。

齐贝贝：你怎么了，垂头丧气的，病了？

贾午：哪有，我只是……瞎了。

贾午举起自己坏了的眼镜。

齐贝贝：看样子，是得好好修理一下了。哎？你没问题吧，用不用我给你带路？

贾午：（挥手）还没瞎到那个份儿上……不过啊，你好歹还关心我一下，够朋友！

齐贝贝：呦，这是在抱怨谁呢？看来是晓羽没有好好关心你吧，生气了，伤心了？

贾午脸红。

贾午：什么呀！他们全都是，晓羽、黄毛儿，居然还有童言！不帮我就算了，还笑话我……

齐贝贝：那你怎么脸红了？

贾午：什么脸红，我那是气的！哎呀，不跟你贫了，我还得修眼镜去呢，走了走了！

齐贝贝：（大笑）一路顺风啊！

7-3 教室　日

高二（2）班教室，课间休息，同学们各自聊天、打闹。童言在认真看书。黄大卫在课桌旁空地上假装做各种带球动作。姚瑶把黄大卫当成模特，在练习本上画篮球少年漫画。乔晓羽趴在桌子上侧身看姚瑶画画，指挥黄大卫的动作。余芳从教室门口进来，径直走到黄大卫身后。

余芳：黄大卫！

黄大卫背对着余芳，听到叫声吓了一跳，踉跄了一下转身。

黄大卫：余大班长，你吓我一跳！

余芳正准备瞪黄大卫，余光瞟到童言正转身看向自己，突然变了脸色，露出甜美的笑容，递给黄大卫一张通知。

余芳：这是秋季运动会的通知，你是咱们班体育委员，麻烦你这两天把报名的同学名单整理一下告诉我。

黄大卫：（憨笑）大班长今天怎么突然这么客气，我都不习惯。

余芳忍住不悦，转身低头望向乔晓羽。

余芳：（微笑）晓羽，听说你们文艺小分队负责运动会开幕式的表演活动，魏老师说了，演出节目定下来以后告诉我，我去向魏老师汇报。

乔晓羽抬头疑惑地看着余芳，姚瑶也停下画笔看着余芳。

黄大卫：告诉你？魏老师说的？

余芳：有问题吗？晓羽是学生会的成员，可也是我们班的一员，有什么课外活动，当然得向班里汇报了！

黄大卫还想说话，乔晓羽已经站起来。

乔晓羽：没问题，班长。

余芳露出标准官方的微笑，转回身走到自己座位坐下，拿出教科书向童言请教。

余芳：（温柔微笑）童言，你看这道题我还是弄不明白，你给我再讲一遍好不好？

童言不经意皱眉，顿了一下，还是接过了教科书，认真讲起来。

乔晓羽坐下，望了一眼童言和余芳的背影。

姚瑶继续拿笔画画。

姚瑶：（不抬头）以后我要把她画进我的漫画里。

黄大卫：就她？

姚瑶：（抬头，面无表情）女配角，反面人物。

乔晓羽忍不住笑了，抱住姚瑶。

7-4 教室　日

高二（5）班教室，陈老师站在讲台上念手里的通知。

陈老师：这就是今年秋季运动会的通知，班长等会儿给大家传阅一下，希望同学们积极报名，在运动场上为咱们班争光！

同学们交头接耳。

陈老师：（望向齐贝贝）齐贝贝，你负责汇总一下参赛人员名单。

齐贝贝：（站起身）好的！

陈老师：（望向童飞）童飞，我看你篮球打得确实不错，今年由你组织咱们班篮球队比赛吧！

童飞一愣，吃惊地瞪大眼睛不敢相

信，齐贝贝也惊讶地望向童飞。

童飞：陈老师，我……

陈老师：我相信你，没问题的。

童飞表情犹豫，但还是点头答应。

7-5 校园　日

放学，同学们三三两两走向学校门口。

乔晓羽、贾午、童言、黄大卫聊着天走向停车棚。

远处，齐贝贝和童飞走过来。

齐贝贝：（喊）告诉你们个大新闻，这位同学（指向童飞）也当小队长了！

贾午：小队长？什么小队长？

童飞：别听她胡说，陈老师只是让我组织我们班的篮球队而已。

黄大卫：可以啊，哥们儿，因祸得福！

童飞：什么因祸得福，我这是椰风也挡不住的才华！（拍拍黄大卫）是金子嘛，总会发光的，是吧，"一中乔丹"？

黄大卫被恶心得撇嘴，大家被逗笑。

余芳：（画外音）童言。

大家回身，看到余芳站在后面。

童言：余芳，你找我吗？

余芳：（并不善意的微笑）童言，你和童飞，是亲兄弟吗？

黄大卫：大班长，你说什么？

乔晓羽发现周围已经有几个同学停下脚步，回头看热闹。

余芳：（微笑，对童言）那天，在魏老师办公室门口，我听到了你哥和你妈妈对话……

童飞抬起头，警惕地瞪着余芳。

余芳：……我很奇怪，为什么你哥，叫你妈妈……

乔晓羽突然反应过来，边说边迅速跑到余芳面前。

乔晓羽：（大声）班长，运动会的表演节目定下来了！

余芳：（皱眉）等会儿说不行吗？

乔晓羽：不行不行，班长，我得马上跟你汇报！

乔晓羽挽着余芳的胳膊往旁边走去。

余芳：（被乔晓羽拽走）干吗，我还没说完呢！

童言疑惑又担心地看向童飞。

童飞面无表情地看着乔晓羽和余芳的背影。

7-6 学校体育场　日

乔晓羽和余芳站在乒乓球台旁边。

余芳：原来如此……（不屑）好吧，我可以不告诉别人。

乔晓羽：（惊讶）谢谢你，余芳。我以为……

余芳：（冷淡）不用谢，我这么做，也不是因为你。

乔晓羽疑惑地看着余芳。

余芳：童言……是我的同桌，他成绩那么好，我还希望他多帮我辅导难题呢……童言本来就内向敏感，如果因为这些琐事影响了他的情绪，对我也没什么好处。

乔晓羽：（缓了一口气）不管怎么样，

还是谢谢你。对了，班长，运动会开幕式，我们准备试试今年春晚上青春美少女组合那首歌。你觉得怎么样？

余芳：（冷淡）好啊，我很期待啊。没有别的事，我先走了。

余芳转身离开。

体育场高处，童飞站在观众席角落，远远地看着乔晓羽和余芳。

7-7 小区民宅　乔晓羽家　日

镜头从窗外慢慢进入乔晓羽家阳台。

厨房，乔卫国正在忙着做饭。

客厅，乔晓羽边吃饭边看电视。

电视屏幕播放青春美少女组合在央视春晚上表演的歌曲《青春鸟》[①]。

乔晓羽嘴里塞满食物，站起身来跟着唱跳。

沈冰梅突然从卧室走出来，乔晓羽赶紧停住动作，坐下吃饭。

沈冰梅走进卫生间，乔晓羽偷瞄着沈冰梅的背影，继续站起身跳舞。

乔卫国从厨房探头看乔晓羽。

乔卫国：晓羽，你这是干吗呢？

乔晓羽赶紧坐下吃饭。

乔晓羽：没事没事。

乔卫国：是不是又要组织什么活动了？

乔晓羽：（调皮）爸，您真是料事如神啊！

乔卫国走过来放下盘子，张嘴正要说话。

乔晓羽：（举手发誓）保证不耽误学习！

贾午：（画外音，从楼下传来）晓羽，上学了！快点！

乔晓羽：来了！

乔晓羽拎起书包，跑出家门。

乔卫国无奈摇头，坐下吃饭。

沈冰梅从卫生间走出来，穿着正装在穿衣镜前整理。

乔卫国：冰梅，你要出门吗？

沈冰梅：嗯，上班。

乔卫国：不是还有两天假吗？

沈冰梅：在家待着无聊，还是上班吧。

乔卫国：你啊，就是个闲不住的人！去坐班车吗？

沈冰梅：不了，今天天气好，溜达一段儿。

沈冰梅换鞋出门。

乔卫国无奈坐下，塞一口饭到嘴里。

7-8 文工团小区　日

沈冰梅从单元门口走出来，看见童飞背着书包站在院子里。童飞也看到沈冰梅，笑着走过来。

童飞：沈阿姨好！晓羽呢？

沈冰梅：晓羽已经和贾午去上学了……你找她有事吗？

童飞：嗯，我是专门向她表示感谢的。

[①]《青春鸟》由卞留念作词、作曲，女团青春美少女组合演唱，并在1997年央视春晚上表演。

沈冰梅：感谢？

童飞点头。

沈冰梅面露疑惑。

7-9 文工团小区门口　日

沈冰梅和童飞站在小区门口。

沈冰梅：（感慨）没想到你们学校还有这种学生，晓羽回家从来都没说过……

童飞：这次多亏了晓羽反应快。

沈冰梅：晓羽从小和童言一起长大的，你妈妈和我以前也都是朋友，这点小事，你不用放在心上。

童飞：沈阿姨，您能给我讲讲我妈妈以前的事儿吗？

沈冰梅：当然。

童飞：我陪您走一段吧。

沈冰梅：好。

两人走出文工团小区，边走边聊。

7-10 小区民宅　贾午家　日

《路边的野花不要采》[①]舞曲音乐响起。

录音机磁带转动着。

许如星端着一盘月饼，站在门口，呆看着客厅。

客厅中间，金艳丽正随着音乐、架着手臂、动作夸张地跳交谊舞。

一曲完毕，金艳丽走到录音机旁按下开关，音乐停。

两人一起坐到沙发上。许如星把盘子放到桌子上。

金艳丽：如星，这是你自己做的月饼？

许如星：是啊，快尝尝！

金艳丽拿起一块品尝。

金艳丽：这手艺太好了，比商场卖的高档月饼好吃多了！

许如星：我成天在家待着，什么也不会，也就只能研究点吃的喝的……

金艳丽：别总这么说，在家怎么了，你不给他们收拾得整整齐齐，他们怎么出门上班上学？你不把热腾腾的饭菜端上来，让他们回家喝西北风去吧！

两人笑。

许如星：艳丽姐，你刚才跳得太美了！我最佩服你，永远都能跟得上时代潮流！

金艳丽：（笑着擦汗）什么时代潮流啊，都是前几年的舞步了。这不是贾有才把阳光休闲城歌舞厅重新装修了，说开张时非要我和他跳一首，要不然我才懒得练呢！

许如星：（笑）呦，这小夫妻在家里恩爱也就算了，还要公开展示，让不让别人活了！

金艳丽：得了吧，我就是被他当成不用付工资的工人使唤！

许如星：别说，你和贾午他爸还真是天生一对，你们俩以前在文工团是不是……他们年轻人说的，一见钟情？

金艳丽：（摇头）三见也没钟情……你

---

① 《路边的野花不要采》由林煌坤作词，李俊雄作曲，邓丽君演唱，是邓丽君的经典歌曲之一。

猜，我年轻时候钟情过谁？

许如星：（凑近）谁？

金艳丽：（小声）晓羽他爸！

许如星捂住嘴，两人笑得前仰后合。

许如星：（笑）快跟我说说怎么回事！

金艳丽：刚分配到文工团，乔卫国和贾有才都对我有点意思，老乔年轻时候吹拉弹唱样样精通，小伙儿人高马大的，看着就精神。可是，有一次我和乔卫国在一起聊天，正好贾有才过来了，说"卫国，你是不是和艳丽谈恋爱啊？"乔卫国下意识地摇头"没有没有！"摇得跟拨浪鼓一样！把我给气的，再也不理他了！

许如星：哈哈，然后呢？

金艳丽：后来啊，我看这贾有才虽然业务不咋地，可是人挺机灵、人缘好，能张罗，对我也上心……

许如星：你们老贾就乘虚而入了呗？

金艳丽：如星，你也学坏了，哈哈……年轻时啊，都是稀里糊涂的，20岁的时候看了《追捕》，想着将来一定要嫁给像高仓健那种沉默寡言的硬汉！谁知道最后和贾有才这种话痨过了一辈子！

许如星：是啊，都说"缘分天注定"，谁知道月老那根红线在哪儿拴着呢！

门铃声响起，金艳丽开门。乔卫国进来。

许如星：（笑）可见这人经不起念叨，一念叨就来了！

乔卫国：你们俩在背后说我啥坏话了？

金艳丽：能说您乔主任啥坏话？当然是夸你长得帅了！

乔卫国：（整理发型）那是，你们俩眼光还真不错！

三人笑。

乔卫国：说正事，刚才团长给我打电话，说咱们国庆文艺汇演的大合唱不放伴奏了，让你给他们现场钢琴伴奏，说这样显得有气势。看来，又得烦劳您这位大钢琴家了！

金艳丽：行！都听领导的！我就是文工团一块砖，哪里需要哪里搬！（三人笑）对了，孩子们学校要开运动会了吧，昨天晚上晓羽来找我，说是想借几件舞蹈的演出服，估计是开幕式表演用。

乔卫国：唉，晓羽还是跟艳丽阿姨最亲，这些事啊，从来都不提前告诉我！

金艳丽：（得意）那是，孩子们都喜欢我！（对许如星）我还知道你们童飞要参加篮球比赛，班主任还让他当队长呢！

许如星：（尴尬微笑）是吗，这俩孩子，什么都不说……（拿起月饼递给乔卫国）乔主任，尝尝我做的月饼，等会儿我给你们家送一盘去！

乔卫国品尝月饼。

乔卫国：（点头称赞）好吃，真好吃！

7-11 教室　日

高二（2）班教室，老师在讲台上收拾书本。

老师：下课！

余芳：起立！

第七集　缘字终难猜透

全体同学起立。

老师走出教室。大家零散坐下。

童言收拾好书和文具，定神，转向余芳。

童言：（犹豫）余芳，昨天你问我的那件事……

余芳：哦，那个啊，我已经忘了，也不是什么大事。童言，你帮我看看这道题好吗？

童言感激地看着余芳，点点头，看向余芳手指的书页。

乔晓羽坐在后排，看着余芳微笑着听童言讲解的背影。

7-12 学校教学楼　日

余芳和曹阿荣靠在走廊栏杆旁，看着楼下。曹阿荣嚼着口香糖。

从走廊望下去，楼下花园旁，乔晓羽和一群舞蹈队女孩正在讨论舞蹈节目，时不时比画着动作。

余芳：（看着楼下）乔晓羽又要开始折腾了。

曹阿荣：上次你没让她演讲，这次运动会她肯定要想尽办法出风头！

余芳：我哪有不让她演讲？

曹阿荣：（奉承）就是就是，那是老师派你去的，乔晓羽不就仗着自己是文工团子弟吗，哪有什么真本事！班长你长得漂亮，成绩比她好……

余芳：行了行了，你去打听打听，她们要搞什么。

曹阿荣：（看着楼下）哼，搔首弄姿！

我看她平时的文静都是装出来的！

余芳冷眼瞟楼下的乔晓羽。

7-13 篮球场　日

清城一中学校篮球场，高二（5）班的篮球队员们围在一起。

队员A：那个童飞刚从外地转来，陈老师凭什么让他当队长？逃课打球还挺光荣，哼！

队员B：就是，看他成天吊儿郎当的，就算会打，肯定也是野球！

队员C：（小声）等会儿咱们好好……

几个队员纷纷坏笑点头。

童飞从远处边换篮球背心，边跑过来。

童飞：哥儿几个，不好意思，我来晚了，最后一节课随堂测试，终于应付完了！来来，咱们快练练，要不太阳下山了。

几个队员分成两队，开球训练。

其他几个队员明显不配合童飞，故意为难他。童飞被折腾得气喘吁吁，还被撞倒两次。童飞有点生气。

童飞：等等！你们……是故意的吗？

队员A：故意什么？我们这不是好好配合你训练吗？怎么了，刚当上队长就训我们啊？

童飞：（生气）你！你们是对我当队长不满意吧？

队员B：怎么会呢，当队长肯定是凭本事说话，你有本事就当呗！

童飞拿起球，绕过几人，三步上篮，

镜头跟着童飞的投篮动作，篮球应声入筐。

几个队员露出吃惊的表情，纷纷嘀咕。

队员C：（小声）可以啊！

队员A：（小声）花拳绣腿！

齐贝贝：（画外音）看来你们今年是不想拿名次了吧！

几个队员转身，看到齐贝贝来了，互相对视。

队员B：贝贝，我们打得快累死了，你也不叫几个女生来给我们当啦啦队！

齐贝贝：叫女生？就你们刚才这水平，不怕丢人吗？

队员C：哪有，我们可卖力了！

齐贝贝：卖力最好！你们几个，应该知道我齐贝贝的名号吧？

几个队员露出无奈的表情。

齐贝贝：（假装很邪恶）不认真练习，小心我……

队员们：（无奈）知道了知道了，练吧练吧！

队员们上场继续训练，比之前认真了一些。

童飞走过来，冲齐贝贝竖大拇指。

齐贝贝：（小声）他们啊，就是欺负你这个新来的。

童飞：（笑）无所谓，我只想完成陈老师交代的任务。

齐贝贝：你好好练吧，我去找晓羽。

童飞：你们还不回家？

齐贝贝：晓羽正在准备运动会的舞蹈呢，我偷偷看看去！

童飞看着齐贝贝离开，转身回到篮球场训练。

7-14 小区民宅　童飞家　日

厨房，许如星做饭，熬着汤，眼睛出神，手里的动作有点机械。

（闪回）

半夜，半醉半醒的童振华坐在地上，手里拿着高中毕业照片，照片上的许如月笑意盈盈。

（闪回结束）

许如星手里搅动着勺子，眼睛走神。

锅里的汤溢出来。

许如星突然回神，赶紧关火，收拾干净，脱下围裙。

7-15 小区民宅　童飞家　昏

客厅，许如星坐在沙发上，拿着老相册翻看。

相册里有许如月和许如星小时候的照片（许如星靠在许如月怀里），有许如月和同学们的合影（少男少女出游照），还有和童飞姥姥的合影。

门开，童言背着书包回家进门。许如星把相册合上。

许如星：回来了？你哥呢？

童言：我哥练球，让我先回家吃饭。

童言放下书包，坐到许如星旁边，看着许如星手里的相册。

童言：妈，你怎么了？

许如星：妈没事，你饿了吗，要不……

等你哥回来一起吃?

童言:妈,这些年,你很辛苦吧。

许如星的目光从童言移回相册,又抬头沉思。

许如星:不辛苦,怎么会辛苦呢……只是,妈妈有很多遗憾。

童言:这些遗憾……还可以弥补吗?

许如星:(怅然)有一些遗憾啊,过去了,就再也没办法弥补了。

童言:妈,我会努力,让你以后的遗憾少一点。

许如星笑着搂住童言的肩膀。

许如星:我们童言只要健健康康的,妈妈就很开心。

许如星和童言的背影,灯光柔和。

7-16 教室　昏

青春美少女组合《青春鸟》音乐响起。

歌词:跟风一起摇摆,和树梢说声再见,自由自在飞向蓝天大海,我们是春的使节。跟云一起向前,和阳光亲密无间,轻轻松松打开透明窗帘,青春鸟飞向世界……

教室里,一群少女正在随着音乐跳舞,乔晓羽站在中间领舞,少女们不时定格,一起讨论动作。

(慢镜头)乔晓羽翩翩起舞,唯美优雅。

7-17 学校教学楼　昏

走廊里,童飞披着外套、抱着篮球站在窗外角落,看向教室里的乔晓羽。

(闪回)

童言家老平房,小时候的童飞透过门缝看着翩翩起舞的乔晓羽。

(闪回结束)

童飞手里的篮球掉在地上也没发觉,篮球在地上弹起来,他赶紧蹲下,用手按住篮球。

乔晓羽从教室走出来,看到了蹲在地上的童飞。

童飞赶紧抱着篮球起身。

乔晓羽:童飞?你找我吗?

童飞:(挠头)哦,没有……我刚才打球回来,看你们这间教室还开着灯,过来瞅了一眼……你们还要练吗?

乔晓羽:今天快结束了,等会儿换了衣服就回家。

童飞:(若无其事地指外面)天快黑了,要不我等你一起走吧!

乔晓羽:(微笑)好啊。

7-18 教室　昏

乔晓羽回到教室,舞蹈队员们围上来。

队员A:晓羽,那是谁啊?

乔晓羽:哦,是我的邻居,5班的。

队员B:是你们班童言的哥哥吧?听说篮球打得特别好,好帅啊!

队员A:我觉得还是童言比较帅,而且成绩还好,简直完美啊!

队员们:(纷纷点头)对对,童言好完美……

乔晓羽看着她们，无可奈何地笑着摇头。

7-19 街道　昏

插曲音乐响起。

乔晓羽和童飞骑着自行车穿过街道。

乔晓羽在前面骑车，童飞在后面看着乔晓羽的马尾。

（慢镜头）落日余晖下，乔晓羽的马尾轻轻晃动。

7-20 文工团小区　夜

乔晓羽和童飞推着自行车进入文工团小区大门。

童飞：晓羽。

乔晓羽：（回头）嗯？

童飞：你找你们班班长余……（想不起名字的表情）

乔晓羽：余芳？

童飞：对，你找她，我看到了。

乔晓羽：（掩饰）哦，我找她，也正好要聊别的事……

童飞：我知道你是为了童言。

乔晓羽想要张嘴说话，童飞打断了她。

童飞：虽然你是为了童言，但是这件事确实对我影响最大，不管怎样，你帮了我，（夸张地拍着胸脯）我童飞恩怨分明，以后你有用得着我的地方，尽管说，我肯定赴汤蹈火……

乔晓羽：童飞，你太客气了，（笑）搞得像武侠片一样，没什么的，只是小事。

童飞：（郑重其事）你和童言从小一起长大，所以对我来说，你也是我的妹妹。

乔晓羽：嗯，我知道，你是个好哥哥。

童飞怔了一下，笑了。

童飞抬起头，看向远处天空的月亮。乔晓羽转身，顺着童飞的目光也看向月亮。

乔晓羽：今天的月亮好明亮啊！

童飞：（出神）是啊。

乔晓羽：（犹豫）其实，我不太想打听你们家的事，也从来没问过童言……可是，我想跟你说，很多事已经过去了，是不是可以……

童飞：（望着月亮）我姥姥说，我妈妈出生那天月亮特别好看，所以给我妈妈取名叫"如月"。

乔晓羽：童飞……

童飞：（回神，若无其事）咳，我怎么跟你说这些！快回家吧！

乔晓羽转身，发现童言穿着睡衣站在单元门口。

童言：（微笑）哥，晓羽，你们回来了？

童飞：（皱眉）穿这么少，小心着凉。

童言：（微笑）没事。（对乔晓羽）晓羽，你最近怎么没找我讲题？

乔晓羽：哦，是因为……

（闪回）

高二（2）班教室，课间，乔晓羽坐在课桌旁做数学题，皱眉，挠头，起身准备找童言，看见童言正在给余芳讲题，又默默坐下。

（闪回结束）

乔晓羽：（眼睛一眨，微笑）是因为，你这个老师教得好呗，我都已经学着融会贯通了！

童言露出微微有点失落的表情。

乔晓羽：（赶紧改口）逗你的……我看你平时有点忙，不想打扰你，其实，我攒了一堆难题，准备周末好好请教你！

童言：（不好意思地笑）没问题，随时！

童飞：（故意咳嗽两声）我也有好多不会的题，童言也给我讲讲吧。

童言和乔晓羽瞪大眼睛，一起盯住童飞。

童言：哥，你不是开玩笑吧？

童飞：开什么玩笑，我一直都很用功好不好？我以前是懒得学……我要是开始好好学，用不了多久，成绩就会一飞冲天，你们就望尘莫及吧……

乔晓羽捂嘴笑。

童飞：哎？乔晓羽，你看不起我是吧？

乔晓羽：（忍住笑）没有没有，（一只手握拳做加油的动作）咱俩一起努力！

童言也忍不住笑起来。

7-21 小区民宅　童飞家　日

童飞和童言的卧室，镜头顺着乔晓羽、童言、童飞的面部依次移动。乔晓羽认真听童言讲题，童言耐心讲解，童飞皱眉疑惑地看着书，打哈欠。

童言：所以这个平面区域的面积应该是……

乔晓羽：B！

童言点头，回头看向童飞，童飞一只手支着脑袋，眼睛迷离，快要睡着的样子。

童言：哥。

童飞：（睁眼）啊？

童言：（认真）哥，这道题，我讲清楚了吧，要不咱们看看下一道题？

童飞：哦哦，下一道下一道……

童言继续讲题，童飞站起身伸懒腰。

童飞：（拍脑袋）哎？我这记性，今天约了我们班篮球队的一起训练！你们继续，我先走了！

童飞抓起外套打开门，正好撞上卧室门口端着水果的许如星。

许如星：童飞，你这是要去哪儿？

童飞：（边出门边说）哦，篮球训练！对了，等会儿你们先吃饭，不用等我！

许如星张嘴想说话，犹豫一下又没有说，叹气，转身进卧室。

7-22 小区楼道　日

童飞踏出门，正准备关门，在门口听到许如星和乔晓羽对话。

许如星：（画外音）晓羽，快吃水果！

乔晓羽：（画外音）阿姨，每次我来找童言辅导数学，您都给我准备这么多好吃的，我都不好意思了……

许如星：（画外音）哎哟，我的好闺女，你客气什么，阿姨巴不得你天天来呢，你和童言都是我的好孩子，快吃吧，童言也一起吃，你们俩学习太辛苦了……

童飞在门口抱着篮球，低头，关门。

童飞若有所思地慢慢走下楼梯。

（闪回）

7-23 小区民宅　栗凯家　夜

客厅，醉酒的栗铁生倒在沙发上，童飞坐在栗铁生旁边。

栗铁生：（半醉半醒）谁也瞒不过我老栗子的火眼金睛！许如星刚搬到咱们大院的时候，多少人给她介绍对象，大院里的年轻小伙子都想追她，可是你小姨一个也看不上，我那时……我就知道，她肯定是有喜欢的人了……后来怎么着，我还真猜对了……

栗铁生晕乎乎地打着酒嗝，童飞沉默着咬紧牙关。

7-24 小区民宅　贾午家　夜

客厅，童飞坐在沙发上，认真翻看着老相册，金艳丽坐在旁边。

童飞看到一张老照片，是多年前金艳丽、贾有才、贾晨一家和童振华、许如月、许如星的合影。

金艳丽：（惊喜）我都忘了，还有这张，这是咱们两家的合影，我想想，这是哪年啊，看着我们贾晨才两三岁……

童飞仔细看着照片，照片上许如月安详地笑着。童飞把目光移动到照片上的许如星，照片上许如星甜甜地笑着，亲密地搂着童振华的胳膊。

童飞的眼神开始变得凌厉，手指不自觉地握紧。

金艳丽：哦，我想起来了，这张照片里有你！

童飞：有我？

金艳丽：是啊，你就在这儿呢（指着许如月的肚子）！

童飞看向许如月微微隆起的小腹。

金艳丽注意到童飞的沉默，轻轻拍拍童飞的肩膀。

7-25 文工团小区门口　日

小区门口，童飞和沈冰梅边走边聊。

沈冰梅：童飞，阿姨说这个，你可能觉得有点冷酷，不过，人啊，还是得往前看，你爸爸和你小姨，那些年也是有苦衷的，如果你妈妈在天有灵，肯定也希望你和你小姨，（斟酌）好好的……你明白吗？

童飞：谢谢您，（刻意微笑）我和小姨，虽然称呼没变，其实和亲母子是一样的。

沈冰梅：（欣慰）那就好。

（闪回结束）

7-26 小区楼道　日

童飞走下楼梯的脚步突然停住，眼神开始变得冷漠复杂。

童飞快步走出单元门口。

7-27 篮球场　日

篮球场，童飞和高二（5）班的其他篮球队员们做基本体能训练，来来回回好多次，两个队员有点不耐烦。

队员A：（喘气）童飞，可以了吧，这都热身多久了？赶紧打啊！

童飞：（边跑边说）体能训练是基础，拼到最后靠的就是体力和速度！再练10分钟！

队员B：（小声对队员A）说了也没用，应付一下他算了！

队员A不情愿地继续训练。

7-28 篮球场　日

篮球场外走来一群人，其中两人是高二（7）班的小黑和混社会的朋友威哥。小黑看到了童飞。

小黑：呦，那不是上次撞我的灌篮高手吗！

一群人哄笑。

童飞回头看到了小黑和威哥，不屑地继续拍球。

高二（5）班的其他队员听见小黑说话，陆续停下训练，看着小黑一群人。

小黑和威哥走进球场，威哥故意露出自己胳膊的文身。童飞轻瞟一眼。

童飞：哥们儿，有事吗？

小黑：童队长，我们班篮球队今天也要训练，麻烦你让个场地。

童飞：这不是两个篮筐吗，咱们各用半场吧。

威哥：我们就喜欢打全场。

童飞冷冷看了一眼威哥，继续回场上训练。

小黑：（讥笑）你们啊，再训练也没用，去年5班就是我们的手下败将，以为今年多了个新手就能赢？做梦去吧！

童飞生气转身，队员B拦住他，高二（5）班的其他队员也凑上来。

队员A：（小声）童飞，你别招惹他们了，那个小黑认识一些乱七八糟的朋友，不好惹。

童飞：去年冠军是他们吗？

队员B：（低头）对，去年我们输给他们班了。

童飞：（笑）今年想不想一雪前耻？

队员们看着童飞，互相眼神交流。

队员C：想是想，可是……

童飞：（笑）想就行，没什么不可能的！

童飞转身，抱着球走向小黑和威哥一群人。

童飞：说吧！你们想怎么样？

威哥：（霸道）现在就打一场，3对3，10分钟定胜负，如果你们赢了，今天场地归你们，以后我们也不招惹你，如果你们输了，今天滚出篮球场，运动会篮球比赛的时候，（指着童飞的脑袋）你，不准上场！

高二（5）班的队员都看着童飞。童飞抬头，眼神蔑视而坚定地看着威哥。

小黑：你们几个，谁上场？

贾午：（画外音）我上！

大家回头，贾午、黄大卫、栗凯来到篮球场外。

童飞：你们俩怎么来了？

贾午：周末想找你一起练球，没想到你们已经练上了！（对小黑和威哥）既然你们只针对童飞,那我上场也没问题吧。

栗凯:(默默上前一步)我也上。

黄大卫:(打圆场)咳,都是一个学校的,搞这些干吗?不如咱们一起出去吃一顿,我请客……

小黑:黄毛儿,你别管!

黄大卫无奈地闭嘴。

童飞微微一笑,走到贾午和栗凯身边,三人默契对拳。

威哥朝小黑使眼色,又拍了拍旁边一个又高又壮的男生。

威哥:大头,你上吧!

7-29 篮球场　日

两个班的队员们站到了球场周围观看比赛。

童飞、贾午、栗凯和威哥、小黑、大头分别凑在一起商量战术。

栗凯:那个大个子太壮了,不好对付。

贾午:没事儿,交给我,放心。

栗凯:上次小黑故意垫我脚,这次我还防他。

童飞:好,这几个人球品不行,注意安全!

童飞、贾午、栗凯和威哥、小黑、大头六人上场,黄大卫抛起篮球开球。大头动作凶猛,贾午躲闪几次,适应了他的节奏,很快把球控制在自己手里。小黑和栗凯对抗,势均力敌。童飞带球过人,远投频频得分。

场下,高二(5)班的队员们看着比赛,露出钦佩的眼神,纷纷给童飞队加油,情绪越来越激昂。

场边,黄大卫看着表倒计时。

黄大卫:还有 5 分钟!

黄大卫:还有 2 分钟!

黄大卫:还有 1 分钟!

简易的记分牌上显示 24:22,童飞队领先。

童飞和贾午击掌。威哥和小黑眼神对视,小黑走到大头跟前小声低语。

比赛继续,大头带球猛冲,贾午拦截,大头突然抬手投篮,一下子把贾午的眼镜打在地上,贾午"啊"的一声摔倒,手在地上摸索着找眼镜。

一副眼镜掉在地上,眼镜腿似乎已经断了。

童飞、栗凯赶紧跑过来,童飞扶起贾午。

高二(5)班的队员们也聚过来。

童飞:(对贾午)没事吧?

贾午:(看着手里坏了的眼镜)他们故意的。

栗凯生气转身,童飞拦住他。

栗凯:贾午恐怕没法上场了。

童飞:没受伤就行,无所谓,两个人也照样打!

队员们:(七嘴八舌)队长,我上!童飞,我上!

童飞看着队员们,露出感动而坚信的表情。童飞看向其中一名队员。

童飞:强子,你动作灵活,正好防那个大头,你上吧!

强子：没问题！

六人上场继续比赛，贾午拿着眼镜坐到场下休息。

黄大卫：还有1分钟，小黑发球！

比赛继续，六人你来我往，互有攻防，童飞队犯规，威哥罚球命中，比分反超1分。比赛继续，强子抢到篮板，传给栗凯，小黑抢球，栗凯传给童飞，童飞带球到中场，准备最后一搏投三分，小黑又想使坏，飞奔过来垫脚，童飞一个转身后跳投篮，篮球应声入筐，小黑反而因为动作太大劈叉摔倒在地。比分显示28∶26。

高二（5）班的队员们跑过来庆祝。

队员A：童飞，你太牛了！

队员B：队长，咱们等会儿好好练！运动会肯定稳了！

队员C：就是，这次一定要拿冠军！

童飞开心地看着队员们。

小黑受伤，在大头的搀扶下勉强站起来，一只脚不能踩地。

童飞：（转身看小黑）哥们儿，以后别玩儿这些下三烂的招数了。

小黑：（愤恨）哼，你别得意过头！

威哥：（瞪小黑）别在这儿丢人了，脚都崴了还废话！（斜眼看童飞）你小子可以，跟着我出去打球怎么样？

童飞：这位大哥，我还是个学生，还得好好考大学呢！再说，你们打的那套……我太笨了，学不会。

威哥：（指着童飞的头）童飞是吧，好，我记住你了！

威哥转身走出篮球场，小黑在其他几个同学搀扶下一瘸一拐走远。

7-30 篮球场　日

童飞、栗凯累得坐到贾午、黄大卫旁边，黄大卫递给他们矿泉水。

童飞：（对黄大卫）黄毛儿，你爸好像是警察吧，你怎么跟这帮人这么熟？

黄大卫：（不好意思）咳，前几年我爸把我当犯人一样管，我叛逆啊，干脆反着来，他不让我干什么，我就拼命干什么，在外面打了几次球……就跟他们混熟了。

童飞：（喝了一大口水）以后离他们远点吧。（拍拍贾午）今天幸亏你们来了，要是输了，我可太丢人了！

贾午：刚才看你一副冷酷的样子，还以为你有十足把握呢！

童飞：（笑）气势还是要有的嘛……

贾午：说吧，怎么谢我？

童飞：（拿起贾午的眼镜）怎么谢？修你的破眼镜去！

栗凯：贾午，虽说你这眼镜是被他们故意打掉的，可到了运动会时，你戴着眼镜上场还真是不方便。

贾午：好像是啊……

贾午迷茫地看着手里的眼镜。

7-31 小区民宅　贾午家　夜

客厅，金艳丽坐在沙发上看电视。

电视屏幕播放1997年热播的电视剧《康熙微服私访记（第一部）》。

贾有才开门进来，身体有点打晃。

金艳丽：（没抬头）哟，贾老板，今天

回来这么早？

贾有才：（傻笑）那是，我可是居家好男人，嘿嘿。

金艳丽：（白眼）得了吧！贾午的学习你也不操心，你以为他像贾晨一样自觉呢？你得管！

贾有才：（环顾房间）管，管！哎？儿子呢？

金艳丽：打球去了，学校要开运动会。

贾有才晃晃悠悠地走过来坐在沙发上，端起一杯水喝。

贾有才：老婆，别担心！你看看童飞童言，那可是亲兄弟，爹是一个爹，妈……妈虽然不是一个妈，也是亲姐妹，能差多少啊？可是学习成绩呢，一个天上一个地下，差别（用手比画）那么大！这智商啊，都是天生的！儿孙自有儿孙福……

金艳丽：什么儿孙自有儿孙福？养不教，父之过！他要是考不上大学，就赖你！再说，童飞那么小就没有妈了，能比吗？

贾有才：（坏笑）所以嘛，还是妈妈比较重要……

金艳丽扬手准备打贾有才，贾有才已经瘫在沙发上。

金艳丽：你又喝酒了吧？

贾有才：（闭着眼憨笑）没有……

贾有才已经打起呼噜，金艳丽气得喝了一大杯水。

贾午开门进来，浑身是污渍和汗水。

金艳丽：儿子回来了？怎么这么晚？

贾午：（沮丧）修眼镜去了。

金艳丽：啊？眼镜又怎么了？

贾午：戴着眼镜打球太麻烦了，总担心被打掉！

金艳丽看着贾午的背影走进卫生间，卫生间传来水声。

金艳丽回头看电视。

电视屏幕播放隐形眼镜广告。

广告语：天天戴，天天洗，最健康。戴博士伦，舒服极了！①

金艳丽：（坐起身）儿子！要不试试这个？

7-32 街道　日

街道旁贴着巨大的隐形眼镜广告。

乔晓羽和齐贝贝推着自行车经过广告牌旁边，两人自行车筐里都堆着服装和道具的包裹。

街道两旁各种店铺林立，人流熙熙攘攘。乔晓羽和齐贝贝停在一家雪糕店前，买了两根小布丁雪糕，边吃边聊天。

齐贝贝：（看着车筐）晓羽，这都是你们表演要用的吗？

乔晓羽：嗯，除了服装，还有一些道具，都是艳丽阿姨帮忙找的，我也没想到这么多，幸亏有你帮我搬到学校。

齐贝贝：大院那些男生都干吗去了，

---

① 20世纪80年代隐形眼镜品牌博士伦进入中国市场，90年代逐渐热销。

怎么一个都没见着？

乔晓羽：打球的打球，学习的学习，（搂齐贝贝）还是我的贝贝大宝贝好！

齐贝贝：（撇嘴）你现在才发现啊？对了，上次你是怎么说服那个刁蛮的余大班长保密的？

乔晓羽：（皱眉）其实，我也没有说服她，是她自己……

齐贝贝：她那么喜欢挑事儿，怎么这次突发善心了？

乔晓羽：我觉得，她好像……很关心童言……

齐贝贝：哦，这样啊……也是，哪个女生会不喜欢童言呢？

乔晓羽：（惊讶）是吗？

齐贝贝：当然了，（坏笑）难道你不喜欢他？

乔晓羽：我？

齐贝贝：（轻戳乔晓羽）我什么我，谁不知道你和童言小时候天天黏在一起，就像连体婴儿一样，你怎么可能不喜欢他，咱俩可是好闺密，跟我还保密呀？

乔晓羽：（迟疑）我……喜欢他……

齐贝贝：（夸张地张嘴）你承认了！

乔晓羽：可是……在我心里，他有时候是17岁的童言，有时候……（犹豫）又变成了7岁的童言……

齐贝贝张着嘴愣住，乔晓羽伸手在齐贝贝眼前晃。

乔晓羽：哎，贝贝，怎么了？傻了？

齐贝贝：（回神）乔晓羽，你完了。

乔晓羽：我怎么完了？

齐贝贝：你这个问题啊，就是现在流行的那种疾病，叫什么……对，心理疾病！

乔晓羽：什么心理疾病？你又开始胡说了。

齐贝贝：好吧！我问你，你把童言当7岁的小伙伴，那他也把你当7岁的小女孩吗？

乔晓羽愣住，眼神飘忽。

7-33 组镜

张信哲《且行且珍惜》[①]音乐响起。

歌词：迎着风向前行，我们已经一起走到这里。偶尔想起过去，点点滴滴如春风化作雨，润湿眼底。憎相会，爱别离，人生怎可能尽如人意。缘字终难猜透，才进心里，却已然离去……

乔晓羽和齐贝贝骑着自行车穿过街道。

小时候的乔晓羽和童言躺在大院里的凉席上数星星。

乔晓羽和齐贝贝骑着自行车进入清城一中。

乔晓羽和齐贝贝在清城一中舞蹈训练教室，乔晓羽给齐贝贝展示好看的服装和道具，齐贝贝惊叹。

小时候的乔晓羽坐在小桌子前，拿出铅笔，在信纸上写着拼音。

---

① 《且行且珍惜》由陈道明、厉曼婷作词，伍思凯作曲，张信哲翻唱，收录在张信哲1996年发行的专辑《梦想》中。

乔晓羽穿上舞蹈服装跳舞，齐贝贝笑着鼓掌。

回到清城后的童言给乔晓羽补习功课，一起聊天、欢笑。

教室里，乔晓羽白色的舞蹈裙随风飘动，黄色的花球在阳光下闪闪发光。

7-34 学校体育场　日

运动会进行曲响彻清城一中体育场，主席台横幅写着"清城市第一中学第十届运动会"。

校长和其他学校领导、老师坐在主席台上。

学生们坐在观众席，一片欢声笑语。

体育场里，学生们举着标语"友谊第一、比赛第二"。

7-35 教室　日

乔晓羽在教学楼走廊里招呼舞蹈队女生们，女生们欢笑打闹着跑向舞蹈训练教室。女生们进入教室，从袋子里拿出舞蹈服装。

第一个打开袋子的女生脸色变了。

队员A：天哪！

队员A拿出一件舞蹈服装，展开，白色裙子上洒满了斑斑点点的红色墨水。

大家都愣住了，赶紧翻看其他服装。

乔晓羽冲过来，发现每一件都被洒上了红色墨水，黄色花球也被扯成一堆烂条。

队员B：（气愤）昨天咱们试穿的时候不还好好的吗？这是谁干的？

队员A：肯定有人故意的！太坏了！

队员C：（对乔晓羽）晓羽，这该怎么办？咱们节目可是压轴的啊！

乔晓羽表情凝重，一只手拿着裙子，一只手拿着被破坏的花球。

乔晓羽：（皱眉）大家别急，让我想想。

7-36 学校体育场　日

体育场里，工作人员紧张地准备开幕式，调整话筒。

主席台上学校领导在交流。

体育场旁边候场区，各班运动员列队等待入场。

贾午、黄大卫、童飞、齐贝贝分别在各自班级的运动员队伍里开心聊天，童言坐在观众席向他们微笑挥手。

舞蹈队员A跑到齐贝贝身边，着急地跟她说话，齐贝贝露出惊讶的表情，迅速告诉了童飞，齐贝贝和童飞离开候场区。

贾午在远处看见他们的神态，也跟着离开候场区。

7-37 教室　日

乔晓羽、齐贝贝、童飞、贾午和舞蹈队员们站在教室里，翻看被损坏的舞蹈服装和道具。

齐贝贝：（一边翻一边骂）这是谁吃饱了撑的，兔崽子，别被我逮到，我泼她一脸红墨水！

童飞：晓羽，你们的服装从哪儿借的，还有备用的吗？

乔晓羽：是跟艳丽阿姨借的，我去拿

的时候，好像看见仓库里还有一些。

贾午：我妈今天去单位排练了……对了，你们的节目还有多长时间上场？

乔晓羽：开幕式大概四十分钟，我们是最后一个。

齐贝贝：贾午，让你爸开车拿一趟呗！

贾午：我爸开车去外地谈项目了，要不我早给他打电话了！那我去……

童飞：（语速快）我骑车快，我去拿一趟！贾午，你现在去教务室给艳丽阿姨打电话，让她准备好服装，我现在就出发！

乔晓羽：（看着童飞的侧脸）童飞，谢谢……

童飞：（冲出教室）我走了！

贾午也跟着跑出去。

乔晓羽：（转身对舞蹈队员）咱们先化妆，实在不行……就穿校服上场！

7-38 组镜

张信哲《且行且珍惜》音乐响起。

歌词：迎着风向前行，我们已经一起走到这里。偶尔想起过去，点点滴滴如春风化作雨，润湿眼底。憎相会，爱别离，人生怎可能尽如人意。缘字终难猜透，才进心里，却已然离去。没有谁能忘记，这真挚情谊，你会祝福我，我也会祝福你，且把泪水轻轻拭去，期待再相遇。就算相见无期，在某个夜里，你会想起我，我也会想起你，默契永存你我心底，情缘系千里，且行且珍惜……

童飞跳上自行车，骑车闯出校门，看门大爷在后面骂骂咧咧。

贾午在教学楼走廊里奔跑。

体育场里，校长在主席台热情洋溢地讲话。

乔晓羽和舞蹈队员们化妆，乔晓羽不时看向时钟。

贾午在教务室打电话。

清城文工团排练厅，演员们在舞台上排练，金艳丽投入地弹钢琴。

清城文工团办公室，一部电话孤零零放在办公桌上，无人接听。

童飞骑着自行车飞奔在街道上。

体育场里，各班运动员开始进场，场上场下热闹欢腾。

贾午在教务室打电话，一遍一遍按数字键。汗水从贾午脸颊淌下来。

童飞在文工团传达室门口跟门卫交流，然后骑着自行车飞奔向排练厅。

童飞在排练厅前扔下自行车，奔跑上排练厅楼梯。

排练厅里，正在彩排的演员停下动作，金艳丽回头吃惊地看着门口气喘吁吁的童飞。

体育场里，一队学生表演合唱。

童飞背着巨大的包裹，骑着自行车飞奔在街道上，自行车筐里也塞满道具。童飞满头是汗，奋力蹬着自行车。

体育场里，一队学生表演武术。

教室里，舞蹈队员们穿着校服，一起盯着时钟。

童飞骑着自行车冲进学校大门，乔晓羽和齐贝贝站在大门口。

童飞跳下自行车，浑身被汗水浸湿，累到说不出话，用手指向包裹。乔晓羽和齐贝贝拿起包裹往教学楼方向跑。

童飞扔下自行车躺到地上，四仰八叉地喘气。

乔晓羽：（画外音，成年）小时候，我以为这样的日子，这样的朋友，会永远存在，不会改变，后来才知道，那只是人生中短暂的一瞬；长大后，我以为那样的日子，那样的朋友，只是人生中短暂的一瞬，根本不必在意，现在才明白，那些人、那些事，早已变成我生命的一部分，永远都不会消失。

乔晓羽边跑边回头看向童飞。

乔晓羽和舞蹈队员们穿着漂亮的白色舞蹈裙在体育场中心跳舞。

童言在观众席微笑鼓掌。

躺在地上的童飞喘着气，露出开心的笑容。

7-39 学校水房　日

水房里，童飞站在水龙头旁边擦洗身上和头上的汗。洗完抬头，眼前出现一块手巾。

乔晓羽拿着手巾递给童飞。童飞笑着接过来擦脸。

乔晓羽：谢谢，今天要不是你，我们的表演……

童飞：怎么谢我？

乔晓羽没想到童飞这么说，疑惑地看着童飞。

童飞还没擦干的脸慢慢靠近乔晓羽，乔晓羽下意识退到墙边。

童飞：（忍不住笑了）看你吓得，脸都红了。

乔晓羽：（嗔怪）童飞，你！

童飞：好了，不逗你了，我说过，你帮了我，我也会帮你的。

乔晓羽低头不语。

童飞看到乔晓羽另一只手拿着一件被污损的舞蹈裙。

童飞：那是脏了的裙子吗？

乔晓羽：嗯，我拿来试试能不能洗干净。唉，还不知道怎么跟艳丽阿姨解释……

童飞：你们舞蹈队是不是得罪人了？

乔晓羽：（不解）得罪人？

童飞：（轻笑）是啊，要不怎么会搞这一出，不就是想让你们丢脸吗？

乔晓羽：也许……是谁不小心洒上了墨水，又不敢告诉我们？

童飞：你啊，想得太单纯了。

乔晓羽：下午你是不是还有篮球比赛？刚才折腾了半天，影响体力吧？

童飞：（爽朗）放心！打他们绰绰有余！

乔晓羽微笑看着童飞。

7-40 篮球场　日

篮球场上，高二（5）班的篮球队员们和另一个班正在比赛。两个班的学生们呐喊加油。

乔晓羽、齐贝贝也在场边观看。

镜头跟着童飞带球过人，三步上篮，

三分命中，抢篮板。

乔晓羽和齐贝贝跳起来为童飞加油。

童飞转头微笑着看乔晓羽。

高二（2）班篮球队员们走过来。

队员A：贾午和黄大卫跑哪儿去了，怎么找不着他俩人影？

乔晓羽和齐贝贝听到说话声，马上走过来。

队员B：贾午上次被人打掉眼镜，听说买了什么隐形眼镜，正在水房戴呢！

队员A：下一场就是咱们班了，怎么这么磨蹭？

队员B：晓羽，我们在这儿热身呢，要不你帮忙去催他一下吧。

乔晓羽：好，我去看看。

齐贝贝：我陪你去！

乔晓羽和齐贝贝快速离开篮球场。

童飞看到乔晓羽走远的身影，擦了一把脸上的汗。

7-41 学校水房　日

水房里，黄大卫正在给贾午戴隐形眼镜，贾午表情痛苦。童言站在旁边，手足无措。

乔晓羽和齐贝贝走进水房。

黄大卫看到她们进来，露出哭笑不得的表情。

黄大卫：你俩可来了！太好了！我都快疯了！

乔晓羽：怎么了？

童言：这眼镜得塞到眼睛里，我们都帮他试过了，戴不进去。

黄大卫：贾午不配合我们！总眨眼，自己又不会戴，这么贵买了有什么用啊？

贾午：（龇牙咧嘴）你快把我给戳瞎了！买的时候人家老板轻轻松松就给我戴进去了，哪有这么费劲？

黄大卫、童言露出无奈的表情。

乔晓羽拿着隐形眼镜包装盒上的说明认真查看。

齐贝贝：（把黄大卫推开）我来我来！

齐贝贝捏起隐形眼镜往贾午眼睛里塞。

贾午：（痛苦）啊！啊！贝贝，我错了！我招了！

齐贝贝：不行不行，他根本不配合！

乔晓羽放下包装盒。

乔晓羽：我来试试吧。

贾午揉着眼睛，欲哭无泪地看着乔晓羽。

乔晓羽洗手，轻轻拿起一片隐形眼镜，站到贾午对面，另一只手按贾午的肩膀，贾午乖乖弯腰低头。

乔晓羽：睁大眼睛。

贾午看着乔晓羽，突然有点不好意思，眼神下意识地看向别处。

乔晓羽：（看着贾午的眼睛）看着我的眼睛，别动。

贾午看着乔晓羽的眼睛，眼神呆住。

（慢镜头）乔晓羽慢慢把隐形眼镜放进贾午眼睛。贾午呆看着乔晓羽，心跳加速。

乔晓羽和贾午眼神对视。

第八集

且让我给你安慰

8-1 学校水房　日

（慢镜头）贾午看着乔晓羽的眼睛，乔晓羽慢慢把隐形眼镜放进去。镜头依次特写两人的眼睛。

贾午没有回神，呆看着乔晓羽。

乔晓羽：（微笑）成功了！

贾午赶紧眨眼，不好意思地挠头。

黄大卫：晓羽，还是你厉害！

齐贝贝：（拍贾午肩膀）贾午，你完了，以后想打篮球，就离不开晓羽了！（对乔晓羽）晓羽，别忘了收费！

贾午有点脸红。

黄大卫：快别磨蹭了，比赛要开始了！赶紧去球场！

贾午跟着黄大卫跑出水房。

8-2 学校体育场　日

短跑赛道上，参加决赛的学生们做准备活动。

观众席上，各班同学正在加油助威。

大喇叭：（画外音）男子100米短跑决赛马上就要开始了，请运动员到场边集合……

栗凯站在其中一条赛道热身。

齐贝贝从人群后面挤出来，看到栗凯。

齐贝贝：（喊）栗凯，加油！

栗凯余光看到齐贝贝，没有回头。

裁判：各就位……预备……

发令枪响。运动员们起跑，发力。

栗凯飞快地跑步，奋力冲刺夺冠。

齐贝贝跳起来欢呼。

栗凯喘着气走下场。

远处几个学生看着栗凯，悄悄议论。

学生A：那个男生跑得好快啊！

学生B：你们不知道他吧，他叫栗凯，他爸可是个名人……

学生C：什么名人？

学生B对学生A和学生C耳语，两人露出惊讶表情。

学生B：听说还差点"二进宫"呢！

学生A：怪不得跑得这么快，遗传基因很强大啊！

学生B：那是，成天被警察追，能不快吗？

三人哈哈大笑。

齐贝贝：（画外音）你们几个，是刚去过厕所吗？

三个学生回头，疑惑。

学生A：你在说什么？

齐贝贝：肯定是去过厕所，而且还吃饱了撑的，要不然嘴里怎么全是屎味儿！

三个学生气愤地冲到齐贝贝面前。

学生B：你是谁？居然敢骂我们？

齐贝贝：你管我是谁！背后胡说八道说人坏话，骂的就是你们！

三个学生冲过来围住齐贝贝，学生B一把推开齐贝贝的肩膀。齐贝贝差点倒在地上，被突然出现在背后的栗凯扶住。

栗凯扶起齐贝贝，冷冷地看着三个学生。

栗凯：怎么，是想打架，还是想去找老师评理？

三个学生恼羞成怒，但看着身材高大

的栗凯，还是气呼呼地转身走开。

齐贝贝：（指着三个学生的背影）别让我再看见你们！

栗凯：（按下齐贝贝的手）行了，他们不说，还会有其他人说，没用的。

齐贝贝：（站不稳）哎呀！

栗凯：你怎么了？

齐贝贝：（蹲下摸自己的脚踝）刚才那个兔崽子推我，好像扭了一下。

栗凯：我看看。

栗凯蹲下检查齐贝贝的脚踝，齐贝贝有点不好意思。

大喇叭：（画外音）女子400米跑步决赛马上就要开始了，请运动员到场边集合……

齐贝贝：（立马站起来）我得上场了！

栗凯：你这脚怎么跑步啊！

齐贝贝：（蹦蹦跳跳）没事没事，一点也不耽误我拿冠军！

齐贝贝转身跑向体育场。

栗凯：哎！

栗凯无奈地跟上齐贝贝。

8-3 学校体育场　日

齐贝贝蹲在起跑线前。

裁判：各就位……预备……

发令枪响。运动员们起跑、发力。

栗凯站在远处，担心地望着齐贝贝。

齐贝贝用力往前跑，突然脚踝崴了一下，身体倾斜倒在地上。

栗凯赶紧跑了过去。

8-4 学校医务室　日

一位校医给齐贝贝脚踝喷药。

校医：好了，应该是软组织挫伤，不过你明天还是去医院拍个片子，看看骨头有没有问题。

齐贝贝：谢谢您！

校医：要不要让你们班主任通知家长来接你？

齐贝贝：不用不用，我有……（看向栗凯）。

校医：（看看栗凯，坏笑）哦……那我就不管了，（走出门顺便拍拍栗凯）当好护花使者啊！

齐贝贝：（解释）不是……

栗凯：（尴尬）我去找晓羽和贾午来接你吧？

齐贝贝：别找他们，他们各有各的比赛，再说，我都在他们面前吹牛，说肯定会拿400米冠军了，这要是被他们看见，非得笑死我不可！反正今天也没课，我还是自己先回家吧……

齐贝贝扶着桌子站起身，一瘸一拐地走出医务室的门。

栗凯看着齐贝贝的背影。

8-5 小区民宅　贾午家　日

几个杯子碰在一起。

乔卫国、贾有才、童振华、栗铁生围坐在饭桌边，吃饭、喝酒、聊天。

贾有才：（抱怨）童厂长，你们这些国企的大领导，不可能理解我们小老板的难处啊！

童振华：怎么不能理解？只要有人干活儿的地方，都一样！

贾有才：（摇头、摆手）不一样不一样。你们啊，今天不干明天干，不耽误，别人也不敢说什么；我们呢，今天不干，明天就得饿着！

乔卫国：（对贾有才）你说得也太严重了，谁不知道你贾老板这几年赚得盆满钵满的，你们这些老板们啊，赶上好时候了！

贾有才放下酒杯，夹菜。

贾有才：你不懂，这叫危机意识！

童振华：贾老板说得对，我们也得有危机意识了，今年国企改革，好多企业破产、重组，别的省份都推得很快，估计咱们清城也快要大规模地搞起来了。

乔卫国放下酒杯，看着童振华。

乔卫国：童厂长，你的意思是，咱们也要面临……下岗？

童振华：嗯，好多国企亏损严重，负担太重了。

贾有才：我看新闻里说了，什么结构调整、减员增效，还真是大动作……哎，老栗子，你说呢，别光顾着喝酒！

栗铁生：（笑）我哪懂这些国家大事，要在过去，我就是个卖艺的，这些年团里没开除我，我已经很知足了，到时候就听天由命吧……

贾有才：（撇嘴）这个老栗子！

乔卫国：下岗就下岗，干了半辈子，干累了！正好歇歇！

贾有才：你快拉倒吧，你还歇歇，你可是办公室主任，中层领导干部！再怎么轮也轮不到你！

栗铁生：就是，你是咱们团主心骨，咱们团没有你，那还……那还叫文工团吗？

乔卫国：嘿嘿，看你们说的，放心，老栗子，真有那么一天，我也想办法保住你！

贾有才：看咱们乔主任，多够意思，老栗子，还不赶紧敬一杯？

栗铁生：（激动地拿起酒杯）师哥，啥也不说了，都在酒里！

乔卫国：来来，咱们一起干一个！

四人干杯。

贾有才：（对乔卫国）不过话说回来，你们文工团那点工资有什么意思……乔主任，你要哪天真不想干了，就来我们阳光休闲城，我给你开……（伸出三根手指头）这个价！

乔卫国：得了吧，你那儿灯红酒绿的，我去了能干什么，给你当门童？还是当厨子？

贾有才：乔主任你可是人才，当什么门童，最少也是副经理！

乔卫国：哈哈哈，你也别给我开价了，你直接把经理让给我当吧！

贾有才：行啊，我正好乐得清闲！只管躺着数钱就好了！

栗铁生：（凑过去）贾老板，你看要是我去了，能干点什么？

贾有才：（沉思）别说，歌舞厅乐队正好缺一个敲架子鼓的，老栗子你正合适！

栗铁生：可是我只会文武场那些家伙什儿啊……

贾有才：咳，什么板鼓、架子鼓，都差不多！你练两天就会了！

童振华：贾老板，你今天是请我们喝酒吗，不会是……专门挖人来了吧？

四人大笑。

贾有才：来来，喝酒喝酒！

四人继续谈笑碰杯。

电视屏幕播放刘欢《从头再来》[①]MV。

歌词：心若在，梦就在，天地之间还有真爱。看成败，人生豪迈，只不过是从头再来……

四人身影由实到虚。

8-6 街道　日

栗凯骑着自行车，齐贝贝坐在后座。

齐贝贝：栗凯，谢谢你……送我。

栗凯表情冷峻，没有回答。

齐贝贝偷偷望向栗凯后脑勺。

自行车穿过街道、小巷。

8-7 小区楼道　日

乔卫国和栗铁生微醺，互相搀扶着上楼梯。

乔卫国：（拍栗铁生肩膀）老栗子，这些年你一个人也不容易，明年栗凯考大学，你也该考虑自己的事儿了吧？

栗铁生：师哥，别逗了，我这条件，有什么考虑的，谁看得上我啊！

两人走到各自家门口，掏出钥匙准备开门。

乔卫国：（回头，开玩笑）你不会……还在等弟妹吧？

栗铁生：（苦笑）咳，等谁啊，哪有人可等……我现在啊，就想着我们家栗子明年考上大学，我的任务就算完成了！

乔卫国：大栗子是个好孩子，肯定没问题！

两人背对背挥手，各自进家门。

8-8 齐贝贝家小区　日

栗凯和齐贝贝站在楼下。

栗凯：你自己能上去吗？

齐贝贝：（自信）我们家是一层，没问题的。

栗凯：那我……走了。

齐贝贝：栗凯，我好多年都没看见你开心地笑了。

栗凯：有什么可笑的。

齐贝贝：我就是希望你能开心一点，自在一点，像小时候一样。

栗凯：小时候……人怎么可能回到小时候？

齐贝贝：我问你，世界上有几种人？

栗凯：（疑惑）几种人？

齐贝贝：世界上只有两种人，一种是熟悉你在意你的人，另一种是不熟悉也不在意你的人。在第一种人面前，你根本不需要多说，他们知道你是什么人，你可以

[①]《从头再来》由陈涛作词，王晓峰作曲，刘欢演唱，发行于1997年，是以下岗再就业为题材的公益歌曲。

完全做你自己……至于第二种人，他们根本就不在意你说什么做什么，他们只关心自己关心的东西，所以在这种人面前，更可以做自己！

栗凯：看你整天嘻嘻哈哈的，还是个哲学家。

齐贝贝：你整天看我了？

栗凯语塞，齐贝贝也有点不好意思。两人沉默。

齐贝贝：栗凯，你……会想你妈妈吗？

栗凯沉默不语。

齐贝贝：对不起。

栗凯：没事……反正，想不想，都没有意义，她早就跟我没有关系了。你快上去吧，我走了。

栗凯准备去推自行车。

角落传来小猫的叫声。

一只小猫怯怯蜷缩在角落，齐贝贝一瘸一拐地走过去蹲下。栗凯回身看着齐贝贝。

齐贝贝：我今天回家晚，你是不是饿了？等会儿我就给你拿吃的来！

栗凯：你养猫？

齐贝贝：不是……是院子里刚出生不久的流浪小猫，猫妈妈不在了，我本来想养的，可我爸妈不让，只能临时在那边搭了一个小窝。

栗凯看着齐贝贝摸小猫的样子。

栗凯：我正好带了这个。

栗凯从包里拿出火腿肠，蹲下递给齐贝贝。齐贝贝打开火腿肠，掰开给小猫吃。

齐贝贝：（笑）小栗子，快吃吧！

栗凯：（惊讶）你叫它什么？

齐贝贝意识到自己说错话，赶紧抱住头。

齐贝贝：那个……我不是那个意思……我是……

栗凯：你给它起名字了？

齐贝贝：我……我……我看它小小的，圆乎乎的，毛是棕色的，我……你别生气……我没有别的意思……

栗凯：（面无表情）名字……取得挺好。

齐贝贝抬起头，两人对视，齐贝贝脸红，赶紧站起身，栗凯也站起身。

栗凯：没想到你从小到大那么凶悍，偶尔还挺善良。

齐贝贝：（大声）我哪有凶（胸）？！

栗凯憋不住笑了。

齐贝贝意识到自己又说错了，忍不住低头看自己的前胸，又气又急。

齐贝贝：（小声）哼，人家本来就很善良。

栗凯：你还是凶一点吧，千万别改，我可不习惯。

齐贝贝：哼，我哪有改，我才不会改。

栗凯：快上去吧。

齐贝贝慢慢走进楼门口，偷偷捂嘴笑。

栗凯走到小猫旁边，蹲下把纸箱整理好，摸摸小猫的头。

8-9 游戏厅　日

游戏厅，贾午坐在靠近门口的游戏机前，全神贯注地打格斗游戏。

8-10 游戏厅门口　日

栗凯骑着自行车路过，停在游戏厅门口，看到了坐在里面的贾午。

栗凯：贾午，你还不回家？

贾午：（边玩边喊）栗子哥，来玩儿一局！我请客！

栗凯：不玩了，回家做卷子……

贾午：栗子哥！我的好栗子哥，你可千万别跟我妈说，对了，也别跟晓羽说，对了，也别跟……

栗凯：行了行了，我谁也懒得说……走了！

贾午：栗子哥，别走别走，我饿得都输了好几局了，你帮我买个牛肉卷饼，我请客！求求你了……

栗凯无奈地停住自行车，走进游戏厅。

8-11 游戏厅　日

贾午坐在游戏机前，一边快速操作着手柄和按钮，一边侧着身体把衣服兜让出来。栗凯从兜里面掏出一些零钱，用钱轻打了一下贾午的头，转身离开。

贾午憋着满嘴的牛肉卷饼，边吃边打游戏。

8-12 小区民宅　栗凯家　日

桌子上，一个被拆开的包裹，里面是一个崭新的 CD 随身听。

栗铁生默默坐在凳子上，从兜里摸出一包烟盒，抽出一根正准备点烟。

栗凯从外面开门进来。栗铁生把烟放回烟盒。

栗铁生：儿子回来了？我赶紧给你做饭去！

栗凯：不用了，刚才和贾午在外面吃了牛肉卷饼。

栗铁生：哦，那我去给你做点汤喝。

栗凯：（看桌子上的包裹）这是什么？

栗铁生：这是……

栗凯：又是她寄来的吧？

栗铁生：嗯，是你妈寄来的，看着挺高级，估计咱们清城还没有这么好的东西……

栗凯看都不看，拿着书包准备回卧室。

栗铁生：拿着用吧，也是你妈的一片心意。

栗凯：（没回头）我需要这样的心意吗？

栗铁生无言，从烟盒里抽出一根烟。

栗凯走到卧室门口停住，低头叹气。

栗凯：（回头）放着吧，我知道了。

栗铁生挤出一丝尴尬的笑容。

8-13 小区民宅　贾午家　夜

客厅，金艳丽、乔卫国、沈冰梅坐在

沙发上，乔晓羽低着头站在沙发后面。

镜头依次在乔卫国和金艳丽的脸之间切换。

乔卫国：无论如何，服装和道具是晓羽没看管好给损坏了，这事肯定得我们负责！

金艳丽：服装和道具是我借给晓羽的，也是从我手里拿出去的，我去跟团长解释，不管多少钱，我赔给他们就完了！

乔卫国：不行不行，晓羽犯的错，怎么能让你承担呢？

金艳丽：我们晓羽犯什么错了？我都听童飞和贾午说了，是有人故意破坏，我们晓羽是无辜的！

乔卫国：不管她无辜不无辜，东西是在她手里弄坏的，就得她负责，不不，我们负责，我去向团长解释！

金艳丽：你看你说话都不利索了，我去找团长说一句就完了，你别掺和了！

乔卫国：不行不行，还是我去……

沈冰梅忍不住笑了，乔卫国和金艳丽回头看沈冰梅。

乔卫国：你笑什么啊，快帮我说句话啊！

沈冰梅：（笑）我是笑啊，要是你们俩是两口子，那每天日子该有多逗！

金艳丽突然有点不好意思。

乔卫国：她？哎哟，那还不得每天烦死我！

金艳丽：冰梅啊，你快别逗了！也就你能忍得了乔大主任这种一根筋！

乔晓羽本来一脸内疚地站在后面，忍不住笑出声。

乔卫国：（对乔晓羽）嘿，你还乐上了，跟艳丽阿姨道歉了吗？

乔晓羽：（歉疚）艳丽阿姨，对不……

金艳丽站起身抱住乔晓羽。

金艳丽：道什么歉啊！我们晓羽还委屈着呢！别担心了啊，艳丽阿姨别的本事没有，这点小事还搞得定！

贾有才推门进来。

贾有才：有什么事需要搞定？晓羽放心，需要多少钱，随便说！贾叔给你拿！

乔卫国：（不屑）哎哟，财大气粗啊！

沈冰梅推乔卫国，示意他别再说话。

金艳丽：（对贾有才）这么快就谈完了？

贾有才：那是，我可是谈判天才！走，今天别做饭了，都跟我出去吃！

贾午"噌"地从卧室蹦出来。

贾午：太好了，出去吃喽！

沈冰梅：我们就不去了吧！

金艳丽：走吧走吧，难得热闹热闹！

贾午：（拍乔晓羽肩膀）走，给你点个补脑的，下次可别再稀里糊涂了！

乔晓羽：贾午！你又说我笨是吧！

贾午边跑边求饶。

大家笑着出门。

8-14 小区民宅　贾午家　日

贾午卧室，童飞坐在书桌旁，随意翻看着贾午摆在桌上的磁带，是张雨生的新专辑《口是心非》。

贾午走进来，手里拿着一件被洒上红

墨水的舞蹈裙，递给童飞。

童飞：染得够均匀的，根本看不出来原来的颜色了。

贾午：每一件都被洒了红墨水，不可能是失误！

童飞：你也这么想？

贾午：那是，只有晓羽那个笨蛋才会觉得是谁不小心干的。

童飞：她确实很笨。

贾午：你怎么突然想起这件事？

童飞：（掩饰）咳，我……我就是闲得无聊……破案啊，比做题有意思多了！你说，我是不是天生当刑警的材料？

贾午：先别吹牛了，你有什么思路？

童飞：洒了这么多红墨水，至少得买五六瓶吧……这种墨水平时只有老师会用到，而且学校都会发给老师，咱们学生哪会买这么多？

贾午：所以……

童飞眨眼、点头，得意微笑。

贾午：其实，我一直怀疑一个人。

童飞疑惑地看着贾午，贾午轻轻皱眉。

8-15 篮球场　日

学校篮球场，童飞的高二（5）班和小黑的高二（7）班进行运动会篮球决赛，两个班的同学在场外欢呼助威。贾午和黄大卫也在场边加油。

童飞带球过人，远投频频得分，高二（5）班篮球队配合默契。小黑露出不服气的表情，中场休息和队员商量对策。

小黑上场，发狠抢篮板，不小心摔倒，捂着之前受伤的脚踝龇牙咧嘴。小黑被搀扶下场，童飞远投，高二（5）班压哨得分，获得胜利。

童飞和队员们击掌庆祝，被5班的同学团团围住。贾午和黄大卫也走过来。

贾午：可以啊，童飞！没想到你们还真拿到冠军了！

黄大卫：是啊，上一场我们跟7班打，输得太惨了，以为你们肯定也赢不了，没想到……佩服佩服！童飞，看在你给我们报了"仇"的分儿上，"一中乔丹"的名号……让给你！

童飞：得了吧，谁稀罕你的名号！

大家欢声笑语地庆祝。

童飞拨开人群，走到正在冰敷受伤位置的小黑面前。

童飞：嘿，哥们儿，没事吧？

小黑：（白眼）哼，别当黄鼠狼了，我告诉你，要不是上次的旧伤，你们绝对赢不了！

童飞：看看你，这么输不起，愿赌服输嘛！

小黑：看笑话就赶紧滚！

贾午：（走过来）童飞，别跟他废话了，走吧。你忘了？咱俩还有正事儿呢！

童飞：放心，忘不了！（对小黑）我才懒得看什么笑话，（从身后拿出一贴膏药扔给小黑）给！

小黑看了一眼膏药，扭头，当作没看见。

童飞：贴上吧，我以前受伤全靠它！很管用的。

小黑不答话。

童飞轻笑，和贾午一起转身离开。

小黑斜眼看着地上的药膏，犹豫了一会儿，慢慢拿起来。

小黑抬头看着童飞离开的背影。

8-16 组镜

插曲音乐响起。

童飞和贾午走进一家文具店。

童飞指着柜台里的红色墨水。

贾午和老板交谈，老板抬头回忆。

童飞和另一个老板交谈，老板摇头。

画面分格，童飞和贾午在不同的文具店询问老板。

天色渐暗，童飞和贾午走进另一家文具店。

8-17 文具店　昏

老板看看柜台上的红色墨水。

老板：好像是有人买过几瓶……

童飞和贾午站在柜台外面。

老板：（警惕地打量童飞和贾午）哎？你们是学生吧？你们打听别人买红色墨水干什么？

童飞：老板，麻烦您回忆一下，我们不是做坏事，我们是做好事！

贾午：老板，他说的都是真的，我们是一中的学生，这件事关系到我们一中的害群之马！

老板眼神游离，眨眼。

老板：（摆手）哎呀，跟你们说不记得就是不记得，问这么多，不买东西就快走吧！

童飞和贾午讪讪地走到门口。

老板：（嘟囔）还破案呢，真破案也得警察来啊，想套我的话，哼，两个小屁孩儿……

8-18 文具店门口　昏

童飞和贾午走出文具店。

童飞：这人肯定知道……

贾午看着街道的路牌。

贾午：哎？这片儿，好像是归黄毛儿他爸派出所管。

童飞看看四周，和贾午对视，两人点头。

8-19 文具店　夜

文具店老板面露无奈的表情。

黄大卫站在柜台外面。

黄大卫：（憨憨假笑）老板，您看，您记得什么就告诉我们，我们也是做好人好事，这都是我爸……他老人家教育我的。

老板：（无奈）好吧好吧，时间太久，记不太清楚了，让我好好想想……

老板比画身高、模样，童飞和贾午仔细听着，画面由实到虚。

8-20 文工团小区　夜

童飞和贾午站在小区院子里商量。

童飞：你们都是一个班的，你还是别出面了，我去找她，你让晓羽提防着点……

童言：（画外音）哥，贾午。

童飞和贾午回头看到童言在单元门口。

童言：哥，你们在说什么，提防谁啊？

童飞：哦，没什么，你怎么穿这么少，小心着凉，快上去吧，（对贾午）我们走了！

贾午点头。

8-21 学校门口　日

校园门口的街道旁，童飞坐在自行车上，一只脚踩在台阶上，嘴里叼着树叶，望着校门口。

余芳和曹阿荣挽着手走出校门，曹阿荣嚼着口香糖，殷勤地对余芳说笑。

余芳上了路边一辆桑塔纳轿车，曹阿荣向车内招手。

轿车开走。

童飞看着曹阿荣的身影。

8-22 街道　日

路边小卖店前，童飞买了两瓶可乐，其中一瓶递给曹阿荣。曹阿荣拧开瓶盖，大口喝着。童飞站在旁边，看着曹阿荣。

曹阿荣：（咽下一大口）童飞，你今天是不是吃错药了，到底想说什么？

童飞：咱们一中除了你，还有谁敢烫头发？

曹阿荣：（白眼）烫头发的人多了！还有自来卷儿呢！

童飞：那嚼着口香糖呢？

曹阿荣：哦，口香糖就卖给我一个人啊？别人都不吃？哼！

童飞：（轻笑）行，不承认算了。

曹阿荣：承认什么啊，单凭一个文具店老板胡说几句，就想冤枉我？

童飞：那行，我问你，是不是有人指使你？

曹阿荣：指使？哈哈哈……

童飞：你笑什么？

曹阿荣：你既然觉得有人指使我，为什么不去找那个指使我的人呢？

童飞说不出话。

曹阿荣：（笑得更大声）哈哈哈……看在你这么天真可爱的份儿上，（看着童飞）我告诉你，是我干的，指使我的人嘛，（似笑非笑）我不说你也知道……好，你现在知道了，然后呢？

童飞盯着曹阿荣。

曹阿荣：你有证据吗，有人看见了吗？就算有人看见了，我会供出她吗？就算我供出她，就凭她家的势力，老师会处分她吗？乔晓羽的节目又没有耽误，你觉得学校会怎么处理？

童飞沉默不语。

曹阿荣：童飞，你这个年级倒数的插班生，还真想破案呢！省省吧！

童飞拳头握紧，又慢慢松开。

曹阿荣：（靠近童飞）童飞，你家里的事，我知道。

童飞扭过头，大口喝可乐。

曹阿荣：现在轮到我问你了吧，是不是乔晓羽找你帮她破案的？（自顾自摇头）肯定不是，她要找，也只会找贾午……贾午，哼，乔晓羽的跟班儿……童飞，我奉劝你一句，他们是一类人，你……和他们不是一类人，别掺和了……

童飞：（仰天笑着）没错，我就是年级倒数的后进分子，老师眼里的渣子……

曹阿荣：你不是渣子，你是个可怜人，和我一样。

童飞扭头看看曹阿荣。

曹阿荣踮起脚尖搂住童飞的肩膀，童飞想挣脱开。

曹阿荣：走吧，打台球去，这次我一定能赢你！

童飞：不去不去，我还忙着呢！

曹阿荣：（搂着童飞往前走）走吧！

8-23 文工团小区　日

贾午踢着石子走进小区大门。

贾午：（低着头，自言自语）还是得告诉晓羽，起码让她防着点余芳和曹阿荣……可她要是不相信怎么办……该怎么跟她说……

贾午抬头，看到远处的一幕，眼神呆住。

远处，乔晓羽坐在小区院子秋千上，慢慢地晃着，童言站在旁边的银杏树下，黄色的银杏叶飘落满地。

一阵风吹过，无数银杏叶慢慢飘下。

（慢镜头）乔晓羽、童言对视微笑着，银杏叶飘落在他们身边，一幅唯美的图画。

贾午露出失落的表情，无声叹息。

童言和乔晓羽在聊天，看到了贾午，向他招手。

贾午尴尬地笑着招手。

贾午：我有点饿，先上去吃饭了。

乔晓羽和童言远远看着贾午走进单元门口。

乔晓羽：（若有所思）说起来，我还没有好好谢谢童飞和贾午呢，上次要不是他们帮忙，我们舞蹈队真要穿着校服表演了。

童言：我哥不需要你感谢，他一直都很关心你。

乔晓羽：我记得小时候，他来咱们大院那段日子，都不怎么理我……

童言：那时我哥跟大家不熟，所以话不多，不过回想起来，很久以前他就救过你（微笑）。

乔晓羽：（疑惑）救我？

童言：你真的不记得了？

乔晓羽疑惑地看着童言。

（闪回）

8-24 文工团家属院　日

夏天的午后，小时候的乔晓羽、童言、贾午、齐贝贝在草丛里捉蝴蝶，欢声笑语。

童飞远远地蹲在地上玩儿玻璃珠。

乔晓羽慢慢地走向一朵花，双手轻轻扣上去，开心地转头，突然"哇"地哭起来。

贾午和童言赶紧跑过去，地面扑扇着一只蜜蜂。

齐贝贝：（喊）蜜蜂！蜜蜂！

贾午：晓羽被蜜蜂蛰了！

乔晓羽哭得更大声，童言轻轻捧着乔晓羽的手，也哭了。

童言：（边哭边说）晓羽，你别怕……

童飞快速从远处跑过来，抓起乔晓羽的手。一根手指头已经肿起来。

童飞拿着乔晓羽被蜇的手指从两边使劲挤，用指甲轻轻拔出毒刺，继续挤出脓液。

童飞拽着乔晓羽跑向院子角落水龙头的方向。童言、贾午、齐贝贝跟在后面。

水龙头的水冲洗着乔晓羽肿起来的手指。

童飞拿起一块肥皂抹在手指上，乔晓羽哭声渐弱。

童飞：（站起身）没事了，再冲一会儿吧。

童飞转身走远。

齐贝贝：晓羽，你好点了吗？蜜蜂太坏了！

童言：（擦干眼泪）蜜蜂不会故意蜇人的，蜇了人，它就会死。

齐贝贝愣了愣，突然"哇"地一声哭出来。

齐贝贝：（哭着）蜜蜂好可怜啊！

贾午：（晃着齐贝贝）贝贝，你是不是傻了？

齐贝贝：（哭着）你才傻了！

乔晓羽泪眼迷蒙地转头看着童飞的背影。

（闪回结束）

8-25 文工团小区　日

乔晓羽小时候泪眼迷蒙的眼睛慢慢变换成现在的样子。

乔晓羽坐在秋千上。

乔晓羽：（下意识看看手指）我只记得被蜜蜂蜇得特别疼，其他什么都想不起来了……

童言：（微笑）你哭的样子，我现在还记得。

乔晓羽不好意思地笑。

童言：那时大人们都不在，还好我哥小时候跟着姥姥在农村住，生活常识懂得多，要不然，我们真不知道该怎么办。

乔晓羽：是啊，幸亏有你哥在，还有你们……可是，为什么我全都忘了？

童言：我在一本科学杂志上看到过，忘记痛苦的经历，是大脑的一种自我保护。

乔晓羽：（自言自语）就是……傻人有傻福呗？

两人相视而笑。

童言：（踌躇）晓羽，对不起。

乔晓羽：你怎么了？

童言：（低头，内疚）我觉得自己很没用。

乔晓羽：为什么突然这么说？

童言：余芳知道了我们家的事，你解决完了都没有告诉我。开幕式表演，你的服装坏了，是我哥和贾午东奔西走换好了，到最后我才知道……

乔晓羽：（从秋千上站起来）童言，对不起，我们没有告诉你，是因为，是因为……

童言：（努力挤出笑容）我明白，你们是怕我担心，我都明白……

乔晓羽：童言……

童言：从小到大，因为我的病，家里人、街坊邻居们就都把我当成瓷器娃娃一样保护着，什么也不让我干，可是……我也很想为你们做点什么。

乔晓羽：童言，你别多想，前几次的事情是恰好赶上了，我们从来没有故意不告诉你。

童言抿嘴低头。

乔晓羽：谁说你是瓷器娃娃了，你一直都为我们做了很多啊！我们哪道题不会能少了你的帮助啊，你可是我们的救命稻草！

童言低头微笑。

乔晓羽：（边走在银杏叶上边说）你还是我们小区的神话，自从你回来以后，我们文工团子弟的平均成绩直线上升，爸爸妈妈们可高兴了！

童言微笑着看走来走去的乔晓羽。

乔晓羽：我们这些人啊，平时闹哄哄的，碰到什么不开心的事，只要和你聊一会儿，心情就平静好多，还有啊……

童言：晓羽，谢谢你，小时候就是这样，你总是会陪着我，安慰我……

乔晓羽微笑，从地上捡起一片叶子，示意童言。

童言也从地上捡起一片叶子，两人的叶子根交叉，用力一拽，乔晓羽的叶子根断了。童言笑了。

张信哲《爱如潮水》[①]前奏音乐响起。

乔晓羽和童言在银杏树下，银杏叶缓缓落下，两人在银杏叶的包围中说笑。

8-26 剧场　夜

继续张信哲《爱如潮水》音乐。

歌词：不问你为何流眼泪，不在乎你心里还有谁，且让我给你安慰，不论结局是喜是悲，走过千山万水，在我心里你永远是那么美……

舞台上，两位舞蹈演员正在《爱如潮水》音乐的伴奏下表演双人舞蹈。

观众席上，沈冰梅和许如星观看演出。

许如星：（耳语）冰梅姐，我好久没看文工团演出了，以为都是老歌曲呢，没想到这么时髦啊！

沈冰梅：（小声）是啊，听老乔说，现在都得演年轻人喜欢的节目，要不谁看啊！

许如星：（回头看后面观众席）可是……

后面观众席稀稀拉拉坐着一些观众。

沈冰梅：（小声）这些年大家都喜欢窝在家里看电视看碟，没人愿意来剧场了，他们文工团的效益啊，一年不如一年……

许如星：（小声，指舞台上）冰梅姐，看！

舞台上，工作人员正在摆放钢琴，金艳丽衣着华丽地从后台缓缓走到台前，鞠

[①]《爱如潮水》由李宗盛作词，黎沸挥作曲，张信哲演唱，收录在张信哲1993年发行的专辑《心事》中。

躬，坐到钢琴前，开始弹奏。

沈冰梅和许如星相视微笑，认真观看演出。

8-27 小区民宅 乔晓羽家 夜

卧室，乔晓羽（背影）坐在书桌旁，在一张信纸上写字。

乔晓羽：（画外音）童言，其实今天我特别想告诉你……你不用为我做什么，不论是你7岁离开清城，还是你17岁回到清城，在我心里，都只有一个心愿，只要你平安健康地在这个世界上，对我来说就是最大的安心……

8-28 剧场 夜

观众席，沈冰梅和许如星观看演出。

已经换了衣服的金艳丽从旁边摸黑蹭过来。

金艳丽：（小声）姐妹们对不住！我先走了！

许如星：（小声）你还没卸妆吧！这是要去哪儿啊？

金艳丽：（小声抱怨）哎哟，阳光休闲城那个歌舞厅今天重装开张，贾有才非得让我过去表演助兴！

许如星：（小声）艳丽姐，我们今天可是来给你捧场的，你自己倒先跑了！

金艳丽：（小声）要不你们跟我一起去歌舞厅吧！

沈冰梅：（微笑，小声）我们在这儿看完演出，你快去吧！

金艳丽：改天请你们吃饭！将功补过！

沈冰梅和许如星微笑示意她快走。

金艳丽匆匆从剧场侧门溜走。

8-29 阳光休闲城歌舞厅 夜

歌舞厅内，灯球耀眼转动，五光十色。舞台上乐队表演投入，舞池里男男女女搂在一起欢快地跳交谊舞。一个个小餐桌前，客人们推杯换盏、热闹非凡。

贾有才醉醺醺摇晃着从一个餐桌到另一个餐桌敬酒，又摇晃着穿过舞池。一个打扮妖冶时髦的女子过来扶住贾有才。

牛经理：贾老板，我来陪你跳一支吧！

贾有才：（醉眼迷蒙）这是……牛经理吗？

牛经理：哎哟，您今天喝得不少吧！

贾有才：哪有哪有，哈哈哈……

牛经理：贾老板，这次我们公司装修的您还满意吧？

贾有才：满意！满意！

牛经理：那以后您这儿有什么工程，可想着点我们公司啊！

贾有才：那当然，咱们都是老朋友了……

牛经理：那可太谢谢您了！我来陪您跳一支！

牛经理拽着醉醺醺的贾有才到舞池里，牛经理紧紧缠在贾有才身上暧昧奉承。

牛经理：贾老板，您以后啊，可得多照顾我们……您的阳光休闲城肯定生意兴隆，财源广进！

贾有才晕晕乎乎地靠着牛经理，挪动着舞步。

金艳丽急匆匆走进歌舞厅，远远看到了贾有才和牛经理搂在一起，怒目圆睁，把随身小包往旁边一甩，大步走到钢琴前坐下。

歌舞厅内突然响起了激昂的《保卫黄河》，大家纷纷停下舞步看向钢琴。

牛经理松开贾有才，贾有才也有点醒酒的样子，正在疑惑，站在一边的大堂经理反应过来，赶紧随着节奏鼓掌，几个员工也鼓起掌，全场跟着钢琴声鼓掌。

牛经理赶紧偷偷溜走。

一曲完毕，金艳丽款款站起身鞠躬。

金艳丽：（昂首）今天我们阳光休闲城歌舞厅重新开张，特别感谢大家来捧场！一首钢琴曲给各位老板助兴，希望大家玩儿得开心、玩儿得尽兴！我宣布，今天的酒水一律半价！不过，我还是提醒各位，酒虽好，可不要贪杯哟！

整个歌舞厅欢笑声、叫好声、鼓掌声此起彼伏。

金艳丽看向贾有才，贾有才满脸堆笑。金艳丽瞥他一眼，走到吧台拿起一杯酒，一饮而尽。

8-30 小区民宅 贾午家 夜

"咚"地一声，贾有才跪到地上。

金艳丽坐在沙发上，白眼。

金艳丽：贾老板，酒醒了吗？

贾有才：老婆，我错了，我大错特错，错上加错……

金艳丽：别贫嘴！

贾有才：老婆，我真的喝多了，你又不是不知道，今天来的老板太多了，我哪个都得捧着啊！

金艳丽：捧着捧着就捧到怀里去了？

贾有才：不敢不敢……我哪有那胆子……

金艳丽：我今天要不是去得及时，你们还指不定干什么！

贾有才像拨浪鼓一样摇头。

贾午从卧室睡眼惺忪地探出头。

贾午：爸，你又犯错了？

贾有才赶紧抓住金艳丽的手。

贾有才：犯什么错，我给你妈按摩呢！这可是钢琴家的纤纤玉手啊！

金艳丽一下子甩开贾有才的手。

金艳丽：（对贾午）睡你的觉！睡不着就起来看书，这次期末要是又退步了，你也是这个下场！

贾午伸舌头，赶紧把头缩回去，把卧室门关上。

金艳丽大口喝水，放下水杯。

金艳丽：贾有才，我告诉你，人家奉承你，不是看你长得好看，是看你包里的钱长得好看！

贾有才：（堆笑）是是，老婆教训得是……

金艳丽：（捂鼻子）这一身酒味，今天你就睡沙发吧！

贾有才：（哀求）老婆……

金艳丽回头瞪贾有才一眼，贾有才乖乖在沙发躺下。

一个毯子从远处飞过来落到贾有才身上，昏睡的贾有才吧唧着口水，下意识拖过毯子。

呼噜声响起。

阳台上，金艳丽看着窗外，远处天空，一轮月亮明亮耀眼。

金艳丽深深叹气。

8-31 小区民宅　贾午家　日

金艳丽、沈冰梅、许如星在厨房一起包饺子。

许如星：（惊讶）真的啊？（捂嘴笑）哈哈哈……

金艳丽：哼，那是，没把他赶出门，已经是我菩萨心肠了！

许如星：艳丽姐就是女中豪杰！我要是有你这样的魄力就好了。

金艳丽：你要这魄力干什么，童厂长可是出了名的正派人，一心扑在工作上！

许如星：（无奈）这位正派人啊，是个甩手掌柜，一天到晚见不着。

金艳丽：见不着也是干革命工作，哪像贾有才啊，天天没正事儿！

沈冰梅：（微笑）现在生意不好做，贾老板也是身不由己、逢场作戏吧！

金艳丽：俗话说得好，常在河边走，哪能不湿鞋！再不敲打他，他就要上天了！

许如星：艳丽姐说得也有道理，这男人，有时候就像小孩子一样，玩儿着玩儿着就玩儿疯了，对吧？

沈冰梅：嗯，咱们艳丽可是驭夫高手！

金艳丽：要说老公管得好，那绝对是冰梅，这乔主任啊，都不用管就特别自觉，家里家外都不用老婆操心，这叫什么，什么"治"来着？哎哟，瞧我这没文化的……

许如星：叫"无为而治"！

金艳丽：对对对，"无为而治"！哈哈哈……

沈冰梅：你们俩别逗我了，你们是不知道，乔卫国也有特别拧的时候，经常把我给气得头疼，我也就是懒——懒得跟他一般见识！

许如星：少年夫妻老来伴，这些小毛病啊，就睁一只眼闭一只眼吧！

沈冰梅：是啊，有时候也得想开点，求同存异，哈哈哈……

三人继续包饺子。许如星看锅里的水开了。

许如星：下锅啦！

一个个饺子下锅。

金艳丽：谈恋爱的时候都是懵懵懂懂的，生儿育女，锅碗瓢盆，吵吵闹闹，不过个十几年，哪能弄得清楚这人是什么脾气秉性呢？

许如星：唉，有的人，过了一辈子都没弄清楚……

沈冰梅：是不是该喊孩子们准备吃饭了？

8-32 小区民宅　乔晓羽家　日

卧室，乔晓羽坐在书桌前奋笔疾书，不时用笔敲头，面露痛苦表情，趴在桌子上唉声叹气。

卧室门突然打开,一个小纸条打在乔晓羽头上,乔晓羽回头,齐贝贝幸灾乐祸地站在门口。

乔晓羽:贝贝,救救我,我要哭了!

齐贝贝快步走到书桌前,一把拿起乔晓羽桌子上的纸。

齐贝贝:我看看,这是给谁写情书呢,把我们小队长给折磨成这样?

齐贝贝展开白纸,原来是一套数学卷子。

齐贝贝:大周末的不出去玩儿,还在啃数学?

乔晓羽:我爸说,如果这次期末考试我数学能比上次高10分,就奖励我……

齐贝贝:什么?

乔晓羽:(调皮眨眼)你猜?

齐贝贝:(瞪大眼)不会是……

乔晓羽得意地点头。

齐贝贝:(摇头)怪不得这么拼命,好吧,祝你美梦成真!

乔晓羽:(撇嘴)美梦也许只能是个梦……

乔晓羽重重把头倒在桌子上。

乔晓羽:贝贝,把你的脑细胞分给我一点吧。

齐贝贝:数学大才子就是邻居,天天上门辅导你,要我的脑细胞干什么?

乔晓羽:唉……

(闪回)

童言给乔晓羽辅导数学,童言拿着书本认真讲解、指点、验算。乔晓羽的眼神努力跟上童言的手和笔,眉头紧锁,抓耳挠腮。

童言讲解完,看着乔晓羽。

童言:这个……我讲清楚了吗?

乔晓羽一脸茫然。

(闪回结束)

乔晓羽抓起抱枕捂住自己的脸。

齐贝贝:(同情)看来在这个世界上,能让你心碎的,只有数学了……

乔晓羽:而且,童言马上就要参加数学竞赛了,以后我只能找你辅导了!

齐贝贝:(不好意思)其实,我也要……

乔晓羽:(瞪大眼睛)真的?

齐贝贝:说实话,我自己都不敢相信……

乔晓羽:贝贝,你太厉害了!唉,我周围全是数学天才,怎么就没有传染一点给我呢?

齐贝贝:你的艺术细胞太多,把数学细胞的位置给占了。

乔晓羽:艺术细胞有什么用啊?你们都要忙起来了,我更不好意思去打扰童言了……

齐贝贝:你这个笨蛋,童言就喜欢你打扰他!

乔晓羽:你又来了……我都说了,我们是好朋友!

齐贝贝:就你这悟性,还搞艺术呢,这些暗恋你的男生太可怜了……

乔晓羽:你在胡说什么呢?哪有男生暗恋我,我怎么一点也不知道?

齐贝贝看着乔晓羽，无奈地摇头。

8-33 小区民宅　贾午家　日

卧室里，贾午躺在床上戴着耳机听歌。

乔晓羽、齐贝贝推门进来，贾午坐起身，摘下一边耳机。

贾午：你俩怎么来了？

乔晓羽：阿姨叫我们来吃饺子啊！

贾午：齐贝贝，你是闻着香味来的吧？

齐贝贝：（拍贾午肩膀）知我者贾少爷也！哪里有好吃的能少了我啊！

乔晓羽：听什么呢？

乔晓羽坐到床边，顺手把贾午摘下的一边耳机戴到自己耳朵里。贾午有点手足无措，想要离远一点，乔晓羽又靠近一点。

乔晓羽：真好听……

贾午慢慢转头偷看乔晓羽的侧脸。

童飞和童言推门进来。

齐贝贝：看，这也是闻着香味来的！

童言微笑着坐到乔晓羽旁边。

童言：你们在听什么歌？

乔晓羽把磁带递给童言，是张雨生的专辑《口是心非》。

童言对乔晓羽点头微笑。

贾午看着童言和乔晓羽的样子，露出微微失落的神情，摘下耳机，起身走到窗户旁。

童飞走过来，一下子挤到乔晓羽和童言中间坐下，把贾午掉下的那只耳机戴到自己耳朵里。

乔晓羽无奈地看着童飞。

童飞：（对贾午）哎？下周有球赛转播吗？

贾午：你不说我都忘了。

贾午看向窗外。

从窗户向小区院子望去，栗凯正骑车进小区大门。

贾午：（打开窗户，冲着栗凯喊）栗子哥！帮我取一下电视报！

小区院子里，栗凯面无表情地掉头骑车去门卫室。

贾午：童言，你们下周就要开始准备数学竞赛了吗？

童言：嗯，备考的同学都要去小白楼集中学习。

贾午：哇，传说中的小白楼，魔鬼训练营啊！

齐贝贝：什么魔鬼训练营，我们是精英训练营好吗？

贾午：哎？不对，齐贝贝你说什么，我们？

童飞：齐贝贝同学小考超常发挥，压线进营！

乔晓羽：贝贝就是这么优秀！

贾午：（摇头）不服不行啊，贝贝的狗屎运真是好！

童飞：贾午，你这是吃不到葡萄说葡萄酸吧？

齐贝贝气得跳起来，拿着抱枕打贾午。

齐贝贝：好，我今天就好好踩踩你这坨！

齐贝贝背对门打贾午，栗凯拿着电视报进门，齐贝贝没看到栗凯。

栗凯看着齐贝贝打贾午的样子，先是愣住，然后忍不住轻笑。

齐贝贝回头，高举抱枕立在原地。

栗凯把报纸递给贾午，被童飞抢过去翻看。

栗凯：（对齐贝贝）恭喜你压线进营。

齐贝贝：（尴尬，有点脸红）我就是狗屎运好……

齐贝贝放下抱枕坐下。

贾午：（揉着脑袋）栗子哥，幸好你来了，也就你能镇得住她！哼，这么暴力，以后怎么找得到男朋友！

齐贝贝：（站起来又要打）要你管！先管好你自己的事儿吧！

栗凯：（面无表情）说不定有人就喜欢被打。

齐贝贝望着栗凯，暗自欢喜。

童飞：（吃惊）不会吧……

乔晓羽：怎么了？

童飞手上的报纸飘落。

乔晓羽：（画外音，成年）小时候，我以为这样的日子，这样的朋友，会永远存在，不会改变，后来才知道，那只是人生中短暂的一瞬；长大后，我以为那样的日子，那样的朋友，只是人生中短暂的一瞬，根本不必在意，现在才明白，那些人、那些事，早已变成我生命的一部分，永远都不会消失。

掉落在地上的报纸一角，显著的标题写着"著名歌手、音乐制作人张雨生突遭车祸昏迷"。

张雨生《口是心非》[1]音乐响起。

歌词：口是心非你深情的承诺，都随着西风缥缈远走。痴人梦话我钟情的倚托，就像枯萎凋零的花朵。星火燎原我热情的眼眸，曾点亮最灿烂的天空。晴天霹雳你绝情的放手，在我最需要你的时候……

贾午卧室，乔晓羽、齐贝贝、童言、童飞、贾午、栗凯沉默着围坐在一起。

桌上的录音机转动。

客厅，电视屏幕播放张雨生遭遇车祸时的新闻画面和张雨生的表演画面。

8-34 小区民宅　栗凯家　夜

客厅，电视机里播放张雨生去世的新闻画面。

栗铁生坐在电视机前。

栗铁生：才31岁啊？也太年轻了……

栗铁生惋惜地摇头，拿起遥控器换台。

电话铃声响起，栗铁生接电话。

栗铁生：（拿着听筒）喂，哪位？

周青云：（画外音）是我……

栗铁生：哦……

周青云：（画外音）我过些时候要回趟清城，想去看看栗凯。

栗铁生拿着电话听筒没有说话，转头望向栗凯的卧室。

栗凯坐在卧室里，轻轻拨动着吉他。

---

[1]《口是心非》由张雨生作词、作曲、演唱，收录在张雨生1997年发行的专辑《口是心非》中，该专辑是张雨生生前最后一张专辑。

第九集

偏偏你未知道

9-1 文工团家属院　日

（梦境）

20世纪80年代的文工团家属院。

雨后，很多蜻蜓在草丛里点水翻飞，孩子们奔跑玩耍。

画面和声音都像隔着一层纱，不那么真切。

栗凯：（命令乔晓羽）晓羽，你还是给我们当"人质"。

乔晓羽：（害怕）栗子哥，可是我不想当"人质"了……

童言：（怯怯地靠近乔晓羽）晓羽，我和你一起当"人质"。

栗凯：哼，就你那小心脏。

乔晓羽：（看着童言）谢谢你，童言。

栗凯：（命令）去仓库里面待着！

仓库的门从外面被锁上。

一群孩子跟着栗凯跑远。

远处，童飞从院子一个角落走出来，看向仓库的方向。

突然仓库里传出乔晓羽的尖叫。

乔晓羽：（画外音，大叫）啊！救命啊！（哭喊）救命啊！

童飞从地上捡起一块砖头，跑向仓库。

仓库门口，童飞用砖头砸锁，使劲砸了几下，仓库门大开，里面透出灿烂的炫光。

童飞揉自己的眼，使劲睁开，看向仓库里，乔晓羽已经是17岁的样子，穿着白色的舞蹈服正在跳着优雅的舞蹈。

镜头转向童飞，童飞也从八九岁的男孩变成了现在十八九岁的样子。童飞痴痴地看着乔晓羽，慢慢向仓库光亮的地方走去。

9-2 教室　日

童飞从梦中惊醒，发现自己趴在课桌上。童飞揉揉眼睛，周围同学都在自习。

坐在童飞前面的强子回过头。

强子：大哥醒了？睡了一整节自习课，果然是睡神啊！

童飞：（爬起来）睡什么神，（从抽屉里拿出历史课本）唉？上节历史课讲到哪儿了？

强子：你忘了？历史老师有事，下节课改成英语了！

童飞目光呆滞盯着黑板，无奈地垂下头。

9-3 学校教学楼　日

童飞在教学楼走廊里溜达，旁边同学来来往往。

童飞挠着头，若有所思。

（闪回）

梦中灿烂的炫光下，乔晓羽穿着白色舞蹈服的倩影。

（闪回结束）

童飞使劲揉脸，让自己清醒过来。

9-4 教室　日

童飞走到高二（2）班教室门口，斜靠在门边往里张望。

教室里，贾午正在和同学闲聊，乔晓

羽趴在桌子上看姚瑶画画。贾午抬头看到了童飞。

贾午：童飞，找我吗？

童飞：才不找你呢，找童言借书。

贾午：你睡晕了吧，童言不是去小白楼集中学习了吗？

童飞：哦，是啊，我怎么忘了……（瞪贾午）谁睡了？别胡说！

贾午：哈哈，你看你脑门上的红印儿！

童飞摸摸自己的头，乔晓羽看着童飞，忍不住笑了。

乔晓羽：借什么书，我借给你吧！

童飞：（装作漫不经心）今天运气不好，英语课本忘带了……行吧，也只能借你的了，等会儿还你。

贾午：童飞，借我的吧，我的书新！

童飞：借你的？你的书上说不定还沾着口水和零食呢！别捣乱了，晓羽快给我书，马上就要上课了。

乔晓羽从课桌里拿出英语课本。

乔晓羽的主观视角，课桌上放着英语课本。

9-5 教室　日

接前镜。课桌上放着英语课本，一双手翻开英语课本。

高二（5）班。英语老师在教室里慢慢穿行，用英语朗诵课文。

阳光洒进来，童飞小心翼翼地拿着乔晓羽的英语课本。

9-6 组镜

陶喆《十七岁》[①]音乐响起。

歌词：她是个十七岁的小女孩，她不知道自己有多可爱，她眼中只有相信和依赖，好像未来就该那么好，让我的心也跟着摇摆。我是个十七岁的小男孩，我不怕面对世界变多快，做过自己觉得好傻的事，那是多么纯真的年代……

童飞轻轻翻看着乔晓羽的英语课本。

童飞打瞌睡，头差点趴在课桌上，赶紧爬起来把课本抚摸平整。

乔晓羽上英语课，拿着英语课本默读，翻开某一页，发现里面夹着一张小纸条，上面写着："晓羽，我太痛苦了，为什么要学英语？！"后面还画着一个小人痛苦的表情。乔晓羽无奈地笑，把小纸条折起来。

童飞站在高二（2）班教室门口，嘴里叼着笔，胳膊肘支在门框上，斜眼扫视着教室里。

乔晓羽走出教室，把课本递给童飞，童飞坏笑，向乔晓羽做出一个调皮的敬礼动作。

一双手翻开英语课本，课本里夹着一张小纸条，纸条上写着"Learning a language allows you to see a wider world"。童飞拿着小纸条，发愣。童飞突然回神，从书桌里拿出英语词典快速翻找单词。

[①]《十七岁》由娃娃作词，陶喆作曲、演唱，收录在陶喆1997年发行的专辑《David Tao》中。

童飞站在高二（2）班门口，贾午和黄大卫捉弄童飞，来回拨弄童飞的头，黄大卫还像挑西瓜一样敲童飞的头，童飞使劲挣脱他们。

乔晓羽笑着看童飞、贾午、黄大卫打闹。

乔晓羽拿着历史课本走到教室门口递给童飞。

姚瑶正在画画，抬头看看大家，微笑，继续画画。

乔晓羽翻开历史书，某一页的历史人物用铅笔画上了现代装扮和物品，乔晓羽忍不住捂嘴笑，历史老师回头，乔晓羽赶紧正襟危坐。历史老师转过头在黑板上写字，乔晓羽悄悄示意姚瑶，姚瑶侧身看历史课本上被修改的画，忍不住偷笑，伸出大拇指点头赞叹。

乔晓羽在教室看书，童飞拿着地理课本走到高二（2）班外面，从窗外看到乔晓羽的背影。

镜头透过教室后窗，深秋天气渐凉，乔晓羽写几个字，就放下笔，使劲儿搓搓手，在嘴边哈暖气，然后继续写字。

9-7 学校教学楼　日

高二（2）班教室门口，童飞把地理课本还给乔晓羽，碰到了乔晓羽的手。

童飞：你的手怎么这么凉？

乔晓羽：（自嘲微笑）一年四季都这样。冬天是有点麻烦，不过夏天挺好的。天气最热的时候，贝贝她们都把我的手当冰块降温呢！

童飞：要是咱俩匀匀就好了，我最怕热。

乔晓羽：你最近怎么了，总是忘记带课本，是不是……不小心丢了？

童飞：（尴尬）没有，我……

贾午突然出现在童飞身后。

贾午：童健忘，您老又来借课本了？

童飞：（转身捏住贾午的脸颊）什么健忘，你这张破嘴，我是来还书的！

贾午：（挣脱开童飞）哎呀，我说你下次忘带书，就干脆睡吧，还借什么课本，还真的装模作样学习呢？

童飞的表情突然凝固，气氛有点尴尬。

贾午也觉得自己说错了话，有点尴尬，准备对童飞道歉。

乔晓羽：（推了贾午一下）贾午，你自己一个人上课睡觉还不够，还拉着这么多人？

童飞突然哈哈大笑起来。

童飞：贾午，你以为我借课本干什么？

贾午：（疑惑）干什么？

童飞：（大笑）当然是为了挡住我的脸，要不怎么放心睡觉啊！

贾午恍然大悟，跟着童飞一起大笑起来。

乔晓羽看着他们俩，无奈地摇头。

童飞：不跟你们闹了，我们下节体育课，打球去喽！

贾午和乔晓羽看着童飞跑远。贾午露出疑惑的表情。

贾午：晓羽，你有没有觉得童飞最近

有点奇怪？

乔晓羽看着童飞的背影，没有说话。

9-8 剧场　夜

舞台上，在《说唱脸谱》①音乐伴奏下，生旦净丑各种戏曲扮相的演员轮番亮相。

歌词：一幅幅鲜明的鸳鸯瓦，一群群生动的活菩萨，一笔笔勾描，一点点夸大，一张张脸谱美佳佳，哈哈哈……

所有演员登台谢幕，台下散坐着一些观众鼓掌。

周青云坐在台下角落，若有所思地看着台上的演员们。

9-9 剧场　夜

侧台，栗铁生和小胡等其他乐手拿着各自的乐器，看着幕布慢慢拉上。

小胡：师傅，收了？

栗铁生：收家伙吧。

大家开始收拾乐器。

9-10 剧场后台　夜

栗铁生疲惫地走出后台，突然停下脚步。

镜头从周青云背后移出，栗铁生望着对面的周青云，露出惊讶的表情。

9-11 小区民宅　贾午家　夜

贾有才坐在餐桌前接听老款手机。

贾有才：（拿着手机）行，你们看着办吧！今天晚上我不过去了，你们把那几桌客人招呼好啊！

贾有才放下手机。

金艳丽端着一碗面条放在餐桌上。

金艳丽：今天太阳打西边儿出来了？居然回家吃晚饭！

贾有才：连喝了好几天，受不了了。老婆，你以为我想天天灌一肚子酒精啊？我就想吃你的手擀面！

金艳丽：（白眼）得了吧，就会花言巧语，别废话了，快吃吧！

贾有才嘿嘿一笑，吃起面条。

贾有才：哎，文工团是不是快改制了？

金艳丽：是啊，都这么说……贾有才，你说我会不会要下岗了？

贾有才：你可是台柱子，文工团的金字招牌！怎么会，谁敢？

金艳丽：（叹气）说是这么说，可是我下了班老去你那儿表演，团里好多人都知道。人家平时睁一只眼闭一只眼就过去了，这种时候，关系到自己利益，肯定有人说三道四……

贾有才：咳，下岗就下岗呗，怕什么，到时候你带着老栗子一起去咱们休闲城上班不就行了！

金艳丽：敢情你早想好把我和老栗子当免费劳力了？

贾有才：看你说的，我挣的钱不都是

---

① 《说唱脸谱》由闫肃作词，姚明作曲，谢津演唱，是京剧和流行音乐相结合的京歌。1993年首次在央视表演，流传甚广。

你的吗？老栗子我也不会亏待他啊！都这么多年的街坊邻居了。

金艳丽：对了，周青云回清城了。

贾有才：是吗，听谁说的？

金艳丽：不用别人说，她自己跑到剧场看我们团演出去了！

贾有才吃着面条的嘴停住，露出不敢相信的表情。

9-12 饭店　夜

饭店里响着邓丽君《我只在乎你》[①]音乐。

歌词：如果没有遇见你，我将会是在哪里，日子过得怎么样，人生是否要珍惜。也许认识某一人，过着平凡的日子，不知道会不会，也有爱情甜如蜜……

周青云和栗铁生坐在饭店角落，桌子上摆着一些简单的饭菜。

周青云着装时尚，打扮得体。

周青云：（感慨）这么多年了，还是老歌好听。

栗铁生：你怎么来剧场了？

周青云：今天刚回到清城，放下行李在街上逛逛，看到剧场门口你们的海报了，想着……说不定你也在。

栗铁生：（愣住，接着不好意思地笑）我记得，你以前从来不看我们团里演出的。

周青云：是啊，以前觉得……太无聊了。

栗铁生：（咳嗽）咳，其实……现在也差不多……你这次回来是？

周青云：我哥回清城谈点生意，我就跟着回来了，也想看看你们……看看栗凯。

栗铁生：你们生意……挺顺利吧？

周青云：还行吧。栗凯最近怎么样，明年就要高考了，准备考哪里的大学？

栗铁生：高三了，孩子每天学习都特别紧张，我也不知道该问什么，就不给他添乱了，反正不管考哪儿……我都支持。

周青云刚想张嘴反驳，又慢慢合上，叹气。

周青云：你啊，还是老样子，一点儿没变。

栗铁生：（笑）变得太多，怕你回来不认识我。

周青云愣住，眼圈泛红。

门口响起汽车短促的鸣笛声。周青云隔着窗户往外看，一辆汽车停在门口，驾驶座位坐着一个中年男人，朝周青云挥挥手。

栗铁生也看到了那个男人，抬头望了一眼周青云，马上低头沉默。

周青云：今天太晚了，我就不去家里打扰栗凯休息了。这几天我有点事情处理，周末我去看看栗凯，可以吗？

栗铁生：嗯，正好周末我出门，你去家里吧。

周青云：你有事吗？要不……一起

[①] 《我只在乎你》由慎芝作词，三木刚作曲，邓丽君演唱，收录在邓丽君 1987 年发行的专辑《我只在乎你》中。

吃饭吧！

栗铁生望了一眼窗外的汽车。

栗铁生：我就不了，你们娘儿俩说说话吧。

周青云皱眉，放在桌子上的手慢慢收回。

9-13 小区民宅　乔晓羽家　夜

三副手套放在客厅门口的柜子上，有薄的、有厚的，颜色、款式也不一样，还有一双露指的。

乔卫国走进卧室，沈冰梅坐在床上看杂志。

乔卫国：今年冬天冷得真早，我把晓羽的手套都准备好了。

沈冰梅：（坐起身）我又忘了，每年冬天幸亏你想着。

乔卫国：（笑）我可是专业搞后勤的，为你们俩服务就是我的本职工作嘛。不过，你最近是太忙了，可得注意身体。

沈冰梅：没办法啊，最近国企改制要资产评估、债务清算，我们单位已经进驻一些企业了……对了，听说下个月还要派几个人去你们文工团。

乔卫国：嗯，该来的总是要来……

乔卫国突然想起什么，站起身在衣柜里翻看。

乔卫国：哎？你说我要是下岗了，去干点什么呢？

沈冰梅：怎么会呢？你好歹也算是中层干部。

乔卫国：也是……不过回想起来啊，年轻时候我曾经想去当空军飞行员，想当职业运动员，还想当作家，唯独不想子承父业，这都是命啊！

沈冰梅：文工团也挺好的，咱们第一次见面时，要不是你又蹦又跳，我能注意到你吗？

乔卫国：（笑）看你说的，别人听着还以为我是个猴儿呢！

沈冰梅：你在找什么呢？

乔卫国从衣柜抽屉里拿出一条围巾，摆在床头柜。

乔卫国：你颈椎不好，不能受凉，明天开始也武装起来吧。

沈冰梅微笑点头。

9-14 校园　日

童言拿着课本慢慢走向小白楼。

余芳：（画外音）童言，童言！

童言停下脚步，回头看向余芳，礼貌微笑。

余芳拎着一袋水果走到童言面前，把水果递给童言。

童言：（诧异）余芳，这是……

余芳：（甜甜微笑）我看你最近都不怎么下楼，营养哪跟得上，所以从家里拿了点水果，多吃点，补充维生素！

童言：（为难）余芳，谢谢你的好意，这些太贵了，我怎么能收……

余芳：就知道你会这么说……别误会，你是代表清城一中去参加数学竞赛，但是也代表咱们高二（2）班啊。我是班长，关心你是应该的嘛。别推辞了，好好加油哦！天这么冷，快上去吧！

余芳把水果塞到童言手里，童言无奈又为难地收下。

余芳向童言招手，哆哆嗦嗦地转身离去。

童言看着余芳的背影，又低头看向手里的袋子。

9-15 学校教学楼　日

高二（2）班教室门口的走廊，黄大卫拎着一袋水果，兴奋地招呼大家。贾午、童飞站在旁边。

黄大卫：你们看我运气多好，刚才路过小白楼，童言手里拎着一袋高级水果！我看他一个人也吃不了，就帮他分担一下。哈哈哈，来来来，见者有份啊！

9-16 教室　日

教室里，余芳坐在座位上，恨恨地看着门口正在分水果的黄大卫，使劲把书的一角揉得皱皱巴巴。

余芳身后，曹阿荣抿嘴看着余芳的表情。

9-17 学校教学楼　日

教室门口，贾午开心地挑选着水果。

贾午：童言怎么突然买一堆水果？（对童飞）童飞，是你爸妈给他准备的吗？

童飞：早上我们一起出门的，没有啊。

黄大卫：这你们俩就不懂了吧，童言是谁啊，女生心中的天才王子，什么送礼物啊，送水果啊，送情书啊，再正常不过了！

贾午：呦，黄毛儿，你连这些八卦都知道，可以啊，大脑袋开窍了！

童飞：黄毛儿，你有本事也让女生送你点吃的！大饼都行！

黄大卫：哼，你别说，我还就爱吃大饼！将来肯定有女生送我，你们就羡慕去吧！

童飞：晓羽呢？

贾午：晓羽……

乔晓羽和姚瑶在他们身后出现。

乔晓羽：你们都在这儿，开什么大会呢？

贾午：这是童言从"遥远的"小白楼给我们寄来的水果，（拿出两个橘子）给，你最爱吃的橘子，姚瑶也来挑！

姚瑶从袋子里拿了一个苹果。

姚瑶：谢啦！

乔晓羽皱眉，下意识捂捂自己的肚子。

乔晓羽：我就不吃了，今天有点……不舒服，不吃凉的了。

贾午拿着橘子的手又缩回去，有点尴尬。

童飞看着乔晓羽和姚瑶走进教室。

黄大卫和贾午谈笑着吃水果，童飞心不在焉地搭话，悄悄拿起袋子里的橘子。

9-18 教室　日

曹阿荣趴在桌子上，对余芳耳语。

曹阿荣：这个童言怎么回事，你前脚

刚送他水果，他一转身就送人了，简直太过分了……

余芳：（忍着生气）算了算了，我不管最后谁吃了，只要童言知道我关心他就好。

曹阿荣：就是，只有你这么关心他，这么大冷的天，你专门去买那么贵的水果……

余芳：行了，别说了，自习吧。

曹阿荣讪讪地闭嘴。

9-19 学校教学楼　昏

一只手把两个橘子递给另一只手。

高二（2）班教室门口，童飞把两个橘子递给乔晓羽。

乔晓羽：好奇怪，橘子怎么变热了？

童飞：（得意）怎么样，现在可以吃了吧？

乔晓羽：童飞，你……

童飞：我走了！

童飞转身跑远。

乔晓羽看着手里的橘子。

9-20 教室　昏

高二（2）班教室，乔晓羽拿着橘子走到座位旁坐下。姚瑶看了一眼橘子。

姚瑶：（面无表情）又一个。

乔晓羽：（疑惑）什么又一个？

姚瑶没有回答，继续专心画画。

9-21 教室　夜

小白楼教室，一位老师在讲台上收拾教科书，十几位同学在各自座位，有人拿着笔写题，有人皱眉看书。

老师：太晚了，模拟题就讲到这儿。回去复习一下，周末就是正式竞赛了，大家加油！今天辛苦了。

同学们：（一起）老师辛苦了！

老师：快回家吧！

齐贝贝收拾课本，看到童言从抽屉里拿出几个橘子。

齐贝贝：童言，回家吗？

童言：（按自己的太阳穴）有点头疼，休息一下再走。

齐贝贝：（笑）穿厚点，带你出去透透气。

童言：（抬头惊讶）去哪儿？

9-22 小白楼天台　夜

齐贝贝顺着小白楼的窄楼梯走上天台。童言背着书包，跟在后面。

两人靠在楼顶栏杆旁，看着远处的月亮。

童言：今天晚上的月亮真好看。

齐贝贝：怎么样，我厉害吧，从这里可以看到整个清城！

童言：嗯，视野真好。贝贝，你怎么发现这么好的地方？

齐贝贝：像我这种撞大运进来集训班的，压力可大了。没办法，只有自己想办法放松啦！

两人继续看月亮。

齐贝贝：对了，这是余芳送你的水果吧？

童言：嗯，你怎么知道？

齐贝贝：全班都知道她喜欢你，只有你自己装糊涂吧。

童言：全班都知道？可是……我真的不知道。

齐贝贝：有的人啊，就像太阳一样，不用仔细琢磨，就知道他是什么样的人，心里有什么想法……可是有的人（指着月亮）就像月亮，不管多明多亮，永远有一面是你看不到的。

童言：贝贝，你说话的样子，有点像……

齐贝贝：像什么？

童言：像个大人。

齐贝贝：大人？难道我们是小孩儿吗？

童言：（笑了）我是想说，你很像哲学家……

齐贝贝：最近怎么老有人说我是哲学家？

童言：还有谁说？

齐贝贝：还有……

（闪回）

齐贝贝家小区院子。

栗凯：看你整天嘻嘻哈哈的，还是个哲学家。

齐贝贝：你整天看我了？

栗凯语塞，齐贝贝也有点不好意思。

（闪回结束）

齐贝贝：咳，别说我了，说说你吧，你准备怎么对付余大班长？长得漂亮，成绩也不错，还是青山集团老总的女儿，（坏笑）要不……你就从了她算了！

童言：（苦笑）贝贝，你别逗我了，刚才还说你是哲学家呢……

齐贝贝：哈哈哈，这才是我的本色！这么说，你不喜欢余芳啊，那你喜欢谁？

童言：我？我……

齐贝贝：你就招了吧，是不是喜欢晓羽？

童言：（低头）我喜欢她……

齐贝贝：（得意地笑）我就知道……

童言：（认真）可是有时候……我分不清楚，她是17岁的晓羽，还是……

齐贝贝：还是什么？

童言：还是7岁的晓羽……

齐贝贝张着嘴愣住。

童言：贝贝，你怎么了？

齐贝贝：（愣神）你们俩……居然……

童言：我们俩？怎么了？

齐贝贝：（迷茫地望着天空）为什么会分不清楚？我都能分清楚啊……难道，只有我一个人不正常……

镜头定格在童言和齐贝贝（背影）一起望向的月亮。

9-23 小区民宅　童飞家　夜

童振华坐在餐桌边吃饭，许如星在房间里走来走去，打开一个个衣柜、抽屉找东西。童振华的头跟着许如星的身影转来转去。

童振华：如星，你坐下吃口饭吧！天天说我不回家吃饭，今天好不容易不加班，你又把我当空气，唉……

许如星：童言周末参加数学竞赛，考点在新城开发区，很远的，我得给他把东西都收拾好啊!

童振华:新城也没多远吧,就住一个晚上,你搞得像搬家一样。再说,以前他都参加过好几次了,还有老师跟着,放心吧!

许如星:多少次我也不放心啊,咱们童言不比其他孩子,就算一晚上,药也都得备好。

童振华沉默,独自吃饭。

门开,童言和童飞进门。许如星赶紧从卧室出来。

许如星:你们俩回来了?饿不饿?下午在学校食堂吃的什么?要不要加点餐?对了,要不吃点水果?

童振华:你一下子问这么多,孩子们回答哪个问题啊?

童言:(放下书包)妈,我不饿,今天同学送了水果,我们俩都吃过了。

许如星:是吗,哪个同学这么好,还送水果!

童言笑了笑,没有回答。

童飞放下书包直接走回卧室。

许如星:童言,去新城的衣物和药都给你准备好了,等会你检查一下。

童言:嗯。

9-24 小区民宅 童飞家 夜

卧室,童飞翻找抽屉里的零钱盒,里面只有两三张老版5元人民币。

9-25 小区民宅 童飞家 夜

许如星在厨房收拾餐具。童飞出现在厨房门口。

童飞:(迟疑)小姨。

许如星赶紧停下手里的活儿,看着童飞。

童飞:我想给同学买新年礼物,需要点钱。

许如星愣住,迅速回过神,露出惊喜的表情,赶紧点头答应。

许如星:好,好!没问题,小姨马上给你拿!

许如星迅速走向卧室,卧室传来翻抽屉的声音。

童飞在客厅站着,看着地面。

许如星走到童飞面前,递给童飞几张百元人民币。

许如星:(有点讨好地笑)看看够不够?

童飞:太多了……

童飞从里面抽出一张一百元,转身朝卧室走去。

许如星:童飞!

童飞转过身。

许如星:(殷勤)不够的话跟小姨说,啊!

童飞点点头,回自己卧室。

9-26 小区民宅 童飞家 夜

许如星回到自己卧室,童振华看着她把剩下的钱放回抽屉。

童振华:你也太惯着他了。

许如星:唉,惯惯吧,以后上了大学,离开家,再过几年有了自己的小家,想惯也没机会了。

童振华张开的嘴又合上，无奈摇头。

童振华：不过，除了学费，童飞从来没有主动跟你要过钱，这是怎么了？

许如星正在关抽屉的手停住，眼神凝视。

9-27 齐贝贝家小区　夜

阳台遮阳伞下，齐贝贝整理小猫的纸箱猫窝，在里面铺了一个小褥子，又在小碗里放了肉肠。

小猫咪已经对齐贝贝很熟悉了，亲昵地过来蹭齐贝贝。

齐贝贝：小栗子，这是你的新被子，暖和吗？

小猫咪"喵喵"地叫。

阳台窗户传来高洁的声音。

高洁：（画外音）贝贝，你出去干什么了？

齐贝贝：（喊）妈，马上回来！（摸小猫）乖乖的，周末回来给你拿好吃的！

齐贝贝微笑，起身回单元门口。

从小区向一层窗台望去，高洁拉上窗帘。

镜头停留在窗帘一家三口的剪影上。

高洁：（画外音）贝贝，周末就要参加竞赛了，你赶紧调整好状态！

齐向前：（画外音）对，爸爸妈妈相信你……

9-28 小区民宅　贾午家　日

客厅，金艳丽边看电视边收拾屋子。

电视屏幕播放天气预报。

主持人：受冷空气影响，我市将经历今年第一场寒潮，明天夜间最低气温下降至零摄氏度，请注意防寒保暖……

贾午接听电话。

贾午：（拿着听筒）知道了知道了！（抬头看表）哎，姐，不跟你说了，童言要出发了，我去送送他！

贾午起身出门。

9-29 文工团小区　日

贾午从单元门口出来，看到乔晓羽、童言、童飞站在小区门口，童飞拉着一个小行李箱。贾午向他们招手，走到他们面前。

贾午：（对童言）你爸妈居然没下来送你？

童飞：唠叨一早晨，我都头疼了。

童言：（微笑）没让他们下来，又不是什么大事，我哥去送我已经够折腾了。

贾午：童言加油！得了一等奖请我们吃大餐！

乔晓羽：就知道吃！

童言：我走了。

童飞拉着行李箱，走出小区门口，童言跟在后面，回头和乔晓羽互相招手。

童飞突然停下，回头。

童飞：晓羽，天气冷，你快上去吧！

乔晓羽诧异，随后点头微笑。

栗凯从后面走过来。

栗凯：他们这是去哪儿？

贾午：（回头）栗子哥，童言去新城参

加数学竞赛，今晚就住那儿了！

乔晓羽：这个时候，贝贝应该也出发了吧……

栗凯若有所思。

9-30 组镜

范晓萱《雪人》[①]音乐响起。

歌词：好冷，雪已经积得那么深。Merry Christmas to you，我深爱的人。好冷，整个冬天在你家门。Are you my snowman，我痴痴、痴痴地等。雪，一片一片一片一片，拼出你我的缘分，我的爱，因你而生，你的手摸出我的心疼。雪，一片一片一片一片，在天空静静缤纷，眼看春天就要来了，而我也将、也将不再生存……

齐贝贝在家门口阳台遮阳伞下整理小猫的纸箱猫窝，齐向前开着车停在门口，高洁从车上下来催促齐贝贝，齐贝贝回头望着猫窝，慢慢上车。

童言和齐贝贝坐着校车行驶在路上，童言靠着车座闭目养神，齐贝贝和其他同学聊天、吃东西。

童飞在商场女装柜台前挑选手套，用手触摸感觉一副手套的质地，又指向另一副手套。

周青云走进文工团小区院子，慢慢环顾小区四周，走向栗凯家单元门口。

童言和齐贝贝在考场认真答题。

贾午在游戏厅打游戏，偶尔望向外面，发现飘雪了。

乔晓羽家，乔晓羽在卧室弹电子琴，抬头望向外面飘落的雪花。

齐贝贝在考场答题，抬头发现窗外飘雪了，她皱了一下眉，发现监考老师在看她，赶紧继续做题。

栗凯家，栗凯坐在卧室弹吉他，周青云拎着包走进房间。

9-31 小区民宅　栗凯家　日

卧室，栗凯坐在床上摆弄着吉他，周青云坐在旁边椅子上望着栗凯。

周青云：（微笑）我们栗凯，还是这么喜欢音乐……

栗凯沉默不语。

周青云：（陷入回忆）你小时候，只要听到广播里有音乐，就跟着唱，有模有样的……对了，你没想过报考艺术类吗？

栗凯：（冷漠）没有，消遣而已。

周青云：哦……明年就要高考了，小凯，妈妈想着，要不你考南方的大学，最好离妈妈近一点，妈妈可以照顾你，以后找工作什么的也方便……

栗凯：明年的事……明年再说吧，我还没想好。

周青云：（尴尬）对、对……

周青云看到栗凯身上的衣服磨破了，忍不住去碰。

周青云：快过新年了，买点新衣服吧。

[①]《雪人》由许常德作词，季忠平作曲，范晓萱演唱，收录在范晓萱1996年发行的专辑《好想谈恋爱》中。

栗凯不经意地把周青云的手拨开，周青云尴尬地收回手，看向窗外。

周青云：外面下雪了。

栗凯也看向窗外。

周青云：今年冬天来得真早，天气预报说今晚降温10度，你去上早自习一定要穿厚点，也提醒你爸注意保暖，少抽烟……

栗凯：谢谢关心。

周青云：（难过）妈妈知道，你还在怪妈妈，可是……

栗凯：（冷漠）妈，你误会了，我没有生气，我是很真诚地感谢你，感谢你每年寄那么多钱和东西给我。

周青云：妈妈这些年没在你身边照顾你，真的对不起你，可是，等你长大了，就知道妈妈的难处了……

栗凯：没关系，我已经长大了，你也不需要说对不起。

栗凯低头拨弦，然后望向窗外，突然想起什么。

栗凯：（自言自语）降温……10度？

周青云：小凯，你说什么？

栗凯抓起外套往外走。

周青云：小凯，你要去哪里？外面下雪了！

栗凯：（边穿外套边回头）妈，我有点事得出去一趟，（低头沉默）代我向舅舅问好……你也注意身体。

栗凯抓起书包转身。

周青云：哎……栗凯……

栗凯开门离开。

周青云跑到窗户边望着小区院子。

从窗户向外望去，栗凯骑上自行车出小区大门。

9-32 教室考场　日

监考老师开始收试卷，考生依次交卷，齐贝贝迅速交完卷。

齐贝贝：（小声，急促）童言，我回房间打个电话，你帮我跟带队老师说一声！

童言正准备说话，齐贝贝已经飞快地跑出教室，童言望向齐贝贝离开的背影。

9-33 宾馆房间　日

窗外，雪越下越大。齐贝贝在房间拨打座机。

齐贝贝：（拿着听筒）妈！

高洁：（画外音）贝贝，考完了吗？发挥怎么样？

齐贝贝：妈！清城也下雪了吧？你帮我去看看小栗……哦不，帮我看看小猫，今天晚上降温10度，那个窝还是太冷了，我怕它会冻死……

9-34 小区民宅　齐贝贝家　日

高洁接听电话。

高洁：（拿着听筒，生气）贝贝！你成天脑子里在想什么？不跟我们说说考试情况，还想着什么流浪猫！你真是让妈妈生气！

齐向前：（拿过听筒）贝贝，你妈说的对！你赶快去和同学们对对题，看看哪些题做对了，哪些题做错了。

齐贝贝：(画外音，哀求)爸，妈，求求你们了，帮我去看看小猫吧，就看一眼，就一眼……它太可怜了……

高洁无奈地放下听筒，和齐向前对视。齐向前叹气。

9-35 小区民宅　贾午家　昏

乔晓羽坐在钢琴边弹奏，金艳丽在旁边指导。乔晓羽弹奏着一曲舒缓的曲子。

贾午在客厅和卧室之间走来走去，装作找东西，不经意地偷瞄乔晓羽。

金艳丽：嗯，这一遍比刚才好多了！

乔晓羽：(笑)是老师教得好！

金艳丽：还是我们晓羽有天赋，要是贾午，教八遍都学不会！

贾午：哎，你俩互相吹嘘也就算了，怎么还带上我啊？

金艳丽：不服气？来弹一首，来！

贾午气呼呼但毫无办法。

金艳丽：(指着钢琴一角)不但不学，小时候和贾晨打架，还把我的钢琴给磕坏了，好不容易才修补成这样。

镜头照到钢琴一角，明显有一点修补过的痕迹。

乔晓羽轻轻摸了摸那块痕迹。

贾午无奈挠头。乔晓羽捂着嘴偷乐，取笑贾午。

电话铃声响起，贾午接电话。

贾午：(拿着听筒)喂，哦，哦……(声音被金艳丽和乔晓羽聊天声音掩盖)

金艳丽：贾午连一首《小星星》都弹不下来……

乔晓羽：阿姨，贾午等会儿会不会哭了……

贾午放下电话听筒。

贾午：童言和贝贝他们回到学校了，估计一会儿就到家。

乔晓羽：(站起身)这么快？那我们去给童言接风！阿姨，我先回趟家！

乔晓羽迫不及待走向门口。

乔晓羽：(回头)贾午一块儿去吗？

贾午：(犹豫)我……

乔晓羽：(笑)那我先去了！

乔晓羽快速出门。

贾午看着乔晓羽的背影，有点失落。

金艳丽：(对贾午)儿子，你怎么不去？

贾午：(转身朝卧室走去)不想去了，外面那么冷……

9-36 文工团小区　昏

大雪后，院子里覆盖着厚厚的雪，周围一片白色。

童言拉着行李箱走进大门，乔晓羽站在雪地里向他挥手。

童言微笑，两人慢慢走到一起，看着对方。

童言：这么冷，你怎么出来了？

乔晓羽：我是来赏雪的呀，看，多美！

童言：(微笑)你还记得咱们小时候一起搭雪房子吗？

乔晓羽：记得，我还把布娃娃放到雪房子里，雪化了以后变成泥娃娃了……

两人微笑对视。

乔晓羽冷得搓手。童言戴着手套，握住乔晓羽的手。

童言：你的手都冻红了。

童言脱下自己的手套，递给乔晓羽。乔晓羽没有拒绝，微笑着戴上。

童飞从单元门口走出来，远远看到童言把自己的手套给了乔晓羽，愣住，沉默低头。

童飞：（自语一般）我到底怎么了，我在干什么……

童飞慢慢退回单元门后。

9-37 齐贝贝家小区　夜

齐贝贝拖着行李箱飞跑进小区。

阳台遮阳伞下铺满厚厚的雪，齐贝贝检查小猫的纸箱猫窝，找不到小猫，齐贝贝走之前准备的小褥子和小碗也不见了。

齐贝贝放下箱子，踏着雪在附近找小猫。

齐贝贝：（边找边喊）小栗子，小栗子！

9-38 小区民宅　齐贝贝家　夜

齐贝贝站在家里客厅中间，怄气。

齐向前和高洁坐在沙发上，也是一脸生气的表情。

高洁：跟你说了好多遍了！你爸下去看的时候，已经不在了，你这闺女怎么死活不相信呢？

齐贝贝：（憋红了脸）怎么可能？大雪天，它那么小，能跑去哪儿？

高洁：贝贝，你去参加这么重要的竞赛，脑子里不想怎么考个好成绩，净想着那些猫猫狗狗的，这能发挥好吗？

齐向前：贝贝，你妈说得对，考得怎么样？快跟我们说说！

齐贝贝：（噘着嘴）不知道，不想说。

高洁：（对齐向前）你看看这孩子，真是气死我了！

齐向前：（打圆场，对齐贝贝）你看看你，弄得一身雪，裤子都脏了，快去换换，等会儿来跟你妈道歉！

齐贝贝的裤脚上沾满了雪和泥。

齐贝贝怄着气扭头走进卧室。

9-39 小区民宅　童飞家　夜

童飞在浴室洗澡，洗完发现忘记拿换洗衣服，于是隔着门喊童言。

童飞：（喊）童言！

童言：（画外音）知道了，哥！

童飞无奈笑笑。

9-40 小区民宅　童飞家　夜

卧室，童言抬起胳膊，伸手拿上铺的衣物，突然感觉到一个有棱角的东西，踮起脚尖看。

9-41 组镜

张学友《只有你不知道》[①] 音乐响起。

---

① 《只有你不知道》由向雪怀作词，李偲崧作曲，张学友演唱，收录在张学友1994年发行的专辑《饿狼传说》中。

歌词：若你想问我不会否认，只有你可以令我生命再有热情，心不知醉或醒，但这份痴心唯独你是看不明，常在暗恋你想你等你，我的眼神泛滥着爱情，能令天知道她知道，应知道都知道，偏偏你未知，然后看秋去冬去春去，始终两人未是爱侣，无论真知道不知道，只知道是我心碎……

童飞和童言的卧室，上下床的上铺枕头边，露出一个透明小盒子的一角。童言往外抽了一下，里面是一副女式手套，手套上有羽毛的图案。童言看着手套愣神，又塞回枕头下，拿着童飞换洗的衣服离开卧室。

齐贝贝趴在卧室床上，闷在被子里流泪。

高洁坐在卧室床上生闷气流泪，齐向前安慰地拍拍她的肩膀。

贾午从卧室出来，在灯光昏暗的客厅里，走到钢琴边默默坐下，轻轻摸钢琴边缘。

周青云在窗户边望着栗凯骑自行车离开的身影，无声流泪。

许如星在童飞要零用钱之后，在衣柜抽屉里取钱，脸上露出欣慰的笑容。

乔晓羽：（画外音，成年）小时候，我以为这样的日子，这样的朋友，会永远存在，不会改变，后来才知道，那只是人生中短暂的一瞬；长大后，我以为那样的日子，那样的朋友，只是人生中短暂的一瞬，根本不必在意，现在才明白，那些人、那些事，早已变成我生命的一部分，永远都不会消失。

教室里，童飞悄悄拿出两个橘子，放在自己胸口的毛衣里。

余芳迎着寒风冲进一家水果店，开心地挑选水果。

乔卫国把三副手套认真地摆放在客厅门口柜子上。

栗铁生坐在和周青云吃饭的小饭店，周青云已经离开，栗铁生一个人喝闷酒。

周青云和接她离开的中年男人一起签合同，握手后礼貌道别。

教室里，乔晓羽翻开历史书，看着某一页的历史人物被童飞用铅笔画上了现代装扮和物品，乔晓羽笑了。

9-42 教室　日

高二（2）班教室，乔晓羽坐在座位上翻看历史书，眼神不时望向门口路过的同学。

童飞拿着篮球从高二（2）班门口路过，乔晓羽以为童飞会来借书，准备站起身。

童飞脚步速度减慢，迟疑了一下，随即加速走了过去。

乔晓羽看着童飞的背影走过，把手里的历史课本轻轻放下。

贾午在后面碰碰乔晓羽的肩膀，乔晓羽回头。

贾午：童健忘最近治疗效果不错啊，都不来借书了！

乔晓羽：管好你自己吧，贾少爷……

乔晓羽转回身，看着课本，若有所思。

9-43 校园　夜

晚自习结束，学生们背着书包，三三两两地从教学楼里出来，往校门口走。

9-44 教室　夜

高二（2）班教室，童言在座位上认真看书。

教室门口，贾午和黄大卫正在被魏老师批评教育，两人一脸沮丧。

9-45 学校门口　夜

乔晓羽推着自行车和姚瑶在校门口挥手告别。

9-46 街道　夜

雪后，路面结冰，女生们互相搀扶着慢慢挪动，几个胆大的男生在冰上滑着走。

乔晓羽小心翼翼地推着自行车走在学校门口的街道上，走过书店、小吃店、文具店。透过小吃店的烟雾朦胧，乔晓羽远远看到台球厅门口停着一辆熟悉的自行车。

9-47 台球厅门口　夜

乔晓羽走到台球厅门口，童飞和小黑正在打台球，谈笑风生。

乔晓羽：童飞？

童飞转身看到乔晓羽，小黑不屑地盯着乔晓羽。

乔晓羽有点生气，走到童飞面前。

乔晓羽：童飞，你怎么没上自习？

童飞：咳，太闷了，出来透透气。已经放学了吗？

乔晓羽：你怎么跟这种人混在一起了？

小黑皱着眉走过来。

小黑：哪种人？别以为你是女生，我就可以忍你！

童飞拦在小黑和乔晓羽之间，坏笑着看乔晓羽。

童飞：长得帅的人……当然混在一起了！物以类聚嘛，对吧，小黑？

小黑愣了一下，大笑起来。

小黑：哈哈哈，就是，还是你会对付这些烦人的女生，以为自己长得漂亮，当个小队长，就想替老师管天管地啊？美女，省省吧！

乔晓羽：你！（对童飞）童飞，你怎么了……

童飞：（打断乔晓羽）学累了，休息一下，学习总得劳逸结合吧……晓羽，你赶快回家吧，别影响我们了。你看，我都快赢了。

远处，贾午朝这边走过来。

乔晓羽赌气转身离开。

童飞抬下巴，用眼神示意贾午跟着乔晓羽。

贾午快步走向乔晓羽的方向，跟在乔晓羽身后。

9-48 文工团小区　夜

乔晓羽和贾午一前一后走进文工团小区，乔晓羽突然停下脚步。

乔晓羽：我是不是多管闲事了？

贾午：怎么会呢，你只是希望每个人都更好……

乔晓羽：贝贝以前说过，有的人像月亮，永远都有一面是隐藏着的……

贾午：也许吧……

乔晓羽：比如童飞，看起来没心没肺的，可是……你不觉得吗？

贾午：什么？

乔晓羽：他像是给自己穿了一身盔甲……

贾午：（低声）其实有盔甲也挺好……

乔晓羽：什么？

贾午：（微笑）没什么。

乔晓羽：贾午，你也有另一面吗？

贾午：我？我……怎么会有呢，我可是一个人吃饱全家不饿，在哪儿跌倒就在哪儿睡一觉的贾少爷啊！

乔晓羽：（苦笑）我看也是。

贾午装作一脸轻松对着乔晓羽微笑。

9-49 台球厅门口　夜

童飞弯腰打台球，连续几次都没有打进洞。

小黑：哎，哥们儿，怎么了你？

童飞：（搓手）今天太冷了，手抖。

小黑：（讥笑）我看你是惦记那个乔晓羽吧？

童飞：说什么呢！快，该你了！

小黑继续打球。

童飞皱眉，愣神。

9-50 小区民宅　乔晓羽家　夜

卧室，乔晓羽从小木箱里拿出信纸写起来。

乔晓羽：（画外音）童言，今天我很难过……

乔晓羽突然停下写字的手，眼神怔住。

乔晓羽：（自言自语）这跟童言有什么关系，我为什么要写这些，我这是怎么了？

乔晓羽把信纸揉成一团，头重重地枕到胳膊上。

第十集

有你一切都变得不一样

10-1 小区民宅　齐贝贝家/黄大卫家　夜

卧室，齐贝贝躺在床上，旁边堆着擦过鼻涕的卫生纸。齐贝贝转过头，一脸痛苦。

高洁端着水走进卧室。

高洁：贝贝，感冒了就得多喝水，快起来！

齐贝贝：(转过头对着墙)妈，我喝过了，让我躺会儿，你出去吧。

高洁叹气，放下水杯，转身离开卧室。

客厅的电话铃声响起。

高洁：(画外音，接电话)喂？你好，哦……(喊)贝贝，你的电话！

齐贝贝裹着毯子，一脸不悦地来到客厅，拿起放在桌子上的电话听筒。

齐贝贝：(拿着听筒)喂……当然是感冒了！哼，你以为我是你啊？没事就装病不上学！

高洁和齐向前在卧室聊天。

齐向前：这么晚了，谁找贝贝？晓羽还是贾午？

高洁：都不是，是黄毛儿。

齐向前：哦，没想到黄毛儿这么关心贝贝。

高洁：你说……他俩不会……

齐向前：你听她这大嗓门，怎么可能？

高洁：(笑)也是……

高洁和齐向前习以为常，半躺着看报纸杂志。

客厅，齐贝贝一脸不耐烦地拿着电话听筒。

齐贝贝：(大嗓门)放心吧，不会耽误期末考试的……说的好像你多爱学习似的……挂了挂了，我得睡觉了！

黄大卫在家里拿着电话听筒，被齐贝贝挂电话的声音振了一下耳朵，无奈地放下听筒。

10-2 小区民宅　齐贝贝家/栗凯家　夜

齐贝贝裹着毯子，准备回卧室，电话铃声响起。齐贝贝再次拿起听筒。

齐贝贝：(拿着听筒)喂？啊……(有点羞涩的微笑)嗯，我今天感冒，请假了(咳嗽两声)。

齐向前从卧室门缝探出头看齐贝贝。

高洁：这又是谁？

齐向前：(摇头)贝贝这声音，不对啊……怎么扭扭捏捏的，还害羞起来了……

客厅，拿着听筒的齐贝贝突然绽放笑容。

齐贝贝：(大声)真的？

齐贝贝激动地把披在身上的毯子抖掉了。

栗凯在家里打电话。

栗凯：(拿着听筒)嗯，本来想今天上学告诉你，去你们班找你，童飞说你没来……

齐贝贝：(画外音)我知道了……你是想给我惊喜吧？

画面分格呈现齐贝贝和栗凯的表情。

齐贝贝脸红，栗凯沉默微笑。

齐贝贝：（不好意思）我是想说，谢谢你……我的病已经完全好了！明天就能满血复活！

栗凯：（画外音）你还是好好养病吧，好了再来看它。

齐贝贝放下电话听筒，在客厅扭来扭去地跳舞，边跳舞边往杯子里倒水。

齐贝贝：（唱跳）左三圈右三圈，脖子扭扭，屁股扭扭，早睡早起，我们来做运动，不要乱吃零食，多喝开水咕噜咕噜……

齐贝贝一口气喝了一大杯水。

齐向前和高洁在卧室面面相觑。

高洁：（皱眉）这是哪个男生，一句话就把感冒治好了？神医啊！

齐向前：高大夫自愧不如吧？

高洁：什么自愧不如，我是怕孩子早恋！

齐向前：贝贝成天疯疯癫癫的，应该不会吧？

高洁皱眉思考。

10-3 文工团小区　日

栗铁生慢慢推着自行车走进小区大门，地上还覆盖着一层残雪。

远处地面，雪堆中露出钱币一角。

栗铁生走过去捡起来，发现是一张10元人民币。栗铁生环顾四周，发现没人，迅速把钱塞进兜里。

10-4 小区民宅　栗凯家　日

栗铁生推门进屋，客厅里，栗凯和齐贝贝正在逗一只小猫。齐贝贝抱着小猫，栗凯站在旁边微笑。齐贝贝看见栗铁生进屋，赶紧站起身。

齐贝贝：栗叔，（看着怀里的小猫）小猫的事……给你们添麻烦了。

栗铁生：别这么说！没添麻烦，叔叔小时候在农村的时候啊，可喜欢小动物了，我也没什么事儿，养只小猫正好解闷儿，你随时来看它啊。

栗凯：（看着齐贝贝）放心吧。

齐贝贝：谢谢栗叔，（看向栗凯）谢谢你。

敲门声响起。栗铁生打开门，贾午、童飞、乔晓羽一下子涌进屋子，童言跟在后面进屋。

贾午：听说栗子哥收养了一只小猫？

大家围过来，乔晓羽从齐贝贝手里接过小猫，轻轻抚摸着。

栗铁生：你们玩儿，我去切点水果。

乔晓羽、童言、贾午：谢谢栗叔！

栗铁生走进厨房。

童飞：（对栗凯）栗凯，你这是哪根神经错位、爱心泛滥了？怎么突然收养小动物？

栗凯：（微笑）要你管！

乔晓羽：小猫太可爱了，叫什么名字？

齐贝贝：叫……

栗凯：既然是我收养的，那就叫"小栗子"吧。

齐贝贝抿嘴笑，感激地看向栗凯。

贾午：（对栗凯）这么说你是猫爸，那贝贝就当猫妈呗？

齐贝贝：（脸红）贾午！我看你浑身又痒痒了！（追着贾午打）让你胡说！

贾午：（跑着求饶）哎哟，你不是猫妈行了吧，你是姑奶奶！

大家围坐在一起吃水果。

栗凯：听说童言数学竞赛得了满分，恭喜。

童言：谢谢栗子哥。

齐贝贝：那套卷子超级难，是历年来最难的。考试结束以后，好几个老师一起做都没做完，（指着童言）这个非人类，居然得了满分！

贾午：童言肯定不是人类，不会是机器人吧？（按着童言的头两边）让我看看，你是不是机器人……

童言憨笑，乔晓羽把贾午的手拨开。

童飞：家里又要多挂一张奖状了。

齐贝贝：听说学校还要专门举行仪式，给你们颁发证书？

童言低头，皱眉。

贾午：（对童言）机器人，这是什么表情？

童飞：（笑）对他来说，做卷子比当着那么多人领奖简单多了！

齐贝贝：真的啊？

童言：嗯，对我来说，颁奖这个环节，确实比较痛苦……

大家同情又好笑地看着童言。

乔晓羽看着童言无奈的表情。

10-5 校园　日

校园里回荡着激昂的进行曲音乐。

操场主席台上挂着"数学竞赛颁奖仪式"横幅。童言、齐贝贝和一些参赛同学站在主席台旁边。

操场上各班同学列队整齐。

高二（2）班队列里，乔晓羽悄悄冲主席台旁边的童言和齐贝贝挥手。

余芳瞥一眼乔晓羽。

教导主任笑容满面地走到主席台话筒前。

教导主任：今年数学竞赛，我们一中的参赛同学成绩优异，尤其是高二（2）班的童言同学，获得了满分，让我们向童言和其他所有获奖同学表示热烈的祝贺！

台下掌声雷动。

教导主任：下面请校领导给获奖同学颁发奖状和证书！

童言、齐贝贝和其他获奖同学依次上台，校领导颁发奖状和证书，合影。

校长突然抬手，微笑示意童言过来，童言害羞惶恐地走到校长身边。

校长：（大声）童言同学在这次竞赛中表现突出，给我们一中争了光，也给全校同学作出了榜样！（对童言）童言，请你发表一下获奖感言吧！

童言面部表情越来越紧张，虽然是冬天，但是头上开始冒汗。

台上，校长看着表情紧张的童言。

校长：童言同学？

高二（5）班队列里，童飞紧张皱眉。

童言慢慢挪到话筒旁边，表情紧张，头上的汗越来越多。

高二（2）班队列里，乔晓羽和贾午不安地对视。

余芳看着台上的童言，露出疑惑的表情。

贾午：（对乔晓羽，小声）童言没事吧？

乔晓羽：（小声）让他发言太突然了，我担心……

教导主任：（关切）童言，没关系，随便说几句。来，大家给童言鼓励鼓励！

台下再次响起掌声。

童言慢慢抬起头，眼神躲闪。

高二（5）班队列里，童飞面露担心表情。

台上突然发出"咚"的一声。

童飞：（惊呼）童言！

童飞拨开人群，飞奔上主席台。乔晓羽、贾午、黄大卫、余芳也分别从台下跑到台上。

台上，齐贝贝赶快扶住半躺下的童言，掐住童言鼻子下面的人中。

主席台台上台下一片混乱。

10-6 医院病房　日

镜头是童言慢慢睁开双眼的主观视角，看到许如星、童飞站在旁边，许如星明显刚刚哭过，眼圈红肿，神情焦急。

病房里，童言慢慢睁开双眼，许如星赶紧靠过来，抓着童言的手。

许如星：童言，童言，你醒了！

童言：（慢慢张嘴）妈，哥……

童飞：（急切）感觉怎么样？

童言虚弱地点点头。

许如星：（流泪）你吓死妈妈了……

童言轻轻挤出一丝微笑。

一位医生和一位护士走进来。许如星赶紧起身迎上去。

许如星：大夫好，孩子醒了，麻烦您看看……

医生点头，走过去检查童言的身体情况，用听诊器听心跳。

童飞轻轻走出病房。

10-7 医院病房外　日

乔晓羽、贾午、齐贝贝、栗凯、黄大卫、余芳在病房门口等待。童飞走出来。

乔晓羽：（迎上去）童言怎么样？

童飞：醒了，放心。

大家纷纷松了一口气。

贾午：（指自己的心脏部位）是和这里有关吗？

童飞：嗯，小时候刚做完手术那几年有过这种情况……应该没大事。

齐贝贝：我们可以进去看他吗？

余芳：是呀，让我们进去看看童言吧！我都担心死了！

齐贝贝厌烦地瞟余芳一眼。

童飞：里面医生护士都在，有点挤，要不……

栗凯：要不，让晓羽和贾午代表咱们进去看看童言吧……贝贝，黄毛儿，咱们就不进去了，让童言好好休息。

齐贝贝、黄大卫点头。

余芳：（傲慢）不行，我是代表2班来的，当然得进去看看，回去还得告诉魏老师呢！

童飞：（对齐贝贝）贝贝，你回学校跟老师说一声，就说童言没事了。

齐贝贝：嗯。

余芳：（恼羞成怒）你们！

齐贝贝：（白眼）余大班长，你就快回去吧。童言现在需要安静，再说，他也不一定想见你啊！

余芳忍住怒气，瞪了齐贝贝一眼，转身快速离开。

齐贝贝朝余芳的背影"哼"了一声。

黄大卫：咱们走吧。

齐贝贝、栗凯、黄大卫离开走廊。

10-8 医院病房　日

童飞、乔晓羽、贾午走进病房。童言看见乔晓羽和贾午，努力微笑。

乔晓羽慢慢走到病床旁边。

童言：（轻声）晓羽，我没事了。

乔晓羽含着泪轻轻点头。

许如星：都怪我，转学以后，也没赶紧去跟老师嘱咐这些事，我天天都在忙些什么……都是我的错……

童言：妈，不是你……（咳嗽）

童言咳嗽起来，许如星赶紧过来摸童言胸口。

医生：等会儿例行检查结果出来，我们再看看，家属也别太担心。

许如星：（流泪）谢谢大夫！

门突然打开，童振华喘着气冲进来。

童言：爸……

许如星：（眼圈泛红）老童……

童振华努力稳定情绪，和医生打招呼。

童振华：大夫好，我是童言的爸爸，他……没事吧？

医生：哦，您是病人父亲啊……病人应该是心肌耗氧量过大引起的，不用担心。要不您跟我来一下，看看检查结果，还有些注意事项，咱们再沟通一下。

童振华：（赶紧点头）好，好！

童振华随着医生和护士离开病房。许如星松了一口气。

乔晓羽：（扶住许如星）阿姨，您快坐下歇会儿吧。

许如星：都是我的错……

乔晓羽：阿姨，您别责怪自己了，刚才大夫都说童言没事了。

贾午：就是，阿姨，您放心吧。

童飞从水壶倒了一杯水，扶起童言。童言喝了一口水，慢慢躺下。

童言：（轻声）晓羽、贾午，我没事，快期末考试了，你们回去学习吧。

童飞：你们回去吧，我在这儿就够了。

许如星：是啊，孩子们，今天你们一直照顾童言，辛苦了。

乔晓羽和贾午对视，点头。

贾午：童言，想吃什么，我下次来给你带着！

童言：（微笑）我很快就回家了，回去一起吃。

乔晓羽：阿姨，那我们先走了。

乔晓羽和贾午转身离开，乔晓羽快走到门口。

童言：晓羽。

乔晓羽赶紧回头。

童言：（缓慢）我很快就能回去帮你辅导数学，放心。

乔晓羽忍着眼泪，微笑点头。

贾午的背影停顿了一下，低头往外走。

乔晓羽跟着贾午离开。

童飞看着童言，沉默不语。

10-9 医院门口　日

乔晓羽和贾午推着自行车走出医院大门。

乔晓羽自行车扶手上的车铃突然滑下来，贾午抢先一步扶住车铃。

贾午：（看着车铃）走吧，去学校门口的修车师傅那儿给你安上。

乔晓羽：（微笑）不用啦！

贾午：为什么？别逞能了，还是安好吧。就你的骑车技术，没有车铃，多少人会被你撞啊！

乔晓羽：（沉下脸）贾午，你每天的乐趣，就是讽刺我对吧？

贾午：（突然愣住）不是……

贾午正准备道歉，乔晓羽突然微笑起来。

乔晓羽：哼，尽管讽刺吧，我现在脑子里都是期末考试，才不会跟你一般见识呢！

贾午：哎哟呵，晓羽同学这是要奋发图强了？脑子里只有期末考试，那言情小说还有位置吗？

乔晓羽：（边推车往前走，边念叨）当然不光有期末考试了，还担心童言的身体啊，嗯，对，就这两件事……

贾午望着乔晓羽的背影。

乔晓羽：（回头）快走吧！

贾午：（跟上）哦。

10-10 医生办公室　日

医生坐在办公桌前翻看童言的检查结果，童振华坐在对面。

童振华：（表情凝重）大夫，是不是……有什么不正常？

医生：（犹豫）嗯……

童振华：大夫，您说吧，我有心理准备。

医生放下资料。

医生：刚才我看孩子妈妈情绪不稳定，所以单独把您叫出来，就是想跟您沟通一下。

童振华：是不是小时候的心脏手术……（话音渐弱）

插曲音乐响起。

医生指着检查结果给童振华介绍，童振华微微佝偻的背影由实到虚。

10-11 医生办公室门口　日

童振华从医生办公室走出来，从外面

慢慢带上门。

许如星快步走过来。

许如星：老童，医生怎么说，没事吧？

童振华：哦，没事。医生说，以后注意不要剧烈运动，情绪也不要太激动，吃点调理的药就好了。

许如星：（如释重负）那就好，那就好……

童振华：我去办缴费手续，你去陪着童言吧。

许如星点头。

10-12 医院大厅　日

童振华在收费处排队，等着办理手续，愣神。

收费人员：请签字。

童振华愣着，没有回答。

收费人员：您好？请签字！

排在童振华后面的人拍拍童振华，童振华终于回神，赶紧把单据拿过来。

10-13 医院病房　夜

童言半躺在病床上，许如星和高洁坐在旁边。

高洁：如星，真是不好意思，今天做了一天手术，刚腾出空来看童言……

许如星：没事，高大夫，你那么忙，还帮忙推荐了心内科的专家，童言该做的检查都做完了，明天就可以出院。

高洁：那就好，（看着童言）童言啊，你可得好好的，看你妈妈急的。

童言：嗯，我一定会小心的，谢谢您，高阿姨。

许如星：当妈的，只要活着一天，就给孩子操一天的心……

高洁轻轻握住许如星的手。

高洁：（笑）我突然想起咱们俩第一次见面了，就是在我们医院……

许如星恍惚，突然想起来，不好意思地笑了。

高洁：（笑）我记得，你刚到清城第一天就崴了脚，还是你们家老童背着你来我们医院。大夏天，把他累得满头大汗。那时我不认识你，还以为你们家老童学雷锋做好事呢，哈哈……

许如星：快别提了，丢死人了……

高洁：这一转眼十几年过去了，你们俩不容易啊……（话音渐弱）

10-14 医院病房外　夜

童飞拎着水果，站在病房门口，听到了里面高洁和许如星的对话。

童飞拎着水果的手紧紧握住，青筋暴起。

10-15 医院病房　夜

童飞把削好的苹果切一块，送到童言嘴边。

童言：哥，我可以自己吃的。

童飞坚持把苹果送到童言嘴里，童言憋着满嘴水果，微笑。

许如星站在门口，看着兄弟俩玩闹，轻轻微笑，从外面慢慢带上门。

10-16 小区民宅　乔晓羽家　夜

乔卫国和沈冰梅坐在沙发上。

沈冰梅拿着一份文件，标题是"清城市文工团关于转企改制有关问题的决定"，深深叹气。

乔卫国拿过文件，装作轻松的样子。

沈冰梅：老乔……

乔卫国：没事儿，（笑）你看我，一点也没放在心上！

沈冰梅：你辛辛苦苦干了这么多年，没有功劳也有苦劳……

乔卫国：仔细想想，不裁我裁谁？不管是老栗子，还是金艳丽，还是团里其他业务骨干，人家都有实打实的专业技能，我是哪样都会点儿，哪样都不精，一个办公室主任，谁还干不了啊，多少人盯着呢！

沈冰梅：是不是团长的那个亲戚……

乔卫国：年轻人，有干劲儿，让他们上吧！

沈冰梅：老乔……

乔卫国：放心，我早就有心理准备。

乔卫国笑容渐渐凝固，两人陷入长久的沉默。

突然门开了，乔晓羽背着书包进门。

乔卫国赶紧把文件折叠起来，藏在身后。

乔卫国：闺女回来了？童言怎么样了？

乔晓羽：还好，医生说按时吃药，慢慢恢复就好了。

沈冰梅：你最近别去打扰童言，让他好好休息。

乔晓羽：（不情愿）好。爸妈，我先回房间了。

乔卫国：晓羽，要不要吃点儿……

乔晓羽一边摇头一边走进卧室，关上门。

沈冰梅：（轻声）老乔，你不想让晓羽知道下岗的事吗？

乔卫国：（犹豫）……再等等吧。

乔卫国身后，那份文件被乔卫国抓出了深深的印痕。

10-17 小区民宅　齐贝贝家　夜

一只手里拿着和上一场景中同样的文件，标题是"清城市文工团关于转企改制有关问题的决定"。

齐向前和高洁坐在沙发上。

高洁拿着文件翻看，齐向前偷瞄高洁。

高洁：我早就想到了，你这么大年纪，还干着科长，高不成低不就的，人家肯定第一个让你下岗！

齐向前：（不服气）我好歹小时候也练过武生，有童子功！他们再想找我这样有功夫的，难！

高洁：都什么年代了，还童子功呢，你连老栗子都没抓到过！

齐向前：（急了）你！（泄气）我……

高洁：好了好了，斗嘴有什么用？（漫不经心）我早就给你联系好了，我们医院保卫科正在招保安呢，我已经和院长打过招呼了，下周你去院办一趟，面个试，没什么大问题，过一阵儿就可以上岗了！工资是低了点，不过好歹是个正经工作……

齐向前：（皱眉）保安？（犹豫）我一个堂堂保卫科科长，去当保安……

高洁：保安怎么了？现在下岗的那么多，能找着一个工作就不错了。别挑三拣四的，你不去，多少人排队等着呢。人家看在你是职工家属的份儿上，才优先考虑你！不想去是吧？

齐向前：不不不，想去想去！老婆……（拉高洁的手）没想到，你深谋远虑，为我考虑这么多……

高洁：（甩开齐向前的手）我这么操心，都是为了贝贝！明年升高三，关键时期！她的情绪可不能受影响，咱们费心费力培养了这么多年，贝贝必须考最好的医学院！等你办完入职手续再跟贝贝说吧，别打扰她期末考试。

齐向前：是，是，还是你想得周到……

高洁得意地瞥齐向前，把文件扔到一边。

10-18 医院住院楼门口　夜

童飞从住院楼大厅走出来，看到童振华的背影。

童振华看着天上一轮新月，深深叹气。

童飞：（画外音）爸。

童振华看见童飞，赶紧转身，擦拭自己脸上的泪痕。

童振华：（回头）童飞？你怎么出来了……

童飞：爸，你怎么了？

童振华：没事……真没事，我去单位处理点急事，一会儿就回来。

童振华往前走了两步，又慢慢转回来。

童振华：（眼圈红了）童飞啊，你小姨……她也不容易……帮她照顾好你弟弟……

童飞：（深深皱眉）当然。

10-19 剧场　日

李宗盛、卢冠廷《如风往事》①音乐响起。

歌词：往事像一场梦，将我的心轻轻触动，从前的我没法懂，人生的路怎么会困难重重。踏过的路里，交织笑声与眼泪，起跌的半生，辗转添喜与悲。你看那时间如风，不留痕迹将岁月轻轻送，不在乎是否活在掌声中，只求心与你相通……

乔卫国坐在观众席，镜头从乔卫国身后慢慢推到舞台上。

（闪回）

舞台呈现20世纪60年代的老戏台，乔卫国的母亲（年轻时）表演穆桂英挂帅，乔卫国的父亲（年轻时）在后台演奏板鼓，乔卫国的母亲英姿飒爽地亮相。

---

① 《如风往事》由李宗盛、唐书琛作词，卢冠廷作曲，李宗盛、卢冠廷演唱，收录在李宗盛1993年发行的专辑《希望》中。

舞台变换成样板戏《沙家浜》场景，乔卫国表演刁德一的画面。

舞台再次变换，乔卫国在舞台上指挥工作人员布置舞美灯光。

乔卫国在舞台旁边拉二胡给演员伴奏。

演出结束，乔卫国站在舞台中央亮相，给观众鞠躬，掌声雷动。

（闪回结束）

镜头慢慢转到观众席，观众席只有乔卫国一个人孤零零地坐着。

栗铁生：（画外音）师哥？

乔卫国没回头，赶紧用袖子拭去眼角的泪，回头一看，是栗铁生和金艳丽。

乔卫国：（挤出笑容）你们给我饯行来了？哈哈哈……

金艳丽：（生气）饯什么行？我刚才找团长吵了一架，凭什么让你下岗？他跟我拽那些文绉绉的词儿，我听不懂！说什么都没用，就是不能赶你走！

栗铁生：（对金艳丽）哎哟，好不容易把你拉出来，行了，别吵了，先听我说！（对乔卫国）师哥，我想去跟团长说，咱俩换换，我下岗，你留下！

乔卫国：（拍拍栗铁生的肩膀）老栗子，艳丽，你们的心意我都明白。别折腾了，这都是团里的决定，也是市里的统一安排，你们俩好好干，不用担心我。

金艳丽：（生气）这到底是什么安排，气死我了！

乔卫国：你们又不是不知道，当年我到文工团，都是老爷子老太太的安排，现在老天爷给我重新选择一次的机会，不是挺好吗？就是得委屈冰梅和晓羽一阵子了……

金艳丽：要不……先到老贾的阳光休闲城干着，骑驴找马？

乔卫国：（苦笑）艳丽，你饶了我吧。好不容易换个工作，还让我去丢人现眼？

栗铁生：那你准备干什么？

乔卫国：放心，我有的是办法。

10-20 组镜

继续李宗盛、卢冠廷《如风往事》音乐。

歌词：就算失落过，都不想变改往事，因那所有的旧事，烙印在现在的我。你我如此相同，用歌声倾诉悲欢感动，就算有苦衷，点滴尽在不言中。请看那时间如风，告诉我们人生太匆匆，不在乎是否活在掌声中，愿从此心里轻松……

剧场里，乔卫国坐在观众席，凝望着舞台，回忆着往昔。

乔卫国站在舞台上，抬头看着绚烂的灯光，慢慢退到幕布后面。

文工团办公室，乔卫国收拾自己的工作物品，抚摸一个个旧乐器。

10-21 乔晓羽奶奶家　日

平房小院（乔卫国父母旧居），乔卫国环顾四周，屋里陈设混乱，家具摆放凌乱，看起来要搬家的样子。

乔卫东站在旁边收拾。

乔卫东：哥，你看看这里还有什么老

物件有意思，随便拿，反正我过两天就搬走了。

乔卫国：能有什么老物件，这不是爸妈留给你的房子吗？

乔卫东：说什么呢，我是那样的人吗？这几年我也就是暂住一下……对了，哥，你欠着一屁股外债，要不，咱们把房子租出去吧！破是破了点儿，不过租出去多少能赚点，租金咱俩对半分，给你贴补贴补家用，怎么样？

乔卫国：（皱眉）放心，外面借的钱都还完了，你自己吃饱饭就行，别操心我了。

乔卫国随意翻看，一个打开的抽屉缝隙里露出一张老照片。乔卫国凝神。

乔卫东：哥，我还有点事，去外地谈个业务，（拍拍腰上挂着的BB机）有事儿呼我啊！钥匙在桌子上，对了，租房子的事儿你好好考虑考虑，我先走了！

乔卫国不耐烦地摆手。乔卫东离开。

乔卫国打开抽屉，抽屉里放着一叠装裱起来的老照片。乔卫国随意翻看，是乔卫国父母年轻时候的舞台照。

乔卫国把老照片收好，放进原来的抽屉里。

乔卫国环顾老房子一周，离开房间。

10-22 小区民宅　贾午家　夜

客厅，电视屏幕正在播放1997年热播的电视剧《红十字方队》。金艳丽窝在沙发一角，给贾晨打电话。

金艳丽：（拿着听筒）闺女，哪天放寒假，早点回来吧，今年过年早……嗯，知道你很忙……嗯，我和你爸挺好……嗯，妈没受影响……不过，晓羽爸爸这次……是啊，我们也没想到乔主任会下岗……嗯嗯，老邻居们都会帮忙想办法的……贾午啊，这两天正考试呢……童言前几天在学校突然晕倒了，还好没大事，真是吓死个人……等你回来……

门开，贾午背着书包进门，放下手里的报纸。

金艳丽：嗯，贾午回来了……好，快休息吧，嗯……

金艳丽放下电话听筒，贾午放下书包。

贾午：（打开冰箱找饮料）姐快放寒假了吧？

金艳丽：是啊，这日子过的，真快，一年又一年……

贾午：妈，乔叔和齐叔是不是……

金艳丽：你听说什么了？

贾午：取报纸的时候听收发室大爷大妈说的呗，他们消息可灵通了！妈，下岗以后是要自己找工作吗，对晓羽……和贝贝他们生活有没有影响啊？

金艳丽：（沉吟）会给一次性安置费，再就业……就只能自己想办法了。听说齐向前倒是早就找好下家了，乔卫国像傻子一样，还以为自己高风亮节呢！前些年晓羽姥姥生病住院，他们家借了不少钱，好不容易刚还完，他就下岗了，唉……

贾午若有所思。

金艳丽：（突然反应过来）小孩子，打

听这些干什么，期末考试还有几门？先把你自己的正事搞清楚再说吧！

贾午：什么小孩，我明年就要成年了！

金艳丽：那也是小孩！

贾午：跟你没法说话！我看书去了！

贾午晃悠着回卧室。

金艳丽突然想起什么，站起身。

金艳丽：儿子，管着点自己的嘴，尤其见了晓羽，她不提，你可千万别乱说，明白吗？

贾午没回头，挥挥手，表示自己明白。

10-23 组镜

无印良品《有你在身旁》①音乐响起。

歌词：路有点长，夜有点微凉，心情迷迷惘惘，和寂寞交换沮丧，天边星辰忽明又忽暗，哪一颗最能照亮心房。梦和理想，心坚持不忘，方向就是力量，和时间交替煎熬，雾里曙光绽放希望，有你一切都变得不一样。谢谢你，给我温暖，脆弱时候在我身旁，谢谢你，陪我成长路上风风雨雨，不怕荆棘失望。有你在身旁心更坚强，阳光一路陪伴⋯⋯

童振华站在清冷的小区院子里，望着天空一轮新月。

童言靠在卧室床上，许如星温柔地喂他喝汤。

乔晓羽、贾午在童言卧室，给他讲述着学校趣闻，逗得童言大笑，捂住胸口。

乔晓羽赶紧制止贾午，童言微笑摇头，示意乔晓羽自己没事。

童言和乔晓羽坐在书桌前，童言给乔晓羽讲解习题，乔晓羽认真听着。

深夜，童飞从上下床的上铺探出头看童言，童言的被子掀开了一角，童飞轻轻下来给他盖好。

清城一中教室，期末考试。同学们奋笔疾书。乔晓羽答完卷子深呼吸。

10-24 教室　　日

高二（2）班教室，同学们拿着试卷看分数，有的沮丧，有的手舞足蹈，互相讨论聊天。

黄大卫趴在课桌上，慢慢从试卷的一角往上掀，终于掀到了分数的位置，黄大卫瞪大眼睛一看，又绝望地趴在课桌上。姚瑶也以同样的姿势往课桌上一趴。

贾午探头望向前面的乔晓羽，乔晓羽正闭着眼做祈祷姿势。

贾午：（凑到乔晓羽后面）哎，现在求哪路神仙也没用了，赶紧开奖吧，早死早超生！

乔晓羽睁眼，头也不回，挥手假装打贾午。

乔晓羽：什么早死，呸呸呸！这次数学考试我发挥可好了！

贾午：是吗，那你怎么不敢看分数？来来来，我来帮你！

贾午说着，把乔晓羽的试卷扯过来，

---

① 《有你在身旁》由林子强作词，光良作曲，无印良品演唱，收录在无印良品1997年发行的专辑《无印良品×2》中。

看完分数吃惊地呆住。

贾午：晓羽，你可以啊！超水平发挥！

乔晓羽表情紧张地拿过数学试卷，试卷上写着101分。

黄大卫也探过脑袋，表情惊讶夸张。姚瑶也爬起来看。

黄大卫：晓羽，你出息了啊，第一次超过及格线这么多！你最近……喝哪个牌子的补脑口服液了？

乔晓羽拿着试卷，望向童言方向。

前排座位，余芳正在问童言数学题。

余芳：童言，你看我这道题怎么回事，明明就是这样啊……（话音渐弱）

童言认真地给余芳讲解。

乔晓羽收回目光，看着数学试卷。

10-25 小区民宅　乔晓羽家　夜

接前镜，镜头从乔晓羽视角下的数学试卷慢慢转变方向。

乔卫国拿着试卷，坐在沙发上，露出欣喜笑容。乔晓羽站在旁边。

乔卫国：太好了，闺女！这两年，爸就是操心你的数学啊，这次进步这么大，爸太高兴了，继续加油！

乔晓羽：这次真的要感谢童言，要不是他帮我补习，后面那几道大题我肯定一个也做不出来。

乔卫国：就是就是，过年爸爸得给童言包个大红包！哈哈……

乔晓羽：爸，你可得说话算数啊，你答应我的……

乔卫国：老爸我什么时候说话不算数？爸明天一早就去给你买！

乔晓羽：太好啦！（疑惑）明天一早？爸你不用上班吗？

乔卫国：啊……上班上班，爸太激动，说错了，咱们周末就去买！

乔晓羽：（搂住乔卫国的脖子）爸，我天天做题就是为了这一天啊，累死我了……

乔卫国：闺女啊，你好好学习是为了考上好大学，哪能就为了这个……

乔晓羽：好啦爸，我知道啦……（话音渐弱）

10-26 学校门口　日

女生们银铃般的笑声传来。

乔晓羽开心地笑着，回头招呼齐贝贝。

乔晓羽骑着一辆崭新的粉色自行车进入清城一中大门。

余芳从一辆桑塔纳轿车下来，远远看到乔晓羽和齐贝贝的背影，轻蔑一笑。

远处，曹阿荣骑着自行车过来，停到余芳身边。

曹阿荣：哼，换个破自行车，看把她给美的，没见过世面！

余芳：你见过什么世面，你不也骑自行车吗？

曹阿荣尴尬地笑。

余芳：放学坐我家的车走吧，吃顿好的，我请客。

曹阿荣：（马上开心）好啊好啊……

10-27 校园　日

乔晓羽和齐贝贝把自行车停放在车棚，粉色的车身格外好看。

齐贝贝从书包里拿出一个晶莹剔透的粉色小铃铛。

齐贝贝：为了庆祝晓羽同学数学及格、喜得豪车，来，拿着，这是给你的贺礼，镇车之宝！

乔晓羽开心地接过来，仔细欣赏。

乔晓羽：哇，好漂亮啊，贝贝！我太开心了！

齐贝贝：（得意）这可是经过我贝大师开过光的，你只要带着它，保证你考试成绩越来越好，长得越来越美……

乔晓羽笑得直不起身。

齐贝贝：（夸张）而且保佑你爱情甜蜜，能遇到一个超级帅的白马王子……

乔晓羽：（笑）贝贝，你越说越没谱儿了……

齐贝贝：快挂上快挂上！

乔晓羽笑着把小铃铛挂在自行车把的一边。

贾午、黄大卫、童飞拍着篮球走过来。

贾午：呦，终于把你的破车换了？

乔晓羽：你才是破车，这是我爸奖励我的礼物，好看吧？

黄大卫：自行车是挺好看……不过这个铃铛是干什么用的？太幼稚了吧！

齐贝贝打黄大卫的头。

齐贝贝：什么幼稚，我送的！我送的！不懂别乱说！

黄大卫：（捂着头）好看好看，特别好看，一点也不幼稚！哎哟，疼，疼……

贾午、乔晓羽、童飞看着他们笑。

齐贝贝：哎，童言呢？

童飞：考试完老师让他回家休息了。

贾午：这小子，根本没复习还是能考全年级第一，非人类啊非人类。（对童飞）对了，童飞，听说你这次也考得很好啊？

童飞：（撇嘴，嘟囔）哪壶不开提哪壶……

齐贝贝：是啊，从倒数第三变成倒数第四，进步好大！

童飞过来捂齐贝贝的嘴。

童飞：齐贝贝，你话太多了！

齐贝贝：晓羽快救我，他要灭口！

乔晓羽：好了好了，快上楼吧，老师肯定要讲卷子的。

大家一起往教学楼走去。

童飞：（拍着篮球）哎，今天下午不上课，等会儿放学了去打篮球啊！

黄大卫：（回头）打什么球，这天气就得去清城公园！

乔晓羽：清城公园？

贾午：（恍然大悟）对啊，清城公园的冰场今天开业！我怎么没想起来……

齐贝贝：黄毛儿，你这记性要用到学习上该有多好！

童飞：谢谢夸奖！

齐贝贝：（瞪眼）我夸你了吗？

10-28 清城公园冰场　日

乔晓羽、齐贝贝、童飞、贾午、黄大卫穿好滑冰鞋，站在冰场外。

贾午：（对童飞）哎，海边回来的哥们儿，还记得怎么滑冰吗？

童飞：开什么玩笑，我可是地道的清城人，小时候的童子功扎实着呢！

贾午：可别吹牛啊！实在不行，我们可以教你！

齐贝贝：就是，我给你当老师，收费合理！

黄大卫：（对齐贝贝）你当老师？我怎么记得去年在冰场，你还使劲儿拽我呢！

齐贝贝：那是去年了，（自信）今年……看我的吧！

齐贝贝走上冰面，慢慢地滑了起来。

黄大卫：（拍拍童飞）我事先声明，我只帮美女，可不管你啊！

童飞：哼，谁需要你管……

黄大卫跟着齐贝贝身后滑远。

童飞：（看着黄大卫滑远的背影伸手）哎……真不管啊？（转头看向乔晓羽）晓羽……

乔晓羽似乎还在为童飞逃课打台球的事不悦，没有理会童飞，而是站到冰面上，优美地滑了出去。

童飞看呆了。

童飞：（自语一般）哇……

贾午：（凑过来）怎么样，赶紧拜师吧？

童飞：滑你的吧！我自学成才！

贾午笑笑，走上冰面流畅地滑远。

童飞自以为是地走上冰场，结果一上去就差点滑倒，赶紧扶着栏杆站好。

童飞：（嘟囔）一时失误、失误……

童飞小心翼翼地放开栏杆，颤巍巍地往前试探着滑，突然脚下一个趔趄，摔倒在地。

童飞赶紧爬起来，突然看到一只手伸到眼前。

乔晓羽把胳膊递给童飞，示意童飞扶着。童飞愣了一下，扶住乔晓羽的手臂，两人在冰面上慢慢滑起来。

乔晓羽：重心放低，对……身体往前倾……这样内八字收一下就可以慢下来，对……

童飞在乔晓羽的指导下滑得越来越熟练。

童飞：晓羽，上次在台球厅那儿，是我的错……

乔晓羽：嗯。

童飞：那你不生气了吧？

乔晓羽：那你还逃课吗？

童飞：我对冰发誓，要是我再逃课，现在就让我摔个大马趴！

乔晓羽"扑哧"一声笑了。

乔晓羽：（笑着）那你摔之前，记得要放开我的手！

突然，一个小孩从对面跟跟跄跄地朝着乔晓羽滑过来。乔晓羽想要让开，小孩左右一晃，乔晓羽一不留神往前倾。在马上要摔倒的时候，想要甩开童飞的手，童飞却紧紧抓住乔晓羽的手，绕到乔晓羽前面，保护住了乔晓羽。乔晓羽重心不稳，扑到童飞身上，两个人倒地，不可避免地抱在了一起。

乔晓羽和童飞看着对方的眼睛。

乔晓羽赶紧从童飞身上挪开。

童飞和乔晓羽互相搀扶着站起来。

齐贝贝、黄大卫、贾午也滑过来。

齐贝贝：晓羽，你怎么了？是不是被童飞给连累了？

乔晓羽：没事，是我自己不小心。

齐贝贝：没事就好，你看我，滑得越来越好了吧？我给你们表演一个特技！

齐贝贝到冰面上，想要表演旋转，一个趔趄，差点摔倒。

黄大卫赶紧跟上去，把齐贝贝扶住。

黄大卫：大小姐，你悠着点吧！

童飞、乔晓羽、贾午笑了。

乔晓羽：（画外音，成年）小时候，我以为这样的日子，这样的朋友，会永远存在，不会改变，后来才知道，那只是人生中短暂的一瞬；长大后，我以为那样的日子，那样的朋友，只是人生中短暂的一瞬，根本不必在意，现在才明白，那些人、那些事，早已变成我生命的一部分，永远都不会消失。

童飞滑得越来越熟练，逐渐放开乔晓羽的手臂，自己滑起来。齐贝贝、黄大卫、贾午也各自在冰面上滑行。大家笑着、滑着、欢呼着。镜头慢慢拉远，从空中呈现冰场全景。

10-29 街道　日

乔晓羽、齐贝贝、童飞、贾午、黄大卫骑着自行车经过清城的街道。

童飞、贾午、黄大卫边骑车边打闹着。

乔晓羽骑着粉色自行车，和齐贝贝谈笑着。

几人拐过一个十字路口，齐贝贝突然皱眉，停下自行车。乔晓羽回头看齐贝贝。

乔晓羽：贝贝，你怎么了？

齐贝贝推着自行车走到乔晓羽身边，有点尴尬地对乔晓羽耳语。

齐贝贝：（小声）我好像来那个了……

乔晓羽皱眉思考。

乔晓羽：没事，前面就是文工团，咱们去那儿不就行了……

齐贝贝：对啊对啊！

童飞回头发现乔晓羽和齐贝贝停下了，招呼贾午、黄大卫，三人推着自行车走回来。

童飞：你们俩怎么了？

贾午：还说悄悄话……齐贝贝，你又有什么坏主意？

齐贝贝白了一眼贾午。

乔晓羽：你们男生先回家吧，我和贝贝去文工团一趟。

黄大卫：去文工团干什么？

乔晓羽：（和齐贝贝同时）找我爸！

齐贝贝：（和乔晓羽同时）上厕所！

乔晓羽和齐贝贝尴尬地看向对方，童飞、贾午、黄大卫迷惑地看着她们。

齐贝贝：哎呀，你们问那么多干吗？让你们走，就赶紧走，真啰唆！

齐贝贝拉着乔晓羽转头就走。

贾午：晓羽，你要……去找你爸？

乔晓羽：是啊，怎么了？

贾午：你爸……在团里吗？

乔晓羽：肯定在啊，还没到下班时间呢！

贾午：要不，今天别去了吧……

齐贝贝：你有完没完？怎么比我妈还啰唆！

齐贝贝骑车走远，乔晓羽看了贾午一眼，骑车跟上齐贝贝。

贾午看着她们的背影露出无奈表情。

贾午：（嘟囔）她俩不会……还不知道吧？

童飞：不知道什么？

贾午望着乔晓羽和齐贝贝的背影，皱眉。

10-30 小区民宅　童飞家　夜

卧室，微弱的灯光。童言躺在床上睡着了。

许如星坐在书桌旁，手里拿着试卷。

许如星翻看着试卷，童言的试卷都是高分，童飞的试卷分数很低。

许如星放下试卷，叹气。

童飞背着书包进来，许如星赶紧起身。

许如星：（小声）回来了？

童飞看到了桌上的试卷，低头不语。

许如星：哦，童言说，这次要家长签字，所以我看了一眼……

童飞：我们班也要求签字。

许如星：（小心翼翼）那……要不，我也给你签了吧？

童飞：（面无表情）谢谢小姨。

许如星赶紧坐下，在试卷上签字。

许如星：（回头）童飞啊……

童飞：（不耐烦）我知道了，这次还是没考好，下次注意，您不用说了。

许如星：（低头）我不是说这个。

许如星把签好字的试卷递给童飞，走到卧室门口。

许如星：我是说，卷子收好，别让你爸看见。

许如星走出卧室，童飞低头看着试卷。

10-31 文工团小区　夜

童飞坐在小区院子里，望着天空的月亮。

小区大门口，乔晓羽低着头，推着自行车进来。童飞看着乔晓羽慢慢走近。

童飞：晓羽。

乔晓羽：（抬头看到童飞）你怎么在这儿……今天好累，我先回家了。

童飞：乔叔的事，我们刚知道……

乔晓羽停下脚步。

乔晓羽：我看起来很难过吗？

童飞：啊？

乔晓羽：我爸前几天心情肯定不好，可他还是装出很开心的样子，（看向自己的自行车）还给我买了整个商场里最贵的自行车……

（闪回）

10-32 组镜

乔卫国站在商场门口，眉头紧锁。

乔晓羽把旧自行车停放好，向乔卫国

笑着跑过来，乔卫国马上喜笑颜开。

商场里，乔卫国和乔晓羽挑选自行车，乔晓羽拿起一辆粉色自行车的吊牌，吃惊地张大嘴。

乔卫国笑着把钱递给售货员，乔晓羽开心地搂住乔卫国的胳膊。

（闪回结束）

10-33 文工团小区　夜

乔晓羽低头，露出难过的表情。

童飞伸手想安慰乔晓羽，又收回手，摸住自己的头。

童飞：咳！你想得也太多了，我就不这么觉得！

乔晓羽抬头疑惑地看着童飞。

童飞：乔叔在团里干了这么多年，人缘也好，肯定已经有出路了。再说，你这次期末成绩好，他肯定很开心啊，这是装不出来的！

乔晓羽：我不知道，能为他做点什么……

童飞：别担心了，大人自然会有大人的办法。你已经很好了，数学进步这么大！你看看我，卷子给家长签字都得偷偷摸摸的。

乔晓羽：其实你很聪明，只要你愿意……

童飞：算了吧！我们家已经有童言这个神童了，我就乐得逍遥自在！

乔晓羽看着童飞的侧脸。

10-34 小区民宅　乔晓羽家　夜

乔晓羽进门，看到乔卫国坐在沙发上发愣。

乔晓羽：爸。

乔卫国：（回神）晓羽回来了？饿了吧，你妈加班，还回不来，咱们先吃吧！

乔晓羽和乔卫国坐在餐桌前吃饭，两个人都心不在焉。

乔卫国：晓羽，爸想跟你说件事。

乔晓羽：爸，今天我去团里找你了。

乔卫国停下筷子，抬头看着乔晓羽。乔晓羽努力露出微笑。

乔卫国：晓羽，其实爸正想跟你说……

乔晓羽：爸，你不是一直想做点别的工作吗，正好是个机会呀！

乔卫国眉头慢慢舒展。

乔卫国：我的傻闺女啊，别的工作，哪有那么容易……

乔晓羽：我老爸可是十八般武艺样样精通，一定没问题！

乔卫国忍不住笑了。

乔卫国：这要是年轻的时候，爸还真能去折腾折腾，可是现在年纪大了……

乔晓羽：爸，你才不老呢！贾叔不也是以前从团里辞职的嘛，他都能当老板，我老爸这么优秀，说不定也要当大老板了！

乔卫国：（笑）我闺女今天嘴上抹蜜了，哈哈哈……

电话铃声响起，乔卫国站起身接电话。

乔卫国：（拿着听筒）喂，哦，卫东啊，有事儿吗？

10-35 公共浴室　夜
公共浴室里，乔卫东瘫在按摩座椅上拿着老款手机。
乔卫东：（拿着手机）哥，听说你下岗……哦不，应该说，自由了？

10-36 小区民宅　乔晓羽家　夜
乔卫国：（拿着听筒）唉，果然是好事不出门，坏事传千里……
乔卫东：（画外音）什么坏事，你勤勤恳恳干了这么多年，有希望当团长吗？我看啊，副团长也没戏！
乔卫国：我压根儿也没想当什么团长副团长！
乔卫东：（画外音）是啊，本来就是咱爸妈希望你去接他们的班儿，嘿嘿，这不正好吗？
乔卫国：别贫了，你打电话到底什么事？
乔卫东：（画外音）这不嘛，我有个哥们儿前些日子刚成立了一个金融资产管理公司，好巧不巧，缺一个副总！你说说，这不为你量身定做的吗，所以我就跟他说，我哥合适啊……
乔卫国：（拿着听筒）金融资产管理公司？具体干什么的？
乔卫东：（画外音）咳，就是负责一些金融机构债务的管理啊、监督啊、提醒啊……
乔卫国：说这么热闹，不就是催债的吗？

10-37 公共浴室　夜
乔卫东：（拿着手机，激动）no、no、no，资产管理公司！

10-38 小区民宅　乔晓羽家　夜
乔晓羽：（凑到乔卫国旁边）爸，是二叔吗？
乔卫国：（对乔晓羽点头）行了行了，我考虑一下，回头再找你，嗯嗯……
乔卫国放下电话听筒。
乔晓羽：二叔说什么？
乔卫国：（自嘲）你二叔让我去当"大老板"！
乔晓羽吃着东西，饭菜还在嘴里，愣住看着乔卫国。

10-39 小区民宅　齐贝贝家　夜
齐贝贝和齐向前面对面坐着。
齐贝贝：（吃惊）真的？
齐向前：（尴尬）是，爸……下岗了，不过你妈已经给我联系了她们医院保卫科，我下周就去面试……
齐贝贝：爸！那你和大栗叔就不是一个单位的了，对吧？
齐向前：（疑惑）是啊，怎么了？
齐贝贝：那你们以后能和好了吗？
齐向前：（惊讶又生气）你……你就关心这个？

10-40 文工团小区　日
院子里一派快要过年的喜庆气氛，有几位大叔一起在小区门口贴对联，几个年轻人挂灯笼，有人拎着烟花爆竹回家。孩子们围着观看，欢声笑语。

10-41 小区民宅　童飞家　日
卧室，童言靠在床上微微闭眼。
乔晓羽坐在旁边椅子上看着一本《穆斯林的葬礼》。
童言睁开眼，乔晓羽不好意思地把书合上。
乔晓羽：跟你相比，我看的书都太肤浅了。
童言：（微笑）我也是随便翻翻。对了，磁带我听完了，还给你吧。
童言拿起磁带递给乔晓羽，是张信哲1997年发行的专辑《直觉》。
乔晓羽：好听吗？我一直盼着阿哲的新专辑呢，声音还是那么完美吧？
童言：特别好听，你还没听就借给我，谢谢……
乔晓羽：谢什么，你在屋里出不去，多无聊啊……这两天身体感觉好点了吗？
童言：早就没事了，我妈还是让我躺着。
乔晓羽：以前每次你去外地比赛，叔叔阿姨都很担心吧？
童言：嗯，我就是这么累赘的人……
乔晓羽：说什么呢，才不是……对了，童言，你去过的城市里，最喜欢哪里？
童言认真思考。
童言和乔晓羽对视着。
童言：（认真）清城。
乔晓羽：清城？

童言：因为这里有很多回忆……
乔晓羽：（笑）你才几岁啊，就开始回忆了，怪不得别人都说你少年老成……
童言：（低头微笑）回忆……是最好的。
乔晓羽：嗯……回忆是很美好，可是，现在也是给将来创造回忆的时候啊。
童言和乔晓羽对视。
卧室门开，童飞满头大汗地冲进来，又下意识退出去。
童言：哥？
童飞：（又开门进来）晓羽也在？
乔晓羽：（站起身）我得走了，贝贝叫我出去一趟，陪她给小栗子买猫粮。
童飞、童言：（一起）猫粮？
童飞：猫……还有专门的粮食啊？
乔晓羽：以前我也不知道，贝贝是小灵通嘛，什么新东西啊，新玩意儿啊……她都最灵通，我先走了！
乔晓羽从卧室离开。
童言：哥，外面冷吗？
童飞：挺冷的，快下雪了，院子里一个人都没有。
童言：（担心）这么冷，晓羽要出门，怎么也不戴手套呢……
童飞正在收拾书包，突然停下动作。

10-42 文工团小区　日
乔晓羽走出单元门口，抬头看看阴着的天，走向远处的自行车棚。

10-43 小区楼道　日

张信哲《直觉》[①]音乐响起。

歌词：心是一个容器，不停地累积，关于你的点点滴滴……

童飞站在家门口的楼梯上愣神，从背后翻过书包，打开拉链，里面露出一副有羽毛图案的手套，犹豫着要不要下楼送给乔晓羽。

10-44 文工团小区　日

继续张信哲《直觉》音乐。

歌词：虽然我总守口如瓶，思念却满溢，浸湿了我眼睛。因为我太想念你，所以才害怕，这孤独大得不着边际……

乔晓羽推着粉色的自行车，走到小区院子空地，停住自行车。

乔晓羽冷得缩紧脖子，嘴里呼出热气给手心取暖，展开手背，看着冻到发红的双手。

乔晓羽锁好自行车，跑进自己家单元门口，准备上楼拿手套。

院子里，崭新的粉色自行车，车锁链子耷拉着轻晃。

10-45 小区楼道　日

继续张信哲《直觉》音乐。

歌词：若此刻能奔向你，紧紧拥抱你，我会毫不迟疑……

童飞看着手套，迟疑片刻，又把手套放回书包。

突然，院子里传来乔晓羽"啊"的一声大喊。

童飞一激灵，飞奔着冲下楼梯。

---

① 《直觉》由姚谦作词，陈子鸿作曲，张信哲演唱，收录在张信哲1997年发行的专辑《直觉》中。

第十一集

相约一年又一年

11-1 小区楼道　日

童飞看着手套，犹豫片刻，又把手套放回书包。

突然，院子里传来乔晓羽"啊"的一声大喊。

童飞一激灵，飞奔着冲下楼梯。

11-2 文工团小区　日

乔晓羽一个人站在大院中间，自行车不见了。童飞赶紧跑过去。

童飞：（着急）晓羽，你怎么了？

乔晓羽：（呆住）我的自行车，我爸刚给我买的自行车……

童飞：丢了吗？

乔晓羽：我刚上去拿手套，还不到一分钟……

童飞：（环顾四周）看来小偷早就盯上了，别着急，等我！

童飞飞奔向大院门口。

乔晓羽：你去哪儿？

童飞：（边跑边喊）肯定还没走远！

11-3 小路　日

童飞跑出文工团小区门口，在小路上奔跑。

旁边巷子里闪过一个身影。童飞转身向身影跑去。

自行车上的锁链使劲晃动着。小偷抬着后轮跑。

童飞狂奔到小偷前面挡住他的去路。

小偷被迫停下来，气喘吁吁，恶狠狠地瞪着童飞。

童飞：（喘气，冷笑）哥们儿，外面待腻了，想进去吃两天牢饭是吧？

小偷：（凶狠）小屁孩，这车是个小姑娘的，警告你，别多管闲事！

童飞：这是我妹妹的车！现在放下车赶紧滚蛋，兴许我就懒得报告警察叔叔了！

小偷：你妹妹？哼，鬼才信！快过年了，哥哥我要买点年货。识相的，赶紧滚。等会儿我兄弟来了，你这年就得在医院里过了！

童飞不吭声，过去拽车。小偷用拳头打童飞，童飞躲开把小偷闪倒。小偷继续想踹倒童飞，童飞紧紧扣住小偷的双手，两人厮打在一起。

远处，乔晓羽跑来。

乔晓羽：（边跑边喊）快来人！抓小偷！

小偷见打不过童飞，又看见乔晓羽在喊人，趁童飞不注意闪开，使劲抓起自行车狠狠朝童飞身上扔去，自行车重重地砸到童飞身上。

童飞下意识用胳膊挡住，但仍被压倒在地。

远处，贾午骑着自行车过来。

贾午：（喊）给我住手！

贾午扔下自行车跑过来，车筐里掉出一袋鞭炮。

小偷飞快地钻进小巷里不见身影。

乔晓羽着急地扑到童飞身边。

贾午准备去追小偷，看见乔晓羽正在用力挪开压在童飞身上的自行车，赶紧跑过来帮助乔晓羽，把自行车从童飞身上搬开。

贾午：这是怎么回事！

童飞：（疼得龇牙咧嘴）偷车贼……哼，下次别让我碰到他！

童飞摸自己脸上的划痕。乔晓羽着急地检查童飞被砸到的地方。

乔晓羽：（着急）砸到哪儿了，要不要去医院？

童飞：（强装微笑）咳，没事，我是谁啊！

乔晓羽卷起童飞的袖子，胳膊上一块深深的青紫血印，快要渗出血。

乔晓羽：这还没事，走，咱们去医院！

童飞挣扎着站起来，还努力想把乔晓羽的自行车扶起来。贾午赶紧帮忙。

童飞：去什么医院？你看我不是好好的吗？（看自己胳膊上的伤）这点伤，回去喷点药就好了！

贾午：大哥，你别逗能啊！

童飞：行了行了，真没事，（看着到处是划痕的自行车），就是这车……（看向乔晓羽）没有以前那么好看了……

贾午：晓羽，说实话，你这自行车就是太新、太好看了，这回摔成这样，以后肯定没人偷了……

乔晓羽看着自行车，难过地低下头。

贾午走到自己自行车旁，捡起装着鞭炮的塑料袋。

童飞：（对乔晓羽）对了，贝贝还等着你呢，快去吧！

乔晓羽：你的胳膊……真没事吗？

童飞：（笑）没事，等会儿回去，让童言给我擦点药就行了。

贾午把自己的自行车推过来。

贾午：（对乔晓羽）骑我的车去吧，你的小粉车得好好修一下了！

乔晓羽接过贾午的自行车，担心地看着童飞的胳膊。

童飞：（挥舞胳膊）看，一点感觉都没有，快走吧！

乔晓羽一步三回头看着童飞，终于骑车离开。

童飞和贾午目送她走远。贾午回头看童飞的胳膊。

贾午：怎么样？

童飞突然龇牙咧嘴地握住自己胳膊，嘴里"啊啊"喊着。

贾午：就知道你在逗能！（撇嘴）很疼吧？

童飞：（龇牙咧嘴）再疼也不能在女生面前露怯啊！

贾午：（无奈）回家上药去吧，大英雄！

贾午推着乔晓羽的自行车。童飞架住贾午的肩膀，拖着身体往前挪。

童飞：快扶着我！

贾午：你到底是哪儿受伤了？

童飞：别问了，哪儿都疼！

贾午和童飞往小区方向走，童飞压在贾午背上，贾午嫌弃地甩开他，童飞又搭在贾午身上，两人背影越走越远。

贾午：（背影）你这英雄救美可倒好，

最后我倒霉!

童飞:(背影,话音渐弱)哎?你买了这么多鞭炮,等会给我们家一包啊!

贾午:(背影,话音渐弱)想得美!

11-4 某公司门口　日

乔卫国沿着街道走到一家古色古香的大院门口,大门上写着"鑫鑫向荣资产管理有限公司"。

乔卫国在门口犹豫,最后下定决心推门进去。

11-5 某公司　日

镜头随着乔卫国的主观视角移动。大厅中央竖立着关羽像,三四十个中青年男人在前排一位领头大哥带领下,给关公上香。其中一位年纪较大的员工(程哥)发现了乔卫国,站起身走过来。

程哥:您是乔主任吧?

乔卫国:是我。

程哥:(堆笑)张总一直等着您呢!请您跟我来!

乔卫国忍不住疑惑地看向跪拜的人。程哥看出乔卫国的疑惑,侧身低声耳语。

程哥:这是我们张总定的规矩,每天早晨一上班,先拜关老爷!

乔卫国:哦哦。

领头大哥上完香,员工们集体跪下磕头。

领头大哥:请关老爷保佑我们鑫鑫向荣公司——

全部员工:(齐声)财源广进!欣欣向荣!

程哥:乔主任,我带您去张总办公室吧?

乔卫国:好。请问,您贵姓?

程哥:我姓程,他们都叫我程哥。乔主任,这边走。

员工们起身散去。

乔卫国看着这些员工,个个膀大腰圆,一股江湖习气。

11-6 某公司　日

乔卫国跟着程哥走过一个个房间门口,乔卫国不时看向里面。有的房间吊着很多拳击沙包,一些员工在里面训练;有的房间有拳击台,两个员工在对打;其他房间也随处可见健身器材。程哥带着乔卫国走到走廊尽头的房间,敲门。

张总:(画外音)进来!

11-7 某公司办公室　日

程哥推开门,张总背朝门,靠在办公椅上。

程哥:老大,乔主任来了。

身材魁梧的张总起身迎接。

张总:乔主任,你可来了,哈哈哈哈!

张总走过来,热情地握住乔卫国的手。

11-8 宠物医院门口　日

宠物医院大门上写着"天使宠物之家"。

门口,齐贝贝握着乔晓羽的胳膊,浑身上下来回检查。

齐贝贝:(吃惊)居然有这样的事!

你没事吧？

乔晓羽：放心，我没事……

齐贝贝：这光天化日的，小偷也太猖狂了吧！

乔晓羽：可能是我把自行车弄得太招摇了……

齐贝贝：快过年了，是得小心点儿……还好童飞把小偷打跑了，平时吊儿郎当的，关键时刻还真敢出手啊！可以可以……

齐贝贝：童飞为了帮我追回自行车，受伤了。

齐贝贝：啊？严重吗？

乔晓羽：他说是皮外伤，怎么也不肯去医院。

齐贝贝：童飞最近有点奇怪……

乔晓羽疑惑地看着齐贝贝。

齐贝贝：（掰着手指头数）帮你去文工团取演出服，每天找你借书，这次还从天而降抢回自行车……童飞这是……

乔晓羽：哎呀，你别乱猜了，他就是把我当成童言一样的弟弟妹妹在照顾。

齐贝贝：（嘟囔）真的吗？

乔晓羽拉着齐贝贝走进天使宠物之家大门。

乔晓羽：快让你的小脑瓜休息一下吧！

11-9 某公司办公室　日

鑫鑫向荣资产管理有限公司总经理办公室，张总和乔卫国面对面坐在沙发上。

张总身后是满墙的书柜，上面摆着密密麻麻的管理类、励志类书籍。

张总：乔主任，公司啊，现在就这么个情况。我都给你交底了，你有什么想法，但说无妨啊！

乔卫国：张总，您说笑了，我现在一个无业游民，能有什么想法……

张总：乔主任太客气了，你在文工团这么多年，不管是能力还是人缘，我都有所耳闻。我啊，是个粗人，不过，用人不疑，这点我还是懂的。

乔卫国：不瞒您说，以前在团里，外面的人把我当唱戏的，团里的人又把我当外行，虽说没有功劳也有苦劳，可是张总，我还是不太明白，您找我来……

办公室外，传来员工们练习拳击、散打的狂吼声，乔卫国忍不住回头。

乔卫国：（疑惑）我这么个手无缚鸡之力的老头，能为咱们公司做点什么呢？

张总：（大笑）哈哈哈，乔主任，我们公司这些年赚了些钱，也有不少固定客户。可是你也知道的，催债嘛，总需要一些大块头吓唬人，撑撑场面。这帮人好多以前是混社会的，从小没念过书，还有几个进过局子！

乔卫国点头。

张总：不过，这种模式不能持久啊。我也算半个文化人，我一直有个想法，我想把公司做大做强（话音渐强）！做出我们自己的企业文化，以理服人！（举起拳头）

乔卫国：（点头）张总深谋远虑。

张总：卫东跟我说过，乔主任以前在

文工团不光管行政，管人更是一把好手。文工团我还不知道吗，搞艺术的人，有个性！最难管理的那帮人都服气你乔主任！我和卫东是兄弟，也把你当成大哥。我是真心请你来帮我们，好好给我改造改造这些弟兄。以后出去了，也让外面的人知道，我们公司不是只会催债，我们讲道理！有素质！

张总越说越兴奋，端起一杯"白水"一饮而尽。喝完放下水杯，指着另一杯"白水"，示意乔卫国喝。

张总：别客气，喝！

乔卫国讪笑着端起水杯喝了一口，呛得差点全部喷出。

乔卫国：这是……酒？

张总把大手放在乔卫国肩膀上，乔卫国看着肩膀上的大手。

张总：（霸道）下个月就来上班！

11-10 宠物医院　日

天使宠物之家里摆着很多宠物笼，里面分别关着各种各样的猫猫狗狗，乔晓羽和齐贝贝开心好奇地逗猫狗。齐贝贝对每一个宠物都爱不释手。

一位女店员（薇姐）走过来。

薇姐：（指向货架）两位小妹妹是要买猫粮吗？这边都是刚上市的，卖得特别好。

乔晓羽：谢谢姐姐，我们先看看。

齐贝贝：姐姐，这里的宠物都是卖的吗？

薇姐：哦，有一些是出售的，还有一些是生病了，来我们这里治疗。

门口进来一对母女，小女孩大概七八岁的样子。

小女孩：（大声）天使阿姨，球球好了吗？

薇姐：两位小妹妹随意挑选，我先招呼一下那边。

薇姐走开。齐贝贝和乔晓羽拿起猫粮挑选。

小女孩：（着急）天使阿姨，我的球球好了吗？我一晚上都没睡好，一直很担心！

小女孩妈妈：依依，别着急，让阿姨先说。

薇姐：（面色愧疚）依依，对不起……

小女孩：（着急）阿姨，球球它怎么了？

薇姐走到内部房间，片刻，怀抱一只小狗走出来，小女孩马上跑过去抱住小狗。齐贝贝和乔晓羽也忍不住看着可爱的小狗。

小女孩：球球，球球！

小女孩怀里的小狗奄奄一息。

小女孩妈妈：球球是不是……

薇姐默默点头。

小女孩：（哭）不，我的球球一定会好的，天使阿姨，你救救它，救救它……

薇姐：（难过）对不起，依依，我们这里的叔叔阿姨都尽力了，可是，如果这样拖着，球球会受更多罪……

小女孩妈妈走过来抱住小女孩。

小女孩妈妈：依依，你也不想让它再

痛苦了，是不是？

小女孩大哭起来，小女孩妈妈抱着小狗，牵着小女孩到旁边坐下，轻声安慰着小女孩。

齐贝贝和乔晓羽面露难过神情。齐贝贝走到薇姐旁边。

齐贝贝：（对薇姐）姐姐，她的小狗怎么了？

薇姐：得了一种很罕见的病，应该是先天的，可是咱们清城的宠物医疗才刚开始，水平确实有限……如果实在治不好，为了减少宠物的痛苦，只能……

齐贝贝：只能，怎么样？

薇姐：只能……安乐死了。

齐贝贝转头看着不停哭泣的小女孩。

小女孩：（大哭）妈妈，是我没有照顾好球球，它才七个月，是我的错……

小女孩妈妈：不是你的错，你已经很用心照顾它了。球球去了天上，会变成星星看着你，在那里它就没有病痛了……（话音渐弱）

小女孩轻声啜泣着。

齐贝贝忍不住跟着流泪，乔晓羽走过来轻拍齐贝贝的肩膀安慰她。

11-11 街道 昏

齐贝贝车筐里放着几袋猫粮。

齐贝贝和乔晓羽推着自行车走在街道上。街道两旁张灯结彩，过年的气氛十足。

齐贝贝和乔晓羽面色低沉。

齐贝贝：晓羽。

乔晓羽：嗯？

齐贝贝：我好像……更了解我妈一些了。

乔晓羽：（真诚）只要你愿意，肯定也会像高阿姨一样，成为一个好医生的。

远处天空烟花绽放，乔晓羽和齐贝贝望着烟花。

11-12 街道 昏

街道两旁洋溢着过年的气氛。

乔卫国慢慢走在街道上，面色凝重地思考。

乔卫国路过烟花爆竹摊，停下，看着各种烟花鞭炮，眼神定格在一个巨大的烟花桶。老板见状忙过来招呼。

老板：大哥，买烟花吗？这个放起来特别好看，是今年卖得最好的！

乔卫国：嗯，我闺女就喜欢看漂亮的烟花……

乔卫国目光移向烟花的标价，从口袋里拿出钱包，发现里面的钱刚刚够买一个，乔卫国有点犹豫。

老板：大哥来几个？

乔卫国：啊，我……再看看……

乔卫国掩饰着，装作挑选烟花的样子在摊位前转悠。乔卫国不经意抬头看向远处，突然皱眉。

11-13 街道 昏

一个卖冰糖葫芦的人推着自行车，后面固定着长长的竹竿做成的架子，上面插满了冰糖葫芦。

卖冰糖葫芦的人（文工团办公室小汪）看起来像是刚开张，有点不好意思地望着行人，面露羞赧，张不开嘴叫卖。

乔卫国走近小汪。

乔卫国：小汪，真的是你……

小汪：（惊讶）乔主任？你怎么在这儿？

乔卫国：我……正好路过，你这是……

小汪：（难为情）咳，这不是下岗了，实在没办法吗。先挣点小钱过年，年后准备盘个店铺卖早点。孩子还小，日子总得过啊……哎，乔主任，你人缘好，能力强，肯定已经找到新工作了吧？

乔卫国：（掩饰）啊，嗯……

小汪：（拔出一串冰糖葫芦）乔主任，来，拿着！尝尝甜不甜？

乔卫国：（赶紧掏钱包）多少钱？

小汪：（按住乔卫国的手）什么钱不钱的，就当帮我开个张！

乔卫国接过冰糖葫芦，尝了一口。

乔卫国：（笑了）真甜！

小汪也笑了，两人尴尬无言。

乔卫国：那我……先走了，回头去家里玩儿。

小汪：嗯，乔主任，你好好混，我们这些老弟兄，还指望着你呢！

乔卫国百感交集地点头。

乔卫国走远，回头望着小汪单薄的身影在寒风中微微打战。

乔卫国拿出钱包里所有的钱，快步走到小汪身边，塞到小汪口袋里。小汪刚反应过来，乔卫国已经大步走开了。

小汪：（喊）乔主任！

乔卫国没回头，快步走远。

11-14 街道　昏

乔卫国坐在路边的台阶上，大口大口地吃着冰糖葫芦。深冬的黄昏像笼罩着一层薄雾，看不清乔卫国脸上是否有泪痕。

11-15 小区民宅　乔晓羽家　夜

沈冰梅和乔晓羽坐在餐桌旁，乔卫国穿着围裙，把饭菜一盘一盘地端到餐桌前。

沈冰梅：这么说，卫东这次还挺靠谱儿的？

乔卫国：是啊，我也没想到，看来这小子最近混得还行！

乔晓羽：爸，我就说你是金子吧，到哪里也一定会发光的！

乔卫国：哈哈……我闺女嘴真甜，你生日快到了，想要什么礼物，爸领了工资马上给你买！

乔晓羽：过年我想放两个大烟花！

乔卫国：没问题！来，先来一个大鸡腿！

乔卫国把一个鸡腿放到乔晓羽碗里。

乔晓羽：（笑）谢谢乔总！

三人边吃边聊。

沈冰梅：老乔，我还是有点不放心，这个公司鱼龙混杂的，你能应付得了吗？

乔卫国：他们是有点江湖习气，不过没关系，我以诚相待，总不会为难我吧！

沈冰梅：其实你不用这么着急找工作，还有我的工资呢，要不年后再说吧？

乔卫国：我是家里的顶梁柱，怎么能坐在家里，让你一个人出去工作呢？再说你身体一向弱，我以后多挣点钱，你上班就轻松点，别那么累。

沈冰梅：老乔……

乔卫国：好了，我会看着办的，放心吧！

沈冰梅不再反驳，三人继续吃饭。

11-16 小区民宅　乔晓羽家　夜

周华健《我站在全世界的屋顶》①音乐响起。

歌词：我爬上全世界的屋顶，带着全部的清醒和一只酒瓶，看月亮的时候不能戴着眼镜，在阳光之下不能流泪伤心。我爬上全世界的屋顶，带着没有人能了解的心情，狂乱的时候谁能拥抱我的空洞，绝望的时候有谁能挽救我的噩梦……

乔卫国在厨房摘下围裙，站在阳台上，看着窗外天空的月亮出神。

乔卫国掏出烟，拿出一根，犹豫了一下，拎起垃圾袋，转身走出厨房。

客厅里，沈冰梅和乔晓羽在看电视，电视屏幕播放 1998 版电视剧《水浒传》。

乔卫国没有打扰母女俩，轻轻打开门出去。

11-17 文工团小区　夜

继续周华健《我站在全世界的屋顶》音乐。

歌词：我站在全世界的屋顶，觉得人与人的了解并不是必须，酒瓶装的也许是自己，也许自己才能创造奇迹……

乔卫国走到小区院子里，远处响起烟花爆竹声。

乔卫国拿出一根烟，正准备放到嘴上，远远望见文工团小区门口晃晃悠悠走进来一个人，仔细一看，发现是贾有才。

贾有才明显喝多了酒，扶着墙，踉踉跄跄走到自己家单元门口，坐到台阶上。

乔卫国快步走到贾有才身边。

乔卫国：贾老板？

贾有才：（醉眼惺忪）哎？这不是乔主任吗……嘿嘿嘿，你怎么来了，走走，咱哥俩上去喝一杯……

乔卫国：哎哟，快得了吧，看看你自己，家都回不去了，还喝呢？来吧，我扶你上去！

乔卫国弯下腰，准备架起贾有才，贾有才迷糊着推开乔卫国。

贾有才：（一脸不高兴）不，我不回家！就在这儿坐着！

乔卫国：（笑）嘿，还挺横？我知道了，你是怕艳丽骂你一顿吧？行、行！我陪你在这儿醒醒酒……大冷天儿的，你可别睡着了冻死！

贾有才：（摇头晃脑）我才不怕金艳丽呢！今天晚上我们贾晨回来，又不让我们去火车站，哼，肯定是跟男朋友一起，（突然堆笑）我就在这儿接接她……

---

① 《我站在全世界的屋顶》由陈克华作词，陈扬作曲，周华健演唱，收录在周华健 1991 年发行的专辑《让我欢喜让我忧》中。

乔卫国愣住，有点动容，拍拍贾有才的肩膀。

11-18 小区民宅　童飞家　夜
许如星拿着一盘水果，放在柜子上自己母亲的遗像前面。许如星静静地看着遗像。

童言走过来，轻轻拉着许如星的胳膊。许如星回头。

童言：妈，就算我做错事，你生我的气，可心里还是关心我，对吧？

许如星：（轻笑）是啊……

童言：姥姥也是一样啊。

许如星眼圈红了。

童言：妈，你放心，等我将来见到姥姥，一定跟她使劲儿撒娇，让你们俩和好如初！

许如星：大过年的，说什么呢，这孩子……

许如星把童言抱在怀里。

11-19 文工团小区　夜
乔卫国和贾有才哆哆嗦嗦坐在台阶上。

小区大门口，贾晨拖着箱子进大门。

贾有才远远望见贾晨的身影，跟跄着站起来。乔卫国赶快扶住他。

贾晨停下了脚步，冲着贾有才招手。

贾有才像个孩子一样开心地笑了。

11-20 小区民宅　乔晓羽家　日
早晨，乔晓羽从睡梦中醒来，伸懒腰，从被窝里钻出来，拉开窗帘。

11-21 小区民宅　童飞家　日
一只手拉开窗帘，窗外一片雪白，地面上覆盖着厚厚的积雪。

童言拉着窗帘，看着窗外，露出开心的笑容。

童言：哥，下雪了！

童飞从床上支起脑袋睡眼惺忪地看着窗外。

童飞：（感叹）好大的雪……

童言：（憧憬，期待）哥，你想不想去打雪仗？

童飞：（打哈欠）我没问题啊，小姨会放你出去吗？

童言露出无奈的表情。

卧室敲门声响起。

许如星：（画外音）童飞、童言，吃早饭啦！

童言：妈！

许如星打开卧室门，小心翼翼地探进脑袋。

童言：妈……下雪了，等会儿我想出去玩会儿……

许如星：（面露难色）童言啊……

童言：（微笑）妈，没事，我就随便问问。

许如星：俗话说"下雪不冷消雪冷"，你身体刚恢复，要不等太阳出来再去外面玩儿，妈怕你着凉……

童言：嗯，我知道了。

许如星如释重负地关门出去。

童飞：（撇嘴）我说什么来着……唉，太阳出来哪还有雪啊！

童言静静地望着窗外。

11-22 文工团小区　日

文工团小区院子被白雪覆盖。

童飞蹲在雪地里，用手捧起一堆雪放进旁边的水桶里。

童飞的背影。童飞不断捧起雪，水桶里越来越满。

乔晓羽：（画外音）童飞。

童飞回头，看到乔晓羽站在身后。童飞站起身。

乔晓羽：你在干什么，堆雪人吗？

童飞：（笑）嗯……差不多吧！

乔晓羽：（担心）你胳膊上的伤……好点了吗？

童飞：（下意识看看胳膊，笑着）早就没事儿了，放心吧！

乔晓羽：上次你帮我把自行车追回来，还没有好好谢你……

童飞微笑，慢慢靠近乔晓羽。

童飞：（坏笑）那这次，你又准备怎么谢我？

乔晓羽：（嗔怪）童飞，你又来了！

乔晓羽抓起一把雪扔在童飞身上，童飞也抓起雪回击，两人幼稚地打起雪仗。

贾晨裹着鲜艳的羽绒服站在自己家单元门口。

贾晨：（笑）这一大早的，就玩上雪了？

乔晓羽：（开心）贾晨姐！

乔晓羽笑着走向贾晨，和贾晨抱在一起。

乔晓羽：贾晨姐，你可回来了！我太想你了！

贾晨：几个月不见，晓羽又变漂亮了！（看向童飞）童飞也长高了！

童飞：（笑着走过来）贾晨姐，你别逗了，还长高呢？说得我们像小朋友一样！

贾晨：在我眼里你们就是小朋友！哎，童言呢？

童飞：童言啊，就是被关在阁楼上的王子……我正想着做个雪人拿上去给他玩儿呢！在海南的时候，他天天盼着什么时候能回清城玩雪……

乔晓羽：原来……你是为了给童言看雪……

贾晨：如星阿姨又把童言给圈起来了吧……我是真的不懂，圈起来身体就会变好了吗？心情不好，身体怎么会好呢？唉，可怜的孩子……

乔晓羽：（动容）我也来帮你。

乔晓羽蹲下，用力把雪放进水桶里。

贾晨：童飞是个好哥哥，不过这个哥哥有点笨啊，雪人搬到屋里，一会儿不就化了吗？

童飞：雪人总是要化的，就算在雪地里，最后也一样会化，他看到的那几分钟开心就好了。

乔晓羽和贾晨沉默不语。

三人开始一起往水桶里堆雪。贾晨突然站起身。

贾晨：不玩雪，怎么算是过年呢？放

心吧，姐姐帮你们搞定！

11-23 组镜

那英、王菲《相约一九九八》[①]音乐响起。

歌词：打开心灵，剥去春的羞涩，舞步飞旋，踏破冬的沉默。融融的暖意带着深情的问候，绵绵细雨沐浴那昨天、昨天，昨天激动的时刻，你用温暖的目光迎接我，迎接我从昨天带来的欢乐、欢乐。来吧，来吧，相约九八，来吧，来吧，相约九八……

贾午家，贾晨、贾午、金艳丽围坐在一起打牌。贾晨搂着金艳丽的脖子耳语，金艳丽笑着放下牌，走到电话旁边拿起听筒。

童飞家，童言在卧室书桌旁看书，许如星端着牛奶和水果进来，放到桌子上，温柔地嘱咐童言，童言乖乖点头答应。

贾午家，许如星推门进来，看到沈冰梅、乔卫国、栗铁生已经都到了，围坐在桌子旁打牌。大家一起招呼许如星，许如星笑着走进去。

童飞家，童言在屋里穿戴整齐，穿上羽绒服，童飞走过来把一顶帽子给童言戴好，童言冲着童飞憨笑。

文工团小区院子里，童飞、童言、乔晓羽、贾午、贾晨、栗凯、齐贝贝会合，一起朝小区门口走去。大家在小区大门口碰到童振华，几个人面面相觑。童言不好意思地看着童振华。童振华慢慢走过来，给童言把围巾戴好，示意他们出去玩儿。大家欢笑蹦跳着走出小区。童振华望着孩子们走远的背影。

11-24 废弃厂院　　日

继续那英、王菲《相约一九九八》音乐。

歌词：歌声悠悠，穿透春的绿色，披上新装，当明天到来的时刻。悄悄无语聆听那轻柔的呼吸，那么快让我们拥抱、拥抱，拥抱彼此的梦想，你用温暖的目光迎接我，迎接我从昨天带来的欢乐、欢乐。来吧，来吧，相约九八，来吧，来吧，相约九八……

白雪皑皑，一处废弃的厂房外，童飞、童言、乔晓羽、齐贝贝、贾午、贾晨、栗凯、黄大卫在雪里狂欢跳跃。乔晓羽、齐贝贝和贾晨牵着手转圈，童飞、童言、贾午、栗凯互相扔雪球，大家一起打起雪仗。

大家站成一排，朝着空旷的雪地喊话。

黄大卫：我先说！我要当篮球明星！

贾午：我要当吃喝玩乐的美食家！

童飞：我要——自由自在没人管！

齐贝贝：我要当大医生！

乔晓羽：我要当大导演！

栗凯：我要离开清城，去大城市！

贾晨：我要和最喜欢的人结婚！

[①]《相约一九九八》由靳树增作词，肖白作曲，那英和王菲演唱，在1998年央视春晚上首次表演。

大家看着童言，童言有点害羞。

大家：（一起）童言加油！童言加油！

童言：（鼓起勇气）我要活到一百岁！

大家一起笑着拥抱童言。

乔晓羽：（画外音，成年）小时候，我以为这样的日子，这样的朋友，会永远存在，不会改变，后来才知道，那只是人生中短暂的一瞬；长大后，我以为那样的日子，那样的朋友，只是人生中短暂的一瞬，根本不必在意，现在才明白，那些人、那些事，早已变成我生命的一部分，永远都不会消失。

（慢镜头）镜头依次特写每个人在雪地里奔跑时的笑容。滑坡上，贾午推着乔晓羽滑下去，乔晓羽摔倒，童言跑过来牵着乔晓羽，想拖着她滑雪，贾午牵起乔晓羽另一只手。贾午和童言一起拖着乔晓羽滑雪，童飞从后面推着乔晓羽。镜头从乔晓羽的角度一路滑下去，最后大家笑着倒在雪地里。

贾晨从背包里拿出老式数码相机摆好，大家站成一排，贾晨调好相机的延时拍摄功能，随后跑到大家身边站好。大家微笑看着镜头，相机发出倒计时的声音，镜头定格在大家欢笑着的合影。

11-25 小区民宅　贾午家　夜

继续那英、王菲《相约一九九八》音乐。

歌词：相约在银色的月光下，相约在温暖的情意中，来吧，来吧，相约九八，来吧，来吧，相约一九九八。相约在甜美的春风里，相约那永远的青春年华，心相约，心相约，相约一年又一年，无论咫尺天涯……

许如星、童振华、沈冰梅、乔卫国、栗铁生聚在贾午家，和贾有才、金艳丽一起包饺子、聊天，谈笑风生。

童飞、童言、乔晓羽、贾午、贾晨、栗凯推门进来，一个个身上都沾着雪花，头发乱糟糟的，脸上糊着雪泥。孩子们不好意思地笑，妈妈们赶紧过来给孩子们收拾。

电视屏幕播放1998年春节联欢晚会，王菲、那英演唱《相约一九九八》。

大家围坐在一起吃饺子，观看春晚。

窗外，鞭炮声此起彼伏，远处烟花耀眼。

所有人举起酒杯碰在一起。

11-26 小区民宅　贾午家　夜

贾午、贾晨、栗凯、童飞、乔晓羽窝在沙发上看电视，电视屏幕播出1998年春节联欢晚会中赵丽蓉的小品，大家笑声一片。

童言抱着一个袋子进来，默默坐在沙发一角。

童飞：（对童言）我以为你睡着了，就没叫你。

童言微笑。

贾午：（边吃零食边说）童言，我怎么觉得你睡觉时间越来越长了，再这么下去就要赶上考拉了吧!

童言:(微笑)考拉睡觉时间很长,是因为它们要在睡觉的时候把桉树叶的毒素分离出去。

贾午吃着零食愣住。

童飞:(嘲笑贾午)不要跟一个熟读物种百科的人开玩笑了,你以为他只会做书本上的题目吗?

贾午:(嚼着零食)无聊……(摇头)毫无幽默细胞……

栗凯笑着看看贾午,没说话,回头看电视。

乔晓羽:(看着童言)童言,你穿的太少了,来,盖上这个毯子。

乔晓羽站起身把自己身上一个毯子递给童言,童言微笑接过,乖乖盖在身上,乔晓羽坐到童言身边。贾午偷偷看着整个过程。童飞轻瞄一眼毯子。

童言从袋子里取出一份装订整齐的纸,递给乔晓羽。乔晓羽疑惑地接过来,厚重的一摞。

乔晓羽:这是……?

童言:(认真)这是我前些天整理的习题精选,你这次数学进步很大,可以做点有难度的题了。高三的数学我提前学过,这些正好适合你……

贾午喝水差点喷出来,童飞和栗凯也忍不住看向童言。

童言:我整理好了所有题目类型和各种解题思路,这样就算我不能及时给你讲解,你也可以从这里找到解题办法了。过几天是你生日,这是送你的礼物,生日快乐!

贾午、童飞、栗凯一起憋笑。

乔晓羽低头一页一页翻看,慢慢抬头,有点好笑但是感激地看着童言。

乔晓羽:(哭笑不得)童言,你让我说什么好……

童言:晓羽,别客气。

贾午:我说什么来着,这孩子除了学习细胞,其他什么细胞都没有……

童言懵懂地看着大家。

11-27 小区民宅　贾午家　夜

客厅,金艳丽坐在钢琴前弹奏一首轻缓悠扬的曲子。

贾晨站在座机旁打电话。

贾晨:(拿着听筒)嗯……(有点害羞)嗯……嗯……

贾晨慢慢放下电话听筒。金艳丽一曲弹奏完毕。

贾晨:妈……

金艳丽:(回头)怎么了?

贾晨:妈,过几天,我想去趟小韩家……行吗?

金艳丽轻轻皱眉。

贾晨:妈……

金艳丽:(顿了顿)第一次去,别抢着干活儿,给红包也别收,咱们家不在乎这个。

贾晨:(窃喜)知道了!那……我可以带小韩来咱们家吗?

金艳丽放下钢琴盖。

金艳丽:我和你爸商量一下。

11-28 小区民宅　贾午家　夜

贾晨卧室，贾晨刚洗完脸，边擦着润肤露边走进来，发现贾午瘫在椅子上，看着天花板。

贾晨：呦，贾少爷这是怎么了？

贾午：姐，你刚回来没几天，就要去未来姐夫家过年啊？

贾晨用书包打贾午。

贾晨：什么姐夫！是同学！同学！

贾午：行，行！同学！哼，蒙谁呀？还以为我不知道，过几天就是那个什么……国外的情人节了，你们这些小情侣，成双成对的……

贾晨：小屁孩，居然知道情人节？出息了！

贾午往床上一倒，望着天花板。

贾晨收拾书包，回头看贾午，贾午一脸惆怅。贾晨笑着坐到贾午旁边。

贾晨：看来我老弟有心事啊？说吧，姐姐帮你分析分析！

贾午：（背过身）瞧你一副看笑话的样子！

贾晨：好了好了，我不笑了，洗耳恭听。

贾午张嘴刚要说，又闭上了，用枕头蒙住头。

贾晨：（笑）行了，你不说我也知道！

贾午：（猛地坐起来）你……知道什么？

贾晨：我可是你姐，你心里想什么，我能不知道吗？喜欢就去表白啊，有什么可怕的！

贾午：谁说我怕了！

贾晨歪头笑。

贾午：（垂下头）可是我觉得，自从童叔叔一家搬回来以后，她眼里只有童言。

贾晨：她眼里只有童言，童言眼里也只有她……那又怎么样？现在他们不还是朋友吗，你也是她最好的朋友，从小一起长大，和她在一起时间最长，（敲贾午的头）告诉你，在姐心里，你不比任何人差！

贾午：可是……（沮丧）如果……（皱眉）那我们还能做好朋友吗？

贾晨：老话怎么说的，"富贵险中求"！怎么选择，只能看你自己了……

贾午抬起头，望着天花板。

11-29 文工团小区　日

小区院子里，小朋友们穿着新衣服，跑来跑去地玩闹着，开心地打雪仗。

11-30 小区民宅　贾午家　日

舒缓悠扬的钢琴曲回荡在客厅。

乔晓羽坐在钢琴边弹奏，金艳丽站在旁边认真看着乔晓羽的手。一曲完毕，乔晓羽收回手，回头看金艳丽。金艳丽正准备说话，掌声响起。贾晨在沙发上高举起手鼓掌。

贾晨：晓羽，我太佩服你了！你是怎么坚持下来的？我小学三年级的时候就实在弹不动了，看见钢琴就想……（假装呕吐）

金艳丽：还好意思说，小时候让你练

琴，就像要了你的命一样，你要是能坚持下来啊……

贾晨：(打断金艳丽)妈，你就饶了我吧！我是没这个天赋，不过……闺女没练成，儿媳妇练成了，你不是更开心吗？

乔晓羽一下子脸红了，站起来追着贾晨打。

乔晓羽：艳丽阿姨，你看看贾晨姐，总是胡说，欺负人……

贾晨在客厅跑来跑去，金艳丽笑着拦住她们，搂着乔晓羽坐回钢琴边。

金艳丽：咱们晓羽最听话了，不搭理她们！这首曲子很熟练，如果再加入一些感情，更悠扬一些，就更完美了，再练一遍吧。

乔晓羽点头，继续弹琴。

金艳丽：(走到贾晨身边)对了，你二姨约咱们去你舅舅家一趟，你和贾午跟我一起去吧！

贾晨：我没问题啊，贾午嘛……你要是能叫得动他，算我输！

金艳丽：(冲着贾午卧室)贾午！

贾午：(画外音，从卧室传来)不去！

贾晨：(得意)看！

金艳丽：(皱眉)大过年的，不走亲戚，人家还以为咱们家不懂规矩呢！

贾晨：(表情夸张)我太理解贾午了，二姨每年翻来覆去就是那几句——考得好不好啊，年级第几名啊，准备考哪个大学啊？烦都烦死了……妈，我陪你去，(假装阴险地笑)嘿嘿，今年换我好好考问问小表弟！

金艳丽：(哭笑不得)这孩子！大人不都是关心你们吗？算了算了，走吧！

乔晓羽：(站起身)艳丽阿姨，你们要出门？那我回家了。

贾晨走过来把乔晓羽按在琴凳上。

贾晨：别走啊，贾午在家陪你！

乔晓羽：贾晨姐，你又来了……

贾晨笑着跑出门。

金艳丽：晓羽，我们出门走亲戚，一会儿就回来，你踏实练琴吧！

贾晨：(从门外探回头)不过……贾午的午饭就只能去蹭未来丈母娘家的了！

乔晓羽迷惑，刚反应过来，一转头，贾晨已经溜走了。

金艳丽冲乔晓羽挥手，拎着包出门。乔晓羽回过头，无奈摇头。

贾午晃晃悠悠从卧室走出来，一只手背在身后，有点不好意思地看着乔晓羽。

乔晓羽：你们俩还真是亲姐弟，都喜欢损我！

贾午尴尬地挠挠头，不知所措。

乔晓羽摸了摸钢琴一角那块修补过的痕迹，继续弹琴。

贾午犹豫着站到乔晓羽身后。乔晓羽停止弹琴。

乔晓羽：(回头)怎么了？

贾午：(慢慢从背后拿出手)晓羽，这是送你的，生日礼物。

贾午手里拿着一个精致的礼物盒。乔晓羽惊讶地看着贾午。

贾午：(示意乔晓羽拿着)嗯？

乔晓羽接过礼物盒，一层层拆开，里

面露出一个小女孩在弹钢琴的八音盒。

乔晓羽：（感叹）哇！

贾午：（装作若无其事）生日快乐啊。

乔晓羽抬头看贾午，有点疑惑又有点好笑。

贾午紧张地捏着自己的衣服角，表情故作淡定。

乔晓羽：贾少爷今年有点大方呀，是不是有事求我？

贾午：我一直很大方好吗？（停顿，鼓起勇气）晓羽，以前我经常损你，是因为……

乔晓羽：（绽放笑容）不用解释啦，我都知道的！

贾午：（疑惑）你知道？

乔晓羽：当然了……（笑）虽然你总损我，可是你是真心把我当好朋友的。大院里这么多孩子，咱们俩从小在一起的时间最长。每次遇到不开心的事，只要你在，我总会踏实很多。

贾午：（失望，却如释重负）晓羽……

乔晓羽：（一只手拍住贾午的肩膀）以后不管发生什么事，咱们都是一辈子的好朋友！嗯？

贾午：（看着乔晓羽的眼睛）嗯。

11-31 小区民宅　栗凯家　日

栗凯打开一袋猫粮，轻轻蹲下，放了一些猫粮在猫碗里。

小猫走过来，栗凯轻轻抚摸小猫。小猫试探着闻了闻猫粮，然后大口吃起来。

栗凯微笑地看着小猫，不经意间拿起猫粮袋子看了一下，看到了猫粮袋子上的价签，轻轻皱眉。

栗凯站在客厅打电话。

栗凯：（拿着听筒）放心吧，吃得很香，对了，这些猫粮是不是很贵……

齐贝贝：（画外音）是呀，都是进口的！小栗子爱吃那就太好了！以后就买这种！

栗凯：（沉吟）你爷爷奶奶家那边怎么样？什么时候回来？

齐贝贝：（画外音）这边天气不好，改了下一班火车，可能赶不上和你们一起看烟花秀了，（遗憾）听说这次烟花规模最大，真想和你……你们一起去看啊，好可惜……

栗凯：没关系，以后有的是机会。

齐向前：（画外音）贝贝，你在给谁打电话？

齐贝贝：（画外音）没有没有……（小声）我先挂了！

栗凯慢慢放下听筒，转头看到小猫躺在窝里睡得香甜。

11-32 小区民宅　栗凯家　日

卧室，栗凯坐在床上拨弄吉他，停下来，看向墙上的挂历。

日历上"2月14日"数字明显曾经用铅笔画过一个圈，又擦掉了。

童飞从外面走进来。日历由实到虚。

童飞：贝贝还没回来吗？

栗凯：（有点不好意思）好像是吧……

问我干吗，她又没有向我报告……

童飞：（坏笑）跟我还装，谁看不出来贝贝喜欢你啊！

栗凯停止弹吉他。

栗凯：（低声）她爸妈一直不喜欢我们家……而且，我能给她什么呢？

童飞怔住，沉默片刻，随后拍拍栗凯的肩膀。

童飞：别想那么远了，大过年的，开心点儿！咱们不是说好了，今天先滑冰，然后去清城广场看烟花秀吗？对了，我给黄毛儿打个电话。

童飞走到电话座机旁边，拨通号码。

童飞：（拿着听筒）黄毛儿，这都几点了，你怎么还不过来找我们？

黄大卫：（画外音，小声）大哥，我可能出不去了……

黄警官：（画外音，呵斥）黄大卫！你还好意思出去？一整个寒假都在外面疯玩儿，自己掰着指头数数，还差几天开学？作业一个字没写！你给我赶紧的……

童飞被黄警官巨大的呵斥声震得皱眉，赶紧把电话听筒从耳边拿远。

突然电话被挂掉，听筒里传来"滴滴滴"的忙音。童飞无奈地放下电话听筒。

童飞：（对栗凯）黄毛儿被他爸管制了。

栗凯：嗯，听到了。童飞，其实……我也不想去玩儿了，你们去吧。

童飞：你怎么了，难道也要补寒假作业？不至于吧……

栗凯：（慢慢拨弄琴弦）因为贝贝没回来。

童飞愣住。

11-33 小区民宅　贾午家　日

客厅，贾午打电话。

贾午：（拿着听筒）不会吧？打个喷嚏就不让出门了？你小姨管得也太严了……童言真可怜……我没问题啊，晓羽去走亲戚了，放心，已经跟她说好了，下午四点，清城公园门口会合！我姐啊，一大早就急匆匆去未来姐夫家了，一会儿她回来我们就出发！待会儿见！

贾午刚放下电话，贾晨推门进来。

贾午：姐，你回来了？咱们出发吧，去清城公园……

贾午回头，发现贾晨低着头，脸色很差。

贾午：姐，你怎么了？

贾晨抬头，脸上满是泪痕。贾午吃惊地看着贾晨。

贾晨走到沙发旁边，趴在沙发上哭起来。

贾午：姐，是不是那个小王八蛋欺负你了！你等我啊，我打到他满地找牙！居然把我姐弄哭！

贾午边喊，边冲进厨房，抓起擀面杖就要出门。贾晨哭着拽住贾午。

贾午：姐！你快跟我说，到底怎么回事！

11-34 组镜

插曲音乐响起。

贾午家，贾晨靠在贾午肩膀上抽泣，

贾午阴沉着脸，从桌上抽出一张纸巾递给贾晨。

童飞家，童言坐在卧室桌边看书，偶尔咳嗽，不时回头看向窗外。许如星从外面进来，放下一杯冲好的药，童言微笑着喝下。

齐贝贝坐在火车上，看着车窗外疾驰而过的风景，用手托住自己的下巴。

栗凯家，小猫走到栗凯脚边蹭来蹭去，栗凯放下手里的吉他，轻轻抚摸小猫。

日历上"2月14日"由虚到实。

11-35 清城公园门口　日

乔晓羽和童飞（背影）站在公园门口。

周围熙熙攘攘的年轻人经过，一对对小情侣说笑着走进公园。

乔晓羽和童飞面面相觑。

第十二集

我一生最初的迷惘

12-1 清城公园冰场　日

乔晓羽和童飞穿着滑冰鞋站在冰面上，他们身后有一些人滑过。童飞偷偷看了一下乔晓羽，乔晓羽有点犹豫。

童飞：来都来了，别闷着了，滑吧……乔老师，没有你，我可不敢上去啊……

乔晓羽笑了，慢慢伸出手臂。

童飞笑着拽住乔晓羽的手臂，两人在冰面上慢慢滑起来。

从远处望向冰场全景，很多年轻人在冰场上滑着。乔晓羽和童飞的身影也融入滑冰的人群中。

童飞滑得越来越熟练。

乔晓羽：童飞，你可以出师了！

童飞：多谢师父夸奖！

两个人越滑越开心，互相微笑着打闹。

12-2 清城公园冰场　日

乔晓羽和童飞坐在旁边凳子上换鞋。乔晓羽脱下手套放在一边，解开冰鞋。

乔晓羽：今天怎么回事，他们真的都不去看烟花了吗？

童飞无可奈何地摊手。

乔晓羽：听说今年清城广场的烟花秀是历年规模最大的，特别好看，太可惜了……

童飞：你本来想和谁一起看？

乔晓羽愣住。

童飞：（笑）逗你的，知道你最想和我去看，对吧？快把冰鞋给我，我去还。

乔晓羽无奈地看着童飞。

童飞拿起冰鞋，笑着走了。

12-3 清城公园冰场　日

乔晓羽看童飞走远，准备站起身，因为滑冰时间长，突然起身重心不稳，撞到一个背对着自己的男人。乔晓羽赶紧站稳道歉。

乔晓羽：对不起，不好意思！

男人转过来，原来是威哥。威哥斜着眼睛，摇晃自己被撞到的胳膊。几个男生围过来，小黑也在里面。

小黑：哥，怎么了？

威哥瞟了一眼乔晓羽，一副不怀好意的样子。

威哥：小姑娘力气这么大啊，把哥哥撞坏了，你赔得起吗？

乔晓羽：对不起。

小黑：乔晓羽？

威哥：你认识她？

小黑：我们学校的……

12-4 清城公园冰场　日

冰场收费处，童飞向工作人员归还了冰鞋，背好书包，转身看到乔晓羽和一群男生说话，赶紧跑过来。

12-5 清城公园冰场　日

乔晓羽诚恳地向威哥道歉。

乔晓羽：对不起，我真的不是故意的。

小黑：（打圆场）哥，咱们别搭理她

了，这些小姑娘不会滑冰，就会挡路！

童飞跑到乔晓羽身边。

童飞：晓羽，没事吧？

威哥本来准备走，看到童飞来了，露出挑衅的表情。

威哥：呦，这不是一中的"童灌篮"吗？没想到啊没想到，转校生这么快就搞到女朋友了？佩服佩服！

乔晓羽生气，瞪着威哥。

威哥：哎哟，小姑娘这么凶，哦，不是女朋友啊？那更好，走，去那边好好给哥道歉！

威哥上来就要拽乔晓羽的胳膊，童飞一把把威哥推开。威哥差点摔倒，露出恶狠狠的表情。

威哥：童飞！我忍你很久了，今天新账旧账一起给算了！

小黑：（拦住威哥）哥，别跟这些学生一般见识了，走，咱们喝酒去……

威哥推开小黑。

威哥：行，看在小黑的面子上，（盯着童飞）正好今天我懒得动手，你走吧，小姑娘留下，陪我喝酒去！

威哥又上来搂乔晓羽。童飞忍无可忍，一拳把威哥打倒在地。威哥站起身，一脸怒气。

威哥：（转动手腕，凶狠）兄弟们，加个班儿吧！

威哥周围几个男生就要冲上来，童飞赶紧把乔晓羽护在身后。

小黑一看不好，扑上去挡住威哥。

小黑：（转过脸对童飞喊）快走啊！大过年的！

童飞犹豫。

小黑：（喊）快走！

童飞抓起乔晓羽的手腕转身就跑。

威哥把小黑推开。

威哥：（瞪眼）小黑，你疯了？

小黑：哥，今天就算了吧，把他打个好歹，学校又要找我麻烦了，我明年还想毕业呢……

威哥：毕什么业！给我起开！（对周围几个男生）赶紧追啊！

几个男生跟着威哥追赶童飞和乔晓羽。

镜头移动到凳子下面的地面上，放着乔晓羽的手套。

12-6 街道 昏

傍晚，整个清城沉浸在正月十五的节日气氛中，街道两旁张灯结彩。

童飞牵着乔晓羽的手，狂奔出清城公园，奔跑在小路上。

老狼《恋恋风尘》[①] 音乐响起。

歌词：走吧，女孩，去看红色的朝霞，带上我的恋歌，你迎风吟唱，露水挂在发梢，结满透明的惆怅，是我一生最初的迷惘……

（慢镜头）童飞牵着乔晓羽的手奔跑在小路上。

[①] 《恋恋风尘》由高晓松作词、作曲，老狼演唱，收录在老狼1995年发行的专辑《恋恋风尘》中。

12-7 废弃小桥　夜

城区路边，一座废弃多年的小拱桥，一群男生从桥上跑过。

男生们：对，就是往那边跑了，快点！快点啊！

男生们顺着桥跑远。

镜头从男生们跑远的身影慢慢移到拱形桥洞下面，一片黑漆漆的杂草。乔晓羽和童飞窝在杂草丛中，气喘吁吁。

童飞听到男生们说话声渐远，才放松地靠着石头坐下。乔晓羽也松了一口气。两人看看对方，这才注意到两人贴在一起，乔晓羽下意识往后缩了一下。

童飞：你冷吗？

乔晓羽：还好……刚才我撞到那个人，是不是给你找麻烦了？

童飞：（轻笑）才没有……那个小地痞本来就是个麻烦，总想找碴儿！这是迟早的事！

乔晓羽：以后放学咱们几个一起走吧，你别落单了。

童飞：放心，对付这种人，我有的是办法！刚才要不是你在旁边，我早就（举起拳头）……

乔晓羽看着童飞。

童飞：（尴笑着放下拳头）我不是那个意思……

乔晓羽：我知道……

童飞：你知道什么？

乔晓羽：你和他们不一样。

童飞：（自嘲）有什么不一样……在老师同学眼里，街坊邻居眼里，我就个游手好闲的小混混，和他们也差不多……

乔晓羽：在我的记忆里，你小时候虽然不爱说话，可是一点也不害怕附近几个大院的孩子王，会帮助受欺负的孩子，对了，你还给我们炸蚂蚱、烤玉米……

童飞：我现在这样，你很失望吧？

乔晓羽轻轻摇头。

童飞：没想到，你记得那么多小时候的事……

乔晓羽：（回忆）其实，我梦到过……但我以为，那只是梦……

童飞抬起头，第一次认真地看着乔晓羽。

乔晓羽冻得哆嗦了一下，把手缩到衣服里。

童飞：手套落在冰场了吧。

乔晓羽：嗯。

童飞把手伸到背后，从书包里拿出一个小盒子，取出一副手套。

手套上是好看的羽毛图案。

童飞把手套递到乔晓羽手边。

乔晓羽有点吃惊，慢慢接过手套。

童飞：戴上吧……生日快乐。

乔晓羽犹豫了一下，慢慢戴上手套。

童飞微笑。乔晓羽抬起头。两人对视。

突然，遥远的天空出现烟花表演，各种图案在空中轮番绽放，五彩斑斓。

童飞偷偷望向乔晓羽，乔晓羽的眼眸中倒映出绽放的烟花。

拱桥下，乔晓羽和童飞（背影）看向远处天空的烟花。

12-8 齐贝贝家小区　夜

远处天空烟花绽放，热闹非凡。

齐贝贝从楼梯上跑下来，开心地跑到楼下。

栗凯抱着小猫站在角落里。齐贝贝跑到栗凯身边，摸摸小猫的头。

齐贝贝：等了很久吗？刚才我妈非要我把行李收拾完，我拼命收拾啊收拾，急死了，想着你和小栗子在下面冻着……你没事吧，冷不冷，冻坏了吧？（抱着小猫）啊啊……小栗子，对不起，你冷不冷？

栗凯：（微笑）放心吧，我们都不冷。

齐贝贝：我明天过去就好了，大晚上你还跑一趟……

栗凯：没事，我知道你惦记它。

齐贝贝：（低头）其实，我也惦记……

齐向前：（画外音）贝贝，你在跟谁说话？

齐贝贝紧张地回头。

齐向前从楼道口走出来，看到栗凯，露出疑惑的神情。

齐向前：（疑惑）栗子？

齐贝贝：爸，栗凯正好路过，过来问我……问我点事情。

栗凯：齐叔，过年好。

齐向前：（怀疑但客气）哦，都来家里了，怎么不进去说啊，外面这么冷。

齐贝贝：我们已经说完了，爸，咱们上去吧！（对栗凯）栗凯，明天咱们去晓羽家再讨论吧，再见！

栗凯：嗯，再见，齐叔再见。

齐贝贝推着齐向前走到楼梯口。齐向前突然想起什么，回头指着小猫。

齐向前：（指着小猫）哎？那只猫……

齐贝贝：（推齐向前）爸，快走快走，冻死我了……

齐贝贝回头悄悄向栗凯挥手，然后和齐向前消失在楼道口。

栗凯抱着小猫站在楼下，转身默默离开。

12-9 小区楼道　夜

齐向前和齐贝贝一前一后走在楼梯上。

齐向前：贝贝，你最近和大栗子走得有点近啊……

齐贝贝：我们老家属院的孩子关系一直都很好啊。

齐向前：（回头）其他人都行，大栗子不行！

齐贝贝：（皱眉）为什么！

齐向前：这还用我再说一遍吗？老栗子年轻时候小偷小摸，没人比我更清楚了！他妈周青云爱慕虚荣，早早就扔下他跑到南方挣钱，大栗子从小没人管教，能学什么好？

齐贝贝：（不快）那是他父母的错，怎么能算到他头上呢。再说，栗凯的学习成绩一直很好啊！

齐向前：那也不行，我说不行就是不行。别再犟了，今天的事儿我暂时不告诉你妈。要是她知道了，你准保"吃不了兜着走"！

齐贝贝：（委屈）爸！

齐向前：别说了，回家！

齐贝贝生气地瞪着齐向前的背影。

12-10 小区民宅　童飞家　夜

童飞走进家门。

客厅，童振华、许如星、童言正一起坐在电视机前看1998版电视剧《水浒传》，一家三口画面温馨。

童飞看着这一幕，面露难过神色，又瞬间恢复正常。

童言：哥，你回来了？

童飞：嗯。

许如星：（站起身）童飞，饿不饿，吃东西吗？

童飞：不用，我去洗洗。

童飞径直走向卫生间。许如星、童振华看着童飞身后衣服裤子上的泥土。

童振华：（犯愁）又不知道跑去哪儿鬼混一天……（对童言）这都快开学了，你哥作业写完了没有？

12-11 小区民宅　童飞家　夜

卫生间，童飞看着镜子里的自己。

童言：（画外音）我们都做完了，爸……

（闪回）

废弃拱桥下，童飞把手套递到乔晓羽手边。乔晓羽慢慢接过手套。两人对视。

遥远的天空出现烟花表演，乔晓羽和童飞看向远处天空的烟花。

（闪回结束）

童飞打开水龙头，拼命接水洗脸。

12-12 小区民宅　童飞家　夜

卧室，童飞躺在上铺，童言躺在下铺，两人都睁着眼睛。童飞不断翻身。

童言：哥，你睡不着吗？

童飞：嗯。

童言：你怎么了？

童飞不出声。

童言：哥，我不告诉别人。

童飞：你怎么还像小时候一样。

两人都在黑暗中微笑了。

童言：哥，烟花好看吗？

童飞：好看……特别好看。只不过，只有那么几秒钟……很快就消失了……

童言：哥，是不是所有美好的东西都很短暂？

童飞：可能吧……

童言：（微笑）烟花的一生虽然短暂，可是那一瞬间它那么灿烂美丽，也算没有遗憾了。

童飞：（好像意识到什么）别瞎说。

童言：你们滑冰很开心吧？

童飞：还行，挺开心的。

童言：晓羽呢，晓羽最喜欢看烟花，她开心吗？

童飞：……开心。

童言：（停顿）开心就好。哥，我睡了。

黑暗中，童飞若有所思。

12-13 小区民宅　贾午家　日

门铃声响起。金艳丽打开门，韩墨站在门口。

韩墨：（紧张）阿……阿姨，我，我是……

金艳丽：小韩是吧，阿姨知道你。

贾午跳出来，瞪着韩墨，韩墨尴尬地苦笑。

贾午：哼，来得正好，你不来，我还要去找你呢！

贾有才从卧室出来。

贾有才：贾午，怎么对客人说话呢？小韩是你姐的朋友……

贾晨：（画外音，在卧室赌气地喊）他不是我朋友，别让他进来！

贾有才和金艳丽对视。贾有才眼神示意金艳丽去贾晨卧室。

贾有才：（对韩墨）小韩，走，陪叔叔去喝两杯！

韩墨：（有点惊讶）嗯。

12-14 小区民宅　贾午家　日

贾晨卧室。贾晨坐在床上，窝在被子里，闷着头。

金艳丽走进来坐下，叹气。

金艳丽：贾午都跟我们说了……

贾晨把头转向另一边。

金艳丽：闺女啊，不是我翻旧账，当初你决定跟小韩谈恋爱，就知道他们家的条件，应该有心理准备的。

贾晨：（慢慢抬起头）妈，我当然知道，也有心理准备，我生气难过的不是这个。

金艳丽：你难过的是他们家里人对你的态度……可这也是他的一部分，他现在还摆脱不了。

贾晨：他那些七大姑八大姨都来看热闹，背地里说我没眼色，不会干活儿，是个衣来伸手的千金大小姐。上了大学也没什么用，吃不了苦，将来肯定不是个称职的媳妇！我都听见了！最后走的时候，连他父母都没有好脸色……

金艳丽握紧被角，表情凝重。

贾晨：（难过）他们说这些，其实我根本不在乎，我只在乎他的态度，可是……

金艳丽：可是他没有维护你，没有替你说话，对吗？

贾晨无声地流下眼泪。

金艳丽：小韩现在能说什么？他只是个没毕业的大学生，还没有完全独立，他……还保护不了你……

贾晨：我不需要他保护我，我只想他能坚定地跟我站在一起，相信我，就像我相信他一样。

金艳丽：那就要看你们俩的决心有多大了，你们还都太年轻，以后要面对的难题还有很多……

贾晨望着窗外。

12-15 组镜

许茹芸《Don't Say Goodbye》[①]音乐响起。

歌词：风冷心灰，吻别的季节，每

[①]《Don't Say Goodbye》由谢铭、许常德作词，黄中原作曲，许茹芸演唱，收录在许茹芸1998年发行的专辑《你是最爱》中。

棵树都在流泪，满街金黄的落叶。不怪谁，不承认离别，当你搬出我心扉，寂寞翻箱倒柜。Tell me you don't wanna say goodbye goodbye，最初的承诺最后往往不存在。Tell me you don't wanna say goodbye goodbye，也许你已经要够你想要的爱。So you wanna say goodbye，不要让伤心醒来，仿佛你在未来，不曾离开……

贾晨在卧室，望着窗外，窗外雪花飘落。

贾有才和韩墨坐在小饭店的角落，窗外雪越来越大。

桌子上摆着一些简单的饭菜。

贾有才拿起酒瓶倒酒，也给韩墨倒了一杯。韩墨赶紧扶住酒杯一边。

贾晨从一本旧书里拿出自己和韩墨高中毕业时的合影，手指轻轻抚摸照片，又慢慢放回书里。

贾有才和韩墨坐在小饭店里，韩墨低着头说话。贾有才默默端起一杯酒仰头喝掉，又给韩墨倒了一杯，韩墨轻轻抿了一口，呛得咳嗽起来。

贾有才放下酒杯，严肃地向韩墨问话，韩墨端着酒杯愣住。

韩墨站在贾有才对面，朝贾有才轻轻鞠躬，随后走出小饭店。

贾有才坐在桌前没有抬头，默默端着酒杯继续喝酒。

地面上，雪花已经铺满一层。

贾晨站在客厅里接电话，突然抓紧电话听筒，眉头皱紧，露出不敢相信的神情，随后紧紧闭上双眼。

12-16 小区民宅　贾午家　夜

贾晨拿着电话听筒，胳膊悬在半空中，目光呆滞。

突然门开，贾有才晃晃悠悠进来，扶着墙往客厅中间走。

金艳丽听到声音出来，扶住贾有才。

贾晨慢慢转向贾有才。

贾晨：（哀伤而愤怒）爸，你跟韩墨说了什么？他为什么要跟我分手？

贾有才：（醉醺醺）我说了什么？好，我告诉你，我说，就你现在的条件，能给我闺女什么？两个人在一起，不是只有谈情说爱，还得考虑将来！门不当户不对，不可能长久……

贾晨：（哭着喊）爸！

贾午从卧室冲出来，惊讶地看着贾有才。

贾有才晕乎乎地倒在沙发上。

金艳丽：（摇晃着贾有才）贾有才！你疯了？

贾晨抱着电话听筒痛哭。

电话听筒里传来"嘟……嘟……"的忙音。

12-17 文工团小区　日

雪停了，院子里铺着厚厚的一层雪。

贾晨拖着行李出现在远处单元门口，神情落寞悲伤。

乔晓羽：（画外音）贾晨姐！

贾晨回头望向乔晓羽。乔晓羽跑过来。

乔晓羽：贾晨姐，你要提前回学校了

吗？怎么这么突然？

贾晨努力微笑着点点头。

乔晓羽：你和小韩姐夫一起回去吗？

贾晨：（摇头）不，我们……分手了。

乔晓羽：为什么？前几天你不是还去他家……

贾晨：都过去了。

乔晓羽：贾晨姐，你……还好吗……

贾晨：我没事，既然选择了爱一个人，就得承受失去他的痛苦……我不后悔。不过，下次，我可能不会再这么用力了……

乔晓羽不知说什么好，走上前紧紧拥抱贾晨。贾晨也轻轻拍乔晓羽的后背。

贾午、贾有才、金艳丽从单元门口走出来。

金艳丽：（着急）闺女，让你爸去送你吧，路滑不好走啊！你爸昨天喝多了，他……

贾有才尴尬地看着贾晨。

贾晨：（低沉）贾午，你去送我吧。（对乔晓羽）晓羽，我走了。

乔晓羽难过地点头。

贾午从贾晨手里接过行李箱。

贾午：（对金艳丽）放心吧，妈，我们走了。

金艳丽无奈点头。

贾午拖着行李箱走向文工团小区门口，贾晨跟着贾午走在后面。

金艳丽：路上小心！

贾晨停下脚步，但还是没有回头，继续走远。

贾有才看着贾晨的背影，表情凝重复杂。

12-18 小区民宅　乔晓羽家　日

早晨，电视机屏幕上播放《东方时空》片头。

乔晓羽从门外走进来，闷闷不乐。

乔卫国把早餐端到桌子上，沈冰梅整理书柜。

沈冰梅：（问乔晓羽）晓羽，贾晨回学校了？

乔晓羽：（有心事）嗯。

沈冰梅：贾老板不是挺宠闺女的嘛，怎么这次这么狠心？

乔卫国：每个爸爸都是有底线的，再宠，也不能碰到底线。

乔晓羽：（若有所思）底线……爸，那你的底线是什么？

乔卫国：当然是不能欺骗，更不能伤害我的宝贝闺女了！

乔晓羽抿嘴歪头，调皮地看着乔卫国。

沈冰梅：听说贾老板嫌这个小伙子家庭条件太差。

乔卫国：贾有才年轻时候不也是穷得叮当响，人家艳丽家也没嫌弃他啊！看来是真有钱了，要求不一样了！

乔晓羽：贾晨姐肯定很伤心，他们在一起那么多年……

乔卫国：那么多年？高中就谈恋爱了吗？早恋？

乔晓羽：（伸舌头）没有没有，我胡说的，我去收拾书包……

乔晓羽回到卧室，把书本、文具放进书包。

乔晓羽打开衣柜，看着童飞送的手套，慢慢拿出手套，又从抽屉角落拿起一本琼瑶小说《苍天有泪》，准备放进书包，犹豫了一下，又把小说拿出来。

乔卫国：（画外音）晓羽，吃饭了！

乔晓羽：来了！

乔晓羽匆忙把小说放到书包里。

乔晓羽从卧室走出来，把书包和手套放到鞋柜上，坐到餐桌前吃饭。

乔卫国：晓羽，这一转眼就高二下学期了，这个学期很重要啊！这可是打好基础的最后一学期了，等到了高三……

乔晓羽：爸，你每个学期都这么说，（模仿乔卫国说话）晓羽啊，这个学期是最重要的一个学期！

乔卫国：这闺女，就会插科打诨！越来越没个大姑娘的样子了！

沈冰梅笑着看乔卫国和乔晓羽逗乐，扭头看到书包上的手套。

沈冰梅：这副手套挺好看的，新买的吗？

乔晓羽：（掩饰）啊，那个……前几天过生日，他们送我的礼物……我要迟到了，先走了！

乔晓羽抓起书包和手套出门，关上门，又打开门，露出头。

乔晓羽：爸，今天你第一天重新上岗，加油啊！

乔卫国：行！你也好好学习，咱们一起加油！

乔晓羽笑着把头缩回去，关门。

12-19 某公司　日

鑫鑫向荣资产管理有限公司大厅，张总站在关公像前面，乔卫国站在张总旁边，员工们站在下面。

张总：从今天开始，乔主任就正式成为我们鑫鑫向荣的副总，大家欢迎！

人群中响起稀稀拉拉的掌声。

员工们：（有气无力）乔总好……

张总：早晨没吃饭吗！

员工们：（一起大声）乔总好！

乔卫国：大家不用客气，都是清城的老熟人，叫我乔主任也没问题……

张总：乔主任以前是国家干部，是文化人！咱们公司以后要做大做强，不能总是像以前一样……（咳嗽）……要有规矩！有素质！乔主任已经搞了一整套公司规则，以后咱们上班、下班、出去催（"账"字做了口型，又收了回去）……出去工作，都按照公司规则来，听懂了吗？

员工们：（无奈）听懂了……

张总瞪了一眼员工们，转身拍着乔卫国的肩膀。

张总：乔主任，我出去谈个项目，你在这儿好好培训他们，给他们立立规矩！（递给乔卫国一个崭新的老款诺基亚手机）这是给你配的手机，有事就随时给我打！

张总转身带着司机离开。

程哥：乔主任，按照咱们每天的习惯，现在是兄弟们拜关老爷的时间了，您看？

乔卫国：哦，这个事儿我跟张总商量了，拜关老爷之前，咱们先打卡。

员工们：（面面相觑）打卡？

乔卫国：（认真）对，就是考勤。

乔卫国从公文袋里拿出一个大本子放到桌子上。

乔卫国：以后每天早晨先签到打卡，考勤记录和奖金挂钩。

几个员工流露出无奈表情。其中一个（小刘）胡子拉碴的，明显不满。

小刘：（不满）哎？乔主任，要是我们一大早盯人要账，怎么来给您打卡？开玩笑吧？

几个员工讥笑，翻白眼。

乔卫国：第二天有工作的，前一天可以说一声，跟我说就行，当然也可以直接跟张总说。

小刘和几个员工没有回话，但露出不服气的表情。

12-20 某公司会议室　日

鑫鑫向荣资产管理有限公司会议室，乔卫国站在前面，员工们坐在座位上。

每个员工前面都放着《沟通技巧》《礼貌用语》《法律常识》。

员工们看着书，互相看看对方，一脸迷惑。

乔卫国：同志们，既然追债是咱们公司一项主要业务，那么如何与债务人沟通就是一门重要功课，所以我前几天专门去买了一些专业书籍，咱们一起学习，共同提高业务能力……

小刘：乔主任，您啊，是个文化人……有句话怎么说的，"秀才遇到兵，有理说不清"。您是真不知道那些欠钱不还的有多无赖，不给他们点颜色看看，凭几本破书（把书摔到桌子角）就想把钱要回来？那我们散打、拳击就别练了呗，天天看书得了，哈哈哈……

几个不满的员工跟着小刘一起嘲笑乔卫国。

乔卫国走过去，沉着地慢慢把书摆正。

乔卫国：功夫该练还是得练，防身嘛，保护自己的同时，也别伤害别人。我听说咱们有些同志动不动就被派出所抓进去关几天，张总也想扭转这种局面了。同志们，咱们每个人都有父母妻儿，何苦让他们担惊受怕呢？

有的员工微微点头表示认同，小刘和几个员工依然不屑，暗地里翻白眼。

12-21 组镜

林志颖《十七岁的雨季》[①] 音乐响起。

歌词：当我还是小孩子，门前有许多的茉莉花，散发着淡淡的清香。当我渐渐地长大，门前的那些茉莉花，已经慢慢地枯萎，不再萌芽。什么样的心情，什么样的年纪，什么样的欢愉，什么样的哭泣。十七岁那年的雨季，我们有共同的期许，

[①] 《十七岁的雨季》由潘芳烈作词、作曲，林志颖演唱，收录在林志颖1992年发行的专辑《不是每个恋曲都有美好回忆》中。

也曾经紧紧拥抱在一起。十七岁那年的雨季，回忆起童年的点点滴滴，却发现成长已慢慢接近……

通过气候、穿着逐渐从下雪的冬天转变到下雨的春天。

天空飘着小雪，乔晓羽站在文工团小区院子里，背着书包，推着粉色自行车。镜头随着乔晓羽的视角环顾一周，贾午、童飞、童言背着书包从各家单元门口跑出来。

乔晓羽、贾午、童飞、童言骑着自行车在清城街道上。

乔卫国站在公司门口，员工早晨起来轮流签到。小刘签完字狠狠把笔甩到一边。

教室外飘着雪花，教室里大家认真听课、写习题。

下课，老师离开教室，乔晓羽偷偷把小说从抽屉里拿出来看，姚瑶凑过来一起看。

乔卫国带着公司员工用白板学习礼貌用语。

员工们围坐在一起看书，镜头移动到书名《三十六计》。

童飞坐在教室听课，眼皮忍不住打架，揉揉眼睛，努力坐直。

栗凯所在毕业班的同学们都在认真自习。教室后面挂着"拼搏创造价值，努力成就未来""奋力拼搏，无悔人生"的激励横幅。栗凯坐在座位上专注地做题。

齐贝贝背着书包路过栗凯教室，在教室门前停留，栗凯抬头看到齐贝贝，齐贝贝做出加油的动作，栗凯笑了。

雨天，贾晨撑着伞，在大学校园里快步行走。贾晨在图书馆查资料，写毕业论文，写简历。

放学后的教室，童言给乔晓羽讲题。童飞路过童言教室，看到童言和乔晓羽认真的样子，随即离开。

窗外下着小雨，许如星在厨房里包饺子。

栗铁生、金艳丽和其他演员们在舞台上谢幕。

乔晓羽：（画外音，成年）小时候，我以为这样的日子，这样的朋友，会永远存在，不会改变，后来才知道，那只是人生中短暂的一瞬；长大后，我以为那样的日子，那样的朋友，只是人生中短暂的一瞬，根本不必在意，现在才明白，那些人、那些事，早已变成我生命的一部分，永远都不会消失。

乔晓羽、齐贝贝、贾午、童飞、童言一起坐在电视机前看1998年热播的电视剧《十七岁不哭》。

雨夜，小雨淅淅沥沥下着，贾有才在文工团小区门口扶着墙，一副喝醉了的样子，晃晃悠悠地上楼梯。远处，童振华举着伞看到贾有才，赶紧过来扶着贾有才。贾有才拉着童振华说醉话，两人歪歪扭扭消失在楼道口。

12-22 小区民宅　童飞家　日

客厅，许如星站在窗前，望着外面淅淅沥沥的小雨。童振华从卧室走出来。

许如星：今年清明的雨水真多，下了

这么多天都不停。

许如星扶着桌子缓缓坐到沙发上，轻轻摸自己的膝盖。

童振华：你的关节炎又犯了吧，也该去医院好好治治了，别自己乱贴膏药。

许如星：没关系，过几天就好了。

童振华：都是以前在四面透风的小平房落下的，你总是忍着，不早告诉我……

许如星：咳，没事，年纪大了，谁身上还没个毛病……过两天该去南山给姐姐扫墓了，咱们提前准备准备。

童振华：今年你就别去了，墓在山顶上，你这腿，就算能爬上去，也下不来了。

许如星张嘴想反驳，又合上嘴。

童振华：听我的吧，我和童飞去就行了，你的心意，她都明白。

许如星扭头看着外面的雨滴。

（闪回）

12-23 组镜

小女孩银铃般的笑声。

许如月（十几岁）和许如星（六七岁）小时候，许如星围着许如月转圈，开心地唱跳。

许如月给许如星扎小辫，两人笑意融融。

许如月和许如星（二十岁左右）一起到照相馆照相，摄影师摆好姿势，两人笑着拍合影，合影定格为黑白老照片的样子。

（闪回结束）

12-24 墓地　日

接前镜，黑白老照片慢慢缩成许如月一人的照片。

镜头拉远，许如月的墓碑。

天空飘着淅淅沥沥的小雨。

童振华和童飞把祭品和鲜花慢慢整理好。

童振华：周围一根杂草也没有，你常来吧。

童飞低着头没说话。

童振华：爸想跟你妈说几句话，你先下山等我吧。

童飞依然没说话，撑开伞转身走开。

童振华打着伞，独自站在墓碑前。

童振华：如月啊，你在那边怎么样？童飞……挺好，回到清城以后懂事了不少，长大了，学习也比以前用心，你放心吧！如星也挺好，就是……童言这孩子的身体，真让人操心……万一将来……呸呸，我说这些干吗……如月啊，你保佑两个孩子平平安安、健健康康……你在那边也照顾好自己……（话音渐弱）

远处，童飞躲在一处墓碑背后，听着童振华的声音，低头沉默。

12-25 饭店门口　日

天空下着小雨。

小饭店门口，人流如穿梭。

12-26 饭店　日

镜头跟着人流进入饭店内，乔卫国、程哥和几个员工坐在一个餐桌周围吃饭。

程哥：乔主任，我太佩服您了，上午那个阵仗，我这么多年都没见过几次，您可太镇定了！

乔卫国：欠债还钱，天经地义，咱们好好跟他们讲道理，他们总不能把咱们撵出去，伸手不打笑脸人嘛！

程哥：这些日子跟着您看书学习，我们哥几个都进步了，提高了……来（举起一杯酒），我敬您一杯！

几个员工纷纷举起酒杯，哼哼哈哈地胡乱恭维乔卫国。

乔卫国客气地和大家喝酒。

程哥：哥几个多吃点，下午咱们还有个硬茬要啃呢！

12-27 饭店　日

饭店门口进来几个人，程哥抬头看了一眼，人群里有威哥、小黑、曹阿荣，还有其他几个年轻人，整理被淋湿的衣服，坐到了另一桌。

程哥：（喊）威子！

威哥也看到了程哥，挥手打招呼。

乔卫国：（望过去）你认识他们？看着都是年轻人啊。

程哥：（小声，示意）带头那个，年纪不大，可是个老油条，很小就出来混社会，脑子快，会使手腕赚黑钱，不简单！以前咱们公司有几次出去办事还找他帮忙了。乔主任，我过去打个招呼。

程哥起身走向威哥那桌，很自然地坐下。

威哥：程叔！

小黑等人：（一起）程叔！

程哥：（笑）小威子，最近在哪儿发财呢？

威哥：程叔，您别逗了，我能发什么财，瞎晃悠……您这是出去办事了？今天动手没？

程哥：咳，我们最近可规矩了，看到没（眼神示意远处的乔卫国），老大请来一位师爷，把弟兄们管得死死的，这些日子警察叔叔都不来串门了！

威哥斜着眼睛看向乔卫国，小黑和曹阿荣也顺着威哥视线看了看乔卫国。

威哥：是吗？这大叔谁啊，哪来的？

程哥：原来文工团的乔主任，下岗了，听说是老大的朋友请来的。

曹阿荣：（想起什么）文工团？乔主任？

程哥：是啊，小姑娘，你认识？

曹阿荣：他是不是有个女儿，在一中上学？

程哥：好像听他说过。

曹阿荣歪头咧嘴冷笑。

程哥：小威子，过两天有个大活儿，还得找你去帮忙，到时候我跟老大说说，绝对亏不了你的！

威哥：没问题啊，程叔，随时听您吩咐！

程哥：我们下午还有事儿，先走了！

程哥坐回乔卫国等人桌前继续吃饭。

12-28 饭店　日

曹阿荣远远瞥着乔卫国，哼地一笑。

曹阿荣：原来乔晓羽她爸下岗了，还干起了这种买卖……她都不是文工团子弟了，还好意思当文艺小分队队长吗？

小黑：你是说，这个乔主任就是乔晓羽她爸？

曹阿荣：长得很像啊，再说，哪有那么多姓乔的。

威哥：乔……晓羽？这名字怎么有点耳熟？

小黑：（吞吞吐吐）就是……就是……

威哥：有屁快放！

小黑：就是……上次在冰场撞了你的那个女孩……

威哥：（恍然大悟）她啊，哼！童飞的妞。这个童飞，一直没得空收拾，今天撞到他老丈人了，哈！

曹阿荣：（吃惊）童飞？和乔晓羽？他们俩好了？真的？

小黑：好像是吧，上次冰场乔晓羽撞了威哥，那个童飞特别维护她……

曹阿荣咬紧牙关。

威哥：（生气）要不是你放走他，他现在还在医院躺着呢！

小黑：威哥，你已经教训过我了，我知道错了，真的知道错了。等我毕业了，咱们好好……（想附在威哥耳边说话）

威哥：（一把推开小黑）能不能别再说毕业了！你毕业了我找得着他吗，这猪脑……（打小黑的头）天天上课念书，学了些什么玩意儿……

威哥敲打小黑，小黑捂着头躲避。

曹阿荣往嘴里放了一个口香糖嚼着。

12-29 校园　日

主席台上挂着"欢庆五四青年节"横幅，大喇叭放着进行曲音乐。

操场上各班同学列队整齐。

教导主任站在主席台话筒前，童言、余芳等十几个同学站在主席台上。

教导主任：下面请校领导给获得"优秀团员"荣誉的同学颁发奖状！

台下掌声雷动。

后台，乔晓羽带着舞蹈队的女孩们在等待上台，乔晓羽透过人群看着童言。

校领导依次给同学颁奖，童言等人领完奖下台。

高二（5）班队列中，齐贝贝和童飞耳语。

齐贝贝：（小声对童飞）童言表现很好，安全归位！

童飞：那是，校长再也不敢让他发言了……

齐贝贝捂嘴偷笑。

主席台上。

教导主任：下面请舞蹈队的同学表演节目，大家欢迎！

乔晓羽和一众穿着青春靓丽的女孩们上台，欢快的音乐响起，女孩们开始动感起舞。

高二（5）班队列中。

齐贝贝：你和贾午天天盯着服装道具，这次应该万无一失了吧！

童飞抬起头，看着翩翩起舞的乔晓羽。

台上，舞蹈队准备谢幕，中间四个女

孩每人从地上拿起一块木牌，每个木牌上写着两个字，组成"青春不老　韶华不负"的口号。乔晓羽拿起写有"韶华"的木牌时，突然狠狠皱眉，拼命忍住疼痛。

乔晓羽举着的木牌上有一排突出来的小木刺，乔晓羽手指被扎得流下鲜血。

旁边的女孩发现了乔晓羽的手指在流血，惊讶地眼神示意乔晓羽。乔晓羽微笑着轻轻摇头，大家举着木牌亮相，完成了表演。

高二（2）班队列中，曹阿荣冷笑。

12-30 校园　日

乔晓羽从教学楼里走出来，双手的两根手指分别缠着纱布。

齐贝贝、贾午、童飞、童言围上去。

齐贝贝：（抓起乔晓羽的手）怎么回事？只有你的手指被扎了吗？

乔晓羽：没事，校医已经消毒了，只是一点小伤。

童言走到乔晓羽旁边，轻轻拿起乔晓羽的手查看，眼里充满心疼。

童飞和贾午看着乔晓羽的手指，贾午懊恼，童飞眼里出现愤怒。

乔晓羽：童言，没事，你别担心，过几天就好了。

齐贝贝：（突然转身打贾午）你不是负责道具吗？到底怎么看的啊？

贾午：（委屈）我都检查了啊……就是忘了还要举牌子……晓羽，对不起……

乔晓羽：这是个意外，牌子本来就是木头做的，出现一点毛刺也很正常。

童飞：彩排的时候没发现吗？

乔晓羽摇头。童飞深深皱眉。

余芳、曹阿荣从背后出现。

余芳：晓羽，刚才你们的舞蹈跳得真好啊。

齐贝贝白了她们一眼。童飞、贾午对视。

曹阿荣跟在余芳后面，嚼着口香糖，不露声色地轻笑。

乔晓羽：谢谢。

余芳：不愧是专业的，你带着舞蹈队只排练了几天，就跳这么整齐……

乔晓羽：临时抱佛脚而已，没丢人就好。

余芳：晓羽，别谦虚了，你可是文工团的子弟，怎么会丢人呢？

曹阿荣：班长，你还不知道吧，乔晓羽现在都不算是文工团子弟了……

余芳：（假装不知道）什么？不是文工团子弟了？还有这种事？

曹阿荣：我听说她爸已经下岗了……

余芳：（假装惊讶）晓羽，你们家发生这种事，你还尽心尽力为文艺小分队服务，这种精神就更让人佩服了！你别难过，我是班长，有什么困难告诉我，咱们全班同学都会帮你的！

旁边围观的一些同学窃窃私语。

童飞、贾午瞪着余芳。

齐贝贝：（大喊）余芳！

余芳被吓了一跳。

齐贝贝：晓羽爸爸下岗，关你什么事？我爸还下岗了呢！怎么了？看不起人是吧？

余芳：（白眼）我可什么都没说，你急什么？

齐贝贝：余大班长，我忍你很久了。去年你用红墨水把舞蹈队的裙子弄脏，我还没找你算账，今天又搞这一出？

余芳：（疑惑）什么红墨水，跟我有什么关系，你别造谣！（看到乔晓羽包扎的手指，走过来查看）哎呀，这是怎么了，受伤了？（转身对童言）童言，我真的什么也不知道，咱们是同桌，天天在一起，你最了解我的，是不是？

童言沉默不语。

齐贝贝：呦，还装，（推开余芳）你给我走远点，别让我说出难听的话！

余芳刚要反驳，童飞一步上前站在余芳面前，眼睛冷冷瞪住余芳。余芳被吓住，往后退步。

乔晓羽上前拉住童飞握紧的拳头，把童飞拽回来。

乔晓羽：（微笑）对，我爸下岗了。不过他很乐观，国家不是鼓励再就业嘛，我相信我爸的能力，他在新的工作岗位也能施展才华，谢谢班长关心。

童飞认真地看着乔晓羽。

齐贝贝：就是啊，余芳同学，你不是班长吗，什么觉悟啊，回家看不看新闻，嗯？

余芳憋红了脸，努力忍住生气的表情。

曹阿荣轻声咳嗽，余芳恢复表情。

余芳：（对乔晓羽）晓羽，这些都是误会，我一直把你当好同学、好朋友的。对了，周日我过生日，我爸妈帮我举办生日宴会，邀请全班同学都参加，你们可一定要来啊。（对齐贝贝、童飞）你们都是童言和晓羽的朋友，欢迎也来参加。

贾午：大班长，我周日那天啊……可能不舒服，就不参加了吧。

余芳：（冷笑）贾少爷，其他人都可以不参加，你不参加，不太合适啊……

贾午：为什么，我怎么了？

余芳：为什么，因为生日宴会就定在你爸的阳光休闲城！

贾午张着嘴愣住。

余芳：（笑）不光你参加，我爸还邀请了你爸妈一起参加……（转头对曹阿荣）阿荣，今天好不容易放半天假，我要逛街去了，走吧。

曹阿荣跟着余芳转身走远。

余芳：（对曹阿荣）刚才他们说的红墨水是怎么回事？

曹阿荣：（两手一摊）我……我不知道啊，谁知道齐贝贝又胡扯些什么……

乔晓羽、童言、童飞、贾午、齐贝贝站在原地，都没有说话。

童飞盯着曹阿荣的背影。

12-31 小路　日

曹阿荣的手被童飞拧着，拽到路边一个巷子里。

曹阿荣：童飞！你放开我，放开我！

童飞一把把曹阿荣甩到墙上。

曹阿荣：（疼得龇牙）你干吗！

童飞：在木牌上做手脚，你还真想得出来啊？晓羽怎么招惹你了，为什么总跟她过不去？

曹阿荣：什么木牌，我都不知道你在说什么！

童飞：我知道你不会承认的，要不是看你是个女的，（举起拳头）我早就！

曹阿荣：（往前一步瞪着童飞）早就干吗？

童飞举起的拳头狠狠握住，又无奈放下。

曹阿荣：一开始我还不相信，原来小黑说的是真的，你这么在意乔晓羽，你不会真的喜欢她吧？

童飞：喜欢……（冷漠）我谁也不喜欢，包括我自己。

曹阿荣：那你这是在干什么？我可记得，你弟弟童言和乔晓羽才是青梅竹马、天生一对，你算什么，你顶多就是她的邻居！

童飞：如果是以前，我可能考虑告诉你，不过现在……

曹阿荣：现在，你已经不把我当朋友了，所以不告诉我，对吗？

童飞瞥向一旁。

曹阿荣突然哈哈大笑起来。

童飞：（瞪曹阿荣）你笑什么？

曹阿荣：童飞，别以为我也像余芳一样笨，自从她告诉我你们家的事儿，我就猜到了。

童飞：（紧张）猜到什么？

曹阿荣：看你紧张的，放心，她只告诉我一个人，我不会告诉别人，连威哥也不知道……

童飞：（盯着曹阿荣）你到底想说什么？

曹阿荣：你在报复你小姨，也就是童言的妈妈，对吗？

童飞：胡说八道……

曹阿荣：你小姨和你爸结婚，你恨她，所以，你要把她儿子喜欢的女生抢走，让他们体会到同样的痛苦，我猜对了吧？

童飞：（粗暴）别胡扯！

曹阿荣：好、好，你不把我当朋友，没关系！我还是把你当朋友，需要我帮忙随时说。要不要我再欺负欺负她，给你制造个英雄救美的机会啊？

童飞：（举起拳头）你敢！

曹阿荣：（躲闪）哼，还假戏真做上了！我才懒得动她！有本事你找余芳去！

童飞忍着怒气放下拳头。

童飞：反正你也不是主谋，好，看在曾经是朋友的份儿上，最后警告你一次，不管是你，还是那个余芳，如果再碰乔晓羽一个手指头，我会让你们后悔一辈子！

童飞瞪着曹阿荣，曹阿荣不情愿地瞥向一边。

12-32 阳光休闲城宴会厅　日

阳光休闲城宴会厅里装饰一新，到处是粉嫩色的气球、花环和彩带，舞台中央悬挂着"祝宝贝女儿余芳17岁生日快乐"的横幅。大厅里回响着《祝你生日快乐》

的音乐。

余芳穿着娇艳奢华的连衣裙站在舞台中央，面带微笑，余芳的父母站在她两边。

舞台下有很多圆桌，分别坐着余芳父母的朋友、亲属等人。余芳的同学分坐两三桌，乔晓羽、童言、贾午、黄大卫、姚瑶和一些同学坐在一桌，曹阿荣和几个女生坐在另一桌。

黄大卫：（环顾四周，对贾午）余芳他们家不会把整个休闲城都包下来了吧？

贾午：是啊，财大气粗嘛……（抬下巴，示意远处的贾有才）你看我爸……

远处，贾有才端着酒杯，热情地张罗着余芳父母的亲朋好友。

12-33 阳光休闲城宴会厅　　日

服务员推着一个小推车走进大厅，推车上放着一个巨大的蛋糕。

蛋糕被放到余芳面前。余芳父亲拿起话筒讲话。

余父：今天是我的宝贝女儿余芳17岁生日，欢迎大家来参加她的生日宴会。感谢各位亲朋好友、老师同学这些年对余芳的关心和爱护，希望我的女儿健康成长，永远幸福快乐，爸爸妈妈永远爱你！

台下响起掌声。

服务员小心翼翼地点上蜡烛，调暗灯光。

余母：（对余芳）乖女儿，许愿吧！

余芳双手合十，闭上双眼。

贾有才：（大声招呼）咱们一起唱生日歌吧，我来起个头，祝你生日快乐……

大家跟着一起唱起来。

歌曲唱完，余芳睁开眼睛，微笑看着父母。

余父：吹蜡烛吧！

余芳和父母一起吹灭蜡烛。

余母：芳芳，切蛋糕吧！

余芳拿起切刀，犹豫了一下。

余芳：（微笑）爸，这个蛋糕好大，我可以请一个朋友上来帮我一起切吗？

余父：好啊，你想请谁？

余芳放下切刀，款款走下舞台，慢慢走到童言面前。

余芳：（微笑）童言，我想请你帮我一起切蛋糕，好吗？

童言：（犹豫）余芳，我……

余芳：你是我的同桌，也是我的好朋友，你总是帮我辅导，我特别感谢你。今天是我的生日，你可以满足一下我这个小小的心愿吗？

童言犹豫着站起身，眼神却忍不住望向旁边的乔晓羽。

乔晓羽微笑着对童言轻轻点头。

童言：好吧。

余芳轻瞟乔晓羽，和童言一起走上舞台。

余母：（对童言）你就是童言啊，我们芳芳经常提起你。听说你学习特别好，得了很多奖，叔叔阿姨特别感谢你帮助芳芳一起进步。

童言：我们是同学，互相帮助是应该的。

余芳：童言，你帮我切蛋糕吧。

童言点头。

余芳和童言拿起切刀，小心地切蛋糕。

台下，姚瑶轻轻摇头。

姚瑶：（撇嘴）搞得像婚礼现场一样，哼。

贾午悄悄看向乔晓羽，乔晓羽似乎没有任何反应。

12-34 阳光休闲城宴会厅　日

台上，余芳和童言切好蛋糕，分别放在一个个盘子里，由服务员端给台下的客人。

童言被余父拽着谈话。

余芳端着一个盘子走下台，来到乔晓羽面前。

余芳：（微笑）晓羽，来，吃蛋糕。

乔晓羽：余芳，（拿出一个包装好的小礼物）生日快乐。

余芳：（轻瞟小礼物）礼物啊，今天收得太多了……

余芳望向远处，舞台边堆满了各种豪华的礼物。

乔晓羽把自己的小礼物轻轻收回去。

余芳：晓羽，你可是咱们学校的文艺标兵，不如今天表演个节目助助兴，怎么样？就算你给我的生日礼物了！

贾午：（忍不住站起身）大班长，这就不必了吧，晓羽又不是这里的工作人员……

余芳：我问你了吗，我问的是晓羽！

余芳假笑着看向乔晓羽。

乔晓羽：（伸出还包裹着创可贴的双手）余芳，我的手还没有恢复，今天不能表演节目了，对不起。

余芳：（装作恍然大悟）哦，我忘了这件事了，好吧，不勉强你了，好好吃蛋糕吧。

余芳高傲地转身走开，到曹阿荣那一桌，曹阿荣和一堆女生围着余芳奉承。

黄大卫郁闷地斜眼看余芳的身影。

黄大卫：（沮丧）今天要是齐贝贝在这儿就好了，肯定能狠狠地给她撑回去，童飞也没来……（对贾午）今天咱们战斗力不行啊！

乔晓羽：没事，今天这么多人，她不会怎么样的。

童言从台上走下来，坐回自己的座位。

童言：（看着乔晓羽）晓羽，刚才余芳跟你说什么了？

乔晓羽：……没什么，快吃蛋糕吧。

童言：嗯。

12-35 阳光休闲城宴会厅　日

贾有才端起酒杯，拽上金艳丽，给余芳父母敬酒。

贾有才：（奉承）余总，我和我爱人代表全体员工，祝您女儿生日快乐，祝您生意兴隆！我先干为敬！哈哈……

贾有才端起酒杯一饮而尽。金艳丽象征性地抿了一口。

余父看着金艳丽，露出不满的神态。

余父：（笑）老板娘没喝啊？怎么，是

嫌我们公司今天消费得不够多吗？

贾有才：怎么会？您今天都包场了！我爱人啊，她酒量特别差，真不能喝，这样，我替她再敬您一杯……

贾有才又给自己倒满。

余父：休闲城的老板娘，怎么可能不会喝酒呢，我看，就是糊弄我，不给我面子吧？

金艳丽：余总，您说笑了，我是真的"一杯倒"，我要是醉了，还怎么给大家做好服务工作啊？

余父：不用做什么服务，今天你干了这杯，就是给我们服务了，来吧？（再次端起酒杯）

金艳丽皱眉为难。

贾有才：（耳语金艳丽）这可是咱们清城的财神，得罪不起，要不你就……

金艳丽：（下定决心）行，我今天就再喝一杯，希望余总以后多照顾我们生意！

金艳丽端起酒杯，一饮而尽。

余父也喝完了自己酒杯的酒。

贾有才：余总，今天您给女儿办生日宴会，我专门安排了乐队和最好的歌手给咱们表演，（招呼服务人员）快！

乐队成员把乐器搬上舞台，开始表演。

余父微微颔首，表示满意。

余母站起身，端起酒杯。

余母：贾午妈妈，咱们也喝一个吧？

金艳丽：余总夫人，我是真不能喝了，再喝就要醉了……

余母：（微笑）咱们可是同班同学的父母，多有缘分。要不那么多大饭店，我们怎么会来这儿包场呢。都是为了孩子开心。老板娘怎么也得给我这个面子吧？

金艳丽无奈，又喝了一杯。

贾有才：（担心）老婆，你没事吧？

金艳丽：（扶着头）没事。

旁边，青山集团李副总站起身，又要敬酒。

李副总：老板娘，我敬您一个！

贾有才：李总，我爱人她真不能喝了，我来敬您！

余父：老板娘再喝一个，以后我们青山集团所有项目都来你们这里消费！

贾有才愣住，为难地看向金艳丽。

金艳丽无奈，迷糊着又喝了一杯。

余父和李副总对视，哈哈大笑。

金艳丽坐下，靠在椅背上休息。

余母：（对金艳丽）贾午妈妈，听说您是咱们清城文工团有名的钢琴家，我们都没看过您表演，真是遗憾啊！

余父：择日不如撞日嘛，今天就是个好日子，老板娘不如给我们演奏一曲？

金艳丽：我有点头晕，今天真的不能表演了……

余父：我怎么听说，艺术家喝完酒之后灵感迸发，激情澎湃，演奏得更好呢！

满桌的客人：（起哄）来一个吧，钢琴家，来一个！

金艳丽：不好意思各位……余总，我没有那个本事。我一喝酒，手指头就抖，真弹不了……

余芳父母、满桌的客人露出不满的神情。

余父：（低声，不满）酒也不喝，琴也不弹，真是扫兴！

贾午跑过来，蹲在金艳丽旁边。

贾午：（对金艳丽）妈，你没事吧？

金艳丽：（轻轻摇头）没事，你坐回去吧。

贾午瞪了一眼余父，转身回到自己座位。

12-36 阳光休闲城宴会厅　日

贾午、乔晓羽、童言望向余芳父母一桌。

贾午：（愤愤不平）怪不得余芳那么嚣张，真是有其父必有其女！

乔晓羽：（担心）贾午，艳丽阿姨怎么了？

贾午：他们灌了我妈好几杯，还非要让我妈弹钢琴助兴，她喝完酒根本不可能弹琴的！气死我了……

乔晓羽望着金艳丽虚弱的样子。

乔晓羽闭上眼睛又慢慢睁开，缓缓站起身。

童言：（看着乔晓羽）晓羽，你要去哪儿？

乔晓羽没有回答，一步一步走向余芳父母一桌。

第十三集

我决定不躲了

13-1 阳光休闲城宴会厅　　日

余芳父母一桌的客人还在怂恿金艳丽弹钢琴。

李副总：老板娘，随便来一首吧，弹得不好也没关系，我们要求不高，哈哈哈……

金艳丽百般无奈地应付着。

乔晓羽一步一步走到金艳丽身边，金艳丽回头。

金艳丽：（惊讶）晓羽？

乔晓羽：（对余芳父母）叔叔阿姨，我是余芳的同学，我叫乔晓羽。艳丽阿姨是我的钢琴老师，她喝完酒确实不能弹琴，今天我来替她演奏一曲，给余芳生日助兴，可以吗？

金艳丽轻轻握住乔晓羽的手，手指上包裹着创可贴。

金艳丽：晓羽，你的手，还受着伤呢，不行不行……

乔晓羽：艳丽阿姨，没事，已经快好了。

余父：（冷笑）好啊，听不到大钢琴家的琴声，听听她学生的也凑合，聊胜于无嘛……

乔晓羽转身走向舞台。

余芳一桌，余芳不快地看着乔晓羽。

曹阿荣：（耳语余芳）乔晓羽又想出风头了！

余芳不满地白眼。

曹阿荣：（阴笑）不过她的手还裹着呢，肯定弹不好！

余芳：那就随她出丑吧……

13-2 阳光休闲城　　日

宴会厅门口。

童飞站在门外，远远地望着里面正在走向舞台的乔晓羽，握紧了拳头。

13-3 阳光休闲城宴会厅　　日

乔晓羽慢慢走到钢琴前，坐到钢琴凳上，看着自己的双手，一个一个轻轻摘下手指上的创可贴，手放到琴键上开始弹奏。

《月光奏鸣曲》（第一乐章）舒缓的音乐声响起。

台下，客人们聆听着优美的乐曲。

童言慼额望着乔晓羽。

贾午望着乔晓羽，心疼地咬住嘴唇。

余芳不满地白了一眼乔晓羽。

余母：这么喜庆的日子，弹这么悲伤的曲子，真晦气。

乔晓羽全神贯注地弹琴，完全沉浸在音乐的世界里。

一曲弹奏完毕，乔晓羽站起身。

金艳丽支撑着站起身，用力鼓掌。贾午、童言、黄大卫、姚瑶也拼命鼓掌。

台下响起一阵掌声。

乔晓羽坐回到自己座位。

姚瑶：晓羽，你弹得真好听！

乔晓羽微笑，低头看看自己的手指，已经发红渗血。

贾午：你的手没事吧。

童言：（想要去拿乔晓羽的手）晓羽，让我看看……

乔晓羽：（赶紧把手藏起来）哦，没

事，我去趟洗手间。

乔晓羽站起身，走向宴会厅门口。

童言望着乔晓羽的背影。

13-4 阳光休闲城　日

乔晓羽在洗手池边洗手，水流冲下来，有一丝红色飘过。

乔晓羽疼得微微皱眉。

乔晓羽甩甩手，转身，看见童飞站在面前。

乔晓羽：童飞，你……怎么来了？

童飞大踏步走过来，拿起乔晓羽的手。看着乔晓羽红肿的手指，童飞咬紧牙关。

童飞把一块纸巾递给乔晓羽，乔晓羽接过来，轻轻擦拭手指，纸巾上留下红色血迹。

童飞：走，我送你回家。

乔晓羽：童飞……

童飞拉起乔晓羽的手腕走出休闲城。

远处，曹阿荣看着童飞和乔晓羽走远的背影。

13-5 街道　日

童飞骑着自行车，乔晓羽坐在后座，穿过街道。

13-6 药店门口　昏

乔晓羽坐在药店门口的长椅上，童飞从药店走出来，拿着一些创可贴。

童飞撕开包装，给乔晓羽的手指一个个贴好创可贴。

两人并排坐在长椅上，望着远处的夕阳。

童飞：为什么要弹？

乔晓羽：艳丽阿姨对我那么好，我不能看着她被别人为难……

童飞：这不是舞台，不需要你救场的。

乔晓羽：从小跟着我爸在剧场，他做的最多的事，就是救场……

童飞：乔叔他……还是反对你艺考吗？

乔晓羽：他说我其他科目成绩还可以，只有数学拖后腿，只要努力拼一拼，还是有机会考个好大学的。

童飞：我不明白，难道你成绩不好就能选择艺考了吗？

乔晓羽无解地摇摇头。

童飞：乔叔这么热心肠一个人，总去给人救场，怎么思想还挺顽固？

乔晓羽：其实我爸本来是从艺的好苗子，可是小时候我爷爷奶奶被人说成"戏子""下九流"，后来又被打成"牛鬼蛇神"，关到牛棚里受迫害，可能那时候……他就开始抵触了。

童飞：既然他这么抵触，为什么又进了文工团？

乔晓羽：听我二叔说，我爸年轻时一心想当兵，当空军飞行员。因为打篮球受伤，错过了飞行员选拔机会。他是家中的老大，只能听从爷爷的安排，进了清城市文工团，可是他骨子里还是觉得从艺会被人看不起……

童飞：那都是什么旧社会的事儿了，

哪个行业没有好人，哪个行业没有几个坏人？我看咱们文工团大院的叔叔阿姨，就都是好人！你想参加艺考，就去努力，乔叔将来一定会理解的。

乔晓羽：谢谢你，童飞。还有，谢谢你今天把我拽出来，其实，我一点也不想待在那里了。

童飞：……是因为……童言帮余芳切蛋糕吗？

乔晓羽和童言对视，乔晓羽刚要回答，后面出现一个人，是曹阿荣。

曹阿荣：呦，乔晓羽，生日会还没结束你就跑了，原来是约会来了？

乔晓羽：我的手还没好，出来买点创可贴。

曹阿荣：（走过来搂住童飞的肩膀）童飞，走吧，打台球去！

童飞：（把曹阿荣推开）不去。

曹阿荣：（拉扯童飞）走吧，在这儿待着多无聊！

乔晓羽看着曹阿荣和童飞拉扯的动作，心生误会。

乔晓羽：（站起身）你们去玩儿吧，我回家了。

童飞：晓羽。

乔晓羽生气，头也不回地走了。

曹阿荣：（看着乔晓羽的背影，冷笑）童飞，你可别弄假成真，陷进去出不来啊……

13-7 学校门口　日
（空镜）学校大门上写着"清城市第一中学"。

13-8 教室　日
高二（2）班教室，一位个子很高的男老师拿着课本走出教室。

同学们三三两两走出教室，或在座位上聊天。

一双手拿着黑板擦正在擦黑板。镜头移到黑板一角，写着"值日生：乔晓羽"。

乔晓羽擦完下面的粉笔字，抬起手臂擦高处，有点够不着，乔晓羽踮起脚尖努力擦着。

贾午正在和旁边同学聊天，看到乔晓羽想跳起来擦黑板的样子，手指上还贴着创可贴。贾午犹豫了一下，站起来走向讲台。

一个身影踏上讲台，伸手接过乔晓羽手里的黑板擦。

乔晓羽转头，看到童言拿过黑板擦。

贾午装作若其事地转身坐回了座位。

童言抬高手臂，擦干净了最上面的粉笔字。

贾午看着黑板前童言和乔晓羽的背影，心不在焉地和同学聊天。

13-9 教学楼　日
下课铃声响起。

走廊，同学们零零散散走出教室。

乔晓羽背着书包走出教室。

齐贝贝：（画外音）晓羽！

乔晓羽抬起头，看见齐贝贝站在走廊边。

齐贝贝：晓羽，咱们一起走吧！今天上半天课，我去你们小区。

乔晓羽：好啊，想吃什么，让我爸做。

齐贝贝：不是，我……去看小栗子……

贾午：（从后面钻出来）是看小栗子，还是小栗子他爹啊？

齐贝贝：（脸红）贾午，你又胡说！

贾午背着书包跑远，齐贝贝追打贾午。

童飞从后面走过来。

童飞：晓羽，你的手……

乔晓羽转身走远。

童飞沮丧挠头。

13-10 书店　日

新华书店，教材辅导书架前，栗凯站着翻找书，抽出一本《高考冲刺60天》，认真阅读。

13-11 小区民宅　栗凯家　日

敲门声响起。

齐贝贝站在门口。

栗铁生：（笑）贝贝来了？快进来。

齐贝贝：栗叔好。

齐贝贝从门外进屋，小猫听到声音蹿出来，蹭到齐贝贝脚边。齐贝贝抱起小猫。

栗铁生：（边倒水边说）贝贝是专门来看小家伙的？

齐贝贝：我……找晓羽玩儿，顺便来看看。（望向栗凯卧室）栗叔，栗凯还没回来吗？

栗铁生：哦，今天上半天课，栗子吃完饭就出门了，说是要去买复习资料……唉，快高考了，最近连吃饭也匆匆忙忙的，弄得我比他还紧张，呵呵……

齐贝贝：（摸着小猫）高考这么辛苦，你们还帮我养着猫。栗叔，我给您添麻烦了……

栗凯：孩子，跟你说句实话，自从我和栗凯他妈妈分开以后，我们爷俩就很少聊天，他一回家就钻到卧室，根本不理我……（看着小猫）有了这个小家伙，栗凯学习累了，能逗逗小猫，还和我聊会儿天，我们都把它当自己家里人了。栗凯比以前开朗了，这都是你和小猫的功劳，是叔叔应该好好感谢你……

齐贝贝：（笑）栗叔，您太客气啦。

门开，栗凯和一个女孩站在门口。

栗凯：贝贝？

齐贝贝疑惑地看着女孩。

栗铁生：回来了？贝贝等你好久了，（看着陌生的女孩）这是……

栗凯：（赶紧解释）这是我同学陈静，刚才我们在书店碰到了，她要买的一本书我有，所以来找我拿……

陈静：（对栗铁生）叔叔好，我来借本书，顺便请教栗凯几个学习方面的问题。

栗铁生：快进来，叔叔给你们倒水啊！

陈静：（看着齐贝贝）你好。

栗凯：这是齐贝贝，高二（5）班的，是，是我……发小……

255

齐贝贝有点不高兴地噘嘴。

齐贝贝：那你们忙吧，我先走了。

栗铁生：（从厨房端着水杯出来）贝贝，这就走了？在这儿吃饭吧。

齐贝贝：不了，栗叔，我突然想起来，我也要去找晓羽借书呢！

齐贝贝瞥一眼栗凯，赌气似的走出门。

13-12 小区民宅　乔晓羽家　日

齐贝贝站在门里面，透过门上的猫眼看着对面栗凯家。

乔晓羽走过来，好奇地看着齐贝贝。

乔晓羽：贝贝，你在看什么？

齐贝贝什么也没看到，沮丧地瘫坐到沙发上。

乔晓羽：这是谁把我们贝贝公主给气着了？

齐贝贝：刚才去栗凯家，他带了一个女同学回家，说是来借书，还要一起学习，到现在都没出来。哼，肯定有问题！

乔晓羽：（笑）哦，原来你在监视栗子哥啊……吃醋了吧？

齐贝贝：才没有，我们又没有谈恋爱……

乔晓羽：你们俩互相喜欢这么久，还不算谈恋爱啊？

齐贝贝：他又没有跟我表白过……

乔晓羽：栗子哥一直没跟你表白吗？

齐贝贝：（摇头）没有……

乔晓羽：栗子哥现在忙着高考，肯定没有心思。好了，别生气了，就是一个同学而已，栗子哥不会跑的！

齐贝贝：晓羽，我听贾午说，余芳在生日会上让童言陪她一起切蛋糕？

乔晓羽点头。

齐贝贝：你不生气吗？

乔晓羽：为什么要生气呢？

齐贝贝：可那是童言啊，你们是晓羽和童言啊！我知道了，你不会又在下面默念"喜怒不形于色"口诀吧？

乔晓羽：说实话，我也以为我会生气的，可是……（摇头，突然想起什么）。

（闪回）

药店门口的长椅旁。

曹阿荣：（走过来搂住童飞的肩膀）童飞，走吧，打台球去！

童飞：（把曹阿荣推开）不去。

曹阿荣：（拉扯童飞）走吧，在这儿待着多无聊！

乔晓羽看着曹阿荣和童飞拉扯的动作，心生误会。

乔晓羽：（站起身）你们去玩儿吧，我回家了。

童飞：晓羽。

乔晓羽生气，头也不回地走了。

（闪回结束）

乔晓羽：（呢喃）这……是吃醋吗……

齐贝贝：（在乔晓羽眼前挥手）晓羽，你怎么了？

乔晓羽：（回神）我没事……

门外有响声，齐贝贝又跑到门口，透过猫眼看对面栗凯家。

乔晓羽坐在沙发上发呆。

13-13 小区民宅　乔晓羽家　夜

乔晓羽坐在卧室书桌旁，在一张信纸上写字。

乔晓羽：（画外音）童言，你还记得小时候清城公园的游乐场吗？里面有一个叫旋转飞车的项目……每次坐上去的时候，我都特别害怕，可总是忍不住再去玩儿。最近，我好像经常有这种奇怪的感觉……心跳很快，有点紧张，可是，却总想靠近……

（闪回）

13-14 游乐场　日

（慢镜头）小时候的乔晓羽坐在快速旋转的游乐设施上玩耍，又紧张又开心地大喊，童言站在旁边，笑着地向乔晓羽挥手。

（闪回结束）

13-15 小区民宅　乔晓羽家　夜

乔晓羽把笔放下，双手支撑着头放在桌子上，若有所思。

13-16 电影院门口　日

童飞背着书包，骑着自行车，路过电影院门口。

电影院门口悬挂着《泰坦尼克号》的巨幅海报，售票窗口人群拥挤。

童飞骑着自行车绕到售票窗口前面。

售票员：（朝外面喊）没票了，都卖完了！别排队了！

窗口前的人群唉声叹气，骂骂咧咧地散开。

童飞骑着车走开，边骑车边回头望向海报。

13-17 小区民宅　贾午家　日

电视屏幕正在播出娱乐新闻。

电视主播：《泰坦尼克号》正在火热上映，一票难求……

金艳丽搂着乔晓羽坐在沙发上，仔细查看乔晓羽的手指。

金艳丽：（心疼）快让阿姨看看，手指头疼不疼了？

乔晓羽：早就没事了，艳丽阿姨，你别担心。

金艳丽：（抱乔晓羽）晓羽真是我的亲闺女……

贾午从卧室走出来，被金艳丽酸得浑身发抖。

贾有才：（走过来）晓羽，那天你不光给你艳丽阿姨救了场，还帮我解了围，叔叔阿姨得好好谢谢你！

乔晓羽：贾叔，您别客气，我也没做什么……

金艳丽：别绕弯子了，快说，怎么感谢我们晓羽？

贾有才笑着从口袋里拿出几张电影票，递给乔晓羽。

贾午一把抢过来，原来是《泰坦尼克号》的电影票。

贾午：（惊讶）爸，你可以啊？这个票早就被抢完了，你怎么弄到的？

贾有才：朋友的小道消息，听说《泰

坦尼克号》要延期下线，你妈指示我，无论如何也要弄到几张票！你们年轻人不都盼着看这个电影吗？我们晓羽以后可是要当大导演的，必须去看！（敲贾午的脑门）儿子，你可是沾了晓羽的光啊！

乔晓羽：谢谢贾叔，谢谢艳丽阿姨。

金艳丽：客气什么，叫上贝贝、童飞童言，你们几个好好去看吧！

贾午：（蹦起来）我现在就去告诉他们！

贾午快步走到座机前面拨打电话。

电视屏幕播放《泰坦尼克号》在国内火热上映的盛况。

电视屏幕画面：电影院售票窗口前，人们拥挤着排队，排在前面的人终于买到一张票，兴奋的神情溢于言表，高兴地挥舞着手中的票。

13-18 校园　日

Celine Dion《My heart will go on》[①]音乐响起。

歌词：Every night in my dreams, I see you I feel you. That is how I know you go on. Far across the distance, and spaces between us, you have come to show you go on……

接前镜，一只手拿着一张电影票。

一个女生穿着校服的背影，手里拿着一张票，走在清城一中花园走廊里。

童言坐在长椅上，戴着耳机，拿着英语书翻看。女生从后面走过来。

余晖洒在童言侧脸。

女生的背影在余晖中走向童言，站在童言面前。

童言抬头，看到余芳站在面前。

余芳有点羞涩地把一张《泰坦尼克号》电影票递给童言。

童言看着票，露出疑惑诧异的表情，没有伸手。

13-19 小区民宅　贾午家　日

继续 Celine Dion《My heart will go on》音乐。

歌词：Near far wherever you are, I believe that the heart does go on. Once more you open the door, and you're here in my heart, and my heart will go on and on……

贾午卧室，贾午坐在书桌前。桌子上按座位顺序摆着六张票。

贾午拿着一张纸，撕成六张小纸条，在小纸条上分别写上贾午、乔晓羽、童飞、童言、齐贝贝、黄大卫的名字。

贾午把几张小纸条来回移动，不管怎么移动，写着贾午和乔晓羽名字的纸条始终挨着，最后终于按照童飞、童言、贾午、乔晓羽、齐贝贝、黄大卫的顺序摆放好。贾午满意地笑了。

---

① 《My heart will go on》由 Will Jennings 作词，James Horner 作曲，Celine Dion 演唱，是美国电影《泰坦尼克号》的主题曲，收录在 Celine Dion 1997 年发行的专辑《Let's Talk About Love》中。《泰坦尼克号》1998 年在中国内地上映，主题曲随之风靡一时。

13-20 校园　日

清城一中花园走廊。

童言摘掉耳机，关上随身听。

余芳：童言，我想跟你说件事。

童言：你说吧。

余芳：这些日子我想了很多，我承认，对乔晓羽，我是有点……可是，他们说的那些下三烂的事情我是绝不会做的！咱俩同桌那么久，请你相信我……

童言低头不语。

童言：（慢慢抬头）我相信你。余芳，晓羽是我最好的朋友，也许你们不能成为朋友，但请你……尽量不要为难她，好吗？

余芳：（看着童言）童言，你……喜欢乔晓羽吗？

童言：（自言自语）小时候，因为身体不好，大院里的孩子都不带我玩儿，只有晓羽……

（闪回）

13-21 组镜

20世纪80年代文工团家属院，一群孩子聚在一起玩耍，童言远远坐在一边，羡慕地看着大家。乔晓羽走过来，向童言伸出手。

一群孩子在大院里奔跑着踢球，童言躲闪不及摔倒，其他孩子从童言身边绕过去，只有乔晓羽把童言扶起来，给他擦干净身上的泥土。

夏天的夜晚，乔晓羽和童言躺在凉席上数星星，两人对视微笑。

（闪回结束）

13-22 校园　日

清城一中花园走廊。

童言：（沉浸在回忆里）只有晓羽，愿意陪着我，就像家人一样。

余芳：（回头望着花丛愣神）好吧……我觉得，我已经不那么讨厌她了，不过，还是有点羡慕她……

童言：你这么优秀，成绩好，又漂亮……

余芳有点害羞。

童言：即使什么也不做，也会有很多人喜欢你。

余芳把一张电影票递给童言。

余芳：童言，这个……送你的，一起去看吧。

童言：（看着电影票）对不起，贾午有几张票，约我一起去，我已经答应他们了。要不，你和别的朋友去吧，我先回教室了。

童言起身离开。

余芳拿着电影票，无奈沉默。

13-23 电影院　日

一只手拿着一张电影票，另一只手接过来，在电影票上打孔。

贾午拿着打完孔的电影票，招呼童飞、童言、乔晓羽、齐贝贝、黄大卫。

周围人流涌动，大家拥挤着进入放映厅。

第十三集　我决定不躲了

259

13-24 电影院放映厅　　日

大家来到一排座位前准备进去。

贾午：大家看看手上的票，都按座位……

童言和乔晓羽已经走到座位前，相视一笑，很自然地坐在了一起。

贾午：（无奈，喃喃自语）坐就好了……

齐贝贝挤过贾午，挨着乔晓羽坐下。

齐贝贝：（对乔晓羽）咱俩挨着！

黄大卫抢先一步坐到了齐贝贝旁边。

黄大卫：（拽童飞）快坐下呀！

童飞挨着黄大卫坐下。

贾午：（看着他们）一个一个没有良心的家伙……

大家：（抬头，一起）你怎么不坐？

贾午无奈，挨着童飞坐下。

13-25 电影院放映厅　　日

大银幕上放映《泰坦尼克号》。

镜头慢慢移动，依次是贾午、童飞、黄大卫、齐贝贝、乔晓羽、童言正在看电影的脸。

电影画面呈现杰克给露丝画人体素描。乔晓羽、齐贝贝有点不好意思，又忍不住看。

齐贝贝：（耳语乔晓羽）早知道有这个，我就不和这些男生来看了！

乔晓羽微笑。

电影画面呈现杰克和露丝在船头相拥。

齐贝贝：哇，好浪漫啊！

乔晓羽轻轻转头，眼神隔过齐贝贝、黄大卫，看到了童飞的侧脸。

齐贝贝：（耳语）晓羽，你看！好浪漫啊！

乔晓羽点头。

电影画面呈现露丝拿出锤子，游过船舱冒死救杰克，最后用锤子砸开手铐。

童飞悄悄望向乔晓羽，又迅速收回眼神。

电影画面呈现最后杰克为了救露丝，在冰冷的海水中被冻死。

齐贝贝哭得停不下来，一把鼻涕一把泪。

乔晓羽拿出纸巾，取出一张递给齐贝贝。黄大卫看着齐贝贝，不知所措。

黄大卫：（对齐贝贝耳语）哎，别哭了，都是假的……

齐贝贝把黄大卫的头推开，继续抽泣。

黄大卫：（小声）对了，栗凯哥怎么没来？

齐贝贝：（边抽泣边说）你不知道高考只剩两个月吗？当然是在学习了，等明年这时候咱们也一样……（哭得更厉害）明年就要高考了，怎么办……

黄大卫：好了好了，明年的事儿，明年再操心吧！不过，栗凯哥没来，你是不是有点失望……

齐贝贝：（突然停住哭泣，敲黄大卫的头）看电影也堵不上你的嘴！

13-26 剧场　　日

舞台上，几位演员正在排练样板戏《沙家浜：智斗》。舞台上方挂着横幅"清城市迎国庆文艺汇演"。舞台侧后方，栗铁生带着文武场乐队师傅认真演奏。

刁德一（演员）：（唱）这个女人不寻常。

阿庆嫂（演员）：（唱）刁德一有什么鬼心肠？

胡传魁（演员）：（唱）这小刁，一点面子也不讲。

突然台上响起BB机的声音，大家停下演唱，扮演刁德一的演员边摸出自己的BB机赶快查看，边向大家点头表示歉意。

刁德一（演员）：不好意思啊哥几个，我外面有个活儿，小队长催了。看来今天排练不成了，下周，下周我一定来！

胡传魁（演员）：（不耐烦）小刁，你还真是一点面子也不讲啊……

扮演胡传魁的演员准备接着抱怨，突然又响起BB机的声音，扮演胡传魁的演员低头发现是自己的BB机在响，尴尬地查看。

胡传魁（演员）：（堆笑）对不住对不住，哥们儿有个公司开业，叫我去捧场，嘿嘿……这段儿咱们熟，上台前练练就得了！唉，乔主任在就好了，还能救个场……来不及了，我先撤了……

扮演胡传魁的演员边说边退着离开舞台。扮演阿庆嫂的演员使劲白了一眼扮演胡传魁的演员。

阿庆嫂（演员）：乔主任乔主任，现在想起乔主任的好处来了吧！

扮演阿庆嫂的演员走到栗铁生面前。

阿庆嫂（演员）：栗师傅，您看看这些人，外面的私活儿都忙不过来，咱们还排练什么啊。我看啊，今天就歇了吧！

扮演阿庆嫂的演员慢悠悠扭着走向后台。

栗铁生摇头叹气，收拾板鼓。旁边，拉三弦的徒弟小胡试探地看着栗铁生。

小胡：师傅，我……接了两个红白喜事的活儿，现在能走了吗？

栗铁生：你怎么也学他们了，啊？

小胡：（无奈）师傅，我也不想啊，可是团里都快发不出工资了，我还得养活一大家子呢……

栗铁生：（深深叹气）去吧去吧。

文武场师傅们陆续收拾乐器离开。

金艳丽：（画外音）老栗子，你们怎么这么快就收了？

金艳丽从后台走出来，疑惑地看着栗铁生。

栗铁生：（无奈）唉，别提了，大家伙儿都忙得很，顾不上排练了……

金艳丽：（招呼后台场工）钢琴搬上来吧。

几位场工把钢琴搬上舞台，金艳丽坐到钢琴凳上。

金艳丽：前几年我在老贾的休闲城那儿帮忙都偷偷摸摸的，现在倒好，大家都光明正大组小队、接私活儿，咱们这种认认真真排练的，倒成了傻子，你说怪不怪？

栗铁生默默收拾乐器。

金艳丽：所以我说，你也学学人家吧！就那点可怜的工资，一分钱不多拿，还白白担个坏人的名号！

栗铁生停住动作。金艳丽意识到自己可能说错话。

金艳丽：老栗子，我开玩笑的……

栗铁生：（笑）没事儿，我知道你的意思。我就是懒，这习性啊，改不了。

侧台，一群伴舞的姑娘陆续出现。

伴舞A：请问，是艳丽老师吗？

金艳丽：（回头）是我，你们来了？

伴舞A：嗯，我们领队说，您准备好了，我们就上来。

金艳丽：我好了，你们上来吧。

伴舞的姑娘从后台出来，穿着暴露。栗铁生有点尴尬，眼睛不知道该往哪里看。

栗铁生：（小声）这些舞蹈演员我怎么都没见过？

金艳丽：都是从外面请的，这可是现在最流行的舞蹈，要不哪有人来剧场看啊？

栗铁生：这些小姑娘穿的，跟去大游泳池子有什么区别，我先走了。

舞蹈演员们上台摆好姿势。

栗铁生匆匆离开舞台。

金艳丽：（讥笑）看不出来，平时上蹿下跳的，还是个老封建！

13-27 文工团大院　日

栗铁生在文工团大院草地里溜达，突然看见远处草丛里有个奇怪的东西。

栗铁生走过去捡起来，发现是一个钱包。栗铁生下意识地想装进口袋。一抬头，发现齐向前站在对面。栗铁生赶紧把钱包放到背后。

齐向前：哎哟，这不是老栗子吗？

栗铁生：（尴尬地笑）齐科长，好久不见啊，你这是去哪儿发财了？

齐向前：发什么财，我都下岗了，有口饭吃就不错了！

栗铁生：你就别瞒着了，团里的人都知道，你去人民医院保卫科了。可以啊，有个好老婆帮你找工作，真省心啊！

齐向前：（故意气栗铁生）羡慕吧？有本事你也找个好老婆！

栗铁生：我可没那个本事！哎？你不好好工作，跑我们团里来干嘛？

齐向前：这不是马上护士节了吗，医院排练节目，领导说我以前是文工团的，让我来请个老师。（盯着栗铁生的胳膊）你手里什么东西，偷偷摸摸的？捡着什么宝贝了？

栗铁生：（理直气壮地把钱包亮出来）什么捡，这是我自己的钱包！

栗铁生想把钱包塞到口袋里，钱包太大，一时塞不进去。

齐向前：别演了，刚才我都看见了。老栗子，不是我说你，你这老毛病真改不了啊！我告诉你啊，你这叫不当得利！要是钱包里钱足够多，就算犯罪了！

栗铁生：（后退一步）怎么，你又想抓我？

齐向前：（不屑）我现在已经不是团里的人了，我才懒得管你。行了，我还忙着呢，没工夫跟你闲扯！

齐向前正要走，栗铁生犹豫。

栗铁生：老齐。

齐向前：干吗？

栗铁生下定决心伸出手，把钱包递给齐向前。

齐向前：这是干什么？

栗铁生：这次，我不跑了，钱包给你，就算你抓到我现行了，任凭发落！

齐向前：（不敢相信）你这是脑子被撞了，还是……太阳从西边出来了？

栗铁生：咱俩斗了半辈子，也是该有个头了。不过我告诉你，这是看在你们家贝贝的面子上！

齐向前：贝贝？跟贝贝又有什么关系？哦，我想起来了，我们家贝贝是不是总去找栗凯？你们爷俩在搞什么鬼？

栗铁生：老齐，你说话也太难听了。他俩从小一个院里长大的，本来就是好朋友，我能搞什么鬼？

齐向前：我不管那些，告诉你，让你们家栗凯把他的坏心思收一收，离我们贝贝远点！

栗铁生：（拉住齐向前）我们栗凯怎么了？你今天给我说清楚！

齐向前甩开栗铁生，转身快步走开，栗铁生追着齐向前不放。

齐向前：（边走边甩）你起开！

栗铁生：（拽齐向前）你给我说清楚，不说清楚不准走……

13-28 小区民宅　栗凯家　日

栗凯卧室，栗凯手里还拿着书，趴在书桌上睡着了。

栗铁生走进卧室，慢慢走到栗凯身边，伸手想叫醒栗凯，犹豫了一下，收回手，从旁边拿起一件衣服，给栗凯披在身上。走到卧室门口，手扶着门把手，看看栗凯的背影，慢慢从外面关上门。

13-29 小区民宅　栗凯家　日

客厅里灯光昏暗。敲门声响起。

栗铁生开门，乔卫国、金艳丽、许如星站在门口。

乔卫国、金艳丽、许如星坐在沙发上，栗铁生倒茶。

金艳丽：（环顾昏暗的客厅）老栗子，这才几点，怎么乌漆嘛黑的，你要睡了吗？

栗铁生：栗凯看着书睡着了，我在这儿等他醒，再给他做点吃的。

金艳丽：（压低声音）哦哦。

许如星：（心疼）孩子真不容易，太累了。

乔卫国：再坚持两个月，胜利就在眼前！老栗子，你也快完成任务了！

栗铁生：唉，这孩子跟着我，吃了不少苦，我对不住他啊……

金艳丽：这些年我们都看着呢，你也不容易！这不是栗凯要高考了吗，邻居们派我们仨来问问你，有什么需要帮忙的，尽管开口，这可是大事儿！

栗铁生：这些年大伙儿已经够照顾我

们爷俩的了，有什么好吃的好喝的都想着我们……

栗铁生眼圈红了，扭头轻轻擦拭眼角。

金艳丽：怎么老栗子还流起眼泪来了！都是这么多年的老邻居，客气什么啊。栗凯是我们从小看着长大的，就像亲儿子一样！

栗铁生点头。

金艳丽：好好跟儿子待两个月吧，等他上了大学啊，想见都见不着！

许如星：（对金艳丽）贾晨快毕业了吧，今年暑假回来吗？

金艳丽：找到一家外企的工作，说要忙着上班，不回来了。其实我知道，她还在生她爸的气，唉……不说她了。（拎过一个袋子）老栗子，这是前几天有人送贾有才的进口坚果，听说特别补脑，我都给你拿来了，每天给栗凯吃点，别忘了啊！

许如星：（拿出一个包装盒）栗凯他爸，我给童飞童言哥俩买衣服时，顺便给栗凯也买了一身。他和童飞身量差不多，你回头给孩子试试，穿着新衣服清清爽爽地上考场！

乔卫国：（两手一摊）老栗子，我什么也没带，不过……你应该知道我做饭的手艺吧。从现在开始，栗凯的营养餐我包了，尤其是考试那几天，保证不重样！

栗铁生手握着大包小包的食物和衣服，感激地看着乔卫国、金艳丽、许如星。

13-30 小区民宅　栗凯家　日
卧室，栗凯趴在书桌上，听着外面的说话声，慢慢睁开眼睛。

13-31 篮球场　昏
一个篮球应声入筐。
童飞一个人在篮球场上运球，投篮。
小黑走进篮球场，截断了童飞的球。
童飞：干吗，哥们儿？
小黑：找你有事。
童飞擦着汗，看着小黑。

童飞和小黑站在篮球场边上。
小黑：要不是威哥最近忙着挣钱，早整你了。
童飞不屑地"哼"了一声。
小黑：一中这片儿一直是他的地盘儿，你不听他的，已经把他给得罪了，不过现在有个机会……
童飞：机会？
小黑：他在外面组局赌球，可是以前跟着他的那几个都要高考了，家长和老师们抓得紧，他到处找人。你篮球打得那么好，我帮你在中间说说，你去给他打几场，既缓和了关系，还能挣点钱，一箭双雕，怎么样？
童飞：还"一箭双雕"呢，都会用成语了？怎么，你是来当说客的吗？
小黑：什么说客，我是在帮你。
童飞：小黑，我把你当朋友，最后再跟你说一次，我不去，我跟他不是一路人。

小黑：你是哪路人？你不是成绩垫底吗，还以为自己能考上大学啊？到最后哪儿也去不了，还得在清城混着，早晚都得被他整！

童飞：（靠近小黑）我是差学生，可不是坏学生！

小黑：（退后一步）行，哥们儿，我仁至义尽了，你好好想想吧！

小黑把篮球砸给童飞，转身离开。

童飞转身，拍着球，继续投篮。

13-32 篮球场　昏

夕阳洒在篮筐边上。

童飞举起篮球，身后传来脚步声。

童飞：（没回头）跟你说过了，不去！

乔晓羽：（画外音）童飞。

童飞猛地转身，乔晓羽站在远处。

童飞和乔晓羽靠着篮球场栏杆并排站着，夕阳照在他们的侧脸。

童飞、乔晓羽：（同时）晓羽／童飞。

两人对视微笑。

乔晓羽：你先说吧。

童飞：那天，我没跟曹阿荣走。

乔晓羽无声点头。

童飞：刚才你……要说什么？

乔晓羽：那天我想离开休闲城，不是因为童言和余芳一起切蛋糕。

童飞克制住内心的悸动，点头。

乔晓羽：刚才我看见小黑找你了。

童飞：我不会再跟他玩儿了，（站直抬头）我要好好学习，考大学！

乔晓羽：（笑）为什么？

童飞转过身，看着乔晓羽，夕阳最后的余光照在乔晓羽脸上。

童飞：（动容）因为……

乔晓羽：（低头）那就一起努力吧。

童飞：晓羽，你的梦想一定会实现的。

乔晓羽：（转头看向远处天空）如果一个人用尽全力也没有实现自己的梦想，会怎么样呢？

童飞：我姥姥说了，不管遇到多大的事儿，也得好好吃饭……没实现就没实现呗，那也得好好活着，只要活着就有希望。

乔晓羽微笑。

13-33 小区楼道　日

齐贝贝背着书包，蹑手蹑脚地走上楼梯，站在栗凯家门口，耳朵贴近门听里面的动静。突然门一下子打开，把齐贝贝吓了一跳。

齐贝贝一看，栗凯打开门看着自己。

齐贝贝：你干吗，吓我一跳！

栗凯：你怎么就喜欢偷偷摸摸站在别人家门口？

齐贝贝：（生气脸红）我……谁知道有没有女同学在你家一起学习？我怎么敢打扰你！

栗凯无奈笑了，一把抓住齐贝贝的胳膊把她拽进屋里。

13-34 小区民宅　栗凯家　日

客厅，齐贝贝蹲在地上逗小猫，桌子

上放着新买的猫粮。

栗凯从后面走过来。

齐贝贝：我是来看小栗子的，不是来看你的。我看完了，猫粮放这儿了，我走了。

栗凯：贝贝。

齐贝贝：干嘛？

栗凯：明年，你准备考哪里的大学？

齐贝贝：（疑惑）我……还没想好，怎么突然问这个？

栗凯：我就要高考了，得提前计划好。

齐贝贝突然明白过来，害羞而坚定地看向栗凯。

齐贝贝：你这是在表白吗？你喜欢我？想和我考一个城市，对不对？

栗凯：没有，我就随便问问。

齐贝贝：随便问问？你骗我，（抱起小猫蹭栗凯）你就是在表白，对不对，原来你这么喜欢我呀……

栗凯被逗得倒在沙发上，两人倒在一起，小猫噌的一下溜走了。齐贝贝脸红，挣脱开栗凯。

齐贝贝：（站起身）你赶快复习吧，我不打扰你了。

齐贝贝转身走向门口，栗凯站起身看着齐贝贝。

齐贝贝：（在门口转身）栗凯，我也有梦想了。

栗凯：嗯？是什么？

齐贝贝：（微笑）保密！

齐贝贝出门。

栗凯低头微笑。

13-35 组镜

插曲音乐响起。

栗凯班级里，所有同学都在埋头做题。

班级里一整列同学的手都在转笔，像一排风车在飞速转动。

乔卫国在厨房炒菜，热气腾腾地出锅。

乔晓羽端着盘子从自己家门口走到对门栗凯家。

栗凯背着书包进门，看到桌上的饭菜。

栗凯默默吃饭。

初夏，院子里一群小朋友在栗凯家楼下追闹声音很大。

贾午家，金艳丽走到窗户前向下望。金艳丽眼神示意贾午，贾午点头。

院子里，贾午走到小朋友堆里，朝他们做出"嘘"的手势，然后指指楼上，小朋友们听话地跑远。

栗凯推着自行车出小区大门，许如星从后面追过来，递给栗凯一瓶风油精。

栗凯家，栗凯闷头做题，把草稿纸揉烂了，还是没有思路，沮丧地趴在桌子上。童飞从外面走进来，抱着篮球拽栗凯，栗凯无奈地被拽起来。

篮球场，童飞和栗凯打篮球，栗凯浑身湿透，飞身进球，脸上终于露出笑容。童飞笑着拍拍栗凯的肩膀。

栗凯家，栗凯和童言坐在书桌前一起讨论习题，栗凯终于弄清楚一道题，和童言微笑对视。

栗凯家，齐贝贝帮栗凯检查文具袋，检查完对栗凯比 OK 的手势。

高考考场大门口，一群家长焦急等待。考试结束，考生们蜂拥而出。栗铁生远远看到栗凯出来，栗凯轻轻微笑。

栗铁生推着自行车走进文工团小区大门，看门大爷从门卫室跑出来笑着把一封挂号信递给栗铁生。

乔晓羽：（画外音，成年）小时候，我以为这样的日子，这样的朋友，会永远存在，不会改变，后来才知道，那只是人生中短暂的一瞬；长大后，我以为那样的日子，那样的朋友，只是人生中短暂的一瞬，根本不必在意，现在才明白，那些人、那些事，早已变成我生命的一部分，永远都不会消失。

栗铁生从信封里取出录取通知书，神情激动，手轻微抖动。

栗凯、童飞、童言、乔晓羽、齐贝贝、贾午围坐在小饭店餐桌前，开心地举杯，杯子碰在一起。

13-36 小区民宅　栗凯家　日

卧室，栗凯坐在床上轻轻弹奏吉他旋律，齐贝贝坐在地上逗小猫。小猫在地上蹿来蹿去，旁边放着猫粮。栗凯停下弹吉他，看着小猫。

栗凯：小栗子最近不好好吃东西，瘦了很多。

齐贝贝：（失落）也许它知道你考上大学，要离开家了，所以有点难过……

栗凯看着齐贝贝，齐贝贝有点不好意思。

栗凯：小栗子出生多久了？

齐贝贝：我也不知道，刚发现它的时候，看起来像是一两个月大的样子。

栗凯：它是不是到了……

齐贝贝：到了什么？

栗凯：到了……想谈恋爱的年纪……

齐贝贝：（脸红）哦。

栗凯继续弹起吉他旋律。

齐贝贝：要不，咱们带它去宠物之家看看，也许只是肠胃不好。

栗凯：好。

13-37 街道　日

栗凯和齐贝贝沿着街道溜达，齐贝贝抱着小猫。

齐贝贝：原来小栗子已经快一岁了，真的想谈恋爱了。

栗凯：（一本正经）小栗子长大了，想当爸爸了，看来我要当爷爷了。

齐贝贝：（推栗凯）说什么呢！（摸小猫）小栗子，别着急，你肯定能找到女朋友。

草丛里传来猫叫，齐贝贝手里的小猫突然激动地挣脱齐贝贝，朝街道跑去。

齐贝贝：（眼神追着小猫）小栗子！

一辆卡车驶来，司机没看到小猫，撞了上去。紧急刹车的声音。

齐贝贝惊呆，哭着捂脸。栗凯赶紧跑过去查看。

司机从车上下来，一脸茫然。

齐贝贝：（蹲下痛哭）小栗子……

13-38 组镜

周华健《有故事的人》①音乐响起。

歌词：走着，忍着，醒着，想着，看爱情悄悄近了。冷的，暖的，甜的，苦的，在心里缠绕成河。曲折的心情有人懂，怎么能不感动，几乎忘了昨日的种种，开始又敢做梦。我决定不躲了，你决定不怕了，我们决定了让爱像绿草原滋长着，天地辽阔相遇多难得，都是有故事的人才听懂心里的歌……

栗凯抱着小猫狂奔，齐贝贝哭着跟在后面。

栗凯和齐贝贝跑进天使宠物之家。

薇姐检查小猫，然后无奈摇头。

齐贝贝抱着小猫泣不成声。

下雨了。空旷的街道，齐贝贝伤心地走在雨中，栗凯追上来。

齐贝贝：（哭）小栗子走了，不要我了，你去上大学，也要走了……

栗凯一把拉过齐贝贝，紧紧抱住。

栗凯：贝贝，我永远也不会离开你，永远……

栗凯和齐贝贝哭着拥抱，脸上的雨水和泪水混在一起。

13-39 火车站　日

继续周华健《有故事的人》音乐。

歌词：我决定不躲了，你决定不怕了，就算下一秒坎坷这一秒是快乐的，曾经交心就非常值得，我要专注爱你，不想别的，没有忐忑……

栗凯坐在火车上。

栗铁生、齐贝贝、乔晓羽、童飞、童言、贾午、黄大卫在站台上朝栗凯挥手。

齐贝贝笑着望向栗凯，高举双手挥舞。

火车渐渐开远。

齐贝贝转身，笑容收回，靠在乔晓羽肩膀流泪。

13-40 文工团小区　日

乔晓羽、贾午、童飞、童言在院子里，乔晓羽坐在秋千上，贾午、童飞、童言坐在旁边。

贾午：贝贝怎么没过来？

乔晓羽：她眼睛都哭肿了，说要回家睡觉……

贾午：栗子哥上大学走了……明年的这个时候，咱们也要各奔东西……

大家默默无语。

乔晓羽：（慢慢从秋千上站起来）我得回家复习数学了，要是一开学就小测验，我就惨了……

乔晓羽朝自己家单元门口走去。

贾午看着乔晓羽走远，也站起身。

贾午：我也回家了。

童飞：你回家干吗？

贾午：我回家……打会儿游戏，一开学我妈就不让玩儿了，那我就惨了……

童飞和童言无奈地笑。

---

① 《有故事的人》由姚若龙作词，潘协庆作曲，周华健演唱，收录在周华健1998年发行的专辑《有故事的人》中。

贾午走远。院子里只剩下童飞和童言。童飞想要说话，又犹豫不决。

童言看出童飞的情绪，两人对视，有点尴尬地微笑。

童飞：童言。

童言：嗯？

童飞：（犹豫）没什么。

童言：哥，你有想要考的大学吗？

童飞：（无奈）我能有什么想法，能考上已经是奇迹了，哪有挑选的余地？

童言：猎人出门的时候，并不知道猎物藏在哪里，渔民出海的时候，更不知道哪里有鱼。可是总要相信今天一定会满载而归，才有出发的勇气，出发了才有希望，不试一试，怎么知道会不会行呢？

童飞：（轻拍童言的头）小屁孩儿，教育你哥？还给我灌起心灵鸡汤来了，啊？

童言笑了。

童言：哥，你有喜欢的人吗？

童飞犹豫，沉默。

童言：前几天余芳找我解释以前的误会，我现在相信，她也没那么坏。虽然有点刁蛮，不过她从小被宠着长大，也许那就是她的说话方式，有时候想想，还挺可爱的。

童飞不敢相信地看着童言。

童言：怎么了？

童飞：你不会被她给骗了吧？

童言：我也没有那么傻吧。

童飞：（点头）有。

童飞和童言对视笑了。

童言：妈以前总说，有一些遗憾，过去了，就再也没办法弥补了。虽然我不知道她说的遗憾是什么，但是，我觉得，想做的事，还是要勇敢去做，想说的话，也要早一点说出口。

童飞内心复杂，不知该说什么。

童飞：那……你有遗憾吗？

童言：没有，我没有遗憾。

镜头拉远，院子里两棵高大的银杏树，一棵银杏树的叶子已经有些许变黄，另一棵的叶子还翠绿如新。

第十四集

今生最亮的月亮

14-1 小区民宅　乔晓羽家　　日

祖海《为了谁》①音乐响起。

歌词：泥巴裹满裤腿，汗水湿透衣背，我不知道你是谁，我却知道你为了谁。为了谁，为了秋的收获，为了春回大雁归，满腔热血唱出青春无悔，望穿天涯不知战友何时回。你是谁，为了谁，我的战友你何时回。你是谁，为了谁，我的兄弟姐妹不流泪。谁最美，谁最累，我的乡亲，我的战友，我的兄弟姐妹……

卧室，镜头依次移动呈现书桌上的老式录音机、磁带，墙上贴着的明星画报，堆起来的课本、小说、少女杂志……

乔晓羽整理床铺，穿衣服，整理书包。

厨房，一只手正在煎鸡蛋。

卫生间，乔晓羽洗完脸猛地抬起头，镜子里，一张青春少女湿漉漉的脸庞。

厨房，铲子把煎好的鸡蛋放在盘子里。

卫生间，乔晓羽在镜前扎起马尾，端详自己，微笑。

乔晓羽跑进厨房，拿起盘子里一个煎蛋塞到嘴里。

乔卫国正系着围裙做饭。

乔晓羽：（边吃边说）爸，我去学校了！

乔卫国：哎？现在不是暑假吗？去学校干吗？（突然停住，自言自语）怎么感觉这句话像以前说过似的……

乔晓羽边嚼边走出厨房。

乔卫国端着盘子，跟着乔晓羽走到客厅。

乔晓羽：（试探）下周一开学，学校就要举行抗洪救灾捐款仪式，老师让我们……

乔卫国：（大手一挥）快去吧！好好准备！

沈冰梅从卧室走出来，衣着端庄正式，在穿衣镜前整理衣服。

沈冰梅：（笑）呦，今天老乔同志怎么这么大方？

乔晓羽从背后抱住沈冰梅。

乔晓羽：（和沈冰梅一起看着乔卫国）是啊，妈，今天太阳不会从西边出来了吧？

乔卫国：看你们俩……以前啊，我老担心晓羽搞文艺活动耽误了学习，现在她成绩进步这么大，我还有什么不放心的？（义正词严）再说了，我好歹也干了那么多年革命工作，这点觉悟还能没有吗？

沈冰梅：（笑）好好好，老革命！我先走了，今天得早点去加班。

乔晓羽：爸，我也走了！

乔卫国：唉，这母女俩，都不好好吃饭，我又白忙活了。（突然停住，自言自语）怎么这句话也像以前说过……

乔卫国拿起遥控器打开电视。

电视画面播放1998年夏秋季长江、嫩江、松花江等流域特大洪水救灾的新闻。

---

① 《为了谁》由邹友开作词，孟庆云作曲，祖海演唱，为了纪念和歌颂在1998年特大洪水中奋不顾身的英雄们而创作，收录在1999年祖海发行的专辑《为了谁》中。

乔卫国猛地站起身，脱下围裙扔到椅子上。

乔卫国：不行，我也得出门！

乔卫国快步出门。

14-2 文工团小区　日

继续祖海《为了谁》音乐。

歌词：你是谁，为了谁，我的战友你何时回。你是谁，为了谁，我的兄弟姐妹不流泪……

从小区大门口高处望进去，乔晓羽骑着自行车，从小区大门出来。

14-3 街道　日

继续祖海《为了谁》音乐。

歌词：谁最美，谁最累，我的乡亲，我的战友，我的兄弟姐妹……

乔晓羽骑着自行车穿过街道。街道两旁张贴着"万众一心　抗洪救灾""洪水无情人有情""一方有难　八方支援"的横幅。

14-4 某公司　日

一个大大的红色捐款箱。镜头拉远，乔卫国站在会议室捐款箱旁边，员工们坐在座位上。

乔卫国：同志们，虽然咱们公司不是国企，但也是社会主义市场经济的重要组成部分！洪水无情人有情，大灾面前有大爱！现在社会各界都在献爱心，咱们也不能落后啊！我请示了张总，他已经率先捐款一万元！为了帮助灾区群众早日渡过难关，重建家园，希望大家积极捐款捐物，我和程哥会把大家的心意送到市里红十字会，为受灾群众送去温暖！来，我先带个头！

乔卫国从衣服口袋里拿出几张百元人民币，塞进捐款箱。

员工们窃窃私语。程哥环顾一周，站起来。

程哥：我也表个态，献个爱心。

程哥掏出几张百元人民币塞进捐款箱。其他员工陆续站起身，轮流走到捐款箱前面捐款。小刘和周围两三个员工互相对视，最后不情愿地晃悠到捐款箱前面塞了一点钱。

乔卫国欣慰地看着捐款箱。

14-5 租书店门口　日

"良友租书店"门口停放着乔晓羽的自行车。

14-6 租书店　日

镜头从门口慢慢推到租书店的书架旁。乔晓羽挑选书的背影。

乔晓羽的手抽出琼瑶小说《还珠格格》，翻看起来。

齐贝贝：（画外音，装成老年男性声音）乔晓羽同学，都毕业班了，怎么还有工夫看闲书啊！

乔晓羽吓得赶紧把书塞回书架，回头一看，齐贝贝笑成一团。乔晓羽走过来挠齐贝贝。

乔晓羽：我就知道是你搞鬼！

齐贝贝：好了好了，说真的，你还敢看小说，不怕被你爸发现？

乔晓羽：最后一本最后一本，反正（调皮地笑）……该看的也都看完了！

乔晓羽抽出书，走到柜台前，把书递给租书店老板。

乔晓羽：老板，租一周。

14-7 校园　日

乔晓羽和齐贝贝在自行车棚停好自行车。

远处，童飞骑着自行车过来，到乔晓羽身边，停下车。

乔晓羽：你怎么来了？

童飞：听贝贝说，你们今天来准备捐款活动，我……来看看有什么能帮忙的。

齐贝贝：（笑）你？确定？来帮忙？

童飞：（瞥齐贝贝）我怎么不能帮忙？

乔晓羽和童飞对视。齐贝贝望向童飞身后。

远处，小黑走过来。童飞转身看到小黑，挥手冲小黑打招呼。

小黑：嘿，哥们儿，你怎么在这儿？

童飞：这是我的学校啊，怎么不能在这儿？

小黑：别废话，你快从正门走吧。等会儿威哥他们从后门进来打球，要是撞上了，少不了麻烦！别说我没提醒你啊！

童飞不耐烦地撇嘴。

乔晓羽：（童飞）快走吧。

童飞：（不屑）我为什么要躲，我怕他吗？这可是学校！

乔晓羽：我知道你不怕他，不过还是尽量别碰到了，招惹他们那种人干什么。

小黑：哪种人？乔晓羽，你客气点，上次在冰场，要不是我拦着，你早就……

乔晓羽：（转向小黑，诚恳）对不起，上次谢谢你，这次……也谢谢你提醒童飞。

小黑愣住。童飞惊讶地看着乔晓羽。

齐贝贝：晓羽，他在说什么，出什么事了？

乔晓羽：没事，回头再跟你说，（对童飞）童飞，你先走吧，好吗……

乔晓羽认真地看向童飞，童飞也看着乔晓羽的眼睛。

童飞：（点头）嗯。

童飞推着自行车回身。

突然威哥带着几个人从正门进来。

威哥：呦，这不是童飞吗，好久不见啊！

童飞咬紧牙关，沉默不语。

威哥：（看向乔晓羽）哦，原来是小情侣周末来学校谈恋爱，这可不对啊，看来师兄得给你们上一课了！

齐贝贝：（皱眉）你不是我们学校的学生，为什么能进来？

威哥：嘿，又冒出来一个不服的？我可是一中毕业的，想念母校了！我来看看老师！看看校长！看看我曾经生活学习战斗过的地方！怎么就不能进来！小丫头片子！

齐贝贝：（生气）你！

乔晓羽拦住齐贝贝。

威哥：(对童飞)行了，别一副丧了吧唧的样子……走，陪哥去打会儿篮球！

童飞：今天有事，打不了。

威哥：哼，就这点胆量？放心！今天哥心情好，不难为你！（贴近童飞耳朵）美女面前，可不能尿啊！尿了就把美女让给我吧，哈哈哈……

童飞站住。

小黑眼神示意童飞赶紧走。

乔晓羽：童飞（对童飞摇头，示意他不要冲动）。

童飞：(转身对乔晓羽)我去和他们打一会儿，这是学校，不会有事的。

乔晓羽担心地看着童飞。

威哥和小黑等人拍着球走远。童飞转身走出一步，又回头。

童飞：晓羽，我……有话对你说，你……等我。

乔晓羽：(点头)嗯，小心，我等你。

齐贝贝：大哥，别逞能啊！

童飞点头，转身走远。

齐贝贝：(无奈)唉，怪不得大家都说童飞和童言不像亲兄弟，一个是学习优秀、看上去干干净净的好孩子，另一个……

乔晓羽：(深呼吸)跟其他班文体委员约的时间差不多到了，咱们上去吧。

齐贝贝点头。

乔晓羽和齐贝贝走向教学楼方向。

14-8 篮球场　日

威哥、小黑等人和童飞走进清城一中篮球场中间。

威哥：(指小黑)小黑，你跟这小子不是挺熟吗，你们俩一队吧，(用手指敲小黑)好好打，别给我放水，听见没！

小黑无奈地点头。

威哥：(拍拍旁边一个又高又壮的男生)大头跟我一队，来吧！

童飞脱掉外套，四人走到场地上开球。

小黑运球，传给童飞，童飞三步上篮进球。威哥瞪了一眼童飞，传球给大头。大头靠着身体优势得分。童飞逐渐适应大头的球风，远投频频得分。四个人在球场你来我往，打了几轮，各有胜负。威哥带球突破，小黑拦防，威哥霸道过人，小黑被迫让开，威哥进球，回头把球一扔，推了一把小黑。

威哥：(推小黑)小黑，什么意思？看不起我啊？

小黑：(踉跄跌倒)哥，没有……

童飞扶起小黑。威哥恶狠狠地看童飞，回头对大头使了个眼色，小黑注意到威哥的眼神。四人继续比赛，越打越激烈。大头带球过人，童飞防守，大头仗着自己个子大步步紧逼，做出投篮动作，童飞举起手臂拦防。威哥使劲拽住小黑。

小黑：小心！

大头突然转身，胳膊肘直接撞向童飞的眼睛。童飞"啊"的一声，捂住眼睛倒地。小黑跑过来扶起童飞。

威哥走过来，得意地看着躺在地上的童飞。

威哥：我看啊，一中现在也就这水平，没一个能打的，走！

威哥带着大头等人，骂骂咧咧地离开球场。

小黑：童飞！你没事吧！

童飞痛苦地捂着眼睛。

童飞：我，我的眼睛……看不见了……

小黑：（着急）你等着，我找人送你去医院！

小黑起身狂奔。

14-9 教室　日

教室里，乔晓羽、齐贝贝在和几位同学排练捐款仪式，一个同学着急地跑进来。

同学A：晓羽，贝贝，你们快去看看，童飞他……

乔晓羽跑出教室。

14-10 组镜

插曲音乐响起。

乔晓羽奔跑在教学楼走廊、校园。

乔晓羽看着一辆救护车驶出校门口，已经追不上了，停下脚步，气喘吁吁。

医院，乔晓羽跑着上楼梯。

乔晓羽拐进手术室门口，童言站在手术室门口呆望，童振华焦急地踱步，许如星坐在一旁擦泪。

齐贝贝、贾午、金艳丽焦急地从楼梯口走过来。

手术室门打开，童飞躺在手术推车上被推出来，眼睛上缠着厚厚的纱布，童振华、许如星等人围上去，童振华走到医生面前询问，手术推车被推远，一群人跟着推车走远。

乔晓羽呆呆望着手术推车。

乔晓羽紧紧攥着拳头。

14-11 医院病房　日

童飞躺在医院住院部病房，眼睛上包扎着绷带。许如星弯腰转动病床的扶手，调整病床角度。童言扶着童飞，慢慢支撑起童飞的上半身。

主治医生带着护士进来，童振华、许如星赶紧恭敬地迎上去。

医生：外力撞击导致晶状体移位，是严重的外伤，还好，手术比较成功，已经复位了。为了确保眼球尽量不转动，尽快愈合，我们进行了双眼包扎。住院观察三天，出院以后定期复查，一个月以后拆绷带。

童振华、许如星：谢谢医生！谢谢医生！

医生：别客气，这段时间尽量静养，不要再碰到眼部。

许如星：嗯嗯，好，好！

医生转身要走，又回头嘱咐。

医生：过一会儿麻药失效以后会有些不适，是正常现象。

童振华、许如星感激地点头，医生带着护士离开病房。

14-12 医院病房　日

乔晓羽、齐贝贝、贾午、金艳丽、乔卫国陆续进入病房。

乔晓羽担心地看着躺在病床上的童飞。

乔卫国：（着急）童厂长，弟妹，孩子怎么样？

童振华：不幸中的万幸，手术还算顺利。

乔晓羽紧握的拳头终于放松了一点。齐贝贝也长舒一口气。

乔卫国：那就好那就好，好好养着，这可是大事，一定得养好！

金艳丽：阿弥陀佛，阿弥陀佛！吓死个人！

贾午：妈，别死啊死的。

金艳丽：哦，呸呸呸！

许如星：乔主任、艳丽姐，你们等了半天，快回去休息吧，这儿没事了。

金艳丽：你们也别太累了，有事儿随时招呼我们，随叫随到！对了，童言今晚跟我回家，睡贾晨房间，放心吧！

许如星：谢谢，谢谢……

金艳丽：都是邻居，客气什么！

乔卫国：童飞啊，想吃什么菜告诉乔叔，明天给你送来！

童飞轻轻点头。

乔卫国：那我们先走了。

乔卫国、金艳丽、贾午、齐贝贝离开病房，乔晓羽慢慢走向门口，回头望童飞。

童飞：（突然说话）晓羽在吗？

乔晓羽：（停住脚步）我在。

童飞：（笑）我错了，没听你的话。

乔晓羽眼圈泛红，转身离开病房。

14-13 医院病房　日

病房里只剩下童振华、许如星、童飞和童言。

童振华走到童飞面前坐下。

童振华：童飞，现在没外人了，你实话告诉我，这到底是怎么弄的，要是有人故意，那就必须找警察解决！

童飞：跟别人没关系，是我自己动作大了，对方只是防守……是个意外。

童振华：（生气地站起身）我就说，暑假都快结束了，你还天天出去疯玩儿，早晚出事！（转身对童言）童言，你哥暑假作业写完了没有？

童言：（怯怯）爸，写完了，我们……都写完了。

童振华：我再去跟医生聊聊，唉，真不省心！

童振华走出病房，许如星赶紧跟上。

许如星：（回头对童言）童言，照顾好你哥，我去买点水果。

童言点头。

童振华、许如星离开病房。

童言轻轻坐下，看着童飞。

童言：哥，你篮球技术那么好，也一直很小心，这次怎么会受这么严重的伤？

童飞：这人不一样，跟我有点过节，躲不掉的。在篮球场上解决了，也好。对了，开学以后，你和贾午、晓羽一起回家，不要让晓羽一个人走夜路。

童言：（看着童飞）放心吧。

黄大卫突然跑进病房，气喘吁吁。

童飞：谁？

黄大卫：（大声）童飞，你有病吧？干吗和小黑、威哥那些人打球！

童飞：（笑）黄毛儿啊，你还有脸说，他们不是你的老熟人吗？

黄大卫：唉，平时他们都说我傻，现在我才知道，你比我傻多了！我跟他们玩儿，都是意思一下，装装样子的，你还当真了！

童飞：我技术好，作不了假。

黄大卫：得了吧，你看看你，瞎了还嘴硬。这几年一中篮球打得不错的，都被威哥叫去打野球了。你打得这么好，又不听他的话，他肯定看你不顺眼……实话告诉你，你去找他们也没用的。他们经常干这种下三烂的事儿，要不说自己没钱赔医药费，要不就在派出所死缠烂打，我爸那儿见得多了……

童飞：（冷笑）我当然知道，而且，我也没打算找他。

黄大卫：你还挺想得开，就这么忍了？怎么不太像你……

童飞：他们知道闯了祸，最近就不会来惹事了……等明年高考完，你们都去上大学了，我再好好跟他算账……

黄大卫看着童飞，无奈摇头。

14-14 小区民宅　贾午家　夜

客厅，金艳丽坐在沙发上看电视，电视屏幕播放1998年热播的电视剧《将爱情进行到底》。

门开，贾有才急匆匆进来。

贾有才：童飞没事吧？

金艳丽：手术做完了，过两天就能出院。

贾有才：唉，童厂长家今年这是怎么了，两个孩子轮番住院……

金艳丽：（叹气）如星的命啊……

贾有才：老话怎么说的，雷打真孝子，财发狠心人，麻绳专挑细处断，厄运专挑苦命人，（模仿戏曲腔调）苦～啊～

金艳丽：行了行了，怎么这么多戏。上次给栗凯买的营养口服液，明天再去弄点，回头我给如星送去。

贾有才：（敬礼）遵命！

金艳丽：哎，你最近回家越来越晚了啊，怎么回事？

贾有才：（无奈）老婆，你是不知道啊，最近各种检查轮番突击咱们休闲城，我都快累死了，（趴到沙发上）快给我按按，哎哟……

金艳丽不情愿地给贾有才按摩后背和肩膀。

贾有才：（看电视）老婆，你都多大年纪了，怎么还看起青春偶像剧了？

金艳丽：（发火）我多大年纪？

金艳丽给贾有才按摩的动作变成了用力敲打。

贾有才：（求饶）我错了，老婆永远十八岁，十八岁！老婆，你这可是弹钢琴的手，别打坏了，我自己打，自己打！

14-15 小区民宅　贾午家　夜

贾午卧室，贾午坐在写字桌前看书，听到贾有才的喊声，无奈摇头。

贾午：没事找打，自生自灭吧。

14-16 学校门口　日

（空镜）学校大门上写着"清城市第一中学"。

14-17 教学楼　日

小黑从男厕所走出来，突然领子被一双手拉住往后拽。

小黑：（喊）哎，哎，谁呀！

小黑被拽出画面。

14-18 校园　日

学校教学楼背后角落，小黑一脸烦闷地整理领子，曹阿荣站在对面。

曹阿荣：我问你，童飞的眼睛到底是不是威哥故意弄的？

小黑：我都说了不是，你不相信，我有什么办法？

曹阿荣：你不是和他们在一起吗，怎么不拦着点？

小黑：你比我知道威哥的脾气，我拦得住吗？

曹阿荣靠在墙上皱眉。

曹阿荣：今天是开学第一天，连童言都请假了，那童飞的眼睛是不是很严重？

小黑：我哪知道，我也不敢问，更不敢去看……你和贾午他们一个班，打听一下呗。

曹阿荣：我去问贾午，他根本不理我！乔晓羽还瞪我半天，哼，第一次看她这么凶！

小黑：当时童飞说他看不见了，不会……真的瞎了吧？

曹阿荣：（急得站起身）瞎了？那怎么办？那……威哥会不会受牵连？

小黑：你到底是担心童飞，还是担心威哥？

曹阿荣：我！（打小黑的头）我当然是担心威哥！烦死了，不跟你说了……

曹阿荣快步走远，小黑摸着被打的头，冲曹阿荣背后翻白眼。

14-19 大杂院屋子　日

嘈杂的大杂院胡同，曹阿荣斜背着书包，嚼着口香糖，颓废松垮地走进一间老屋子。

曹阿荣：（边走边喊）奶奶，我饿了，有吃的吗？

曹阿荣停下脚步，听到屋里传来翻箱倒柜的声音和争吵声，低头沮丧沉默，慢慢走进屋里。一个中年男人（曹阿荣爸爸）正在挨个翻抽屉，一个老年女性（曹阿荣奶奶）面无表情蜷缩着坐在一旁凳子上。

曹阿荣爸爸：怎么只有这点钱，妈，你这个月退休金呢？

曹阿荣奶奶不说话。

曹阿荣爸爸：（看见曹阿荣）哎，闺女回来了，嘿嘿，快告诉爸爸，奶奶的退休金放哪儿了？

曹阿荣把书包往桌上一扔，瞥了她爸一眼，沉默。

曹阿荣爸爸：干什么呀？一个个的，都不理我？你们不知道，我这两天手气特别炸！快，马上就要翻本儿了！

曹阿荣奶奶：（站起身用力喊）你给我滚！

曹阿荣爸爸吓了一跳，顺手拿起抽屉里一只手表。

曹阿荣爸爸：不给就不给，喊什么！

曹阿荣爸爸边把手表藏到兜里边往外走，突然又想起什么，转身走到曹阿荣身边。

曹阿荣爸爸：哎，下次去找你妈的时候，跟她多要点钱，听见没！

曹阿荣翻了个白眼，转头不说话。

曹阿荣爸爸骂骂咧咧走出屋子。曹阿荣奶奶无力地瘫坐到凳子上。

曹阿荣的肚子叫了几声，张嘴想对奶奶说话，又闭上嘴。

曹阿荣背起书包，慢慢出门。

曹阿荣奶奶：（在背后喊）阿荣啊，这么晚了，你去哪儿？

曹阿荣：（没回头，有气无力地）找点吃的去……

14-20 破旧篮球场　日

废弃工厂的篮球场上，一群年轻人正在打比赛，威哥也在其中。篮球场外，一群穿着另类的年轻人在下赌注，陆续把一堆现金扔在一张铺着的报纸上。

球场上，双方打红了眼，动作越来越激烈，威哥一方有人受伤，实在支撑不住，被扶下场。对方带头的男人得意地看着威哥。威哥瞪着对方带头的男人，眼神示意自己一方的其他三个人继续比赛。

曹阿荣走到篮球场旁边，靠着栏杆，看着球场上的比赛。

比赛继续，威哥一方处于劣势，对方频频进球。

比赛结束，一个男生举起比分牌，显示威哥一方输了。

下注的人们有的兴奋，有的沮丧，嘟嘟囔囔。对方带头的男人得意地看着威哥。

对方带头男人：小威子，最近有点虚啊，赶紧补补吧，哈哈……

男人周围爆发出一阵讥笑声。威哥压着怒气，走到自己队员身边，瞪着他们，捡起一根树枝，挨个打他们的头，队员们不敢动弹。威哥拿起球往地上一砸，抓起外套，离开篮球场。

曹阿荣跟在威哥后面。

14-21 街边小吃摊　夜

曹阿荣双手端着一碗汤面，一口气喝下去，放到桌上，抹嘴。威哥把烟头摁灭，看着曹阿荣。

两人坐在街边小吃摊，周围人来人往，一副市井场面。

威哥：怎么饿成这样？

曹阿荣：没事。

威哥：……你爸又回来扫荡了？

曹阿荣看一眼威哥，低头沉默。

曹阿荣：没有。

威哥：咱们邻居那么多年，这我还不知道吗，下次让你奶奶把钱藏隐蔽点儿！

曹阿荣：对了，童飞他们家没找你麻烦吧？

威哥：（得意）哼，找我有什么用，大头家里穷得叮当响，又不是我撞的，警察来了也没办法……

曹阿荣：（叹气）听说他眼睛伤得很重，不知道会不会瞎啊……

威哥：你害怕了？不是你说过讨厌乔晓羽吗，我也看那个童飞不顺眼，正好替你出出气！

曹阿荣：我怕他要是真的出事，你躲不掉。你要是进去了，我怎么办……威哥，我不想上学了，想挣钱，你看我能干点什么？

威哥：别胡扯，你给我好好念书，明年就高考了，还差这一年吗？放心，只要我在，就不会让你饿着！

威哥拿起一瓶啤酒，一口气喝掉。

14-22 小区民宅　童飞家　夜

童飞和童言的卧室，童飞半躺在下铺床上，童言端着果盘喂他。

童飞：我自己吃吧，（指指眼睛上的纱布）这个还得裹一个月，总不能一直让你喂我吧。

童言：以前都是你照顾我，现在终于轮到我照顾你了，我可得抓住机会。

童飞：我看你是终于抓住机会管我了吧，都快把我管成幼儿园小朋友了……听

我的，明天去上学啊。

童言：你真的没问题吗？

童飞：（咧嘴笑）放心吧，再说，小姨不是也在家吗。

童言：（低头）可是，你不会去麻烦她的。

童飞：（掩饰）看你说的，我脸皮很厚……好了，我都吃撑了，别喂了，早点睡吧。

童言放下果盘。

童飞：你睡上铺当心点，别掉下来。

童言：哥，其实我早就想睡上铺了，睡得可香了！

童飞：行，这回让你睡个够！

两人笑了。

童言爬上上铺，又从上面露出头。

童言：哥，明天我去上学，没办法给你讲题。我给你准备好英语磁带，你就在家复习英语听力吧。

童飞假装轻声打呼噜。

童言：我知道你听见了，晚安，哥。

童飞：（无奈）晚安，童老师……

14-23 小区民宅　童飞家　日

随身听磁带在转动，英语听力的声音响起。

童飞坐在客厅沙发上，戴着耳机听随身听。敲门声响起。

乔晓羽：（画外音）有人吗？

童飞听出乔晓羽的声音，赶紧把耳机摘掉，关掉随身听。英语听力声音停止。

童飞用手摸索着找到遥控器，按下按

钮，打开电视。

童飞：我在家，门没锁，进来吧。

乔晓羽打开门进来，走到童飞身边，看到旁边凌乱的随身听和耳机线，慢慢坐下。

乔晓羽：今天眼睛感觉怎么样？

童飞：（潇洒地靠在沙发后背）感觉？早就没感觉了，放心吧！

乔晓羽：如星阿姨呢？

童飞：哦，去菜市场了，对了，现在……是中午吧，你怎么回来了？

乔晓羽：我……忘了带练习册，回来取一趟，顺便……来看看你。

童飞：（笑）你怎么也像我一样，忘带书了？

乔晓羽不好意思，两人沉默。

电视屏幕播放黄磊《我想我是海》[①]MV。乔晓羽看着电视。

歌词：我的心像软的沙滩，留着步履凌乱，过往有些悲欢，总是去而复返。人越成长，彼此想了解似乎越难，人太敏感，活得虽丰富却烦乱。有谁孤单却不企盼，一个梦想的伴，相依相偎相知，爱得又美又暖。没人分享，再多的成就都不圆满，没人安慰，苦过了还是酸……

乔晓羽：这首歌的画面……跟你现在还挺像的。

童飞：是盲人的故事吗？

乔晓羽：是黄磊扮演一个病人，（嗔怪）什么盲人，别胡说，你很快就好了。

童飞：（笑）我也想早点拆了这个（指眼睛上的纱布），现在每天晚上童言给我补课，比老师盯得还紧，他累我也累……

乔晓羽：童言是个好老师，你就好好听吧。

童飞：碰上我这种学生，他可太倒霉了……

乔晓羽：别这么说自己。

童飞：其实我知道，大家背地里都说，我和童言不像亲兄弟，一个优秀上进，一个吊儿郎当。

乔晓羽：每个人都有自己的时区，只要在属于自己的时区里找到合适的节奏就好了，不用在意别人怎么说。

童飞：（笑）我的时区在哪儿呢？肯定是大门上锁了，钥匙还丢了，哈哈哈……

乔晓羽看着英语磁带封面。

乔晓羽：你刚才在练英语听力吧？

童飞：（挠头掩饰）没有，我拿错磁带了。

乔晓羽笑了。

童飞：好吧，不瞒你了，我是在听英语……

乔晓羽：怎么我一进来，你就关了？

童飞：（自嘲）如果努力了，还是失败，那不是更丢人吗……

乔晓羽：上次在篮球场，我问你，如果一个人用尽全力也没有实现自己的梦想

[①]《我想我是海》由姚若龙作词，黄中原作曲，黄磊演唱，收录在黄磊1998年发行的专辑《我想我是海》中。

会怎么样，你还记得你是怎么回答我的吗……现在，同样的答案，送给你。

童飞笑了。

两人沉默。

童飞：晓羽。

乔晓羽：嗯？

童飞：谢谢你，你从来没有看不起我，也没有问过我为什么这么不求上进……

乔晓羽：（犹豫）那天，你受伤之前，让我等你，是有什么事要对我说吗？

童飞：（指眼睛上的纱布）等我拆了这个以后，再跟你说。万一没恢复，眼睛瞎了，就不用说了。

乔晓羽：（生气）童飞。

童飞：我错了，再也不说这种话了……

乔晓羽看着童飞。

童飞：（转头向电视）故事结束了吗？

乔晓羽：什么？（反应过来，看着电视屏幕）哦，他好像喜欢上了照顾他的护士。

童飞：然后呢？

乔晓羽：他出院，然后，就没有然后了……

童飞：如果我是导演，肯定要让他回来找这个护士。

乔晓羽轻轻笑了。

门打开，许如星拎着塑料袋进来。

许如星：（微笑）晓羽来了？幸亏你在这儿，我还担心走的时间太长，童飞有什么事，匆匆忙忙赶回来……

乔晓羽：阿姨最近很累吧？

许如星：不累不累！晓羽啊，在这儿吃饭吧，阿姨马上就做好！

乔晓羽：我在学校吃过了，回来拿点东西，马上就得回去上课了。（向童飞）好好休息吧，我先走了。如星阿姨再见。

许如星把乔晓羽送到门口，看着乔晓羽离开，回头看看童飞。

童飞对着电视，电视屏幕继续播放《我想我是海》MV。

歌词：我想我是海，冬天的大海，心情随风轻摆。潮起的期待，潮落的无奈，眉头就皱了起来。我想我是海，宁静的深海，不是谁都明白。胸怀被敲开，一颗小石块，都可以让我澎湃……

14-24 齐贝贝家小区　日

齐贝贝家小区门卫室门口，齐贝贝把头伸到门卫室窗户里，看到王爷爷正在把耳朵凑近收音机听广播。

广播声音：……国务院修订发布了《全国年节及纪念日放假办法》，规定春节、劳动节、国庆节和公历新年为"全体公民假日"，今年国庆节将与前后双休日拼接，形成7天长假……

齐贝贝：王爷爷，今天有我的信吗？

王爷爷专注地听着广播，没有听到齐贝贝的声音。

齐贝贝：（大声）王爷爷！今天有我的信吗？

王爷爷终于听到齐贝贝的声音，赶紧调低了收音机声音。

王爷爷：贝贝啊，还是没有啊……

齐贝贝把头伸出来，沮丧地挪着脚步。

栗凯：（画外音）是在等我的信吗？

齐贝贝回头，栗凯背着大背包站在大门口。

齐贝贝惊喜地跑过去。

齐贝贝：你怎么突然回来了？

栗凯：今年十一放假时间长，听说童飞受伤了，也想回来看看他。

齐贝贝：（假装嘟嘴）哦。

栗凯从书包里拿出一个小盒子，递给齐贝贝。

栗凯：送给你的。

齐贝贝打开盒子，是当年最流行的电子词典，齐贝贝抚摸着包装。

齐贝贝：（惊讶）这个很贵吧？

栗凯：放心，是我自己打工挣的钱。

齐贝贝：开学才一个月，你就开始打工了？

栗凯：学校不远有几个酒吧，路过的时候看到有一家正在招聘歌手，我带着吉他去试了试……

齐贝贝：录取了吗？

栗凯微笑点头。

齐贝贝：（开心）我就说你唱歌特别好听吧！我是不是你的伯乐？

栗凯微笑。

齐贝贝：打工累吗？

栗凯：不累。有时候遇到大方的客人，给的小费还挺多的……大城市，就是不一样……

齐贝贝：（看到栗凯背上的大背包）你不会……是从火车站直接来找我的吧？

栗凯：（不好意思）嗯，还没来得及回家……

齐贝贝有点害羞。

突然路边闪现一只小猫的身影。齐贝贝看着小猫跑远，栗凯看着齐贝贝的表情。

栗凯：每次在路边看到小猫，我都会想起小栗子，你……好点了吗？

齐贝贝：（低头）我好多了……嗯，我找到了治愈自己的办法。

栗凯：什么办法？

齐贝贝：过几天我带你去看，到时候你就知道了。

栗凯：好。我回去看看童飞，你先回家吧。

齐贝贝：嗯，明天我给你打电话。

栗凯点头，转身离开。

齐贝贝看着栗凯的背影。

14-25 小区民宅　童飞家　日

卧室，童飞眼睛上裹着纱布，靠在椅子上，栗凯围着童飞慢慢转了一圈，坐在童飞对面的床上。

栗凯：一个月不见，就把自己搞成这样，你可真行。

童飞：承让承让！

栗凯无奈摇头。

童飞：大学怎么样？

栗凯：挺好。你呢？高三了，最后一年了，你也加油吧，争取考出去，看看外面的世界。

童飞：外面的世界……等我眼睛好了再看吧。

许如星从卧室门外轻轻敲门，慢慢走进来，把一盘水果和一碗切成小块的水果放在桌上。

许如星：（笑）栗凯，快吃点水果。

栗凯：谢谢阿姨。

许如星把一碗水果推到童飞面前，把一个勺子递到童飞手里，拿着童飞另一只手扶着碗边。童飞下意识往回缩了一下，许如星尴尬地微笑。

许如星：你们聊，我先出去做饭。

许如星离开卧室。

栗凯：（看着童飞）我觉得，离开清城……还是好一些。

童飞：为什么？

栗凯：离开这个环境，小时候的事情自然就会放下很多。

童飞：我也没什么放不下的。

栗凯：（若有所思）那就好。

童飞：好久没听你弹吉他了，来一个吧。

栗凯：那就给你弹一首新歌吧。

栗凯拿起旁边的吉他弹唱起张学友的《深海》①，童飞安静地听着。

歌词：暖暖风吹来，像温柔独白，由黑夜偷偷记载。放下了姿态，句句都是爱，海水也沸腾起来。我把你藏了又藏，形影分不开，一天天渗透思路血脉，几乎没有一个人能察觉你的存在……

14-26 文工团小区　日

乔晓羽站在院子里，望着童飞家窗户，踢着地上的石子。

14-27 小区楼道　日

乔晓羽慢慢走上楼梯，站在童飞家门口，犹豫着要不要敲门。

门开，许如星拎着篮子走出来，看见乔晓羽。

许如星：晓羽来了？

乔晓羽：如星阿姨，我来找童言问一道题，顺便看看童飞怎么样了。

许如星：童言吃完饭就去书店了，还没回来呢。对了，栗凯来了，正在和童飞聊天呢，你来了正好，阿姨下去买点菜。这些日子你总是过来帮忙照顾童飞，阿姨不知道怎么谢你才好……

乔晓羽：（低头）童飞受伤……也有我的原因，这是应该的。您别客气，快去买菜吧。

许如星拎着篮子走下楼梯。

乔晓羽轻轻走进门。

14-28 小区民宅　童飞家　日

卧室，栗凯放下吉他。

栗凯：不管你想不想考大学，小黑和威哥那帮人，以后还是躲着点吧。

童飞：（笑）知道了……你这次回来怎么啰里啰唆的？

栗凯：我突然想起小时候，你离开清

---

① 《深海》由陈家丽作词，潘协庆作曲，张学友演唱，收录在张学友1998年发行的专辑《不后悔》中。

城之前，跟我说的最后一句话……

童飞：最后一句话？我怎么不记得了。

栗凯：那时候，你还没我壮，就一本正经地跑来警告我……

（闪回）

14-29 文工团家属院　日

文工团家属院，童飞、栗凯八九岁的样子。

栗凯站在文工团家属院门口，靠着墙吃着"雪人"冰棍。精瘦的童飞一步一步走路带风地走到栗凯面前，瞪着栗凯。

童飞：我们家要搬家了，我警告你，以后不准再欺负乔晓羽！如果让我知道了，一定回来揍扁你！

童飞一拳打到栗凯脑袋旁边靠着的墙上，手指渗出血。

栗凯愣住，吃冰棍的嘴顿住，化了的冰棍水一滴一滴滴在地上。

14-30 卡车内　日

十年前童家搬走时的场景。

卡车后排座位上，童言低着头默默擦泪，许如星抱着童言安慰。

童飞看向后视镜，后视镜里，乔晓羽泪流满面，哭成泪人。

童飞低头看着自己手背上的结痂。

（闪回结束）

14-31 小区民宅　童飞家　日

乔晓羽（背影）站在童飞卧室门口，听到了童飞和栗凯的对话。

14-32 小区民宅　童飞家　日

童飞卧室，栗凯和童飞笑着聊天。

栗凯：这么多年，其实你一点都没变，从来不评估一下和对手的实力差距……

童飞：（猛地坐起来）你的意思是，我小时候打不过你吗？

栗凯：（笑）现在也不一定……

童飞一下子站起身，伸出手想要抓栗凯。

栗凯笑着把童飞按到椅子上。

栗凯：看，我说的一点没错，都这样了还不服……你还是等眼睛好了再说吧！

童飞和栗凯笑着打闹。

14-33 组镜

张学友《深海》音乐响起。

歌词：爱潜入一片蓝蓝深海，在心深处摇摆，寂寞的世界我从不依赖，漫天尘埃对感情构成阻碍。爱潜入一片蓝蓝深海，在心深处摇摆，你所有秘密我能解开，就和我一样暗潮澎湃，别说你还置身事外。暖暖风吹来，像温柔独白，由黑夜偷偷记载，放下了姿态，句句都是爱，海水也沸腾起来……

乔晓羽扶着童飞，慢慢走下楼梯。

童飞走下台阶时不小心踉跄了一下，乔晓羽赶紧站到童飞前面，抓住童飞的胳膊。两人靠在一起，慢慢分开，乔晓羽看着童飞蒙着纱布的眼睛。

乔晓羽：（画外音，成年）小时候，我以为这样的日子，这样的朋友，会永远存在，不会改变，后来才知道，那只是人生中短暂的一瞬；长大后，我以为那样的日子，那样的朋友，只是人生中短暂的一瞬，根本不必在意，现在才明白，那些人、那些事，早已变成我生命的一部分，永远都不会消失。

童飞坐在院子里晒太阳，乔晓羽坐在旁边，安静地看着童飞。

乔晓羽、贾午、童飞、童言坐在贾午家一起看电视，电视里播放《快乐大本营》。童飞虽然看不见，但也笑得很开心。乔晓羽转头看着童飞的笑脸，也微笑起来。

14-34 宠物医院　日

天使宠物之家里，齐贝贝跟着两个工作人员一起帮忙照顾受伤、生病的小动物。

栗凯微笑地看着齐贝贝忙碌的身影。

齐贝贝忙完，摘下口罩，走过来。

栗凯：这就是你说的，治愈自己的办法吧？

齐贝贝：（点头）跟它们在一起的时候，感觉心情放松多了。

栗凯：贝贝，看着你照顾小动物的样子，我特别感动。

齐贝贝：薇姐她们成立了志愿者组织，我也加入了。我想多救治一些小动物，让它们的主人不用经历我们的痛苦。

栗凯：小栗子回自己的星球了，放心吧。

齐贝贝：它在那里，也会想我吗？

栗凯：（目光柔软）当然，你现在做的一切，它都知道。

齐贝贝笑了。

薇姐：贝贝！来帮个忙！

贝贝：（对栗凯）我去了！

栗凯：（微笑）嗯。

栗凯看着齐贝贝忙碌的身影，微笑。

14-35 小区民宅　栗凯家　夜

栗凯把衣物和日常用品收拾到书包里，齐贝贝站在栗凯身后，从背后抱住栗凯。

齐贝贝：每天都给我写信。

栗凯：知道了，每天都写。

齐贝贝：算了，你还要上课、打工，还是每周写吧。

栗凯：（转过身看着齐贝贝）每天都写。

齐贝贝笑了。

14-36 教室　昏

高三（2）班教室，乔晓羽边听边写，同桌姚瑶，后座的贾午、黄大卫，前排的童言、余芳都各自听课、学习。

天渐渐黑了，教室里光线慢慢变暗。

从校园望去，所有教室的灯一下子全部亮了。

同学们三三两两陆续离开教室。

乔晓羽在座位上认真做题。

贾午趴在课桌上睡觉，迷迷糊糊睁开眼，看着乔晓羽学习的背影，轻轻碰碰乔晓羽的后背，乔晓羽回头。

贾午：（含糊不清）你也太拼了，是要考清华北大吗？

乔晓羽轻轻把贾午的胳膊放回去，帮贾午合上眼睛。

贾午继续睡觉。

乔晓羽继续做题。

前排，童言也在认真学习。

乔晓羽做完题，叫醒贾午，招呼前面的童言，三人一起离开教室。

14-37 医院病房　日

童飞坐在病床边，许如星、童振华站在旁边，主治医生把童飞眼睛上的纱布一层层解开。

童飞慢慢睁开眼睛。

14-38 小区民宅　乔晓羽家　晨

乔晓羽卧室，闹铃响。

乔晓羽揉揉眼睛，从床上爬起来，打开台灯，哆哆嗦嗦穿好衣服。

乔晓羽收拾好书包，走到客厅，客厅里灯光昏暗。

乔晓羽走到餐桌前，慢慢喝水吃点心。

乔卫国睡眼惺忪地从卧室走出来。

乔卫国：闺女，你怎么起得越来越早？

乔晓羽：（小声）魏老师让大家早点去学校自习。今天早晨我准备去做套数学卷子。

乔卫国拉开窗帘，看看窗外，窗外还很黑。

乔卫国：这才几点？外面太黑了，爸送你去吧。

乔晓羽：（背起书包）不用了爸，你们昨天也忙了一整天，再睡会儿吧。我先走了，嘘，别吵醒我妈。

乔卫国想说话，乔晓羽已经开门出去。

乔卫国：路上小心！慢点骑车……

14-39 文工团小区　晨

冬天的早晨，天蒙蒙亮。

乔晓羽推着自行车，走到童飞家楼下，抬头看着童飞家窗户。

童飞家还没有开灯，一片漆黑。

乔晓羽骑车出小区门口。

14-40 小区民宅　童飞家　晨

客厅一片漆黑，童飞从卧室走出来，因为刚摘掉纱布，走路还有点不习惯，忍不住张开手臂试探前方，意识到自己已经可以看见了，又把手臂收回。

童飞慢慢走到阳台上，透过窗户看着小区院子。

从窗户向下望去，院子里路灯昏暗，乔晓羽骑着自行车离开。

童飞的手放在窗户玻璃上，看着乔晓羽的身影消失在小区门口。

14-41 街道　晨

原创主题曲《今生最亮的月亮》音乐响起。

歌词：看一场烟花，黯淡了黑夜，只

留你眼眸，照亮我心间。如流星般灿烂的耀眼，坠落时无悔无怨，一生一面。看一场大雪，冰封了冬天，还有你双手，温暖我的脸。如少年心纯白的孤单，融化时心甘情愿，一世一现……

冬天的早晨，街道上像笼罩着一层灰色的烟尘。

乔晓羽骑着自行车。

镜头从转动的自行车脚蹬慢慢移动到她背着的书包、飘起的长发。

乔晓羽骑着自行车经过狭长的小巷、街灯微弱的街道，裹着厚棉服棉帽的小吃店店主正在准备，蒸笼盖子冒起一阵白烟。

乔晓羽骑着自行车经过关着门的音像店、书店和录像厅。录像厅门口贴着1998年上映的电影《玻璃之城》的海报，海报上黎明和舒淇身后烟花灿烂。

14-42 校园　晨

乔晓羽骑着自行车进入校园，校园里空空荡荡，教学楼只有零星几个房间开着灯。

乔晓羽下车推着自行车慢慢走到停车棚，锁好车，抬起头，双眼迷蒙。

继续原创主题曲《今生最亮的月亮》音乐。

歌词：当时以为，稀松平常，懵懂间望着今生最亮的月亮，藏起汹涌的思念，掩饰慌张，转身走入未知的人海茫茫……

突然，乔晓羽睁大了眼睛。

停车棚后面升起一轮巨大的、象牙色的月亮。

镜头从乔晓羽身后望向月亮。月亮在不远的停车棚后面，几乎占满了整个天空。乔晓羽感觉月光把她整个人都包裹住了。

乔晓羽揉了揉眼睛，露出不敢相信的表情。

乔晓羽看着巨大的月亮。

童言：（画外音）晓羽？

乔晓羽回头，"童飞"推着自行车站在远处，笑看着乔晓羽。乔晓羽也微笑看着"童飞"。

超级巨大的月亮静谧地挂在天上，散发着温柔的微光。

第十五集

聚散都不由我

15-1 校园　晨

乔晓羽站在停车棚看着天空。

童言：（画外音）晓羽？

乔晓羽回头，"童飞"推着自行车站在远处，笑看着乔晓羽。乔晓羽也微笑看着"童飞"。

乔晓羽：童飞，你眼睛好了吗？

童言：（画外音）晓羽，是我啊。

童言推着自行车站在远处，微笑看着乔晓羽。

乔晓羽听到童言的声音，使劲揉了揉自己的眼睛，才意识到自己看错了，有点不好意思。

童言：晓羽，你的眼睛怎么了？

乔晓羽：没事，刚才……我把你看成童飞了……

童言：（微笑）你是惦记着我哥的眼睛吧……我哥昨天去医院拆了纱布，医生说恢复得挺好，你别担心，他下周就能来学校上课了。

乔晓羽：嗯，那就好……

童言：天还没亮，你来得真早，下次叫我一起吧。

乔晓羽：嗯。（突然想起什么，给童言指远处天空）对了，童言，你快看今天的月亮，特别大……

乔晓羽和童言一起回头，天空挂着一轮平常的月亮。

乔晓羽疑惑地看着月亮。

童言：（望着天空）确实比平时大一点。

乔晓羽：可是刚才……

乔晓羽回头看着月亮，月亮还挂在天空，并不像刚才看到的那么近、那么巨大了。

童言：跟月亮比起来，我更喜欢看星星。

乔晓羽：星星？

童言突然捂住胸口，深深皱眉。

乔晓羽：童言，你怎么了？

童言：胸口有点不舒服，过一会儿就好了。

乔晓羽：（担心）是不是太累了？最近多休息一下吧。你成绩那么好，休息几天也耽误不了什么。

童言：嗯，听你的，（做一休哥的动作）休息，休息一下。

乔晓羽：你冷不冷，咱们回教室吧。

童言点头。

乔晓羽和童言一起向教学楼方向走去，乔晓羽忍不住回头望向天空。

15-2 小区民宅　贾午家　晨

闹铃声音响起。贾午卧室一片凌乱，桌上堆着各种辅导书、磁带、武侠小说，床边铺满衣服。

贾午从被子里伸出一只手，按下一个闹钟，声音停止，另一个闹钟又响起来。贾午又伸出手，按下另一个闹钟。突然，好几个闹钟铃声同时响起。贾午猛得坐起来，拿过一个闹钟。因为没戴眼镜，只能凑得很近看闹钟的指针。

贾有才、金艳丽卧室。贾有才鼾声起伏。金艳丽睡得四仰八叉，脚压在贾有才身上。

贾午：（画外音，从贾午卧室传来）啊！

贾有才吓得一激灵。

金艳丽：（眼睛不睁开）你儿子又迟到了……

贾有才：（揉眼睛）这小兔崽子……

贾有才扭头继续昏睡。

15-3 学校教学楼　日

清城一中教学楼，镜头移过各个班级门口，同学们都在自习，走廊里很安静。

贾午蹑手蹑脚走到高三（2）班教室门口，偷偷朝里张望。

15-4 教室　日

高三（2）班教室，魏老师坐在讲台上看书，同学们都在自习。

贾午贴在门口，刚好看到教室里童言的位置。贾午冲童言挤眉弄眼，童言都没有反应，贾午坚持不懈盯住童言，终于童言抬起头。

童言看着贾午，有点疑惑。

贾午用表情示意童言，让他引开魏老师的注意。

童言皱眉犹豫，还是拿起书朝讲台走去。童言站在靠门的一边，正好挡住了魏老师看门口的视线。

贾午蹲下，慢慢往教室座位挪。有些同学看到了挪动中的贾午，忍不住偷笑。贾午用"嘘"声手势示意他们别笑。

魏老师：（突然）这是哪位高人啊？

贾午意识到瞒不过去了，只好站起身，转过来对着讲台，嬉皮笑脸对着魏老师。

魏老师：呦，原来是贾少爷啊，一大早的，您老怎么滚着进教室啊？

贾午：魏老师，看您说的，我这不是怕打扰同学们学习嘛。

魏老师：（突然站起身，提高嗓门）贾午！你也太不像话了！这都高三了，早晨这么宝贵的学习时间，你还好意思迟到！

贾午：（摸着头）魏老师，我错了，我们家闹铃质量不好……

魏老师：别找借口！你以为家里有钱就可以不用考大学吗？不能再惯着你这臭毛病了，去操场跑十圈，回来再说！

魏老师怒气冲冲地坐下。

童言：魏老师，对不起，刚才我想帮贾午偷偷进来，我也一起去跑吧。

童言有点气短，咳嗽两声，准备往门口走，魏老师和贾午同时抬手，想制止童言。

魏老师：哎，童言，我知道你是被贾午教唆的，你的身体……快坐下吧，下不为例啊！

童言：不管怎么样，我已经做错了，应该受罚。

魏老师：（迟疑）哎……唉！算了算了，你们俩都坐下吧！贾午，这次你知道为什么逃过惩罚吧，长点记性！

贾午迅速回到座位，偷偷朝童言做鬼脸。

魏老师瞪了贾午一眼，贾午赶紧拿出书。

第十五集　聚散都不由我

魏老师：（叹气）孩子们啊，这么宝贵的时光，一定要珍惜啊。别的班主任都做了倒计时牌，我还想着明年再做，别把大家搞那么紧张，看来不做不行了！

教室门口，陈老师走过来。

陈老师：（笑着招手）魏老师，咱们去开会吧！

魏老师：（对着同学们）好好自习吧！等你们上了大学，进入社会，参加工作，就明白老师天天唠叨这些话的良苦用心了！

魏老师离开教室。

贾午看魏老师离开，倒头趴在课桌上。黄大卫推贾午。

黄大卫：哎，怎么困成这样？

贾午：（无奈）咳，我爸妈半夜才到家，我能睡好吗……结果还被老师讽刺有钱……我可太难了……

乔晓羽：（回头）别睡了，小心魏老师一会儿回来收拾你！

贾午：（趴着不睁眼）肯定又是校长召集班主任开会，一时半会儿结束不了，让我再眯会儿……

乔晓羽和黄大卫无奈摇头。

乔晓羽回头看姚瑶在一笔一画画仕女图。

乔晓羽：哇，太美了！姚瑶，你的画功越来越厉害了。

姚瑶：（无奈）没用，我爸妈还是不希望我考美院，只想我考师范学院，以后当老师。

姚瑶继续画画，乔晓羽一只手支撑着脑袋发愣。

姚瑶：你呢，你爸同意你艺考了吗？

乔晓羽：我爸不会同意的。虽然我没问，不过……他现在应该比以前更坚决。

姚瑶：那你的大导演梦岂不是要破灭了……

乔晓羽贴近姚瑶耳朵悄悄说话，姚瑶心领神会点头。

姚瑶后面，贾午趴在桌子上慢慢睁开眼睛。

15-5 某商贸公司　日

办公室格子间，放着几台老式联想电脑。

几个年轻人在忙着工作，还有一些人走来走去送文件。

电话铃声响起，一双手接电话。

贾晨：（拿着听筒）喂，您好……妈？怎么了？我不是跟你说过，上班时间别给我打电话吗？

15-6 小区民宅　贾午家　日

客厅，金艳丽坐在沙发上打电话。

金艳丽：（拿着听筒）我也不想打扰你工作，可是其他时间哪找得着你？

贾晨：（画外音）好了好了，快点说吧，什么事？

金艳丽：能有什么事，你大半年不回家，贾午明年就要高考了，我看他天天稀里糊涂的，要不你抽空回家一趟……

贾晨：（画外音）贾午高考就好好复习呗，我回家能有什么用，又不能替他考试。

金艳丽：我和你爸都不懂，你回来帮他辅导辅导，要不我们心里不踏实啊……

贾晨：（画外音）我也辅导不了了，不懂就问老师吧！妈，还有什么事，没事我挂电话了。

金艳丽：哎……别挂！闺女啊，妈知道你还在生你爸的气，这么久了，你就原谅他吧，他知道错了！

电话那头，贾晨沉默不说话。

金艳丽旁边，贾有才把耳朵凑到金艳丽手边的电话听筒旁。

贾有才：（堆笑）闺女啊……

15-7 某商贸公司　日

贾晨一听贾有才的声音，脸色变了。

贾晨：妈，我还有工作，先挂了。

贾晨放下电话听筒。

15-8 小区民宅　贾午家　日

金艳丽无奈，放下电话听筒。

金艳丽：（对贾有才）我好不容易跟闺女聊了这么多，你凑什么热闹？看看，挂了吧！

贾有才：（倒在沙发上）唉……

金艳丽：后悔吗？

贾有才：那是咱闺女的初恋，恨我也是应该的，就让她恨我吧……

金艳丽无奈叹气。

15-9 某商贸公司　日

贾晨看着电话发愣。主管走过来。

主管：小贾，咱们今天和那个外企谈合同的事，你也来参加一下。

贾晨：（赶紧站起来）好！

15-10 某商贸公司　日

贾晨跟着主管，和其他几位同事进入会议室。

会议室站着几位客人，大家相互握手。

主管：这是我们的新同事，经贸大学的高才生，贾晨！

贾晨跟对方握手致意。客人A示意旁边的年轻男性。

客人A：这是我们公司的小杨，杨帆。这个合同主要由他对接，小杨还是我们公司的专职翻译，非常优秀。来，你们认识一下，以后多联系。

杨帆走过来和贾晨握手。

杨帆：你好，贾晨。

贾晨：你好。

两人对视微笑。

15-11 小区民宅　齐贝贝家　夜

客厅漆黑一片，齐贝贝裹着厚厚的睡衣偷偷蹭到电话旁边，把电话上的花边蕾丝防尘布拿开，轻轻拨通电话。

齐贝贝：（拿着听筒，小声）喂？你晚上又去酒吧打工了吗？

15-12 大学宿舍楼门口　夜

栗凯背着吉他，站在宿舍楼一层楼管的公用电话旁。

栗凯：（拿着听筒）嗯，刚回来，一点

也不冷……

栗凯站在公用电话旁，收紧领口，冻得微微发抖。

齐贝贝：（画外音）天越来越冷，以后还是早点回宿舍吧。

栗凯：嗯。童飞眼睛怎么样？

齐贝贝：（画外音）已经摘纱布了，应该没问题。

栗凯：你呢，学习很紧张吧，累不累？

齐贝贝：（画外音）是啊，最近越来越忙，去宠物之家都少了。（害羞）累的时候好想听你唱歌……

栗凯：（停顿）那我现在唱给你听吧。

齐贝贝：（画外音，开心）好啊好啊。

栗凯正准备开口唱歌。

15-13 小区民宅　齐贝贝家　夜

齐向前从卧室睡眼惺忪地走出来，齐贝贝赶紧扣上电话听筒。

齐向前：贝贝，这么晚了，怎么还不睡，你在干什么？

高洁也从卧室走出来。

齐贝贝：（慌张）我渴了，倒水喝呢……爸、妈，我去睡了，晚安……

齐贝贝赶紧跑回卧室。

齐向前揉着眼睛回卧室，高洁看到电话旁边的防尘布，疑惑皱眉。

15-14 大学宿舍楼门口　夜

栗凯在公用电话旁拿着听筒发愣。宿舍楼管阿姨走出来。

楼管阿姨：同学，要熄灯了，快回宿舍！

栗凯：哦。

栗凯挂上电话听筒，背着吉他，慢慢走回宿舍楼。

15-15 齐贝贝家小区　日

高洁背着包进入小区，路过门卫室。门卫室王爷爷从里面走出来。

高洁：王叔，我们家报纸到了吗？

王爷爷：到了到了。高医生，您去拿吧，就在桌子上哪，我出去一趟！

高洁：哎。

15-16 门卫室　日

高洁走进门卫室，翻看报纸，取出两份报纸，正准备转身走，发现一封信露出一角，上面写着"齐贝贝亲启"。高洁抽出那封信，仔细看封面。信封右下角印刷着"龙城工商管理大学"。

高洁迟疑了一下，把信和报纸放在一起，走出门卫室。

15-17 小区民宅　齐贝贝家　日

高洁边换鞋，边把报纸和信放在鞋柜上。

高洁：贝贝，有你的信！

齐贝贝从卧室冲出来，拿起信。

齐贝贝：（有点不满）妈，你怎么给我取了……

高洁：怎么了？

齐贝贝：没事，以后我自己取信就行。

高洁正准备说话，齐贝贝拿着信冲回卧室。

高洁愣在原地。

15-18 小区民宅　齐贝贝家　日

高洁从窗户探出头望向窗外，看到齐贝贝从楼道里出来，骑着自行车出小区院子。

高洁回头，和站在客厅的齐向前眼神对视，两人迅速冲进齐贝贝的房间，蹑手蹑脚地翻看齐贝贝的抽屉、书桌、枕头。

齐向前：咱们这么做好吗？孩子也有自己的隐私啊。

高洁：我也没说她不能有隐私，可是这都什么时候了，高三啊！寸金难买寸光阴啊！就算贝贝怪我，我也得搞清楚。就剩半年多了，再隐私的事儿也得给高考让路。万一贝贝因为谈恋爱耽误了学习，咱们负得起这个责吗？

齐向前：（叹气）你说得对。找吧！

两人继续到处翻找。

齐向前从角落一个抽屉里翻到一摞信封。

齐向前：找到了。

高洁赶紧凑过来看，每个信封右下角都印刷着"龙城工商管理大学"。

齐向前翻看信封，里面都是空的，只有一个信封里有一张明信片，上面的图片是龙城工商管理大学的校园景色。

齐向前赶紧翻到明信片的背面。

两人看完后对视。

高洁、齐向前：（一起）栗凯？

15-19 酒吧　夜

一个小酒吧内，灯光昏暗，穿着时尚的年轻人来来往往，觥筹交错。

栗凯坐在酒吧一角的小舞台上，弹唱歌曲《边走边唱》[①]。

歌词：已经很习惯从风里向南方眺望，隔过山越过海是否有你忧伤等待的眼光，有一点点难过突然觉得意乱心慌，冷风吹痛了脸庞，让泪水浸湿了眼眶。其实也想知道，这时候你在哪个怀抱，说过的那些话，终究我们谁也没能够做到，总有一丝愧疚自己不告而别的逃，但往事如昨我怎么都忘不了。爱情边走边唱，唱不完一段地久天长，空荡荡的路上，铺满了迷惘……

镜头围绕着栗凯旋转，交错绚烂的灯球照在栗凯脸上，栗凯投入地弹唱，眼神迷离。酒吧里，客人们陶醉地听着。

一个年轻女孩（乐芯）走来走去给顾客倒酒，不时回头看向栗凯，听着栗凯的歌声，露出甜美的笑容。

突然舞台下站起一个年轻男性，明显喝多了，醉醺醺地指着栗凯。

醉酒男：别唱了！给老子停住，别唱了！

栗凯停下，抬头看着醉酒男。

醉酒男：你，给我唱现在最火的，

[①] 《边走边唱》由邬欲康、张方露作词，陈志远作曲，黄磊演唱，收录在黄磊1997年发行的专辑《边走边唱》中。

啊~啊~啊~（动力火车《当》[①]），对，就唱这个！

栗凯：（皱眉）对不起，我不会唱这首。

醉酒男：什么？不会？哦，嫌小费不够啊？

醉酒男掏出几张百元大钞扔在栗凯身上。

醉酒男：够了吧！给我唱！

栗凯低头，看着散落在地上的钱。

栗凯：（低着头）对不起，我真的不会。

栗凯起身要走，醉酒男踉跄着过来拦住栗凯。

醉酒男：看不起我是吧，叫你们老板来！

醉酒男拽住栗凯的领口，栗凯拼命挣脱。

乐芯走过来，抓住醉酒男的肩膀往后一拉，醉酒男差点倒地。乐芯假装扶住醉酒男。

乐芯：哎哟，老板，您没事吧，不就是想听歌吗，我会唱啊！您快坐下，我给您唱！

乐芯扶着醉酒男往座位上走，眼神示意栗凯快走。

栗凯收拾吉他，默默走向侧门角落。

乐芯把醉酒男扶到座位上，醉酒男还是骂骂咧咧。

栗凯不放心乐芯，回头张望。

乐芯大步走上舞台，拿起话筒大声唱起来。

乐芯：（豪放）啊~啊~啊~当山峰没有棱角的时候，当河水不再流，当时间停住日夜不分，当天地万物化为虚有，我还是不能和你分手，不能和你分手，你的温柔是我今生最大的守候……

乐芯唱得太难听，故意跑调，醉酒男本来还很满意地听着，表情越来越难受，突然呕吐起来，周围人都被呛地躲远了。

酒吧服务员赶紧拿着拖把过去打扫。

乐芯停下唱歌，坏笑着白了一眼醉酒男。

乐芯：（招呼保安）保安大哥，把这位老板送到门口，都喝成这样了，赶紧回家吧！

保安扶着醉酒男走出门口。

乐芯走到栗凯身边。

乐芯：（笑）搞定了！

栗凯：师姐，咱们都是同龄人，可我……比你差远了，根本处理不了这些场面。

乐芯：咳，这有什么，我也就是比你早打工一年，喝多了闹的不算什么，还有失恋了在这儿赖着不走的呢。放心，小case！

栗凯：（感激）不管怎么样，还是谢谢你。

乐芯：别客气啦……快打烊了，

[①] 《当》由琼瑶作词，庄立帆、郭文琮作曲，动力火车演唱，是1998年热播的电视剧《还珠格格》的片头曲。

下班吧！

栗凯：你也回学校吗？

乐芯：嗯，明年就毕业了，回去准备论文。

栗凯：这么晚了……一起走吧。

乐芯：（有点意外）好。

两人走出酒吧。

15-20 街道　夜

栗凯和乐芯并肩走在夜晚空旷的街道上，慢慢走上一座过街天桥。

乐芯：平时看你很少说话，还以为你……

栗凯：什么？

乐芯：没什么。

栗凯：（轻笑）我确实不擅长和人交流。

乐芯：以前在老家的时候，我也和你差不多，少言寡语，不过现在离开家乡，自己打工挣钱，真的好多了……如果我没猜错的话，你的家庭也不那么温暖吧……

栗凯低下头不说话。乐芯拍了拍栗凯的肩膀。

乐芯：咱们都一样！既然出来了，就阳光一点！我喜欢大城市的原因就是这个，想哭就哭，想笑就笑，没人知道你是谁，也没人管你是谁，自由！

乐芯站在天桥中间，对着穿梭的车流张开双臂。

栗凯：师姐，你说话的口气很像我一个朋友。

乐芯：（笑）是女朋友吧？

栗凯：（脸红）嗯，我也不知道算不算。

乐芯：我早就猜到了，看你平时唱歌时深情的样子，就知道你在想她。

栗凯：她还在上高三，我不想让她分心……等她高考完，我会好好向她表白。

乐芯怔了一下，随即恢复笑容。

乐芯：我的眼光果然没错，是个好男孩！

栗凯：谢谢你，师姐。

乐芯：别再叫师姐了，叫名字吧！

栗凯：（犹豫）谢谢你……乐芯。

乐芯开心地笑了。

15-21 小区民宅　齐贝贝家　夜

卧室，齐向前和高洁坐在床边，眉头紧锁。

高洁：贝贝不会真的和栗凯谈恋爱吧？真是气死我了！

齐向前：真是"日防夜防，家贼难防"，这个栗凯，怎么和他爸一样，偷偷摸摸就把贝贝给拐走了！不行，我得去问贝贝！

高洁赶紧一把拦住齐向前。

齐向前：干吗？

高洁：咱们没有看到里面的信，没有证据啊！你问她，她肯定死不承认！

齐向前：里面的信都被贝贝拿走了，怎么找证据？

高洁：（在屋里踱步）现在是高三，关键时期，如果咱们强行去问，不管她承认不承认，都会影响她的情绪，不行！

齐向前：对对，贝贝可是要考最好的医学院的，不能影响她学习。那你说怎么办？

高洁：要不，你去趟文工团小区，找乔主任打听打听？贝贝总往晓羽家跑，说不定他们早就知道！

齐向前：（摆手）不行不行，我和乔卫国多少年的老同事啊，打听闺女早恋，我可丢不起这人……

高洁：那去问问贾午他爸妈？

齐向前：贾有才和金艳丽两口子都是大嘴巴，问他们俩，相当于拿着大喇叭宣传！更不行！

高洁：那……还有谁平时跟他们在一起玩儿，又不是文工团大院的？

齐向前：（苦思冥想）还有谁呢……

15-22 派出所办公室　日

派出所民警办公室走廊，几位民警走过。一只手敲一间办公室的门。

黄警官：（画外音）请进！

办公室内，门开，齐向前走进房间。黄警官坐在办公桌前。

齐向前：老黄，我不请自来，实在不好意思啊！

黄警官：（赶快起身）齐科长，什么风把你给吹来了？快坐！

齐向前坐下，黄警官倒茶，把茶杯放到桌子上。

齐向前：唉，早就不是什么齐科长了，我现在就是一个小保安，混口饭吃呢！

黄警官：来，喝茶！你的事儿我听说了，人民医院保卫科还挺忙的吧，今天怎么有空过来？找我有事吗？

齐向前：哦，今天请了会儿假……（犹豫）咳，也没什么事……

黄警官：齐科长，你尽管说，咱们是多少年的老朋友了，只要我能帮上忙的，肯定尽全力！

齐向前：（不好意思）其实，是孩子的小事……

黄警官：孩子？是不是黄毛儿又惹事了？

齐向前：（摆手）不不，是我们家贝贝……

黄警官：（笑）贝贝？贝贝从小学开始就和黄毛儿是同学，学习好，又听话，比黄毛儿强一万倍！我要是有这么好的闺女，睡觉都能笑醒！

齐向前：唉，孩子大了，不像小时候，什么都告诉我们。

黄警官：那倒是，孩子们长大了，有自己的小秘密，也正常。

齐向前：对了，老黄，你有没有听黄毛儿说起过一个叫栗凯的同学？

黄警官：（皱眉思索）栗凯？好像有点印象，他们几个经常在一起打篮球，听黄毛儿说，这孩子比他们大一岁，今年已经考上大学走了。

齐向前：不瞒你说，这个栗凯，就是栗铁生的儿子。

黄警官：栗铁生？就是（顿了顿）那个栗铁生？

齐向前无奈点头。

黄警官：（拍脑袋）可不是嘛，老栗子，大栗子，我怎么没想到这层呢？那这个栗凯也是文工团大院长大的孩子吧，和贝贝应该从小就认识吧，他怎么了？

齐向前：（发愁）老黄啊，我都不好意思开口，最近我和贝贝她妈发现，贝贝和栗凯交往很密切，我们都怀疑他们俩……可能在谈恋爱……

黄警官：有这种事？

齐向前：其实，我们也都是开明的父母，不会不同意孩子交朋友，可是栗铁生是什么人，你是知道的。我和他在文工团的时候就不对付，好不容易不在一个单位了，孩子们又给我惹这种麻烦……

黄警官：（拍拍齐向前）我对这个老栗子印象还挺深的，我理解你的心情……

齐向前：（苦笑）你说，我们是不是担心的有点多了……

黄警官：也不算多……贝贝是我看着长大的，马上就要高考了，这一年可不能分心啊！

齐向前：可不是嘛！也不能直接去教训她，怕影响她的情绪，要是叛逆起来，那可麻烦了！

黄警官：我能帮什么忙吗？

齐向前：黄毛儿和贝贝关系最好，我们就想知道他们俩到底进展到什么程度了，具体情况具体分析，想办法给他们降降温，总之不能影响高考！

黄警官：行，我回家探探黄毛儿的口风。

齐向前：这是您的专业啊！

黄警官：现在这些孩子啊，真让咱们操心！来，快喝茶……

黄警官拿起一杯茶递给齐向前。

15-23 小区民宅　黄大卫家　夜

卧室，黄大卫坐在书桌前看武侠小说，一边看一边比画武打动作。

突然，黄警官推开黄大卫卧室的门，黄大卫赶紧把武侠小说换成教辅书，一本正经地看着。

黄警官：别装了，我都看见了，都高三了，还看闲书！

黄大卫：（尴尬）爸，我刚学习完，就休息一会儿……

黄警官感觉自己太凶了，赶紧缓和表情，慢慢坐到床边。

黄警官：（刻意地笑）黄毛儿，你都上高三了，爸也没时间关心你的学习，来，咱们今天好好谈谈心……

黄大卫吓得往后撤椅子。

黄大卫：爸，你……你干嘛，要不你还是训我吧，你这样，我太不习惯了……

黄警官：什么不习惯，爸爸不是一直很慈祥吗？

黄大卫撇嘴。

黄警官：黄毛儿，你经常和文工团大院那几个孩子一起玩，你们大家，关系怎么样？

黄大卫：我们大家都很好啊。

黄警官：那有没有其中两个人，关系特别不一样啊？

黄大卫：特别不一样？

黄警官：我的意思是说，有没有哪个男生和哪个女生，关系特别不一样啊？

黄大卫：（傻）有。

黄警官：是吗，谁啊？

黄大卫：我。

黄警官：什么，你？

黄大卫：（神秘）我觉得……她们几个女生都喜欢我，爸，你说她们是不是暗恋我……（傻笑）

黄警官又生气又无奈。

黄警官：（站起身）你就是闲书看多了，脑子坏掉了。

黄警官走向门口，又突然转过身。

黄警官：（严厉）清醒清醒！好好学习！

黄警官走出卧室。

黄大卫：（偷笑）老警察，还想审问我，以为我真傻啊？

黄大卫继续看武侠小说，一边比画一边念念有词。

15-24 小区民宅　齐贝贝家　夜

齐向前：（拿着电话听筒）哎，哎，哦……没事没事，真是麻烦你了，好好，随时沟通……

齐向前放下电话听筒，高洁走过来。

高洁：怎么样？

齐向前皱眉摇头。

齐向前：现在的孩子鬼精着呢，反侦察意识真强。

高洁：这时候就别夸了，想想办法吧。

齐向前：不管怎么样，那小子现在不在清城，只要不见面，怎么都好说。

高洁点头，若有所思。

15-25 小区民宅　童飞家　日

镜头呈现童飞（平躺）的一只眼睛，睫毛不受控制地忽闪着，一滴眼药水滴进童飞的眼睛。童飞"啊"地叫出声。

童飞挣脱了贾午、乔晓羽压着他的双手，一下子坐起来。

童言站在童飞身旁，手里拿着一小瓶眼药水，如释重负地出了一口气。

乔晓羽站在旁边偷笑。贾午也从地上爬起来。

贾午：（对童飞）真服了，平时天不怕地不怕，滴个眼药水把你吓的，就这点胆量？

童飞：（使劲眨眼）等你自己会戴隐形眼镜了再来说我吧！

贾午：（撇嘴）那能一样吗？我戴不上无所谓，你这可是（一字一顿）遵—医—嘱！现在只有童言能给你滴进去，那他回老家那几天，你准备怎么办？

童言：还有我爸……在家照顾哥。

童飞神情绝望地一头栽倒在沙发上。

童飞：（假装声音颤抖）贾午……是兄弟就来……按时给我滴眼药水……

贾午：我真干不了这个，你还是求晓羽帮忙吧！

童飞侧躺着看着乔晓羽。

乔晓羽：（有点不好意思）好吧……（对童言）童言，你真的要回老家吗？

童言：嗯，按照老家的习俗，姥姥七十岁寿诞要在庙里办，舅舅们已经准备好了，我妈和我去几天就回来。

童飞皱眉，深深叹气。

童言：（微笑）哥，我知道你跟姥姥感情最好，可是你眼睛还没恢复，不能在外面那么久，这次就让我替你去吧。

童言说话间有点轻微气短。

童飞：（担心）乡下比咱们这儿冷很多，还可能会熬夜，你这小身板能行吗？

童言：（微笑）他们都会照顾我的，放心吧……哥，你把自己照顾好就行了，就算想我也不能哭啊，医生说会影响恢复的。

童飞：（笑）什么时候学会贫嘴了？

童言微笑。

贾午：（对童言）哎，这都高三了，你还敢请假好几天，不怕耽误学习啊？

童言：还好，周末出发，下周就回来了。我也想去山里放松一下，请这两天假，也耽误不了我的学习。

乔晓羽想起两人之前的对话，微笑着对童言做一休"休息一下"的动作。童飞、贾午惊讶地看着童言。

贾午：童言，你堕落了……连你也学会自夸了！

童飞：（抱着童言的脖子）老弟，可以！（竖大拇指）可以！

乔晓羽：（笑）看看你们俩，童言就是在说实话啊！

乔晓羽坐在旁边，笑看童飞、童言、贾午打闹成一团。

15-26 文工团小区　日

文工团小区院子里停着一辆小型面包车，童振华、童飞给许如星和童言送行。童振华把行李拿上车。

许如星：（对童振华）下了班早点回家，别忘了给童飞滴眼药。

童振华：知道了，你都说了一百遍了。

童飞走到童言身边，拍拍童言肩膀。

童言：哥，我终于可以去乡下住了。

童飞：可别乐不思蜀啊！

童言抬头微笑看着童飞，随后上车。

刘若英《透明》[①]前奏音乐响起。

乔晓羽从单元门口跑出来，看到面包车慢慢驶出文工团小区。

许如星、童言伸出头挥手，童振华、童飞也挥手告别。

乔晓羽站在原地，向童言挥手。

15-27 组镜

继续刘若英《透明》音乐。

歌词：我看见自由的鱼，水面很透明。我看见天上的云，空气很透明。我看见窗外的雨，玻璃很透明。我看见快乐的你，眼睛很透明。我的心最透明，每天为你抹干净。让你一眼看尽，没有任何秘密。我的心最透明，不愿你为我担心。让

[①] 《透明》由瑞业作词，品冠作曲，刘若英演唱，收录在刘若英1998年发行的专辑《很爱很爱你》中。

你一次看清，我思念的水平……

许如星和童言乘坐的面包车行驶在街道上。

童言坐在车上，看着沿途风景。

面包车经过郊区，驶向山区。

天色渐暗，许如星和童言依偎着睡觉。

面包车在村里一座古老院落停住，许如星和童言下车。院落门口，舅舅舅妈、表弟表妹等一众亲戚迎接。

夜晚，农村房屋里，许如星和亲戚聊天，童言和表弟表妹聊天。

白天，表弟表妹带着童言在镇上玩耍，路过古老的庙宇、乡村小学、快要结冰的小河和田野。

童言在一个简陋的邮局前停下。表弟表妹回头看童言。

童言走进邮局。邮局前台摆放着一些明信片。

童言坐在邮局里拿出一张明信片，在上面写字。表弟表妹好奇地看着童言。

童言把明信片一张张投进邮筒里。表弟表妹在前面挥手招呼童言，童言微笑着快步跟上。

15-28 庙宇　夜

农村简朴的小庙宇，循环播放着佛教音乐。寿堂摆放着许如星母亲的照片，许如星站在一众亲属中间，庄重地行叩拜礼。

童言和表弟表妹们站在第二排，跟着行礼。

两位佛家弟子坐在两旁，敲着木鱼，嘴里念着佛语。

许如星看着母亲的照片，默默流泪。

童言在许如星身后，轻拍许如星的肩膀。许如星擦泪。

许如星：（小声对童言）我和你舅舅晚点回去，你和弟弟妹妹先去睡吧。

童言：嗯。

舅妈走过来招呼童言和表弟表妹。

舅妈：童言，走吧，我把你们送回去。

童言和表弟表妹跟着舅妈离开庙宇，童言回头望向许如星的背影。

15-29 农村老宅　夜

古老的农村屋子里，童言和表弟表妹并排躺在炕上。舅妈帮孩子们盖好被子，然后检查火炉里的煤球。

舅妈：（笑）童言没住过大通铺吧？这间老屋子离庙堂近，今晚就委屈你睡这儿了。

童言：舅妈，不委屈，以前就听我哥说起过，今天终于体验了，挺舒服的。

表妹：童言哥，你和童飞哥以后经常回来玩吧。

童言：好。

舅妈：今天晚上太冷了，给你们多加点煤球，累了一天，早点睡吧。

舅妈揉眼睛，打哈欠，往火炉里加煤球。镜头从火炉慢慢移动到烟囱，烟囱的出口通向窗外。

童言微笑着闭上眼睛。

15-30 某单位办公室　夜

童振华坐在办公桌前修改图纸，不时皱眉、揉太阳穴。童振华突然想起什么，抬头看时钟，显示已经十点。

童振华赶紧收起文件，起身离开办公室。

15-31 小区民宅　童飞家　夜

童振华推门进屋，客厅里亮着微弱的小夜灯。

童振华看向童飞卧室，卧室门紧闭。

卧室，本来坐在书桌前听随身听的童飞轻轻上床，盖好被子，扭头听客厅的动静。

客厅，童振华看着童飞的卧室门，露出懊悔的表情，慢慢走向客厅中间，突然看到餐桌上摆着一些餐盘。

童振华走近一看，是一些点心和一碗粥。

童振华慢慢坐下，露出欣慰的表情。

卧室，童飞闭上眼睛。

15-32 农村老宅　夜

童言和表弟表妹并排躺在老屋子暖炕上。许如星和童言舅妈轻轻躺在孩子们两边。许如星给童言掖好被子，躺下。

插曲音乐响起。

童言沉睡的面庞。

（梦境）

小学厕所，童言刚进去，就被三个调皮的男孩摘掉了帽子，童言回头要拿回帽子，被三个男孩推倒。童飞从外面进来，看到坐在地上流泪的童言和调皮男孩手里的帽子，立刻和三个男孩扭打起来。

脸上带着伤痕、衣服被扯坏的童飞牵着童言走在放学回家的路上。

颁奖仪式上，童言晕倒，童飞第一个冲上来抱住童言，童言迷糊中看着童飞焦急的脸。

童言和乔晓羽在文工团小区银杏树下聊天。

童言在童飞枕头下看到一副羽毛图案的手套。

15-33 小区民宅　童飞家　夜

继续插曲音乐。

童飞卧室，童飞躺在床上睡觉的面庞。

（梦境）

童飞和乔晓羽躲在废弃小桥下，童飞把羽毛图案的手套送给乔晓羽。

童飞抱着篮球站在教室窗外角落，看向教室里正在翩翩起舞的乔晓羽。

小学时的童飞和童言回到家，童振华看着童飞脸上的伤痕和被扯坏的衣服，抓过童飞就要打，童言紧紧护住童飞。

15-34 小区民宅　乔晓羽家　夜

继续插曲音乐。

乔晓羽卧室，乔晓羽躺在床上翻身。

（梦境）

小时候童言和乔晓羽躲在仓库里，乔晓羽被老鼠吓得惊叫，仓库门打开，童言牵着乔晓羽跑出仓库。乔晓羽回头，看到仓库门口举着砖头的童飞。

童飞牵着乔晓羽的手，狂奔出清城公园，奔跑在小路上。

乔晓羽和童言站在文工团小区银杏树下，童言对着乔晓羽微笑，童言慢慢消失，变成银杏叶的一部分，乔晓羽向着童言挥手，手上戴着羽毛图案的手套。

15-35 小区民宅　乔晓羽家　日
乔晓羽从梦中惊醒，一下子坐起来，使劲揉着自己的太阳穴。

客厅，乔晓羽裹上厚棉衣出门，乔卫国从厨房里探出头，看着乔晓羽。
乔卫国：晓羽，这么早去哪？
乔晓羽：哦，去看看童飞。
乔晓羽飞快地出门。
乔卫国疑惑地看着乔晓羽的背影。

15-36 小区民宅　童飞家　日
电视屏幕播放1998年开播的电视节目《幸运52》，主持人李咏正在砸金蛋。
童飞睁大眼睛，童振华拿着眼药水在童飞的眼睛上面滴。
躺在沙发上的童飞一下子闪开了。
电视屏幕上，金蛋被砸开后空无一物，观众发出一声惋惜的感叹。
童振华拿着眼药水沮丧地坐到旁边，童飞用袖子擦脸。
童飞：（歪头）要不，再试一次？
童振华皱眉。
敲门声响起，童振华和童飞一起抬头。

乔晓羽站在门口。童振华冲过去高兴地抓住乔晓羽的胳膊。
童振华：晓羽来了，太好了！叔叔得去单位一趟，实在来不及了，你来帮童飞滴药，谢谢晓羽！
童振华把眼药水塞在乔晓羽手里，拿起公文包迅速开门。
乔晓羽张开嘴来不及说话，看着童振华离开的背影。
乔晓羽回头看童飞，童飞有点不好意思，慢动作一般，僵硬地躺倒。
童飞：（暗自开心）没办法，只能辛苦你了。

15-37 小区民宅　童飞家　日
童飞躺在沙发上，睁大眼睛。
乔晓羽坐在童飞旁边，慢慢把眼药水移动到童飞眼睛上面，童飞下意识歪头。
乔晓羽轻轻呼吸，把童飞的脸扭过来。
乔晓羽：别躲了。
童飞怔住，看着乔晓羽。
乔晓羽手里的眼药水瓶滴下一滴药水，正好落入童飞眼里。童飞闭眼，一滴药水从眼角流下。童飞慢慢睁开眼，和乔晓羽四目相对。时间仿佛停止。
乔晓羽脸红，想站起身，童飞抓住乔晓羽的一只手。
童飞：晓羽。
乔晓羽看着被童飞抓住的手，有点害羞。
童飞：晓羽，我有话想对你说……
乔晓羽看着童飞。

突然，电话铃声响起。两人尴尬地分开。

童飞：（不知所措地挠头）我先接电话。

童飞手忙脚乱地站起身接电话。

童飞：（拿着听筒）喂，舅舅？是我，哦……我爸去单位加班了……什么？煤气中毒？他们怎么样，童言呢……

童飞手里的电话听筒掉落到地上，发出"咚"的一声。

乔晓羽吃惊地看着童飞。

童飞突然发出"啊"的一声，猛地向门口冲去。

乔晓羽赶紧拽住童飞，童飞眼里涌出眼泪。

乔晓羽：（着急）童飞，你怎么了？你的眼睛，不能哭！你不能哭啊……你怎么了？

乔晓羽紧紧抱住童飞，童飞痛苦地流泪。

15-38 医院　日

医院急救室门口，童飞舅舅、舅妈坐在椅子上，神情急迫而焦虑。许如星穿着病号服，绝望虚弱地靠在椅子上。

童振华和童飞跑过来，童飞舅舅流着泪扑到童振华面前。

童振华：（焦急）现在什么情况？

童飞舅舅：（流泪）其他人症状都比较轻，只有童言……大夫说因为他的心脏病，可能……

童飞舅妈扶着头扑过来跪倒在童振华面前。

童飞舅妈：（哭泣）姐夫，都是我的错，我不该让他们在老房子睡觉，都是我的错，我该死……

童振华流着泪和童飞一起扶起童飞舅妈。

童振华慢慢走到许如星面前，看到许如星面色憔悴，已经快要失去意识。童振华紧紧抱住许如星。

童飞咬紧牙关，慢慢走到急救室门口，看着门口亮起的红灯，一只手按在门上，青筋暴起。

时钟嘀嗒，时间流逝。

突然急救室门打开，医生走出来，童振华、许如星、童飞、舅舅舅妈赶快迎上去。

医生：（摇头）基础疾病影响太大，一氧化碳中毒加重了心肌缺血，对不起，我们尽力了，请节哀。

许如星：（崩溃）我的孩子……

许如星晕倒，舅舅舅妈赶紧扶住许如星，童振华跟跄坐到地上。

童飞：（哭着摇头）不，不可能，不可能……

现场一片混乱，几名护士跑过来把许如星扶到轮椅上。

镜头晃动着穿过轮椅，进入急救室，推到躺着的童言面前。

（闪回）

15-39 废弃厂院　日

乔晓羽：（画外音，成年）小时候，我以为这样的日子，这样的朋友，会永远存在，不会改变，后来才知道，那只是人生中短暂的一瞬；长大后，我以为那样的日子，那样的朋友，只是人生中短暂的一瞬，根本不必在意，现在才明白，那些人、那些事，早已变成我生命的一部分，永远都不会消失。

白雪皑皑，童飞、童言、乔晓羽、齐贝贝、贾午、贾晨、栗凯在雪里狂欢跳跃，乔晓羽、齐贝贝和贾晨牵着手转圈，童飞、童言、贾午、栗凯互相扔雪球，大家一起打起雪仗。贾午和童言一起拖着乔晓羽滑雪，童飞从后面推着乔晓羽。镜头从乔晓羽的角度一路滑下去，最后大家笑着倒在雪地里。

雪中，童言开心地笑着，慢慢闭上眼睛。

（闪回结束）

15-40 医院病房　日

童言安静地闭着眼。

童飞轻轻用白布盖住童言的脸。

童飞站在病床前，默默哭泣。

病床旁放着一个小盒子，里面是童言的遗物。

童飞从盒子里拿出一个东西，放在手心看着。

童飞手里，是乔晓羽送给童言的小王子造型的钥匙挂件。

15-41 墓地　日

张学友《秋意浓》①音乐响起。

歌词：秋意浓，离人心上秋意浓。一杯酒，情绪万种。离别多，叶落的季节离别多。握住你的手，放在心头。我要你记得，无言的承诺，啊……不怕相思苦，只怕你伤痛，怨只怨人在风中，聚散都不由我。啊……不怕我孤独，只怕你寂寞，无处说离愁……

天色阴沉，童言的墓地旁，乔卫国、贾有才扶着面容憔悴、站立不稳的童振华。栗铁生、沈冰梅、金艳丽、齐向前、高洁等人神情哀伤地站在旁边。乔晓羽、贾午、贾晨、齐贝贝、栗凯、黄大卫流着泪。童飞走到墓碑前，整理好鲜花和祭品。

乔卫国、贾有才扶着童振华离开，其他人跟着慢慢走远。

乔晓羽一个人站在墓碑前，童飞回头看乔晓羽，贾午也转身看着乔晓羽。

乔晓羽慢慢跪下，从书包里拿出以前给童言写的信，一封封拿出来，放在童言墓碑前。乔晓羽抱着信哭泣。

乔晓羽：（哭泣）童言，我还有好多话，没有跟你说……童言……

童飞和贾午站在乔晓羽身后。童飞痛苦地闭上眼睛。

天空开始下雪，雪越来越大。

乔晓羽擦亮一根火柴，想点燃一页信纸。

一阵风吹来，把火柴吹灭，信纸散落一片。

（慢镜头）信纸纷飞在天空和乔晓羽

---

① 《秋意浓》由姚若龙作词，玉置浩二作曲，张学友演唱，收录在张学友1993年发行的专辑《吻别》中。

周围，信纸飞落在童言墓碑的遗照上。

几片信纸飞落在童飞面前，童飞拿起几张信纸。

其中一张信纸上写着：童言，你最近好吗……

童飞一页页翻看，落款日期横跨乔晓羽和童言分别的十年。

童飞把手放下，拿着信纸的手轻微颤抖。

贾午把信纸一张张捡起，走到乔晓羽身边，扶住哭泣的乔晓羽，流着泪轻拍安慰她。

乔晓羽站在童言墓碑前，背影萧索。

童飞和贾午远远地站在乔晓羽身后，黯然地望着她的背影。

童飞从兜里慢慢掏出小王子造型的钥匙挂件，递给贾午。

童飞：把这个，还给晓羽吧。

贾午看着手里的钥匙挂件。

15-42 小区民宅　童飞家　日
窗外大雪纷飞。

许如星躺在卧室床上，目光呆滞。

童振华端着粥，舀起一勺喂许如星，许如星张不开嘴。

童振华放下碗，默默流泪。

许如星：我的孩子，童言，我的孩子……

童振华：（痛苦）如星……

许如星：振华，童言最喜欢下雪，在海南的时候他就经常念叨。他是不是去玩雪了，快叫他回来，别着凉了……

童振华坐到床边，抱住许如星。

童振华：如星啊，有件事，我一直没有告诉你，其实上次童言在学校晕倒，医生就说……

许如星呆滞地转动眼睛，看着童振华。

童振华流泪，从旁边拿过一些诊断单，递给许如星。

童振华：童言的先天性心脏病太重了，小时候虽然勉强做了手术，可是随着年龄增长，并发症还是越来越多……医生说，就算再做手术，恐怕也……（泪流满面）

许如星看着诊断单，手臂颤抖。

童振华：如星啊，我对不起你，可是……我不敢告诉你，我害怕童言下不来手术台，幻想着也许会有奇迹发生……其实，医生让他吃的那些药，就是在保守治疗……

许如星紧紧攥着诊断单，泪如雨下。

童振华：如星啊，我知道你现在太痛苦了，没办法接受，我也痛苦，我害怕突然失去他，我只想让他活着的每一天都像别的孩子一样正常上学，正常生活，开开心心的……我不知道，童言将来在病床上会不会痛苦地走，还是像这样在睡梦中静静地走，我不知道……我真的不知道……如星啊，你想哭，就哭出来，哭出来……

许如星"哇"地一声大哭出来，童振华抱着许如星痛哭。

15-43 文工团小区　昏
贾晨从小区大门外走过来，远远看到童飞垂着头颓废地走进小区。贾晨快步追

第十五集　聚散都不由我

309

上去,看到童飞在门卫室窗外停住了。

贾晨走到童飞身后,正准备叫童飞,听到门卫室传来看门大爷和几个邻居大妈说话的声音。

看门大爷:(画外音)哎哟,才刚满18,就这么没了,太可惜了……

邻居A:(画外音)你们说说,老童家两个儿子,老大学习成绩倒数,成天晃晃悠悠还经常惹事,老二乖巧懂事,学习成绩还特别好,偏偏老天爷不长眼,带走了老二……

邻居B:(画外音)可不是嘛!老天爷是不是给搞错了?哎哟,这么好的孩子……如星可怎么活啊……

童飞听到邻居们的议论,头缩得更低,几乎缩到棉衣里。

贾晨露出生气的表情。

贾晨:(故意大声喊)童飞!

门卫室里的大爷大妈似乎听到了贾晨的声音,突然安静了。

童飞回头看到贾晨。

童飞:(低落)贾晨姐。

贾晨:你等我一下。

15-44 门卫室　昏

贾晨走进门卫室,里面的大爷大妈露出尴尬的神情。贾晨瞥了他们一眼,看向书报刊。

贾晨:(对看门大爷)您好,有我们家的报纸吗?

看门大爷:(赶紧站起身)有,有!

看门大爷在一堆报纸杂志里翻找,找到了一些报纸。

看门大爷:(突然想起什么)哦,对了,还有几封信!

看门大爷快速翻找报纸底部,把报纸蹭得到处都是,终于找出几封信,递给贾晨。

看门大爷:有你们几个孩子的信,要不麻烦你带给他们吧?

贾晨:(接过明信片)好。(环顾周围)各位叔叔阿姨,嘴下留情,不要在别人伤口上撒盐了。

大爷大妈有的不好意思,有的撇嘴翻白眼。

15-45 文工团小区　昏

贾晨转身走出门卫室,童飞垂着头站在门口。

贾晨:你别听他们胡扯,他们就是闲得无聊。

童飞:我知道。

贾晨:快回家吧,照顾好如星阿姨。

童飞低着头,默默转身离开。

贾晨看着童飞的背影,低头看手上的信,打开一封写给自己的,里面是一张明信片,落款是童言。贾晨忍不住流下眼泪。

15-46 小区民宅　贾午家　日

客厅,贾有才坐在餐桌前发愣。

卫生间,金艳丽看着镜子里的自己,拿起一支口红打开准备涂,深深叹气,又盖上盖子,放下口红。

15-47 小区民宅　贾午家　日

贾有才和金艳丽坐在餐桌前吃早餐。

贾有才：怎么不叫贾晨起来吃早饭？

金艳丽：闺女在外面上班多累啊，让她多睡会儿吧。

贾有才：对对，多睡会儿。哎，贾午呢？

金艳丽：早上学去了，吃你的吧。

贾有才：唉，吃不进去，心里堵得慌，童言这么好的孩子，小时候看着长大的，怎么说没就没了……

金艳丽：别提了，一提我又要哭了，如星的命怎么这么苦……要是我，肯定活不下去……

贾有才：呸呸呸！别说这些！对了，最近你常去看看如星吧，陪她说说话，唉……

金艳丽点头。

贾有才：（叹气）别说是这么大的事儿了，有时候听说贾晨晚上加班，我都睡不着，就怕她太晚回家，路上不安全……

金艳丽：唉，孩子就是父母的命啊，只要父母活着一天，就为孩子提着一天的心……

贾晨在卧室听着贾有才和金艳丽的对话，从卧室走出来。

贾有才：（努力挤出笑容）闺女，快来吃早饭吧。

贾晨：嗯。

金艳丽：闺女啊，这次好不容易请假回来，就多住几天吧。

贾有才眼神示意金艳丽，轻轻摇头。

贾晨：好。

贾有才顿时从皱眉变成高兴，赶紧给贾晨夹菜。

贾有才：多吃点，爸看着你都累瘦了。

贾晨认真地吃起来。

贾有才：闺女啊，你和同学合租，生活方便吗？要不……爸在你们公司旁边给你买个小房子？

贾晨：不用了，爸。（停下吃饭）爸、妈，我有男朋友了，而且……准备订婚。

贾有才和金艳丽吃着饭的嘴停下，惊讶地愣住。

第十六集

假装已经忘记

16-1 小区民宅　童飞家　日

童振华和童飞坐在餐桌前吃早饭，两人沉默无言，吃得很慢。

童振华放下筷子，叹气。

童飞：小姨……又不吃饭了？

童振华沉默，深深叹气。

童飞：等会儿，我拿点小姨平时爱吃的点心送进去吧。

童振华点头。

童振华：（低沉）童飞啊，有件事想跟你商量，爸单位分的房子也放了好久了，这两天准备托一个老朋友帮着简单装修一下。爸想着，要不过阵子咱们搬过去住，换个环境，让你小姨的注意力分散一下。就是你，以后上学可能要远一些了。

童飞：嗯，没事。装修的事儿，我去盯着吧。

童振华：你也别盯着了，这个学期……你耽误了太多学业，明年就要高考了……

童振华想起本来明年也要高考的童言，忍不住眼圈又红了。童振华赶紧抹抹眼泪，扒拉几口饭，掩饰痛苦。

童飞继续默默吃饭。

童振华：有空的时候，把童言的东西收拾收拾，下周就回学校上学吧……

童飞低头沉默。

16-2 小区民宅　童飞家　日

童飞在卧室整理童言的遗物，把童言用过的衣物、书本、小物件一个个慢慢地收拾到纸箱里。

童飞把书柜上的书一本本摞整齐，在角落里看到一本《先天性心脏疾病诊断全书》。

童飞抽出这本书，随意翻看，发现其中一页被折了一角。童飞轻轻打开折起的位置，书上写着"……先天性心脏病有遗传倾向性……"。

童飞拿着书愣在原地，缓缓地坐在椅子上。

童飞翻看着《先天性心脏疾病诊断全书》，耳边回响着门卫室看门大爷和几个邻居大妈闲聊的对话。

看门大爷：（画外音）哎哟，才刚满18，就这么没了，太可惜了……

邻居A：（画外音）你们说说，老童家两个儿子，老大学习成绩倒数，成天晃晃悠悠还经常惹事，老二乖巧懂事，学习成绩还特别好，偏偏老天爷不长眼，带走了老二……

邻居B：（画外音）可不是嘛！老天爷是不是给搞错了？哎哟，这么好的孩子……如星可怎么活啊……

童飞把头深深埋在胳膊上。

童飞：（痛苦）童言，其实你什么都知道，你什么都知道……

16-3 小区民宅　乔晓羽家　夜

金海心《白色问候卡》[①]音乐响起。

歌词：淡淡星光下，寂寞的山茶花，

[①]《白色问候卡》由那日森作词，顾宁芸作曲，金海心演唱，收录在金海心1999年发行的专辑《把耳朵叫醒》中。

静静地凝视小路指向的天涯，无名湖畔传来了一声声吉他，淡淡感伤包围着它……

一张明信片翻开了一角，落款是童言。旁边摆着小王子造型的钥匙挂件。

乔晓羽坐在卧室书桌前，打开明信片，明信片里有一张信纸。

（闪回）

16-4 组镜

继续金海心《白色问候卡》音乐。

歌词：我深深凝望那扇等候的窗，桌上是你昨日寄出的问候卡，你流连在某一个下雪的地方，卡片上面蒙蒙的一片霜。你选择逃离要我选择放弃，却又漫不经心地捎来片段的消息，你戴着面具总是若即若离，我的心已结成冰不敢再掀起涟漪……

童言：（画外音）晓羽，这张明信片是从乡下一个小邮局寄出的，这里山清水秀，空气清新，民风淳朴……

表弟表妹带着童言在镇上玩耍，路过古老的庙宇、乡村小学、快要结冰的小河和田野。

童言：（画外音）……让我想起了小时候大杂院里阿姨们种的花花草草。不知道为什么，今天格外想你们，真希望以后我们能一起来这里玩。

文工团家属院里，年轻的许如星、金艳丽、沈冰梅在院子里种蔬菜，孩子们在院子里玩耍。

童言：（画外音）晓羽，明年就要高考了，也许我们就要各奔东西，不管我们身处何方，我都希望你能幸福快乐，勇敢追求自己的所爱和梦想。还记得吗，"最重要的东西，用眼睛是看不见的，只有用心才能看清楚"？我永远支持你——你最好的朋友，童言。

校园的清晨，天蒙蒙亮，乔晓羽和童言在自行车棚外，乔晓羽回头望着天上的月亮。

（闪回结束）

16-5 小区民宅　乔晓羽家　夜

乔晓羽坐在书桌前，捧着明信片哽咽哭泣。

一滴眼泪落在小王子造型的钥匙挂件上，慢慢滑落。

16-6 小区民宅　栗凯家　日

齐贝贝和栗凯坐在栗凯卧室，齐贝贝流着泪，手里拿着两封信，一封递给栗凯。

齐贝贝：（流泪）贾晨姐说，这是童言从乡下邮局给咱们寄的明信片，这好像是他第一次做这种事，可是……居然成了最后一次……

栗凯：给每个人吗？

齐贝贝：咱们几个都有……除了……童飞。

栗凯：除了童飞？

栗凯疑惑地皱眉，打开信封，看着里面明信片的内容，难过得用手撑住头。

齐贝贝：这几天晓羽瘦了好多，我都不知道该怎么安慰她……

栗凯轻轻给齐贝贝擦眼泪。

栗凯：他们俩从小感情就好……

齐贝贝：(使劲抹眼泪)刚才在大门口碰到贾午，他居然要去游戏厅，真是没心没肺的家伙！

栗凯：现在最难熬的，是童言的家人，童叔，如星阿姨，还有童飞……

两人沉默无语。

齐贝贝：对了，我好久没收到你的信了，最近很忙吗？

栗凯：我每周都给你寄信，没收到吗？

齐贝贝迷茫地摇头。

栗凯：明天我就回去考试了，再打几天工，过年前回来。你好好复习，多陪陪童飞和晓羽，我会给你写信的。

齐贝贝黯然点头。

16-7 门卫室　日

一双手把一袋水果放在桌子上。

高洁站在小区门卫室，桌子上放着一袋水果，门卫室王爷爷走过来。

高洁：王叔，您辛苦一天，吃点水果吧，我刚买的，新鲜着呢！对了，我们家报纸到了吗？

王爷爷：到了到了，高医生，都在这儿，给您！哎哟，太感谢了，又给我带好吃的……你说说……我太不好意思了……

王爷爷把一摞报纸和几封信递给高洁。

信封上写着"齐贝贝亲启"。

16-8 小区民宅　童飞家　日

沈冰梅和金艳丽端着碗从许如星卧室出来，看着客厅里的童振华和童飞，沈冰梅无奈难过地摇头，金艳丽把碗放到桌上叹气。

童飞慢慢走过去拿起碗。

童飞：我去吧。

16-9 小区民宅　童飞家　日

许如星躺在卧室床上，半睡半醒，瘦削憔悴。

童飞端着碗走进来，轻轻坐到床边。

童飞：小姨。

许如星微微睁了一下眼睛。

童飞：小姨，吃点东西吧。

许如星面无血色，轻轻摇头。

童飞举起碗送到许如星头边。

许如星微微睁眼，看了一眼碗，又闭上眼睛，慢慢转过身。

童飞依然举着碗。

时钟嘀嗒转动，窗外天色从明亮到昏暗。

许如星转过身，童飞依然保持举着碗的姿势。许如星眼角流出泪。

童飞舀了一勺粥送到许如星嘴边，许如星抿了一小口。

许如星：(微弱)放到这儿，你去学习吧。

童飞把粥放到床头柜上，慢慢跪下。

许如星：童飞啊，你这是干什么……

童飞：(流泪)本来应该回老家的人，是我，本来应该离开这个世界的人，是我，而不是童言，是我害了童言……小姨，你打我吧，打我吧……现在应该受惩罚的，是我，不该吃饭的，也是我……

许如星绝望地啜泣起来。

16-10 小区民宅　童飞家　日
卧室外，童振华听到两人的对话，忍不住流泪。

许如星：（画外音，哭泣）童飞啊，你好好的……你不能有事，我答应过姐姐，要把你好好养大……

沈冰梅难过皱眉，金艳丽默默流泪。

（闪回）

16-11 医院　夜
字幕：十九年前

产房外，童振华、许如星和童飞姥姥焦急地等待。医生从产房里出来。

医生：孩子早产，产妇本来身体就虚弱，现在大出血，情况不太好，家属做好心理准备。

童飞姥姥一时站不稳，许如星赶紧把她扶到座椅上。

童振华抽泣，向医生下跪。

童振华：（流泪）医生，求求您，救救她！孩子不能没有妈妈！

医生赶紧转身回产房。

产房外，痛苦的童振华、呻吟的童飞姥姥和焦急无措的许如星。

婴儿的啼哭声响起。

16-12 医院　夜
产房内，许如月躺在病床上，奄奄一息。

许如星趴在病床边，握着许如月的手，呼喊着"姐"。

童振华抱着刚出生的童飞，目光绝望呆滞。

许如月眼神死死地看着许如星，再看向孩子。

16-13 医院　夜
产房外空空的走廊。

许如星：（画外音，哭喊）姐！

16-14 长途车站　日
童振华、许如星、童飞舅舅、童飞姥姥站在车站旁。许如星抱着刚出生不久的童飞，童飞舅舅拎着行李，搀扶着虚弱的童飞姥姥。所有人都面露悲伤。

许如星：哥，回去好好照顾妈，把身体调理好，家里全靠你了！

童飞舅舅沉默点头。

长途车停靠。童飞舅舅把童飞姥姥搀上汽车，童飞姥姥回头看一眼孩子，叹气，虚弱缓慢地上车。

童振华、许如星看着汽车开远。

童振华：如星，对不起（擦泪）。

许如星：姐夫，别说这些了，你也别哭了。再这样下去，身体就要垮了，还怎么工作，怎么把孩子养大呢？

童振华：但凡我家里还有人，也不用委屈你在这儿帮我带孩子，你还没出嫁……（流泪）

许如星：从小是姐姐把我带大的，我早就想好要来伺候姐姐坐月子的，（哽咽）

可是姐姐……如果不能看着孩子好好长大，我每天都会吃不下睡不好……

婴儿啼哭声。

许如星：姐夫，别哭了，回家吧。孩子饿了，咱们回去给他冲奶粉。

童振华擦泪，默默跟着许如星往家的方向走去。

16-15 童家老平房 日

许如星背着1岁多的童飞做饭，时不时回头逗童飞笑。

许如星小心地给童飞喂饭。

镜头移动到许如星已经怀孕的肚子。

童飞刚学会走路，跟跟跄跄地朝许如星走过来，用稚嫩的声音喊着"妈妈"，许如星张开手臂抱童飞。

（闪回结束）

16-16 小区民宅 童飞家 夜

许如星躺在卧室床上。

童飞：（跪在床边流泪）小姨，到了那边，我妈妈也会好好照顾童言的……吃饭吧……童言如果知道你现在不吃饭，他该多难过……

许如星伸出胳膊，无力地想要扶起童飞，两人抱在一起流泪。

16-17 教室 日

高三（2）班教室，魏老师站在讲台上，面色沉重。

乔晓羽、贾午、黄大卫都坐在各自座位上，所有同学神情低落。

余芳慢慢从座位上站起来。

余芳：（悲伤）魏老师，我希望这个座位先不要安排别的同学，可以吗？

魏老师：（眼圈红了）好……同学们，童言同学虽然意外离开了我们，可是他永远都是我们高三（2）班的一员。希望大家收起悲痛，带着他的心愿继续努力学习……好了，大家自习吧。

魏老师抹着眼泪离开教室。

余芳慢慢坐下，趴在课桌上低声啜泣起来。

乔晓羽神情呆滞。

16-18 小白楼天台 日

小白楼天台，乔晓羽坐在台阶上，看着远处。

余芳走上来，冷冷地看着乔晓羽。

余芳：乔晓羽，你还挺有心情，在这儿欣赏落日吗？

乔晓羽回头，看到余芳，没有说话。

余芳：（嘲讽）哦，我想起来了！你已经和童飞好了嘛！怎么可能伤心呢……哈哈！乔晓羽，我可真是看透你了！童言对你那么好，自己顾不上学也想着帮你辅导，身体那么弱还想着保护你，专门跑来跟我说，让我和阿荣不要为难你！看你这云淡风轻的样子！你对得起他吗？

乔晓羽目光呆滞地看着远方。

齐贝贝从楼梯跑上来，冲到余芳面前。

齐贝贝：余芳！你凭什么在这里血口喷人！我警告你，不要欺人太甚！

余芳瞪着齐贝贝，突然流下眼泪。

余芳：（哭泣）我凭什么？我凭什么……是啊，我没有资格……我只是他的同桌而已，什么都不是……从小到大，只要我想要的，没有得不到的。从来都是别人追着我，可是，为了不让童言为难，我竟然一直没有向他表白……早知道是今天这样，早知道他喜欢的是这样的一个你，我就应该早点告诉他，我喜欢他，我喜欢他……

齐贝贝本来发怒的脸渐渐愣住，说不出话。

乔晓羽默默低头。

余芳哭着转身走下楼梯。

齐贝贝走到乔晓羽面前。

齐贝贝：晓羽，别听这个疯子胡说八道，她就是嫉妒你，你什么也没做错……

乔晓羽：贝贝，这个冬天好冷啊……

齐贝贝紧紧抱住乔晓羽，乔晓羽倒在齐贝贝身上。

16-19 组镜

插曲音乐响起。

乔晓羽一个人站在小白楼天台上，看着落日。

迷幻中，天空出现了童言的笑脸。

乔晓羽伸出胳膊想触摸天空。

乔晓羽：（哽咽）童言，你已经回到天上了吗？你会在星星上微笑吗……（铃铛声音响起）

许如星卧室，童飞一勺一勺喂虚弱的许如星吃饭。

贾午在游戏厅，泪流满面地疯狂打游戏。

贾午慢慢站起身，跟游戏厅老板结账。

贾午：（低沉）这是我最后一次来这儿了。再见。

文工团小区院子，童飞把家具物品放到货车上。

童振华扶着羸弱的许如星出门，许如星回头望着空荡荡的房间。

童振华、许如星、童飞坐在货车上，货车慢慢离开文工团小区。

童飞和乔晓羽在校园操场上，远远地看到了对方。周围人流如穿梭，对童飞和乔晓羽来说，时间仿佛静止。

（慢镜头）童飞和乔晓羽擦肩而过，两人都没有回头。

16-20 小区民宅　贾午家　日

客厅，乔卫国、沈冰梅、贾有才、金艳丽围坐在沙发上，神情低落。

贾有才：不知道老童怎么想的，突然找了一个上班的日子搬家，我们老兄弟几个也没帮上忙，唉……

金艳丽：你这个脑袋，是不是被酒精泡傻了？这还问怎么想的，当然是不想麻烦大家了！

沈冰梅：童厂长和如星，也许是不想面对跟大家分别的场面吧……

乔卫国：你们也别太难受，毕竟都在清城，也没多远，以后有机会见面的……童飞他们，不都还在一起上学吗……

贾有才、金艳丽、沈冰梅默默点头。

乔卫国：对了，贾晨真的要订婚吗？

贾有才：一提这事儿我就来气，才认识一个多月就要订婚！开什么玩笑？简直是小孩过家家！

沈冰梅：一个多月？那是有点草率了……

乔卫国：反正贾老板也不是第一次唱黑脸了，继续反对呗！

金艳丽：（撇嘴）你们别看他现在挺横，闺女坐在这儿，他一句话也说不出来！

乔卫国和沈冰梅疑惑地看着贾有才。

（闪回）
16-21 小区民宅　贾午家　日

贾有才和金艳丽坐在沙发上，贾晨坐在对面。

贾晨：他叫杨帆，比我大三岁，硕士毕业，外企精英。父亲是国企领导，母亲是高校教授。上次去他们家玩，他父母对我特别好，给我包了大红包，而且他父母已经给他准备好了婚房和婚车……（抬头看着贾有才）还有什么不符合你们要求的吗？

贾有才和金艳丽愣住，说不出话。

（闪回结束）

16-22 小区民宅　贾午家　日

客厅，贾有才、金艳丽无奈地看着乔卫国、沈冰梅。

乔卫国：贾晨这闺女，真是雷厉风行！贾老板，这次服了吗？

沈冰梅：（眼神阻止乔卫国）你就别说风凉话了，快宽慰一下贾老板……

贾有才：唉，儿大不由娘啊！

金艳丽：（对贾有才）都怪你，把闺女逼急了，就这么匆匆忙忙订婚，我这心里七上八下的！

贾有才皱眉叹气。

16-23 小区民宅　贾午家　日

贾晨卧室，贾晨、乔晓羽、齐贝贝围坐在一起，三人神情低落。

乔晓羽：贾晨姐，你真的……要订婚了？

贾晨挤出一丝微笑，点点头。

齐贝贝：给我们讲讲未来姐夫吧！认识这么快就订婚，看来是一见钟情啊？

贾晨：（淡淡地笑）也不算一见钟情，顶多算是……一见合适吧。他前阵子刚分手，公司主管热心张罗，觉得我们各方面都很合适，就相处了一下，觉得……

齐贝贝：（凑过去）觉得怎么样？

贾晨：（平静）觉得……确实适合结婚。

齐贝贝收回开心的表情，慢慢坐下。

乔晓羽：贾晨姐，你真的想好了吗？你才刚工作……也许，以后还会遇到其他人……

贾晨摸摸乔晓羽的头发，转头看着窗外。

贾晨：不能和那个人在一起，其他人……都差不多……没什么，不用担心我，日子总得过下去啊……

乔晓羽若有所思。

乔晓羽：（呢喃）日子……总得过下去……

（闪回）

16-24 小区民宅　贾午家　日

1997年暑假，贾晨和乔晓羽、齐贝贝围坐在一起。

齐贝贝：（举手）我先说我先说！嗯……这个小韩姐夫是怎么向贾晨姐表白的呀？

贾晨：其实是我先表白的。

乔晓羽和齐贝贝惊讶地张大了嘴。

乔晓羽：姐，你太勇敢了！

齐贝贝：贾晨姐，你太帅了！这个小韩姐夫到底有什么魅力啊？

贾晨：在别人眼里，他可能没有什么魅力，也没有什么特别之处，但对我来说，他就是独一无二的，跟其他人都不一样。

乔晓羽、齐贝贝：（异口同声、大声）哇！爱情！

贾午突然打开卧室门，把头伸进来。

贾午：Are you OK？

齐贝贝：出去出去！我们女生说悄悄话呢！

贾午：大姐，你这是悄悄话吗？楼下耳背的刘奶奶都听见了好吗？

齐贝贝抓起一个毛绒玩具朝贾午扔去，贾午赶紧缩回头。贾晨、乔晓羽、齐贝贝大笑。突然门开了，贾午、童飞、黄大卫一起拿着毛绒玩具和枕头向里面扔进来，栗凯也加入"大战"。童言停下游戏，躲在一边笑不停。

（慢镜头）大家欢笑着、打闹着。

（闪回结束）

16-25 小区民宅　贾午家　日

接前镜，乔晓羽站在卧室门口，看着过往的一切（幻境），慢慢伸出手想抓住，但是所有的人都慢慢消失了。

乔晓羽闭上眼睛，流下一滴眼泪。

16-26 组镜

巫启贤《只爱一点点》[①] 音乐响起。

歌词：不爱那么多，只爱一点点，别人的爱情像海深，我的爱情浅，不爱那么多，只爱一点点，别人的爱情像天长，我的爱情短。不爱那么多，只爱一点点，别人眉来又眼去，我只偷看你一眼，不爱那么多，只爱一点点，别人的爱情像海深，我的爱情浅……

贾午家，贾有才、金艳丽和贾晨、杨帆分别坐在沙发两边，贾有才、金艳丽招呼杨帆喝茶，杨帆拘谨而礼貌，贾晨淡然微笑。

杨帆把贵重的礼物放到桌子上，推到金艳丽面前，金艳丽和贾有才对视。

清城街头，贾晨和杨帆散步路过清城

[①]《只爱一点点》由李敖作词，巫启贤作曲、演唱，收录在巫启贤1998年发行的专辑《我是你的》中。

一中，贾晨给杨帆指自己曾经上过的学校和班级。

校园里一对年轻的男女学生并肩笑着走过，贾晨看着他们。

杨帆看贾晨走神，牵起贾晨的手。

贾晨回过神，看杨帆牵着自己的手，抬起头微笑看着杨帆。

贾午家，贾晨和杨帆坐在中间，贾有才、金艳丽、贾午围在旁边，杨帆慢慢给贾晨戴上一枚订婚戒指，众人温馨微笑。

16-27 教室　日

高三（5）班教室，同学们在各自座位自习。

齐贝贝偷偷从抽屉里拿出信纸，往后排扫了一眼，看到童飞正在认真做题。

齐贝贝眨眨眼撇撇嘴，回头开始写信。齐贝贝在信纸上写下"栗凯"两个字。

齐贝贝：（画外音）栗凯，你知道吗，贾晨姐要结婚了，她说，跟谁结婚都一样……怎么会一样呢？难道两个并不相爱的人也能在一起一辈子吗？我真的不明白……最近大家都在拼命学习，很久没有聚在一起聊天了，好想念以前的日子，那种美好的时光还会再有吗？我爸妈每天都想办法暗示我考医学院，可我真的很犹豫……栗凯，你考试快结束了吗，什么时候能回来……

童飞用功学习，不时请教周围的同学。

16-28 校园　昏

（空镜）从校园望去，教学楼各个班级的灯依次亮起。

16-29 校园　昏

齐贝贝和童飞背着书包走在校园里，朝自行车车棚走去。

乔晓羽在自行车车棚准备推车。

齐贝贝看到乔晓羽，跑到乔晓羽面前。

齐贝贝：晓羽！

乔晓羽看向童飞，童飞低头回避。

童飞：你们聊，我先回家了。

齐贝贝：（不解）哎？

童飞推着自行车，迅速转身离开，齐贝贝疑惑地看着童飞。

乔晓羽望着童飞的背影沉默。

齐贝贝：你们俩怎么了？

乔晓羽低头沉默。

齐贝贝：你还不知道吧，童飞现在可用功了，像变了一个人……就像童言附体！（意识到自己说错话）呸呸呸，我这张破嘴！我不是故意的，晓羽，我……

乔晓羽：贝贝，我知道你的意思。

齐贝贝：（握住乔晓羽的手）晓羽，多吃点饭吧，你不能再瘦了……

乔晓羽：（勉强微笑）我没事，不用担心。

齐贝贝：艺考报名快截止了，你报了吗？

乔晓羽：还没有，准备和姚瑶一起去。

齐贝贝：晓羽，你难受的时候就找我们聊天，别自己憋在心里。

乔晓羽：（努力微笑）嗯。

16-30 小区民宅　乔晓羽家　夜

乔晓羽背着书包走进家门，神情低落。

乔卫国穿着睡衣，端着点心走过来。

乔卫国：晓羽晚自习回来了？爸给你熬了粥，喝一口吧！

乔晓羽：（摇头）爸，我不饿，你们睡吧。我去看书了。

乔晓羽慢慢走进卧室，关上门。

乔卫国端着点心愣在原地。

16-31 小区民宅　乔晓羽家　夜

卧室，乔卫国、沈冰梅躺在床上看报纸。乔卫国放下报纸，叹气。

沈冰梅：唉，都怪我，小时候教她不要太高兴，也不要太悲伤，是为了不让她失望，没想到她真的都憋在心里，什么也不说……

乔卫国：唉，这孩子从小就是闷葫芦，其实心里比谁都重感情，童言不在了，她一时很难缓过来……

沈冰梅：这些日子我看她越来越瘦了，学习压力这么大，身体怎么吃得消啊……

乔卫国：高三是关键时期，我想请一段时间假，在家照顾晓羽。

沈冰梅：这种私企，可以请假吗？老板会不会不高兴？

乔卫国：老板可能会不高兴，（无奈）不过，其他人肯定高兴得很啊……

沈冰梅疑惑地看着乔卫国。

16-32 小区民宅　乔晓羽家　夜

乔晓羽打开衣柜，看着童飞送的手套，慢慢拿出手套，轻轻摸摸上面的羽毛图案，又慢慢地放回去。

16-33 某公司　日

程哥和一群员工在公司大厅里，程哥安排工作。

程哥：今天你们几个赶快去啃了那几个硬骨头，眼看就要年底了，再不催回来，小心张总发火！

小刘：程哥，您也太为难我们了，我们又要对付泼皮无赖，又要遵纪守法，世界上哪有这么好的事儿！

员工A：就是！前几天那几个钉子户，要是去揍一顿，早就老实了！结果乔主任非得跟着去，一直拖到现在，欠款一半都没要到！

小刘：程哥，能不能劝劝乔大主任，别跟着我们瞎掺和了，安安稳稳在办公室待着不行嘛？再这么下去，年底奖金都要泡汤了，我们可都有一家老小得过年哪！

几个员工纷纷点头附和。程哥眼神示意他们别说了。

几人回头一看，乔卫国已经进入公司大门。

程哥：别废话了，快去吧，早去早回！

一群员工散开。程哥笑着走到乔卫国身边。

程哥：乔主任早啊！

乔卫国：程哥，张总在吗？

程哥：在楼上见客人呢，怎么了？

乔卫国：我今天是来请个长假。

程哥：呦，这是怎么了？

乔卫国：家里有点事……

程哥：哎哟，这公司上上下下也离不开您啊，（假笑）当然了，家里的事也很重要……

乔卫国：程哥玩笑了，其实我不在，大家干得更好，说不定都盼着我走呢……

程哥：乔主任，您这是什么话，（小声）他们都是粗人，别跟他们一般见识！

乔卫国：那我上去找张总，你忙吧。

乔卫国向里面走去，又回头嘱咐程哥。

乔卫国：我不在，就麻烦你劝着点大伙儿，别打打杀杀的，遵纪守法！安全第一！

程哥：哎，哎，您放心！

乔卫国转身走远，程哥撇嘴摇头。

16-34 组镜

插曲音乐响起。

乔卫国在菜市挑选各种食材。

乔卫国在厨房做饭，端上一盘一盘热腾腾的饭菜。

乔卫国和乔晓羽坐在饭桌前，乔卫国看着乔晓羽吃饭，心满意足。

乔晓羽坐在书桌前看书做题，手冷，搓手。

乔卫国在厨房灌满热水袋。

乔卫国把热水袋递给乔晓羽。

乔晓羽拿着热水袋看书。

乔卫国慢慢退出乔晓羽卧室，从外面关上门。

16-35 小区民宅　童飞新家　日

卧室，童飞坐在床边听随身听。童飞摘下耳机，打开卧室门。

客厅有点杂乱，地上摆着一些箱子，许如星坐在小凳子上，收拾一个箱子。

童飞走过去蹲下，看到箱子里放着童言从小到大的各种奖状。

许如星头发凌乱，神情萧索。

童振华端着一杯水走过来，递给许如星。

童振华：如星啊，休息会儿吧。

许如星摇摇头，继续收拾。童振华无奈地把水杯放到旁边。

童飞难过地看着许如星。

童振华坐到凳子上，开始收拾另一个箱子。

童飞走过去蹲下，看到另一个箱子里是童言的各种复习资料。

童振华叹气，准备把箱子封上，童飞按住那个箱子。童振华疑惑地看着童飞。

童飞：这些，给我用吧。

童振华松开手，有点不敢相信地看着童飞把箱子搬回卧室。

许如星慢慢抬起头，看着童飞的背影。

16-36 童飞新家小区门口　日

童飞背着书包低着头，从小区门口走出来，踢着路边的石子。

童飞抬头，突然看到贾午和黄大卫站在马路对面。黄大卫背着大大的书包，里面鼓鼓的。贾午远远地朝童飞挥手。

童飞、贾午、黄大卫并排站在路边。

童飞：你们怎么来了？

贾午：搬家也不说一声，在学校碰到了也不说话，我们能怎么办，只能来找你了！

童飞沉默低头。

贾午：叔叔阿姨现在怎么样，不想给你们添麻烦，所以没上去……

童飞：他们……还好……

黄大卫：童飞，我不会安慰人……有什么需要我的，尽管说！都是兄弟！

童飞挤出一丝微笑，拍拍黄大卫的肩膀。

贾午：（拍童飞）走吧，打会儿球去！

童飞：我想去书店买点模拟卷子。

贾午、黄大卫惊讶地看着童飞，张开的嘴慢慢合上。

贾午：（反应过来）哎？黄毛儿，你要不要也买点卷子？

黄大卫：（犯傻）我？我买什么卷子啊，我最近成绩挺好的，都及格了……

贾午：（打断黄大卫）及什么格？咱们要高考了！走走走，一起买卷子去！

贾午搭着童飞的肩膀往前走，童飞有点感动。黄大卫傻乎乎地跟在后面。

三人（背影）一起往前走去。

16-37 书店门口　日

童飞、贾午、黄大卫从书店走出来。

贾午抬头看向远处，街对面一家破旧的商贸公司门口站着一群人，威哥、小黑、大头、小刘都在人群里面。

贾午眼神示意童飞，童飞、黄大卫也看到了那群人。

黄大卫：那不是……

贾午：黄毛儿，你最近没跟小黑他们联系吧？

黄大卫：当然没有！自从大头打伤了童飞，我再不跟他们见面了。

远处，威哥面带凶相，带着一群人气势汹汹地走进商贸公司。

童飞：他们聚在一起这是要干什么？

黄大卫：快过年了，肯定是帮人催债，如果要到钱了，催债公司会给他们抽成，来钱可快了！

贾午、童飞怀疑地看着黄大卫。

黄大卫：年底我爸那儿抓了好多这种人，你们放心，（赶紧摆手解释）我可从来不干坏事！

童飞：黄毛儿，你要不说，我真的想不起你爸是警察……你怎么会跟这些人这么熟？

黄大卫：（傻笑）咳，我这不是提前打入敌人内部嘛！等我以后当了警察，就可以直接当卧底了！

贾午、童飞惊讶地看着黄大卫。

贾午：你？当警察？

黄大卫：啊，怎么了，子承父业嘛！

童飞忍不住轻轻笑了。

贾午：（笑）黄大卫，你立了大功了，童飞终于笑了一次……

贾午大笑，笑着笑着突然流出眼泪。贾午又哭又笑地蹲下，鼻涕眼泪糊满全脸。

黄大卫愣住，童飞沉默。

半响，童飞和黄大卫扶起贾午。

童飞：走吧，打会儿球去。

贾午：（擦泪）怎么又要去了？

童飞：（拍拍黄大卫背后鼓起的书包）不去的话，对不起黄毛儿背这一路。

贾午擦干眼泪。童飞拍拍贾午的肩膀。

三人一起慢慢走远。

16-38 小区民宅　贾午家　日

电视屏幕播放1999年开播的电视节目《今日说法》。

贾有才坐在沙发上看电视。

门开，贾午走进来，看见贾有才，想偷偷溜进卧室，被贾有才看见。

贾有才：又跑哪儿疯去了？还有几个月就高考了，还不抓紧时间在家看书复习？过来！

贾午不情愿地走过来。

贾有才：坐下！

贾午慢慢坐到沙发上。

贾有才：说，干吗去了？

贾午：（慢吞吞）找童飞去了，想安慰一下他……然后……一起打了一会儿篮球。

贾有才：（愣住）哦。

贾有才倒了一杯水，递给贾午。

贾有才：喝水吧。

贾午喝水，贾有才默默拿起遥控器换台。

电视屏幕画面轮番切换，最后停到清城频道。清城新闻播放一则新闻。

电视屏幕：今日我市发生一起刑事案件，某公司雇用社会青年在催债过程中恶意伤人，造成1死3伤，主要犯罪嫌疑人已被抓获，公司负责人被控制……警方还在调查该公司其他人员情况……

电视屏幕播放小刘、大头等人被警方抓获的画面，接着播出鑫鑫向荣资产管理有限公司门口张总被警方带走的画面。

贾有才和贾午盯着电视屏幕，两人不由自主地都站起身，指向屏幕。

贾有才、贾午：（同时）那不是……

贾有才：那不是乔主任现在的公司吗？（突然觉得不对，转向贾午）你认识那些孩子？

贾午：（反应过来）不认识！不认识……我就说，那、那不是乔叔的公司吗……

贾有才：（猛然拍头）不好！

贾有才狂奔出门，贾午跟着跑出去。

16-39 文工团小区　日

镜头跟着贾有才和贾午跑出楼道口，看到一辆警车停在院子里，周围一群看热闹的邻居。

乔晓羽家单元门口，两个警察带着乔

卫国走出来，径直坐进警车。

贾有才和贾午赶紧跑过去。警车的门已经关闭。

乔晓羽从楼道口跑出来，追着警车跑。

乔晓羽：（焦急）爸！警察叔叔……爸！爸……

贾午赶紧拦住乔晓羽。

贾午：晓羽，你别着急！别着急……

乔晓羽看着警车开远，哭出声来。

贾午紧紧握着乔晓羽的胳膊。

16-40 小区民宅　乔晓羽家　夜

沈冰梅坐在沙发上，神情焦急。金艳丽轻轻安抚沈冰梅，栗铁生坐在旁边。

金艳丽：冰梅，贾有才已经去找熟人打听了，这应该是警察例行公事，调查一下，你先别着急啊。

沈冰梅：（焦急）唉，乔卫国刚开始去这个公司的时候，我就劝过他，这里面太乱了，可是他就是不听啊……

栗铁生：嫂子，这次的事乔主任根本就没参与，警察一定会查清楚的！

沈冰梅：可是他名义上还挂着副总的名号，我怕警察不相信……

金艳丽：乔主任在这个公司还不到一年，最近还请了长假，我觉得不会受牵连，咱们再等等消息！

沈冰梅：前一阵乔卫国跟我说，公司有些年轻人嫌他絮絮叨叨地碍事，不服管，唉！还不如早点辞职，就不会摊上这种事了……

金艳丽轻抚沈冰梅的后背。

16-41 小区民宅　乔晓羽家　夜

卧室，乔晓羽坐在床上抱着腿，头埋在腿里。

贾午坐在书桌旁，看着乔晓羽的头发。贾午伸出手想拍拍乔晓羽，手停留在半空，犹豫着又收回去了。

贾午回头看着乔晓羽书桌上一排书，看到角落里一本《编导专业手册》，抿嘴沉思。

16-42 学校门口　日

童飞推着自行车走出校门，远远看见贾午、齐贝贝站在一起说话。

童飞向他们挥挥手，贾午、齐贝贝情绪低落。

童飞疑惑，慢慢走过去。

童飞：在聊什么……（犹豫）那个……晓羽今天没来上学，怎么了……

贾午：（低落）你终于肯关心我们了……

齐贝贝：（皱眉）晓羽家出事了。

童飞：（惊讶）出事？出什么事？

贾午：走吧，找黄毛儿去。

16-43 小吃店　昏

童飞、贾午、齐贝贝、黄大卫围坐在小桌子旁。黄大卫端着一碗面条狂吃。

贾午、齐贝贝、童飞眼神一致地盯着黄大卫吃。

黄大卫终于吃完，放下碗，满足地抹嘴。

齐贝贝无奈地白了一眼黄大卫。

贾午：（急切）黄毛儿，吃饱了吗？到底什么情况，快说啊！

黄大卫：这两天我都快累死了，到处打听，还软磨硬泡我们家黄大警官，终于问出来一点……

齐贝贝：（着急）你倒是快说啊！

黄大卫：这案子吧，催债公司的一个大哥是主犯，姓刘，听说他脾气一向很爆，估计这次是打红眼了。不过这大哥死活不认罪，一直扛着……对了，威哥和小黑趁乱跑了，警察还正在抓他们呢……

童飞紧锁眉头。

齐贝贝：那到底会不会牵连乔叔叔啊？

黄大卫：我哪知道，我爸是民警，又不管刑事案件……就这还是死乞白赖打听的呢！

齐贝贝气得打黄大卫，黄大卫赶紧躲开。

黄大卫：大姐，我要不是为了……（犹豫）为了乔叔，我才不跟我爸多说一句话呢，你还打我……哦哦，对了，我爸说如果在场的人都能证明乔叔跟这件事无关就更好了……

贾午：我爸也找人问了，最近抓得特别严，只有律师能进去，其他人根本见不到。唉，这都快过年了，我真担心……

齐贝贝：晓羽的艺考还没报名呢，今年这是怎么了……

童飞依旧低头沉默。

贾午：（对童飞）哎？怎么不说话？

童飞：（冷漠）我能说什么，警察自然会查清楚的。

齐贝贝：你！

黄大卫：算了，童飞现在心情也不好，你们都别着急，我再去打听！

童飞冷冷地看着窗外。

16-44 小区民宅　乔晓羽家　日

乔晓羽坐在卧室书桌前，拿着一张通知单，通知单上写着"艺考报名通知"。

突然外面传来"哐当"一声，乔晓羽赶紧跑出去。

16-45 小区民宅　乔晓羽家　日

乔晓羽跑进厨房，沈冰梅拿着一把铲子，愣愣地看着地上的平底锅，锅里有烧煳的鸡蛋。

乔晓羽：妈，你没事吧？

沈冰梅：晓羽，对不起……

乔晓羽赶紧跑过去把锅捡起来，扶着沈冰梅坐下。

沈冰梅：（歉疚）这些年都是你爸在照顾家，我连个鸡蛋都不会做了……

乔晓羽：妈，没事，我去门口小饭店买点吃的，你别着急。

沈冰梅：（愁容）不知道你爸什么时候才能出来，这样下去不是办法，你要高考了，营养得跟上。晓羽，你先去看书吧，妈一定能做好。

乔晓羽：妈……

乔晓羽看着沈冰梅头上的几缕白发，忍不住流出眼泪。

沈冰梅抱着乔晓羽，两人默默流泪。

16-46 小区民宅　乔晓羽家　日

乔晓羽卧室，乔晓羽坐在书桌前，把艺考报名通知慢慢合上。

16-47 小区民宅　乔晓羽家　日

敲门声响起。

乔晓羽打开门，贾午端着一盘饺子站在门口。

乔晓羽正准备说话，贾午直接把盘子递给乔晓羽。

贾午：我妈又做多了，帮个忙！

乔晓羽：（感激）贾午……

贾午：我妈做饭你知道的，（做鬼脸）凑合吃吧！

贾午转头就走。

乔晓羽看着贾午离开的背影，低头看手里的饺子。

16-48 文工团小区　晨

天蒙蒙亮，乔晓羽背着书包从单元门口出来，到自行车棚打开自行车。

乔晓羽推着自行车，远远看见贾午站在大门口。乔晓羽走过去。

贾午：（微笑）期末考试都结束了，你怎么还走这么早？

乔晓羽：这次没考好，早点去看看错题。

贾午：走吧。

乔晓羽和贾午骑着车走远。

16-49 小区民宅　乔晓羽家　日

沈冰梅打电话，边听边在一个小本上记录。

沈冰梅：（用肩膀夹着听筒）嗯……嗯……好的，谢谢您，李律师，您辛苦了！

沈冰梅放下电话听筒，慢慢坐下。

电话铃声响起，沈冰梅赶紧拿起电话听筒。

沈冰梅：（拿着听筒）李律师，您还有什么事……您是？

沈冰梅拿着听筒疑惑地听着。

沈冰梅：……嗯……嗯……哎？请问您是？

电话挂断的声音。

沈冰梅看着电话听筒发愣，随后赶紧又拨通另一个电话。

沈冰梅：（拿着听筒）李律师，还是我，我想麻烦您一件事，明天您见到张总和老乔……（话音渐弱）

16-50 文工团小区　夜

乔晓羽和贾午推着自行车到自行车棚，锁好自行车。

贾午：晓羽，沈阿姨给律师打电话了吗？

乔晓羽：嗯，联系过了，是张总家里请的律师，明天就能见到我爸了。这次贾叔和艳丽阿姨帮了很多忙，谢谢你们！

贾午：（挠头）这有什么……咱们这关系，都是应该的……

乔晓羽：贾午，明天早晨你多睡一会儿吧，不用等我了。你那么喜欢赖床，早起一定很痛苦。

贾午抬起头，认真看着乔晓羽。

（幻想画面）

贾午：晓羽，童言不在了，就让我照顾你吧。

乔晓羽：贾午……

贾午：晓羽，我一直想对你说，我……

（幻想画面结束）

贾午从幻想中惊醒，看着乔晓羽。

贾午：没事，如果不陪你上早自习，我更没动力起床了……我想，童言……他……一定希望我这么做。

乔晓羽动容，眼圈红了。

16-51 小区民宅　乔晓羽家　日

厨房里传来炒菜声，一个人的背影忙着蒸饭、炒菜、盛饭，一盘盘菜端到桌子上。

门开，沈冰梅匆忙进屋。

沈冰梅：（边脱大衣边说）晓羽，你饿了吧，妈马上做饭！

乔晓羽穿着围裙，端着一盘菜从厨房出来，沈冰梅看着乔晓羽愣住。

乔晓羽：（微笑）妈，我已经做好了，你尝尝！

沈冰梅看向餐桌，餐桌上摆满了饭菜，有的烧煳了，有的酱油放多了，奇形怪状。

沈冰梅和乔晓羽坐在餐桌前吃饭，沈冰梅吃得很慢，眼圈红了。

乔晓羽：妈，是不是太难吃了……

沈冰梅：不，不，特别好吃……晓羽，对不起……

乔晓羽：妈，我已经十八岁了，可以照顾你了。第一次做确实有点难吃，不过我有天赋，毕竟我是乔大厨的女儿嘛！

乔晓羽想起乔卫国，难过沉默。

沈冰梅：对了，今天听律师说，那两个逃跑的已经自首了，还指认了主犯，说不定很快就能结案，咱们再耐心等等……

乔晓羽：我爸怎么样，还好吗？

沈冰梅：律师说，还可以……

沈冰梅和乔晓羽陷入沉默。

突然敲门声响起，贾有才的头探进来，脸上带着笑容。

贾有才：看看谁回来了！

门打开，乔卫国走进来，面容憔悴，头发白了好多。

乔晓羽：（激动）爸！

乔晓羽扑过去抱着乔卫国哭泣，沈冰梅也走过来抓着乔卫国的胳膊流泪。沈冰梅心力交瘁，扶着额头倒在椅子上，乔卫国和乔晓羽赶紧搀扶沈冰梅。

乔卫国抱着乔晓羽和沈冰梅哽咽。

贾有才拍着乔卫国的肩膀安慰。

16-52 小区民宅　贾午家　夜

电视屏幕上，清城频道正在播放清城新闻。

电视屏幕：近日，我市公安部门破获一起资产管理公司暴力催收案件。目前，犯罪嫌疑人已全部落网并移送起诉，不法资金已被冻结……

贾有才和金艳丽坐在餐桌前，端着酒杯碰杯。

金艳丽：乔主任回家了？

贾有才：嗯，回家了。看他们一家抱头大哭，真不是滋味……人生真是无常啊……

金艳丽：乔主任这两年是有点不顺。

贾有才：不过这次放出来算快的了，听说那几个从犯每人都写了证明，说乔主任平时经常教育他们遵纪守法，跟这些打打杀杀的一点关系都没有……那两个自首的孩子居然也写了，警察去搜查了他们公司，也看到了乔主任平时给员工做的小册子，所以很快就放出来了。

金艳丽：（感慨）好人有好报，不容易，不容易……乔主任迈过了这个坎儿，以后就都好了吧……

贾午在卧室门后，听着贾有才和金艳丽的对话，若有所思。

16-53 教室　日

高三（2）班教室，魏老师在讲台上收拾好教具，准备离开。

魏老师：今天是艺考报名最后一天，想要报名的同学别忘了。

魏老师看了一眼乔晓羽，离开教室。

乔晓羽低头沉默，姚瑶用胳膊碰乔晓羽。

姚瑶：（小声）你怎么还不报名？

乔晓羽：我……

贾午抬起头看着乔晓羽的背影。

乔晓羽：我……（沉默）不报了。

姚瑶：为什么？

乔晓羽：我想考近一点的大学，以后找一个稳定的工作，方便照顾爸妈。

姚瑶：晓羽，你这是怎么了？

乔晓羽：姚瑶，你一定要加油，我相信你一定能考上美院的。

姚瑶：可是你……

乔晓羽：我已经决定了。

姚瑶叹气，回过头生闷气，在纸上胡乱画起来。

贾午看着乔晓羽的侧脸，低头沉思。

16-54 组镜

刘若英、光良《好久好久》[①]音乐响起。

歌词：在无人问候的夜里，只是可以自己安慰自己，孤独的人都知道，寂寞并非消遣的东西。在不言不语的房里，昏暗的灯光，墙角的冷清，孤独的人最清楚，无聊并非消遣的东西。好久好久，没有你的消息你的关心，只能关灯看自己，关上了自己，流泪也是多此一举。好久好久，假装已经忘记，已经放弃。这样的距离不美，距离不再美，忍不住不断去想你，你最熟悉……

漫天大雪的街道。乔晓羽（背影）推着自行车，一步一步走在厚厚的积雪里，贾午跟在乔晓羽后面，不时看着她的背影。

乔晓羽推着自行车，无声流泪。

乔晓羽坐在卧室书桌前，下意识打开

---

① 《好久好久》由文康、陈纶作词，光良作曲，刘若英、光良演唱，收录在刘若英1998年发行的专辑《很爱很爱你》中。

侧柜，拿出一张信纸写起来。

乔晓羽：（画外音）童言，你好吗？我爸终于平安回家了，但是感觉他一下子老了很多。我妈也生病了，这个冬天真的很冷……好想念去年的冬天啊，所有人都在一起，那么开心……童言，我可能要放弃艺考了，爸妈身体都不好，特别是我爸，他……精神状态很差……我想，我不能那么自私，不能再让他们伤心了……（话音渐弱）

雪夜，童飞站在文工团小区院子里，望着乔晓羽家的窗户。

沈冰梅躺在床上咳嗽，乔晓羽端着银耳汤走到床边，扶起沈冰梅，用勺子一口一口喂沈冰梅。

乔卫国坐在阳台上看着窗外，面无表情。乔晓羽从背后捂住乔卫国的眼睛，笑着逗乔卫国开心。

乔晓羽把乔卫国拉到电视机前，陪着乔卫国看小品。

乔晓羽和沈冰梅给乔卫国过生日，唱生日快乐歌，乔卫国吹蜡烛，努力露出一丝笑容。

文工团小区院子里挂着灯笼，大家贴春联、放鞭炮。

贾午卧室，乔晓羽、贾午、贾晨、栗凯、齐贝贝坐在一起聊天，乔晓羽轻轻地靠在贾晨身上。

贾晨：唉，也不知道童叔叔一家怎么过年……我爸妈犹豫了半天，最后还是没有邀请他们……

乔晓羽：（画外音，成年）小时候，我以为这样的日子，这样的朋友，会永远存在，不会改变，后来才知道，那只是人生中短暂的一瞬；长大后，我以为那样的日子，那样的朋友，只是人生中短暂的一瞬，根本不必在意，现在才明白，那些人，那些事，早已变成我生命的一部分，永远都不会消失。

贾午家客厅，乔卫国、沈冰梅、贾有才、金艳丽、栗铁生围坐在餐桌前，微笑着举杯，但已经不像去年那么意气风发。

童振华、许如星、童飞坐在新家餐桌前，三人默默吃着年夜饭，窗外烟花绽放。

乔晓羽望着窗外天空的烟花。

深夜，童飞骑着自行车飞奔在街道上。

童飞站在去年冬天和乔晓羽一起躲过的小桥上，望着远处天空的烟花。

贾午坐在乔晓羽书桌前，看着书架上的一排书，从里面抽出《编导专业手册》，看向乔晓羽。

贾午：晓羽，这本书借给我看看行吗？
乔晓羽疑惑地看着贾午。

16-55 教师办公室　日

贾午把一张表格纸递给魏老师。
魏老师疑惑地看着贾午，又看向表格纸。

贾午：魏老师，我报名艺考。
魏老师吃惊，贾午微笑。

第十七集

痛一点也愿意

17-1 阳光休闲城歌舞厅　　日

电视屏幕播放张学友《一路上有你》①MV。

贾午站在舞台上，拿着话筒，深情演唱。

歌词：你知道吗，爱你并不容易，还需要很多勇气，是天意吧，好多话说不出去，就是怕你负担不起。你相信吗，这一生遇见你，是上辈子我欠你的，是天意吧，让我爱上你，才又让你离我而去……

一曲演唱完毕，贾午还沉浸在歌曲氛围里。台下响起稀稀拉拉的掌声。

贾午抬头一看，打扫卫生的大妈、门童、服务员们正在开心地鼓掌。

贾晨坐在台下喝着饮料。贾有才和金艳丽坐在吧台里算账。

贾午看着拼命鼓掌的服务员和大妈，哭笑不得，只得尴尬地挥手示意。

贾晨放下饮料，捂嘴笑起来。

贾午沮丧地走下台，坐到贾晨身边。贾晨递给贾午一杯饮料。

贾午：笑什么，我唱得不好吗？

贾晨：谁说的，唱得很好啊，你没看大家都给你鼓掌吗？

贾午：（白眼）他们都是瞎鼓，逗我玩儿的……姐，你帮我听听，还有什么问题？

贾晨：怎么突然这么认真，你是要参加歌唱比赛吗？

贾午：我……我报名艺考了……

贾晨：艺考？（愣着停顿好久）哈哈哈哈……

贾午：你看你又笑……我为什么不能参加？我也是文工团大院长大的孩子啊，别瞧不起人！

贾晨：好好好，你要考什么专业啊？

贾午：……导演。

贾晨：导演？我怎么记得晓羽也要考这个？你凑什么热闹！难道你……要和她并驾齐驱？还是一较高下？

贾午：（沮丧）凑什么热闹啊……晓羽已经放弃了……

贾晨：为什么放弃？

贾午叹气。

贾晨：唉，也是，童言不在了，她还没缓过来呢，乔叔又摊上那么大的事儿，她现在肯定没心思……可是你又没准备过，怎么考？

贾午：咳，艺术这种东西，靠的是天赋！天赋嘛，你弟弟我有的是！到时候随便给他们展示一下就OK了！

贾晨：啧啧啧……你的天赋就一条……吹牛！（小声）跟姐说实话吧，你报名艺考，是不是为了晓羽？看不出来，还挺痴情……

贾午：（故作淡定）才不是呢，我这是深藏不露，告诉你吧，世界级的大导演即将闪亮登场！

贾晨：呦呦呦，贾大导，我问你，爸妈知道这事吗？

---

① 《一路上有你》由谢明训作词，片山圭司作曲，张学友演唱，收录在张学友1993年发行的专辑《吻别》中。

贾午摇摇头。

贾晨：（对着吧台喊）爸！妈！

贾午拼命捂贾晨的嘴，被贾晨拨拉开。

贾有才和金艳丽抬起头，疑惑地望着贾晨、贾午。

金艳丽：（喊）要唱歌就好好唱！要打架就回家打！

贾晨：妈，贾午要参加艺考！

贾有才和金艳丽同时抬起头，惊讶地望着贾午，然后突然开始大笑。贾午生气地跑到吧台旁边。

贾午：都笑什么啊？哼，你们全都看不起我是吧？

金艳丽赶紧停住笑。

金艳丽：儿子，不是妈笑你，你小时候但凡跟妈好好学钢琴，要么和团里的叔叔阿姨随便学个才艺，实在不行，和你爸学个吉他，我现在也支持支持你，可是你有什么拿得出的本事？去考场丢人现眼吗？

贾午哑口无言。

贾有才：（停住笑，不服气）哎，这话说的，怎么就实在不行？（对贾午）儿子，别听你妈的，爸支持你，咱们好歹也是艺术家庭，没吃过还没见过吗？爸当年在舞台上弹吉他唱情歌，那迷倒多少姑娘……你说，是不是，老婆？

金艳丽瞪贾有才一眼，贾有才赶紧住口，搂住金艳丽。

贾有才：（谄媚）可是，我就想给你妈一个人唱……老婆，就让贾午去吧，考

不上也正常，考上了更好！就当锻炼锻炼呗，反正也不耽误什么！

贾午一脸不服气，又不知道该怎么反驳。

金艳丽：行了行了，（对贾午）你，快去练歌！（对贾有才）你，快去算账！

贾午怏怏地走远。

贾有才赶紧低头，噼里啪啦地按计算器。

金艳丽：现在团里效益太差，老栗子已经答应下班以后来咱这儿帮忙敲架子鼓了，人呢？怎么还不来？

贾有才一脸茫然，望向门口的方向。

金艳丽：唉，团里有人听说了乔主任的事，传得风言风语的，说以前文工团的干部成了犯罪团伙的头目，真是气死我了……哎？要不，干脆把乔主任请来？

贾有才：（撇嘴）乔主任那个倔脾气，谁知道肯不肯来啊……

17-2 菜市场　日

菜市场里，乔卫国在一个蔬菜摊前挑着蔬菜。

远处，魏老师也在买菜，溜达着走过来。魏老师看到了乔卫国。

魏老师：是……晓羽爸爸吗？

乔卫国：您是魏老师吧？魏老师好，我光顾着买菜，没看到您，实在不好意思……

魏老师：没事没事，咱们也好久没见了。（看着乔卫国憔悴的样子）您……好点了吧？前些日子看晓羽状态不好，我还

担心影响她复习呢，还好您出来了，我们当班主任的，也算是一块石头落地……

乔卫国：（羞愧）让您费心了，实在不好意思，我……

魏老师：咳，谁还没个七灾八难的，过去就好……晓羽现在懂事多了，居然自己放弃了艺考……

乔卫国愣住，努力掩饰内心的惊讶。

魏老师：（絮叨着）我就说啊，晓羽的数学虽然是差了点，其他科目还可以，努力努力，还是有希望考个好大学的……不过，这孩子是个搞文艺的好苗子，还真是有点可惜呢……晓羽爸爸，咱们学校和家长都努力配合，给孩子保驾护航，争取考个好学校……（话音渐弱）

乔卫国强颜欢笑回应着魏老师。

17-3 饭店　日

乔卫国坐在饭店桌子旁，倒满一杯酒，深深叹气。

17-4 小区民宅　乔晓羽家　夜

门推开，栗铁生架着乔卫国走进来。乔卫国一副喝酒喝多了的样子，走路跟跟跄跄。

乔晓羽从卧室走出来，赶紧过去扶住乔卫国，乔卫国瘫倒在沙发上。

乔晓羽：爸，爸！

栗铁生：刚才路过前面小饭店，看见你爸一个人喝闷酒，顺便把他送回来……

乔晓羽：栗叔，谢谢您……

栗铁生：没事儿，心情不好也正常，别担心，过一阵就好了……晓羽，让你爸休息会儿，我走了，晚上还得去你贾叔那儿一趟。

乔晓羽：嗯，您慢走。

栗铁生转身出门。

乔晓羽把毛巾拧湿，给乔卫国擦脸。乔卫国慢慢缓过来，睁开眼睛。乔晓羽端着一杯水送到乔卫国嘴边。

乔晓羽：爸，喝口水吧。

乔卫国慢慢喝水。

乔晓羽：爸，好点吗？

乔卫国：没事了……你妈加班还没回来？

乔晓羽点头。

乔卫国：这些年，爸一直拦着，不想让你搞文艺，可是你自己放弃了艺考，爸心里特别不是滋味……晓羽，你怨爸爸吗？要不，咱们明年复读，重新再报……

乔晓羽摇头。

乔卫国：爸在里面的时候，想了好多，以前啊，我总觉得自己的人生有遗憾，不完美，想要给你一个完美的人生，可是现在想明白了，哪有完美的人生啊，只有自己觉得开心，才是最好的……

乔晓羽：爸，其实你以前说的也有道理，可能我从小在团里长大，看着你们在舞台上表演，觉得这样的人生就是理所当然，也许将来我学了别的专业，见了更大的世界，就有别的梦想了……

乔卫国：我不该用自己过去的经历影响你，你有你自己的选择，有自己的人生……

乔晓羽：爸，这是我自己的决定，我真的想清楚了。

乔卫国：晓羽……

乔晓羽：爸，现在，我只想让你赶快好起来……

乔卫国：（沮丧）爸本来想多挣点钱，结果弄成这样。你妈最近身体不好，还在拼命工作……爸对不起你们……

乔晓羽：爸，你放心，最后几个月我肯定好好努力，考一个好大学。将来毕业挣钱了，你和我妈就轻松了。对了，还要开开心心地去全国各地旅游……

乔卫国：（眼圈红了）晓羽，好孩子……

乔卫国和乔晓羽都流下眼泪。

门推开，贾有才进来，栗铁生跟在后面。

贾有才：哎哟，这是怎么了？父女俩哭哭啼啼的，是不是饿哭了？晓羽，还没吃饭吧，走，跟叔叔吃好吃的去！

栗铁生：乔主任，贾老板听说你自己一个人喝闷酒，非要过来……

贾有才：乔卫国！你可太不够意思了，一个人喝酒，不叫我们这些老哥们儿。既然已经喝了，干脆热热闹闹去，走！

贾有才拽起乔卫国。

乔卫国：老贾，这是去哪儿？

贾有才：你就跟我走吧！大家都到了，就等你！

17-5 阳光休闲城歌舞厅　日

歌舞厅灯球闪烁，贾有才背着吉他，在小舞台上深情演唱罗大佑的《是否》①，栗铁生坐在后面敲着架子鼓。

歌词：是否这次我将真的离开你，是否这次我将不再哭，是否这次我将一去不回头，走向那条漫漫永无止境的路。是否这次我已真的离开你，是否泪水已干不再流，是否应验了我曾说的那句话，情到深处人孤独……

乔卫国、乔晓羽、金艳丽、贾午、贾晨、栗凯、齐贝贝都坐在下面。

贾有才投入演唱，越来越陶醉。

乔卫国、金艳丽跟着哼唱起来，孩子们也都站起来大声喝彩。

歌曲间奏，贾有才把乔卫国拉到舞台上，乔卫国拼命推辞，还是被拽上去。

贾有才从旁边拿过一把吉他塞给乔卫国。

贾有才：（在乔卫国耳边大声喊）祖师爷还说过，上了台，就不能随便下去！老乔！放下那些破事！找找当年的感觉！

乔卫国有点感动，跟着贾有才弹起吉他。两人投入地演唱起来。

歌词：多少次的寂寞挣扎在心头，只为挽回我将远去的脚步，多少次我忍住胸口的泪水，只是为了告诉我自己，我不在乎……

金艳丽带着孩子们在台下欢呼，其他客人也纷纷站起身叫好。

---

① 《是否》由罗大佑作词、作曲、演唱，收录在罗大佑1989年发行的专辑《情歌　闪亮的日子（1974—1981）》中。

门口，沈冰梅远远走进来，看着乔卫国在台上认真放肆演唱的样子，动容地红了眼圈。

乔卫国和贾有才唱完，潇洒亮相。

乔卫国走下台坐到乔晓羽和沈冰梅中间。

乔晓羽：爸，你太帅了！风采不减当年！

贾午、贾晨：（大喊）乔叔太帅了！

沈冰梅：刚才看你在台上，我想起了咱们第一次见面时候的样子。

乔卫国不好意思地笑了。

贾有才走到乔卫国面前，栗铁生也跟着走过来。

贾有才：（拍着乔卫国的肩膀）乔主任，怎么样，现在可以来给我打工了吗？别在外面瞎找工作了，你来给我当大堂经理，白天管管员工，晚上咱们还像年轻时候一样，想唱就唱！你在哪儿干不是干，不如来我这儿！老栗子已经来了，就差你了！

栗铁生：师哥，以前我也不想出去接活儿，可是为了孩子，咱们总得先好好活下去啊！

金艳丽：就是，乔主任，管它别人说什么，只要有人捧场，这出戏咱们就好好演，大舞台、小舞台，都一样！

贾有才、栗铁生、金艳丽认真地看着乔卫国。

乔卫国犹豫、感慨又动容。

17-6 小区民宅　童飞新家　日

许如星和乔晓羽坐在沙发上，许如星眼眶含泪，神伤而温柔地看着乔晓羽，轻轻抚摸着乔晓羽的头发。

许如星和乔晓羽靠在一起，乔晓羽手里拿着一本《小王子》，轻轻念着。

乔晓羽：夜晚，当你仰望星空的时候，因为我住在其中的一颗星星上，因为我在那里笑，那么对你来说，就好像所有的星星都在笑。你看到的那些星星就是些会笑的星星了……

许如星努力微笑，眼泪却夺眶而出。乔晓羽放下书，紧紧拥抱许如星。两人默默流泪。

17-7 小区楼道　日

童飞背着书包站在家门口，听到里面乔晓羽和许如星说话的声音。

许如星：（画外音，隐约）孩子，谢谢你过来陪阿姨……

乔晓羽：（画外音，隐约）如星阿姨，我会经常来陪您说话的……

童飞默默低着头，转身下楼。

17-8 童飞新家小区门口　日

栗凯看着童飞从门口走出来，冲童飞招手。

童飞看到栗凯，停下脚步。

17-9 篮球场　日

栗凯和童飞一对一，童飞控球，朝栗凯猛撞过去，栗凯被撞开，站在一旁揉肩膀。

栗凯：你怎么用这种招数了？

童飞投篮，看着篮球进筐。

童飞：（无所谓的样子）我为什么不能用？

童飞走到场边擦汗，栗凯坐到童飞旁边。

栗凯：我知道你最近不好受，走吧，跟我回咱们大院。

童飞：去干什么？

栗凯：一整个寒假都没看见你，我们都很关心你，大家一起出去吃顿饭、聊会儿天……

童飞：（打断栗凯）不去。

栗凯：你连晓羽都不想见吗？

童飞：为什么要见她……

栗凯：你瞒得了别人，瞒不了我，只要和晓羽有关的事，你比谁都紧张，你喜欢她，你一直都喜欢她……

童飞：喜欢不喜欢，已经不重要了，都过去了。

栗凯：晓羽放弃了艺考，你知道吗？

童飞闭上眼睛，把头埋进胳膊里。

栗凯：我知道你们俩都很痛苦，为什么不能在一起互相安慰呢？

童飞：（缓慢，压抑）你知道吗，那些年，晓羽一直在等童言回来，她给童言写了那么多信……

栗凯：是，所有人都知道晓羽和童言感情很深，可那都是小时候的事了。就算晓羽喜欢过童言，那又怎么样，她就不能再喜欢别人了吗？

童飞慢慢站起身，看着远处。

童飞：我爸和小姨在一起，我怨恨了他们十几年，如果我现在去追求晓羽，那不就做了我曾经最痛恨的事吗？！

栗凯：（猛地站起来）这根本就不一样！

童飞：你不懂！我曾经发誓，童言喜欢的东西，我绝对不碰！为了报复小姨，我犯过这样的错，以后不能再错了！

栗凯：你到底在说什么？

童飞：（痛苦）如果童言没有替我回老家，他根本就不会死……是我害了他……

栗凯使劲按住童飞的肩膀，想让童飞镇定下来。

栗凯：你给我清醒一点！那是意外！

童飞：（一把推开栗凯）她现在已经痛苦到放弃艺考了，我能做什么？

童飞转身要走。

栗凯：你要去哪里？

童飞：别管我。

栗凯：（生气）童飞！

童飞停住。

栗凯：贾午……要去参加艺考了。

童飞：（没有回头，自语一般）贾午，好样的。

童飞颓废着走远。

栗凯看着童飞的背影。

17-10 艺考考场　日

贾午清唱《一路上有你》。

贾午：（唱）……一路上有你，痛一点也愿意，就算只能在梦里拥抱你……

几位老师没有表情。

主考官：贾午是吧，下面是命题小短剧，来抽题目吧！

贾午走过去抽出一张纸，打开，上面写着"暗恋"。

贾午抿嘴沉吟。

张学友《一路上有你》纯音乐响起。

窗外的阳光慢慢移动到贾午脸上，贾午抬起头。

贾午：（缓慢）晓羽，你问我为什么突然参加艺考，我说，（微笑）当然是因为我才华横溢啊……其实我说谎了，我不想承认，是因为你。

（闪回）

17-11 组镜

贾午：（画外音）是啊，还能有什么别的原因吗？从小到大，我听你无数次说起自己的梦想，而现在，我不知道你是否真的放下了，可是我想告诉你，我没有放下。是的，我想完成你的梦想，不管能不能成功，我只想做好这件事。

乔晓羽在舞台上表演节目，台下的贾午拼命鼓掌。

校园操场上，全校同学举着国旗表演，乔晓羽和贾午击掌。

乔晓羽在贾午家弹钢琴，贾午走来走去，假装不在意偷偷看乔晓羽的背影。

贾午把手里的礼物递给乔晓羽，是一个小女孩在弹钢琴的八音盒。

乔晓羽坐在床上抱着腿，头埋在腿里，贾午看到角落里一本《编导专业手册》。

贾午：（画外音）不过，还是要感谢你，（笑）因为你，我学会了"演戏"，要装作是你的最佳损友，要装作对你毫不在意，要装作漫不经心地保护你……

六七岁的乔晓羽、童言、贾午、栗凯在一起玩儿，栗凯举起拳头，童言和乔晓羽赶紧躲开，贾午试探地把栗凯的拳头放下。

17岁的乔晓羽坐在小区院子秋千上，童言站在旁边的银杏树下，黄色的银杏叶飘落满地，一幅唯美的图画。贾午远远看着他们，露出失望的表情。

乔晓羽在童言墓前哭泣，贾午走过去扶住哭泣的乔晓羽。

贾午：（画外音）曾经无数次问自己，为什么不能勇敢一点，可是我怕，怕一旦那句话说出口，我们就再也不能做朋友了，那我宁可把它永远埋在心里。也许，就像这首歌里唱的，是上辈子我欠你的吧。

乔晓羽给贾午戴隐形眼镜，乔晓羽慢慢放隐形眼镜，贾午呆看着乔晓羽。

乔晓羽把贾午摘下的一边耳机戴到自己耳朵里，贾午转头偷看乔晓羽的侧脸。

夜晚的街道，乔晓羽和贾午一前一后骑着自行车，穿过一条条街道，贾午从后面看着乔晓羽的背影。

（闪回结束）

17-12 艺考考场　日

贾午：这些话，也许我永远都不会说出口，那就让我做你一辈子的好朋友吧。

做那个，在你遇到麻烦时，第二个想起的人。

贾午的眼角流出一滴泪。

贾午擦泪，恢复神情。

贾午：（咧嘴笑）老师，表演完毕。

几位老师赞赏地看着贾午，互相点头认可。

考官A：贾午同学，请问你父母是做什么工作的？

贾午：我妈啊，是一位钢琴家，我爸嘛……（思考）

17-13 阳光休闲城歌舞厅　日

贾有才兴奋地在舞台上指挥乐队排练节目，乔卫国弹吉他，栗铁生敲架子鼓，贾有才模仿指挥家手势收尾。

贾有才眼睛里露出无比自信的眼神。

17-14 艺考考场　日

贾午：（狡黠地笑）我爸嘛……是个导演！

考官A：贾午同学，你刚才表演的那个小短剧，里面提到的晓羽，是你暗恋的女孩吗？

贾午：（摇头，微笑）她是我最好的朋友，永远都是。

17-15 学校门口　日

一辆轿车远远开过来，停到清城一中门口，贾午从车后排钻出来，往学校里跑去。

前排车门打开，贾有才和金艳丽看着贾午跑远。

贾有才：（喊）臭小子，着什么急！

贾午回头冲贾有才摆手，飞奔向校门。

贾有才：好几个小时车程赶回来，连家都不回，就要去学校，他有那么热爱学习吗？

金艳丽：这还用问，肯定是急着把初试通过的消息跟大家显摆。

贾有才：（笑）这一点还挺随我，哈哈哈……

金艳丽：（白了贾有才一眼）脸皮真厚！快开车吧，回家！

前后车门关上，轿车开走。

17-16 校园　日

乔晓羽扶在栏杆上看着远处。

贾午气喘吁吁地跑过来，从后面拍乔晓羽。

乔晓羽回头，看着贾午。

乔晓羽：这么快就回来了？我还以为你要趁机在外面玩儿几天呢！考得怎么样？

贾午从书包里拿出一张纸递给乔晓羽。

乔晓羽打开看，露出惊喜的表情。

乔晓羽：你通过了！太好了……

贾午开心地看着乔晓羽，乔晓羽轻轻地摸着那张纸，表情复杂，欣喜、羡慕又难过。

贾午：晓羽，你怎么了？

乔晓羽：我没事……真为你高兴！

贾午：其实，我就是运气好……对了，你知道主考官还问我什么了吗？他问我爸是干什么的，（被自己逗笑）哈哈哈……我说……

乔晓羽眼神移开，望着远处。

贾午发现乔晓羽走神，顺着乔晓羽的视线看去，童飞从远处背着书包走过来。

童飞也看到了乔晓羽和贾午，犹豫了一下，朝这边走来。

童飞刻意用手臂遮挡着自己的脸。

贾午：童飞！你干什么去了？

童飞：（眼神闪躲）我……我出去买书……你艺考怎么样？

贾午：我是谁啊，当然……（突然看到童飞脸上的血迹）哎？你的脸怎么了？

贾午伸手去碰童飞的手臂，童飞想遮掩，乔晓羽走过去轻轻握住童飞的手臂，童飞无奈地放下手臂。

童飞额头上有一道长长的血印。

乔晓羽：这是怎么弄的？

童飞：没事，不小心撞到了……我先回教室了……

乔晓羽一把拽住童飞。

乔晓羽：你的伤口还在流血，跟我去医务室处理一下。

童飞：不用。

乔晓羽拽着童飞往医务室的方向走。

贾午：哎？等等我……

贾午也跟着乔晓羽和童飞走远。

17-17 小吃店　日

乔晓羽、齐贝贝、贾午、黄大卫坐在小吃店里。老板送上来一盘牛肉卷饼，四人拿起来边吃边聊。

齐贝贝：贾午，没想到，你这么不着调的家伙居然通过了艺考初试。难不成，以后你还真要当导演？

贾午：我怎么不着调了？我以后就是有身份的人了。来，小齐同学啊，我来给你签个名……

贾午准备从书包里拿出笔，被齐贝贝一把推开。

齐贝贝：到时候你可别拍烂片，否则，就算咱们是好朋友，我也不会给你捧场的啊！

贾午：（拍齐贝贝）放心放心！

黄大卫：哎？贾导，以后能不能让我在你的片子里当个大英雄？

贾午、齐贝贝和乔晓羽嘴里的饭差点喷出来。

齐贝贝：你当大英雄？那就真成烂片了……

贾午：黄毛儿，我看啊，你还是当反派比较合适！

黄大卫：你说我长得像坏人是吧？

黄大卫抱住贾午的头，贾午拼命求饶。

贾午：我错了，英雄……大英雄……

齐贝贝和乔晓羽笑着看黄大卫和贾午。

乔晓羽：好了好了，大英雄，你真的要子承父业考警校了吗？

黄大卫：那当然！贾午，以后啊，你就以我为原型，拍个反恐大片，肯定火！

贾午：（调皮敬礼）Yes sir！

黄大卫：你们俩呢？贝贝嘛，不用说，肯定是医学院了……晓羽，你想好考什么学校什么专业了吗？

齐贝贝和乔晓羽一起摇摇头。

贾午：哎，贝贝，童飞最近怎么样？

齐贝贝：别提了，前些日子，我看他每天认真学习，拼命做题，陈老师都表扬他了，可是最近又像刚回清城时的样子，成天逃课，甚至比以前还严重！

乔晓羽：（皱眉）童飞逃课……去干什么呢？

齐贝贝：我问他了，他说打篮球，（对贾午和黄大卫）可是他以前不都是和你们打吗，难道又在外面认识了乱七八糟的朋友？有两次回来，脸上还挂彩了，也不理我……真是的，这都快高考了……

乔晓羽和贾午对视，黄大卫低下头。

贾午：原来那次受伤是因为这个……（对黄大卫）黄毛儿，你知道童飞现在跟谁玩儿吗？

黄大卫：（犹豫）我……

贾午、乔晓羽、齐贝贝看着黄大卫。

黄大卫：（犹豫）你们可千万别说，是我说的……

齐贝贝：（着急）快说呀！

黄大卫：童飞……好像，最近跟着威哥、小黑他们打野球……

贾午：（猛地站起来）他们俩不是被抓了吗？

黄大卫：放出来了……

贾午慢慢坐下。

乔晓羽：（不敢相信）可是童飞的眼睛就是被他们弄伤的，这怎么可能……

齐贝贝：对啊，童飞一直很讨厌他们啊！

黄大卫：唉，其实我也不知道为什么……别问我了，你们自己去看吧……

贾午和齐贝贝对视，乔晓羽深深皱眉。

17-18 破旧篮球场　日

废弃工厂的篮球场上，一群年轻人正在打比赛，童飞、小黑也在其中，童飞打得很卖力。威哥在篮球场边大喊。

威哥：小黑，快传啊！童飞，冲啊！

童飞脸上各种新旧伤痕。

童飞带球上篮，球进。威哥高声欢呼。童飞倒在地上，气喘吁吁。

篮球场外，一群打扮另类的年轻人围在一起，地上的报纸上扔着一堆钱。

威哥跑到年轻人中间，得意地把报纸连同钱都收起来。其他年轻人嘟囔着散开。

威哥：（得意扬扬）咳，愿赌服输嘛，下次继续啊！

对方带头大哥拍着球走过来。

对方带头大哥：小威子，你可以啊，从局子里放出来，什么事儿也没有，还找了个高手帮你赚钱，别得意过头啊！

威哥：不服吗，不服你也找一个去！

对方带头大哥瞪着威哥，吐了一口唾沫，转身离开。

17-19 破旧篮球场外　日

贾午和乔晓羽来到废弃工厂的篮球场外。

贾午：（望向远处）你看，那就是黄毛儿说的篮球场……

乔晓羽使劲望向篮球场方向。

远处篮球场里，童飞慢慢从地上爬起来。

乔晓羽：真的是……童飞……

17-20 破旧篮球场　日

篮球场中间，童飞坐在地上，用胳膊擦头上的汗，威哥走过来递给童飞一瓶水。童飞接过来猛喝。

乔晓羽：（画外音）童飞。

童飞一抬头，看到了乔晓羽，威哥转身看到了乔晓羽和贾午。

童飞慢慢支撑着站起身。

贾午：童飞，你最近一直在这儿打球吗？

童飞：你们来干什么？

乔晓羽走到童飞面前，看着童飞的眼睛。

乔晓羽：童飞，你到底怎么了？

威哥：呦，童飞，这不是你的小女朋友吗？

贾午诧异地看着乔晓羽。

威哥晃悠着走到乔晓羽面前，乔晓羽瞪着威哥。

童飞上前一步，拦在威哥和乔晓羽之间。

威哥：还护着呢？我又不干什么，看你心疼的，你这都英雄救美多少次了，还没搞定？（对乔晓羽）小姑娘，你还不好好报答我们童飞，啊？

童飞：别说了。

威哥：（瞥了童飞一眼）行，我才懒得说，你好好给我打球就行，可别说话不算数啊！

小黑：（走过来）威哥，咱们吃饭去吧，我饿了。

威哥：走走，你也就这点出息，打球不行，饿得最快，明天别上场了！

威哥骂骂咧咧走远，小黑回头看一眼童飞，也跟着威哥走远。

贾午：童飞，你怎么又跟他们混在一起？你忘了他们是怎么欺负你了吗？他们差点把你眼睛弄瞎！

童飞低着头不说话。

贾午：如果童言知道你现在……

童飞握紧拳头。

童飞：（怒吼）别跟我提童言！

童飞眼里充满了红血丝。

乔晓羽慢慢走到童飞面前，颤抖着抬起手想去握童飞的手。

乔晓羽：童飞，回家……回家吧……

童飞看向乔晓羽，闭眼，狠下心把乔晓羽的手甩开。

童飞：你们以为自己是谁？凭什么管我？你们以为很了解我吗？告诉你们，我一直就是这样的人！只是你们不知道！还有，该我做的事，我一件也不会少做！

童飞深深看一眼乔晓羽，然后转身离开。

乔晓羽：童飞……

乔晓羽看着童飞的背影，流下眼泪。

17-21 小区民宅　黄大卫家　夜

电话铃声响起，黄大卫走过来接电话。

黄大卫：(拿着听筒)你们……真的去找童飞了？(犹豫)我……可是我已经答应他不告诉别人……好好，我告诉你还不行吗？那天咱们散了以后，童飞他……

(闪回)

17-22 小吃店门口　夜

字幕：三个月前

贾午、齐贝贝回头朝童飞挥手，然后骑着自行车走远。黄大卫也准备骑车。童飞从后面拍拍黄大卫。

童飞：黄毛儿，先别走。

黄大卫：怎么了？

童飞：你帮我打听一下威哥、小黑的家庭地址，还有他们经常在哪里活动，或者，他们有可能去哪里。

黄大卫：打听这些干吗？你不会……要帮警察抓人吧？算了吧，童飞！别再招惹这些人了，你还嫌他们报复得不够吗？

童飞：只有找到他们，才能了结案子，乔叔才能尽快脱罪。

黄大卫：(犹豫)好吧……那你，可一定要小心……

童飞：别告诉贾午和贝贝。

黄大卫：嗯，知道了。

(闪回结束)

17-23 小区民宅　贾午家　夜

客厅，灯光昏暗，贾午打电话。

黄大卫：(画外音)大哥，其他的，我真的不知道了……

贾午拿着电话听筒，轻轻皱眉。

(闪回)

17-24 大杂院胡同　日

字幕：三个月前

曹阿荣斜背着书包，嚼着口香糖，从一间老屋子里走出来，走在胡同里。曹阿荣警惕地看看周围，意识到后面有人，于是加快脚步。

跟在后面的一双运动鞋脚步慢下来。

曹阿荣快速走到一个十字路口，突然面前出现一个人(背影)。曹阿荣被吓了一跳，随后露出惊讶的表情。

曹阿荣：是你？

17-25 大杂院胡同　日

曹阿荣坐在胡同角落的石头凳上，童飞站在她对面。

曹阿荣：你找我也没用，我不知道威哥在哪儿，就算知道——你觉得我会告诉你吗？

童飞：你可以不告诉我，不过，我听说，马上就要严打了，你想让他当一辈子逃犯吗？

曹阿荣皱眉，抬头看着童飞。

童飞冷冷地轻笑。

17-26 大杂院屋子　日

屋里光线昏暗，威哥和小黑坐在角落。

曹阿荣和童飞站在屋子门口。

威哥和小黑使劲眨眼适应光线,才慢慢看清楚童飞。

小黑:童飞?

威哥:(对曹阿荣,发怒)阿荣!你疯了?

曹阿荣:威哥,你听我说……

威哥走过去抓住曹阿荣的领口,曹阿荣拼命咳嗽,童飞把威哥推开。威哥紧张地到门口查看。

童飞:(冷笑)别看了,没有警察……我是来帮你的。

威哥:帮我?我差点把你弄瞎,你帮我?开什么玩笑?说吧,你来干吗!

童飞慢悠悠地坐到凳子上。

屋外传来嘈杂的吆喝声,威哥和小黑警惕地看着童飞。

17-27 大杂院屋子　日

童飞和威哥怒目对视。

威哥:自首?哼,别逗了,怎么可能?童飞,你就是来报仇的吧?有什么手段,说出来!老子什么场面没见过,不怕你!

童飞:(讥笑)你不怕?你不怕……为什么躲在这里?

威哥瞪着童飞。

童飞:阿荣还没告诉你,市局已经成立专案组了吧?

威哥和曹阿荣对视。

童飞:你心里应该清楚,这次闹出人命,动静这么大,和你们以前小打小闹不是一回事了……

威哥呼吸逐渐急促。

童飞:我已经让黄毛儿打听过了,只要你们能主动自首,配合警察指认出主犯,就能从轻处罚。表现好的话,说不定几天就出来了……不过,过一阵子就要严打了,你们这么一直藏着,以后怎么定罪,可就说不定了……你们就不怕那几个人在里面倒打一耙吗?

威哥紧紧皱眉。

小黑:(小心翼翼地拽威哥)威哥,要不……

威哥:(甩开小黑)你给我起开!

威哥死死地瞪着童飞。

威哥:我凭什么相信你?

童飞:(冷笑)你看看你身边这些人,一个能打的都没有,不管是打人,还是打球……你不是一直想让我跟你吗?等你出来以后,我跟你。

威哥、小黑和曹阿荣都面露惊讶。

童飞:你觉得我会专门跑过来骗你吗?我为什么要得罪一个随时可能找我麻烦的人?

威哥慢慢站起来,走到童飞面前。

威哥:好,就相信你这一次……说吧,你肯定还有其他条件。

童飞:你怎么知道我还有条件?

威哥:哼,因为——咱俩都是聪明人。

童飞斜眼看着威哥,轻笑。

17-28 大杂院　日

曹阿荣和童飞从大杂院屋子走出来,

童飞突然停下。

童飞：对了，这件事，不要告诉乔晓羽。

曹阿荣看着童飞，无奈地撇嘴。

（闪回结束）

17-29 教室　日

高三（2）班教室，魏老师站在讲台上，余芳拿着一摞卷子，在教室里走动，把卷子发给每个同学。

魏老师：同学们，这都第二次全市模考了，还有好多同学犯一些低级错误，我真的不知道该说什么，你们就准备用这种态度参加高考吗？

同学们各自查看自己的卷子，大气都不敢喘。

魏老师：晚自习都把错题改了，然后好好反思一下！

魏老师走出教室。

同学们拿着卷子查看，互相聊天，教室里又开始热闹起来。

乔晓羽坐在座位上，慢慢用双臂支撑住头。姚瑶看向乔晓羽。

姚瑶：你怎么了？

乔晓羽：我没事。

乔晓羽把头埋在胳膊里。

乔晓羽抬头，一只手撑住头，余光看到了曹阿荣。

曹阿荣也看到了乔晓羽，厌恶地翻了个白眼。

17-30 校园　日

夕阳下，乔晓羽和曹阿荣站在操场边。

曹阿荣嚼着口香糖，乔晓羽站在她身后。

曹阿荣：还有别的事儿吗，没事我走了，懒得跟你说话……

曹阿荣转身要走。

乔晓羽：等等！

曹阿荣停住，不耐烦地回头。

乔晓羽：那你知道他们为什么这么快放出来吗？

曹阿荣：当然是自首啊，有立功表现啊，他们本来就不是主犯，这都不懂，笨死了！乔晓羽，你知道我为什么讨厌你吗？

乔晓羽冷冷地看着曹阿荣。

曹阿荣：你以为你是谁？凭什么所有人都对你好？就算我没答应他，也不会告诉你，每天只会唱歌跳舞的蠢人！

曹阿荣不屑地"哼"了一声，转身离开。

乔晓羽忍住心痛，对着夕阳慢慢闭上眼睛。

镜头围绕着乔晓羽旋转。

乔晓羽脑子里回响着童飞在破旧篮球场说话的声音。

童飞：（画外音）你们以为自己是谁？凭什么管我？你们以为很了解我吗？告诉你们，我回清城之前，就是这样的人！只是你们不知道！还有，该我做的事，我一件也不会少做！

乔晓羽睁开眼睛，看着夕阳，紧锁眉头。

乔晓羽跑出操场。

17-31 学校教学楼　日

乔晓羽跑到高三（5）班教室门口，看到大家都在自习，童飞的座位空着，没有人。齐贝贝抬头看到了乔晓羽，抬起手准备向乔晓羽打招呼，乔晓羽已经转身快速走开。齐贝贝面露疑惑。

17-32 校园　昏

乔晓羽骑着自行车飞奔出校门，落日余晖照在她瘦弱的身影上。

17-33 破旧篮球场　昏

废弃工厂的篮球场上，两队人激烈攻防对抗。

童飞一只眼睛已经明显青肿。

童飞带球上篮，被狠狠盖帽，童飞摔在地上。对方一人不屑地从童飞头边拍着球走过。童飞艰难地爬起来，双方继续比赛。威哥在场边走来走去，不时看着地上的赌注。

威哥：童飞，还差三分钟，顶住！给我顶住！

童飞在场上拼命运球、传球、投球，几次被对方撞倒，嘴角磕出血。哨声响起，比赛结束。对方带头大哥走过来，装作不经意带着球撞向童飞，童飞一下子倒在地上。

对方带头大哥：小子，可以啊，这么拼！

童飞爬起来，死死盯着对方带头大哥。

对方带头大哥：怎么，不服啊？

对方带头大哥凶狠地把脸凑到童飞面前。

对方带头大哥：（指着自己的额头）你看你刚才把我撞的！好好给哥道个歉，今天就原谅你！

童飞倔强地瞪着对方。

对方带头大哥：你才出来混几天，这么横！

对方带头大哥突然一拳打到童飞脸上，童飞倒地。远处，威哥把地上的钱收好，回头看到童飞倒地，赶紧跑过来。

威哥：哥，哥！别上火，别生气！他怎么惹着你了，啊？童飞，快跟大哥说对不起！

童飞慢慢坐起来，抬头瞪着对方带头大哥。对方带头大哥抬脚准备踢童飞，威哥赶紧拦住。

威哥：哥，哥，别跟小孩一般见识，和气生财嘛！

对方带头大哥：生什么财！财都被你卷走了！

威哥：（堆笑）嘿嘿嘿，哥，你也知道我刚放出来，就让让我呗，我替他给你赔不是！

对方带头大哥：哼，看在你面子上，这次算了，下次再敢撞我，（敲童飞的头）等着！

对方带头大哥转身离开。

威哥从兜里拿出一张50元，扔给童飞。

威哥：哎，去买点药擦擦，过几天还有一场，别忘了！

童飞支撑不住，累得仰面躺下。

17-34 破旧篮球场　　昏

远处，乔晓羽朝篮球场跑过来，穿过散场嘈杂的人群。

乔晓羽扑倒在童飞身边，看着童飞的伤口。

威哥：呦，小女朋友来了，行，那我就不管你了……哎，童飞，以后你们约会去别的地方，别让她来这儿了，小心把警察招来！

威哥招呼其他队员离开。

金海心《睡不着的海》[1]音乐响起。

歌词：大海睡不着的夜里，远处会传来你的叹息，我几乎想奔到海边去，大声呼喊出我的伤心，为何你总不相信，我是真的心疼你，真的爱你。爱情若真不适合你，我将捧着你那声叹息，一起跳进那片大海里，在深蓝色寂寞里窒息，只为了让你相信，我是真的明白你，真的爱你……

乔晓羽：童飞，童飞！

童飞努力想起身，乔晓羽扶着童飞慢慢坐起来。

童飞：你怎么又来了？

乔晓羽流出眼泪，拿出纸巾擦拭童飞脸上的伤。童飞把脸扭开。

童飞：以后别再来这儿了。

乔晓羽：你告诉我到底为什么？是不是他们强迫你的？你告诉我！

童飞：没有人强迫我，我告诉过你，我本来就是这样的人！

乔晓羽：不！你不是……我知道你不是！你还记得吗，那天你说，有话对我说……

童飞：（摇头）没有，我没有什么要对你说……我已经忘了……

乔晓羽：（流泪）童飞，是不是跟我爸的事有关……你告诉我……

童飞一把甩开乔晓羽。

童飞：你别自作多情了！

乔晓羽看着童飞，默默抽泣。

童飞挣扎着站起身。

童飞：跟你无关，跟任何人都无关，我说得这么清楚，听不懂吗，你走吧。

（慢镜头）乔晓羽想去拉童飞的手，童飞侧身让开。

乔晓羽：（画外音，成年）小时候，我以为这样的日子，这样的朋友，会永远存在，不会改变，后来才知道，那只是人生中短暂的一瞬；长大后，我以为那样的日子，那样的朋友，只是人生中短暂的一瞬，根本不必在意，现在才明白，那些人、那些事，早已变成我生命的一部分，永远都不会消失。

（闪回）

童飞家。乔晓羽给童飞滴完眼药水，想站起身，童飞抓住乔晓羽的一只手。

童飞：晓羽。

乔晓羽看着被童飞抓住的手，有点害羞。

---

[1] 《睡不着的海》由厉曼婷作词，黄征作曲，金海心演唱，收录在金海心1999年发行的专辑《把耳朵叫醒》中。

童飞：晓羽，我有话想对你说……

（闪回结束）

乔晓羽站在废弃篮球场边，看着童飞一瘸一拐离开的背影。

17-35 小区民宅　童飞家　夜

客厅，童振华接听电话，尴尬地堆笑，满脸歉意。

童振华：（拿着听筒）陈老师，实在对不起，给您添麻烦了，我们一定好好管教他，请您一定多费心，好，好……

童振华慢慢放下电话听筒。

童飞背着书包走进家门，想溜进卧室。

童振华：（大声）童飞！

童飞站住，侧过身，低着头。

童振华走过来，看着童飞。

童振华：（发怒）你把童言的书都留下了，我以为你要好好复习，没想到，你又逃课！越来越出息了是吧！要不学就干脆别学，别糟蹋了那些书！

童振华满脸怒气地举起手要打向童飞，被另一手拽住。

许如星把童振华的手拽下来。

童振华：（一把甩开许如星）今天你别拦我！

许如星站立不稳，倒在一边。

童飞：（赶紧去扶许如星）小姨！

童飞扶起许如星，许如星看着童飞脸上的伤口，流出眼泪。

童振华看到了童飞脸上的伤口，深深叹气，愤懑地坐到椅子上。

地上散落的一本辅导书封面写着"童言"，童振华看着童言的名字，捂住脸痛苦流泪。

17-36 组镜

继续金海心《睡不着的海》音乐。

歌词：爱情若真不适合你，我将捧着你那声叹息，一起跳进那片大海里，在深蓝色寂寞里窒息，只为了让你相信，我是真的明白你，真的爱你。什么都可能困住你，但绝对不该是我的爱情，什么都可以不得已，但是你欠了我一个坚定，蜚短流长的空气里，让你显得没有一点力气，躺在大海的深处里，是我那颗不肯认输的心……

卧室，柔和的灯光下，许如星用热毛巾给童飞擦拭脸和手臂的伤口，给童飞上药，童飞低头沉默。

童飞在教室里听课，做题，请教同学问题。

童飞在破旧篮球场打篮球。

篮球场边，威哥一把一把地收钱。

深夜，童飞在卧室里看书做题，时钟显示已到深夜。许如星和童振华偷偷透过门缝看童飞。两人对视，露出疑惑不解的表情。

童飞骑着自行车从学校离开，乔晓羽站在校门口看着童飞。童飞狠下心从乔晓羽身边走开。乔晓羽望着童飞的背影。

17-37 小区民宅　乔晓羽家　夜

乔晓羽背着书包慢慢开门，走进家门。

乔晓羽抬起头，看到乔卫国和乔卫东坐在客厅里。

乔卫东看见乔晓羽回家，笑着打招呼。

乔卫东：晓羽，晚自习回来了？

乔晓羽：二叔好。

乔卫东：几个月不见，又长高了，哈哈哈……

乔卫东站起来掏口袋，拿出一个红包。

乔卫东：晓羽，二叔这大半年都在外地做生意，过年也没给你压岁钱，来来，高三了，学习费脑子，多买点好吃的！

乔晓羽：我都这么大了，不用了，谢谢二叔！

乔卫东使劲把钱塞给乔晓羽，乔晓羽推辞。

乔卫东：在二叔这儿，你永远都是小姑娘。等你什么时候结婚了，二叔就不给你了！

乔卫国：晓羽，二叔给你，就拿着吧。

乔晓羽犹豫，收下了红包。

乔晓羽：二叔，你们聊，我进去看书了。

乔卫东：快去快去！

乔晓羽转身走进卧室，关上卧室门。

客厅里，乔卫东拿出一个文件袋。

乔卫东：（愧疚）哥，其实我回来有一阵了，唉，真没脸见你……原本想着给你介绍个工作，结果出了这么大的事……我也是看错人了，哥，对不住啊……

乔卫国：算了，都过去了，你也是好心，咱们以后吃一堑长一智吧。

乔卫东：是，是。

乔卫东取出文件袋里的纸。

乔卫东：我回来以后，把爸妈的老房子租出去了，也没跟你商量，这是合同，你看看这价行不行？到时候房租给你打到银行账户上。

乔卫国：你做主吧，我现在也没什么心情。对了，房租咱俩一人一半。

乔卫东：别一人一半了，你现在……

乔卫国：我现在挺好的，在贾有才那个娱乐城帮忙，也稍微有点收入。你在外面做生意不容易，别跟我磨叽了。

乔卫东：那行吧，听你的。对了，这是老房子里爸妈留下的东西。

乔卫东从地上一个大提包里取出一个盒子。

乔卫东：我看了……还是你保存比较合适。

乔卫国打开盒子，最上面放着一张乔卫国父母年轻时候的舞台照。

17-38 小区民宅　乔晓羽家　夜

乔卫国把父母年轻时候的舞台照一张一张放到盒子里，突然，一张装裱好的照片从照片框里掉出来。

乔卫国捡起照片，发现背面写着工工整整的文字：卫国、卫东，不管以后你们干什么工作，靠本事吃饭，不丢人——妈妈。

昏暗的客厅，乔卫国低下头，额头慢慢靠近那张照片。

第十七集　痛一点也愿意

351

17-39 小区民宅　乔晓羽家　夜

卧室，乔晓羽坐在书桌前，做一套数学试卷，轻轻皱眉。

乔晓羽拿出一张信纸，在纸上写起来。

乔晓羽：（画外音）童言，你好吗？距离高考越来越近了，大家每天的生活紧张忙碌，可是童飞……他受了很多伤，也许，他心里的伤更重……我该怎么帮他……

乔晓羽放下笔，打开抽屉，拿出一份装订整齐的试题集，是童言整理的高三数学习题精选，也是童言曾经送给乔晓羽的生日礼物。乔晓羽一页页翻看。

乔晓羽把试题集放进书包里。

17-40 小卖部　日

小卖部里，老板正在复印机前复印一摞纸，乔晓羽站在旁边。

复印机里一张张纸慢慢输出。

老板把装订好的两份试题集递给乔晓羽。

乔晓羽把厚厚的两份试题集放进书包，走出小卖部。

17-41 校园　日

乔晓羽走在校园里，远处公告栏围着一群人。

齐贝贝从远处跑过来。

齐贝贝：晓羽！

乔晓羽：贝贝，他们在看什么？

齐贝贝：三模的成绩出来了，走吧，看看去！

乔晓羽迟疑。齐贝贝拽着乔晓羽往前走。

齐贝贝：去吧，早死早超生，咱俩一起去壮个胆！

17-42 校园　日

齐贝贝拉着乔晓羽走到公告栏前，挤进人群里。

两人在排名栏里搜寻名字。

齐贝贝：晓羽，你这次第88名！这数可太吉利了！你可真会考！

乔晓羽：我也找到你了，比上次又提高好几名，贝贝你太棒了！

齐贝贝和乔晓羽握着手摇晃。

齐贝贝扭头看着排名栏，突然张大了嘴。

齐贝贝：我眼睛没出问题吧？

乔晓羽顺着齐贝贝目光方向看去，吃惊地瞪大了眼睛。

第十八集
有些故事还没讲完

18-1 校园　日

乔晓羽和齐贝贝走在校园里。

齐贝贝：（惊诧）怎么可能？童飞150名！比黄毛儿还靠前！他以前可是倒数的啊！

乔晓羽皱着眉没说话。

齐贝贝：不对啊，贾午说前几天你们去找他，他一副破罐子破摔的样子，怎么可能……（嘟囔）算错了，肯定是老师算错了……

乔晓羽皱着的眉头慢慢舒展。

齐贝贝：晓羽，你说到底怎么回事？

乔晓羽从书包里拿出一份试题集递给齐贝贝。

乔晓羽：贝贝，帮我把这个给童飞。

齐贝贝看着手里厚厚的一份试题集。

18-2 教室　日

高三（5）班教室，童飞坐在座位上，看着课桌上的一份试题集。

童飞轻轻触摸试题集封面上"童言"两个字。

18-3 教室　日

镜头从教室门口进入高三（2）班教室，一堆同学围在一起，有的站在凳子上，有的趴在课桌上，大家围在黄大卫周围。黄大卫拿着一张报纸，用夸张的语气朗读上面的文字。贾午在旁边做着动作和表情，配合黄大卫。

黄大卫：法国预言家说，1999年12月31日，上帝要惩罚人类，将会制造大灾难使人类灭亡……

同学们：（一起大声）啊……

黄大卫：而日本预言家则声称，通过电脑计算发现，1999年8月18日那天，天空中太阳、月亮和九大行星将组成"十字架"形状，这一天才是真正的世界末日！

同学们：（一起更大声）啊！

黄大卫得意地看着报纸，同学们议论纷纷。

魏老师：（画外音）那你觉得——到底是哪天啊？

同学们回头，看到魏老师站在教室门口，纷纷惊慌地跑回自己座位。黄大卫手忙脚乱地把报纸塞到课桌里。

魏老师走到黄大卫面前，伸出手。

黄大卫：（堆笑）嘿嘿嘿，魏老师，您这是？

魏老师：（皱眉）快点儿。

黄大卫在课桌里假装翻找，周围同学偷笑。乔晓羽憋着笑，无奈摇头，旁边的贾午做鬼脸。

魏老师：贾午，你帮他找。

贾午钻到课桌下，一下子就把报纸从课桌里拽出来，递给魏老师。

贾午：魏老师，给！

魏老师拿着报纸，转身走上讲台。黄大卫打贾午的头。

魏老师：世界末日……这都火烧眉毛了，还关心世界末日！你们看看还有几天高考？都有信心考上理想的大学吗？黄大卫，你耽误大家自习的时间，去操场跑十圈！

贾午捂嘴偷乐。

魏老师：贾午！

贾午吓得一抖。

魏老师：你作为同桌，不但不制止，还跟着他胡闹，你也去陪跑！

贾午的表情由讥笑转为沮丧。

魏老师：明天就周末了，大家在家休息，精神上也不能放松，把三模的错题好好过一遍！

魏老师瞪大家一眼，同学们正襟危坐。魏老师转身走出教室，突然停住回头。

魏老师：（严厉）就算真的世界末日，你们也得先给我好好参加完高考！考上大学以后再末日！

18-4 校园　日

黄大卫和贾午在操场上跑步，每人拿着一根长长的柳树条，互相打来打去，不时蹦着跳着。

远处，齐贝贝骑着自行车过来。

齐贝贝：你俩又做什么坏事了？都高三了还被罚跑，丢不丢人？

黄大卫：丢什么人，我们班同学还应该感谢我呢！高三多枯燥，要不是我天天逗他们，他们不得压抑而死，提前世界末日！

齐贝贝：什么世界末日？

贾午：你还不知道吧，今年8月18日就要世界末日了！怕不怕？

齐贝贝：（白眼）那有什么可怕的，要死一起死呗！

黄大卫和贾午一起对着齐贝贝竖大拇指。

黄大卫：哎，你怎么不上自习？不会是……逃课吧？

齐贝贝：（掩饰）我……我肚子疼，跟老师请假了。

贾午：谁信啊，说吧，逃课干什么去？

齐贝贝：我……不告诉你！

齐贝贝擦汗，骑车要走。

齐贝贝：今天怎么这么晒？热死我了……

黄大卫看看天上的太阳。

黄大卫：哎，等会儿。

黄大卫把手上的柳树条快速编成一个帽子，戴在齐贝贝头上。齐贝贝抬眼看自己头上的帽子，满意地笑了。

齐贝贝：谢了！你们俩继续跑吧！

齐贝贝骑车离开。

黄大卫看着齐贝贝的背影。

教学楼上，魏老师身影闪过。

贾午：（拍黄大卫）发什么愣，跑吧！

黄大卫赶紧跑起来。

18-5 宠物医院　日

齐贝贝走进天使宠物之家，笑着跟笼子里的猫猫狗狗打招呼。

齐贝贝：（蹲在笼子旁）今天怎么样，好点没？真乖！

薇姐和助理走过来。

薇姐：贝贝，今天临时喊你来帮一会儿忙，没耽误你学习吧？

齐贝贝：（笑）没事，有什么我能做的尽管说。

薇姐：今天有一个著名的宠物医生来清城办讲座，我们想去听听，可是咱们这里还寄存着几只宠物……

齐贝贝：薇姐放心，我保证按你平时教我的照顾好它们！

薇姐和助理都笑了。

薇姐：那这里就交给你了，我们一个小时就回来。

薇姐和助理离开宠物之家。

齐贝贝戴好手套，挨个查看每个猫猫狗狗，哼着歌，给宠物们加食物和水。

突然，门口跑进来一个年轻女孩，抱着一只猫，神情焦虑。

女孩：你好！请问医生在吗？

齐贝贝：（迎上去）不好意思，医生出去了，您有什么事？

女孩焦急得快哭出来，看着怀里的猫。

女孩：这可怎么办啊……

齐贝贝也观察着猫。

齐贝贝：它怎么了？

女孩：大白是我姥姥最喜欢的猫，每天陪着她睡觉，今天我去看姥姥，不知道怎么回事，突然蔫儿成这样，姥姥都快急死了……

齐贝贝：放在这儿，我看看。

女孩把猫放在专用小床上，齐贝贝仔细观察猫，摸着猫的肚子和身体，认真检查。

齐贝贝：好像是吃了什么不正常的东西……

女孩：那怎么办？

齐贝贝：最好能让它自己吐出来，可我不是专业医生，不敢随便操作……

猫蔫儿得更严重了。

女孩：没事，我相信你！我怕大白等不了了！

齐贝贝：好吧……我试试……你先把大白放在那个秤上，看看它有多重……

女孩把猫放到秤上，齐贝贝看了看数字，跑到后面的房间。

齐贝贝端出兑好的一碗水，用吸管轻轻给猫灌到嘴里。

齐贝贝：（认真地观察）10毫升……差不多……

齐贝贝的手轻轻抖动。

女孩轻轻抚摸着猫，猫突然呕吐起来。

女孩：吐出来了！

齐贝贝给猫清理全身，猫看上去有了一些精神。

齐贝贝：大白的呕吐物里有一些植物，好像是花……

女孩：我想起来了！今天去看姥姥，我专门买了一些鲜花……大白不会是吃了那些花吧……

齐贝贝：哪种鲜花？

女孩：百合花。

齐贝贝：怪不得，这是最常见的禁食植物了，以后一定要小心，这次吃得很少，如果吃多了，有可能会肾衰竭。我再给你拿一些加速排泄和保护肠胃的药，回去按剂量喂给大白，明天再来复查。

女孩赶紧点头答应。齐贝贝从药箱里拿出药品递给女孩。

女孩：谢谢！谢谢！

齐贝贝松了一口气，擦汗。

18-6 宠物医院　日

薇姐惊讶地看着齐贝贝，齐贝贝低着头，有点担心。

齐贝贝：（低头）薇姐，当时情况紧急，我就擅自做主了，现在想想，特别后怕，万一我操作不当，就给你们惹麻烦了……

薇姐：贝贝，你做得特别好！这种情况如果不尽快处理，很危险的！明天她们过来我会仔细检查，放心……你果然是医生的女儿，有天赋！

齐贝贝：（如释重负地笑）薇姐，其实这个跟医生的女儿一点关系都没有。我是平时在这儿帮忙的时候，看你们工作，偷偷学会的。

薇姐：（笑）你有心了……以后你一定是一个好医生！

齐贝贝看着薇姐，若有所思。

18-7 组镜

大学阶梯教室，老师拿着课本离开教室。栗凯坐在下面，收拾书本。

栗凯背着吉他走进一家酒吧。

栗凯坐在酒吧一角，打开一封信。

齐贝贝坐在教室里写信。

齐贝贝：（画外音）栗凯，你知道吗，大白的主人，那位老奶奶还专门到宠物之家来感谢我。老奶奶抱着大白，就像是抱着自己的孩子一样。我真不敢想象，如果没有了大白，老奶奶该有多伤心……

天使宠物之家，老奶奶抱着猫，感激地握着齐贝贝的手。薇姐和女孩在一旁微笑。

齐贝贝：（画外音）大白虽然是只小动物，可是对老奶奶来说，那就是她的家人……栗凯，我想起了小栗子，想起了我们和它在一起的日子，真想回到那时候……

齐贝贝和栗凯在栗凯家给小猫喂食，逗小猫玩。

齐贝贝：（画外音）现在大家都在拼命复习，可是我却很迷茫，贾晨姐以前曾说过，男怕入错行，女生也一样……

齐贝贝、童飞、乔晓羽、贾午、黄大卫分别在自己座位上看书、学习、做题。

教室黑板旁边挂着高考倒计时牌，显示距离高考还有 70 天。

栗凯坐在酒吧小舞台上边弹吉他边唱《那些花儿》[①]。

歌词：那片笑声让我想起我的那些花儿，在我生命每个角落静静为我开着，我曾以为我会永远守在她身旁，今天我们已经离去在人海茫茫……

酒吧里，乐芯在远处看向栗凯，听着栗凯的歌声。

[①] 《那些花儿》由朴树作词、作曲、演唱，收录在朴树 1999 年发行的专辑《我去 2000 年》中。

18-8 校园　日

朴树《那些花儿》音乐响起。

歌词：有些故事还没讲完，那就算了吧，那些心情在岁月中已经难辨真假，如今这里荒草丛生没有了鲜花，好在曾经拥有你们的春秋和冬夏。她们都老了吧，她们在哪里呀，幸运的是我曾陪她们开放。啦……想她，啦……她还在开吗，啦……去呀，她们已经被风带走散落在天涯……

主席台上挂着"欢庆五四青年节"横幅，一群女孩正在《那些花儿》的伴奏下彩排，翩翩起舞。

乔晓羽站在舞台下，远远望着正在跳舞的女孩们。

跳舞的女孩们看到了乔晓羽，停下动作，开心地跑过来。

女孩们：（七嘴八舌）师姐好！

乔晓羽：你们好！你们……认识我吗？

女孩A：当然了，你是大名鼎鼎的队长乔晓羽师姐啊，我在初中就听说过你！

女孩B：我们都是高一的，刚加入文艺小分队。

女孩C：晓羽师姐，你怎么退出文艺小分队了？

乔晓羽：我……已经高三了，忙不过来……刚才我看到你们跳舞了，跳得真好！加油！

女孩们：谢谢晓羽师姐！

女孩A：那我们去彩排了！

乔晓羽点头。女孩们回到舞台继续跳舞。乔晓羽看着舞台上的女孩们。

远处，童飞站在校园一个角落，远远望着乔晓羽的背影。

乔晓羽突然回头，童飞原来站着的角落里并没有人。乔晓羽无声叹气，转身离开。

童飞躲在一个柱子后面。贾午从旁边走过来，拍拍童飞。

童飞：你怎么在这儿？

贾午：那你呢？

童飞：我……

贾午：早就想问你了，你跟着威哥小黑他们，是不是为了乔叔的事？

童飞：（看着远处）别问了。

贾午：你悠着点吧，别跟他们交往太深。

童飞：我知道，放心。（看向贾午）你为什么参加艺考？

贾午：（掩饰）艺术天赋爆棚，藏不住了呗……

童飞轻笑，似乎已经明白贾午的真实想法。

贾午：笑什么，不信啊？

童飞：信！艺术家，做题去吧！

贾午和童飞走向教学楼。

18-9 酒吧　夜

酒吧，服务员们收拾餐具。栗凯在小舞台上收拾自己的吉他。

乐芯穿好外套，走到栗凯旁边。

乐芯：一起走吧。

栗凯点头。

乐芯：你今天心情不大好？女朋友写

信说什么了？

栗凯：没什么，只是我发现，我给她写的信，她根本没有收到。

乐芯：没收到？为什么？

栗凯：我猜，可能是她父母把信藏起来了……

乐芯：他们是担心女儿早恋吗？

栗凯轻轻摇头。

18-10 街道 夜

栗凯和乐芯走在夜晚空旷的街道上，慢慢走上一座过街天桥。

乐芯：没想到，你们两家还有这些过往。

栗凯：我以为，过去这么多年，关系会缓和一些，（摇头）看来，是我想得太简单了。他们对我爸……还有我，有根深蒂固的偏见，不是一天两天能够改变的。

乐芯：（拍拍栗凯）你已经很上进了，别着急。所有的事情都是在一直变化的，人的想法也会变，只要你们一起努力，总有一天他们会同意的。

栗凯：谢谢你，乐芯，我会努力的。

乐芯微笑。

18-11 大学宿舍 日

栗凯睡在上铺，吉他放在旁边。

宿舍外一阵骚乱，栗凯翻了个身，继续沉睡。

舍友A：栗凯！还睡呢？快醒醒！要去游行了！

栗凯迷糊地睁开眼睛，看到两个舍友正在地上铺纸写红色大字。

栗凯：什么游行？怎么了？

舍友B：中国驻南斯拉夫大使馆被北约轰炸了！

栗凯一下子坐起身。

18-12 阳光休闲城 日

酒店大堂的电视屏幕播放新闻。

电视屏幕：中国驻南联盟大使馆是在北京时间今天凌晨5：45，当地时间7日午夜遭到北约野蛮轰炸的，至少三枚北约导弹从西北侧楼顶和南侧击中大使官邸门廊和使馆馆舍，使馆留守的20多人中……

贾有才、乔卫国和工作人员、服务员目不转睛地看电视。

18-13 街道 日

以大学生们为首的人群在街道上游行抗议，举着各种横幅，群情激奋。

栗凯也在人群中喊着口号，跟着队伍前进。

远处，乐芯和同学们举着大大的横幅向栗凯招手。

18-14 校园 日

清城一中，学生们从各自教室奔出，冲到操场上，一起喊着口号。

学生们：（齐声喊）反对霸权！爱我中华！血债血偿！

校长拿着话筒走上主席台。

校长：孩子们！孩子们！

人群渐渐安静下来。

贾午、黄大卫、童飞、乔晓羽、齐贝贝站在队列中，听校长说话。

校长：孩子们，听我说！你们的心情我能理解，我也很愤怒！我们的老师们也很愤怒！可是请你们冷静一点！我国政府已经发表严正声明！相信我们国家一定会解决好这件事，为我们国家、为全国人民讨回公道！你们还是中学生，高三的同学们马上就要高考了！你们要做的，就是把这段屈辱铭记在心！努力学习！报效祖国！今后不管在哪里，不管在什么工作岗位，把我们的祖国建设成一个强大的国家！无人敢欺！

学生们：（齐声喊）铭记国耻！报效祖国！铭记国耻！报效祖国！

校长握紧拳头，眼圈红了。

18-15 教室　日

窗外天色阴沉，狂风大作，教室的窗户被风刮得"啪啪"响。

高三（2）班教室，同学们正在自习。

魏老师走进来，拿着一摞卷子。全班同学一起绝望地发出"啊"的一声。

魏老师：啊什么啊，看看倒计时牌，还剩几天？好了，咱们今天再做一套模拟题。班长，发卷子。

余芳无奈地拖着脚步走上讲台，拿起卷子给同学们挨个发。

魏老师：做题都认真点，把每套模拟题都当成高考来对待！等真正到了考场上，就能从容应对了，明白吗？

同学们：（有气无力）明白……

同学们疲惫又紧张地做着卷子，教室里弥漫着高三毕业班特有的压抑氛围。

突然窗外响起惊雷，风越刮越猛，教室的窗户一下子被大风吹开了好几扇，雨点洒进来。

黄大卫下意识站起身，想要去关窗户。

魏老师：黄大卫，你好好做题！大家都别管，我去关。

魏老师一路小跑，顶着大风，一个一个把窗户关好，雨点洒在她的身上，头发也湿了。

黄大卫看着魏老师狼狈的样子，心里不忍，默默坐下继续做题。

18-16 校园　日

（空镜）校园里下着倾盆大雨，雨点夹着冰雹打在窗户上、屋檐上、自行车棚顶。

18-17 教室　日

同学们还在全神贯注地做题。

教室外大雨的声音，和教室里"沙沙"写字的声音交织在一起。

雨渐渐停了。窗外天色渐渐明亮起来。

魏老师走到窗前一扇扇打开窗户。

高三（5）班陈老师走到教室门口。

陈老师：（小声招呼）魏老师！

魏老师走出教室。

陈老师跟魏老师悄声耳语，魏老师抬起头看着远处天空，微笑点头。

魏老师走进教室，站到讲台上。

魏老师：同学们，停一停。

同学们停下写字，疑惑地抬起头。

魏老师：先不做卷子了，都出去吧。

同学们由惊讶到惊喜，一起放下笔，欢呼着跑出教室。

18-18 校园　日

张信哲《雨后》[①]音乐响起。

歌词：公路在荒漠无尽地延伸，车窗内你我聊起彼此人生，像一生只见一次的缘分，最难忘陌生人搭载的热忱……

高三毕业班的同学们纷纷放下笔，欢呼着跑出教室。

大家欢快地跑到操场上，大家一起望着远处天空。

18-19 教室　日

继续张信哲《雨后》音乐。

歌词：渐渐放晴的天空，旅行的寂寞，独自在异乡生活，没有爱多么难走……

教学楼外回响着欢笑声。

（空镜）镜头从教学楼慢慢进入教室，教室黑板上挂着高考倒计时牌，显示距离高考还有50天。

18-20 校园　日

继续张信哲《雨后》音乐。

歌词：雨后看见彩虹，像你见我挥手，立刻为我停泊解忧，雨后看见彩虹，在落单的时候，朋友多么暖人心窝……

同学们一起望着远处天空，天边出现一条绚丽灿烂的彩虹。

同学们欢笑着，拥抱着。

魏老师和陈老师站在一起，谈笑着望向天空。

人群中，乔晓羽望见了远处的童飞，童飞正在望着彩虹。童飞憔悴瘦削，眼神疲惫却坚毅。

乔晓羽回头望向彩虹，露出一丝微笑。

18-21 组镜

继续张信哲《雨后》音乐。

歌词：回忆里你陪我一程，这份情永留我心中，雨后看见彩虹，不知何时还能重逢……

同学们在课堂上认真听老师讲课。

夜幕降临，乔晓羽、贾午、童飞、齐贝贝、黄大卫各自在家里学习、做题、阅读。

高考考场，教学楼悬挂着"1999年全国普通高校招生统一考试清城一中考点"。

乔晓羽拿着文件袋走进考场，转头看到了童飞。童飞也看到了乔晓羽，眼神有点犹豫。乔晓羽对童飞轻轻微笑。童飞微笑点头，走进考场。

乔晓羽、童飞、齐贝贝、贾午、黄大卫分别在各自考场考试。

齐向前、高洁站在考点门口等齐贝贝，齐贝贝走出考场，对齐向前和高洁招手。

[①] 《雨后》由许常德作词，许华强作曲，张信哲演唱，收录在张信哲1997年发行的专辑《直觉》中。

贾午走进家门，贾有才、金艳丽准备了一桌子饭菜等着，贾午调皮地笑了。

乔晓羽在高考志愿表里写下"××省师范大学"。乔晓羽回头，看到乔卫国和沈冰梅站在身后，乔晓羽走过去和乔卫国、沈冰梅拥抱。

黄大卫看着手里的录取通知书，父亲黄警官站在旁边。黄大卫郑重其事地向黄警官敬礼。黄警官欣慰地微笑。

姚瑶手里挥舞着录取通知书，跑向乔晓羽，两人开心地拥抱着转圈。

高三（2）班，魏老师在讲台上轻轻擦泪，全班同学站起身向魏老师鞠躬。

余芳把全班毕业照放在童言课桌上。

南山公墓，童飞站在童言的墓地前，看着童言的遗像。

18-22 墓地　日

插曲音乐响起。

童言的遗像由虚到实。

乔晓羽、贾午、黄大卫、齐贝贝站在童言的墓地前。乔晓羽把一束鲜花放在墓地前。贾午盘腿坐到地上。

贾午：童言啊，你知道我们高三有多苦吗？你小子算是躲过了……

齐贝贝：童言学习那么好，根本不需要突击好吗，清华北大随便挑！童言，别听他胡说……

齐贝贝突然有点哽咽，回过头不说话。

黄大卫走过来轻拍齐贝贝安慰她。

乔晓羽轻轻蹲到童言遗像前。

乔晓羽：（微笑）童言，你睡得好吗？小时候，大院里的叔叔阿姨总说你每天像没睡醒一样，我现在才知道，你一直都很累，一直在努力支撑着……（流下眼泪）这次你可睡够了吧……有没有听到我们说话？大家都考上大学了，我们专门来告诉你，你一定很高兴……对了，今年数学可难了，我考得挺好，你放心吧……（笑着流泪）我把卷子给你拿来了，你做做，可别偷懒，看看你还能不能考满分……（泪流满面）

乔晓羽流着泪把一份卷子放在童言墓前。

贾午、齐贝贝、黄大卫低着头。

18-23 大巴车内　日

大巴车行驶在路上。

大巴车上，乔晓羽、齐贝贝坐在一排，贾午、黄大卫坐在她们后面。

乔晓羽：贝贝，你的通知书还没有给你爸妈看吗？

齐贝贝：（摇头）他们最近特别忙，而且，我也有点害怕……

乔晓羽：齐叔那么宠你，高阿姨是医生，医者仁心，会理解你的。

齐贝贝：反正早晚都有一场暴风雨，该来的总会来……工作和职业是一辈子的，我不能违背自己的本心……还好有你们一直鼓励我……

乔晓羽：（轻笑）我们再怎么鼓励也比不上栗子哥吧……

齐贝贝：（脸红）连你也学坏了！

乔晓羽：好了不逗你了……栗子哥放暑假怎么还不回来？

齐贝贝：不知道怎么回事，最近一直没收到他的信，好不容易打通了电话，他说又找了一份实习工作，想趁暑假多锻炼自己，顺便也挣点钱。

乔晓羽：栗子哥真是好样的，我以后也要向他学习。

齐贝贝：不行，以后你就算再忙，暑假也得去找我玩儿！

乔晓羽：知道了，我的大贝贝！

黄大卫：你们玩儿也带我呗，我可以保护你们！

贾午：黄毛儿又开始吹牛了……

黄大卫：（对贾午）警告你啊，以后不准叫我黄毛儿了，叫我黄警官！

乔晓羽、齐贝贝、贾午：（一起）Yes,黄Sir！

大家笑起来。

齐贝贝：你们见到童飞了吗？

大家沉默摇头。

齐贝贝：真没想到，他考了这样的分数……

贾午：今天我打电话叫他一起来，他说有事来不了，哎，越来越疏远咱们……我是没办法了，（拍黄大卫）以后只有靠黄警官看着他了！

黄大卫：（无奈）你觉得……我看得住他吗？

乔晓羽若有所思，望着车窗外。

18-24 破旧篮球场　日

废弃工厂的篮球场，两队人打篮球。童飞和小黑都在场上。童飞投三分球，篮球应声入筐。威哥得意地笑着走过来。

威哥：好球啊，童飞！你现在已经练出来了，打这些小毛孩一点问题都没有！

威哥从钱包里拿出一摞钱，塞给童飞。

威哥：好好干，哥哥我赚钱的门道多了，以后咱们一起做大生意！

童飞把手里的钱还给威哥。

童飞：恐怕我以后不能再来了。

威哥：什么意思？

童飞：我考上大学了。

威哥和小黑惊讶地看着童飞。

威哥：（不敢相信自己的耳朵）童飞，你别逗了，你的成绩门门垫底……以为我不知道吗，怎么可能考上大学？

童飞从兜里掏出一张纸，递给威哥。

威哥打开，看着上面写着"江城市警官学院"，愣住了，小黑也凑过来看。

童飞：这是通知书的复印件。

威哥抬起头，愣愣地看着童飞。

威哥：（低头看纸上的文字）警官……学院？不可能……

童飞：所以，威哥，以后我不能跟着你干了，而且，我毕业以后，咱们……最好也不要再见面，你说呢？

童飞轻笑，转身离开，把篮球重重拍在地上。

（慢镜头）篮球高高弹起在童飞和威哥之间。

威哥：（慢慢转向小黑）他考上警官学院？你为什么不告诉我！

小黑：（手足无措）威哥，我真的不知道啊……

威哥：（恼羞成怒）你不是说他学习成绩倒数第一，和你一样，哪儿也考不上吗？

小黑：前几次模考，他成绩确实提高了，我一直以为，他抄别人的卷子呢！

威哥：（打小黑的头）高考怎么抄！你告诉我高考怎么抄！我没考过，都知道高考抄不了！

小黑：（拼命护头）威哥，威哥！我什么也没考上，我跟着你！我跟着你！

威哥：你跟我？你是个笨蛋！我要你干嘛！

威哥转身，恨恨地瞪着童飞走远的背影。

18-25 街边小吃摊　　日

小黑坐在一个桌子前喝着啤酒，吃着花生米。

一个人走过来，坐到桌子旁。

小黑：（没抬头）起开，这桌有人。

童飞：我也不能坐吗？

小黑：（抬起头，惊讶）童飞？

童飞：（轻笑）怎么了？

小黑：我以为……不会再见到你了。

童飞拍拍小黑的肩膀，坐下。

小黑：说实话，我真没想到你能考上大学……

童飞：我也没想到。

小黑：你弟弟……

小黑下意识抬起头看童飞，童飞轻笑，示意小黑继续说。

小黑：童言成绩那么好，你们是亲兄弟，你本来就很聪明的。

童飞：我也没考多好。

小黑：已经很好了，童飞，我真佩服你。这大半年，你过得不容易，身上受了那么多伤……

童飞：（自嘲笑笑）身上疼，心里就不那么疼了……

小黑愣住，沉默。

童飞端起酒杯，喝了一口啤酒。

小黑：以后就要叫你警官了，真好……对了，还会有枪吧？

童飞：当了刑警才有枪。

小黑：小时候我可喜欢枪了，每天都盼着长大以后当解放军，拿着枪打敌人……（眼圈红了）可是你看我现在，成天鬼混，什么也没考上，我爸妈都嫌我丢人，看见我就烦……

童飞：你以后有什么打算？

小黑：能有什么打算，只能跟着威哥在清城混了。

童飞：既然有梦想，为什么不去努力？

小黑：我？梦想？我这样的人，配有什么梦想……

童飞：你刚才不都说了吗？

小黑疑惑地看着童飞。

童飞：这个假期时间不多了，我回去陪陪家里人，先走了。

童飞拍拍小黑，起身离开。

小黑疑惑地拿着啤酒喝了一口。

18-26 医院门口　日

医院大楼上写着"清城市人民医院"。

齐贝贝背着书包，犹豫不决地站在医院门口。

18-27 医院门诊楼　日

齐向前穿着保安服装站在门诊楼里，嘱咐两个年轻保安一些事情。齐向前转头，看到齐贝贝站在门诊楼门口。

齐贝贝尴尬地微笑，慢吞吞地走到齐向前面前。

齐向前：贝贝？你怎么来了？

齐贝贝：爸。

齐向前：你怎么不在家等通知书，出什么事儿了吗？

齐贝贝正准备说话。

孙院长：（画外音）这是贝贝吗？

齐贝贝抬头，看到穿着白大褂的孙院长走过来。

齐向前：孙院长，贝贝，快叫孙伯伯好！

齐贝贝：孙伯伯好！

孙院长：（笑）贝贝好，哎呀，真是大姑娘了，今年高考怎么样？伯伯早就听说你成绩特别好，是不是要加入我们医生行列啊？

齐向前：孙院长，您过奖了……还不知道能不能考得上呢……哈哈哈……

齐贝贝：爸，录取通知书……到了……

齐向前：到了？真的？快给我看看！

齐贝贝从书包里拿出录取通知书，犹豫着递给齐向前。齐向前一把拿过来，兴奋地打开，表情由高兴慢慢变成惊讶，又变成生气。

齐向前：农业大学？！

孙院长：（凑过来看通知书）兽医专业？

齐贝贝胆怯地看着齐向前。

齐向前：贝贝！你怎么？你怎么报了这个专业！

齐贝贝：爸……

齐向前：你不是说要当医生吗！

孙院长：老齐啊，别吓着孩子，兽医也是医生啊……

齐向前：孙院长，我……

齐贝贝：爸，你先忙，我……去找我妈……

齐向前：别去！你妈今天还有手术，你要气着她，影响了做手术，我饶不了你！

孙院长：老齐，冷静冷静，有话慢慢说……

齐向前：是是，院长……（对齐贝贝）你给我赶紧回家待着，等我们回去再说！

齐贝贝：（撇嘴）好……（对孙院长）孙伯伯，我先走了，再见，谢谢您……

孙院长：好孩子，先回去吧，我劝劝你妈妈，啊！

齐贝贝转身离开，齐向前无奈地看着孙院长。孙院长拍着齐向前的肩膀安慰他。

18-28 小区民宅　齐贝贝家　日

客厅，齐向前和高洁坐在沙发上，表情严肃，齐贝贝站在对面。

桌子上放着齐贝贝的录取通知书。

高洁：贝贝，你这是要活活气死妈妈啊……

齐贝贝：妈……我不是……

高洁：你忘了妈妈从小是怎么培养你的了吗？

齐贝贝：我没忘……

高洁：你才上幼儿园，就跟我说，以后我要像妈妈一样，救死扶伤……你……你这是干什么啊？

齐贝贝：妈，给动物治病，也是救死扶伤啊……

高洁：（气得捂住胸口）你！

齐向前：贝贝！你别气你妈妈了，行吗！

齐贝贝：我没有啊！我说的是实话啊！爸、妈，这一年多我一直在宠物医院帮忙，见了太多生离死别。对主人来说，宠物也是他们的亲人，有时候，甚至比亲人还亲……救治它们，让它们健康地生活，也是为人类做贡献啊！

齐向前：你……一直在宠物医院帮忙？

高洁：你还瞒着我们干了多少事？

齐贝贝：我没有！就是害怕你们会有这样的反应，才不敢跟你们说……这么多年来，你们一直把自己的想法强加给我，从来没有问过我有什么想法。这一次，我不想再违背自己的意愿了！爸妈，希望你们理解我，支持我一次，可以吗？

高洁慢慢沉到沙发上，绝望地摇头。

高洁：不行，绝对不行……

齐向前：可录取通知书都来了，咱们怎么办？

高洁：退学！复读！

齐贝贝：（气得哭出来）不，我不要复读！我已经考上了自己最喜欢的大学、最心仪的专业！为什么要复读，我不要！

高洁：你不听话了是吧？好，你翅膀硬了，你去吧，你去当兽医吧！你走，你给我走！

齐贝贝：走就走！

齐贝贝转身离开家，"砰"地关上门。

齐向前：哎呀，你再生气也不要撵她走啊！

齐向前追出家门。

高洁气得捂住胸口喘气。

18-29 小区民宅　乔晓羽家　日

客厅，乔晓羽拿着电话听筒接电话，齐向前焦急地站在旁边。乔卫国、沈冰梅、贾午也站在周围。

乔晓羽：（拿着听筒）嗯，嗯，知道了，等会儿我和贾午就出发，咱们在火车站碰面！

乔晓羽放下电话听筒。

齐向前：（急切）怎么样了？贝贝去哪儿了？

乔晓羽：您别着急，贝贝跟黄毛儿借了点钱，走的时候说要去龙城，这个黄毛儿，都不知道拦住贝贝……齐叔，我应该知道贝贝要去哪里，现在我们就去把她找回来，您放心！

齐向前：那……我也一起去吧？

贾午：叔叔，现在您去了，恐怕她还是怄气不出现，还是我们去吧。

乔卫国：老齐，让孩子们去吧，他们马上就要上大学了，相信他们能处理好这件事。

齐向前无奈点头。

沈冰梅把书包拿过来，递给乔晓羽。

沈冰梅：一定要注意安全，好好劝贝贝，随时给家里打电话。

乔晓羽点头，和贾午走出家门。

乔卫国搀扶着齐向前坐到沙发上。

18-30 火车上　日

乔晓羽、贾午、黄大卫在火车车厢里快走，边走边四处寻找。

车厢里有人吃东西，有人聊天。

齐贝贝坐在座位上，看着车窗外的风景。突然头被打了一下。

齐贝贝：（捂头）哎呀！

齐贝贝一抬头，发现是贾午打自己，又惊讶又生气，看到乔晓羽、黄大卫也在旁边，齐贝贝委屈得快哭出来。

齐贝贝：（哽咽）晓羽……

乔晓羽赶紧走过去抱住齐贝贝。

齐贝贝：（边哭边说）你们怎么知道我在这儿？

乔晓羽：今天去龙城的火车就这一趟，你不在这儿能在哪儿……贝贝，你也太不够朋友了，心情不好也不告诉我，自己一个人离家出走……

齐贝贝：晓羽，我……我真的不想复读……我也不想回家……

乔晓羽：好了好了，叔叔阿姨刚知道这件事，肯定一下子接受不了，回去再跟他们好好沟通一下……

齐贝贝：沟通没用，他们根本不可能理解我……

黄大卫：你突然从给人看病，变成给动物看病，换谁也不能理解啊……

齐贝贝：（瞪黄大卫）哼！我以后就给你看病！

黄大卫：（迷糊）给我看病？为什么？

贾午和乔晓羽忍不住笑了。

乔晓羽：贝贝，你去龙城，是要去找栗子哥吧？

齐贝贝：我……是啊，突然很想找他聊聊……

乔晓羽：好吧，我们就陪你疯一次，不过，只准疯这一次哦。

齐贝贝靠着乔晓羽的肩膀若有所思。

贾午：咱们就当毕业旅行吧，你说呢，黄毛儿？（对齐贝贝）都已经出走了，干脆开心点！

黄大卫：就是，看我们俩带了什么？

乔晓羽、齐贝贝：（一起）带了什么？

贾午和黄大卫一起把书包打开，露出一大堆零食和磁带。

贾午、黄大卫、齐贝贝、乔晓羽对视一笑，抢着零食吃起来。

乔晓羽和齐贝贝坐在一起，每人耳朵

里一个耳机，耳机线连在一起，座位旁边摆着金海心的专辑《把耳朵叫醒》。

18-31 街道　夜

街道边，乔晓羽在电话亭里拿着听筒打电话。

贾午、齐贝贝、黄大卫在电话亭外打闹。

乔晓羽：（拿着听筒）嗯……找到贝贝了，我们在工商大学附近，黄叔叔已经帮我们联系了一家宾馆，明天就回清城，放心吧。男生们也很听话……嗯……嗯……知道了，我们会把贝贝好好带回去的……

乔晓羽放下电话听筒，从电话亭里走出来。

贾午：怎么样，小队长？

乔晓羽：还能怎么样，每个爸妈都嘱咐我一堆……（对齐贝贝）走吧，我们一起给栗子哥一个大惊喜！

齐贝贝：大学那么大，我们怎么找到他啊？

贾午：反正已经知道他是哪个系了，打听呗！

黄大卫：（无奈）唉，咱们三个……马上就要变成三只明晃晃的大灯泡了好吗……

贾午：（拽黄大卫）走！提前看看大学长什么样！

四人一起蹦着跳着走在街道上。

18-32 酒吧　夜

栗凯在酒吧小舞台唱完一曲，准备收起吉他。

乐芯在远处餐桌收拾餐具，突然发出"啊"的一声。

栗凯听到声音，放下吉他跑到乐芯身边。

栗凯拿着乐芯的手查看，原来是破了的餐具把乐芯的手划伤了。

栗凯：（担心）划得很深，得包扎一下。

乐芯偷偷看着栗凯的表情。

18-33 大学门口　夜

大学门口石碑写着"龙城工商管理大学"。

乔晓羽、齐贝贝、贾午、黄大卫沿着街道走到大学门口。

乔晓羽：到了！

齐贝贝：（感叹）好大啊！栗凯就在这里上学……

贾午：你不是看过照片吗？

齐贝贝：那能一样吗，亲眼看见的，可比照片气派多了！

黄大卫：（看着远处）你们看，那不是……

远处一家药店门口，栗凯从药店里面走出来。

齐贝贝开心地挥手，正想叫出声，突然停住。

远处药店门口，栗凯匆匆走向乐芯，打开药膏，给乐芯上药，然后拆开一个创可贴，小心地给乐芯贴上。乐芯抬起头，幸福地望着栗凯。乐芯突然打了个喷嚏，栗凯看乐芯穿得很单薄，脱下衬衣，轻轻给乐芯披在肩上。

望着这一幕的齐贝贝眼神呆住，表情越来越难过。

乔晓羽担心地看着齐贝贝。贾午和黄大卫也尴尬地看着齐贝贝。

乔晓羽：贝贝，这个女孩看起来……像是栗子哥的同学……

黄大卫：(对贾午)怎么办？

贾午：(叹气)来都来了，打个招呼呗。

贾午向栗凯走去。齐贝贝愣愣地站在原地。

贾午走到栗凯身后。

贾午：栗子哥！

栗凯转头发现贾午，一脸惊讶。

栗凯：贾午，你怎么在这儿？

贾午：唉，一言难尽啊，不过……(小声)我提醒你，你可能有麻烦了……

栗凯一脸疑惑，突然看到了远处的齐贝贝、乔晓羽和黄大卫，赶快走向齐贝贝。

栗凯：贝贝，你怎么也来了？晓羽，黄毛儿？你们这是……这到底怎么回事？

乔晓羽：栗子哥，贝贝接到了农业大学的录取通知书，她爸妈很生气，所以……

齐贝贝：(打断乔晓羽)晓羽，别说了……

栗凯走到齐贝贝面前，想牵住她的手，齐贝贝把手移开。

齐贝贝：(抬起头，流泪)我终于知道，你为什么不回信了，我终于知道，你为什么连放暑假也不回家了，我都知道了……

栗凯：你怎么了？是看到乐芯了吗？不是的，你误会了，她只是我的朋友……

齐贝贝：朋友？……是女朋友吧……

栗凯：不是，贝贝……

齐贝贝：你别说了，我相信我看到的……对，毕竟你已经是大学生了，可以光明正大地谈恋爱了，是我误会了，是我傻……

齐贝贝哭着转身跑远。

栗凯：贝贝！

栗凯赶紧追上去。乔晓羽、黄大卫也跟着跑远。

贾午看了一眼乐芯，无奈地转身，也跟着跑远。

乐芯呆呆站在原地，望着大家的背影。

18-34 组镜

金海心《红帆船》[①]音乐响起。

歌词：城市的天空，不再蔚蓝，昏黄的晚风，吹不散，起起落落的谎言。生活有太多，暧昧的答案，破碎的节奏，能否还我，从容完整的时间。多么不愿，闭上双眼，却又兀自沉醉，那儿时的梦幻。早该忘却，昨日誓言，却又默默等待，那一叶远去的红帆船……

[①] 《红帆船》由刘蜀秋作词，三宝作曲，金海心演唱，收录在金海心1999年发行的专辑《把耳朵叫醒》中。

齐贝贝在夜晚的街道上哭着奔跑，栗凯着急地追跑。齐贝贝不小心跌倒，栗凯跑过来想扶起她。齐贝贝把栗凯推开，蹲在地上痛哭。

乔晓羽、贾午、黄大卫气喘吁吁站在后面，看着栗凯和齐贝贝。

齐贝贝、乔晓羽、贾午、黄大卫坐在回清城的火车上，齐贝贝呆滞地望着车窗外。

火车开动，栗凯在火车外奔跑，着急地向齐贝贝招手。齐贝贝扭转头，不看车窗外。栗凯跟着火车跑了很远，最后累得停下，看着远去的火车。

火车上，齐贝贝闭着眼流泪。

18-35 火车上　日

齐贝贝趴在火车小桌子上，慢慢醒过来。

乔晓羽：贝贝，你醒了？

齐贝贝落寞地点点头。

乔晓羽：你看，下雨了。

火车车窗外，大雨倾盆。乔晓羽、齐贝贝、贾午、黄大卫望着车窗外。

齐贝贝：（喃喃自语）又下雨了……

乔晓羽：（画外音，成年）小时候，我以为这样的日子，这样的朋友，会永远存在，不会改变，后来才知道，那只是人生中短暂的一瞬；长大后，我以为那样的日子，那样的朋友，只是人生中短暂的一瞬，根本不必在意，现在才明白，那些人、那些事，早已变成我生命的一部分，永远都不会消失。

车窗外，雨越来越大，大家沉默无言。

齐贝贝靠着乔晓羽，乔晓羽轻轻摸摸齐贝贝的头发。

齐贝贝：（低沉）贾午，今天几号了？

贾午：嗯……8月18号。

齐贝贝：（苦笑）你们说得对，今天……真的是世界末日……

贾午、黄大卫怔住，乔晓羽轻轻抱住齐贝贝，齐贝贝流下眼泪。

18-36 火车站　日

乔晓羽、齐贝贝、贾午、黄大卫走出火车站台，站台外还在下着蒙蒙细雨。

远处，齐向前、高洁撑着伞站在站台外，乔卫国、贾有才拿着几把伞，向孩子们招手。

齐贝贝望着齐向前和高洁，眼圈红了。

18-37 小区民宅　齐贝贝家　日

卧室，齐贝贝窝在床上睡着了。高洁轻轻给齐贝贝盖好被子，离开卧室。

18-38 小区民宅　齐贝贝家　日

客厅，高洁和齐向前坐在沙发上，沉默对视。

门铃声响起。高洁打开门，门外站着全身湿透的栗凯。

栗凯：高阿姨。

高洁沉默，叹气。

栗凯：高阿姨，我知道你们现在不

愿意看到我，我只想知道，贝贝她怎么样了……我能见见她吗？

高洁：栗凯，以前咱们两家是邻居，你是阿姨看着长大的，可是现在阿姨只能狠下心跟你说，不能……贝贝睡了，不想见任何人，你回去吧。

栗凯想说话，高洁直接把门关上。

窗外还下着小雨。齐向前走到窗前，看向窗外。

从窗户向下望去，栗凯孤零零地站在雨里。

齐向前：还没走。

高洁：唉。

齐向前：我去跟他聊聊吧。

齐向前拿着两把雨伞走出家门。

18-39 齐贝贝家小区　日

雨中，齐向前把一把撑开的雨伞递给栗凯。

栗凯：谢谢齐叔。

齐向前：栗凯啊，小时候，整个文工团大院，你最讨厌的人应该就是我吧？

栗凯低头沉默。

齐向前：我一出现，肯定要找你爸的麻烦，对吗？

栗凯：我爸年轻时候……是做过错事。

齐向前：所以你应该清楚，我和你爸，不可能成为一家人。

栗凯：可是他现在已经……

齐向前：栗凯，我从来没有因为大人之间的矛盾影响你们下一代，你和贝贝在一起玩儿，做朋友，我们从来没有干涉过吧？

栗凯：齐叔，我喜欢贝贝。

齐向前：她也喜欢你吗？

栗凯点头，又摇头。

栗凯：她……可能已经不喜欢我了……

齐向前：为什么？

栗凯：她觉得我很久都不理她，也不给她写信，现在还误会我和别的女孩在一起。

齐向前：栗凯，你和你爸……还是不一样，你是个实在孩子。叔叔也不瞒你了，你写的信，是我们收起来了。

栗凯抬起头看着齐向前。

齐向前：虽然现在已经不讲究门当户对了，可是，我们是大人，考虑问题，要长远一些。如果你们根本就不合适，那就没必要开始，这样以后就不会太痛苦。

栗凯皱眉，握紧拳头。

齐向前：你挺优秀的，也考上了大学，叔叔阿姨祝福你前途光明，以后……就不要再找贝贝了。现在她已经走偏了，按照我们的意思，她接下来会复读，将来还是要考医学院的……

栗凯：（恳求）齐叔！我可以不再见贝贝，可是让她自己选择专业吧，这不是走偏了，这是她真心喜欢的事情！

齐向前：（突然明白过来）我想起来了，是你收养了那只流浪猫吧？

栗凯：（低头）……是我。

齐向前：怪不得……贝贝现在还很单

纯，不过以后她会理解我们的。你走吧……

栗凯：齐叔，您见过贝贝救治的小动物的样子吗？我见过，她真的爱那些小生命，在治疗小动物的时候，她的眼睛里闪着幸福和善良的光！以后……以后，我保证，绝对不会再打扰她，可是我真的希望她开心快乐，做自己喜欢的事……求你们了！

栗凯朝齐向前深深鞠躬。

齐向前受到触动。

栗凯把雨伞还给齐向前，在雨中转身走远。

18-40 小区民宅　齐贝贝家　夜

卧室，齐贝贝窝在床上睡觉。

客厅，高洁和齐向前无奈对视，两人看着桌子上放着的录取通知书。

18-41 小区民宅　贾午家　日

一只手拿起一份录取通知书。

金艳丽拿着录取通知书笑着翻看。

金艳丽：儿子，妈妈这辈子也没想到，你还能从事艺术行业！虽说我跟你爸都是老文工团了，可是我们俩一直觉得你身上一点艺术细胞都没有啊！哈哈哈……

贾午：（翻白眼）妈，您是亲妈吗？我都已经考上了，您就别讽刺我了，好吗……

金艳丽：好了好了，不逗你了，我们儿子以后可是大导演啊！

贾午：（得意）那是！

金艳丽：儿子，眼前就有一个大项目需要你来导啊！

贾午：（疑惑）什么项目？

18-42 阳光休闲城宴会厅　日

宴会厅里回响着《结婚进行曲》的音乐。镜头围着贾午、金艳丽、贾有才环绕一周。

大厅里摆满了气球、鲜花、彩带，一副婚礼现场的摆设。

大厅明显的位置摆放着贾晨和杨帆的结婚照。

贾有才和金艳丽一人一边，分别牵起贾午一只手。

金艳丽：你姐工作太忙，不可能提前回来准备。

贾有才：既然你以后是个导演，这里就交给你了！

金艳丽、贾有才：（一起）爸爸妈妈相信你！

金艳丽、贾有才飞快地离开大厅。

贾午：（看着金艳丽、贾有才的背影）爸，妈，我又不是婚庆公司导演！妈！

贾午无奈地盘着腿坐在大厅中心。

第十九集

也许这会是最好的结局

19-1 阳光休闲城宴会厅　日

贾晨和杨帆的婚礼现场，花团锦簇，宾客盈门，一派热闹景象。

主持人在台上活跃气氛，贾午、乔晓羽作为伴郎、伴娘分别站在杨帆和贾晨旁边。

台下一桌桌酒宴，人来人往，热闹非凡。

贾有才、金艳丽和杨帆的父母、亲戚坐在一桌。

乔卫国、沈冰梅、栗铁生、童振华、许如星、齐向前、高洁和一些邻居坐在一桌。

齐贝贝、黄大卫、童飞、栗凯和几个年轻人坐在一桌。

主持人：（热情洋溢）尊敬的各位来宾，尊敬的各位亲朋好友，在这个喜庆的日子里，我们相聚在这鲜花簇拥、喜庆欢乐的宴会大厅，共同为杨帆先生和贾晨小姐举行新婚礼宴，我代表两位新人向各位亲朋好友表示真诚的欢迎和衷心的感谢！大家可能还不知道，咱们新郎和新娘啊，那可是一见钟情、二见生情、三见倾心、四见非你不娶、五见爱你一生、六见护你一世……（话音渐弱）

台下宾客笑声一片。

沈冰梅和许如星坐在一起，沈冰梅轻轻握住许如星的手，许如星挤出一丝微笑。

金艳丽、贾有才端着酒杯过来敬酒。

金艳丽：童厂长、如星，童飞考上了警官学院，真争气啊！

贾有才：是啊！说实话，我们都没想到童飞能……

金艳丽用胳膊捅贾有才。

贾有才：（意识到自己说错话）童飞啊……从小就又结实又机灵！还真是个当警察的好苗子！哈哈……

童振华：老贾说得没错，我们也没想到他能考上大学，这大半年他挺拼命的，还要感谢贾午、晓羽、贝贝、栗凯，孩子们在一起互相鼓励，比我这个爸爸有用多了……

栗铁生和齐向前不经意对视，又赶紧移开眼神。

乔卫国：童飞不容易……孩子们高三这一年都不容易……

贾有才：就是就是，（端酒杯）来来来，咱们老邻居们干一杯！

一桌人端起酒杯碰杯。

另一桌，童飞偷偷看向台上穿着伴娘服的乔晓羽。

栗凯下意识看向齐贝贝，齐贝贝故意扭过头，不看栗凯。

黄大卫大口吃着美食，发现大家神情不对，沮丧地摇头，喝了一大口啤酒。

台上，主持人示意贾午和乔晓羽上前。

主持人：下面请新郎、新娘交换戒指，以表示他们对爱情的忠贞不渝！

贾午、乔晓羽把戒指分别送给杨帆和贾晨。杨帆和贾晨给对方戴上戒指。

主持人：请各位来宾为这对新人送上真诚的祝福，祝福他们执子之手、与子偕老……

台下，大家纷纷鼓掌。金艳丽看向贾午和乔晓羽，偷偷对贾有才耳语。

金艳丽：你看伴郎和伴娘，是不是也很般配？

贾有才：小声点！等会儿乔主任听见了，得跟你急！

金艳丽偷笑。

贾晨、杨帆端着酒杯开始敬酒。

齐向前和高洁暗暗观察齐贝贝和栗凯。

齐向前：（跟高洁耳语）今天贝贝和栗凯见面，有没有什么不对劲的？

高洁：（远远跟齐贝贝看着）我一直看着她呢，挺开心的，没什么反应。

齐向前：那就好。

贾午、乔晓羽回到座位，和齐贝贝等人坐到一桌。

齐贝贝：晓羽，你今天真好看，等你以后结婚，我给你当伴娘！

乔晓羽：（笑）你肯定比我早嫁出去，还是我给你当吧！

齐贝贝：那你可得小心，听说当三次伴娘，就嫁不出去了！

贾午、黄大卫：真的？

齐贝贝：你俩着什么急啊？

黄大卫：（逗齐贝贝）贝贝，我看你嫁不出去还是有可能的，放心，到时候要是我也没找到女朋友，我就委屈委屈，帮你个忙，谁让咱俩是好兄弟呢！

齐贝贝：（打黄大卫）我嫁不出去关你什么事！你喝多了吧，满嘴胡说八道！

黄大卫捂住头求饶。齐贝贝突然有点难过，坐下生闷气。黄大卫偷偷看齐贝贝，撇嘴叹气。

乔晓羽和童飞不经意对视，童飞沉默低头。

栗凯也开始喝闷酒。

贾晨、杨帆端着酒杯走过来。贾晨看到大家神情落寞，轻轻摇头。

贾晨：这一个个的是怎么了，都板着脸？嗯？

黄大卫：（傻笑）贾晨姐，我可没有啊！

贾晨：（摸黄大卫的头）黄毛儿表现最好！

杨帆：是不是饭菜不好吃？

黄大卫：好吃，姐夫！可好吃了！

贾晨：（看着大家）我不管你们几个之前闹了什么别扭，今天给姐姐个面子，都开心点！

齐贝贝：（站起身）贾晨姐，姐夫，祝你们新婚快乐……

黄大卫：（站起来）早生贵子！

大家忍不住笑了。

贾午：（对杨帆）姐夫，你保重啊！

杨帆：为什么？

贾晨：（瞪贾午）贾午，你皮又痒了吗？

贾午：（对杨帆）听到了吧，姐夫，这句话以后你会经常听到！

贾晨敲了一下贾午的头。

贾晨：你们下周就要各自出发去不同的城市上大学了吧，这几年吵吵闹闹、分分合合，有开心，也有不开心，能在一起的时光其实很短暂，等再过几年，你们就知道老朋友有多珍贵了！好了好了，都端起酒杯，咱们一起干一杯！

大家分别端起酒杯碰在一起。

19-2 阳光休闲城门口　日

齐贝贝站在门口，若有所思看着远处的车流。栗凯出现在齐贝贝身后。齐贝贝发现了栗凯，转身准备离开。

栗凯：贝贝。

齐贝贝：（冷脸）有事吗？

栗凯：你爸妈……同意你去读农大了吗？

齐贝贝：不麻烦你操心。

栗凯叹气，低头。

齐贝贝有点不忍心，深深叹气。

齐贝贝：不知道怎么回事，突然就同意了。

栗凯：（抬起头）那就好。

栗凯转身准备离开。

齐贝贝：你……

栗凯停住。

齐贝贝：你没有其他要说了吗？

栗凯沉默，摇头。

齐贝贝露出伤心难过的表情。

19-3 阳光休闲城大厅　日

乔晓羽穿着自己的衣服，从换衣间里出来，胳膊上搭着伴娘服。远远看到童飞在宴会厅门口。童飞走过来。

童飞：怎么换下来了？挺好看的。

乔晓羽轻轻微笑。

乔晓羽：你快要穿警服了吧？

童飞：嗯，学生专用的警服。

乔晓羽：肯定很帅。

童飞看着乔晓羽，笑了。

童飞：（停顿）保重。

乔晓羽：你也保重。

19-4 阳光休闲城宴会厅　日

宴会厅里，婚宴接近尾声，宾客们分散离席。

黄大卫和贾午坐在餐桌前，黄大卫有点喝多了，迷迷糊糊地抱着贾午。

贾午：没想到，我姐这么快就结婚了，以后……就不在家里住了，以前一直盼着这一天，可是……今天我怎么这么难受……

黄大卫：（指着餐桌周围）贾午，怎么这几个人都不见了……就剩下咱俩……难兄难弟……

黄大卫抱着贾午，贾午愣愣地看着远处，端起一杯啤酒喝下去。

19-5 小区民宅　栗凯家　夜

栗凯在卧室收拾行李，栗铁生走进来。

栗铁生：儿子，明天就走吗？

栗凯：嗯。

栗铁生：……你和贝贝，到底怎么了？

栗凯：没事。

栗铁生：贝贝可是个好孩子，你别让她伤心。

栗凯：知道。

栗铁生：还有一件事，一直没跟你说……

栗凯转身，看着栗铁生。

栗铁生：过一阵子，你妈要回清城。

栗凯：我明天就走了，你帮我说一声吧。下次有机会再见。

栗铁生：她这次回来……可能不走了。

栗凯：（惊讶回头）不走了？什么意思？

栗铁生：她前些年在深圳太拼了，落了一身的病……去年重病一场，住了好久医院，准备回到清城养老了。

栗凯：（冷笑）养老？才多大年纪就要养老？我看，这是在外面疯够了，无聊了，回来炫耀吧！

栗铁生：栗凯……别这么说你妈！不管怎么样，她都是你妈！她这次是真的需要人照顾……

栗凯：（生气）爸，让我说你什么好！你平时的精明都到哪里去了？她这就是让你伺候她！

栗铁生既生气又无奈，说不出话。

栗凯重重地把行李箱合上。

19-6 酒吧 日

乐芯走进酒吧，远远看到小舞台旁，栗凯从吉他包里取出吉他。

乐芯：栗凯！

栗凯回头，乐芯看着栗凯。

乐芯：暑假还没过完，你怎么提前回来了？

栗凯：参加完邻居姐姐的婚礼，没什么事，就回来了。

乐芯：和贝贝和好了吧？

栗凯摇摇头。

乐芯：怎么了？还没有解释清楚吗？是不是因为我？是我给你添麻烦了……要不……我给她打个电话，或者写封信……

栗凯：跟你没关系，不用解释了。

乐芯：为什么……

栗凯：我们已经不在一起了……也许，根本就没有在一起过吧……

乐芯：栗凯……

栗凯：（挤出微笑）没事了，干活儿吧，等会儿就要开张了。

乐芯皱眉，轻轻点头。

19-7 小区民宅 乔晓羽家 夜

卧室台灯下，乔晓羽坐在书桌前写信。

乔晓羽：（画外音）童言，你好吗？明天我就要上大学了，回想起17岁，就像做了一场梦，梦里有快乐，有悲伤，有希望，有失望……梦醒了，感觉一切都那么不真实，就像那个巨大的月亮，仿佛从来就没有存在过……我会带着这个梦继续上路，童言，请你祝福我……

19-8 组镜

金海心《过去》[①]音乐响起。

---

① 《过去》由科尔沁夫作词，金海心作曲、演唱，收录在金海心2000年发行的专辑《那么骄傲》中。

歌词：列车慢慢地，拉开了距离，还是忍不住，回头看你，阳光开始照进车里，当你身影渐渐依稀，心像沉入谷底。也许这会是，最好的结局，就让梦碎得，如此无声无息，就算身旁陌生人都在看我，泪水忍不住，开始决堤。我想你并不懂我的逃离，虽然你挥手时也有泪滴，你不会懂，这样放弃我需要多少勇气。这一次就让我痛得彻底，不给自己留下挽回余地，让我把伤心带到远方，让爱留在原地，所有过去都不愿再想起……

火车站台，童飞和黄大卫站在火车旁边，两人背着包拖着行李，童振华、许如星、黄警官站在站台边望着两人，黄大卫调皮地敬礼，童飞无奈地把他的手放下去，许如星轻轻拭泪。

齐贝贝坐在火车上，托着头，呆望着车窗外飞驰而过的风景。

大学迎新现场，人来人往，大一新生们找到各自的学院横幅报到。贾午拖着行李，远远看到"艺术学院"的横幅，兴奋地跑了过去。

乔晓羽拖着行李走到一座宿舍楼楼下，一个男生跑过来帮乔晓羽拎行李，乔晓羽赶紧表示谢意。男生拎着行李快步上楼，乔晓羽跟在后面。乔晓羽推开宿舍房门，里面有三个女生，正在窗边看外面风景，回头开朗地对乔晓羽挥手打招呼，乔晓羽微笑。

19-9 文工团小区　日

镜头从金艳丽的脸移动到沈冰梅的脸，两人一低一高，眼神迷茫地望向远处。

金艳丽坐在秋千上，沈冰梅站在她后面。

两人背后的银杏树慢慢掉下一片叶子。

金艳丽：冰梅，今天不是周末吗，院子里好冷清啊。

沈冰梅：是啊，孩子们都离开家了。

金艳丽：真不习惯……咱们小区院子就没这么安静过……

沈冰梅：贾晨前几年上大学，你不是已经经历过一次了吗，怎么还不习惯？

金艳丽：贾晨上大学以后，贾午还在家里，好像也没觉得怎么样……这回贾午上大学了，贾晨也结婚了，突然这心里空落落的……

沈冰梅：是啊，这一年，我也感觉自己老了好多……

金艳丽：咱们有多少年没有坐过这个秋千了？

沈冰梅：怎么也有七八年了吧？

金艳丽：来，推推我，今天咱们也返老还童一把！

沈冰梅笑着推秋千，金艳丽在秋千上也大笑起来。

突然，金艳丽笑着的脸慢慢愣住，盯着远处，沈冰梅也停下动作，看着同样的方向。

栗铁生穿着西装，头发梳得油光锃亮，从自己家单元门口走过来，腿脚不协调，表情也不自然。

金艳丽和沈冰梅疑惑地看着栗铁生。

金艳丽：老栗子，你这是……要去相亲吗？

栗铁生：艳丽……你别逗我了，一把年纪了，相什么亲……

沈冰梅：栗大哥今天太精神了！

金艳丽：咳，咱们老栗子本来就很精神，以前是没好好打扮而已！

栗铁生嘿嘿地笑。

金艳丽：（笑）你这是要去干什么？快点如实交代！

栗铁生：我……我去见……见个朋友……

金艳丽、沈冰梅：（笑着点头）哦，见个朋友……

栗铁生不好意思地笑。

19-10 门卫室　日

文工团小区门卫室里，贾有才在桌子上翻找报纸杂志。看门大爷坐在旁边打瞌睡。贾有才抬头看到栗铁生从窗前经过。

19-11 文工团小区　日

贾有才走到门卫室门口。

贾有才：老栗子，干吗去？晚上别忘了……（做一系列演奏架子鼓的夸张动作）。

栗铁生：放心吧，忘不了。

贾有才低头，看到栗铁生手里提着一个工具箱。

贾有才：拿着你的宝贝工具箱干什么，不会还兼着别的活儿吧？

栗铁生：我哪有那本事……就是帮一个朋友修理家具……

贾有才：朋友？你有几个朋友我还不知道？谁啊？

栗铁生：一个老朋友……（眼神躲闪）贾老板，我先走了，晚上见。

贾有才：（疑惑）老朋友……

栗铁生脸红，趁贾有才皱眉疑惑，赶紧转身离开小区。

贾有才还在疑惑着念叨。

19-12 小区楼道　日

乔卫国从家里出来，正好碰到栗铁生也从对面出来。

栗铁生：师哥，你也出门？

乔卫国：嗯，出去买点……

乔卫国看到栗铁生手里拎着一堆蔬菜和生肉。

乔卫国：你这是……出门吗？

栗铁生：（不好意思）我……我去看望一个朋友……

乔卫国：哦……

栗铁生：师哥，那我先走了。

栗铁生快步下楼梯。

乔卫国：（疑惑）看望朋友，带着蔬菜？

19-13 小区民宅　贾午家　日

贾有才、金艳丽、沈冰梅：（一起）朋友？

乔卫国：是啊，老栗子拎着一堆蔬菜和生肉，我还奇怪呢，看望什么朋友，要带这些东西?

客厅,金艳丽、沈冰梅吃着餐桌上的坚果。

贾有才:看来老栗子确实有情况啊,这么多年,他哪有什么咱们不认识的朋友,你说呢,艳丽?

金艳丽吐出瓜子壳。

金艳丽:我猜的准没错,肯定是女的!前两天老栗子西装革履地出门,笑得合不拢嘴,这不是去见女的,我打死都不信!

贾有才:哎?不对啊,老栗子白天在团里,晚上在咱们休闲城,哪有机会认识新的人?我怎么从来没见过?

沈冰梅:也许……是老朋友?老同学?

贾有才、乔卫国、金艳丽若有所思地点头。

19-14 小区民宅　周青云家　日

一双手端着一盘菜放到餐桌上。周青云看着餐桌上的一桌子菜,抬头看着栗铁生。栗铁生微笑,转身走向厨房。

周青云:老栗,别忙活了,够多了,快坐下吃饭吧。

栗铁生:好。

栗铁生坐到餐桌旁,和周青云一起吃饭。周青云给栗铁生夹菜。

周青云:这些日子多亏了你,忙东忙西的,要不然这屋子都没法住人,谢谢……

栗铁生:你刚回到清城,哪儿都不熟,而且身体刚恢复,我做这些都是顺手,不用这么客气。

周青云:这次回来清城变化真大,好多地方都不认识了。

栗铁生:是啊,一晃又是两年……

周青云和栗铁生默默吃饭,两人互相给对方夹菜,筷子碰到一起,尴尬地微笑。

栗铁生:这次你怎么一个人回来了?

周青云:哦,我哥和嫂子担心我的身体,也想送我回来的,可是公司走不开。我这么大人了,还有什么不放心的,我哥还把我当小姑娘,其实早就成老太太了……

栗铁生:你一点都不老,还像以前一样……

周青云不好意思地微笑。

栗铁生:其实,我还以为那个男人会和你一起回来……

周青云:(疑惑)男人,哪个男人?

栗铁生:……那次,我看到有个人开着车在外面等你,还以为……

周青云:(努力回忆)哦……我想起来了,那是我们在清城的代理商,给我送合同的,你误会了……

周青云和栗铁生对视,栗铁生不好意思地低头。

周青云:(微笑)儿子最近怎么样?我给他寄了一些东西,也不知道他收到没有。

栗铁生:都收到了,他最近……心情不太好……

周青云：心情不好，为什么，出了什么事？

栗铁生：其实也没什么，应该是因为失恋吧……

周青云：失恋？

周青云放下筷子。

19-15 大学校园　日

校园里人来人往，食堂门口，学生们进进出出。

栗凯背着书包，低着头，无精打采地经过食堂门口，抬头看了一眼食堂大门，又低下头准备走。

突然，栗凯被人从身后打了一下，有点生气，回头发现是乐芯。

栗凯：（有气无力）干吗打我……

乐芯：我知道上午你们有专业课，说，为什么逃课？

栗凯：昨晚喝了点儿啤酒，今天起不来……

乐芯：别的课也就算了，这么重要的课，怎么能不上呢？你上学期还得了奖学金，难道这学期想挂科吗？

栗凯：知道了……就是干什么也提不起精神……

乐芯：几个月前游行示威喊口号那么坚定，这么快就颓废了……

栗凯：我没有！

乐芯：栗凯，我知道你现在很难受，可是你真的不能再这样下去了！

栗凯坐到旁边的长凳上，用手臂支撑着头。

栗凯：（无精打采）以前，每天只想着努力学习，努力打工赚钱，好像在黑夜里跑步，前面有一盏微弱的灯，我只要拼命往前跑，就能看到方向。可是现在，突然不知道那盏灯在哪里了……

乐芯慢慢坐到栗凯旁边。

乐芯：（望着远处）那盏灯就是贝贝，对吗？

栗凯沉默不语。

乐芯：你上大学就只是为了谈恋爱吗？就算是，那你现在这么混日子，贝贝就看得起你，她父母就能看得上你吗？游行示威时那些豪言壮语都忘了吗？

栗凯：（低头）我没忘……我会慢慢调整状态……

乐芯：慢慢调整？没时间了，你今天……不！（站起身）现在！现在就把努力方向定下来！

栗凯：（一脸懵懂）什么？现在？

乐芯：（在栗凯面前踱步）你是学管理的，今后可以去国企、私企……还可以考公，不过你理论成绩好，考研、做研究也很好，可进可退……对，就考研！

栗凯惊讶地看着乐芯。

栗凯：你这是怎么了？给我规划这么多？你不也天天在打工吗？

乐芯：我打工是为了挣钱，也是为了体验社会啊，你以为我没有追求吗，我也要考研！一起吧！

乐芯抬头，笑着看向栗凯，栗凯有点感动。

乐芯：好了，规划搞定！先完成今天

的第一个任务吧!

栗凯:什么任务?

乐芯:当然是……吃饭!

乐芯拖着栗凯走向食堂门口。

19-16 小区民宅　周青云家　日

栗铁生和周青云坐在餐桌前。

栗铁生:贝贝是个好孩子,他们俩很聊得来,虽说他们有点误会,可是说到底,还是因为我连累了栗凯。

周青云:也有我的责任,这些年我都不在清城,没有好好照顾栗凯,人家谁看得上没妈的孩子啊……

栗铁生:年轻的时候我太不懂事了,根本没想过对孩子、对你造成那么大影响,是我让你们受委屈了,还影响了栗凯的终身大事,对不起。

周青云:谁能想到栗凯和贝贝会……算了,别说这些了,年轻的时候咱俩就是那么拧,不知道各退一步,现在回头想想,有什么天大的事儿过不去啊……

栗铁生:就是,就是……那你说,我用不用去找老齐再聊聊?

周青云:老齐对你的成见不是一天两天能改变的,现在孩子们还小,以后还不知道会怎么样,还是走一步看一步吧。

栗铁生:哎,也只能这样了。

周青云:这些年,栗凯和我有隔阂,不亲近,现在他心里不好受,只有靠你多安慰他了。

栗铁生:嗯,我明白。对了,你这次回来,有什么打算?

周青云抬起头,若有所思。

19-17 大学机房　夜

大学机房内,每个学生坐在一台老式电脑面前操作键盘。

镜头呈现电脑屏幕上拨号上网的过程,机房里唉声叹气的声音此起彼伏。

学生A:哎呀,又断了!

学生B:破网!

机房管理老师:别吵了!

机房里恢复安静。

乔晓羽坐在一台电脑面前,轻触鼠标。电脑里传来"吱吱吱吱"的连网声。

乔晓羽:(惊喜)连上了!

乔晓羽打开小企鹅图标,开始打字。

机房里,学生们都在全神贯注地操作。

乔晓羽点击小企鹅图标,开始添加好友,在屏幕上输入一串数字,用户名显示"风一样的男子"。乔晓羽点击鼠标,对方显示同意请求,对话框依次显示两人对话。

贾午:(画外音)晓羽!是你吗?是你吗?

19-18 大学机房　夜

贾午在自己学校机房上网,开心地敲击键盘。

乔晓羽:(画外音)是我!你怎么一下子就看出来了?

贾午:(画外音)你的头像和你一模一样!

乔晓羽：(画外音)好吧……风一样的贾导，最近怎么样？

贾午：(画外音)别提了，我脑子短路，选修了形体课，老腰都快要折了！

19-19 大学机房　夜
乔晓羽看着屏幕笑出声。

贾午：(画外音)你呢？一切顺利吗？

乔晓羽：(画外音)还好，就是模拟上课很紧张……

乔晓羽点击鼠标，屏幕对话框出现一个"紧张"的表情。

贾午：(画外音)你这么想，下面不是严肃的老师和同学，而是天真可爱的小朋友，是不是好一点？

乔晓羽：(画外音)那就更紧张了，他们是祖国的未来啊，万一讲错了怎么办？万一他们不喜欢我怎么办？

贾午：(画外音)晓羽同学，别忘了，你可是文艺小分队队长啊，上台表演都轻松自如，这种小紧张怎么可能难住你，加油，你一定会慢慢克服的！

乔晓羽对着电脑屏幕微笑。

突然屏幕显示断网了，乔晓羽手忙脚乱地快速操作键盘。

19-20 组镜
无印良品《朋友》[①]音乐响起。

歌词：谁能够划船不用桨，谁能够扬帆没有风向，谁能够离开好朋友，没有感伤。我可以划船不用桨，我可以扬帆没有风向，但是朋友啊，当你离我远去，我却不能不感伤……

乔晓羽站在大教室讲台上，拿着教鞭讲课，下面老师和同学认真听着，乔晓羽从紧张到慢慢自信。

乔晓羽坐在学校机房电脑前，边打字边捂嘴笑。

形体教室里，一群男女学生在压腿，女生都游刃有余，男生一个个龇牙咧嘴。贾午好不容易把腿放在把杆上，形体老师走过来，压他的后背，贾午龇牙咧嘴，脸部变形搞笑。

贾午坐在学校机房电脑前撇着嘴敲击键盘，不时揉着自己的肩膀和大腿。

农业大学解剖课，一位老师正在对一头死猪进行解剖，一群同学围着死猪拿着书本边听讲边记录。齐贝贝站在角落，鼓起勇气看一眼死猪，时不时想呕吐，终于忍不住捂着嘴跑出教室。

齐贝贝站在学校公用电话亭里，拿着电话听筒哭诉。

乔晓羽坐在宿舍，拿着电话听筒安慰齐贝贝。

农业大学解剖课，齐贝贝穿着白大褂，站在一个动物尸体前，举起戴着防护手套的双手，目光坚定，突然忍不住干呕，硬生生咽了回去，开始动手触摸动物尸体，旁边同学都为她鼓掌。

[①] 《朋友》由陈小霞作词、作曲，无印良品翻唱，收录在无印良品1999年发行的专辑《珍重》中。

齐贝贝坐在宿舍书桌前，铺开一张信纸，写下"栗"字，突然意识到不对，用笔胡乱划掉"栗"字，又慢慢写下"童飞、黄毛，你们好吗"。

警官学院操场上，穿着警察制服的新生在国旗下列队整齐，童飞和黄大卫穿着警察制服，认真地向国旗敬礼。

警官学院训练场，童飞和黄大卫在烈日下训练散打，浑身大汗，一些同学趴在地上起不来，童飞被对面同学打倒，又挣扎着爬起来，继续格斗。黄大卫趴在地上，努力坐起来，气喘吁吁地看着童飞。

黄大卫走在校园里，边擦汗边吃冰棍儿，停在一个邮筒前，把一封信放进去，继续吃着冰棍走远。

乔晓羽：（画外音，成年）小时候，我以为这样的日子，这样的朋友，会永远存在，不会改变，后来才知道，那只是人生中短暂的一瞬；长大后，我以为那样的日子，那样的朋友，只是人生中短暂的一瞬，根本不必在意，现在才明白，那些人、那些事，早已变成我生命的一部分，永远都不会消失。

深夜，大学寝室，童飞趴在上铺，拿出一张自己和童言、乔晓羽、贾午、贾晨、齐贝贝、栗凯、黄大卫在雪地里的合影。童飞看着合影上每个人的笑脸，又看向照片上乔晓羽的脸庞。童飞把合影夹在书里，躺下闭上眼睛。镜头慢慢移动到他后背、胳膊、腿上的膏药。

深秋的大学校园里，落叶纷飞，齐贝贝和几个女生一起边走边聊，谈笑风生，

在她们身后，出现栗凯的身影。栗凯远远望着齐贝贝的背影走远。

栗凯坐在寝室里，打开英语四级通过的证书。栗凯拿出书架上的英语四级考试强化训练书，装到一个大信封里。

大学教室里，班长拿着一摞信封分给大家，班长把一个大信封递给童飞。童飞拆开信封，里面露出英语四级考试强化训练书，童飞无可奈何地笑了。

栗凯从自习室走出来，抱着一摞书，闭眼揉着太阳穴，抬头发现下雪了，突然一杯饮料出现在栗凯眼前。栗凯睁眼一看，是乐芯举着饮料，笑着递给栗凯。

酒吧小舞台上，栗凯抱着吉他弹唱。

19-21 街道　日

栗铁生和周青云走在街道一排商铺前，边走边聊。

周青云：这几年我哥认识了几个电子业的朋友，我也跟着了解了一些。在深圳，电脑销售产业已经越来越壮大了，可是咱们清城只有两三家规模很小的店铺。

栗铁生：电脑啊……我们团里好像有几台，不过都是会计、档案他们在用，其他人都不太懂。

周青云：嗯，现在清城使用电脑的大部分还是单位和公司，家用电脑还没开始普及，不过啊，用不了几年，电脑就一定会走入千家万户的，电脑方面的人才也会特别受欢迎！

栗铁生：我以前听栗凯说过，他们每周都有微机课……

周青云：微机课教的那些只是基础，这几年电脑更新换代很快，上次你问我这次回来有什么打算，其实我想做的就是这件事……

周青云在一间商铺前停下，栗铁生疑惑地看着周青云。

周青云看向商铺大门，栗铁生也看向商铺大门。

商铺里已经空置，有几个工人正在搬运一些家具。

栗铁生：这里以前……好像是个饭店吧？

周青云：对，饭店停业以后，我把门店租下来了，准备开一家电脑专卖店，除了销售电脑，还会请一些老师过来，培训电脑人才，（微笑）你觉得怎么样？

栗铁生：青云，你一直很有远见。电脑这些高科技，我确实不懂。我只是觉得，要自己创业，还是很辛苦的，你的身体刚恢复，我担心……

周青云：（感激）这段时间多亏你，身体已经好多了……我也会雇一些员工，不会什么都亲力亲为的。

栗铁生：那好吧……如果有什么能用得着我的地方，你尽管说……

周青云点头。

周青云：（指向商铺大门）咱们进去看看吧。

栗铁生：好。

周青云带着栗铁生走进商铺。

19-22 小区民宅　童飞新家　日

早晨的微雾中，许如星坐在客厅窗台前，拿着花洒慢慢给花草浇水。

童振华走出卧室，看着许如星的背影。

童振华：如星，我去单位一趟，一会儿就回来。

许如星：（没回头）童言走了快一年了……

童振华走到许如星对面坐下，许如星依旧面无表情，慢慢地给花草浇水。

童振华：如星……

许如星：我没事，你快去吧。

童振华：（叹气）我今天不去了……我给办公室打个电话。

童振华站起身，走到电话座机前，正要拿起听筒，门铃声响起。童振华和许如星看向门口。

童振华走过去打开门，金艳丽和沈冰梅微笑着站在门口。

童振华：（惊喜）哎呀，稀客啊，快进来！

金艳丽和沈冰梅笑着进屋，许如星站起来。

沈冰梅：如星……

许如星：艳丽姐，冰梅姐，你们怎么来了，快坐！

金艳丽和沈冰梅坐下。

金艳丽：这不是快过年了吗，趁孩子们还没放寒假，想约如星一起去置办点年货，咱们三个好久没逛街了吧？

沈冰梅：如星，一起去吧。

童振华：太好了，如星，去逛逛吧！

许如星低头看着自己的家居服，不自觉地用手梳理碎发。

许如星：（怯弱）我好久没出门，太邋遢了。

沈冰梅：有艳丽在，你就放心吧。

童振华感激地看着金艳丽和沈冰梅。

19-23 组镜

继续无印良品《朋友》音乐。

歌词：谁能够划船不用桨，谁能够扬帆没有风向，谁能够离开好朋友，没有感伤。我可以划船不用桨，我可以扬帆没有风向，但是朋友啊，当你离我远去，我却不能不感伤……

金艳丽、沈冰梅从衣柜里给许如星挑选搭配衣服，许如星看着镜子里的自己，恍如隔世。

金艳丽给许如星化淡妆，沈冰梅坐在旁边微笑着跟许如星聊天。许如星看着镜子里自己的脸。

金艳丽、沈冰梅、许如星走出小区大门，许如星望着天空深呼吸。

金艳丽、沈冰梅挽着许如星在商场里闲逛，许如星脸上逐渐出现些许笑容。

金艳丽、沈冰梅、许如星一起在饭店吃饭，金艳丽表情夸张地讲笑话，许如星被金艳丽逗笑了。

19-24 街道　日

金艳丽、沈冰梅、许如星走在一排商铺前。金艳丽看着远处一间商铺，露出疑惑表情。

金艳丽：我记得那里以前是个饭店，怎么改成……

沈冰梅：（抬头看着商铺大门上的标识）青云电脑专卖店……

远处，商铺里走出一个男人，打开一辆货车的后备厢。

栗铁生搬着一个装电脑的箱子走出来，放到货车后备厢里。

周青云跟着出来，笑着和男人握手聊天。栗铁生跟在后面憨笑。

许如星：那不是……

金艳丽：老栗子！

沈冰梅：他在这儿干什么？

金艳丽：旁边那人……难道是他的女朋友？

许如星：怎么看着有点眼熟？

金艳丽和沈冰梅对视，再看看商铺大门的标识，突然有点反应过来。

货车开走，周青云和栗铁生准备回商铺。栗铁生扭头看到了远处的金艳丽、沈冰梅和许如星。

金艳丽朝栗铁生挥手。

栗铁生尴尬地笑了，旁边的周青云也有点不好意思。

19-25 电脑专卖店　日

周青云和栗铁生把一杯杯茶水放到桌上，金艳丽、沈冰梅、许如星坐在沙发上。

专卖店放着一排排电脑硬件，两三个年轻人在电脑前操作，旁边站着一位老师轻声指导。

金艳丽：刚才我还不敢认，青云，原来真是你啊！

周青云：是啊，我回来有一段时间了，一直在休养身体，还没来得及回去看你们……实在不好意思……

金艳丽：咱们有好久没见了吧？

周青云：可不是，一转眼就好几年过去了！

金艳丽：你回来，（瞥栗铁生）老栗子还瞒着我们，我们大家还以为他偷偷交女朋友了！

周青云和栗铁生尴尬地笑了。

沈冰梅：青云，这家店是你开的吗？我在清城还没见过这么大的电脑专卖店呢！

周青云：嗯，刚开业没几天，麻烦老邻居们多替我做广告宣传啊！

沈冰梅：我们单位正好准备采购几台电脑，到时候我跟领导建议一下，先来你这儿看看，省得跑到省城去买了。

周青云：谢谢冰梅姐！快喝茶！

金艳丽：青云，你太有本事了，咱们文工团小区又出了个大老板！

许如星：（环顾四周）是啊，青云姐，你一个人开这么大的店，我真佩服你！

周青云：唉，我也是瞎折腾，赚点辛苦钱！

许如星：（看着几个学电脑的年轻人）他们在学什么，我能看看吗？

周青云：当然当然，大家随便转转，我们这儿除了卖电脑，还请了老师教授计算机常识，编辑软件，各种汉字操作系统。

周青云带着金艳丽、沈冰梅、许如星参观各种电脑硬件，许如星认真地看几个年轻人操作电脑。

许如星：如果……拼音学得不好，能打字吗？

周青云：那可以学五笔，五笔学得好，打字可快了！（指向一个女孩）她才学了两周，就已经很熟练了，你看！

周青云和许如星走到正在操作电脑的女孩后面，许如星认真地看着女孩打字。

金艳丽走到栗铁生旁边。

金艳丽：（小声）老栗子，你可以啊，旧情复燃吧？

栗铁生：（脸红）艳丽，你别开玩笑了，我就是偶尔来帮忙，真的不是你想的那样……

金艳丽：哎呀，我可看得一清二楚，你俩眉来眼去的，这叫什么来着，藕断丝连、情缘未了！儿子都那么大了，干脆复婚得了！有什么不好意思的！

周青云听到金艳丽的声音，回头看向栗铁生。

周青云：你们聊什么呢？

金艳丽：我说啊……

栗铁生：没、没聊什么，艳丽最会开玩笑了……

金艳丽捂嘴偷笑，周青云微笑。

19-26 电脑专卖店门口　日

金艳丽、沈冰梅、许如星向周青云告别，栗铁生站在旁边。

金艳丽：青云，有空回咱们小区坐

坐，放寒假孩子们都回来了，热闹！（转头对如星）如星你也是啊！

许如星轻轻点头。

周青云：我一定去看老邻居们，咱们好好叙叙旧……

沈冰梅：那我们走了，下次来家里玩儿！

周青云：嗯！

金艳丽、沈冰梅、许如星向周青云挥手告别，金艳丽对栗铁生挤眉弄眼，栗铁生憨笑。

19-27 电脑专卖店　昏

周青云坐在办公桌前拿着计算器算账，听到大门开的声音。

周青云：（没抬头）您好，我们今天要关门了……

许如星：（画外音）青云姐，是我……

周青云抬起头，看到许如星小心地推开一点门，站在门口。

周青云赶紧起身。

周青云：如星？你怎么来了？

许如星：（腼腆）我……

周青云：有什么事，尽管说。

许如星：（鼓起勇气）我这么大年纪……还能学电脑吗？

周青云惊讶地看着许如星，随即微笑。

周青云：（坚定）当然！

19-28 文工团小区　昏

金艳丽、沈冰梅聊着天走进小区大门。

乔晓羽：（画外音）妈！艳丽阿姨！

沈冰梅、金艳丽回头，看见乔晓羽背着书包站在后面。沈冰梅走过去。

沈冰梅：你怎么回来了？

乔晓羽：（笑）今天是周末嘛，而且今天晚上跨年，想回家跟你们在一起呀！

金艳丽：我听说这叫什么，千禧年？

乔晓羽：艳丽阿姨果然是时尚达人！

金艳丽：冰梅，我可太羡慕你了，闺女就在新城上大学，坐大巴两个小时就能回来，多方便！

沈冰梅把乔晓羽背着的书包拿下来。

沈冰梅：路上累不累？

乔晓羽：（笑）不累！（对金艳丽）艳丽阿姨，等会儿……我能去弹钢琴吗？

金艳丽：这孩子，怎么突然客气起来了，阿姨巴不得呢。快来快来，家里空荡荡的，阿姨就盼着你回来陪我说说话呢……

金艳丽牵起乔晓羽的手就往自己家单元门口走去，沈冰梅看着两人背影，无奈地笑着摇头。

19-29 小区民宅　贾午家　夜

乔晓羽坐在钢琴边，用温柔缓慢的指法弹奏贝多芬的《欢乐颂》，金艳丽站在旁边打着节拍指导。

镜头慢慢移动到墙上的挂历，显示"1999年12月31日"。

19-30 大学宿舍楼　夜

继续钢琴曲旋律。

大学男生宿舍楼，男生们都把头从窗户伸出来，兴奋地一起喊着倒计时。宿舍楼的感应灯光也同步闪烁着。

男生们：（一起）……8、7、6、5、4、3、2、1！新年快乐！

大家一片欢呼声。

19-31 大学宿舍　夜

继续钢琴曲旋律。

童飞宿舍里，黄大卫和其他几个男生趴在窗户边冲外面欢呼着。

童飞坐在宿舍书桌前，打开一张新年贺卡。

贺卡上写着"童飞：新年快乐，祝你心无挂碍，自由自在。乔晓羽"。

童飞手里拿着贺卡，望着窗外天空的烟花。

19-32 大学宿舍楼　夜

继续钢琴曲旋律。

大学男生宿舍楼背后的天空，烟花绽放。

男生们：（画外音，一起喊）千禧年，我们来了！

19-33 小区民宅　乔晓羽家　夜

乔晓羽穿着睡衣，从卫生间出来走向卧室。路过乔卫国和沈冰梅卧室，听到两人对话。

沈冰梅：（画外音）你这件毛衣都破洞了，快扔了吧，眼看就要过年了，明天去买件新的。

卧室，乔卫国坐在床边，举着自己的毛衣。

乔卫国：（笑）咳，不就是个洞吗，穿在里面，别人也看不见，花那钱干什么？哎，不过啊，晓羽上大学了，大姑娘了，在学校不能太寒酸，你们娘俩多买点好看的衣服，我一个糟老头子，穿什么都行！

沈冰梅：休闲城是不是最近效益不好？听说贾老板要把别墅卖了？

乔卫国：是啊，最近对娱乐场所管理要求比较多，再加上员工的工资成本，贾老板那边确实有点困难，准备卖了山上的别墅，给大家发工资……

沈冰梅：贾老板和艳丽都是帮过咱们的，他们遇上困难，咱们也不能袖手旁观啊……

乔晓羽站在卧室门口，低头沉思。

沈冰梅：（画外音，话音渐弱）你放心，还有我的工资呢……

乔晓羽慢慢走回自己卧室。

19-34 文工团小区　日

鞭炮声此起彼伏。小区大门上贴着春联和福字，一群小孩子在大院里奔跑追逐。

19-35 小区民宅　贾午家　日

贾午卧室，贾午和童飞两人打扑克，栗凯坐在书桌电脑前玩纸牌游戏。

贾午：栗子哥，你和贝贝还没和好啊？

栗凯面无表情继续玩纸牌游戏。

童飞：行了，好好打牌，别"哪壶不开提哪壶"。

贾午和童飞继续打扑克。

贾午：哎？你不会真的和那个，叫什么……乐芯的女孩好了吧？这要是让贝贝知道了，她那火暴脾气，哎哟……

栗凯转头看贾午一眼。

贾午：哦哦，好，行……不说了不说了……

童飞：你快输了啊……

贾午：（压低声音，对童飞）你看你也老大不小了，光棍儿这么多年，再看人家栗子哥，两年换俩女朋友，啧啧啧……

童飞无奈地看着贾午，回头和栗凯对视一眼。

栗凯放下鼠标，眼神示意童飞，童飞会意一笑。

童飞和栗凯突然一起扑向贾午，假装对他拳打脚踢。

贾午：哎呀，我错了！两位大哥，我不说了还不行吗……

三人扭打在一起。

金艳丽：（画外音）帅哥们，出来吃饭啦！

三人笑着停下打闹。

19-36 小区民宅　贾午家　昏

贾有才、金艳丽、乔卫国、沈冰梅、童振华、许如星、栗铁生、童飞、贾午、栗凯围坐一桌。桌子上摆满大餐。

贾有才端着一杯酒站起身。

贾有才：我说两句啊，咱们这帮老邻居有好久没一起吃饭了吧？今天大年初五，咱们一起迎财神，热闹热闹！来！

大家端起酒杯碰杯喝酒。

金艳丽：快吃口菜！（对沈冰梅）哎？晓羽怎么还不来？

童飞和贾午同时抬起头。

沈冰梅：哦，我有个同事的孩子上初三，英语不太好，晓羽去帮着补习一下。

童飞低下头夹菜吃饭。

童振华：工作太忙，好长时间也没回来，（端起酒杯）我敬大家一杯……

大家端起酒杯碰杯。门铃声响起。

金艳丽：是不是晓羽来了？

坐在餐桌外侧的栗凯起身开门，周青云站在门外。栗凯愣住。

周青云：（堆笑）栗凯……

栗凯快速转身坐回座位，闷头不说话。

金艳丽：（起身迎接）青云来了！快进来，外面冷吧？

金艳丽把周青云安排到栗铁生旁边，栗铁生局促地微笑。周青云和大家点头问好。

贾午在桌子下轻轻碰栗凯，栗凯低着头不说话。

金艳丽：（对贾午、童飞）贾午、童飞，还记得周阿姨吧？

贾午、童飞：周阿姨好……

贾有才：大伙儿快吃饭，别客气啦，都是自己人……

大家开始说笑着夹菜吃饭。

19-37 小区民宅　贾午家　夜

贾有才、乔卫国、童振华、栗铁生四人碰杯喝酒。

金艳丽、沈冰梅、许如星、周青云凑

在一起聊天。

乔卫国：（有点醉了）能不服老吗，孩子们都这么大了，哈哈哈……

贾有才：我就不服！你们别看现在休闲城不景气，可是我有信心！一定能撑下去！

栗铁生：贾老板，我也支持你，我干了！

栗铁生一饮而尽。

贾有才：老栗子真够意思！

乔卫国：好，从今天开始，我就叫你贾不服！

童振华：（笑）贾不服好，敬贾不服老板！

乔卫国：新一年祝贾老板财源广进！

大家：（一起）财源广进！

四人碰杯，微醺。

栗凯站起身，周青云看着栗凯。

栗凯：我吃饱了，先回去看书了。

贾午：哎……

栗凯转身走出门。

栗铁生看向周青云，周青云低头难过，沈冰梅轻拍周青云的手背。

沈冰梅：慢慢来，别着急。

金艳丽：栗子是有个性的孩子，得给他点时间，不过，再怎么样你也是亲妈，会好的。

周青云点头。许如星低头，默默沉思。

沈冰梅转头望向窗外，窗外天气阴沉，沈冰梅轻轻皱眉。

童飞注意到沈冰梅的表情。

19-38 小区民宅　贾午家　夜

贾有才、乔卫国、童振华、栗铁生四人喝醉了，抱在一起称兄道弟，不断碰杯。贾有才把贾午拽到身边。

贾有才：儿子，爸不行了，来，你替爸敬叔叔们！

贾午无奈地笑着端起酒杯挨个敬酒。

金艳丽、许如星、周青云聊天，沈冰梅站起身走向窗户边，望着窗外。

童飞出现在沈冰梅身后。

童飞：沈阿姨，您在看什么？

沈冰梅：哦，童飞啊，没什么，我看……外面好像要下雪了。

沈冰梅回头望向醉醺醺的几个男人，乔卫国醉倒在桌子旁，贾有才拉着贾午摇晃。

童飞：阿姨，您告诉我地址吧，我去接晓羽。

沈冰梅有点吃惊又感激地看着童飞。

19-39 某居民楼下　夜

童飞站在一栋居民楼大门口，默默站了很久。

天上飘起凌乱的雪花。

雪花从童飞脸旁落下，周围一片寂静，空气中只有童飞呼吸的声音。

乔晓羽从居民楼里走出来，搓搓手，裹紧衣服。

乔晓羽走出大门，突然看到门口一个人影，乔晓羽愣住。

童飞和乔晓羽对视。

第二十集

我应该要有新的回忆

20-1 某居民楼下　夜

乔晓羽从居民楼里走出来，搓搓手，裹紧衣服，正要往外走，突然看到门口一个人影，乔晓羽愣住。

插曲音乐响起。

童飞和乔晓羽对视。

乔晓羽惊讶、动容。

20-2 街道　夜

继续插曲音乐。

童飞和乔晓羽慢慢走在空旷的街道边。

路灯下，两人的影子被拉得很长。

乔晓羽抬头，雪花落到她头发上和脸上，乔晓羽伸出手接雪花。

童飞回头，看到乔晓羽冻得吸鼻子。童飞脱下外套，走到乔晓羽身边，给乔晓羽披到身上。

乔晓羽看着童飞的眼睛，童飞低头，转身往前走。

乔晓羽：童飞……

童飞停住。

乔晓羽：谢谢你来接我。

童飞：（没回头）是冰梅阿姨拜托我来的，其他人……都喝多了。

乔晓羽露出些许难过的表情，慢慢走到童飞面前。

乔晓羽：你的意思是，你其实并不关心我，对吗……

童飞看着乔晓羽，深呼吸，握紧拳头。

乔晓羽：我给你寄的新年贺卡，你收到了吗？

童飞垂眼点头。

乔晓羽：我知道，好朋友感受到的痛苦没有办法和亲人相比，可是……童言他……一定也希望你们好好生活，希望你幸福……

童飞：没有人比我知道童言怎么想……没有人！

乔晓羽愣住。

童飞：对不起……

乔晓羽：是我不该提起这个……可是……

童飞：（突然故作轻松地笑了）晓羽，以前……我做的那些事，说的那些话，都是逗你的，你别放在心上了……你和童言从小一起长大，我……把你当成妹妹……我们还像小时候一样吧……是我让你误会了，对不起。

乔晓羽看着童飞，眼圈慢慢红了。

乔晓羽低下头，转过身慢慢走远。

童飞看着乔晓羽的背影，抬起手想触碰乔晓羽的发梢，犹豫着放下手。

乔晓羽和童飞慢慢走在铺了一层雪花的街道上。乔晓羽在前，童飞默默跟在后面。

20-3 篮球场　日

童飞、栗凯、贾午、黄大卫在篮球场打球，童飞、黄大卫一队，栗凯、贾午一队。童飞、黄大卫频频上篮扣球，栗凯、贾午明显应接不暇，进球和配合屡屡失败。贾午气喘吁吁地做手势要求暂停。

贾午：（喘不上气）栗子哥，他俩在警校天天散打、搏击、格斗、五千米跑……那是魔鬼训练啊，咱俩怎么可能拼得过……栗子哥，认输吧……我……我真不行了……

栗凯：（大口喘气）这才刚开始，我不认输，你歇着吧，我自己来！

栗凯拍着球上场。童飞、黄大卫对视。三人继续比赛，童飞、黄大卫放慢了节奏。

栗凯：别放水！

童飞和黄大卫配合频频上篮，栗凯拦防中脚步不稳，摔倒在地。童飞赶紧过去扶栗凯。

童飞：没事吧？

栗凯查看自己的脚。

栗凯：没事……还是旧伤。

童飞：休息一下吧。

栗凯点头。黄大卫、贾午都围坐过来。

童飞、贾午、栗凯各怀心事，陷入沉默。

黄大卫：哎，栗子哥，听说你妈从深圳回来了？还开了一家清城最大的电脑专卖店！我最近正想买台电脑，能不能帮我打个折……

童飞、贾午、栗凯一起抬头看着黄大卫。童飞、贾午使劲眨眼示意黄大卫不要说下去，黄大卫蒙圈迷惑。

黄大卫：怎么了……

贾午站起身拽黄大卫。

贾午：我看栗子哥这脚还是冰敷一下比较好，走，黄毛儿，买冰水去……

黄大卫：这不是冬天吗，哎……

贾午：快走吧你！

贾午拽着黄大卫走远。

童飞看向栗凯，栗凯低头沉默。

童飞：我记得以前你说过，哪怕是只有虚名的家，也可以接受，现在你妈妈终于回来了，你怎么这么痛苦？

栗凯：小时候很想有一个完整的家，很想……可是每次有了一点希望，又经历失望，就像在心里划了一刀。这么多年，一刀一刀，伤口好了一遍又一遍，已经麻木了……

童飞：当年你爸妈分开，说不定就是因为赌气和误会，现在心里的疙瘩解开了，也是好事……

栗凯：赌多大的气，有多大的误会，可以让她撇下我远走高飞……我知道，我爸有错，可是我有什么错？

童飞：你妈妈当年，也有自己的难处吧？

栗凯：我记得那天，她头也不回地走了，只留给我一个背影。那个背影，现在还刻在我的脑子里……

童飞：栗凯……

栗凯：她想走就走，想来就来！根本不考虑别人的感受！不，这不是赌气，不是误会，就是自私……

童飞：你爸一个人过了这么久，如果要再找一个别的人，还不如……毕竟她是你亲妈……

栗凯：你小姨是你妈妈的亲妹妹，也比外人强，可是这么多年，你从心底里，真的接受她是你的妈妈了吗？

童飞：这……这不一样……

栗凯：我真的不知道该怎么原谅她、接受她……

栗凯低下头不再说话。

童飞：（低语）好吧……我也不劝你了……

栗凯和童飞（背影）沉默良久。

黄大卫和贾午从远处跑过来。贾午递给栗凯一瓶冰水。贾午和黄大卫坐下。

黄大卫：栗子哥，你和贝贝和好了没有？都这么久了，能有多大的误会啊……

童飞、贾午、栗凯一起抬起头看着黄大卫。黄大卫再次迷惑。

黄大卫：（尴尬傻笑）我又说错话了？你们……饿吗，我去买点吃的……

黄大卫一路小跑走远。

20-4 宠物医院　日

一双手给一只宠物小狗打疫苗。

狗主人抱着小狗，齐贝贝给宠物小狗打完疫苗，拔出针管。

齐贝贝：好了！打完疫苗可能会有轻微副作用，注意观察，15天以后再来打第二针。对了，先别洗澡！

小狗主人：好，好，谢谢！

齐贝贝笑着摸摸小狗。小狗主人抱着小狗离开。薇姐走过来。

薇姐：（笑）实习医生越来越熟练了！

齐贝贝：薇姐，说实话，我还是挺紧张的……

薇姐：你原本就很有爱心，现在又学习了专业知识，没问题的。我以前说什么来着，你肯定会是个好医生，相信自己！

齐贝贝笑着点头。

宠物之家门口，乔晓羽露出脑袋。

齐贝贝：晓羽！

乔晓羽走进来，冲齐贝贝和薇姐招手。

薇姐：（笑）你们聊，我去后面收拾一下。

乔晓羽：（对齐贝贝）刚刚听到薇姐夸你了，（竖起两个大拇指）好医生！

齐贝贝：那当然，人家可是专业的！

齐贝贝脱下医用手套和外套，走到水龙头下洗手。

齐贝贝：我忙完了，可以走了！哎？你不是忙着教书育人吗，今天怎么有空约我逛街？难道是……少女思春……要开始打扮自己，准备找男朋友了？

乔晓羽：（无奈苦笑）还是这么贫嘴……什么呀，我不是给自己买衣服。

齐贝贝：那是？

乔晓羽挽住齐贝贝。

乔晓羽：走吧！

齐贝贝：（回头）薇姐，拜拜！

20-5 商场　日

乔晓羽和齐贝贝走在商场专柜前挑选衣服，边逛边聊。

齐贝贝：你一个寒假接了这么多家教的活？一个人对付三个孩子？佩服佩服！

乔晓羽：我也不想的，原来是一个，后来这个孩子的同学也找我，实在不好拒绝，就答应了。

齐贝贝：（坏笑）看来赚了不少家教费呀？一向抠门的小乔同学也来大商场买衣服了……嘿嘿……快说，多少？

乔晓羽：都是我妈的同事，我就是去帮忙辅导一下，哪有什么家教费……

齐贝贝：那你今天……

乔晓羽：那几个阿姨过年给我包了红包，说是压岁钱，如果不收就要生气了，没办法，只好……

齐贝贝：原来如此……

乔晓羽突然看到一件男士羊毛衫，快步走过去抚摸查看。

齐贝贝：男士的？给谁啊？

乔晓羽：当然是给我……爸，乔主任！

齐贝贝：真是个孝顺闺女，父慈子孝，（撇嘴）羡慕啊羡慕……

乔晓羽：你和你爸妈最近怎么样，有没有缓和一些……

齐贝贝：唉，就那样，不算好，也不算坏，他们懒得理我，估计快放弃了吧……

乔晓羽：你爸妈一直全力培养你，怎么可能放弃你呢，只不过，他们还没有完全理解你的选择吧。

齐贝贝：我已经不求他们理解了，只要别再威逼利诱我重新高考，我就心满意足了！

乔晓羽：就是，起码现在你已经读了自己喜欢的专业，这第一步算是迈出去了。

齐贝贝：（感慨）这一步可太难了……

乔晓羽：（犹豫）对了，你和栗子哥……

齐贝贝拿着羊毛衫的手停住。

乔晓羽：贝贝，我觉得你和栗子哥肯定有一些误会，他不是那种会移情别恋的人，也许和那个女孩真的只是朋友……

齐贝贝：当时你也看见了，他们那么亲密……

齐贝贝难过抿嘴，乔晓羽轻拍齐贝贝。

乔晓羽：可是你和黄毛儿、贾午不也经常称兄道弟，不分性别吗？

齐贝贝：（皱眉）好，就算真的是朋友，过去半年多了，他一次也没有来找我解释，没有打电话，也没有写信，难道还要我主动去追问他吗？

乔晓羽：（疑惑）这么说，是有点奇怪……不过，有件事你可能不知道，栗子哥的妈妈周阿姨从深圳回来了，还开了一家电脑专卖店，最近经常来看栗叔和栗子哥，大家都以为他们会复婚，一家人重新生活在一起，可是……

齐贝贝：可是他父母已经和解了，他反而不能接受，对吗？

乔晓羽：（惊讶）你怎么知道？

齐贝贝皱眉不语。

乔晓羽：如果你能劝劝他，他的心情肯定会好很多。

齐贝贝：要是以前，我会去的，可是现在……哎，贾午说得对啊。

乔晓羽：贾午？他说什么了？

齐贝贝：他说，好朋友谈恋爱要小心，如果分开了，再做回朋友，就很尴尬……

乔晓羽：没想到他的脑子，还能想这些……

齐贝贝：如果真的能回到过去就好了。

乔晓羽若有所思。

20-6 小区民宅　乔晓羽家　夜

客厅，电视屏幕正在播放元宵晚会，乔卫国半躺在沙发上昏昏欲睡。乔晓羽拎着购物袋走进家门。乔卫国从沙发上坐起来。

乔卫国：回来了？爸给你弄点吃的……

乔卫国准备起身，乔晓羽走到沙发前坐下。

乔晓羽：我和贝贝在外面吃过了，不用忙。我妈呢？

乔卫国：哦，你妈今天晚上同乡聚会，估计晚点回来。

乔晓羽轻轻拿出购物袋里的羊毛衫。

乔晓羽：爸，这是送你的。

乔卫国：（惊讶）这是……？

乔晓羽：爸，你不是糟老头子，是我最帅的老爸。快试试，穿上这个，肯定更帅了！

乔卫国摸着羊毛衫，眼圈泛红。

乔卫国：我闺女长大了，都知道给爸买衣服了。晓羽，下个月就是你生日了，多给自己买点好看的衣服、化妆品，爸给你打钱！

乔晓羽拿着羊毛衫在乔卫国身上比画。

乔晓羽：挺合适的，超级帅！爸，我天生丽质，不用买衣服和化妆品！

乔卫国含着眼泪笑出声。

乔卫国：这孩子……唉，爸还记得你刚出生的时候，皱皱巴巴像只小猫，我逢人就说，老天爷对我乔卫国好啊，给我一个贴心小棉袄，一转眼……就这么大了……

乔晓羽：（笑）小棉袄变大棉袄了！

乔卫国：晓羽，跟爸说实话，上了大学，有没有男孩追求你？

乔晓羽：哪有啊……爸，我在学校可是每天认真学习，周末只要有时间就回家，你都知道的……

乔卫国：上大学了，跟高中不一样了，如果有情投意合的小伙子，爸不会反对你交往，不过，一定要对你好才行！

乔晓羽：爸！真没有……我现在完全不考虑这些，只想把学业完成，真的！

乔卫国：（握着乔晓羽的手）晓羽啊，有句话爸一直想说，爸知道你和童言从小感情好，我们也很喜欢他，可是，他……已经走了，你也慢慢打开心结，放下吧……

乔晓羽低下头不说话，乔卫国轻抚乔晓羽肩膀。

乔卫国：孩子，你别难过，爸本来不想提起，怕你伤心……

乔晓羽：其实……

乔卫国看着乔晓羽。

乔晓羽：算了，没事……爸，贾叔的休闲城最近还好吗？

乔卫国：啊……（佯装乐观）挺好啊，你贾叔啊，还准备扩大规模，开辟新的经营项目呢！哈哈哈，放心，特别好……

乔晓羽：哦，那就好……

乔卫国拿着羊毛衫，起身走向卧室。

乔卫国：对了，你们这帮孩子怎么好久都不在一起玩儿了？上高中的时候，天天聚在一起……（话音渐弱）

乔晓羽望向窗外，窗外有零星雪花飘落。

20-7 废弃厂院　　日

乔晓羽站在厚厚的雪地里，抬起头闭上双眼。

周围一片安静，只有乔晓羽的呼吸声。

突然远处传来踩在雪地上的脚步声。

乔晓羽转头望去，原来是贾午。

乔晓羽：贾午，你怎么知道我在这儿？

贾午回头示意，乔晓羽朝远处看去，齐贝贝、栗凯、童飞、黄大卫都从远处走过来。

乔晓羽眼眶红了。

厚厚的雪地里，大家一起搭好了一排小小的雪房子。

乔晓羽：（看着雪房子）真像文工团家属院那些老平房。（指着一个雪房子）这是我家，这……是童言家。

大家蹲成一排，看着雪房子。

乔晓羽：小时候，我奶奶说过，我们这代孩子，没有那么多兄弟姐妹，太孤单了……她让我多交点朋友，说好朋友就是一辈子的兄弟姐妹。我特别庆幸，生活在这个大院，有你们这些好朋友……

童飞、黄大卫沉默，齐贝贝、栗凯尴尬不语。

贾午：（站起身）我知道，你们每个人都有自己的个性，可是对我贾午来说，最重要的就是朋友，我真的希望，咱们还像以前一样……

黄大卫：（对齐贝贝）贝贝，你家在哪儿？

齐贝贝拿着一根树枝插在一个雪房子上。

齐贝贝：我家就住在这儿！

黄大卫：要是我小时候也住这儿就好了，（指着旁边的雪房子）那我就住这儿，和你当邻居，怎么样？

栗凯也拿着一个树枝插在旁边。

栗凯：我家在这儿。

黄大卫：啊？

齐贝贝：（对栗凯）你为什么住我家旁边？

栗凯：咱们本来就是邻居，你忘了？

齐贝贝：我没忘，你小时候还欺负我，我要报仇！

齐贝贝抓起一团雪朝栗凯扔去，栗凯躲闪不及，被扔到肩膀上。栗凯笑了，随手抓起雪团朝齐贝贝扔去。

黄大卫：我也帮你报仇！

大家笑着加入打雪仗，时间仿佛回到了1998年春节的那场大雪后。大家互相扔着雪球，欢笑着、奔跑着，最后一起倒在雪地里。

20-8 小区民宅　乔晓羽家　夜

乔卫国穿着乔晓羽新买的羊毛衫，站在镜子前，满意地欣赏。

20-9 组镜

插曲音乐响起。

通过气候景物、人物服装和发型展示时间转变。

乔卫国昂着头，得意地整理、抚摸身上的羊毛衫。站在阳光休闲城门口的乔卫国突然弯腰，恭敬地迎接一批客人。乔卫国招呼服务人员引领客人入席，点头哈腰请客人点餐。

乔晓羽在大学自习室看书，从抽屉里拿出背包时，带出一封信掉到地上。乔晓羽捡起信封，信封上写着"中文系　乔晓羽收"。乔晓羽拿出信纸，发现是一封情书。乔晓羽无奈地摇摇头，把信装回信封，继续看书。自习室门口，两个男生偷偷望着乔晓羽的背影，对视一眼，一个男生摊手，另一个男生沮丧地叹气。

一只手拿着信封塞进邮筒。

童飞、黄大卫和其他两个室友穿着警服大汗淋漓走进宿舍，黄大卫坐在下铺，撕开一个信封。童飞拿着毛巾擦汗。黄大卫从信封里拿出一张照片，是齐贝贝穿着白大褂、戴着口罩和手套，和一头猪的合影，齐贝贝做鬼脸。黄大卫忍不住笑起来，站起身递给童飞，两人指着照片，笑得前仰后合。童飞也撕开一个信封，里面是一张小黑穿着军装在边防站岗的照片。童飞看着照片微笑。一个舍友打开宿舍的电视机，正在播放2000年6月金正日和金大中在平壤举行历史性会晤的新闻。童飞和黄大卫看着新闻，对视一眼，模仿电视里的样子握手。

青云电脑专卖店门口，周青云和一位顾客握手，顾客开车离开，周青云微笑挥手告别。周青云回到专卖店里，看到许如星正坐在电脑前学习打字，打字速度很慢，但非常认真。周青云微笑。

许如星坐在家里电脑旁，小心翼翼地点开企鹅图标。

童飞坐在学校机房里上网，突然QQ图标闪动，对话框出现"童飞吗，我是小姨"。童飞惊讶地看着电脑屏幕，随后慢慢在对话框里打出一个微笑的表情。

童飞趴在卧室上铺，拿出CD，戴上耳机听歌，旁边放着2000年11月周杰伦发行的第一张专辑《Jay》。

镜头从《Jay》的专辑封面，慢慢移动到贾晨微微突起的小腹，贾晨坐在沙发上，戴着耳机，微闭着眼听歌，不时做Rap动作。突然耳机被人拿掉，金艳丽把耳机塞在自己耳朵里，皱眉。金艳丽把CD关掉，把贾晨拉到钢琴旁边，自己坐下开始弹奏钢琴曲，边弹边开心地看着贾晨的肚子，贾晨无奈摇头。

剧院舞台上，金艳丽盛装弹奏钢琴。台下稀稀拉拉坐着一些观众。金艳丽演奏完毕谢幕，下面有一个睡觉打鼾的观众。金艳丽烦躁地翻了个白眼，快速走向后台。栗铁生带着文武场出现在舞台侧面，戏曲演员上台，又有一拨观众离场。栗铁生面无表情，继续指挥文武场师傅开始演奏。金艳丽远远望着台下叹气。

阳光休闲城，栗铁生在小舞台上收拾架子鼓零部件。远处，贾有才站在大门口，看着街道对面的KTV开张，一片欢腾场面。

阳光休闲城办公室，沈冰梅坐在电脑前，拿着账本帮贾有才核算财务，无奈摇头。

贾有才、乔卫国站在阳光休闲城门口，看着"阳光休闲城"的霓虹灯牌被工人拆下，换上"阳光洗脚城"的大牌子。

贾有才在卧室里走来走去，突然打开衣柜抽屉，拿出一双红袜子慢慢穿上。金艳丽看着他的袜子，撇嘴翻了个白眼。

金艳丽坐在家里打电话。

一个古装片剧组正在拍戏。远处，贾午拿着诺基亚手机打电话，突然看到有人招呼他。贾午挂掉手机，跑到导演旁边。贾午跟在导演后面认真学习，观看监视器。

贾午家，金艳丽、许如星、沈冰梅、大肚子的贾晨在电视机前，贾午参与实习剧组拍摄的古装片正在播出，金艳丽激动地指着电视给大家介绍，许如星、沈冰梅频频点头。贾晨激动地站起来，突然摸着肚子皱眉，金艳丽、许如星、沈冰梅赶紧去扶贾晨，大家手忙脚乱。

贾晨微笑半躺在床上，杨帆坐在床边抱着一个婴儿。乔晓羽、齐贝贝、贾午、童飞、栗凯每人坐在一个小凳子上，呆呆地看着婴儿。

贾午家，所有人围在电视机前，观看2001年7月萨马兰奇宣布北京赢得2008年奥运会主办权。窗外烟火灿烂，鞭炮震天，大家欢呼雀跃。乔晓羽开心地跳着，和童飞碰到一起，两人对视，释然微笑击掌。

许如星在家里书房操作电脑，手指敲击键盘，越来越熟练。许如星打开一个网页，突然惊恐地喊童振华。童振华从外面跑进来，看向电脑屏幕。网页新闻显示2001年"9·11"事件——恐怖分子劫持民航客机撞向纽约世贸中心双子塔。

校园里，一只小猫跑过来，栗凯背着书包，蹲下抚摸小猫。乐芯走过来跟栗凯打招呼，栗凯起身走远，忍不住回头望向小猫。

栗凯坐在教室答题，教室前面悬挂着"全国硕士研究生统一入学考试"横幅。

阳光休闲城办公室，沈冰梅坐在电脑前，一边拿着账本帮贾有才核算财务，一边揉太阳穴。

贾有才开着桑塔纳，副驾驶坐着童振华。车缓缓开进一个二手车买卖市场，两人从车里下来。童振华把一位买家介绍给贾有才，贾有才不情愿地把车钥匙放在买家手里。贾有才抚摸桑塔纳，童振华拍着贾有才的肩膀安慰他。

贾午家，贾午、乔晓羽、齐贝贝、童飞、黄大卫坐在沙发上看2002年热播的《流星花园》。栗凯走进屋，贾午、黄大卫拽着栗凯撒娇。栗凯腼腆地给大家展示硕士研究生成绩单。大家围着栗凯夸张地庆祝。电视画面出现F4唱《流星雨》画面。贾午拿过贾晨的发箍，给黄大卫套在头发上，黄大卫立刻会意，模仿道明寺的动作。贾午把童飞拽起来，童飞也配合地开始陶醉唱歌。贾午又去拽栗凯，栗凯连连摆手，最后被齐贝贝推上去。乔晓羽和齐贝贝看着四个男生的模仿动作，笑得东倒西歪。

乔晓羽坐在绿皮火车上，和一些大学同学出行。乔晓羽和同学们背着行李，站在一所希望小学门口。

童飞、黄大卫和一帮警校男生一起围坐观看2002年夏天的世界杯，中国对阵土耳其，杨晨将球踢到门柱上，跪地抱憾。警校男生们捶胸顿足。

贾有才、乔卫国站在阳光休闲城门口，看着"阳光洗脚城"的牌子被工人拆下，换上"阳光小吃城"的牌子。贾有才的穿着朴素了很多。

一辆货车停在文工团小区院子里，几个工人把一架钢琴放在货车上。金艳丽跟在后面，走到钢琴旁边，轻轻抚摸钢琴，流出眼泪。货车开出小区，金艳丽站在后面望着货车。

金艳丽走进家门，看见贾有才站在客厅里不好意思地讪笑，穿着一身红色秋衣秋裤。金艳丽生气地忍不住把鞋摔在地上，穿着拖鞋回卧室，砰地一声关上门，贾有才吓得脸色突变。

派出所办公室，童飞和另一名警校同学把一张实习介绍信恭敬地放到桌上。一位老警察看完实习介绍信，站起身向他们训话，童飞和同学认真听着。

火车站里悬挂着横幅，上面写着"打赢抗击非典战役　保卫清城美好家园"（2003年春天）。童飞身着警服，戴着口罩，笔挺站立在火车站门口执勤。乔晓羽拖着行李出现在火车站出站口。乔晓羽戴着口罩走到火车站广场，远远看到了童飞。童飞一动不动笔直站立，不经意微笑。乔晓羽轻轻微笑。

许如星在家里书房操作电脑，手指熟练地敲击键盘。许如星打开一个网页，突然惊恐地喊童振华。童振华从外面跑进来，看向电脑屏幕。网页新闻显示2003年4月1日张国荣坠楼自杀的新闻。童振华把许如星从电脑旁拽起来，扶到床边，让许如星躺好，盖好被子。许如星闭眼沉睡。童振华给许如星披被子。

电脑专卖店里，许如星指导几个人操作电脑。许如星回头看周青云，周青云向她竖起大拇指。

栗凯家，栗铁生和周青云对坐吃饭，栗铁生给周青云夹菜。

电视里播放2003年4月迈克尔·乔丹退役前的最后一场比赛，乔卫国和黄大卫坐在沙发上夸张地抱头痛哭。

贾午在学校和同学们照毕业照，一起

抛起学士帽。

齐贝贝拿着农业大学兽医专业的毕业证递给齐向前和高洁。

童飞穿着警服，拖着行李进家门，向童振华和许如星敬礼。

乔晓羽拿着一束鲜花站在童言墓前。乔晓羽把鲜花放在童言遗照旁边。远处出现一个女生的身影。

20-10 墓地　日

乔晓羽远远看着女生身影走近，是余芳。

余芳也看到了乔晓羽，慢慢走近。

余芳：乔晓羽，好久不见。

乔晓羽：余芳？真的是你，好久不见……听说你出国了，已经回来了吗？

余芳：回来探亲，过几天就走了。没想到你也在这儿。

乔晓羽沉默看着童言的遗照。

余芳把鲜花放在墓碑前，慢慢蹲下。

余芳：（看着墓碑）童言，你好吗，我……很想你……

乔晓羽转头看着余芳，眼圈红了。

余芳：（对乔晓羽）既然碰到了，就认真地跟你道个歉吧。乔晓羽，以前好多次刁难你，对不起。

乔晓羽：班长，都过去这么久，我早就忘了……今天见到你，我很高兴。

余芳：（看向墓碑）童言，你看，我们俩和好了，你也应该很高兴吧……

乔晓羽转头流出一行眼泪。

余芳：你说，所有人的17岁，都是又幼稚又疯狂吗？

乔晓羽：也许吧……不管怎样，那些记忆，都很珍贵……

余芳：乔晓羽，你现在交男朋友了吗？

乔晓羽无奈笑着摇头。

余芳：我就知道，你肯定是忘不了童言吧？

乔晓羽：大班长，你现在也喜欢开玩笑了……

两人对视微笑。

乔晓羽：你呢，现在怎么样？

余芳：（望向天空）我啊，当然很好啦……不过……（望向童言遗照）17岁时喜欢的那个人，永远都是最好的，不是吗……

夕阳下，乔晓羽和余芳的背影慢慢拉远。

20-11 小区民宅　贾午家　日

客厅，金艳丽抱着一个两岁的小男孩，贾晨和杨帆坐在旁边，一起逗弄小男孩。

金艳丽：来，小嘟宝，姥姥喂你吃水果！

贾有才从卧室走出来，穿着红背心、红短裤、红袜子。

贾有才：小嘟宝，快让姥爷抱抱！

小嘟宝：姥爷……红……红姥爷！

贾有才：哎哟，我们小嘟宝都知道姥爷要红火了！哈哈哈……

贾有才过来抱小嘟宝，被金艳丽一把推开。

金艳丽：（白眼）我说贾有才，你能不能行行好，别再穿一身红艳艳的晃我眼了行吗？白天红袜子，晚上红内裤！（对贾晨）贾晨啊，我跟你说实话，我现在一看你爸的红内裤，我就想吐！

贾有才：当着闺女和姑爷怎么说话呢？再说了，我这不是为了转运吗？你懂什么呀，穿红色吉利！财神爷都得围着我转！

金艳丽：（讥讽）你快别自己骗自己了，这都穿好几年了，有用吗？这几年都亏成什么了，再亏下去，我的工资都得给你贴补进去了！早晚把你这些破衣服给扔了！

贾有才抱过小嘟宝逗弄。

贾有才：小嘟宝，你说姥爷的红衣服好看吗？

小嘟宝：好看……

贾有才：你看我们外孙的审美，好，那姥爷就继续穿！

金艳丽无奈地瞥贾有才。

贾晨：爸，最近生意不好？

贾有才：哪有，别听你妈瞎说，你爸我天生就是商业奇才！我已经谈好了，马上就有一笔上百万的投资要到位了，放心吧！

金艳丽：一个破小吃店，谁给你投上百万？别做梦了！

贾有才：哼，信不信由你，我的阳光小吃城……不不，我的阳光休闲城马上就要重回巅峰了！

贾晨：爸，要是有什么困难，你就跟我说，我们虽然没那么多，不过前些年还有一些积蓄……

杨帆轻轻碰碰贾晨的后背，贾晨转头疑惑看向杨帆。

贾有才：没有困难！哪有什么困难，你们的任务就是把小嘟宝养好，爸的事你们不用操心！哎，今天是小嘟宝生日，不说这些，咱们给嘟宝过生日！

杨帆：就是就是，我去把蛋糕拿过来！

杨帆站起身走向厨房。

门铃声响起。贾晨走过去开门，乔晓羽笑着进来。

贾晨：晓羽，快来！

金艳丽：晓羽来了？

乔晓羽：艳丽阿姨！贾晨姐，今天是小嘟宝生日吧？小寿星呢？

小嘟宝向乔晓羽跑过去。

小嘟宝：晓……羽……阿姨！

乔晓羽抱起小嘟宝亲了又亲。

乔晓羽：想晓羽阿姨了吗？

小嘟宝憨憨点头。乔晓羽把手里的玩具拿出来。

乔晓羽：这是给我们小嘟宝的礼物，祝你每天开心，快点长大！

杨帆：小嘟宝，谢谢晓羽阿姨！

小嘟宝：谢谢！

乔晓羽：小嘟宝真乖！

杨帆带着小嘟宝走到旁边玩玩具。

金艳丽：晓羽快来坐下！

乔晓羽笑着坐到金艳丽旁边。

金艳丽：日子可真快啊，一转眼你们就毕业了。晓羽从师范大学毕业，要当老师了吧？工作找好了吗？

乔晓羽：大四忙着去希望小学支教和写论文，还没找好工作……听说贾午已经去电视台实习了？

金艳丽：让他折腾去吧，我现在啊，就关心我们小嘟宝！

贾有才拿起水果递给乔晓羽。

贾有才：晓羽吃水果！找工作可是大事，慢慢来！

乔晓羽：谢谢贾叔！新城实验中学下个月招聘老师，我报名了。

贾晨：新城实验中学不错啊，招聘什么老师？

乔晓羽：各科都有，我的专业是中文，希望能竞聘语文老师吧……不过，听说报考的人都是名校毕业，我没什么优势，还挺紧张的……

金艳丽：我们晓羽这么优秀，肯定没问题！

贾有才：就是，肯定没问题，晓羽加油！

乔晓羽：谢谢叔叔阿姨，我会加油的……（看着贾有才的衣服）贾叔，您穿得可真喜庆！

金艳丽张嘴正准备解释，贾晨赶紧起身。

贾晨：杨帆，快带小嘟宝过来，咱们切蛋糕啦！

小嘟宝：太好啦，吃蛋糕啦！

大家围着小嘟宝，切蛋糕，点蜡烛，一起唱生日快乐歌，一片温馨喜庆的氛围。

20-12 小区民宅　贾午家　夜

卧室，金艳丽坐在床边，乔晓羽和贾晨分别坐在金艳丽两旁。金艳丽手里拿着相册翻看。三人不时说笑。

贾晨：（指着一张照片）晓羽，快看光屁股的贾午！

乔晓羽：（指着一张照片）贾晨姐，你小时候就这么帅气！

金艳丽拿出一张照片。

照片上，乔晓羽正在弹钢琴，金艳丽站在一边指导。童飞、童言、贾午、齐贝贝、栗凯、黄大卫在旁边笑着唱着。

贾晨：看，大家多开心！

旁边，放着一张金艳丽弹钢琴的舞台照，光彩照人。

金艳丽看着舞台照，轻轻叹气。

贾晨：妈，怎么了？是不是想你的琴了？

金艳丽：当年那可是清城唯一的一台进口钢琴，还挺贵重的。去年为了你爸周转资金给抵押出去了……我年纪大了，手指硬了，一年也弹不了几次，可是这琴跟着我十几年，有感情了……

乔晓羽：艳丽阿姨，钢琴将来一定能赎回来！在我们心里，你永远是清城最好的钢琴家……

金艳丽：（搂乔晓羽）其实我只想知道，它有没有被新主人好好对待，有没有被人弹出优美的曲子……

乔晓羽面露难过表情。

贾晨：妈，我爸那儿到底怎么样，用不用我和杨帆帮忙……

金艳丽：没事，你们顾好自己的小家就行了，明天早点回去吧。

贾晨点头。

三人继续翻看相册。

20-13 小区民宅 乔晓羽家 夜

卧室台灯下，乔晓羽坐在书桌前，拿出一张信纸写起来。

20-14 学校门口 日

乔晓羽穿着职业装，站在新城实验中学门口，闭眼轻轻点头，为自己加油打气，走进学校大门。

乔晓羽：（画外音）童言，你好吗？我们毕业了，大家都找到了自己满意的工作。贾午在电视台当实习导演，贝贝在宠物医院工作，童飞和黄大卫在公安局刑侦大队，是光荣的人民警察，栗子哥考上了研究生，只有我，还没有定下来……你说，我是不是太笨了？好像是有点笨，不过，我一定会努力的……

20-15 教室 日

乔晓羽在一位工作人员带领下走进一间教室，教室门上写着"等候室"。

乔晓羽走进教室，已经有一些穿着正装的年轻男女坐在里面。

乔晓羽找了一个空座位坐下，和旁边的两个女孩微笑点头问好，随后拿出备课教材翻阅准备。

20-16 阶梯教室 日

考场设在阶梯教室，一位穿着西装的年轻女孩正在讲台上试讲。

台下坐着慈祥的老校长和一些教师，不时记录、交流。

20-17 教室 日

等候室里，考生们有的看书，有的交头接耳。一位工作人员走进来。

工作人员：8号乔晓羽是哪位？

乔晓羽：（赶紧起身）是我。

工作人员：请跟我来，快轮到你了。

乔晓羽露出些许紧张表情，跟着工作人员出去。

20-18 阶梯教室门口 日

乔晓羽跟着工作人员来到阶梯教室门口。

工作人员：请在这里等候。

乔晓羽：谢谢。

工作人员离开，乔晓羽轻轻向教室里张望。

20-19 阶梯教室 日

阶梯教室里，一位穿着西装的年轻男子正在讲台上试讲，台下的教师们不时记录、交流。

其中一位老师，正是乔晓羽高中班主任魏老师（头发微白）。

魏老师抬头，透过窗户看到了乔晓羽。

20-20 阶梯教室门口　日

乔晓羽站在门口深呼吸，魏老师走出教室。

魏老师：晓羽，真的是你……

乔晓羽：（惊讶）魏老师！

两人惊喜地拥抱。

乔晓羽：魏老师，您怎么在这儿？

魏老师：新城实验中学的教导主任是我老同学，今天招聘教师，让我过来帮忙把把关，我推脱不过就来了……哎呀，我这个脑子锈了，怎么没想到，你今年毕业了！我的学生就要当老师了，时间可真快！

乔晓羽：魏老师，其实我现在特别紧张……还不知道我等会儿试讲怎么样，能不能让考官满意……

魏老师：放心！我的学生，肯定能行！对了，要不，等会儿我跟教导主任打个招呼……

乔晓羽：不、不，谢谢魏老师……今天能见到您我已经很开心了，您在这儿，就是对我最大的鼓励，我会好好表现的！

魏老师拍拍乔晓羽，乔晓羽微笑，坚定点头。

魏老师：那我回去了，加油。

魏老师走进考场，乔晓羽深呼吸。

20-21 阶梯教室　日

乔晓羽走进阶梯教室，走到讲台上，向台下轻轻鞠躬。

乔晓羽：尊敬的校长和各位老师，大家好，我叫乔晓羽，是省师范大学中文系的应届毕业生，今天应聘语文老师的岗位。

面试老师：请开始吧。

乔晓羽拿出教材。

乔晓羽：同学们好，今天我们来学习一篇古文《出师表》……

插曲音乐响起。

乔晓羽在讲台上认真讲课，台下老师频频对视点头。

乔晓羽不时在黑板上写字，逐句讲解。

魏老师微笑着对乔晓羽眼神鼓励。

乔晓羽：今天的课就讲到这里。

乔晓羽收起教材，再次向台下轻轻鞠躬。

面试老师：好，请回等候室等通知吧。

乔晓羽点头，走出教室。

乔晓羽路过教室门口，边上放着一架钢琴，乔晓羽不经意回头望向钢琴，慢慢走出教室。

20-22 阶梯教室　日

一位年轻男性面试者走出阶梯教室。

台下校长和一些教师围坐在一起交流。

20-23 教室　日

乔晓羽坐在等候室里，等待结果的考生们窃窃私语。

考生A：听说这次还有北师大的……

考生B：还有国外留学回来的呢！

工作人员：1号请跟我来……

考生A：开始宣布结果了！我太紧张了……

一位考生跟着工作人员离开。

乔晓羽坐在座位上，低头轻轻皱眉。

考生们陆续被叫走，最后只剩下乔晓羽一个人。

20-24 阶梯教室　日

乔晓羽再次走进阶梯教室。

面试老师：请坐。

乔晓羽坐下。

校长：乔晓羽是吧，刚才你表现挺好的，备课认真，古今联动，讲课氛围也轻松活跃……

乔晓羽微笑抬起头。

校长：可是……很遗憾，我们学校今年只招聘一位语文老师，其实我们也很矛盾，经过大家一起反复讨论，还是决定招聘一位更有经验的老师。不过我们已经留下了你的联系方式，以后如果有合适的岗位，我们肯定会联系你。非常抱歉。

魏老师遗憾地看着乔晓羽。

乔晓羽微微皱眉，瞬间恢复微笑。

乔晓羽：谢谢校长，谢谢各位老师，能有这次锻炼的机会我非常感恩，我一直很喜欢实验中学的办学理念，希望……希望以后还有机会来这里工作和学习。再见……

乔晓羽起身准备离开，慢慢经过门口钢琴，忍不住望向钢琴，突然看见钢琴一角明显修补过的痕迹。乔晓羽看着钢琴愣住。

乔晓羽：（回头向面试老师）请问，这架钢琴……是什么时候买的？

老师们面面相觑。

教导主任：哦，这是前几天从一个二手钢琴城买来的，准备给初中部音乐课用，怎么了？

乔晓羽走到钢琴旁，轻轻抚摸那块痕迹，眼圈红了。

乔晓羽回头，向老师们深深鞠躬。老师们惊讶不已。

教导主任：你这是？

乔晓羽：这架钢琴我认识，它原来是我启蒙老师的，我已经很久没有见过它了……请问，我可以弹一下吗？

教导主任犹豫，看向校长。

校长：当然可以，（笑着对其他老师）咱们累了一天，要不就欣赏一下钢琴演奏吧……

魏老师鼓励地示意乔晓羽。

乔晓羽坐到钢琴旁，开始弹奏优美的钢琴曲《The Promise》。

校长和老师们陶醉地听着。

（闪回）

（慢镜头）儿时的乔晓羽在贾午家，跟着金艳丽学习钢琴。

长大后的乔晓羽在弹钢琴，童飞、童言、贾午、齐贝贝、栗凯、黄大卫在旁边笑着、唱着、打闹着。阳光照在每个人脸上，明亮唯美。

（闪回结束）

乔晓羽弹奏着钢琴，流下一滴晶莹的眼泪。

一曲完毕，老师们纷纷鼓掌。

乔晓羽起身，轻轻拭泪，向大家点头微笑。

乔晓羽：没想到我还有机会摸到这架琴，谢谢！再见……

乔晓羽收拾随身物品准备离开。

校长：等等。

乔晓羽回头。

校长：刚才被你的琴声打动了，差点忘了一件事，我们学校初中部正好要补录一位音乐老师，不知道你有没有兴趣……

教导主任：不过，乔晓羽是中文系的，这样一来，是不是有点大材小用了……

校长和大家看向乔晓羽。

乔晓羽：（激动地湿了眼眶）我在大学时也选修了音乐学院的课程，我当然愿意！

魏老师：（站起身）校长，刚才我一直没有说，其实晓羽是我的学生，她非常优秀，在一中的时候就是文艺小分队队长，组织了很多大型演出，她太合适不过了……

教导主任：原来是魏老师的学生！那真是更放心了！校长，您真是慧眼识人啊！

校长：看来这架钢琴已经找到了最适合它的主人……

乔晓羽：谢谢校长！谢谢各位老师！魏老师……

魏老师走上前，和乔晓羽开心拥抱。

20-25 组镜

继续钢琴曲音乐。

乔晓羽拿着老款摩托罗拉手机打电话，高兴地讲述。

金艳丽在家里接听电话，开心地擦泪。

20-26 宠物医院　日

乔晓羽开心地跑进天使宠物之家，和齐贝贝拥抱。

齐贝贝：我说什么来着，这就叫殊途同归！

乔晓羽：啊？

齐贝贝：不不不，叫不约而同！

乔晓羽：（笑）你是想说失而复得吧？

齐贝贝：比失而复得还要更好！不光是钢琴，还有你……

乔晓羽：（动容）是啊，今天太开心了，你呢，（环顾四周）当老板的感觉如何？

齐贝贝：累……并快乐着！

乔晓羽：薇姐已经走了吗？

齐贝贝：嗯，她马上就要结婚了，准备跟着老公定居国外，我正好想租一家门店，就接过来了。我得好好努力，不管怎么样，不能辜负她这些年攒下的好口碑！

乔晓羽：你一定可以的！

齐贝贝：今天好事这么多，咱们出去吃大餐吧，我给贾午、童飞、黄毛儿打电话！

乔晓羽：贾午在电视台实习肯定很忙吧，童飞和黄毛儿现在已经是警察了，是不是更没时间……

齐贝贝：再没时间也要抽时间庆祝啊！你放心，他们一听到有你的好消息，肯定第一时间赶到！

乔晓羽微笑。

20-27 餐厅　日
S.H.E《记得要忘记》[1]音乐响起。

歌词：在就要转身前，忽然又想起你，相遇的那一天，漾着微笑的你，那个微笑，还是很美丽，可惜那个人，常常要让人哭泣……

一家装修时尚的西餐厅。

乔晓羽和齐贝贝开心地挽着手走进店门。

贾午梳着光亮的头发，穿着靓丽地走进店门。

童飞英气十足地走进店门。

黄大卫迈着搞笑的步子走进店门。

五个人围坐在餐桌前吃着西餐，开心地聊天，互相取笑逗乐。

20-28 餐厅　日
继续 S.H.E《记得要忘记》纯音乐。

乔晓羽、齐贝贝、童飞、贾午、黄大卫围坐餐桌前，边吃边聊。

齐贝贝：贾导演，你最近都做了什么节目啊，在哪个频道播出？告诉我们，我们也欣赏一下！

贾午：实习！知道是什么意思吗？我现在就是一块砖，哪里需要哪里搬！你就打开清城新闻看吧，说不定哪个镜头里就有我伟岸的身影！（对童飞和黄大卫）对了，你们那里有什么案件，记得告诉我一声，我马上飞奔过去踩点！

童飞：不是所有案子都能报道的，我们得保护当事人隐私，再说，也不能影响司法公正。

贾午：（撇嘴）呦呦呦，警察了不起啊……

童飞瞪贾午。

贾午：（马上敬礼）对，警察叔叔就是了不起！警察叔叔是最伟大的！我错了！

乔晓羽：（对童飞和黄大卫）你们俩真有缘分，还分在一个支队。

黄大卫：什么缘分啊，你们不知道，我早就想摆脱童飞了，他可是警官学院优秀毕业生，刚到局里两个月就破了大案，把我比得啊，抬不起头来！我可太惨了，成天被我爸骂不务正业，还专门求领导把我和童飞分到一个支队，让我跟这大哥好好学……兄弟们，快点同情同情我……贝贝，我需要安慰，抱抱我……

黄大卫假装抱齐贝贝，齐贝贝把他的头一把推开。

贾午：（抱黄大卫）来，哥哥抱你！

黄大卫：（躲开贾午的拥抱）童飞，快，有人袭警，救我！

---

[1] 《记得要忘记》由施人诚作词，玉城千春作曲，S.H.E 演唱，收录在 S.H.E 2002 年发行的专辑《青春株式会社》中。

贾午和黄大卫扭打在一起，大家笑成一团。

贾午：这西餐厅看着挺高档，可是怎么没吃饱？

黄大卫：我也觉得。

齐贝贝：我也觉得。

童飞：（对乔晓羽）晓羽，你呢？

乔晓羽：我……也有点儿。

贾午：那还犹豫什么？

黄大卫：牛肉卷饼，走起！

大家笑着起身出门。

20-29 组镜

继续 S.H.E《记得要忘记》音乐。

歌词：记得要忘记、忘记，我提醒自己，你已经是人海中的一个背影，长长时光，我应该要有新的回忆……记得要忘记、忘记，经过我的你，毕竟只是很偶然的那种相遇，不会不容易，我有一辈子，足够用来忘记。我还有一辈子，可以用来努力，我一定会忘记你……

乔晓羽、齐贝贝、童飞、贾午、黄大卫站在小摊前吃牛肉卷饼。

乔晓羽和贾午说笑，童飞偷偷望向乔晓羽。

乔晓羽：（画外音，成年）小时候，我以为这样的日子，这样的朋友，会永远存在，不会改变，后来才知道，那只是人生中短暂的一瞬；长大后，我以为那样的日子，那样的朋友，只是人生中短暂的一瞬，根本不必在意，现在才明白，那些人、那些事，早已变成我生命的一部分，永远都不会消失。

五个人笑着走在老街上，路过以前经常光顾的音像店、租书店、文具店。

天色渐暗，大家在路口挥手告别。

20-30 小区民宅 贾晨家 夜

卧室，床边开着小夜灯，贾晨躺在床一边背对着门。杨帆穿着睡衣开门进来，躺到床上凑近贾晨。贾晨闭着眼睛。

杨帆：老婆，你这几天怎么了，从清城回来以后，就对我爱搭不理的，我哪里又做错了？

贾晨：（闭着眼睛）没有。

杨帆：（撇嘴）那肯定就是有了。

杨帆：（抱贾晨）老婆，你就告诉我吧……我肯定改……

贾晨挣脱开杨帆，继续裹紧被子。

贾晨：我困了，睡吧。

杨帆：是不是因为爸资金周转的事，你不高兴了？

贾晨不说话。

杨帆：其实那天，我的意思是……

贾晨：（睁开眼）我知道你的意思，我也不想听，总之，他是我爸，你不管，我管。不用说了，我要睡了。

杨帆张嘴，叹气，躺下。

贾晨睁开眼，皱眉不悦。

20-31 小区民宅 贾晨家 晨

卧室，贾晨迷糊睁开眼，起身，看到床头柜上放着一张纸条，上面写着"老婆，公司有点急事，我先走了，那件事晚上回来再说"。贾晨失望地放下纸条。

20-32 某商贸公司　日

贾晨坐在公司隔间里工作,手机铃声响起,贾晨接听手机。

同学A:(画外音)贾晨,晚上的同学会你没忘吧,咱们几个在龙城的好不容易聚聚,一定要来啊!

贾晨:(拿着手机)晚上,我……

同学A:(画外音)你什么你,我偷偷告诉你吧,今天晚上有惊喜。韩墨这几天正好在龙城出差,我也把他叫来了,你们好久不见了吧,一定要来啊……

贾晨露出惊讶又紧张的表情。

同学A:(画外音)就这么说定了,晚上见!

手机挂断,贾晨看着手机屏幕发愣。

第二十一集
我确定我会在

21-1 饭店包间　夜

贾晨和一群高中同学在饭店包间聚餐，大家互相寒暄。陆续有同学进来，贾晨不时抬头，有点拘束紧张。斜对面一个座位还空着。

包间门打开，韩墨走进来。

同学A：呦，老韩，你这是姗姗来迟啊，说，是不是故意的？

韩墨：哪敢啊，刚开完会，我就马上赶过来了，不好意思，还是迟到了。

同学B：快坐！迟到了就得罚酒！哈哈……

韩墨坐在贾晨斜对面的空位置，和贾晨对视，两人尴尬微笑。其他同学也看出他们的不自然。

韩墨：（爽朗）没问题，我自罚一杯！

韩墨端起酒杯喝酒，贾晨看着韩墨，有点担心。韩墨放下酒杯。

贾晨：（对韩墨）先吃点菜吧。

同学A：哎呀，看看、看看，还是贾晨关心你，就是不一样啊……

贾晨：（对同学A）再胡说揍你了啊！

同学A赶紧笑着躲开。

韩墨：（对贾晨）好久不见。

贾晨：（微微脸红）嗯，好久不见。

同学B：你们不会这些年一直没见面吧？

其他同学看着贾晨和韩墨打趣起哄。

同学A：（笑）你们别逗他俩了，不管几年没见，都不重要！大家都结婚了，过去的事就过去吧，今天咱们聚会，就是好好叙叙旧、开心一下！大家说，对不对！

大家：（一起）说得对！

包间内老同学们觥筹交错，有的窃窃密语，有的大声碰杯，喝多了的抱在一起感慨叙旧。大家哼唱着老歌，一起动情地舞动手臂。

贾晨和韩墨不经意眼神对视。

21-2 饭店门口　夜

聚餐后，老同学们告别。有的拥抱，有的挥手。

韩墨和贾晨走到门口。同学A踉踉跄跄地走过来。

同学A：韩墨，听说你这几年在清城混得不错啊，以后我们在外面打拼不动了，回去找你，你可得赏口饭吃啊！

韩墨：说的什么话，不管我混得好不好，老同学找到我，只要我韩墨能做到的，肯定尽全力！

贾晨欣赏地看向韩墨。

同学A：真够意思！我先走了！你负责把我们班花送回去，听见没？

韩墨微笑点头。同学A离开。韩墨和贾晨对视。

贾晨：你刚才喝了挺多酒，不用送我了。

韩墨：我没事，我就看你也被他们灌了不少，还好吗？

贾晨：（揉自己的额头）这些人太会劝酒了，还真有点头晕。

韩墨：我住的酒店下面有间茶馆，离这里很近，要不我们去喝杯茶、醒醒酒，我再送你回去。

贾晨：（犹豫）好吧……
韩墨微笑，拦下一辆出租车。

21-3 茶馆　夜
贾晨和韩墨对坐在茶馆木桌两边，服务员端着茶水放到桌上。
服务员：请慢用。
韩墨：谢谢。
服务员离开。
韩墨：（微笑）尝尝。
贾晨抿一口茶。
韩墨：怎么样？
贾晨：很清香……你现在对茶也有研究吗？
韩墨：（放下杯）唉，没办法，跟着领导跑业务，就得什么都学着点，为了生存嘛……
贾晨轻轻微笑。
韩墨：听说你结了婚生了孩子，过得很幸福，真为你高兴。
贾晨轻轻叹气。
韩墨：怎么了，吵架了？不过，夫妻俩偶尔吵架，也是正常的。
贾晨：没有、没有。
贾晨端起茶杯喝茶。
韩墨：刚才吃饭的时候，我就看你情绪就不太好，有什么烦心事，跟我念叨念叨，说不定我还能帮你出出主意呢！（微笑看着贾晨）是不是……你信不过我……
贾晨：不不……其实也不是什么大事……
韩墨给贾晨的茶杯里续满水，认真地看着贾晨。

21-4 小区民宅　贾晨家　夜
卧室，杨帆坐在小床边，小嘟宝躺在床上睡着了。杨帆轻轻给小嘟宝盖好被子。
杨帆慢慢走到客厅，拿起手机，打开短信。手机屏幕显示贾晨的短信内容"我有点事，晚些回去"。
杨帆看着手机，轻轻皱眉。

21-5 茶馆　夜
贾晨和韩墨对坐在茶馆木桌两边。
韩墨：（沉吟）原来是因为这个……
贾晨：虽然我爸嘴硬不承认，我妈又报喜不报忧，我也知道家里的生意很不好，所以……
韩墨：你老公的想法也没错，毕竟不是小数目……
贾晨：可我还是觉得他太冷漠了。
韩墨轻笑，喝一口茶。
韩墨：我在清城也听说你爸的休闲城每况愈下，只是没想到，已经到了这种地步……
贾晨：唉，我爸这个人啊，太重兄弟情义，人家一跟他哭穷，他就心软了，好多款项定金也不要，甚至连合同都不签，只要别人给他一句承诺，他就相信……最后出了事只能他自己吃亏……
韩墨：（惊讶）承诺？哈哈哈……
贾晨抬起头疑惑地看着韩墨。
韩墨：（冷笑）这么多年，你爸还真是一点没变啊……

贾晨：（疑惑）你……在说什么？

韩墨：你爸年纪也不小了，居然还相信别人的承诺……贾晨，你还记得咱俩是怎么分手的吗？

贾晨：对不起，我知道你对我爸有意见……说实话，分手以后，我恨了他很久，他嫌贫爱富……

韩墨：不，你不用跟我说对不起……

贾晨疑惑地看着韩墨。

（闪回）

21-6 饭店　夜

1998年，贾晨和韩墨分手时的雪夜。窗外雪越来越大。

贾有才和韩墨坐在小饭店的角落。桌子上摆着一些简单的饭菜。

贾有才拿起酒瓶倒酒，也给韩墨倒了一杯。韩墨低着头说话，贾有才默默端起一杯酒仰头喝掉，又给韩墨倒了一杯，韩墨轻轻抿了一口，呛得咳嗽起来。

贾有才：小韩啊，你和贾晨谈恋爱，一开始我是强烈反对的，可是看她那么执着，我想着只要她高兴，就让你们先谈着……可是没想到，过年她去你们家，受了这么大委屈……

韩墨：叔叔……

贾有才：（摆手）你也不用再解释了，贾晨从小好强，我从没见她这么伤心过……小韩啊，我是个做生意的，可我也是个性情中人，叔叔今天只想听你一句话，我不管你家是什么条件，也不管你将来有什么发展，叔叔只想问你——你能保证一辈子对贾晨好，爱惜她，保护她，不再让她这么伤心吗？

韩墨端着酒杯愣住。贾有才看着韩墨。

韩墨：我……

韩墨站在贾有才对面，朝贾有才轻轻鞠躬，随后走出小饭店。

贾有才坐在桌前没有抬头，默默端着酒杯继续喝酒。

窗外，雪花已经铺满一层。

（闪回结束）

21-7 茶馆　夜

贾晨和韩墨对坐在茶馆木桌两边。

韩墨：我那时大学还没毕业，能给什么承诺？再说，我们一大家子人，亲戚之间念叨几句，能有多大事儿？我那时候还是好人啊，没有骗他，随便给他什么所谓的承诺……

贾晨不敢相信地愣住。

韩墨：承诺……你爸真的是太傻，没想到这么多年了，还会轻易相信别人的承诺……所以啊，他被人骗、赔钱，也是正常的！

贾晨眼圈泛红，握紧拳头。

韩墨：贾晨，我看你回清城，得好好劝劝你爸了，这都什么年代了，成熟点！刚才聚会时，你听到我答应他们的那些事了吗，都是客气！谁还当真啊……这年头，不就是骗来骗去吗，哈哈……

贾晨腾地站起身，冷冷看着韩墨。韩墨端着茶杯，被吓了一跳。

韩墨：你怎么了？

贾晨：（冷漠）太晚了，我得回家了。

韩墨：我送你吧。本来，还想请你去房间坐坐……

贾晨：（忍住怒气）这次，是真的该说再见了……我走了，你慢慢喝吧……

贾晨拿起背包迅速离开茶馆。

21-8 茶馆门口　夜

贾晨快步走出茶馆，拦下一辆出租车坐进去。

韩墨追出来，看着渐渐走远的出租车。

21-9 组镜

动力火车《摇篮曲》①音乐响起。

歌词：亲爱宝贝乖乖要入睡，我是你最温暖的安慰，爸爸轻轻守在你身边，你别怕黑夜。我的宝贝不要再流泪，你要学着努力不怕黑，未来你要自己去面对，生命中的夜。宝宝睡，好好的入睡，爸爸永远陪在你身边，喜悦和伤悲，不要害怕面对，勇敢我宝贝……

杨帆坐在小嘟宝床边，轻拍小嘟宝哄睡，小嘟宝的脸蛋胖乎乎的，睡得香甜。

出租车里，车载CD播放器屏幕闪烁着。

贾晨坐在出租车后座，眼泪奔涌而出。

（闪回）

21-10 小区民宅　贾午家　夜

1998年，贾晨和韩墨分手时的雪夜。

贾晨拿着电话听筒，胳膊悬在半空中，目光呆滞。

贾晨：（哀伤而愤怒）爸，你跟韩墨说了什么？他为什么要跟我分手？

贾有才：（醉醺醺）我说了什么？好，我告诉你，我说，就你现在的条件，能给我闺女什么？两个人在一起，不是只有谈情说爱，还得考虑将来！门不当户不对，不可能长久……

贾晨：（哭着喊）爸！

贾午从卧室冲出来，惊讶地看着贾有才。

贾有才晕乎乎地倒在沙发上。

金艳丽：（摇晃着贾有才）贾有才！你疯了？

贾晨抱着电话听筒痛哭。

电话听筒里传来"嘟……嘟……"的忙音。

躺在沙发上的贾有才表情痛苦。

21-11 小区民宅　贾午家　日

金艳丽被贾晨挂掉电话。金艳丽无奈地放下电话听筒。

金艳丽：（对贾有才）我好不容易跟闺女聊了这么多，你凑什么热闹？看看，挂了吧！

贾有才：（倒在沙发上）唉……

金艳丽：后悔吗？

贾有才：那是咱闺女的初恋，恨我也是应该的，就让她恨我吧……初恋是最

---

① 《摇篮曲》由瞿友宁作词，古裕森作曲，动力火车演唱，收录在动力火车2003年发行的专辑《蔷薇之恋电视原声带》中。

美好的，我宁愿她恨我，也不要恨那个男孩……

21-12 组镜

继续动力火车《摇篮曲》音乐。

歌词：宝宝睡，好好地入睡，爸爸永远陪在你身边，喜悦和伤悲，不要害怕面对，勇敢我宝贝，守护每一夜……

贾晨婚礼上，贾晨和杨帆互相交换戒指。贾有才在台下偷偷抹眼泪。

贾晨和杨帆开车离开文工团小区，贾有才目送轿车走远。

贾有才坐在卧室，翻看贾晨小时候的照片。照片上，贾有才把儿时的贾晨背在肩膀上，父女俩笑意盈盈。

（闪回结束）

21-13 车内 夜

贾晨坐在出租车后座，哽咽哭泣。

21-14 小区民宅 贾晨家 夜

贾晨穿着睡衣从卫生间走出来，使劲拍拍自己的脸，捋捋头发，故作轻松地走进卧室，被吓了一跳。杨帆站在卧室里，微笑看着贾晨。

贾晨：你……怎么还没睡？

杨帆伸出双手握住贾晨的手。

杨帆：等你啊，加班到这么晚，累了吧？

贾晨：（尴尬）哦……还好……

杨帆拉着贾晨的手走到床边坐下。

杨帆：老婆，我知道，最近你因为爸生意的事生我的气，那天我在爸妈那里拦住你，确实是不想用我们的积蓄去补贴……

贾晨扭头看向杨帆。

杨帆：你听我说完……我们的积蓄，对于爸的资金缺口来说，是杯水车薪，就算我们有一片孝心，可是最后能起多大作用？授人以鱼不如授人以渔，所以……

贾晨：你的意思是？

杨帆：我记得爸的经营范围里有一项土特产销售，一直没有什么起色，你知道吗，现在一线城市开始流行互联网购物了，最近我们公司和几家商贸公司有合作，他们都说这项业务将来一定会飞速发展……

贾晨：（恍然大悟）你不说我还真忘了，我们公司最近也在关注网上销售呢！

杨帆：（微笑）我已经和几个朋友说好了，过几天就介绍他们和爸认识，以后爸的公司可以作为清城土特产的网上独家供货商，把清城的优质产品销售到全国，甚至全世界！

贾晨惊喜地看着杨帆。

杨帆：老婆，这回你不生气了吧？

贾晨：原来，你一直想着这件事……是我误会你了，对不起……

杨帆：你每天辛苦工作，还得照顾家，我应该给你更好的生活……

贾晨愧疚地看着杨帆，杨帆轻轻搂住贾晨，贾晨悄悄流下眼泪。

21-15 校园 日

乔晓羽走在新城开发区实验中学校园，拿出手机打电话。

乔晓羽：（拿着手机）喂，妈！……嗯，放心吧，房子找好了，我和美术老师小雯一起合租，离学校只有一站地，很方便……没事，你们不用过来，我自己可以收拾……嗯嗯，放心，挺干净的……对了妈，下午我回家一趟，拿点衣服和日用品，没事，你和爸忙工作吧，不用管我，我收拾好就回来，明天还有课呢……嗯，知道了，放心吧，拜拜！

乔晓羽挂掉电话，开心地顺着校园小路走远。

21-16 饭店　日

镜头随着老板端着的饭菜移动到各个餐桌。童飞、黄大卫和另外两个年轻人一起吃饭喝啤酒。他们身后一桌坐着两个胡子拉碴的男人正在吃饭，眼神警惕，一脸凶相。

童飞、黄大卫一桌年轻人不时大声聊天、碰杯。

童飞放下酒杯，站起身拿出钱包，准备去结账。

童飞：哥儿几个，今天我发工资了，这顿我请啊！

黄大卫站起身，踉跄过来按住童飞的钱包。

黄大卫：（醉醺醺）上次就你请的！就你有钱，你了不起啊？这顿，谁也别和我抢！

童飞：喝成这样，你快得了吧！

黄大卫和童飞推推搡搡，逐渐挪动到旁边一桌，另外两个年轻人也过来拉扯。

黄大卫一个大动作，撞到了旁边桌的啤酒瓶，酒水洒了一地，还洒到了一个男人身上。

邻桌男A：干吗呢！有病吧？撞洒了，看见了吗！

童飞赶紧扶起啤酒瓶。

童飞：（卑微）大哥，不好意思，我兄弟喝多了，对不住！（对同行的两个年轻人）你俩快给大哥擦啊！

两个年轻人赶紧抽出纸巾擦桌子，还试图给邻桌男A擦衣服。

邻桌男B：（烦躁）哎呀，算了算了，（对邻桌男A）咱们吃完赶紧走吧！

邻桌男A：（生气）小兔崽子，起开起开！

童飞边收拾啤酒瓶，边眼神偷偷示意黄大卫和另外两个年轻人。

童飞：（突然）兄弟们，上！

童飞、黄大卫和两个年轻人一起扑向邻桌两个男人，邻桌男B瞬间被制服，头被按在座位上。邻桌男A手快，抄起啤酒瓶向童飞砸来，童飞一闪躲过，啤酒瓶砸在桌角破碎。邻桌男A又朝童飞戳去，童飞用小臂挡住。啤酒瓶茬从童飞小臂滑过，童飞转身从邻桌男A胳膊下穿过，从背后将邻桌男A踢倒。黄大卫扑上去按住邻桌男A，掏出手铐给他戴上。

黄大卫掏出一张警察证甩在邻桌男A的脸上。

21-17 公安局　日

两个年轻警察带着被制服的两个男人

进入审讯室。

童飞、黄大卫和两个年轻人看着审讯室门关上，松了一口气。

童飞抬起手臂，看看自己小臂的外伤渗出血。

黄大卫：受伤了？没事吧？

童飞：（笑）没事，小伤。

一个身穿警察制服的男人（宋队长）走过来。

宋队长：童飞，怎么，受伤了？

童飞：哦，宋队，没什么事，一点小伤。

宋队长走过来，拿起童飞的胳膊查看。

宋队长：快去上点药吧，别感染了。

童飞：嗯。

宋队长：今天这俩抓得漂亮！你们蹲点好几天了吧……这样，下午给你们几个放假，回家休息休息，陪陪女朋友，啊，快去吧，哈哈……

童飞等人：（敬礼）谢谢宋队！

宋队长离开。两个年轻警察笑着离开。

黄大卫：（耳语童飞）人家都去陪女朋友了，只剩下咱俩光棍儿，要不，做个伴儿呗！

童飞：（推开黄大卫）谁跟你做伴儿，找齐贝贝逗小猫小狗玩儿去吧！

黄大卫：（撇嘴）哼，小猫小狗也比你有意思！

21-18 公安局门口　日

童飞走到一辆轿车旁，打开车门坐进去，看看自己小臂的伤口，从副驾驶拿起一件浅色衬衣换上，遮住伤口。

轿车缓缓启动。

21-19 电脑专卖店　日

周青云坐在电脑前办公。

远处，许如星站在几个学员身后，指导他们操作电脑。

许如星走到周青云身边。

周青云：怎么样？

许如星：（笑）这几个孩子学得挺快的，几个难度很高的软件都熟练了。

周青云：还不是因为你这个老师好！

许如星：哎呀，我已经快教不了了，现在技术更新换代太快，年纪大了，还是跟年轻人有差距啊……

周青云：（笑）许老师太谦虚了……我听好多学员说，你又认真，又有耐心，他们都愿意跟着你……

许如星：（真诚）青云，我一直没有正式感谢过你，如果不是你，我压根儿都不会想到，大半辈子没有工作过的我，也能出来做点事情，谢谢你……

周青云：如星，你怎么突然跟我客气上了。我一个人回到清城开店，如果不是你帮我，这店也不会经营得这么顺利。虽然你以前没有工作过，可是你待人真诚，好多客户都因为你成了回头客……你现在啊，可是咱们店的顶梁柱！

许如星：（不好意思地笑）青云，看你把我夸的，我都不认识自己了……

两人谈笑风生。

21-20 电脑专卖店门口　日
轿车停到电脑专卖店门口。
童飞从车上下来，大跨步走进电脑专卖店。

21-21 电脑专卖店　日
站在办公桌前的周青云和许如星看到走进门的童飞，笑着迎上去。
周青云：童飞！
童飞：周阿姨好。
许如星：童飞，你怎么来了？
童飞：刚办完个案子，领导给我放了半天假，我也没什么事，就过来看看，有什么体力活儿需要我帮忙吗？
周青云：童飞这孩子怎么这么好，又孝顺又懂事……
许如星欣慰地微笑，赶紧倒了一杯水，递给童飞。
童飞接过水杯，大口喝完。
童飞：周阿姨，有什么需要我做的，您尽管说。
周青云：（想了想）你别说，还真有一件事，你贾叔最近在搞土特产互联网销售，听说特别火爆，已经从我这儿买了好几台电脑。这不，最后一台放在家里的主机今天刚到货，店里的送货车今天出去了，你能不能帮阿姨送一趟，可不能耽误你贾叔的大生意啊！
童飞：（笑）没问题，我马上就去！
许如星：送完了就回家好好休息。
童飞：嗯，放心。

21-22 电脑专卖店门口　日
周青云和许如星看着童飞把电脑主机放到轿车后备厢。
童飞：周阿姨，小姨，我走了。
许如星：慢点开。
童飞上车。
周青云望着轿车开远。
周青云：唉，真是个好孩子，栗凯要是能这样跟我说说话，哪怕一句，我就心满意足了……
许如星：难道，栗凯还没有……
周青云：（叹气）虽然态度比几年前缓和了很多，可私下里对我还是冷冰冰的……
许如星：你和老栗一直没有办复婚手续，不会就是因为这个吧？
周青云：（沉吟）离婚的时候年轻气盛，根本没有问过孩子的想法，这次复婚，无论如何，再也不能不经过他的同意了……
许如星轻轻拍周青云的手背。
许如星：会好的，会好的。

21-23 文工团小区　日
童飞从贾午家单元门口出来，擦汗，下意识地望向乔晓羽窗台。
童飞转身走向轿车，突然看见乔晓羽出现在小区大门口。
乔晓羽也看见了童飞，两人对视，微笑招手。
乔晓羽走到童飞跟前。
乔晓羽：你怎么回来了？
童飞：今天下午正好有空，帮周阿姨

给贾叔送个电脑。

乔晓羽：（笑）明白了，你这是兼职帮如星阿姨打工吧？

童飞和乔晓羽对视微笑。

童飞：你今天怎么也回来了？不上课吗？

乔晓羽：今天正好没课……我在学校旁边租了个房子，回来收拾一些东西。

童飞：哦，真巧。

童飞抬起手臂擦汗。乔晓羽看见童飞的衬衣小臂处有血迹。

乔晓羽：（惊讶）又受伤了？

童飞看着被血迹浸湿的衬衣，赶紧遮掩。

童飞：没事，小伤而已。

乔晓羽抓过童飞的手腕，童飞无奈伸出小臂让乔晓羽看。乔晓羽轻轻卷起童飞的衬衣袖子，伤口已经渗出很多血。童飞忍不住望着乔晓羽的眼睛。

乔晓羽：（着急）流了好多血，这是怎么弄的？

童飞：（收回手臂）中午蹲点抓人，被蹭了一下，真没事，明天就好了。

乔晓羽：伤口不处理怎么能行？走吧。

乔晓羽拽起童飞的手腕往自己家单元门口走去。

（闪回）

（慢镜头）童飞高三时打野球时脸上受伤，乔晓羽拽着童飞往医务室的方向走。

（闪回结束）

乔晓羽拽着童飞的手腕上楼。

21-24 小区民宅　乔晓羽家　日

乔晓羽和童飞坐在沙发上，童飞露出手臂的伤口，乔晓羽从旁边的医药箱里拿出消毒用品。

乔晓羽：忍着点。

童飞点头。乔晓羽用酒精棉球给童飞消毒，童飞轻轻皱眉。乔晓羽关切地看着童飞的眼睛，童飞赶紧微笑。乔晓羽给童飞上药，用绷带轻轻包扎。童飞放下衬衣袖子。

童飞：谢谢。

乔晓羽：警察同志为我们老百姓抓坏人受伤，我这也是替大家感谢你啊。

两人笑着对视，有点不好意思。

乔晓羽：喝点水吧。

童飞：哦，好。

童飞喝水。乔晓羽站起身。

乔晓羽：你休息一下，我去收拾东西。

童飞：好。

乔晓羽走进卧室收拾衣物，又走到卫生间收拾洗漱用品。

童飞一边喝水，一边默默看着乔晓羽的身影走来走去。

乔晓羽把所有东西收拾到一个行李箱里，合上盖子，深呼吸微笑。

童飞站起身走过去。

童飞：收拾好了？

乔晓羽：嗯，你休息得怎么样？

童飞：（站笔直）报告，生龙活虎！

乔晓羽：（微笑）那咱们走吧。

童飞：今天一定要赶回新城吗？

乔晓羽：是啊，明天还有课。

童飞：我……我去送你一趟吧。

乔晓羽：（摆手）不用不用，我自己去坐大巴车就好。去新城来回要三个小时，你已经很辛苦了，快回家休息吧。

童飞：你拎着一个大箱子太不方便了，我今天下午真没事，老百姓给我治好伤，我更得好好为人民服务了！

乔晓羽张嘴正准备说话，童飞一把拎起行李箱走出门。

童飞：（大步出门）走吧！

乔晓羽：哎？童飞……

乔晓羽跟着童飞出门。

21-25 车内　日

插曲音乐响起。

轿车穿过城区，开向高速公路。

童飞开着车，偷偷望向乔晓羽侧脸。乔晓羽正在望着车窗外的风景。

乔晓羽坐在副驾驶，悄悄瞥向童飞。童飞专注地开车。

21-26 乔晓羽新家小区　日

轿车停在一个小区门口。

童飞和乔晓羽从车上下来，童飞打开后备厢，拿出乔晓羽的行李箱。

21-27 小区楼道　日

乔晓羽在新家门口，拿出钥匙开门。

童飞拖着行李箱，警觉地环顾四周。

21-28 小区民宅　乔晓羽新家　日

乔晓羽和童飞走进家门，童飞把行李箱放下。

乔晓羽：开了这么久，你的伤口还好吧？

童飞：早就不疼了。

乔晓羽：不行，让我看一眼。

童飞无奈地伸出小臂，乔晓羽小心地查看着伤口。

童飞忍不住望着乔晓羽的眼睛。

乔晓羽：（抬起头）还好，不过这几天你注意别碰水。

童飞：嗯。我给你把箱子放进去吧，你住哪间？

乔晓羽：（指向一间卧室）我住那间。

童飞把行李箱拎到乔晓羽的卧室。

童飞放下行李箱，环顾卧室。

书桌旁一个小架子上，放着小王子造型的钥匙挂件。

童飞回到客厅。

乔晓羽：坐下休息一会儿吧，我去收拾一下。等会儿我请热心助人的警察同志吃饭！

童飞：（笑）好。

童飞坐到沙发上，乔晓羽拿出一瓶水递给童飞。

乔晓羽回到卧室，打开行李箱收拾。

童飞：和你一起合租的也是老师吗？

乔晓羽：（画外音）对，是我们学校的美术老师。

童飞：（犹豫）是……女孩吗？

乔晓羽：（画外音）当然啊，你怎么问这个？

童飞：哦……我随便问问……

乔晓羽笑着走出卧室，手里拎着一袋垃圾。

乔晓羽：我明白了……不过这个女孩已经有男朋友了，你问晚了……

童飞：我不是那个意思……

乔晓羽：逗你的。

童飞笑着无奈摇头。

乔晓羽：我去外面扔垃圾。

童飞：（站起身）我去吧。

乔晓羽：没事，你歇会儿，我也得熟悉一下小区环境。

童飞点头。

乔晓羽拎着垃圾出门。

21-29 小区楼道　日

乔晓羽拎着垃圾走出家门，对面邻居的门打开，走出一个男人，穿着艳丽，一副吊儿郎当混社会的样子。

男人看见乔晓羽，眼睛一亮，猥琐地笑。

乔晓羽吓了一跳，想赶紧下楼。男人挡住去路。

邻居男：哎，美女？你是刚搬来的吧？

乔晓羽：嗯，你好。

乔晓羽想过去，男人故意蹭来蹭去挡住路。

乔晓羽：你好，我下楼。

邻居男：以后都是邻居，认识一下嘛……美女叫什么名字，多大了？哥哥我住这儿好几年了，有什么需要帮忙的，随时敲门啊，哈哈……

乔晓羽脸红，正不知所措，家门砰地打开，童飞出来，直接站到男人对面。邻居男人吓了一跳。

童飞：你有事吗？

邻居男：（恼羞成怒）咳，吓我一跳，我能有什么事，邻居嘛，认识一下，凶什么凶，哼……

童飞掏出警察证，戳在男人脸前。

童飞：（瞪住男人，一字一顿）你有事吗？

邻居男人吓得赶紧往后一撤。

邻居男：（紧张）警察同志！我没事，我什么事也没有，我是好人！我……回家了，您有事随时找我……不不，您别找我……不不，可以找我……（慢慢退回房门，露出半张脸）您忙……

邻居男人边说边迅速退回，把门关上。

乔晓羽无奈地看向童飞，两人扑哧笑出声。

21-30 乔晓羽新家小区　昏

乔晓羽和童飞溜达着走到童飞轿车前。

乔晓羽：刚才你没吃好吧，这附近我还不熟悉，下次找到好吃的餐厅再请你！

童飞：吃得很好，放心。

乔晓羽手机铃声响起，乔晓羽接听。

乔晓羽：（拿着手机）喂，小雯，我已经收拾好了，就等你了……哦，没关系……嗯嗯，好，你快忙……

乔晓羽放下手机。

童飞：怎么了？

乔晓羽：哦，没事，小雯和她男朋友有点事，她得晚一些回来。

童飞看向乔晓羽新家窗户方向，若有所思。乔晓羽看向夕阳。

乔晓羽：太晚了，你赶紧回去吧，再晚开车就不安全了。

童飞：你一个人没事吗？我有点不放心……

乔晓羽：你是担心那个邻居吗，他已经被你吓到了，放心吧，我回家一定锁好门。

童飞：（犹豫）好吧，有什么事给我打电话，随时。

乔晓羽：好。

童飞：你上去，我再走。

乔晓羽点头，走进楼门口，回头向童飞挥手。

童飞看着乔晓羽走远。

童飞打开轿车门坐进去，准备发动车，又拔出钥匙。

童飞走下车，看向乔晓羽新家窗台，发现周围邻居都有防护网，只有乔晓羽新家窗台没有防护网，童飞皱眉。

童飞坐回车里，轻轻按下车载CD播放器的按键。

21-31 组镜

范逸臣《除此之外》[①] 音乐响起。

歌词：Say goodnight，晚安，谢谢你陪我一整个夜晚。Close your eyes, be quiet, 我明白你有自己的不安，很多来不及我不曾看见，我只遇见你的现在，不管你接受或离开，I hope to stay for a while. 除此之外，要你明白，你的笑我真是喜欢看，于是我一次又一次等待，其实都还算愉快。除此之外，非常遗憾，你的心我还是打不开。And if you need somebody, 我确定我会在，不会走开……

童飞靠在车座上，不时抬头看乔晓羽窗台。

乔晓羽在屋里收拾房间，打开电视，靠在沙发上看2003年热播的韩剧《蓝色生死恋》。

童飞靠在车座上，夜色越来越暗，童飞望着远处天空的月亮。

乔晓羽关掉电视，回到卧室，坐在床上看书。

童飞看着乔晓羽窗台，看手表。

童飞透过车窗，远远看到一对情侣挽着手走到楼下。男孩亲吻女孩，女孩跟男孩挥手。女孩走进楼门口。

童飞抬头望向乔晓羽新家窗台，另一个卧室灯开。随后两个卧室窗帘都拉上。

童飞手机短信铃声响起。童飞拿出手机，手机短信显示"小雯回来了，放心"。

童飞深呼吸，看一眼楼上窗户，拿出车钥匙发动轿车。

童飞开车行驶在夜晚的街道上。

乔晓羽和小雯在卧室门口互道晚安，

[①] 《除此之外》由阿怪作词，陈达伟作曲，范逸臣演唱，收录在范逸臣2002年发行的专辑《范逸臣》中。

走进卧室关灯。

早晨，乔晓羽和小雯一起谈笑着走进校园。

公安局，童飞和其他同事从警服换成便装，检查防弹衣、手铐、甩棍，迅速集结出警。

乔晓羽在教室里上课，边弹钢琴边哼唱，同学们都跟着微笑唱歌。

童飞从审讯室走出来，伸展双臂舒缓疲劳。

乔晓羽在校园里和同学们挥手。

童飞坐在办公室，从抽屉里拿出老朋友们在雪地里的合影，看着照片上乔晓羽的笑脸。

乔晓羽坐在教师办公室，拿着同一张合影，不自觉看着照片上的童飞。

21-32 大学宿舍楼门口　日

栗凯背着包低着头走到宿舍楼下，突然乐芯跳到他面前。

乐芯：栗凯！

栗凯：你怎么来了？

乐芯：（着急）当然是关心你面试结果啊！怎么样？

栗凯：（微笑）嗯，还可以。

乐芯：那就是通过了？

栗凯：他们对我很满意，下周就可以去实习，如果实习期表现可以，应该就可以入职了……

乐芯：哇，太棒了！走，今天晚上一定要好好庆祝一下！

栗凯：庆祝？好吧，去哪里？

乐芯：当然是……老地方！

乐芯拉着栗凯跳着走远。

21-33 酒吧　夜

酒吧一角的小舞台上，一名女歌手抱着吉他唱歌。栗凯和乐芯坐在下面欣赏，乐芯轻声哼唱。

一曲完毕，掌声四起，乐芯开心鼓掌。

酒吧老板走过来，和栗凯笑着对拳击掌。

酒吧老板：栗凯，来一个吧？

栗凯笑着摆手拒绝。

乐芯：去吧，唱一首！

栗凯：（笑）好久不弹，手指都不灵活了，算了……

酒吧老板：那你们好好玩，我请客！

栗凯、乐芯：谢谢老板！

酒吧老板走开。乐芯递给栗凯一杯饮料。

乐芯：今天好开心，你马上就要去龙城最大的文化集团公司实习了，太优秀了！

栗凯：其实我没有那么好，多亏了吴教授推荐，才会得到这个机会。

乐芯：你的导师推荐也是因为你优秀啊，这两年你跟着吴教授发表了好几篇论文，还参加了文化企业改革的课题组，绝对是凭实力说话的好吗？

栗凯：不过，这一切，还是要谢谢你……

乐芯：（害羞）谢我干吗……

栗凯：（真诚）大学的时候，如果不是你骂醒我，把我从泥潭里拖出来，我现在还是个酒鬼，不知道在哪里宿醉呢……

乐芯：以前的事还说它干什么，你要去大公司实习了，我也要好好努力找工作，这样……（兴奋地抓住栗凯的手）我们就可以在这里立足，一起奋斗了！

栗凯有点不自在，又不好意思放开手。乐芯看出栗凯的尴尬，放开栗凯的手，端起一杯酒。

乐芯：那我们好好庆祝一下，干杯！

栗凯：干杯！

两人一起笑着碰杯。

21-34 大学宿舍楼门口　夜

栗凯搀扶着有点踉跄的乐芯走到女生宿舍楼下。

栗凯：你喝多了，早点上去休息吧。

乐芯：（举起双臂望着天空）太开心了，真不想结束今天……

栗凯：（微笑）这么多年，你还是一点都没变……

乐芯：（笑）是啊，一开始你总叫我师姐，结果我这个师姐第一年没考上研究生，又陪你考了一年，变成了你的同学……这几年，你越来越成熟，反而更像我的师兄了……

栗凯：那我可得好好管管你了，以后不能再喝这么多酒，嗯？

乐芯有点激动，眼圈微红，靠近栗凯。

乐芯：栗凯，说实话，我以为今天这么开心的日子，我们一定会……

栗凯有点疑惑地看着乐芯，随即明白，低头不语。

乐芯：（看着栗凯）栗凯，这么多年，你有对我动心过吗？

栗凯：（抬头）乐芯，我……

乐芯突然扑过去吻住栗凯。

栗凯有点蒙，愣在原地。

栗凯闭眼，脑袋里浮现出齐贝贝在夕阳下回头的笑脸。

栗凯猛地推开乐芯。乐芯忍不住流出眼泪，栗凯赶紧扶住乐芯胳膊。

栗凯：乐芯，对不起，我心里还想着她，这样对你不公平……

乐芯：（擦眼泪）嗯，我明白……谢谢你，这样直接告诉我最好。

栗凯：（低头）对不起。

乐芯：不，不用说对不起。

乐芯转身离开向宿舍楼走去，栗凯看着乐芯的背影。乐芯突然回头。

乐芯：（努力微笑）放心，你甩不掉我的，咱们还是同学、战友、酒友！

栗凯：（苦笑）酒友就算了吧……你永远……都是我最好的朋友。

乐芯转身走进宿舍楼，没有回头。

栗凯望着乐芯的背影深深呼吸。

21-35 教师办公室　日

乔晓羽拿着教材从走廊里走进办公室，美术老师小雯坐在办公桌前，体育老师林老师歪坐在桌子上，两人正在闲聊。

林老师看到乔晓羽进来，马上站起身微笑。

林老师：乔老师下课了？

乔晓羽：嗯，你们在聊什么？

林老师：唉，还能聊什么啊，初三（5）班的课又被数学老师给"借用"了，我又可以自由活动了……

乔晓羽和小雯扑哧笑出声。

小雯：那你不是正好乐得自在吗？

林老师：自在什么啊……在毕业班某些老师嘴里啊，我这个体育老师不是今天感冒，就是明天发烧，没一天健康的……哼，早晚被他们咒死！

林老师瘫在办公椅上。

小雯：彼此彼此，同病相怜……

乔晓羽：我还好，目前还没怎么被"借用"过……

小雯：我都听说了，有的班要占你的音乐课，同学们立刻反抗，唉声叹气，主课老师都不得不放弃了！

林老师：（嬉皮笑脸）我们乔老师的课就是这么受欢迎，大家都喜欢你……

乔晓羽：孩子们学习很辛苦，听听音乐唱唱歌也是一种缓解压力的方式，心情愉悦才能更好地学习嘛……不过，毕业班学业确实很紧张，主课老师的想法我也能理解……

林老师猛地站起身，攥紧拳头。

林老师：虽然现实如此不公，但我坚信，在不远的将来，体育课，（拳头指天）一定会成为主课！

乔晓羽和小雯看着林老师激情澎湃的样子忍不住笑出声。

小雯：嗯嗯，祝你梦想成真！

林老师：（凑近小雯和乔晓羽）要不……咱们结成音体美互助小组怎么样？

小雯：谁要跟你结成小组？（抱住乔晓羽）我们是艺术小组，你是体育小组！

林老师：（哀求）别把我甩开嘛，我已经很惨了……

乔晓羽和小雯笑成一团。

乔晓羽手机铃声响起，乔晓羽接听。

乔晓羽：（拿着手机）喂，魏老师？您找我有什么事吗？

魏老师：（画外音）晓羽啊，有件事情想找你帮忙……

乔晓羽：您尽管说……

21-36 组镜

乔晓羽拿着教材走在校园里。

魏老师：（画外音）晓羽，咱们一中明年建校五十周年，学校准备做一个宣传片，好好回顾一下一中的发展历程和取得的成绩，这个宣传片会在建校五十周年庆典上发布，校领导非常重视……

乔晓羽走进实验中学教导主任办公室。

教导主任和乔晓羽面对面坐着交谈。

魏老师：（画外音）很多已经毕业的校友都加入了这次庆典的筹备，我们大家一致认为，你来担任宣传片形象大使最合适不过。你不但是我们一中优秀的校友，现在还成为一名教书育人的老师，我已经跟你们教导主任沟通过了，你们学校非常支持……

乔晓羽坐在教导主任对面，不时点头，微笑。

魏老师：（画外音）晓羽，老师现在回想起来，你负责文艺小分队的那两年，学校经历了很多大事，每次活动你都认真负责，办得特别出色。我真诚地希望你能回来参与这次校庆活动……

乔晓羽迈着轻快的步伐走在校园里。

21-37 教学楼　日

魏老师和乔晓羽走在清城一中教学楼走廊。

魏老师：晓羽，这次可要辛苦你一阵子了，我代表校办谢谢你的支持……

乔晓羽：魏老师，您别客气，一中培养了我，能为校庆做点事情是我的荣幸。

魏老师：这次啊，学校特意请了专业的团队来制作宣传片……

魏老师和乔晓羽走到教务室门口。

教务室里站着一个年轻男人（背影）。

乔晓羽走进去，看着年轻男人的背影，面露疑惑。

魏老师：你猜宣传片导演是谁？

男人笑着回头，原来是贾午。

乔晓羽：（惊讶）贾午！

贾午：（笑）没想到吧？

魏老师：这小子还像以前一样调皮！非要让我瞒着你！看在他既要策划又要导演的份儿上，我就配合他一次！

乔晓羽：贾导演，保密工作做得不错。我想问，你几岁了？

贾午伸出五根手指头，乔晓羽把他的大拇指弯回去。

乔晓羽：（笑着摇头）最多四岁，不能再多了……

魏老师：（感慨）唉，看你们斗嘴，好像又回到了你们十七八岁的样子，感觉就在昨天啊……我们2班的迟到大王都成导演了，（摸贾午的头）老师可真没想到！

贾午：魏老师，您就别损我了，我现在也是经常出镜的，得注意形象！

魏老师：（笑）行，行，注意形象！你们聊策划方案吧，我就不打扰你们了。有什么需要我协调的，随时找我！

贾午：嗯，魏老师放心，包您满意！

魏老师：（笑）这孩子……

魏老师转身离开教务室。

贾午看向乔晓羽。

乔晓羽：贾导，有什么指示？

贾午：（坏笑）被你领导了那么久，这次，可算有机会指挥你了，嘿嘿嘿……

乔晓羽追着打贾午，贾午笑着跑出教务室。

21-38 校园　日

清城一中校园，乔晓羽和贾午站在教学楼外，乔晓羽拿着一摞资料认真阅读。

贾午：你觉得怎么样？

乔晓羽：（认真翻看策划方案）很好啊，建校历史、奋斗历程、辉煌成绩、优秀校友……很完整、很专业……

贾午：你就别跟我客套了，还是说说不足吧。魏老师请你来，肯定不只是客串主持人那么简单……

乔晓羽：（微笑）那我随便说了？

贾午：（敬礼）Yes Madam！

乔晓羽：嗯……现在的方案中规中矩，拍出来肯定能让大家满意……但如果要打动人心，可能还缺一点小小的情怀……

贾午：（把两只耳朵拽起来）洗耳恭听！

乔晓羽：（看着远处）你看，这些教学楼、体育馆、操场、食堂、雕塑、树木花草……看起来都很普通，和每一个学校一样，没什么区别。可是在我们心目中，它们和其他学校都不一样，是独一无二、无可替代的……

贾午认真看着乔晓羽说话的表情。

乔晓羽：不是因为它们有多么独特，而是因为每一位老师、每一位同学，在这些地方经历了很多事情，生命轨迹和它们有了交集，这些建筑、这些景物才有了生命……

贾午看着乔晓羽的眼睛，点头。

乔晓羽：（思考）我想……除了策划方案上这些内容，我们不如请一些校友代表和在校学生，分别站在这些建筑和景物旁，讲一个他们每个人和一中独特的故事，让这个宣传片更有人情味，你说呢……

贾午动容地望着乔晓羽的侧脸。

乔晓羽转头，贾午赶紧掩饰自己的表情，微笑鼓掌。

贾午：晓羽，在我心目中，你才是真正的导演……我自愧不如……

乔晓羽：（调皮地笑）不会吧，从小到大你都没夸过我，让我看看，今天太阳从哪边出来的？

贾午：我这次可是真心诚意的！当年你放弃艺考，太可惜了……

乔晓羽：都是过去的事了……现在这样也很好……

贾午：嗯，好吧……有了你的创意，我更有信心了！那我们开始吧！

乔晓羽点头。

21-39 组镜

李玟《不变的诺言》[①]音乐响起。

歌词：My love，还记得和你一起看着蓝天，我们曾对着星星许下心愿，在那座花园，种满了你我从前单纯的笑脸。Now，你用花编成的戒指在身边，你陪我走过的记忆像昨天，同一座花园，我心中的伤悲想念，你再也看不见。我想对你说，我爱你到永远，就算承诺，没时间让它实现，我会守候这个不变的诺言，不管世界把你我分隔多远。我要对你说，我爱你到永远，等待有天，再重逢继续相恋，我会记得我和你曾经有约，让我爱你到永远……

乔晓羽站在清城一中门口，面带微笑解说，贾午站在旁边指导，摄影师站在对面拍摄。

乔晓羽分别在校训、雕塑、教学楼、旗杆、体育馆采访不同的校友或同学，有的欢笑，有的流泪，有的感慨，贾午望着乔晓羽微笑。

乔晓羽、贾午和采访对象分别握手，

[①]《不变的诺言》由何不、陈耀川作词，李玟、陈耀川作曲，李玟演唱，收录在李玟 2001 年发行的专辑《Promise》中。

表示感谢。

乔晓羽和贾午站在教学楼栏杆前望着远处，贾午指着楼下旗杆谈笑风生，乔晓羽不时笑弯了腰。

乔晓羽：（画外音，成年）小时候，我以为这样的日子，这样的朋友，会永远存在，不会改变，后来才知道，那只是人生中短暂的一瞬；长大后，我以为那样的日子，那样的朋友，只是人生中短暂的一瞬，根本不必在意，现在才明白，那些人、那些事，早已变成我生命的一部分，永远都不会消失。

（闪回）

香港回归演讲活动，校园操场上全校同学举着国旗进行表演。

乔晓羽跑到操场和齐贝贝、贾午击掌。

（闪回结束）

乔晓羽走到篮球场边，看着篮球场。

（闪回）

童飞、栗凯、贾午、黄大卫在篮球场打球，乔晓羽和齐贝贝在旁边笑着加油。

（闪回结束）

乔晓羽走到校门口，望着学校大门。

（闪回）

乔晓羽拿着被损坏的舞蹈服装，看着童飞跳上自行车，骑车出校门。

（闪回结束）

乔晓羽走到原来高二（2）班教室门口。

（闪回）

童飞站在高二（2）班门口，头靠在门上，嘴里叼着笔。乔晓羽走出来把课本递给童飞，童飞给乔晓羽做了一个调皮的敬礼动作。

（闪回结束）

乔晓羽走到操场上。

（闪回）

童言、齐贝贝和一些参赛同学站在主席台上领奖。

乔晓羽冲主席台上的童言挥手。

（闪回结束）

乔晓羽站在水房外。

（闪回）

水房里，童飞站在水龙头旁擦洗身上和头上的汗。乔晓羽拿着毛巾递给童飞。童飞笑着接过来擦脸。

（闪回结束）

21-40 学校水房　　日

乔晓羽站在水房门口。贾午走到乔晓羽身后。

贾午：还记得那次吗？

乔晓羽：嗯？

贾午：你们几个，轮流给我戴隐形眼镜，快把我戳瞎了！

乔晓羽：（笑）那次，我想起来了……哈哈……最后还不是我给你戴上了吗？

贾午：（看着乔晓羽的眼睛）是啊，只有你……

贾午认真地看着乔晓羽。

第二十二集
希望快乐真的属于你

22-1 学校水房　日

乔晓羽站在水房门口。贾午走到乔晓羽身后。

贾午：还记得那次吗？

乔晓羽：嗯？

贾午：他们几个，轮流给我戴隐形眼镜，快把我戳瞎了！

乔晓羽：（笑）那次，我想起来了……哈哈……最后还不是我给你戴上了吗？

贾午：（看着乔晓羽的眼睛）是啊，只有你……后来，每次比赛前你都专门跑来帮我，结果我到现在还没学会自己戴，看来这辈子是学不会了……

乔晓羽凑近贾午的脸，认真看贾午的眼镜。

乔晓羽：没学会也挺好的。

贾午：（脸红，不自然）为什么？

乔晓羽：（一本正经）贾导演，我确定，你还是戴眼镜更帅、更有范儿！

贾午：（装作得意）终于发现了吧？

乔晓羽：贾导，以后你得找一个会给你戴隐形眼镜的女朋友啊！不过在你找到女朋友之前……如果你需要，只要我在清城，一定想办法赶到你身边……

贾午克制内心的深情，望着乔晓羽。

乔晓羽：谁让我们是最好的朋友呢？

贾午深呼吸，表情从紧张到释然。

贾午：女朋友……哪有那么容易……哎，你怎么不赶紧找个男朋友？不会……（盯着乔晓羽）

乔晓羽有点不自然。

贾午：（打趣）不会是以我为标准在找吧，告诉你，那可难了，整个清城也找不到的……只此一款！

乔晓羽被逗笑了。

乔晓羽：那你们电视台那么多美女，你怎么也单着啊？不会……是以我为标准在找吧？

贾午：对，以你为标准！像你那么笨的也难找，整个清城，只此一款！

乔晓羽：（打贾午）又说我笨！

乔晓羽和贾午笑着追打出水房。

22-2 小白楼天台　日

乔晓羽站在小白楼天台，摄影师站在对面拍摄。贾午站在旁边看着乔晓羽。

乔晓羽：（拿着话筒）同学们给这个教学楼取了一个绰号，叫作"小白楼"，听起来是不是很可爱？不过当年啊，小白楼可是"学霸"专用呢！这里是清城一中最高的地方，在这个天台可以看到美丽的日落，大家一起来欣赏一下吧！

贾午和摄影师对视点头。

贾午：（对摄影师）补个日落的空镜，咱们今天就到这儿吧。

摄影师点头，到天台边拍摄日落。

贾午走到乔晓羽身边。

贾午：忙了一天，累吗？

乔晓羽：还好。

乔晓羽和贾午一起转过身，站在天台边，欣赏日落。

摄影师：（走过来）我先下去收拾设备了，明天见！

贾午：（对摄影师）好，明天见！

乔晓羽：（对摄影师）辛苦了，明天见。

乔晓羽突然望向贾午身后的楼下。

远远地，齐贝贝站在校园里，向小白楼方向挥手。

乔晓羽和贾午向楼下的齐贝贝挥手。

贾午：唉，躲不掉啊躲不掉！

乔晓羽：（笑）你敢当着贝贝的面说吗？

贾午：不敢不敢……我还想多活两天呢！

乔晓羽：咱们下去吧！

22-3 校园／车内　日

校园，齐贝贝笑着跳着走过来，和乔晓羽挽手。

齐贝贝：怎么样，今天的工作完成了吗？现在能遇到你们俩都在清城的日子可太难了！走吧，我请客，吃顿好的！

贾午：吃，就知道吃！我们俩正在回忆青春，给宣传片找灵感呢，你一来就把这种唯美的境界破坏了！

齐贝贝：哦，回忆青春啊……是回忆你暗恋晓羽的青春吗？

贾午吓得捂住齐贝贝的嘴。

贾午：你瞎说什么？（对乔晓羽）别听贝贝胡扯……

乔晓羽笑弯了腰。

贾午尴尬地笑。

齐贝贝：（推开贾午的手）暗恋有什么不能说的……

乔晓羽手机铃声响起，乔晓羽拿出手机。

乔晓羽：（拿着手机）喂？童飞？

童飞坐在车里打电话。

童飞：（拿着手机）晓羽，上次送你去新城，我看到你租的房子窗户没有防护网，你们两个女孩，不太安全……我有个同事的亲戚就是做这个的，我已经问过她了……

乔晓羽：谢谢你，还想着这些……

童飞：你记一下她的联系方式，你们还是尽快安一个防护网吧！

乔晓羽：好，我会联系的……

童飞：那就这样，我挂了。

乔晓羽：童飞……

童飞：嗯？

乔晓羽：嗯……我回清城了，和贾午、贝贝在一中这边，准备一起吃饭，你如果有空，要不要过来……

童飞：（犹豫）我……还要值班，你们吃吧，我就不过去了。

乔晓羽：哦，好。

乔晓羽挂掉电话，眼神有点失落。

贾午注意到乔晓羽的失望，若有所思。

齐贝贝：（对乔晓羽）是童飞吗，什么事？

乔晓羽：没什么，他要值班。

齐贝贝：警察叔叔太忙了，还是咱们去吃吧！

乔晓羽：走吧。

乔晓羽、齐贝贝、贾午走在校园里。乔晓羽突然停住。

乔晓羽：我想去自行车棚那边看一

眼，你们在学校门口等我吧。

　　齐贝贝：哦。

　　贾午和齐贝贝看着乔晓羽的背影。

22-4 校园　昏

　　乔晓羽站在自行车棚，望着远处的天空。

22-5 学校门口　昏

　　贾午和齐贝贝站在清城一中门口。齐贝贝狡黠地看着贾午。

　　贾午：干吗？你这什么眼神？

　　齐贝贝：看来你又没有表白啊……

　　贾午：（掩饰）表什么白……

　　齐贝贝：（晃贾午的脑袋）你是不是傻了，两个人一起制作宣传片，一起回忆青春，这是老天给你的机会啊！

　　贾午默默摇头。

　　齐贝贝：为什么？

　　贾午：因为，我想留在她身边。

　　齐贝贝：什么，你说什么？

　　贾午：万一表白失败，还怎么做好朋友？过了这么多年，我终于明白了，能不能和她在一起，已经不重要了……我只想做那个，她一回头就可以看到的人，她随时都可以依赖的朋友……

　　齐贝贝：（叹气）一辈子都不说出来，会后悔吗？

　　贾午挤出一丝笑容，轻轻摇头。

　　贾午看着乔晓羽从远处走过来。

　　贾午：（喃喃自语）也许，她和我一样……

22-6 大学教研室　日

　　栗凯坐在办公桌前翻阅资料，不时在电脑上操作。

　　门开，栗凯的导师吴教授走进来。栗凯站起身。

　　栗凯：吴老师。

　　吴教授：栗凯啊，最近实习感觉如何？

　　栗凯：很有收获，您和龙城文化合作的课题项目也进展得很顺利。我已经完成大纲了，请您过目。

　　栗凯指向电脑屏幕，吴教授坐下，认真查看电脑屏幕。

　　吴教授：（频频点头）不错，不错……这两年来龙城文化集团带头转企改制，甩掉了不少包袱，重新焕发了活力，给全省的文艺院团改革树立了标杆。实习期间你要多走走、多看看，对你将来的研究和工作都很有帮助。

　　栗凯：嗯！

　　吴教授：对了，根据现在的实际情况，课题组还增加了一个项目，重点考察一些基础较差的院团，研究他们改革过程中遇到的困难，其中就包括你的老家清城……

　　栗凯：您说的……是清城文工团？

　　吴教授：对，你下周回清城参加校庆，正好开展一下调研。课题组已经开好了介绍信，辛苦你了。

　　栗凯：这是应该的，吴老师，我一定认真完成调研。

22-7 校园　日

插曲音乐响起。

镜头随着乔晓羽的视线从清城一中大门进入校园，校园门口挂着"热烈庆祝清城一中建校五十周年"的巨大横幅。

校庆现场一片欢乐气氛，年轻的学生们站在校门两旁挥舞着鲜花欢迎，鲜艳的花环铺设在校园各处，各种颜色的气球挂满校园。

校园里，校友们聚集在一起欢笑聊天。

校友签名墙边，一些校友正在签名。

舞台上，几位学生代表穿着校服，正在激昂朗诵。

主席台上，学校领导给优秀校友颁发纪念册，大家开心合影。

大屏幕上，循环播放着清城一中纪录片，屏幕显示乔晓羽介绍清城一中各个阶段历史，采访校友代表。

远处，一群年轻人热情地挥手，是乔晓羽的同班同学们，贾午、黄大卫也在其中。

乔晓羽开心地走过去和大家拥抱。

22-8 校园　日

主席台上，校长正在热情洋溢地发言。

校长：今天，我们怀着无比激动和喜悦的心情迎来了清城一中建校五十周年，在此，我代表全体师生，向出席今天庆典的各位领导、各位嘉宾表示最热烈的欢迎！向曾经和现在辛勤耕耘在一中的教职员工表示最衷心的感谢……

台下，齐贝贝、齐向前和高洁一起走到座位旁。

齐贝贝高二（5）班的班主任陈老师走过来。

陈老师：贝贝！

齐贝贝：陈老师！

齐贝贝开心地过去和陈老师拥抱。

齐向前、高洁：陈老师好！

陈老师：欢迎欢迎！

高洁：今天真是个好日子啊，我们也和贝贝一起过来热闹热闹！

陈老师：你们全家能回来太好了，二位不但是我们的优秀校友，还培养出了贝贝这么优秀的好孩子……我听说贝贝的宠物医院蒸蒸日上，还开了分店……（对齐贝贝）贝贝，你真是老师的骄傲，要继续加油啊！

齐向前和高洁对视，露出欣慰的表情。

齐贝贝：陈老师，我一定会努力的，谢谢您！

陈老师：等会儿是校友致辞，咱们坐下看看吧。

齐贝贝一家和陈老师坐到座位上，看着主席台。

主持人走上主席台。

主持人：下面欢迎九八届毕业生栗凯致辞！

栗凯穿着黑色西装，从前排走上主席台，向台下鞠躬，台下响起掌声。

齐贝贝看着栗凯，露出些许紧张和激

动的表情。

栗凯走到话筒前开始致辞。

栗凯：尊敬的母校领导、老师，亲爱的各位校友，大家好，我叫栗凯，是九八届的毕业生，今天非常荣幸参加母校建校五十周年庆典……

齐贝贝旁边，齐向前和高洁对视，露出惊讶和疑惑的表情。

高洁：（耳语）老齐，这不是……？

齐向前：（耳语）还真是……

陈老师听到两人对话，扭过头。

陈老师：（小声）这孩子叫栗凯，你们认识吧？经济管理学硕士研究生，导师是著名的经济学家，这两年他跟着导师发表了不少文章，已经被一家大型国有文化集团破格录取。听说还准备攻读博士学位，他是咱们这次优秀校友代表里最年轻的一位！

齐向前、高洁：哦，哦……

栗凯站在主席台上。

栗凯：经过五十年的发展，一中已经桃李满天下。在我们的成长过程中，从母校汲取了宝贵的知识，收获了珍贵的同学友情。这里，有我们漫步校园的背影，有我们伏案读书的记忆，还有我们热情飞扬的憧憬……一中是我们永远的精神家园，让我们携手共进、薪火相传，我相信，一中的明天一定会更加美好！

台下响起热烈的掌声。齐贝贝微笑着鼓掌。齐向前和高洁偷偷看向齐贝贝。

22-9 校园　日

校庆活动结束，台下观众散场，同学们收拾现场的花环、气球等道具。乔晓羽也在主席台旁帮忙，身后几位同学正在收拾大型鲜花气球门。

乔晓羽抬头，远远看到校门口，童飞穿着警服匆匆跑进来。

童飞走到乔晓羽身边，汗流浃背。

乔晓羽：（微笑）你终于来了。

童飞：突然有个紧急的案子，唉，还是没赶上。

乔晓羽看着童飞流汗的脸庞，拿出一块纸巾递给童飞。

乔晓羽：快擦擦汗吧。

童飞接过纸巾擦汗，发现自己穿着警服。

童飞：出来太着急，忘了换衣服。（解开警服扣子）今天没参加庆典太可惜了，应该很热闹吧。

童飞脱下警服外套。

乔晓羽：是啊，很多校友都回忆了他们的校园往事，很感动……

突然鲜花气球门倾倒，童飞下意识用身体护住乔晓羽，气球门倒下，无数气球飘落到童飞和乔晓羽身上。

（慢镜头）乔晓羽和童飞对视，气球在旁边慢慢落下。

乔晓羽看着童飞的眼睛有点动容。

乔晓羽：只是气球，没事的。

童飞：（尴尬）哦。

童飞意识到没有危险，赶紧后退一步。

乔晓羽看童飞退后，露出失落的神情。

童飞故作镇定地看着四周。

同学们跑过来把气球收走，大家拿着气球在空中打来打去玩闹着。

乔晓羽：不过还是谢谢你。这也是你的职业习惯吧……并不是因为我有什么特别，不管是谁，你都会下意识保护的……

童飞：晓羽……

乔晓羽：（微笑）把我送回新城，担心我安全守在楼下……

（闪回）

乔晓羽新家，乔晓羽拉窗帘看楼下，看到童飞的车还停在下面，拿起手机短信输入文字"小雯回来了，放心"。

（闪回结束）

乔晓羽：……检查房屋内外，提醒我安装防护网……这些都只是因为我是你的旧邻居、校友……

童飞：晓羽。

乔晓羽：对不起，我说多了……可能是因为今天的庆典，回想起很多以前的事……你放心，我没有多想……我先走了……

乔晓羽转身离开。童飞伸手想去抓住乔晓羽，乔晓羽已经走开。

远处跑来几个人，是童飞高三（5）班的老同学，强子和原来篮球队的两个男生把童飞围住。

强子：（兴奋）队长！不不，警察同志！你怎么才来……童飞，你小子现在也太帅了……

童飞挤出笑容和老同学寒暄，远远望着乔晓羽离开的背影。

22-10 校园　日

乔晓羽独自坐在清城一中花园走廊长椅上，远远望着学校门口三三两两离开的人们。

乔晓羽背后出现一个人的身影。

曹阿荣：（画外音）乔晓羽。

乔晓羽回头，看到了曹阿荣。

乔晓羽：（有点认不出）曹阿荣？

曹阿荣妆容精致，但难掩疲态。

乔晓羽：你……刚到吗？

曹阿荣：没有，我早就来了。

乔晓羽：刚才咱们班的同学都在那边聊天，你怎么没过去？

曹阿荣：（苦笑）你们一个一个意气风发的，我过去多扫兴。

乔晓羽：你现在……

曹阿荣：（甩甩头发）没什么正经工作，打零工养活自己。

乔晓羽：（不知道该说什么）大家也都是打工养活自己……

曹阿荣：我知道，你们觉得我是余芳的跟屁虫，看不上我，余芳在国外一直没回来，我过去凑热闹，只会讨人嫌。

乔晓羽：其实，余芳回来过。

曹阿荣：回来过？

乔晓羽：嗯，有一次，我碰到她了。

曹阿荣：在哪儿？

乔晓羽：在……童言的墓地。

曹阿荣：（沉默良久）是啊，以前……

她那么喜欢童言。（自嘲）说起来，余芳还替我背了不少黑锅呢。

乔晓羽看着曹阿荣。

曹阿荣：过去这么多年了，不如实话告诉你吧。以前你们以为余芳干的那些坏事，其实都是我做的。把你们舞蹈队裙子弄脏，在木牌上做手脚扎伤你的手，在班里宣传你爸下岗，挑唆威哥欺负童飞，还有……

乔晓羽：（打断曹阿荣）阿荣，别说了。

曹阿荣：怎么，不想听了？很吃惊吧？

乔晓羽：我知道……我知道是你。

曹阿荣：（冷笑）你还是老样子，装作很大度，其实心里恨死我了吧？

乔晓羽：一个巴掌拍不响，发生了不好的事，肯定也有我自己的原因。

曹阿荣：别自以为是了！喜欢一个人和讨厌一个人，都一样，没有原因！

乔晓羽沉默不语。

曹阿荣：那你知道我喜欢过谁吗？

乔晓羽：（抬起头）你喜欢童飞。

曹阿荣：（冷笑）没想到你这个闷葫芦，什么都知道……（苦笑摇头）我以为，童飞和我是一种人，可最后才明白，我错了，只有威哥是真的对我好……不过，有一件事，我敢打赌，你肯定不知道……

乔晓羽看曹阿荣。

曹阿荣：一开始童飞对你好，并不是因为他喜欢你，而是为了报复他小姨……

乔晓羽眉头紧锁。

曹阿荣：不过，后来他居然为了你那么拼命……童言不在了，我还以为你和童飞肯定在一起了，没想到你们还是单身……（撇嘴）看来，他也没那么喜欢你……（话音渐弱）

乔晓羽深深凝望着远处。

22-11 小区民宅　童飞新家　夜

童飞疲惫地走进家门。童振华和许如星坐在客厅沙发上看电视。

许如星：童飞回来了？吃饭了吗？用不用给你做点？

童飞：我吃过了，不用。

童振华：今天是不是你们学校校庆？你去了吗？

童飞：嗯。

许如星：见到其他人了吗？晓羽、贾午、贝贝他们怎么样？（感慨）有日子没见到这些孩子们了……

童飞：她……他们都挺好，我先回房休息了。

童飞垂着头走进卧室。童振华和许如星对视。

童飞走进卧室，坐到书桌前，从兜里掏出一张光碟，写着"清城一中建校五十周年宣传片"。童飞看着光碟，打开电脑。

电脑屏幕显示乔晓羽走在校园里，微笑着采访校友的片段。

童飞对着电脑屏幕一动不动。

22-12 小区民宅　童飞新家　夜

许如星和童振华坐在客厅。

许如星：童飞今天好像心情不太好。

童振华：是吗，我怎么没看出来，是太累了吧……

许如星若有所思。

22-13 小区民宅　童飞新家　夜

卧室灯亮着，童飞躺在床上睡着了。许如星走进童飞卧室，小心地给童飞盖好被子，转身看到电脑还开着。

许如星碰到鼠标，屏保解锁，屏幕视频暂停定格在乔晓羽站在小白楼天台望着夕阳的画面。

许如星站在卧室门口，回头看着屏幕，又看看沉睡的童飞，轻轻关灯，从外面关上门。

22-14 文工团办公室　日

一个人手里拿着一页介绍信。

何团长手里拿着介绍信认真阅读，马主任、栗铁生和栗凯站在旁边。何团长放下介绍信，热情招呼栗凯。

何团长：欢迎欢迎！我早就听说省里委托龙城工商管理大学做这个课题，没想到还会关照到我们这些落后的院团，我代表团里表示感谢！

栗凯：何团长，这次我只是先期考察，给您添麻烦了！

何团长：这是哪里话？不是添麻烦，是帮助我们啊！当然，我就不跟你见外了，老栗是我们的老员工、老师傅，文工团也是你的家嘛，随时欢迎你回家！（对栗铁生）老栗，你培养了一个好儿子啊，我太羡慕你了！

栗铁生：（笑）何团长，您过奖了。

何团长：老栗啊，你这几天带栗凯到团里转转，看几场演出，如果需要什么材料，就找马主任要！（转头对马主任）马主任，你做好接待工作啊！

马主任：团长放心！

何团长：我在市里还有个会，就不陪你们了。

马主任：那我们先去排练厅看看，团长您忙。

何团长和栗凯握手，离开办公室。

马主任：（笑着招呼栗凯）咱们走吧。

栗凯：谢谢马主任。

22-15 组镜

马主任、栗铁生、栗凯走进排练厅，一些演员正在闲聊，看到马主任来了，马上煞有介事地开始练习。

马主任、栗铁生、栗凯站在仓库，很多乐器、道具、设备都已经老旧不堪。

办公室，马主任把一摞文件夹递给栗凯，栗凯坐到办公桌旁认真查阅。

会议室，马主任给栗凯介绍一些员工，栗凯询问员工问题，员工分别回答，栗凯认真记录。

剧场里，栗铁生、栗凯坐在台下观看。舞台上，几位演员正在表演歌舞剧。栗凯左右环顾，观众寥寥无几。

22-16 小区民宅　栗凯家　夜

栗铁生、栗凯走进家门。栗铁生走到

餐桌前，倒了一杯水递给栗凯。

栗铁生：今天又跑了一天，累了吧。

栗凯喝水，放下水杯，看到栗铁生头上的白发。

栗凯：不累。

栗铁生：早点休息吧。

栗凯：爸。

栗铁生停下看着栗凯。

栗凯：爸，这几天我仔细看了团里各种档案和财务报告，还是有一些问题很疑惑……

栗铁生：（沉吟）嗯，我知道你想问什么。

栗凯：如果只是完成调研报告，这些资料也够了，不过我总觉得没有问到我最想要知道的东西。

栗铁生：团里以前也接待过不少考察团、调研组，次数多了，也就开始应付了……儿子，就用这些资料完成调研吧，就算你知道了答案，恐怕也无能为力啊……

栗凯：爸，我这次不是来应付的，我想为清城做点实事。

栗铁生疑惑又认真地看着栗凯。

栗铁生：你真的想知道吗？

栗凯点头。

栗铁生：（叹气）好吧……

22-17 组镜

插曲音乐响起。

栗凯家，昏暗的灯光下，栗铁生和栗凯谈话，栗凯不时问栗铁生问题，认真记录。

小酒馆里，栗铁生、栗凯和几个大叔围坐一桌。栗铁生给几个大叔倒满酒杯、点上烟，一位大叔开始侃侃而谈。栗凯认真记录。

剧场化妆间，一位演员正在卸妆，栗凯坐在旁边询问，演员边卸妆边回答，慢慢流下眼泪。

化妆间门口，演员和栗凯握手，演员露出感激的表情。栗凯深深点头。

栗凯家，栗凯坐在卧室书桌前，在电脑上写作。

22-18 公安局门口　　日

童飞走出公安局，疲惫地伸懒腰，突然看见栗凯站在对面。

童飞假装拔枪，像小孩一样用手比成枪的样子打栗凯。

两人对视大笑。

22-19 篮球场　　日

童飞、栗凯、贾午、黄大卫大汗淋漓地走到篮球场边，瘫坐到地上。

贾午：（喘气）栗子哥，我们三个上班累了一天，还得被你叫来打球，真有你的……

栗凯微笑不语。

童飞：算了，这家伙好久才回来一趟，这次饶了他……哎，不过你假期就这么几天，干吗找我们浪费时间，赶紧去找齐贝贝啊！

黄大卫：找齐贝贝？不会吧，栗子哥，你还没有女朋友？不可能……我不相信……

栗凯笑着无奈摇头。

贾午：我也有点不相信，咱们栗子哥学业有成，气质忧郁……小姑娘们追着跑，怎么可能没有女朋友？

栗凯：我怎么可能有别的女朋友……

贾午、童飞：（一起）哦……

黄大卫：（慢半拍）哦……

栗凯自知说漏嘴，无奈摆手苦笑。

童飞：既然这样，就去追她啊！

贾午：（扭捏地推栗凯）既然这样，就去追她啊！

栗凯嫌弃地躲闪。

贾午：（示意黄大卫）黄毛儿，该你了。

黄大卫：（看向远处）既然这样，就去追她啊……你要不去，我就去追了。

栗凯慢慢转头看向黄大卫，黄大卫也认真地看着栗凯的眼睛。

黄大卫：（歪头挑衅）嗯？

栗凯一激灵，猛地站起身，抓起外套跳出篮球场。

童飞、贾午惊讶地看着栗凯走远，转头看向黄大卫，一起对黄大卫竖起大拇指。

童飞：关键时刻，还是靠黄警官！

贾午：黄毛儿，你……不会说真的吧？

黄大卫：（笑）怎么可能，在我眼里，贝贝比你们男人。

童飞和贾午对视一笑。贾午突然觉得不对劲。

贾午：童飞，他说咱俩不男人！

童飞：（反应过来）上！

贾午和童飞一起假装揍黄大卫。

22-20 宠物医院 日

一只手把一份盒饭放在桌子上。

天使宠物之家。齐向前一只手按着盒饭包装，一只手拉着穿着白大褂的齐贝贝。

齐向前：再忙也得好好吃饭！一忙起来就瞎凑合，时间长了身体哪受得了，这是你妈专门给你做的，快点吃，别凉了！

齐贝贝：知道了，老爸！你快去上班吧，我还忙着呢！

齐贝贝把齐向前推到门口。

齐向前：（回头）别忘了啊！

齐贝贝：知道了，知道了！

齐向前摇着头走出门。

22-21 宠物医院门口 日

齐向前在天使宠物之家门口停留，透过窗户看着齐贝贝在里面忙碌。

齐向前摇头叹气，转身准备离开。

栗凯出现在齐向前对面。

齐向前：栗凯？

栗凯：齐叔好。

齐向前：前几天参加一中校友会，看到你在台上致辞了。

栗凯：哦。

齐向前：听说你现在学习和工作都很优秀，祝贺啊。

栗凯：谢谢齐叔。

齐向前：谢我？为什么？

栗凯：谢谢您……和高阿姨，同意贝贝读了她喜欢的专业。

齐向前：唉，贝贝这孩子，看来是真心热爱这份事业……当年，是我和她妈妈低估了她的决心，不管怎么样，你们现在发展得都不错，挺好……栗凯啊……（犹豫）

栗凯：您说。

齐向前：以前，叔叔跟你说了一些重话，希望你不要记恨叔叔阿姨，当时，我们确实有很多担心……

栗凯：叔叔，我明白，您和高阿姨是为了贝贝好，那都是过去的事了，您别放在心上。

齐向前：好，好。你来找贝贝玩吗？

栗凯：嗯，明天我就要回龙城了，今天来看看贝贝，没有别的事。

齐向前：哦哦，你快进去吧，对了，提醒贝贝吃饭！这孩子，忙起来就忘了照顾自己！

栗凯：好，您放心。

齐向前认真对着栗凯点头，转身离开。

22-22 宠物医院　日

栗凯推门走进天使宠物之家，里面只有一位助手。助手看到栗凯进来，忙迎上去。

助手：您好，请问有什么需要帮助的吗？您的宠物是什么？

栗凯：不，我是来找你们齐老板的。

助手：稍等。

助手走到内部房间，齐贝贝正在手术台边给一只小猫做检查。

助手：贝贝姐，外面有个男的，说要找你。

齐贝贝：好，麻烦他等一会儿。

助手离开，齐贝贝低头继续工作。

栗凯在宠物之家溜达，看着货架上的宠物食品、玩具，和笼子里的一些小动物。

齐贝贝：（画外音）你好。

栗凯回头，看到齐贝贝抱着一只小猫站在远处。

栗凯一瞬间有点恍惚。

（闪回）

高中时，笑意盈盈的齐贝贝抱着流浪小猫。

（闪回结束）

齐贝贝：好久不见。

栗凯从回忆中回过神，看着齐贝贝。

栗凯：贝贝，你一点也没变。

齐贝贝：真的吗，我倒是觉得你成熟了不少，在校庆典礼上的发言，很像……

栗凯：很像什么？

齐贝贝：（笑）很像大人……

栗凯笑了。

栗凯：看你现在做着自己喜欢的事，真为你开心。

齐贝贝：这些年，给那么多小动物治疗过，可是我还是会经常想念小栗子。

栗凯：我也经常想起它。

齐贝贝：我永远都忘不了，它在我怀里闭上眼睛的那一天，我没有保护好它……

栗凯：别难过了，你是一个好主人，也是一个好医生。

齐贝贝：希望吧……可是我再也不敢养自己的宠物了……

栗凯：我也以为我能忘记，可还是忘不了……

栗凯认真地看着齐贝贝。

栗凯：贝贝，我忘不了小栗子，也忘不了你……

栗凯和齐贝贝对视。

齐贝贝：（惊讶）你……在说什么？

栗凯：贝贝，你知道吗，我也有试着喜欢别的人，可是……我做不到……

齐贝贝：我们……我们已经分开很久了……

栗凯：我知道，你也没有忘记，对吗？

齐贝贝：可是我不想再回到过去了……贾午说得对，过了这么多年，过去的事已经不重要了……还是做朋友最好……

栗凯：贝贝……

齐贝贝：我们现在生活在不同的城市，做着完全不同的事，你有光明的前途，可以找到更适合的人……

栗凯：不，这不是你的真心话。

齐贝贝：栗凯，你现在，还弹吉他吗？

栗凯：吉他？我……很久没弹了，为什么突然说起这个？

齐贝贝：没事，只是随便问问。我现在回答你——刚才那些，都是我的真心话……祝你幸福。

22-23 组镜

江美琪《只有分离》[①]音乐响起。

歌词：相信你现在过得很好，好到足够能把我完全忘记，依过我怀里是你疲倦的心，只有分离才能抚平。相信幸福已在你手心，你不在意我还等着你，说再见的口，却放不了的手，我的心还想挽留你。以为泪水可以清醒却又更想你，思念必须压抑却让我无法呼吸，我站在分离河的阴天里，你那边放晴，希望快乐真的属于你，我一个人伤心……

天使宠物之家，齐贝贝深深地望一眼栗凯，转身走进内部房间。栗凯伤心地望着齐贝贝的背影。

宠物之家内部房间，齐贝贝站在洗手间镜子前，看着自己。

栗凯走出宠物之家。

火车慢慢开动，栗凯坐在火车上，看着"清城站"的标志牌越来越远，无奈地闭上眼睛。

宠物之家内部房间，齐贝贝站在洗手间镜子前，流下眼泪。

22-24 文工团小区　　日

继续江美琪《只有分离》音乐。

歌词：相信你会有新的恋情，遇到一

[①] 《只有分离》由姚谦作词，Cho Eun-Hee、Kim Hyung-Seok 作曲，江美琪演唱，收录在江美琪2003年发行的专辑《美乐地 Melody》中。

个比我更好的某人，回首过去记忆总是让人哭泣，但愿都离你远去。以为泪水可以清醒却又更想你，思念必须压抑却让我无法呼吸，我站在分离河的阴天里，你那边放晴，希望快乐真的属于你……

文工团小区大院，齐贝贝站在银杏树下。

乔晓羽背着书包出现在大院门口。

乔晓羽：（画外音，成年）小时候，我以为这样的日子，这样的朋友，会永远存在，不会改变，后来才知道，那只是人生中短暂的一瞬；长大后，我以为那样的日子，那样的朋友，只是人生中短暂的一瞬，根本不必在意，现在才明白，那些人、那些事，早已变成我生命的一部分，永远都不会消失。

齐贝贝看到乔晓羽，冲过去抱住乔晓羽，泪流满面。

乔晓羽抱紧齐贝贝安慰，流下眼泪。

乔晓羽和齐贝贝坐在银杏树下。

乔晓羽：你拒绝栗子哥，是因为你爸妈吗？

齐贝贝轻轻摇头。

齐贝贝：只要是我喜欢的人，就算我爸妈反对，我也会坚定地和他站在一起。

乔晓羽：那你还喜欢栗子哥吗？

齐贝贝：不知道……我只知道，我已经不是那个17岁的齐贝贝了。

乔晓羽：可是，栗子哥比以前还要更好啊。

齐贝贝：是啊，他应该有更广阔的天空，更灿烂的未来……我呢，只要待在我的宠物医院，和我的小动物们在一起，就很满足了……

乔晓羽：贝贝，你的工作也很伟大。

齐贝贝：（微笑）我也觉得！好了，不说我了，你呢？

乔晓羽：我？

齐贝贝：这些年，除了童言，你都没有喜欢过其他人吗？

乔晓羽望着两棵银杏树出神。

乔晓羽：你看，这两棵银杏树，一棵树上的叶子已经完全变黄了，可是另一棵还是那么翠绿，年年如此，它们是不是……永远都不会明白对方的感受……

乔晓羽和齐贝贝（背影）望着银杏树。

22-25 小区民宅　乔晓羽家　日

贾晨推开乔晓羽卧室门，乔晓羽和齐贝贝坐在床上，齐贝贝靠在乔晓羽肩膀上，两人神色呆滞忧伤。

贾晨无奈摇头，走进卧室。

贾晨：看看你俩，就差把"颓废"这两个字写在脸上了！

乔晓羽：贾晨姐，你什么时候回来的？

贾晨：刚回来，你们俩这是怎么了？贝贝，不是我说你，你把栗子赶走的时候倒是挺潇洒的，现在怎么蔫儿了？

齐贝贝：谁告诉你的……肯定又是贾午这个大嘴巴！

贾晨：既然决定了，就勇敢地放手，去追求自己的幸福，窝在这儿有什么用？

天底下男人多的是，不就是一个栗凯吗，没什么大不了的！姐姐给你们俩介绍优质好男人！

齐贝贝：什么优质好男人，配得上我吗？我不需要！在宠物之家，每天找我搭讪的人多了，我挑还挑不过来呢，再说了，我就喜欢和小动物在一起！

贾晨和乔晓羽看着齐贝贝又颓废又得意的样子，忍不住笑起来。

乔晓羽：贾晨姐，你给贝贝介绍吧，我就不用了，我也没失恋……

齐贝贝：你是没失恋，你都没恋过……

乔晓羽：那……我就喜欢和孩子们在一起，行了吧？

贾晨：晓羽，你大学四年清心寡欲也就算了，毕业这么久，连个男朋友也没有，你不会……

贾晨瞪大眼睛看着乔晓羽。

贾晨：你不会……在等我们贾午吧？

乔晓羽：贾晨姐，你别逗我了……我只想多陪我爸妈，不想谈恋爱……

齐贝贝：贾晨姐，你知道晓羽在大学的外号吗？

贾晨：嗯？

齐贝贝：（假装耳语）"千年冰"……

贾晨恍然大悟的样子。

贾晨：看来这块"千年冰"，是在等"万年火"（故意用颤音）来融化她……

乔晓羽轻轻捏住齐贝贝的脸颊。

乔晓羽：贝贝，损我你就开心了吧？

不颓废了，也不难过了？刚才是谁抱着我哭的，嗯？

齐贝贝：我错了，你看我这么悲伤，就别跟我计较了……

沈冰梅打开卧室门，笑着看三人打闹。

沈冰梅：好久没看见你们三个在一起说说笑笑了。

贾晨：沈阿姨，我要给晓羽介绍男朋友，舍得吗？

沈冰梅：有什么舍不得的，我们贾晨的眼光，阿姨信得过！

乔晓羽：（埋怨）妈……

沈冰梅：好了，我给你们准备了点心，快来吃点吧！

齐贝贝猛站起来。

齐贝贝：只有美食才能抚平我的伤痛……

贾晨和乔晓羽笑着起身，沈冰梅搂着齐贝贝一起走向客厅餐桌。

22-26 组镜

梁静茹《如果有一天》[①]音乐响起。

歌词：你是不是也在品尝，一个人的咖啡和天光，是不是也忽然察觉到，多出时间看天色的变换。如果有一天，我们再见面，时间会不会倒退一点，也许我们都忽略，互相伤害之外的感觉。如果哪一天，我们都发现，好聚好散不过是种遮掩，如果我们没发现，就给彼此多一点时间……

[①]《如果有一天》由易齐作词，郭文贤作曲，梁静茹演唱，收录在梁静茹2000年发行的专辑《勇气》中。

齐贝贝躺到床上，呆滞地看着天花板，拿起 MP3 耳机塞到耳朵里，手指轻触按钮。

栗凯在办公室操作电脑，不时查找资料。

齐贝贝坐起身，走到书桌前，拿起一本关于兽医的书籍阅读。

栗凯参加培训，专家在台上讲课，栗凯坐在台下认真听讲做笔记。

齐贝贝在宠物之家照顾小动物。

栗凯跟着吴教授在一个大型剧场调研参观。

栗凯坐在会议室开会，认真发言。

栗凯在办公室操作电脑。

22-27 会议室　日

一群人围坐在会议桌旁，吴教授操作投影，展示调研成果。栗凯坐在吴教授旁边。

吴教授：我相信，龙城文化一定能够不断创新、增强活力，走出一条属于自己的新路，为全省文艺院团树立标杆！这就是我今天所有的展示内容，请各位多提意见！

大家鼓掌。

主持人：吴教授的调研报告内容全面，我相信必将为马上到来的改革提供宝贵思路！我代表龙城文化感谢吴教授及其团队的辛苦付出！

吴教授：谢谢大家的支持！（指向栗凯）这里面有不少观点是栗凯的研究成果，他很快就是你们集团的正式员工了，作为他的导师，我很欣慰！

主持人：（看向栗凯）年轻人，前途无量啊！

栗凯站起身向大家鞠躬，在座的人都欣赏地看着栗凯。

与会人员分别离场。

吴教授：栗凯，咱们的课题就算告一段落了，省里有关部门对接下来的改革工作非常重视，很快就会推进试点，对一些亏损的院团建立现代企业制度，吸收高层次人才，实行主要领导聘用制，其中就包括你父亲所在的清城文工团……你看！

吴教授递给栗凯一份材料，栗凯逐一翻看，其中一张上面写着"清城市文工团公开招聘公告"。栗凯认真看着纸上的文字。

吴教授：动作还挺快的，看来啊，清城文工团是真的活不下去了……（拍拍栗凯肩膀）这段时间你也挺累的，好好休息一下，准备下个月正式入职吧。

栗凯：谢谢吴老师。

吴教授走出会议室。

栗凯呆呆地看着手里的材料。

22-28 组镜

插曲音乐响起。

栗凯坐在书桌前看着"清城市文工团公开招聘公告"。

（闪回）

栗凯在清城文工团调研时，看到仓库里很多乐器、道具、设备都已经老旧不堪。

剧场里，栗铁生、栗凯坐在台下观看。舞台上，几位演员正在表演歌舞剧。栗凯左右环顾，观众寥寥无几。

小酒馆里，栗铁生、栗凯和几个大叔围坐一桌，大叔们侃侃而谈。栗凯认真记录。

剧场化妆间，一位演员正在卸妆，栗凯坐在旁边询问，演员边卸妆边回答，慢慢流下眼泪。

小时候的栗凯坐在剧场里，看着台上演员表演戏曲节目。栗铁生从后台走上舞台，和其他演员一起谢幕。栗凯兴奋地向栗铁生招手。

（闪回结束）

栗凯站起身，看到角落里一个大箱子。

栗凯走过去打开箱子，从里面拿出吉他。

齐贝贝：（画外音）栗凯，你现在，还弹吉他吗？

栗凯用毛巾把吉他慢慢擦拭干净，轻轻抱起吉他，弹奏旋律。

22-29 大学教学楼门口　　日

栗凯从教学楼里走出来，神情忧虑而坚定。

乐芯：（画外音）栗凯！

栗凯回头，乐芯从远处走过来。

栗凯：乐芯，你怎么来了？

乐芯：（疑惑）我听说了，来向你求证，我不相信……

栗凯：对不起，我还没来得及告诉你……

（闪回）

22-30 大学教研室　　日

教研室里，栗凯和吴教授对坐。吴教授面色沉重。

吴教授：栗凯啊，你真的想清楚了吗？

栗凯点头。

吴教授：既然这样，我也不劝你了，每个人都有自己的选择，好在，你还年轻，以后遇到什么困难，随时来找我……

吴教授拍拍栗凯的肩膀，走出教研室。

（闪回结束）

22-31 大学教学楼门口　　日

乐芯看着栗凯。

乐芯：（吃惊）难道是真的！你真的要回清城？

栗凯深深点头，乐芯生气而不解。

乐芯：为什么？你不想和我在一起，没关系，我能理解……可是，你放弃大好的前途，去一个快要倒闭的文工团？我不能理解！

栗凯：乐芯，你听我说，这不是一个冲动的决定，我考虑了很久才下定决心，我知道你现在还不明白，不过……

乐芯：你不会……是为了那个女孩，齐贝贝？

栗凯摇头苦笑，望着远处。

栗凯：我从小在清城文工团长大，可我从来没有觉得团里的事和我有什么关系，长大以后更是迫不及待想要离开……

可是，它变成现在的样子，而我似乎还能为它做点什么，我不能袖手旁观……

乐芯：你以为你是英雄吗？你爸只是文工团的一个普通员工，你只是普通员工的儿子！甚至你们还曾经被误解、被排挤……为了这一点虚无缥缈的责任感，你要自毁前程？

栗凯深深呼吸。

（闪回）

22-32 组镜

栗凯：你知道吗，小时候，我是个人人讨厌的淘气孩子……

小时候，文工团家属院，栗凯把乔晓羽、童言推进仓库。

栗凯：（画外音）后来我妈离开家，我变得叛逆、孤僻，甚至放弃了自己……

小时候，周青云拎着行李走出家门，栗凯趴在桌子上哭泣。

高中时的栗凯一个人坐在卧室弹吉他，栗铁生望着栗凯的背影。

栗凯：（画外音）可是团里的叔叔阿姨、兄弟姐妹从来没有放弃过我，他们……他们就像我的家人……

小时候的栗凯坐在小桌子旁发愣，金艳丽、沈冰梅、乔卫国给他送来饭菜和零食，沈冰梅抚摸栗凯的头。

高考前，栗凯背着书包进门，看到桌上的饭菜。

初夏，院子里一群小朋友在栗凯家楼下追闹，贾午走过来，朝他们做出"嘘"的手势，然后指指楼上，小朋友们听话地跑远。

栗凯推着自行车走出小区大门，许如星从后面追过来，递给栗凯一瓶风油精。

栗凯、童飞、童言、乔晓羽、齐贝贝、贾午围坐在小饭店餐桌前，开心地举杯，杯子碰在一起。

（闪回结束）

22-33 大学教学楼门口　日

栗凯转头看向乐芯。

栗凯：你说得对，我只是清城文工团一个普通员工的儿子，我从来都不是主角，可是这次，我想做自己心里的英雄……

栗凯轻轻微笑，转身离开。

乐芯望着栗凯的背影，流出一滴眼泪。

22-34 小区民宅　齐贝贝家　日

客厅，齐贝贝、齐向前、高洁坐在餐桌前吃早饭。

电视屏幕播放"清城新闻"。齐向前边吃边看电视。

新闻主播：近日，我市大力推进国有文艺院团体制改革工作，清城市文工团、清城剧院等一批单位首次公开招聘主要领导人员，下面请看现场记者发回的报道……

电视屏幕：栗凯身着正装站在主席台。

栗凯：（电视画面）大家好，非常荣幸能够进入第二轮面试，我叫栗凯，是龙城工商管理大学经济管理专业硕士研究

生……（话音渐弱）

齐向前、高洁、齐贝贝惊讶地一起抬头看电视。

电视屏幕播放清城市文工团公开招聘现场的画面。

齐向前：（吃惊）这不是？

高洁：（惊讶）真的是栗凯……

齐向前：上次校庆时，陈老师不是说他已经找好工作了，怎么又回来……

齐贝贝看着电视里正在讲话的栗凯，低头吃饭。

齐向前和高洁偷偷看齐贝贝。

高洁：贝贝。

齐贝贝：（没抬头）我真的不知道，我们好久没联系了，放心。

齐向前：你妈不是这个意思。

齐贝贝沉默不语，三人继续吃饭。

电视屏幕：栗凯放下演讲稿，看着台下。

栗凯：（电视画面）之前那些冠冕堂皇的话，我不再重复了……今天我想说几句真心话，对于做好文工团的管理者，我认为不仅要有先进的思想和理论基础，具备一定的专业管理能力，还要有一颗热爱的心。我出生在文工团大院，团里的叔叔阿姨们是看着我长大的，我也看着文工团一步步成长，走到今天……我知道我自己很年轻，经验还不足，可是我和大家一样，有一颗希望文工团变好变强的心，希望大家相信我！这是改革方案初步设想，请各位过目……（话音渐弱）

电视屏幕：栗凯把一摞材料递给台下的领导。

齐贝贝放下碗筷，站起身。

齐贝贝：我吃完了，先走了。

齐贝贝穿上外套，走出门。

齐向前和高洁对视，沉默良久。

高洁：你说，栗凯回来了，贝贝会不会又和他……

齐向前：这孩子不容易，学业有成，还回来报效家乡，是个有情怀的人，也难怪贝贝喜欢他，他们还真是一类人。

高洁：（犹豫）他的家庭……我还是有点不满意。

齐向前：以前我比你还反对他们交往，可是现在看，栗凯并没有受家里什么影响，各方面发展都不错……

高洁：可是……

齐向前：好了，说的好像他们已经在一起了一样……儿孙自有儿孙福，操心那么多有用吗？再说，人家只是回来工作，说不定已经有别的对象了，你想太多了……

高洁：我们贝贝这么好，难道比不过别的女孩吗？

齐向前：（笑出声）哎呀，怎么哪头都是你！快吃饭吧……

高洁撇嘴，继续吃饭。

22-35 文工团大门口　日

齐贝贝慢慢走过清城市文工团大门口，停下脚步，看着"清城市文工团"的牌子。

齐贝贝：（微笑）加油。

第二十三集

回头便知我心只有你

23-1 学校教学楼/某商贸公司　日

下课铃声响起，乔晓羽拿着教材走出教室。

学生们开心地冲出教室。乔晓羽和几个同学微笑挥手。

乔晓羽走在教学楼走廊里，查看手机，显示一个未接来电。乔晓羽拨打手机。

乔晓羽：(拿着手机)喂？贾晨姐，我刚下课，找我有事吗？

贾晨站在公司走廊打电话。

贾晨：(拿着手机)周末有空吗，我上次说的那个男孩，你都推了几次了？还装糊涂呢……

乔晓羽走到教师办公室门口。

乔晓羽：贾晨姐，前几次我真的有事……

贾晨：你别给我真的假的，我跟你说，这个男孩可优秀了，子承父业在新城开了一家公司，长得帅又有钱，怎么样？

23-2 教师办公室　日

乔晓羽边接手机，边走进办公室。小雯坐在办公桌前画画。

乔晓羽和小雯招手，随后坐下。

乔晓羽：姐，我突然想起来，周末我有事，要回清城！

贾晨：(画外音)你就编吧，这次又有什么事？

乔晓羽：栗子哥回来这么久，我们一直没有给他接风，周末贾午招呼大家一起聚聚。真的，不信你问贾午！

贾晨：(画外音)好吧，这次算你混过去了，下次……

乔晓羽：下次一定去！

贾晨：(画外音)代我问栗团长好啊！

乔晓羽：(笑)没问题！

乔晓羽挂掉手机，无奈摇头。

乔晓羽坐着转椅移动到小雯旁边，看到小雯正在画画。

乔晓羽：这幅画得真好。

小雯：慧眼啊！这可是我今年最满意的作品了！

乔晓羽：我以前也有一个朋友，画画特别好，可是上大学以后突然失去了联系，上次校庆她也没有出现，(叹气)还挺想她的……也不知道她现在在哪里，有没有实现她的梦想……

小雯：完全理解，虽然我只是个小小的美术老师，可也有一个当画家的梦，说不定什么时候，你那个朋友就成了大画家，突然出现在你面前……

乔晓羽：我相信，你们的梦想一定都能实现！

小雯：对了，你刚才是不是又推掉了一个相亲？

林老师：(画外音)谁要相亲？

乔晓羽和小雯看到林老师走进办公室。

林老师：晓羽，不会是你要相亲吧？

乔晓羽：没有，是邻居姐姐非要给我安排……

小雯：我们晓羽这么美，哪需要相亲

啊，再说了，这不明摆着一个大帅哥吗？

小雯坏笑着示意林老师，林老师不好意思地挠头。

林老师：是吧……我也觉得我最近又帅了，真不好意思……

乔晓羽和小雯扑哧笑起来。

乔晓羽：我先走了，你们聊。

乔晓羽走出办公室。

林老师露出沮丧的表情。

小雯：（对林老师）林大帅哥，你准备试探到什么时候啊？

林老师：（皱眉）你有没有觉得晓羽有心事，她不会一直在暗恋谁吧？

小雯：（思考）哦……她刚才跟我说，她很想念一个老朋友，是学画画的，难道那个人就是……

林老师：学画画的？我一个搞体育的，居然输给一个学画画的？

小雯突然生气，打林老师。

小雯：学画画的怎么了？怎么了？

林老师：我说错话了，学画画的最厉害，最棒！

23-3 餐厅　夜

几个酒杯碰在一起。

乔晓羽、贾午、栗凯、童飞、黄大卫坐在餐厅包间一起干杯。

贾午：恭喜栗团长衣锦还乡，加官晋爵！

栗凯：（苦笑）是专职副团长……别乱叫……

贾午：嘿嘿，那也是我老妈的领导，以后你就可以管她了，哈哈，想想就开心啊！

栗凯：艳丽阿姨是团里的台柱子，是重点保护对象……最近团里搞了一个"青苗计划"，好多新人还得靠艳丽阿姨这样的老艺术家传帮带呢……

童飞：（无奈摇头）哎，不愧是新官上任，三句话不离工作……

栗凯：不说我了，童警官、黄警官，你们怎么样？

黄大卫：每天累得跟孙子似的，（指着贾午）哪像这位，到处拍拍风景，拍拍美女，是吧，贾导？

贾午：你们把我说成什么了，我哪是这样的人啊？

童飞、黄大卫：（一起）是！

贾午：好好好，你们每天辛苦办案，为人民服务，我们这些老百姓才能悠闲地欣赏美女、欣赏风景，行了吧？来来，敬伟大的警察同志！

大家笑着一起干杯。

黄大卫：哎，贝贝怎么还不来？

乔晓羽：我给她打过电话了，她说可能晚一些到。

贾午：明白明白，要的就是这种姗姗来迟的感觉嘛，（拍栗凯肩膀，坏笑）是吧，栗子哥，嗯？

栗凯不好意思地低头笑。

童飞：你都回来这么久了，不会和贝贝还没见面吧？

栗凯摇头。

贾午：（眼神示意栗凯）用不用兄弟

们助攻一把？

齐贝贝：（画外音，大声）助攻什么？

齐贝贝走进包间，白了贾午一眼，和乔晓羽坐在一起。

贾午：（小声）还是这么凶……以后怎么嫁得出去……

齐贝贝：（打贾午）要你管，哼！

童飞：好了，人到齐了，今天咱们好好给栗凯接个风！

齐贝贝端起一杯酒，看着栗凯。

齐贝贝：欢迎回来！

栗凯和齐贝贝碰杯。

齐贝贝：（搂住乔晓羽）晓羽，听说贾晨姐又给你介绍新朋友了，说说呗？

贾午：什么新朋友？

齐贝贝：（白了贾午一眼）笨死，当然是男朋友了！

童飞貌似不经意地看乔晓羽。

乔晓羽：没有啦，我根本没去……

齐贝贝：为什么不去，听贾晨姐说可帅了，你不去我可要去了啊……

栗凯偷偷看齐贝贝。

贾午：（撇嘴）我姐又抽风了……

乔晓羽：好了好了，今天什么事都没有给栗子哥接风重要，咱们一起欢迎栗子哥回家！

大家一起碰杯，说笑、打闹。

23-4 餐厅门口　夜

乔晓羽、齐贝贝、贾午、栗凯、童飞、黄大卫走出餐厅。

黄大卫有点喝多了，摇摇晃晃。

栗凯看向齐贝贝。

栗凯：（对齐贝贝）贝贝，我送你回去吧。

齐贝贝：不用了，我自己打车就行。

乔晓羽：太晚了，还是让栗子哥送你吧。

栗凯默默看着齐贝贝。

齐贝贝：好吧。

栗凯拦住一辆出租车，齐贝贝和栗凯向大家道别后上车。

童飞看向乔晓羽，犹豫。

童飞：（对贾午）贾导，今天别回你的单身宿舍了，送晓羽回去吧。我……我送黄毛儿回去，看他喝的……

乔晓羽看着童飞，童飞眼神闪躲。

贾午：当然，这还用嘱咐，不愧是人民警察啊……晓羽，咱们走吧！

乔晓羽看了一眼童飞，和贾午走远。

童飞扶着喝醉的黄大卫，看着乔晓羽的背影。

23-5 齐贝贝家小区　夜

齐贝贝和栗凯走到小区楼下。

栗凯：（环顾四周）很久没来这里，都快不认识了……

齐贝贝：嗯，这些年小区改造了好几次，流浪猫也都见不到了……

栗凯：贝贝……

齐贝贝停下脚步。

栗凯：我知道，再提起以前的事很可笑，可是我一直想跟你说，贝贝，在你最需要安慰和鼓励的时候，我没有守在你身边，对不起。

齐贝贝低头，回过头露出笑脸。

齐贝贝：（笑）好啦，今天挺开心的，不说以前的事了。说实话，你这次回来文工团竞聘，我真的很佩服你。

栗凯不好意思地微笑。

齐贝贝：哎呀，都是当领导的人了，还害羞啊。我看你在新闻上发表演讲，不是挺潇洒的吗？

栗凯：你看到了？

齐贝贝：（语无伦次）我……我不是故意……我是碰巧……

栗凯微笑。齐贝贝有点不好意思。

齐贝贝：你明天还有一堆工作吧，快回去吧，我上楼了……

齐贝贝转身，栗凯拉住齐贝贝的手腕。

栗凯：贝贝，我……我又开始弹吉他了……

齐贝贝：（低头）嗯，好好练，以后唱给你喜欢的人听。

齐贝贝挣脱栗凯，上楼。

栗凯失落地望着齐贝贝的背影。

23-6 文工团小区　夜

贾午和乔晓羽走进文工团小区院子。贾午嘴里念念叨叨。

贾午：我姐真的给你介绍男朋友啊？这个不靠谱儿的姐姐，她自己和我姐夫甜甜蜜蜜，还以为我们都需要谈恋爱呢，哼……我们都忙工作、忙事业好吗，哪有时间谈恋爱……

乔晓羽自顾自慢慢走着。

（闪回）

23-7 组镜

乔晓羽和童飞慢慢走在铺了一层雪花的街道上。

童飞：晓羽，以前……我做的那些事，说的那些话，都是逗你的，你别放在心上了……你和童言从小一起长大，我……把你当成妹妹……我们还像小时候一样吧……是我让你误会了，对不起。

校庆现场，鲜花气球门倾倒，童飞下意识用身体护住乔晓羽，气球门倒下，无数气球飘落到童飞和乔晓羽身上。

（慢镜头）乔晓羽和童飞对视，气球在旁边慢慢落下。

乔晓羽看着童飞的眼睛有点动容，童飞意识到没有危险，赶紧后退一步。

清城一中花园走廊。

曹阿荣：有一件事，你肯定不知道……一开始童飞对你好，并不是因为他喜欢你，而是为了报复他小姨……

餐厅门口。童飞看向乔晓羽，犹豫。

童飞：（对贾午）贾导，今天别回你的单身宿舍了，送晓羽回去吧。我……我送黄毛儿回去，看他喝的……

（闪回结束）

23-8 文工团小区　夜

贾午：（还在念叨）你说，我姐以前也是挺潇洒一个人，现在怎么这么婆婆妈妈的……

贾午念叨着，回头看停下脚步的乔晓羽。乔晓羽微微愣神。

贾午：晓羽，你怎么了？

乔晓羽：（回神，微笑）贾午，你说，我是不是应该听贾晨姐的话，多认识一些新朋友，好好地……努力谈一场恋爱……

贾午惊讶地看着乔晓羽。

江美琪《袖手旁观》[①]音乐响起。

歌词：寂寞让人盲，思念让人慌，多喝一点酒，多吹一些风，能不能解放……

乔晓羽慢慢走向自己家单元门口。

23-9 小区民宅　童飞新家　夜

继续江美琪《袖手旁观》音乐。

歌词：生活有些忙，坚持有点难，闭上一只眼，点上一根烟，能不能不管。你最近好吗，身体可无恙，多想不去想，夜夜偏又想，真叫人为难。你的脸庞，闭上眼睛就在我面前转呀转，我拿什么条件能够把你遗忘，除非我们，从一开始就不曾爱过对方……

卧室，童飞躺在床上，看着天花板。

（闪回）

齐贝贝：（搂住乔晓羽）晓羽，听说贾晨姐又给你介绍新朋友了，说说呗？

贾午：什么新朋友？

齐贝贝：（白了贾午一眼）笨死，当然是男朋友了！

童飞貌似不经意地看乔晓羽。

齐贝贝：为什么不去，听贾晨姐说可帅了，你不去我可要去了啊……

（闪回结束）

童飞躺在床上，翻来覆去睡不着。

23-10 小区民宅　栗凯家　日

栗凯从卫生间出来，穿衣服。

栗铁生从厨房里走出来，把早餐放到餐桌上。

栗铁生：吃饭吧。

栗凯坐下吃饭。

栗铁生：今天周末，还要去团里吗？

栗凯：嗯，咱们团准备上一部大型歌舞剧，我正在联系省里一些大剧院，最近比较忙。

栗铁生：（给栗凯夹菜）爸明白，多吃点。

栗凯吃饭。

栗铁生：儿子，那个……等会儿你妈要过来看你……她一直挺关心你的，要不……

栗凯：爸，我明白，我不是小孩子了，放心。

门铃声响起。栗铁生开门，周青云走进来。

周青云：你们在吃饭啊。

栗凯：（站起身）妈。

周青云：（笑）快吃快吃，我看这几天天气凉了，给你买了一件外套。

周青云拿过拎着的购物袋。

[①] 《袖手旁观》由姚谦作词，黄国伦作曲，江美琪翻唱，收录在江美琪1999年发行的专辑《第二眼美女》中。

周青云：（殷勤）要不你等会儿试试？

栗凯：好，我晚上回来试试。我吃完了，去趟团里，你们聊。

栗凯走出家门。周青云和栗铁生面面相觑。

栗铁生：栗凯最近很忙，你知道的，他现在负责团里的改革，压力很大……

周青云：是啊，肯定很辛苦，我看他都累瘦了……

栗铁生：唉，看他每天皱着眉头，我也帮不上什么忙……如果贝贝在，也许他心情能好一点……我记得栗凯上大学之前，贝贝经常来和小猫玩儿，那时候他笑得最多……

周青云：他们最近见面了吗？

栗铁生：他们这帮孩子倒是经常聚会。

周青云：既然栗凯已经回来了，他们有没有可能和好？

栗铁生：看样子是不可能了。

周青云：怎么，贝贝有男朋友了？

栗铁生：好像没有，不过看栗凯的样子，像是又被拒绝了。现在年轻人的想法，咱们哪知道啊！

周青云：会不会还是齐向前坚决反对？

栗铁生：这个老齐头，老了老了，比年轻时候还倔！（叹气，服软）你说，我要不要去跟老齐求和……

周青云：算了吧，你俩年轻时候闹够了，现在把难题留给孩子们，你俩还是不见面的好！

栗铁生沮丧。

周青云：贝贝的宠物医院在哪儿，把地址给我。

栗铁生：问这个干什么？

周青云：别管了，给我吧。

栗铁生：好。

周青云若有所思。

23-11 剧场　日

舞台上，演员正在表演大型歌舞剧，栗凯坐在台下观看。突然从门口跑进一个员工。

员工A：（气喘吁吁）栗副团……

栗凯：怎么了，别着急，慢慢说……

员工A：小白鸽合唱团的王团长说，已经好几年没和咱们团合作了，他们还得再考虑考虑……

栗凯：前几天不是已经说好了吗，怎么又反悔了……

员工A：可不是嘛，其实前些年我们关系可好了，可原来两个负责联系的老职工下岗以后，有一次没沟通好，合作不太愉快，慢慢就……

栗凯：（皱眉）别担心，我想想办法。

23-12 文工团办公室　日

栗凯在办公室查阅文件。电话铃声响起，栗凯接电话。

栗凯：（拿着听筒）喂，马主任，什么事？哦……你说的是那批音响设备吗？为什么出现这种情况……那谁对这件事比较熟悉……好，我知道了，没关系，我来处理……嗯，嗯……

栗凯放下电话听筒，继续翻阅文件。

栗凯翻阅文件的速度加快，把文件夹重重合上。

栗凯拿起水杯，大口喝了一杯水，起身走出办公室。

23-13 文工团办公室　日

团长办公室。何团长和栗凯对坐在沙发上谈话。栗凯诚恳地叙述，何团长皱眉、频频点头。何团长和栗凯站起身。

何团长：你说得对，这确实是咱们团的一个软肋，（拍栗凯肩膀）那这件事就拜托你了！

栗凯郑重地点头。

23-14 电脑专卖店门口　日

栗铁生站在电脑专卖店门口，周青云抱着一个大纸盒出来，栗铁生赶紧接过大纸盒，透过纸盒缝隙看里面。

周青云：才一个多月，你可得养好！

栗铁生：嗯，放心！

23-15 小区楼道　夜

栗凯走上楼梯，走到自己家门口，思索片刻，转身走到乔晓羽家门口，按门铃。

23-16 小区民宅　乔晓羽家　夜

客厅，乔卫国、栗凯坐在沙发上。沈冰梅给栗凯倒茶水。

沈冰梅：栗凯，喝水！

栗凯：谢谢冰梅阿姨，您快别忙了。

沈冰梅坐下。

乔卫国：冰梅，看看栗子，现在多像个大人！

沈冰梅：别喊栗子了，现在栗凯是副团长，还栗子栗子的……

乔卫国：咳，改不了了，哈哈哈……

栗凯：乔叔，冰梅阿姨，你们喊我什么都行，我在你们面前，永远是孩子。

乔卫国：栗子啊，你学成归来，回到文工团工作，我们虽然嘴上没说，可心里都特别感动。听说团里在你的带领下，精神都很振奋，演员们争着上台表演，我听了真是为你高兴！

沈冰梅：咱们栗凯真优秀！就是累瘦了，可得注意身体啊！

栗凯：嗯，谢谢阿姨。乔叔，咱们团前些年转企改制后财政"断奶"，上上下下都缺少市场意识和经营思维，工作没有积极性，更别提花心思搞创作了，现在领导班子压力很大……

乔卫国：是啊，咱们团底子薄，改革任务重，你不容易啊！

栗凯：乔叔，我今天来，其实是带着任务的……

乔卫国：（疑惑）任务？什么任务？

栗凯：（真诚）请您出山！

乔卫国惊讶，和沈冰梅对视。

栗凯满怀期待地看着乔卫国。

23-17 小区楼道　夜

栗凯走出乔晓羽家，乔卫国和沈冰梅送出来。

乔卫国：栗子，你说的事，我再好好想想。

栗凯：嗯！乔叔，冰梅阿姨，我回去了。

乔卫国和沈冰梅点头，关门。

栗凯走到对面自己家门口，拿出钥匙开门。

23-18 小区民宅　栗凯家　夜

栗凯走进家门，屋里很安静。

栗凯走到栗铁生卧室门口，卧室门半开着。

栗凯：爸，爸？我回来了。

背对着门的栗铁生转过身，怀里抱着一只小猫。

栗凯看着小猫，惊讶不已。

23-19 小区民宅　乔晓羽家　夜

卧室，乔卫国、沈冰梅躺在床上，乔卫国翻身。

沈冰梅：栗凯说的事，你怎么想？

乔卫国躺在床上，望着天花板。

（闪回）

23-20 小区民宅　乔晓羽家　夜

一小时前。

客厅，乔卫国、栗凯坐在沙发上。

栗凯：乔叔，我今天来，其实是带着任务的……团里现在的改革工作到了关键时期，何团长是去年刚调过来的，很多老员工退休了。现在面临青黄不接的局面，"传帮带"的任务非常艰巨。团里最缺的就是一个面面俱到的"大管家"。我们一致认为，不管是从管理经验、业务熟悉程度，还是和以前合作单位的关系，没有谁比您更合适了……

乔卫国沉思。

（闪回结束）

23-21 小区民宅　乔晓羽家　夜

客厅，灯光昏暗，乔卫国拉开抽屉，取出一个盒子，看着一张张老照片和奖状，有乔卫国在文工团各个时期的舞台照，有乔卫国和文工团所有演员的大合影，还有各种乔卫国的"清城市文工团先进个人"奖状，最后一张是乔卫国父母年轻时候的舞台照。

23-22 小区民宅　栗凯家　日

卧室，窗帘拉得严严实实，栗凯沉沉地睡觉。敲门声响起。栗凯困倦地翻身。

栗铁生走进卧室。

栗铁生：儿子，醒了吗？

栗凯：（闭眼）爸……我最近太累了，好不容易这个周末不加班，让我再睡会儿……

栗铁生：那也得起来吃饭啊……再说，小猫已经两个多月了，该打疫苗了。你带着它去贝贝那儿打疫苗，其他地方——我不放心。

小猫"喵喵"的叫声。

栗凯猛地睁开眼睛，看着栗铁生怀里的小猫。

23-23 宠物医院　日

宠物手术床旁边，齐贝贝穿着白大褂，给小猫打针。

栗凯站在旁边看着齐贝贝。齐贝贝打完针。

齐贝贝：好了。

栗凯：谢谢。

齐贝贝：别客气。

齐贝贝抚摸小猫。

齐贝贝：这只小猫长得真好看，有点像我们之前送出去的一只……

栗凯：是吗，我爸说是一个朋友送给他的。

齐贝贝：栗叔怎么突然养猫了？

栗凯：我也不知道，他说家里冷清，养个小猫做伴儿。

齐贝贝：（疑问）你妈妈不是回清城了吗……

栗凯低头。齐贝贝不再说话。

齐贝贝：你回去跟栗叔说，过几天我去看他。

栗凯：（微笑）嗯！

齐贝贝：对了，20天以后打第二针，再过一个月就可以打狂犬疫苗了……别忘了。

栗凯：不会忘的。

栗凯温柔地看着齐贝贝。

23-24 组镜

古巨基、梁咏琪《许愿》① 音乐响起。

歌词：我喜欢回味，记忆的美，让人懂得感谢。你现在让谁，听你喜悦，陪你掉眼泪。嘿好久不见，请你许个愿，要感情不再那么容易变，让心不被距离拉得太遥远。我寄了张卡片，地址是感觉，收件人叫永远，像是你又递来一杯热咖啡，生活有了你的温柔调味……

天使宠物之家，齐贝贝站在宠物手术台旁给小猫检查身体，栗凯站在旁边微笑看着齐贝贝。

天使宠物之家，齐贝贝、栗凯坐在沙发上，齐贝贝抱着小猫轻轻抚摸，两人谈笑。

天使宠物之家，栗凯把小猫装到宠物便携包里，走到门口准备离开。齐贝贝站在里面，朝栗凯微笑挥手。

栗凯家，栗铁生抱着小猫，栗凯、齐贝贝坐在旁边说笑，小猫凑到齐贝贝身边。齐贝贝温柔地抱起小猫。

23-25 医院　日

医院门诊走廊，镜头随着一个人的主观视角进入医生诊室。

高洁坐在诊桌前，看着病例。

高洁：（没抬头）下一位。

周青云坐到高洁对面的座位上。

周青云：高医生。

高洁抬起头，有点惊讶。

高洁：青云，你怎么来了？

周青云：高医生，我前几年做过一次

---

① 《许愿》由何启弘作词，凌伟文作曲，梁咏琪、古巨基演唱，收录在古巨基1999年发行的专辑《喜欢》中。

手术，想过来检查一下看看这几年的恢复情况。

高洁：哦，没问题，我给你开几项检查。

周青云：谢谢。

高洁：刚才看你的病例，你可得注意休养啊。栗凯不是回清城了吗，有什么累活儿让儿子干，你多歇歇吧。

周青云：（叹气）栗凯挺懂事的，前些年是我和他爸对不起儿子，耽误了他……高医生，我这次来，是想跟你说……

高洁：青云，我后面还有病人，你不用多说了，我都明白。

周青云无奈，拿起单据，起身准备离开。

高洁：栗凯是个好孩子，我们也不是铁石心肠，不会再把上一辈的恩怨加在孩子们身上了……

周青云：（眼圈泛红）谢谢。

高洁轻轻微笑。

23-26 阳光休闲城门口　　日

贾有才站在阳光休闲城门口，门口停着一辆货车，地上堆放着一箱箱土特产，贾有才正指挥几位工作人员把土特产搬到货车上。乔卫国走过来。

贾有才：老乔，来了？

乔卫国：嗯。

贾有才：（笑）你看，这半年销售量噌噌地涨，下个月咱们集体涨工资！

乔卫国：（尴尬）那太好了……

贾有才：我可是赶上互联网这艘大船了，怎么样，当初还不愿意跟我干呢，是不是服气了，啊？

乔卫国：服气，服气……贾老板啊……

贾有才：什么事，吞吞吐吐的……

乔卫国：我……那个……唉，算了……

贾有才突然大笑起来。乔卫国一脸迷茫。

贾有才：哈哈哈，乔主任，你还算是半个演员呢，被我骗了吧……好了好了，艳丽都跟我说了，现在团里需要你，请你回去，你犹豫什么啊？

乔卫国：当初我落难，没有工作，你帮了我一把……现在你生意正需要人，我走了，那也太不够意思了……

贾有才：咳，乔主任，咱们这么多年的老兄弟、老邻居，没什么帮不帮的。前几年我这里都发不出工资了，你也不离不弃，硬是撑过来了……

乔卫国：那是应该的……

贾有才：我知道，你当时离开团里时心里委屈，可是现在不一样了，团里真心诚意地返聘你，你这一身本领肯定能派上用场！万一……我是说万一，在那边干得不顺心，老哥儿，随时欢迎你回来！

乔卫国感激地看着贾有才。

贾有才：放心去吧！如果是因为我这边犯难，你尽管放心，我贾有才老当益壮着呢，你以为我离了你就算不清楚账吗？哼，别看不起人！

乔卫国和贾有才互相拍着肩膀，笑着

抱在一起。

23-27 剧场　日

乔卫国小心翼翼地走上舞台，站在舞台中央，鼓起勇气抬头，看着台下。

乔卫国眼圈慢慢泛红。

突然从后台涌出一群演员，把乔卫国围住，欢迎乔卫国。有的握着乔卫国的手，有的热情地和他打招呼。

演员A：乔主任，您回来了！

演员B：乔主任，我们太想您了！

演员C：您回来我们就踏实了！

乔卫国看着这些人的脸，流出眼泪。

远处人群后面，栗凯微笑看着乔卫国。

23-28 小区民宅　贾午家　日

金艳丽抱着小嘟宝在客厅里玩耍。门铃声响起，金艳丽开门，乔晓羽走进来。

金艳丽：晓羽快来！小嘟宝，看看谁来了？

小嘟宝：晓羽阿姨！

小嘟宝扑到乔晓羽怀里，乔晓羽抱着小嘟宝亲昵。

乔晓羽：小嘟宝，你妈妈呢？

金艳丽：快别提了，说是回清城陪我过中秋节，一到家就把小嘟宝扔给我，自己去找老同学玩儿了……贾有才和贾午这父子俩不知道真忙假忙，大过节的，也看不见人影，唉……

乔晓羽：艳丽阿姨，那我陪您过节，（抚摸小嘟宝）好不好，小嘟宝……

金艳丽：（挽着乔晓羽）还是我们晓羽乖……

小嘟宝：（抱着金艳丽的胳膊蹭来蹭去）小嘟宝乖，小嘟宝乖……

金艳丽笑着抱小嘟宝和乔晓羽。

金艳丽：你们俩都乖！

门铃声响起。

金艳丽：这是哪个没良心的，还知道回来？

金艳丽边说边开门，童飞出现在门口。

金艳丽：哎呀，是童飞啊，童警官来了！看看我们童飞越来越帅了……

童飞：艳丽阿姨过节好！

童飞把手里拎着的袋子递给金艳丽。

童飞：这是我小姨做的月饼，让我送过来一些，你们尝尝。

金艳丽：哎哟，这么多，终于又能尝到你小姨的手艺了，快进来，晓羽也在呢！

童飞进门，和乔晓羽目光相对。

童飞走进屋，一把抱起小嘟宝。

童飞：小嘟宝，还认识我吗？嗯？

小嘟宝：你是……童飞叔叔！

童飞：真棒！奖励你吃大月饼！

小嘟宝：吃月饼喽！

童飞放下小嘟宝，看向乔晓羽。

童飞：晓羽，你回来了。

乔晓羽：嗯，放假……回来过节，你最近工作忙吗？

童飞：还好。听说乔叔返聘回团里工作了，还顺利吧？

乔晓羽：嗯，团里上下都支持他工作，最近可忙了。

童飞：那就好。

金艳丽有点疑惑地看着童飞和乔晓羽。

金艳丽：还记得你们小时候打打闹闹的，现在反倒客气起来了，真是长大了！

乔晓羽不自然地笑，童飞挠头。

童飞：艳丽阿姨，我还有点事，我得走了……

金艳丽：什么事？工作吗？

童飞：不是，我……

金艳丽：不是工作就踏实待着！好久不来一趟，着什么急！晓羽已经答应陪我过节了，你也一样，陪阿姨吃完饭再走。听话，我现在就去做饭，都是你们小时候最爱吃的！（蹲下对小嘟宝）小嘟宝，你在这儿看着童飞叔叔，不准让他走！

小嘟宝：（重重点头）嗯！

金艳丽笑着走进厨房。小嘟宝抓住童飞的手。

小嘟宝：童飞叔叔不走。

童飞：（温柔）好，叔叔不走，陪你玩儿。

小嘟宝开心地和童飞玩玩具，乔晓羽微笑看着他们打闹。

（慢镜头）阳光洒在乔晓羽、童飞、小嘟宝的身上。

乔晓羽：小嘟宝在幼儿园玩儿得开心吗？

小嘟宝：嗯！开心！我有好多好朋友！

乔晓羽：是吗，小嘟宝真棒，那你最好的朋友是谁呀？

小嘟宝：我最好的朋友是苗苗，我最喜欢她了，长大以后，我要和她结婚！

乔晓羽和童飞对视，忍不住笑起来。

乔晓羽：小嘟宝，你知道结婚是什么吗？

小嘟宝：知道！结婚就是永远在一起，每天都能在一起玩儿！

童飞不经意看乔晓羽。

小嘟宝看看乔晓羽，又看看童飞。

小嘟宝：晓羽阿姨、童飞叔叔，你们小时候也是好朋友吗？

乔晓羽愣住。

童飞：嗯，是，我们是好朋友。

小嘟宝：那童飞叔叔喜欢晓羽阿姨吗？

童飞和乔晓羽愣住，对视，尴尬地转移视线。

乔晓羽：小嘟宝，阿姨教你唱歌好不好？

小嘟宝：（突然站起身）我要去尿尿！（抓起乔晓羽的手按在童飞手上）晓羽阿姨，帮我看着童飞叔叔，不准让他走！

小嘟宝转身跳着走向卫生间。

乔晓羽：（画外音，成年）小时候，我以为这样的日子，这样的朋友，会永远存在，不会改变，后来才知道，那只是人生中短暂的一瞬；长大后，我以为那样的日子，那样的朋友，只是人生中短暂的一瞬，根本不必在意，现在才明白，那些人、那些事，早已变成我生命的一部分，永远都不会消失。

乔晓羽和童飞的手还握在一起。两人脸红尴尬，童飞偷偷看乔晓羽。乔晓羽想挣脱，童飞反而不自觉握了一下，最后两人的手慢慢松开。

金艳丽、乔晓羽、童飞、小嘟宝围坐餐桌前一起吃饭，谈笑风生。

乔晓羽给小嘟宝喂饭，童飞默默地看着乔晓羽。

小嘟宝摇摇晃晃地表演舞蹈，把大家逗笑了。

23-29 宠物医院　日

宠物医院手术床旁边，齐贝贝穿着白大褂，给小猫做驱虫。栗凯站在旁边看着齐贝贝。

齐贝贝喷完驱虫药，轻轻摸着小猫。

齐贝贝：驱虫做完了，表现不错！是一只健康的小猫了！

栗凯：嗯，比刚到家里时活泼很多……

齐贝贝：（抚摸小猫）真好，长得越来越像……

齐贝贝突然意识到自己想起了以前的小猫小栗子，停住不再说话。

栗凯：贝贝……

齐贝贝：哦，我没事，对了，这只小猫你还没取名字吧？

栗凯：其实我也觉得它很像……所以还想叫它小栗子……可以吗？

栗凯看着齐贝贝。

齐贝贝：（摸小猫）小栗子……你可一定要好好的……

栗凯：（看着齐贝贝）我不会再让小栗子受伤，也不会……再让你难过……

齐贝贝回避栗凯的目光。

栗凯：贝贝……

齐贝贝：我等会儿还有手术要做，就不送你了。

齐贝贝转身走开。

栗凯张嘴，又无奈叹气。

23-30 小区民宅　齐贝贝家　夜

齐贝贝走进家门，神情疲惫忧虑。

齐向前和高洁坐在沙发上。

高洁：贝贝，今天怎么这么晚？

齐贝贝：嗯，今天有点忙。

齐贝贝低着头走进卧室，关上门。

齐向前和高洁无奈对视。电话铃声响起，高洁起身接电话。

高洁：（拿着听筒）喂，你好……

23-31 小区民宅　齐贝贝家　夜

齐贝贝窝在床上发呆。高洁走进卧室。

高洁：贝贝，你的电话，是……栗凯……他说你手机关机了，所以打到家里。

齐贝贝：（没抬头）妈，就说我睡了。

高洁：……好。

高洁走出齐贝贝卧室。

23-32 小区民宅　齐贝贝家　夜

高洁放下电话听筒，坐在齐向前旁边。

高洁：唉，解铃还须系铃人，贝贝已经是大人了，我们……不应该再瞒着她了，你去跟她说吧。

齐向前看着高洁，深呼吸。

23-33 小区民宅　齐贝贝家　夜

齐向前敲齐贝贝卧室门。

齐向前：贝贝，爸有事想跟你说。

齐贝贝打开卧室门。齐向前坐到书桌前。

齐贝贝：爸，什么事……

齐向前：贝贝，我和你妈妈犹豫了很久，还是觉得应该告诉你……

（闪回）

齐贝贝家楼下，雨中，齐向前把一把撑开的雨伞递给栗凯。

栗凯：（恳求）齐叔！我可以不再见贝贝，可是让她自己选择专业吧，这不是走偏了，这是她真心喜欢的事情！齐叔，您见过贝贝救治小动物的样子吗？我见过，她真的爱那些小生命，在治疗小动物的时候，她的眼睛里闪着幸福和善良的光！以后……以后，我保证，绝对不会再打扰她，可是我真的希望她开心快乐，做自己喜欢的事……求你们了！

（慢镜头）栗凯朝齐向前深深鞠躬。

栗凯把雨伞放在地上，转身跑远。

（闪回结束）

齐向前从一个文件包里拿出一叠信递给齐贝贝，齐贝贝一封封翻看，都是以前栗凯写给齐贝贝但齐贝贝没有收到的信。

齐向前：这是以前他给你写的信，那时候我们对栗凯，还有他的家庭……有成见，而且你正在准备高考，我们太想保护你，我们……唉，对不起，贝贝，希望你能理解爸爸妈妈……

齐贝贝抱着手里的信，低头沉默无语。

23-34 剧场　日

舞台上，演员们正在排练歌舞剧，大家表演结束，集体亮相。

栗凯和乔卫国站在台下，给演员们鼓掌。

演员们谢幕退场。工作人员上台收拾道具。

乔卫国：真没想到，咱们团能出这么大规模的歌舞剧，这可是以前从来没有过的！太好了，再排练一段时间，去参加省里的文艺汇演，咱们一定能拿大奖，我有信心！

栗凯：乔叔，这段时间辛苦您了，到处跑前跑后地联络沟通。如果不是您，咱们的创排不可能这么顺利。

乔卫国：这都是应该的，"智者劳心"，我再辛苦也没有你辛苦。你把先进的管理理念带回团里，现在团里的老人有保障，新人有希望，上上下下都有劲儿……

乔卫国看着墙上贴着的标语"出精品、出效益、出人才"。

乔卫国：方向对了，路才能越走越通啊……

栗凯：谢谢您，乔叔。

23-35 剧场　日

栗凯一个人坐在空无一人的剧场里。突然身后走来一个人。

栗凯回头，发现是齐贝贝。栗凯惊喜地站起身。

栗凯：贝贝，你怎么来了……

齐贝贝：去你家找你，栗叔说你还在加班，我就来这儿了……

栗凯：贝贝，你等我一下！

栗凯跑到后台，齐贝贝疑惑地看着栗凯的背影。

栗凯从后台拿上来一把吉他，坐到舞台边。

栗凯：以前我答应你去听刘德华的演唱会，一直没实现，最近我练了好几首歌，想唱给你听，好吗？

齐贝贝含泪点头。

栗凯开始弹唱刘德华《心只有你》[1]。

歌词：在匆匆的处境，曾相识的背影，最远的人心里，留住了最近的呼应。多天真的眼睛，藏丝丝的笑声，我半生人希冀，爱着那原来的你。回头便知，我心只有你，沿途路斜，爱却在原地，平凡日子，令我一再度回味，想你，思想你，心只有你……

栗凯坐在舞台边边弹边唱，齐贝贝含着眼泪跟着节奏拍手。

（闪回）

齐贝贝透过门缝，看着栗凯弹吉他。

栗凯参加短跑比赛，齐贝贝在场边呐喊助威。

栗凯和齐贝贝一起逗小猫玩儿，甜蜜对视。

齐贝贝抱着小猫蹭栗凯，栗凯被逗得倒在沙发上，两人倒在一起。

滂沱大雨中，栗凯和齐贝贝拥抱在一起。

（闪回结束）

栗凯放下吉他，走到齐贝贝面前。

齐贝贝：你是个傻子吗？

栗凯：为什么这么说……

齐贝贝：我已经都知道了……你为什么不告诉我，你写的那些信，你去找我，求我爸妈……（泪流满面）你为什么不告诉我……

栗凯：你爸妈对我们家成见太深，那时候我说再多也没用，只有靠我自己努力，获得他们的认可，才有可能和你在一起……

栗凯流泪，齐贝贝抱住栗凯。两人拥抱流泪。

齐贝贝：（哭）那么多年，我都不知道你心里怎么想的，我要是跟别人跑了怎么办……

栗凯：我不会让你跟别人跑的。

齐贝贝破涕为笑，假装打栗凯。

栗凯：（看着齐贝贝）对不起。

齐贝贝：我要罚你。

栗凯：罚什么都行。

齐贝贝：罚你再唱一首。

---

[1]《心只有你》由刘德华作词，刘祖德作曲，刘德华演唱，收录在刘德华1999年发行的专辑《人间爱》中。

栗凯：没问题，每天都给你唱歌，还有……以后我一定带你去听刘德华的演唱会。

齐贝贝甜蜜地笑了。

栗凯轻吻齐贝贝。

23-36 篮球场　日

童飞、贾午、栗凯、黄大卫打篮球。栗凯一路绝尘，不断上篮得分。贾午、黄大卫气喘吁吁。

贾午：这家伙今天打鸡血了吗？

黄大卫：栗子哥，你是不是吃了什么兴奋药啊？我告诉你，这儿可有两个警察，你最好如实交代！

栗凯笑着远投三分。

栗凯：我和贝贝在一起了。

童飞、贾午、黄大卫惊讶对视。

童飞：（大笑）虐他！

三人一起冲上球场。

（慢镜头）大家传球，大笑。

23-37 学校教学楼　日

乔晓羽拿着教材走在走廊里，对面一个门卫保安走过来。

保安：是乔老师吗？

乔晓羽：是我。

保安：门口有人找你。

乔晓羽：哦，谢谢，我马上就去。

23-38 学校门口　日

乔晓羽走到学校大门口，贾晨站在外面向她挥手。

乔晓羽：贾晨姐？你怎么来了？

贾晨：今天来新城谈个合同，想给你个惊喜嘛！你下班了吗？

乔晓羽：嗯，今天的课都上完了，要不去我家里坐会儿吧？

贾晨：不了不了，今天我可是有备而来的，我同事的弟弟在新城科研所工作，一起吃个饭，走吧！

乔晓羽：贾晨姐，我……

贾晨：我跟你说，这个男孩学历高，有涵养，跟上次我说那个富二代完全不一样，反正你也得吃饭，不如和新朋友一起，走吧！

贾晨拽着乔晓羽走出校门。

23-39 餐厅　夜

贾晨和乔晓羽坐在餐桌一边，对面坐着一个面目清秀的年轻男子。乔晓羽有点拘束。

贾晨：给你们介绍一下，这是我从小看着长大的好妹妹乔晓羽，在实验中学当音乐老师。（指着年轻男子）这是我同事的弟弟江一鸣，新城科研所的高才生。你们都在新城工作，认识一下，交个朋友，平时也可以一起出来玩……

江一鸣：（微笑着伸出手）你好，乔晓羽。

乔晓羽：（和江一鸣握手）你好。

江一鸣：你是音乐老师？那钢琴一定弹得很好……

贾晨：晓羽最擅长弹钢琴了，怎么，你也喜欢弹钢琴吗？

江一鸣：（笑）小时候被父母逼着弹过，早就荒废了，不过……最近不知道为什么，突然又感兴趣了，不知道晓羽老师有空时能不能指导我一下？

贾晨看向乔晓羽。

乔晓羽：（迟疑）好，当然可以。

贾晨：（对江一鸣）原来你也是被逼着学琴的！同病相怜啊……

江一鸣：贾晨姐，你也……

贾晨：嗯，不瞒你说，我妈弹钢琴在清城可是数一数二的，不过我和我弟都废了，她只有晓羽这一个得意门生……

江一鸣：原来如此……晓羽是师范大学毕业的吧？

乔晓羽：对。你也是吗？

江一鸣：哦，我不是，不过我是师范大学的外聘讲师，偶尔会去讲课。

贾晨：小江，你太优秀了，你们俩还挺有缘分的，都是老师，肯定有共同话题！

服务员上菜。

贾晨：来，边吃边聊！

大家一起吃饭，江一鸣不经意看向乔晓羽，乔晓羽客气地点头微笑。

23-40 餐厅门口　夜

贾晨、乔晓羽、江一鸣从餐厅走出来。

贾晨：晓羽，我得赶快开车回去了。一鸣，你负责送晓羽回去吧。

江一鸣：当然，是我的荣幸。

乔晓羽：不用了，这里离我家挺近的，我自己走回去就行。

江一鸣：（抬头看天）太晚了，新城毕竟是开发区，晚上不安全，我送你到楼下就走。

乔晓羽：（犹豫）好吧。

贾晨：那我走了，一鸣，你可要当好护花使者啊！

江一鸣：贾晨姐放心。

贾晨走到一辆轿车前，打开车门坐进去，轿车走远。

江一鸣：（对乔晓羽）走吧。

乔晓羽：嗯，谢谢。

23-41 街道　夜

乔晓羽和江一鸣走在街道边的人行道上。

江一鸣：你好像不太爱说话。

乔晓羽：嗯。

江一鸣：怪不得……像你这么好看，贾晨姐还张罗给你介绍……

乔晓羽：贾晨姐和她妈妈一样，都是热心肠，她们是为我好，怕我一个人在新城孤单……

江一鸣：那你孤单吗？

乔晓羽：我……还好吧……

江一鸣：如果无聊的时候，可以找我聊天，我给你讲讲……

乔晓羽疑惑地看着江一鸣。

江一鸣：我给你讲讲……傅里叶级数、偏微分方程……

乔晓羽忍不住笑了。

江一鸣：你终于笑了。

乔晓羽：我上学的时候数学特别

差，经常不及格，我爸总担心我考不上大学……

江一鸣：后来呢？

乔晓羽：后来……

乔晓羽：（回忆）后来，我遇到一个特别好的老师……

江一鸣：那你真幸运……我虽然学的是数学专业，其实对物理最感兴趣，尤其是天体物理……

乔晓羽：天体物理？

江一鸣：对，比如……（指向天空）比如月亮……

乔晓羽看着天上的月亮。

乔晓羽：那你应该很懂月亮的各种知识了？

江一鸣：嗯，看过一些书，怎么了？

乔晓羽：（犹豫）哦，没什么……

23-42 乔晓羽新家小区　夜

乔晓羽和江一鸣走到了乔晓羽新家楼下。

乔晓羽：我到了，谢谢你。

江一鸣：别客气，今天很高兴认识你，快上去吧，早点休息。

乔晓羽：很高兴认识你，再见。

乔晓羽上楼，江一鸣看着乔晓羽的背影。

23-43 小区民宅　童飞新家　日

客厅，童振华、许如星、童飞坐在一起吃早饭。童飞吃完，起身。

童飞：我先走了。

童振华：这么早？有任务？

童飞：没有，我出去透透气。

童振华：对了，你路过文工团小区，去一趟你贾叔家，他给我打了好几个电话，非让我去拿一些外地的土特产，推辞不掉……

童飞：好。

童飞起身穿外套。

许如星：看来贾老板的生意最近不错啊……

童振华：是啊，贾有才，那是个人才……

许如星突然捂了一下胃。

童振华：怎么了？

许如星：没事，可能着凉了，有点胃疼。

童振华：早就跟你说，年纪不饶人，得注意身体……还有啊，每年的体检一定要去做……

许如星：我没事，放心吧，今年一定去……

童飞回头看看许如星和童振华，走出家门。

23-44 文工团小区　日

童飞把轿车停好，从车里走出来，走进小区大门。

童飞望了一眼乔晓羽家的阳台，准备走向贾午家单元门口。身后，门卫走过来。

门卫：请问，你是童飞吗？

童飞：（回头）是我，您是？

门卫：我是文工团的老职工，以前的门卫大爷去世了，团里让我过来看大门。前几天，我把门卫室收拾了一下，发现了这个……

门卫把一封信递给童飞，童飞接过来，是一个已经泛黄斑驳的信封，上面写着模糊不清、依稀还能辨认的字迹"清城文工团小区　童飞收"。

童飞：谢谢。

童飞看着信封。

23-45　车内　日

童飞坐在轿车里，打开信封，从里面拿出一张皱皱巴巴的明信片，里面有一页已经泛黄的信纸，童飞打开信纸的手有些许颤抖。

信纸上写着"哥，我回到乡下老家了……"。

（闪回）

23-46　组镜

插曲音乐响起。

童言：（画外音）哥，我回到乡下老家了，跟着表弟表妹逛完了整个镇子，这里有古老的庙宇，简朴热闹的乡村小学，快要结冰的小河，还有大片大片的田野。每走到一处，我都在想，这就是你小时候生活过的地方……

表弟表妹带着童言在镇上玩耍，路过古老的庙宇、乡村小学、快要结冰的小河和田野。

童言：（画外音）哥，你知道吗，从小我就想来这里看看，这个愿望终于实现了，我真高兴……

童言在一个简陋的邮局前停下。童言走进邮局。邮局前台摆放着一些明信片。童言坐在邮局里拿出一张明信片，打开里面的信纸，在上面写字。表弟表妹疑惑地看着童言。

童言：（画外音）虽然你们都瞒着我，但其实，我很清楚自己的病情……

书桌旁，童言慢慢翻看《先天性心脏疾病诊断全书》。

童言：（画外音）也许我这一生没有你们希望的那么长，但是，有家人的疼爱，朋友的关心，我很幸福、很知足……

病床边，童振华、许如星坐在童言身边，许如星给童言喂饭，童飞讲笑话给童言听。

（慢镜头）白雪皑皑，童飞、童言、乔晓羽、齐贝贝、贾午、贾晨、栗凯、黄大卫在雪里狂欢跳跃，最后大家倒在雪地里。

雪中，童言绽放灿烂笑容。

童言：（画外音）哥，还有一件事，我一直想跟你说……在我心里，晓羽永远是那个7岁的小女孩，是最珍贵的童年伙伴，只要想起她、看见她，就像回到了小时候……你知道吗，我多想永远停留在7岁，不想长大……你和晓羽互相喜欢，不要错过对方……不管我在哪里，都会真心地祝福你们……如果真的有那么一天，请你照顾好爸妈，还有晓羽……

童言把明信片一张张投进邮筒里。表

弟表妹在前面挥手招呼童言，童言微笑着快步跟上。

以前门卫室的看门大爷在一堆报纸杂志里翻找着。

（慢镜头）一封信被翻落到书桌角落，掉到了书桌缝隙的地上。

（闪回结束）

23-47 车内　日

童飞拿着信纸，落款写着"永远和你们在一起的童言"。

童飞握着信纸，忍不住掩面哭泣。

第二十三集　回头便知我心只有你

第二十四集

我的爱明明还在

24-1 小区楼道　日

一只手快速急迫地按门铃。

门打开，乔卫国和沈冰梅穿着睡衣站在门里面，看着门外站着的童飞。

乔卫国：（疑惑）童飞来了？这么早……有事吗？

童飞：（急切而慌张）乔叔，沈阿姨，我……我没什么事，那个……晓羽在吗？

沈冰梅：她在新城上班，这周没回来，你找她有急事吗？

乔卫国：要不，给她打个电话？

童飞：（尴尬）哦，对，现在是工作日……叔叔阿姨打扰了，我去上班了！再见！

童飞转身快速下楼。

乔卫国和沈冰梅疑惑对视，然后关上门。

24-2 车内　日

童飞坐在车里，扶着方向盘，努力让自己冷静下来。手机铃声响起，童飞接听手机。

童飞：（拿着手机）喂，宋队，好，我马上到！

童飞定神，开动轿车。

24-3 组镜

张学友《想和你去吹吹风》[①]音乐响起。

歌词：感情浮浮沉沉，世事颠颠倒倒，一颗心阴阴冷冷，感动愈来愈少。繁华色彩光影，谁不为它迷倒，笑眼泪光看自己，感觉有些寂寥。想起你爱恨早已不再萦绕，那情分还有些味道，喜怒哀乐依然围绕，能分享的人哪里去寻找。很想和你再去吹吹风，去吹吹风，风会带走一切短暂的轻松，让我们像从前一样安安静静，什么都不必说，你总是能懂……

公安局会议室，宋队长站在前面布置任务，童飞、黄大卫等人坐在会议桌前认真记录。

公安局门口，童飞和其他同事坐上警车，集结出警。

童飞新家门口，童飞一身疲惫地走进门。

童飞躺在床上，看着天花板。

墓地，童飞坐靠在童言墓碑前，笑着泪流满面。

24-4 校园/宠物医院　日

乔晓羽走在校园里，同学们三三两两经过。手机铃声响起，乔晓羽接听手机。

乔晓羽：（拿着手机）喂，贝贝？嗯，在学校……

齐贝贝在天使宠物之家。

齐贝贝：（拿着手机，逗笑）听说你开始约会了？还是个数学系高才生？你知道这叫什么吗，宿命啊，以前你数学成绩那么差，快点让男朋友给你好好补补课……

乔晓羽：（嗔怪）贝贝，你别胡说了，

[①]《想和你去吹吹风》由娃娃作词，叶良俊作曲，张学友演唱，收录在张学友1997年发行的专辑《想和你去吹吹风》中。

谁告诉你的，没有约会……只是认识个新朋友……真的不是你想象的那样……

齐贝贝：哎哟，好啦，你别管谁告诉我的。认真地说，你也该谈个恋爱了。我倒要看看这位大才子能不能打开我们"千年冰"美人的小心心……

乔晓羽：还小心心……贝贝，你太肉麻了，我都起鸡皮疙瘩了……（调侃）和栗子哥和好以后，果然不一样……说，进展到什么程度了，如实招来！

齐贝贝：那你回来呀，回来我就告诉你！

乔晓羽：让我回去给你们当电灯泡？No，No，我还是不打扰你和栗子哥甜蜜了……好啦，你快忙吧。嗯，拜拜……

乔晓羽挂掉手机，笑着无奈摇头。乔晓羽正准备收起手机，手机铃声再次响起。乔晓羽看手机，屏幕显示是童飞的来电。乔晓羽犹豫，接听电话。

乔晓羽：（拿着手机）喂？

24-5 车内／校园　日

童飞坐在轿车里打手机，略显紧张，一只手不自觉地扶住方向盘。

童飞：（拿着手机）晓羽，是我。

乔晓羽：（画外音）童飞，有事吗？

童飞：你周末回清城吗？

乔晓羽：（拿着手机）嗯，这周末不回去了，和朋友约了去天文馆，你有事找我吗？

童飞：哦，我……我想见你……

乔晓羽：你怎么了？

童飞：我……我想约你……你们大家……吃饭……

乔晓羽：吃饭？好啊，下次我回去的时候，提前告诉你……

童飞：刚才你说和朋友去天文馆，什么朋友？男的女的？

乔晓羽：（不悦）童警官，这个还需要向你报告吗，是不是管得有点太宽了……

童飞：不好意思，职业病犯了……

乔晓羽：那……没什么事我就挂了，下午还有课。

童飞：好吧……

乔晓羽挂断电话。

童飞沮丧地看着手机屏幕。

24-6 宠物医院　日

齐贝贝把一杯饮料放在小桌子上，笑着坐下。童飞端起饮料一饮而尽。

齐贝贝：警察叔叔，怎么今天有时间光临我们小店？

童飞：我啊，来看看你这个恋爱中的小女人是不是智商又变低了……

齐贝贝：哼，你这就是羡慕嫉妒！（调侃）童警官，没人爱，是不是孤单、寂寞、冷啊，要不要养个宠物？

童飞：（仰面）宠物啊，我已经有了……

齐贝贝：是吗？你养了什么，我怎么不知道？

童飞：（得意）警犬！

齐贝贝白了一眼童飞。

齐贝贝：就知道你是来逗我玩儿的！

你快去抓坏人吧,(拉童飞)走吧走吧!

童飞:好了,不逗你了,其实……我本来想约你们一起吃饭,可是晓羽周末不回清城,说是和朋友约好了去天文馆……

齐贝贝:哦?进展这么快?都一起学习宇宙知识了,果然是学霸的约会,不错不错……

童飞:(疑惑)什么进展?你在说什么?

齐贝贝:你还不知道吧,晓羽刚认识的男生,科研所的数学博士,听贾晨姐说,他追晓羽,追得可猛烈了……

童飞表情逐渐紧张。

齐贝贝:看来我们中间又有一个要摆脱单身了,(神秘)你知道吗,贾午和电视台一个外景美女主持人也打得火热……你可要加油喽……看看你,老大不小了,连个女朋友都没有,我真替你发愁……

齐贝贝絮叨着,声音渐弱,童飞脑子里反复响起一个声音"你还不知道吧,晓羽刚认识的男生,科研所的数学博士……他追晓羽,追得可猛烈了……"。

童飞愣神。

齐贝贝:童飞,童飞!你怎么了?

童飞:(回神)我……我没事啊……你们好好谈情说爱吧,我去抓坏人了!哼……

童飞站起身,快步走出天使宠物之家,撞到了透明玻璃上,发出"咚"的一声。

齐贝贝:(吓一跳)哎,大哥,你没事吧……

童飞揉着脑袋尴尬地出门。

齐贝贝看着童飞的背影撇嘴。

24-7 小区民宅　栗凯家　日

栗凯和齐贝贝在屋里逗小猫玩儿。栗铁生端着水果走进来。

栗铁生:贝贝,快吃水果!

齐贝贝:谢谢栗叔!

栗铁生欣慰地看着栗凯和齐贝贝。

栗铁生:真好。

栗凯:爸,你嘟囔什么呢?

栗铁生:你们在一起,我太高兴了……

齐贝贝和栗凯对视,甜蜜微笑。

栗铁生:贝贝,晚饭想吃什么,叔叔都给你做!

栗凯:爸,我想吃……

栗铁生:你先别说,贝贝先说!

齐贝贝得意地看着栗凯,栗凯无奈微笑。

栗凯:你一来啊,我这家庭地位又降了一级……

小猫"喵喵"地叫。

栗凯:(抚摸小猫)好,好,你也比我高一级……

大家笑。

门铃声响起。栗铁生开门,周青云走进来。

齐贝贝:(起身)周阿姨。

周青云走过来,热情地握住齐贝贝的手。

周青云:(热情)贝贝,好孩子,看见

你真高兴!

齐贝贝:周阿姨,您最近吃了什么保养品,怎么越来越年轻?

周青云:(笑)贝贝太会说话了,阿姨太喜欢你了,哈哈……

小猫跑过来蹭周青云,周青云抱起小猫。

周青云:小栗子真乖,这次你可是大功臣!

齐贝贝:功臣?小栗子立了什么大功?

周青云:小栗子是你们俩的红娘,把你们又牵在一起了!

栗凯:这么说,小栗子还真是个功臣!

齐贝贝不好意思地推栗凯。

栗铁生:(对周青云)你就别瞒着两个孩子了,告诉他们吧!

栗凯和齐贝贝疑惑地看着周青云。

周青云:两个月前,路过你们的宠物医院门口,看见你和一些年轻人正在组织救助流浪动物的活动,我看见这只小猫很可爱,就领养了……

齐贝贝:原来小栗子……是您领养的……那天我太忙了,竟然没发现您……

周青云:(对齐贝贝)好孩子,你和栗凯心里惦记着对方,不管经历多少波折,还是会在一起的……(对栗凯)贝贝是最善良的好姑娘,一定要好好对她,不管遇到什么事,也不能让她难过……

栗凯:(点头)嗯。

栗凯牵起齐贝贝的手。

24-8 街道 夜

栗凯和齐贝贝紧紧牵着手。

栗凯和齐贝贝慢慢走在街道旁。

齐贝贝:我看叔叔阿姨还挺亲密的。

栗凯低头不语。

齐贝贝:阿姨现在还一个人住吗?

栗凯:嗯。

齐贝贝:栗凯……

栗凯:我知道你想劝我什么……贝贝,你是不是觉得,我有点太狠心了……

齐贝贝:不,不是的……

栗凯:她不在的那些年,我好想她……我好想和其他人一样,有妈妈在身边……可是希望一次次破灭,慢慢地,这种想念变成了怨恨……我不知道该怎么面对那个半夜哭醒的自己……

齐贝贝转身紧紧抱住栗凯。

齐贝贝:我明白,我明白……

栗凯低头看着齐贝贝。

齐贝贝:我不想劝你什么,我只想对你说,爱的反义词不是恨,是视而不见,是不在乎……你爸妈因为怨恨而分开,你因为太想念妈妈而怨恨她……可是,冷漠并没有解决这一切……我们也曾经因为误会而分手,可是兜兜转转,还是选择了对方,对吗?栗凯,为了我,请你试着理解叔叔阿姨,祝福他们吧……

栗凯紧紧抱住齐贝贝。

24-9 公安局会议室 日

会议室里,宋队长站在会议桌前面,童飞、黄大卫和其他一些年轻警察坐在会议桌旁边。

宋队长：这几个案子办得不错，我说一下其他工作啊……（拿出一张纸念）这些年校园安全事故比以往有所增多，为了防患于未然，市局决定在全市中小学范围开展集中安全培训和实践演练活动，局里分配给咱们队的主要有清城中心小学、清城第三中学、新城开发区实验中学……

童飞：（猛地站起）宋队，我申请去新城实验中学！

宋队长吓了一跳，愣住。

黄大卫斜眼看着童飞，憋着不笑出来。

宋队长：好啊，童飞勇挑重担！主动提出去最远的学校，提出表扬，批准了，坐下吧！

童飞深呼吸，坐下。

宋队长：其他几个学校你们几个分配一下（把手里的纸给大家传阅）……中小学生是祖国的未来，大家一定要重视这项工作，按照市局的统一要求做好培训和演练，增强师生的安全意识……（话音渐弱）

黄大卫挨近童飞。

黄大卫：（耳语）童警官，你为什么要故意挑那么远的学校，是不是……想见晓羽啊……

童飞：（小声）别胡扯，小心我揍你……

黄大卫偷笑。

宋队长：好，散会！

24-10 天文馆门口　日

乔晓羽和江一鸣站在天文馆门口，镜头从两人背后移向天文馆大门上的馆名。

江一鸣：咱们进去吧。

乔晓羽：好。

两人步入馆内。

24-11 天文馆　日

乔晓羽和江一鸣漫步在天文馆内。江一鸣沿着展厅给乔晓羽讲解。周围不时有游客三三两两经过。

江一鸣：从小我就特别喜欢天文，没事就仰头看着星空，只要听说会出现特殊天象，一定会想办法观测到。月食啊，日食啊，绝不能错过……

乔晓羽微笑看着江一鸣。

江一鸣：我记得10岁那年，有一次观测日食，没有正确使用设备，眼睛差点看瞎了！还好我爸妈及时发现，把我狠狠揍了一顿，然后……给我买了一套专业的观测仪器……

乔晓羽：没想到你看起来温文尔雅，还有这么调皮的时候。

江一鸣：我还有很多面，你都会看到的……

乔晓羽：（转移话题）今天来这儿参观，如果没有你讲解，我真是一窍不通……

江一鸣：别客气，今天是我邀请你来的，当然得为你做好服务工作……

乔晓羽有点不好意思，向前走了两步，江一鸣笑着快步追上去。两人来到一个展厅。

乔晓羽：对我这种天文小学生来说，

从哪里开始学习最好呢？

江一鸣：你们女孩子不都喜欢研究星座吗，不如就从……（指向展厅天花板）这里开始吧……

乔晓羽抬起头，看到了天花板的全景星座分布图。

乔晓羽：（感叹）哇……好复杂……

江一鸣：（指向天花板一角）你看那边，两条星链组成一个V字，左边的叫北鱼，代表小爱神丘比特，右边的叫西鱼，代表女神维纳斯……

镜头呈现双鱼座的星座图。

江一鸣：……那就是双鱼座……

乔晓羽：它好美……

江一鸣：双鱼座是一个古老神秘的星座，它是黄道十二宫的最后一宫，是一个轮回的结束，也是下一段旅行的开始。现代的春分点正好位于双鱼座附近的黄道上，所以双鱼座意味着春天就要来了……

乔晓羽：（真诚）一鸣，你讲得真好……

江一鸣：小时候家里摆着全套十万个为什么，其他卷都完好无损，只有天文卷被我翻烂了，今天这本书终于有了用武之地……（微笑看着乔晓羽）这是它的荣幸……

乔晓羽：（转移话题）再给我讲讲其他星座吧。

江一鸣：（点头）嗯。

24-12 天文馆　　日

乔晓羽和江一鸣走到月球厅，两人看着巨大的太阳、地球、月球运动模型。乔晓羽看着月球模型愣神。

江一鸣：（看乔晓羽）你好像很喜欢月亮。

乔晓羽：月球是地球唯一的天然卫星，如果没有月球，地球该有多孤独……

江一鸣：是啊，如果没有月球，地球就不会有潮起潮落，那我们将会少了多少优美的风景和诗词歌赋啊……不过，月球确实是一直在远离地球……

乔晓羽：（疑惑）远离？

江一鸣：对，不过别担心，大约……每年只有4厘米……所以，在月球刚形成的时候，也就是月亮小时候，距离地球可能只有2万公里，那时如果有人类，看到的月球将会非常大、非常近……

乔晓羽看着月球模型出神。

乔晓羽：（喃喃自语）难道……我看到了月亮小时候……

江一鸣：晓羽，你说什么？

乔晓羽：哦，没什么……

江一鸣：晓羽，我觉得你好像有心事，或者说，是有一个藏在心里的小秘密，而且这个小秘密对你造成了一些困扰，对吗？

乔晓羽低头沉吟。

江一鸣：我知道，我们认识时间很短，可是……相信你能看得出来，我真心想和你做朋友……

乔晓羽认真地看着江一鸣。

江一鸣：（真诚）请把我当成一个老朋友，我绝对会为你保密，如果有什么我能帮忙的，我更是乐意效劳……

乔晓羽蹙眉，轻轻点头。

24-13 天文馆咖啡厅　日

乔晓羽和江一鸣坐在咖啡厅小圆桌旁。

江一鸣：（不敢相信）你刚才说，月亮有多大？

乔晓羽：嗯……在车棚的后面，前面还有一棵树，月亮几乎是整棵树的背景，就像一座小房子那么大……

江一鸣：满月从地平线刚升起的时候看上去确实很大，比升到头顶的时候大一倍也是有的……不过，像你说的这么大，我确实从来没听说过……你的父母、朋友听到这件事，都是什么反应？

乔晓羽：我……并没有告诉过任何人……

江一鸣：（更加惊讶）为什么？

乔晓羽：说实话，我也不知道为什么，可能担心自己只是出现了幻觉……或者，就算说了，别人也不会相信，甚至觉得我在胡编乱造吧……

江一鸣：晓羽，我相信你说的和你看到的，绝不是胡编乱造……还有，谢谢你愿意把自己的秘密告诉我，我很感动……

乔晓羽：其实，平时它就像藏在深海的鱼，有时候，连我自己都忘记了，今天来到天文馆，那个场景突然更清晰……

江一鸣：我回去再查查相关的资料，如果找不到，我就去请教天文所的同事和专家。总之，我会努力搞清楚原因，下次见面，一定给你一个答案，相信我……

乔晓羽：一鸣，不用为我大费周章，这只是一件小事……

江一鸣：一点也不麻烦，你别忘了，我可是天文发烧友，这种学习知识的好机会，我怎么可能错过呢……放心，我会隐去你的身份，绝不会有第二个人知道……

乔晓羽：好吧，谢谢你……

江一鸣端起一杯咖啡，示意乔晓羽，乔晓羽也端起咖啡，两人碰杯。

24-14 宠物医院/某商贸公司　日

齐贝贝坐在天使宠物之家打电话。

齐贝贝：（拿着手机）唉……现在咱们三个人在三个地方，你和晓羽又那么忙，想坐在一起八卦一下都凑不齐……

贾晨坐在公司办公桌前。

贾晨：（拿着听筒）你不是正在和栗子重温旧梦、缠缠绵绵、卿卿我我……

齐贝贝：哪有……栗凯忙着团里的工作，我都是趁他工作间隙才能一起吃个饭……哎，不说我了，晓羽和那个博士最近怎么样？

贾晨：听我同事说，两人经常见面，相当顺利……

齐贝贝：哇，乔晓羽有出息了，"铁树开花"啊！

贾晨：（低声，神秘）你知道吗，这个人和童言很像，都是数学天才，这次我可尽力了……

齐贝贝：（惊讶）真的？这么说……晓羽这块"千年冰"终于要"融化"了？

贾晨：童言走了这么多年，晓羽每天形单影只的，我还能不知道她的心结吗……哎，我们家贾午是没戏了，朽木不可雕也……

齐贝贝：贾晨姐，不会吧？贾午以前喜欢晓羽，这你也知道啊！

贾晨：当然，你们几个都是我看着长大的，每个人心里的小九九我都清楚！

齐贝贝：贾晨姐，你的眼光确实很犀利……

贾晨：那是，我早就说过，你和栗凯是欢喜冤家、天生一对……怎么样……见了栗子跟他说，欠我一顿饭啊！

齐贝贝：（大笑）没问题！

24-15 学校教学楼　日

乔晓羽和林老师从教学楼走廊走进一间教务室。

教导主任坐在办公桌前，沙发上坐着一个穿着警服的人，两人正在聊天。

乔晓羽一看，警察居然是童飞。教导主任和童飞站起身。

教导主任：给你们介绍一下，这是咱们学校这次安全培训活动的负责人，童飞警官！（指向乔晓羽和林老师）这是乔老师、林老师。童警官，初中部的活动由这两位老师配合你。

乔晓羽：（意外）童飞……

教导主任：（惊讶）你们认识？

林老师疑惑地看着童飞和乔晓羽。

乔晓羽：是的，主任，童飞……警官是我的……

童飞看乔晓羽有点语无伦次，轻笑。

童飞：我是乔晓羽的邻居大哥。

林老师：（激动）原来是晓羽的大哥，（上去握紧童飞的手）大哥好，我是晓羽的同事，您叫我小林就行，今天有什么体力活儿您尽管吩咐我，我是教体育的，有力气！您千万别客气！

童飞皱眉，看一眼乔晓羽，乔晓羽无奈。

童飞：（忍着不悦）好，我不会客气的，到时候就辛苦你了。

教导主任：既然都是朋友，那更好了，相信我们这次活动在童警官的指导下一定能圆满完成！

童飞：谢谢主任。

童飞和乔晓羽对视。

24-16 学校教学楼　日

教学楼里，学生们从教室里鱼贯而出，童飞、乔晓羽、林老师和其他老师分头指挥学生们撤离，学生们紧急有序地下楼梯。童飞、乔晓羽走在队伍最后，童飞拉起乔晓羽的手快速下楼梯。乔晓羽看着童飞的侧脸。

24-17 校园　日

插曲音乐响起。

操场上，老师和学生分组，每个老师身边的垫子上躺着一个男生，童飞在台上示范急救知识。台下老师认真学习演练。

操场上，童飞站在台上，林老师站在旁边的垫子上。童飞示范基本格斗技巧。

童飞示意林老师攻击自己，林老师拿着棍棒打童飞，童飞把林老师摔翻在垫子上。童飞扶起林老师，询问林老师是否有事，林老师揉着肩膀强装淡定。童飞把棍棒拿过来，示意林老师角色对换。童飞拿着棍棒攻击林老师，林老师学着童飞的样子，用尽力气把童飞摔倒。乔晓羽担心地望着童飞。

童飞忍着痛站起身，给林老师鼓掌，台下老师纷纷鼓掌，乔晓羽远远看着童飞忍痛的表情。

24-18 校园　日

童飞穿着一身黑衣站在校园里，乔晓羽、林老师和教职工都站在他对面。

童飞：接下来咱们进行最后一项综合演练，我扮演一个持械强行进入校园的歹徒，（示意乔晓羽和一些女老师）这几位老师分头疏散学生，（示意林老师和其他几位男老师）保安和这几位老师负责制服我。大家分头行动，明白了吗？

教职工：（一起）明白！

24-19 校园/学校教学楼　日

童飞站在学校大门口，拿着棍棒敲打大门，试图打坏大门进入校园。

教学楼里，乔晓羽和老师们疏散学生，学生按照提前准备好的路线有序撤离。

童飞翻越校门栅栏进入校园里，保安和几位老师冲上去围住童飞，童飞挥舞棍棒逼退老师们。童飞冲向教学楼，一个保安从童飞背后扑倒童飞，童飞站起身推开保安，继续冲向教学楼。两个保安从两边夹击童飞，林老师弯腰从背后抱摔童飞，童飞被摔倒在地。保安跑过去压住童飞。

童飞：（大声）很好！演习成功！

乔晓羽从教学楼里出来，正好看到这一幕，身体一紧，赶紧跑过去。

童飞挣扎着想爬起来，林老师和保安赶紧扶起童飞。

（慢镜头）童飞半跪在地上，看着乔晓羽匆匆跑过来的脚步。

24-20 学校门口　日

教导主任、乔晓羽、林老师站在学校门口送童飞。

教导主任：（握着童飞的手）童警官，今天真是太辛苦你了，校长委托我代表全校师生感谢你啊！

童飞：您客气了，这是我的工作职责，希望咱们学校以后多开展安全教育活动，我们一定大力支持。

林老师：童大哥，你那些动作好帅啊，以后有机会再教我几招吧。

教导主任：（对林老师）你还好意思说，刚才下手太重了，（对童飞）童警官没事吧？

林老师：（堆笑）童警官可是专业的，才不会受伤，是吧，童大哥？

童飞：（认真）对待穷凶极恶的歹徒就得这样，林老师做得很好。

乔晓羽：童飞，你真的没事吧，用不用去我们学校医务室检查一下？

童飞：那倒不用，不过，今天确实有点累……晓羽，你几点下班？

教导主任：乔老师今天任务已经结束了，（对乔晓羽）早点下班吧，啊！

童飞：（对教导主任）谢谢主任。（对乔晓羽）那走吧，我送你回去！

乔晓羽：（犹豫）那……

教导主任：快走吧，回家好好休息啊，童警官再见……

乔晓羽还没反应过来，就被童飞拉着走远。

林老师挠头，疑惑地看着童飞和乔晓羽走出校门。

24-21 小区民宅　乔晓羽新家　日

童飞坐到沙发上，轻轻揉自己的肩膀。

乔晓羽端着一杯水，放到茶几上。

乔晓羽：疼吗？

童飞：嗯。

乔晓羽：我就知道，他们几个没轻没重的，你肯定很疼。上点药吧？

童飞点头，脱下警服，露出肩膀，出现一大块淤青。乔晓羽看了一眼，叹气，走到柜子前取药箱。

乔晓羽打开药箱，拿出一瓶药水，给童飞擦到肩膀上。

童飞：你的药箱里怎么什么都有？

乔晓羽：一个人住外面，当然得备齐了。

童飞：我……我以后会经常来看你。

乔晓羽愣住，匆匆收起药箱。

乔晓羽：你今天来我们学校，怎么没有提前告诉我？

童飞：这次我专门申请来，是想……想给你惊喜……

乔晓羽看着童飞，童飞有点紧张，手足无措。

乔晓羽：上次打电话……你找我有事吗？

童飞：晓羽，其实……（鼓起勇气）其实我今天是……来跟你道歉的，对不起……我错了，以前我一直以为童言喜欢你，你也喜欢他……每次离你更近一点，一个念头就会跳出来，你和童言才是天生一对……虽然他不在了，可是我什么也不能做……最近我才知道，我错了……我……

乔晓羽：童飞，你到底想说什么？

童飞：（下定决心）晓羽，我承认，刚回到清城的时候，我接近你，逗你开心，努力解决你遇到的所有麻烦，是因为小时候对小姨的怨恨，可是后来，我……

乔晓羽手机铃声响起，童飞被打断。

乔晓羽：不好意思，我接个电话。

乔晓羽走到一边接听手机。

乔晓羽：（拿着手机）喂，一鸣？是吗，今天晚上，我……那好吧……嗯。

乔晓羽放下手机，慢慢坐到沙发上。

童飞：谁给你打电话？

乔晓羽没有说话。

童飞走过去，轻轻握住乔晓羽的肩膀，乔晓羽慢慢推开了童飞的手。

插曲音乐响起。

童飞：晓羽，其实你知道我想说什么，对吗……

乔晓羽：（努力平静诉说）童飞，（摇头）我不知道，以前的、现在的一切，是我的错觉，还是你习惯以此为乐，每次我心情开始平静的时候，你就会突然出现，做一些奇怪的事，说一些奇怪的话……对不起，我本来不想再说这些……可能我们曾经是邻居，感情和别人不太一样……可能是我们怀念同一个故人，彼此感同身受……也可能是我小时候比较傻，误会了你的正常举动……不管是什么原因，我现在都不想去回忆，也不想再误会了……你曾经说过，那些事、那些话，都是逗我的，让我不要放在心上……你说的对……童飞，请你以后不要再这样了，好吗……对了，忘了告诉你，贾晨姐给我介绍了一个……男朋友，我们正在开始试着了解彼此……我想，我们还是好好地做回老朋友……

童飞：（生气，伤心）你真的去相亲了？你真的有男朋友了？

乔晓羽：对，就像你终于明白了真相，我和童言并不是你以为的那种关系。既然如此，为什么我不能相亲……童飞，我等会儿还要出去，如果你身体没有大碍，就早点回去吧。

童飞：你在赶我走吗？

乔晓羽：不，我担心你夜路开车不安全。

童飞生气而伤心地站起身。

童飞克制情绪，回头哀伤地看着乔晓羽。乔晓羽转过身，不看童飞。

童飞：晓羽，不要相亲……

乔晓羽：我不想迟到，你快回去吧。

童飞忍着伤心，拿起警服走出门。

乔晓羽闭上眼睛，流出一滴晶莹的眼泪。

24-22 小区楼道　日

童飞站在门口，表情痛苦。

突然，对面门打开，邻居男人走出来，看到童飞，吓了一跳，赶紧点头哈腰。

邻居男：警察同志！您来了！我……回家了（慢慢退回房间，露出半张脸）您忙……

邻居男人边说边迅速退回，把门关上。

童飞忍住复杂的情绪，走下楼梯。

24-23 餐厅　夜

餐厅内古色古香，雕梁画栋。服务员带着江一鸣和乔晓羽走到一个船型餐桌内，船下有小溪流过。二人坐下。服务员拿过菜单。江一鸣点菜。服务员离开。

乔晓羽：（环顾）这个餐厅好特别。

江一鸣：（微笑）嗯，之前和朋友来过一次，我猜你肯定喜欢，一直想着邀请你来。

乔晓羽：谢谢。

江一鸣：你交给我的任务，我完成了99%。

乔晓羽：99%？

江一鸣：（笑）对，最后1%的谜题，

需要你自己解开。

乔晓羽疑惑地看着江一鸣。

江一鸣：这几天我看了很多关于月球的书籍，还请教了天文所的同事，不学不知道，原来这个问题这么复杂！

乔晓羽认真地看着江一鸣。

江一鸣：很久以前，人们普遍认为，巨大的月亮是大气折射造成的，就好像水里的物体距离我们比实际更近一些，可是现代科学已经确认，折射并没有改变物体大小。

江一鸣喝了一口茶水。

江一鸣：还有一些人认为是月亮距离地球远近造成的，但是同一个夜晚距离差异很小，完全可以忽略不计，因此这个观点也被推翻了……

乔晓羽沉吟，回忆。

江一鸣：在很多研究者用各种奇怪的实验方法都没有结果后，他们基本断定，巨大的月亮和天文、物理都无关，而是——大脑的错觉……

乔晓羽：大脑的错觉？

江一鸣：确切地说，是一种感觉机制。比如说，头顶上的云，感觉上会比远处山边的云更近，对吗？

乔晓羽：（思考）好像是这样……

江一鸣：大脑潜意识里觉得地平线的天空比头顶的天空更远，为了平衡这种错觉，我们的意识会将远处的物体想象得更大……

乔晓羽：（皱眉）嗯……可是，那天，我明明感觉月亮离我很近、很近……

江一鸣：你说得很对，就是因为这个原因，错觉理论最终也不了了之……还有一些科学家认为，人类拥有两种不同的视觉系统，不过目前还没有最终结论……

乔晓羽有点遗憾地深呼吸。

江一鸣：别着急……我研究到这里的时候，也差点就绝望放弃了，正好一个天文论坛的网友联系我，我们聊起这个话题，原来……他也看到过超级大的月亮！

乔晓羽：（惊喜）真的？

江一鸣：是啊，据他说，很久以前的一天夜里，他睡不着，出去散步，看到月亮就像一辆大卡车那么大！他研究这个问题好多年，还找到了一些有过类似经历的人，结果发现……他和这些人有一个相似之处……

乔晓羽：（疑惑）什么？

江一鸣：他发现，这些人看到巨大月亮的时候，年龄都集中在12到18岁……

乔晓羽：12到18岁……

江一鸣：对，而且，这些人无一例外都表示，那时的他们，正在经历初恋……确切地说，是第一次暗恋……

乔晓羽的心跳声越来越清晰，咚、咚、咚、咚……

江一鸣：所以他大胆地猜测，这也许是青春期一种特有的视觉机制……

乔晓羽走神，江一鸣话音渐弱。

（闪回）

1998年深秋早晨，天蒙蒙亮，乔晓羽站在停车棚，凝视着巨大的月亮。

童言：（画外音）晓羽？

487

乔晓羽回头看向声音的方向，"童飞"推着自行车站在远处，笑着看着乔晓羽。乔晓羽也微笑看着"童飞"。

（闪回结束）

江一鸣的脸渐渐清晰。

乔晓羽回神，努力平复心情，喝了一口茶水。

江一鸣：所以，最后1%的答案，在你自己心里。（微笑）你和他们一样，也在暗恋着一个人，对吗……

乔晓羽若有所思。

24-24 组镜

张信哲《白月光》①音乐响起。

歌词：白月光，心里某个地方，那么亮，却那么冰凉，每个人，都有一段悲伤，想隐藏，却欲盖弥彰。白月光，照天涯的两端，在心上，却不在身旁，擦不干，你当时的泪光，路太长，追不回原谅。你是我，不能言说的伤，想遗忘，又忍不住回想，像流亡，一路跌跌撞撞，你的捆绑，无法释放……

乔晓羽走进卧室，打开灯，走到窗台边，看着远处天空的月亮。

童飞开着车行驶在高速公路上，面色憔悴。

乔晓羽坐在书桌前，拿出一张信纸写起来。

乔晓羽：（画外音）童言，你还记得1998年的"超级月亮"吗？今天，我终于发现了自己内心深处藏了又藏的秘密……

童飞在浴室洗澡，肩膀上的淤青清晰可见。童飞手碰到伤口，疼得皱眉。童飞扶着墙壁，表情伤心，脸上的泪水和洗澡流下的水混在一起。

童飞躺在床上，翻来覆去睡不着。

乔晓羽躺在床上，翻来覆去睡不着。

24-25 学校会议室　日

校长坐在主席台，其他校领导和教导主任坐在旁边。老师们坐在下面。乔晓羽、小雯、林老师坐在后排。

校长：今天的教务会就这些内容。哦，还有一件事，市教育局计划陆续选派一批年轻教师到贫困乡镇的希望小学和中学支教，有意愿的老师可以提出申请（示意教导主任）。

教导主任：对，希望大家踊跃报名，会后我把通知发给大家。

台下，老师们窃窃私语。林老师和小雯悄声讨论。

小雯：（小声）你想去吗？

林老师：（小声）我有点想去……你呢？

小雯：（小声）我还没想好……晓羽，你报名吗？

乔晓羽：（抬起头，目光坚定）嗯。

24-26 小区民宅　乔晓羽家　夜

卧室，乔卫国靠在床上，沈冰梅拿起

---

① 《白月光》由李焯雄作词，松本俊明作曲，张信哲演唱，收录在张信哲2004年发行的专辑《下一个永远》中。

老花镜看书。

乔卫国：晓羽真的报名去支教了？

沈冰梅：是啊，你自己的闺女你还不清楚吗，她既然决定了，就去吧……

乔卫国：红竹镇是清城最边远的乡镇，三不管的地界，我这不是担心吗……

沈冰梅：就去一年，还好……而且她和两个同事一起去，有伴儿。晓羽以前有支教的经验，而且能教好几个科目，这次是带队小组长呢。

乔卫国：唉，没有比你更心宽的妈妈了……

沈冰梅：我不是心宽，我是相信晓羽，她已经长大了……

24-27 小区民宅　乔晓羽新家　夜

卧室，乔晓羽靠在床上，手里拿着一本《小王子》。

乔晓羽：（若有所思地呢喃）最重要的东西，用眼睛是看不见的，只有用心才能看清楚……

（闪回）

24-28 餐厅　夜

乔晓羽和江一鸣在餐厅吃饭。

江一鸣放下茶杯。

江一鸣：其实，你刚才的表情，就已经告诉我答案了。晓羽，你心里有一块沉重的包袱，它把你压得很辛苦，你是时候扔掉这些包袱了。（顿了顿）我们每个人，都不过是宇宙里的一粒尘埃，想去做的事，就大胆去做……

乔晓羽抬起头看着江一鸣。

江一鸣：如果你扔掉包袱的那一天，还能想起我，请第一时间告诉我……

乔晓羽：一鸣，有你这样的朋友，我很荣幸，也很感激，但是……对不起……

江一鸣深呼吸。

江一鸣：（微笑）好吧，不用说对不起。

乔晓羽和江一鸣对视微笑。

（闪回结束）

24-29 小区民宅　乔晓羽新家　夜

卧室，乔晓羽躺在床上，慢慢闭上眼睛。

24-30 组镜

孙燕姿《我的爱》[①]音乐响起。

歌词：绕着山路走得累了，去留片刻要如何取舍，去年捡的美丽贝壳，心不透彻不会懂多难得。以为只要简单的生活，就能平息了脉搏，却忘了在逃什么。我的爱明明还在，转身了才明白，该把幸福找回来，而不是各自缅怀，我会在沿海地带，等着潮汐更改送你回来，你走路姿态微笑的神态，潜意识曾错过了真爱……

乔晓羽、小雯、林老师坐在大巴车上。小雯和林老师兴奋地看着窗外的风景，说笑打闹。

[①] 《我的爱》由小寒作词，林毅心作曲，孙燕姿演唱，收录在孙燕姿2004年发行的专辑《Stefanie》中。

大巴车行驶在山路上，风景宜人。

乔晓羽靠在车座上，耳朵里戴着MP3耳机，看着窗外的风景。

大巴车停下，乔晓羽、小雯、林老师背着大书包下车，看着远处的村落，谈笑风生。

乔晓羽、小雯、林老师背着大书包、拖着行李走在乡间小路上，累得满头大汗。

村口，乔晓羽、小雯、林老师远远看到镇长、校长带着一堆孩子迎接他们。孩子们笑着跑过来，把手里的野花束递给他们。

简陋的教室里，乔晓羽给孩子们上课，孩子们高高举起手。乔晓羽笑着点名。一个孩子站起来回答问题，乔晓羽点头，带头鼓掌。

土操场上，林老师带着孩子们上体育课，大家玩儿丢沙包、老鹰捉小鸡。

田野上，小雯带着孩子们画画，大家一起画远处的高山。

大雨，教室屋顶漏水，乔晓羽、小雯带着孩子们躲到教室一角，林老师和校长拿来很多锅碗瓢盆接雨水。

雨后，孩子们在操场上玩耍，林老师、校长一起修缮屋顶，乔晓羽、小雯扶着梯子帮忙。

天空出现一道彩虹。大家一起看着彩虹，孩子们指着彩虹欢呼雀跃。

乔晓羽正在上课，突然一个小女孩（豆豆）晕倒在课桌上，乔晓羽赶紧过去，摸豆豆的额头。

乔晓羽和小雯的宿舍里，乔晓羽扶着虚弱的豆豆，小雯拿过药和水，喂豆豆喝下。

乡间小路上，林老师背着豆豆，乔晓羽在身边扶着，走过崎岖山路。

破旧农屋，林老师把豆豆放在床上，乔晓羽给豆豆盖好被子。乔晓羽把一瓶药递给豆豆的奶奶。老奶奶握着乔晓羽的手流泪，乔晓羽安慰老奶奶。乔晓羽环顾破旧的屋子，悄悄掏出身上的全部现金放在桌子上。

乔晓羽：（画外音，成年）小时候，我以为这样的日子，这样的朋友，会永远存在，不会改变，后来才知道，那只是人生中短暂的一瞬；长大后，我以为那样的日子，那样的朋友，只是人生中短暂的一瞬，根本不必在意，现在才明白，那些人、那些事，早已变成我生命的一部分，永远都不会消失。

操场上，林老师准备好国旗旗杆下面的绳索。孩子们整齐地站在操场上。突然豆豆跑进来，乔晓羽转头看到豆豆笑着，豆豆扑到乔晓羽怀里。

操场上，大家庄严肃穆地升国旗唱国歌。

公安局旗杆下，童飞和其他警察一起在国旗下敬礼。

射击训练场上，新入职的警察开展实弹射击训练，童飞认真指导大家，其中一位年轻警察（唐警官）格外认真。

公安局办公室门口，童飞敲门，随后进入办公室。童飞向宋队长敬礼。宋队长把一份资料递给童飞。宋队长讲述案情，童飞看着资料，对宋队长点头。

晚上，乔晓羽坐在乡村小学操场，看着远处天空的月亮。

24-31 乡村小学教室　日

乔晓羽站在讲台上，手里拿着一本《小王子》轻轻阅读。讲台下，孩子们认真地听着。

乔晓羽：我愿把这本书献给曾做过孩子的大人，虽然很少有人记得，所有的大人都曾经是个孩子……

学生A：老师！小王子真的回到他的星球了吗？

乔晓羽：（微笑）是的，小王子在自己的星球上幸福地生活着，和他的花在一起。

学生B：老师，我相信！那些星星都是真的！

乔晓羽：老师也相信。

豆豆：（站起身）晓羽老师，不管将来我变成多大的大人，都不会忘记自己曾经是个孩子。

乔晓羽动容，微笑看着讲台下一张张清澈的笑脸。

24-32 小区民宅　童飞新家　日

客厅，许如星和沈冰梅坐在沙发上聊天。

沈冰梅：如星，我看你这段日子瘦了好多，是太累了吗？

许如星：（摸自己的脸）唉，估计是更年期到了吧……晚上睡不好……

沈冰梅：我以前找过一个中医调理，感觉很可以，要不介绍给你吧……

许如星：好啊……

门开，童飞进门，看到沈冰梅。

童飞：沈阿姨，您来了？

沈冰梅：是啊，来和你小姨说说话……周六也上班吗？

童飞：嗯，今天有个急事，（对许如星）小姨，队里派我出个差，一会儿就走，路上比较远，估计晚点回来。

童飞走进卧室。

许如星：（站起身）要去哪里啊？

童飞拿着背包从卧室走出来。

童飞：最近有几个人在乡镇冒充电视台记者诈骗，现在流窜到了红竹镇，被当地民警控制了，我过去交接一下，把人带回来。

许如星：红竹镇？（转头对沈冰梅）不就是晓羽支教的地方吗？

沈冰梅：是啊……可最近打电话，从没听她提起有这样的事……唉，这孩子，总是报喜不报忧……

许如星：（对童飞）童飞啊，如果办完事，还有时间，就去看看晓羽，也让你沈阿姨安心……

童飞：好。

沈冰梅：童飞，谢谢。

童飞：您别客气，就算您不说，我也会去的。

24-33 山路　日

（空镜）一辆警车行驶在山路上。

24-34 车内　日

警车里，童飞坐在副驾驶，看着窗外的风景。唐警官开着车。

童飞：小唐，你是今年警校刚毕业的吧？

唐警官：对，童大哥！

童飞：听说你实战考核门门优秀，以后咱们多切磋。

唐警官：还要向您学习！

童飞笑着拍拍唐警官。

24-35 镇派出所门口　日

警车停到派出所门口。童飞和唐警官从车上下来。

派出所所长和一位民警走过来迎接，大家握手。

24-36 镇派出所　日

童飞隔着围栏看到羁押室里关着两个人。所长、唐警官站在童飞旁边。

所长：本来以为就这两个人，刚才他俩招认，还有一个嫌疑人跑了……不过我们已经在方圆几个村子都设置了检查岗，应该逃不出去的。

童飞：好。通知村民，看到可疑人员马上报告。

所长点头。

跑过来一个民警，气喘吁吁。

所长：怎么了？

民警：刚才有人来报，那个嫌疑人逃到一户村民家，被周围邻居发现，正准备围住他，（激动）他……他……他劫持了那家的小女孩！

所长：啊？！

童飞：（对唐警官）快走！

童飞、唐警官飞速跑出派出所，所长、几个民警跟在后面。

24-37 农户院子外　日

童飞、唐警官等一群警察飞速跑到农户院子外。所长和民警们疏散村民。

所长等人：（喊）大家都退后！注意安全！

村民们看到警察来了，纷纷让路。

乔晓羽、小雯、林老师也在人群中。

乔晓羽回头，看到童飞跑过来，十分惊讶。

乔晓羽：童飞！

童飞来不及解释，向乔晓羽坚定地点头。

乔晓羽：（急切）那个小女孩是我的学生！

童飞：（没回头，坚定）放心！

童飞、唐警官和其他警察走到农户院子门口，正准备进去，童飞突然示意大家停下，开始仔细查看院子破损的土墙，随后对唐警官、所长耳语。

唐警官点头，在门口观察农屋结构。

童飞带着两个民警走进农户院子。所长站在门口。

乔晓羽、小雯、林老师和其他村民围在农户院子外。

乔晓羽焦急担忧地看着院门。

24-38 农户院子　日

嫌疑人坐在门槛上，手里拿着一把刀

架在豆豆的脖子上，豆豆已经哭累了，吓得瑟瑟发抖。

远处一对老夫妻跪在旁边痛哭。

老爷爷、老奶奶：（哭求）求求你，放了我的孙女啊……

童飞带着两个民警走进农户院子。童飞举着手枪对准嫌疑人。

童飞：我是警察，把刀放下！

镜头移到嫌疑人脸上，原来是威哥。威哥一副凶恶、不屑的嘴脸。

威哥斜眼看到童飞，冷笑。

威哥：真是冤家路窄啊！童飞……童警官！

童飞：（吃惊）居然是你……（站定）这么多年，你还不知悔改，不是冤家路窄，是你自己把路走窄了！

威哥：别跟我扯这些没用的，我说的条件他们都告诉你了吧？童飞啊，咱们是老朋友，你了解我……实话告诉你，老子关腻了，不想再进去了，你赶紧给我找个车，出了这个镇就不是清城地界了，你们也赶紧回去交差……

童飞：（目光凛凛）你现在已经不光是诈骗的事了，你劫持人质，这是绑架！我警告你，你现在放下刀自首，也许还能减轻处罚，不然就不是关几天的事了！

威哥：（突然暴怒）现在不是你教育我的时候！

豆豆吓得大哭起来，威哥用刀顶住豆豆的脖子。

威哥：（怒吼）再哭把你宰了！

豆豆挣扎，颤抖，啜泣。

24-39 农户院子外　　日

乔晓羽听到豆豆的哭喊，焦急地流泪。

小雯和林老师也难过地手足无措。

乔晓羽走到所长旁边。

乔晓羽：（企求）警察同志，让我进去吧！我是豆豆的老师，我能安抚她的情绪！

所长：（皱眉）不行啊，里面太危险了！

乔晓羽：（恳求）可是豆豆情绪不稳定，我怕歹徒伤害她！（向院子里喊）童飞，让我进去吧！

所长正在犹豫。

童飞：（画外音）让她进来吧！

所长：（握住乔晓羽的手臂）姑娘，保护好自己！

小雯、林老师：（担心）晓羽，你注意安全啊……

乔晓羽有点颤抖地点点头，走进院门。

24-40 农户院子　　日

乔晓羽走进院子，童飞和乔晓羽对视，童飞对乔晓羽点头。

豆豆看到了乔晓羽。

豆豆：（哭腔）晓羽老师……

乔晓羽：（安抚）豆豆乖，别怕，警察叔叔一定能救你，老师就在这儿陪着你……

豆豆：（抽泣）晓羽老师，我相信你……

威哥:(斜眼)哈,今天真是热闹啊!老朋友聚会吗?童飞,你执行任务,怎么还带着老婆啊……啧啧啧……

童飞:(发怒)别胡扯!

威哥:(冷笑)不是老婆啊……那你可亏大了,想当年,你为了这个妞,吃了那么多苦……

童飞:闭嘴!你赶紧放下刀,否则我一枪崩了你!你是不相信我的枪法吗?

威哥狂笑,把豆豆拽到自己前面。

威哥:(挑衅地不时露出脑袋)你崩啊,你崩啊!

童飞:(强忍怒气)你别以为我不敢!

威哥:(眼睛一转)也是,这个小女孩和你非亲非故的,还真没什么用,(看向乔晓羽)她就不一样了……

童飞愤怒地瞪着威哥。

第二十五集

还记得年少时的梦吗

25-1 农户院子　日

威哥：（眼睛一转）也是，这个小女孩和你非亲非故的，还真没什么用，（看向乔晓羽）她就不一样了……（冷笑）她可是你心尖儿上的人啊……

童飞愤怒地瞪着威哥。

威哥：（看着乔晓羽）乔晓羽，你过来……只要你过来，我保证不动你的学生……你不是老师吗，怎么，怕了？不保护自己的学生，算什么好老师……

乔晓羽：（声音颤抖）豆豆别怕，老师过去救你……

童飞：（急促）晓羽！不行！

乔晓羽：（对童飞）让我去吧，把豆豆换回来……

童飞：（心疼）小时候，你最害怕的就是当人质……

乔晓羽：（眼里闪着泪光）童飞，你在这儿，我什么都不怕，让我去吧。

童飞咬紧牙关，看着乔晓羽。

乔晓羽对童飞努力挤出微笑，点头。

童飞跨步迈过去，紧紧抱住乔晓羽，头靠在乔晓羽肩膀一边（威哥看不见的一边）。

威哥：（嘲讽）还恋恋不舍的，快点！

乔晓羽和童飞慢慢分开。

乔晓羽一步一步走向威哥。

镜头从童飞的脸慢慢移动到端着手枪的手。

乔晓羽逐渐接近威哥，威哥凶狠地伸出另一只手准备去拽乔晓羽。

童飞：（大喊）小唐！

一只端着手枪的手。

破旧土墙的一个洞里，子弹从枪膛射出，直击威哥拿着刀的手臂。

威哥：（喊）啊！

威哥手里的刀应声掉落，手臂上出现一个被子弹射中的伤口。

乔晓羽扑过去，一把拽出豆豆，把豆豆推向爷爷奶奶的方向，威哥伸出一条腿绊倒了乔晓羽。童飞快速冲到威哥和乔晓羽中间，威哥用另一手抓起地上的刀。童飞赶紧把乔晓羽拽开。威哥拿着刀乱砍，童飞往后一躲，刀尖从童飞眼睛上方滑过。童飞的眉骨上方瞬间出现一条血痕。童飞一脚踢向威哥的手，威哥手里的刀掉落。

两个民警冲过来，迅速把威哥按倒在地，戴上手铐。

所长、唐警官和两个民警跑进院子。童飞对唐警官竖起大拇指，唐警官心有余悸地深呼吸。

（闪回）

25-2 农户院子外　日

农户院子门口，童飞仔细查看着院子破损的土墙，随后对唐警官、所长耳语。唐警官点头，在门口观察农屋结构，小心地转到农屋背后。

唐警官透过土墙一个不起眼的小洞看向农户院子里面，看到威哥搂着豆豆的侧身。

唐警官把手枪慢慢放到洞口位置。

25-3 农户院子　日

童飞跨步迈过去紧紧抱住乔晓羽，头

靠在乔晓羽肩膀一边（威哥看不见的一边）。

童飞：（耳语）慢。

乔晓羽会意。

（闪回结束）

25-4 农户院子　日
两个民警把威哥拖出院子。
童飞扑到乔晓羽身边，扶起乔晓羽。
童飞：（上下检查着乔晓羽）晓羽，你没受伤吧？
乔晓羽：（艰难起身）没有……
乔晓羽抬起头，看到童飞眉骨的伤口，血顺着伤口流下来。
乔晓羽：（着急）童飞，你的眼睛！
童飞：别担心，只要你没事就好……
乔晓羽流出眼泪。
童飞和乔晓羽深情对望，终于忍不住紧紧拥抱在一起。
豆豆的爷爷奶奶带着豆豆走过来，给童飞和乔晓羽跪下。
豆豆爷爷：（哭）警察同志、乔老师，你们是豆豆的救命恩人啊！豆豆，快给恩人磕头！
童飞和乔晓羽赶快扶起豆豆的爷爷奶奶。
乔晓羽把豆豆抱在怀里安慰。

25-5 镇派出所门口　日
两个民警把威哥和另外两个同伙押解到警车。
童飞、唐警官、所长走出派出所。童飞眉骨上覆盖着纱布。

所长：童警官，你受了伤，今天还要回去吗？
童飞：嗯，早点把他们带回去，我心里才能踏实。
所长：我派两个民警和你们一起去。
童飞：谢谢所长。（对唐警官）手续都办好了吧。
唐警官：（点头）办好了。
童飞转身，看到乔晓羽、小雯、林老师远远走过来。
童飞：（对唐警官）你先上车吧。
童飞走到乔晓羽面前。
乔晓羽担心地看着童飞额头的纱布。
乔晓羽：镇上条件一般，你回到市里一定要去医院好好处理，小心感染！
童飞：这点小伤，家常便饭。
乔晓羽皱眉，看着童飞。
童飞：（笑）一定去。
林老师：童大哥，你太帅了，虽然我没有亲眼看见，可是我完全可以想象你是怎么勇斗歹徒的！你就是我心目中的英雄！
小雯：（嘲讽林老师）还好意思说，刚才我看把你吓得……
童飞：我不是什么英雄……（看向乔晓羽）晓羽才是……
小雯：（拉着乔晓羽）是啊！晓羽，你太勇敢了！
乔晓羽：其实我很害怕……（对童飞）对了，回去以后别告诉其他人，尤其是我爸妈……

童飞：嗯，我明白。

小雯：童大哥，你现在就要走了吗，下次什么时候来看我们啊？可别让晓羽等着急了！

乔晓羽：（挤小雯）小雯，你……

童飞：（笑）我处理完这个案子，很快就回来看你们。

乔晓羽：不不，小雯逗你的，路上太远，你别跑了……

童飞：（看着乔晓羽）等我。

25-6 镇派出所门口　日
两辆警车一前一后开走。
乔晓羽望着警车驶远。

25-7 车内　日
童飞坐在副驾驶，看向后视镜。
后视镜里，乔晓羽正在挥手的身影。

25-8 公安局审讯室　日
审讯室里，威哥垂头丧气地坐在审讯椅上，一只胳膊上包扎着纱布绷带。
两个警察做完笔录，起身离开。童飞走进来。

威哥：（颓废）怎么，来看我的笑话？

童飞：（深呼吸）我帮阿荣介绍了一份工作。

威哥抬起眼皮看着童飞。童飞转身准备走。

童飞：（没回头）还有，她说，她等你。

童飞走出审讯室。

威哥愣住，慢慢把头垂到椅子上，颤抖。

25-9 镇小学厨房　日
校长、乔晓羽、小雯、林老师一起在厨房做饭。豆豆从外面掀起门帘，露出半个脑袋。

校长：豆豆，今天是周末，你怎么跑来了？

豆豆：（露出半个脑袋）我想和晓羽老师一起玩儿。

林老师：豆豆，我看你是闻着香味来的吧？

豆豆：（突然掀起门帘）你们看我把谁带来了？

童飞突然出现，微笑看着大家。童飞眉骨的伤口处贴着大号创可贴。

林老师、小雯：（跳起来迎接）童大哥！

乔晓羽和童飞微笑对视。

25-10 镇小学院子　日
校长、乔晓羽、童飞、林老师、小雯、豆豆围坐在小木桌旁吃饭。校长给童飞夹菜。

校长：童警官，你给我们抓了坏人，这么辛苦，吃这些东西，委屈你了……

童飞：（边吃边说）您别客气，我觉得很好吃，真的！

校长：好吃就多吃点。（继续夹菜）来，尝尝这个！

乔晓羽偷偷看着童飞吃饭的样子。童

飞看向乔晓羽。乔晓羽低头吃饭。

校长：（看着乔晓羽、林老师、小雯）唉，这几个年轻人来我们这穷乡僻壤的地方支教，不容易啊，离开家这么长时间，都想家了吧？

林老师：（用肩膀碰小雯）说你呢，是不是想男朋友了？

小雯：哼，我才不想他，让他感受一下，没有我的痛苦！

林老师：（讥笑）你就嘴硬吧！是谁大半夜偷偷出去打电话哭哭啼啼的，不是你，难道是晓羽打给那个……什么科研所的学霸吗？

童飞停下吃饭。

小雯：好啦……是我行了吧？再说，晓羽来支教以前就拒绝那个人了好吗？

童飞抿嘴轻笑，继续吃饭，吃得更快了。

林老师：拒绝了？太好了！我又有机会了……哈哈哈，晓羽，我是不是比那个人靠谱儿多了！

小雯：（作呕吐状）你得了吧，咱们学校的美女老师都被你追了一遍了，你没发现大家都躲着你吗！

乔晓羽：（拍拍林老师和小雯）吃饭也堵不上你们俩的嘴！这儿还有小朋友听着呢！

豆豆：（抹一把嘴）我最爱听你们说话了，斗嘴也爱听！晓羽老师，小雯老师，等你们回去上班了，还会回来看我吗？

乔晓羽：当然，你放暑假的时候也可以去找我们玩儿啊！

小雯：就是，让林老师请你吃大餐！

豆豆：那太好了！我还能见到童叔叔！

乔晓羽：还有啊，新城实验中学的高中可以寄宿，只要你努力学习考过去，就可以每天看到我们了！加油！

豆豆：嗯！我一定加油！

大家谈笑风生。

25-11 乡间小路　日

乔晓羽、童飞、林老师、小雯、豆豆在乡间小路散步。

林老师：（对童飞）童大哥，你很久没有看过乡村景色了吧？

童飞：是啊……小时候我跟着姥姥在农村长大，来到这儿，觉得很亲切……

豆豆：（跑到前面）我给你们带路，去个好地方！

大家笑着跟上。

25-12 湖边　昏

豆豆在前面带路，乔晓羽、童飞、林老师、小雯慢慢走到一个湖边。湖面清澈见底，远处群山朦胧。

豆豆：怎么样？

小雯：哇！这里好美啊！

乔晓羽：（看着景色）真美……

林老师：上次跟着校长来红竹湖是白天，没想到晚上是完全不一样的景色！

童飞忍不住望向乔晓羽。

小雯注意到童飞的眼神。

小雯：这么美的景色，谁来高歌一曲

助兴啊！

林老师：你提议的，你先来！

小雯：我来就我来！

大家鼓掌，席地而坐。

小雯唱起张韶涵的《听见月光》[①]。

歌词：我不孤单，有一天变成泡沫，记忆会化作浪花，写不完感想，在白沙滩上，有心的人走过，会听见感人月光……

小雯深情演唱，大家围坐一圈，微笑着鼓掌。

25-13 组镜

继续张韶涵《听见月光》音乐。

歌词：爱是专心的世界，别的全都忽略，顾不了危险，看你一眼，就编织永远。曾经听说爱并不无邪，却有天真侧脸，但是我宁愿自己看见，传言只是传言。我像在海中，没有方向，我的爱已出发，你却没说话，寂静到听见月光……

豆豆边唱歌边跳舞，大家笑着打节拍。

乔晓羽唱歌，大家静静欣赏。

童飞深情地望着乔晓羽，两人目光对视。

小雯和豆豆把林老师拽起来，林老师笨拙地表演机械舞。

大家笑得前仰后合，打闹成一团。

25-14 湖边　昏

乔晓羽：天色不早了，豆豆该回家了，咱们回去吧。

乔晓羽准备起身。

小雯：（按住乔晓羽）你别动，我们送豆豆回家，（站起身）童大哥好不容易来一趟，你好好陪他欣赏一下美丽的乡村夜色……（踢林老师）小林子，走，咱俩送豆豆回家！

林老师：啊？我吗？

小雯：不是你还是谁？

小雯拽起林老师。

童飞：（准备起身）还是我送你们吧。

小雯：（按住童飞）不不不，（调皮使眼色）童大哥，你等会把晓羽老师安全送回学校就行！

小雯：（拉着林老师和豆豆）我们先走啦！

乔晓羽和童飞看着三人走远，对视，不好意思地微笑。

25-15 乡间小路　夜

林老师、小雯、豆豆走在小路上。

小雯：（耳语林老师）笨蛋，你看不出来吗？

林老师：看出来什么？

小雯：（小声）晓羽和童大哥啊！

林老师：（恍然大悟）他们俩不会……

豆豆：连我都看出来了！

林老师：（沮丧）好吧……我认输，输给童大哥，我心服口服……

小雯笑着打林老师，豆豆蹦跳着跟在后面。

[①] 《听见月光》由姚若龙作词，潘协庆作曲，张韶涵演唱，收录在张韶涵2004年发行的专辑《Over the Rainbow》中。

25-16 湖边　夜

乔晓羽和童飞坐在湖边，看着远处。天上月光皎洁，远处是灯光点点的村落。

童飞转头，认真地看向乔晓羽。乔晓羽有点不好意思。

乔晓羽：怎么了？我脸上有什么东西吗？

童飞：你来这儿几个月，瘦了，也晒黑了……

乔晓羽：（假装生气）明白，就是变难看了……

童飞：不是……我不是这个意思……

乔晓羽：（笑）逗你的。

童飞：（认真）是比以前更好看了。

乔晓羽不好意思地笑了。

童飞：我很佩服你，报名来这么艰苦的地方支教。

乔晓羽：其实还好……虽然生活条件比不上城市，可是，你看……（指向远处的山水）风景多好啊，心情不好的时候在山上走走，什么烦恼都忘了……村民们很善良，孩子们也很可爱……

童飞温柔地看着乔晓羽。

乔晓羽：他们只要吃饱饭，能上学，就很开心，像豆豆这样的留守儿童，能盼到父母回家过年，就特别知足……每次看到他们的笑脸，我都觉得，虽然是我在给他们上课，其实他们也教会我很多……

童飞：那我就放心了……

乔晓羽：为什么？

童飞：这样……你应该不生我的气了吧……

乔晓羽：……我还一直以为，你在生我的气呢……

童飞：我永远也不会生你的气。

乔晓羽：（笑着逗童飞）包括我去相亲吗？

童飞看着乔晓羽。

乔晓羽意识到自己说多了，不好意思地低头。

童飞：（望着远处）其实那天，我攒了好多话想对你说……可是听说你真的去相亲，我整个脑子都乱了……后来再找你，才知道你已经来这里了。

乔晓羽：那段时间，我也想冷静一下，所以没有联系你。

童飞：我知道，那些话说出来……可能我们没办法再像以前一样做朋友，可是如果不说，我会后悔一辈子……

乔晓羽转头望向远处天空的月亮。

乔晓羽：月亮好美……

童飞：（望向月亮）你还记得以前，我眼睛受伤那次吗？

乔晓羽：当然记得。

童飞：眼睛被蒙起来的两个月，我每天都盼着拆绷带，想早点看见你……拆线的第二天早晨，我起得很早，从窗台看见你，天还没亮就去上自习，还看到……

乔晓羽疑惑地看着童飞。

（闪回）

25-17 小区民宅　童飞家　夜

1998年深秋，天蒙蒙亮。童飞家客厅

一片漆黑，童飞从卧室走出来，由于刚摘掉纱布绷带，走路还不太适应，习惯性地张开手臂试探前方。童飞意识到自己已经可以看见了，又把手臂放下。

童飞慢慢走到阳台上，透过窗户看着小区院子。

从窗户向下望去，院子里路灯昏暗，乔晓羽骑着自行车离开。

童飞的手放在窗户玻璃上，看着乔晓羽的身影消失在小区门口。

童飞抬起头望向天空，吃惊地睁大了眼睛。

（闪回结束）

25-18 湖边　夜

童飞望着月亮，乔晓羽看向童飞。

童飞：（微笑）……说了你可能不会相信……

乔晓羽：（好像猜到了什么）你看到了什么？

童飞：我看到，月亮很大，特别大，几乎占满了整个窗台的天空……

乔晓羽心情复杂，微微颤抖，流下眼泪。

童飞：你怎么哭了，我说错话了？

乔晓羽：（哭着）不，没有……

童飞手足无措地想安慰乔晓羽，乔晓羽止不住流泪。

童飞：（语无伦次）幻觉……肯定是幻觉，那时候，我看谁的脸都是你……有一次上课，居然把陈老师的脸看成了你的脸，差点喊错……

乔晓羽破涕为笑。童飞轻轻给乔晓羽擦眼泪，慢慢握住乔晓羽的手，把她抱在怀里。乔晓羽的眼泪流到童飞肩膀上。

童飞：晓羽，我喜欢你……我喜欢你很久了……

乔晓羽：我也是。

童飞轻吻乔晓羽。

（闪回）

25-19 组镜

继续张韶涵《听见月光》音乐。

歌词：曾经听说爱并不无邪，却有天真侧脸，但是我宁愿自己看见，传言只是传言。我像在海中，没有方向，我的爱已出发，你却没说话，寂静到听见月光。我不孤单，为你舍弃些什么，只要你不放，横冲直撞，遍体鳞伤，爱不就该勇敢痴狂。我不孤单，有一天变成泡沫，记忆会化作浪花，写不完感想，在白沙滩上，有心的人走过，会听见感人月光……

童言家老平房，小时候的童飞透过门缝看着翩翩起舞的乔晓羽。

童飞背着巨大的包裹，骑着自行车飞奔在街道上，自行车筐里塞满道具。童飞满头是汗，奋力蹬着自行车。

乔晓羽和舞蹈队员们穿着漂亮的白色舞蹈裙在体育场中心跳舞。躺在地上的童飞喘着气，露出开心的笑容。

童飞站在高二（2）班教室门口，嘴里叼着笔，胳膊肘支在门框上，斜眼扫视着教室里。乔晓羽走出教室，把课本递给童飞，童飞坏笑，向乔晓羽做出一个调皮的敬礼动作。

高二（2）班教室门口，童飞把两个暖热的橘子递给乔晓羽。

清城公园冰场，童飞扶着乔晓羽的手臂在冰面上滑。突然对面一个小孩跟跟跄跄地朝着乔晓羽滑过来，乔晓羽快要摔倒的时候，想要甩开童飞的手，童飞却紧紧抓住乔晓羽的手，绕到乔晓羽前面，保护住了乔晓羽，乔晓羽重心不稳，倒在童飞身上。

偷自行车的小偷使劲抓起自行车狠狠朝童飞身上扔去，自行车重重地砸到童飞身上。乔晓羽着急地扑到童飞身边，用力挪着压在童飞身上的自行车。

清城公园冰场，威哥周围几个男生就要冲上来，童飞牵着乔晓羽的手，狂奔出清城公园，奔跑在小路上。

废弃小桥下，童飞把手套递给乔晓羽，乔晓羽慢慢戴上手套。遥远的天空烟花绽放，童飞偷偷望向乔晓羽，乔晓羽的眼眸中倒映出烟花。

童飞看着乔晓羽受伤的手指，拉起乔晓羽的手腕走出休闲城。童飞骑着自行车，乔晓羽坐在后座，穿过街道。

乔晓羽扶着眼睛蒙纱布的童飞，慢慢走下楼梯。童飞走下台阶时不小心跟跄了一下，乔晓羽赶紧站到童飞前面，抓住童飞的胳膊。乔晓羽看着童飞蒙着纱布的眼睛。

童飞躺在沙发上，乔晓羽坐在童飞旁边，把眼药水移动到童飞眼睛上面，童飞下意识歪头。乔晓羽轻轻呼吸，把童飞的脸扭过来。乔晓羽手里的眼药水瓶滴下一滴药水，落入童飞眼里。童飞慢慢睁开眼，和乔晓羽四目相对。乔晓羽想站起身，童飞抓住乔晓羽的一只手。

破旧篮球场上，两队人激烈攻防对抗。童飞带球上篮，被狠狠盖帽，童飞摔在地上。对方带头大哥走过来，装作不经意带着球撞向童飞，童飞一下子倒在地上。远处，乔晓羽朝篮球场跑过来，扑倒在童飞身边，扶着童飞慢慢坐起来。乔晓羽流出眼泪，拿出纸巾擦拭童飞脸上的伤。

乔晓羽从居民楼里走出来，搓搓手，裹紧衣服，正要往外走，突然看到远处童飞在等着她，童飞和乔晓羽对视。

童飞的车停在乔晓羽新家小区楼下，童飞靠在车座上，不时抬头看向乔晓羽家的窗台。乔晓羽拉窗帘看楼下，看到童飞的车还停在下面。

校庆典礼后，童飞和乔晓羽站在鲜花气球门旁边，气球门倾倒，童飞下意识用身体护住乔晓羽，乔晓羽和童飞对视，无数气球飘落到童飞和乔晓羽身上。

农屋院子里，童飞和乔晓羽深情对望，终于紧紧拥抱在一起。

（闪回结束）

25-20 湖边　夜

草地上，童飞和乔晓羽拥吻的剪影，大大的月亮在他们远处的身后，散发着温柔的微光。

25-21 组镜

插曲音乐响起。

镇小学门口,童飞打开轿车后备厢,搬出一个电子琴包装箱。乔晓羽惊喜地看着电子琴包装箱。童飞微笑。

乡村小学教室,乔晓羽坐在讲台上弹电子琴,孩子们一起唱歌,每个人都笑靥如花。

一个小男孩坐在电子琴旁笨拙地弹奏,乔晓羽在旁边指导,孩子们围在旁边。

童飞站在教室外,微笑看着乔晓羽和孩子们。

童飞开车走远,乔晓羽在后面看着轿车慢慢开远。轿车突然停住,童飞从车上走下来,跑向乔晓羽。

夕阳下,乔晓羽和童飞拥抱。

25-22 电视台演播大厅　夜

演播大厅里,舞台上显示"清城市元旦文艺晚会"的标识。工作人员在舞台上下紧张忙碌。乔卫国、栗凯在台上指挥工作人员布景,金艳丽和舞蹈演员们沟通排练细节,乔晓羽嘱咐着一群小演员们。

舞台下,贾午在摄影师旁边,和摄影师商量拍摄角度。

25-23 演播大厅后台　夜

栗铁生在后台检查各种乐器。

齐向前溜达着走过来。栗铁生抬起头看到了齐向前。

齐向前和栗铁生都有点尴尬,但还是磨蹭着走近了。

栗铁生:老齐,视察工作来了?

齐向前:视察什么工作,我早就不是文工团的职工了,今天是贝贝……和栗子邀请我来的……

栗铁生:在我心里,你永远都是文工团的人!

齐向前:(撇嘴)怎么可能,年轻的时候,你巴不得我离开团里吧……

栗铁生:(难以启齿)老齐,其实我想谢谢你……

齐向前:(意外)谢我什么……

栗铁生:幸亏你天天盯着我那些小偷小摸,要不然,哪有现在这样全家团圆的好日子,恐怕早就在监狱关着了……

齐向前:(更尴尬了)我……我那都是本职工作……你怎么突然说这些,假模假式的,不会有什么幺蛾子等着我吧?

栗铁生:看你说的!今天就是我让栗子邀请你和高医生来的……

齐向前有点尴尬,又有点动容。

齐向前:(不自然)好好演,预祝你演出成功啊!

齐向前快步转身走出后台。

栗铁生看着齐向前的背影,无限感慨地深深呼吸。

25-24 电视台演播大厅　夜

观众席,观众陆续进场,童振华、许如星、童飞一家,齐向前、高洁、齐贝贝一家,沈冰梅和周青云分别走进来。大家互相示意、问好、落座。

栗凯和贾午手势沟通，表示一切准备就绪，栗凯和乔卫国退场。舞台上灯光闪烁。

导播：各部门注意，三、二、一，开始。

欢乐的音乐响起，主持人走上舞台。

主持人：现场和电视机前的各位观众，大家晚上好！在新年即将到来之际，我们欢聚一堂，举行清城市元旦文艺晚会，共度美好时光！院团改革以来，我市各大文艺团体焕发生机活力，创作了一批优秀演出剧目。今天，就让我们一睹他们的风采……

乔晓羽回到观众席侧面坐下，偷偷看童飞，发现童飞也在看她，两人相视而笑。

后台，栗凯和演员们交代细节。

主持人：下面有请清城市文工团的艺术家们、新城开发区实验中学和红竹镇希望小学联合艺术团的孩子们为我们带来歌舞剧《清城故事》。大家欢迎！

观众席，大家热烈鼓掌。

栗铁生带着文武场乐队从舞台一角转出，演员们开始演唱现代戏曲。表演完毕，文武场乐队转出。

随着舞美变换，金艳丽坐在钢琴前从舞台一角转出，金艳丽弹奏着钢琴，优美的钢琴声响起。一群舞蹈演员和小演员们陆续上台，翩翩起舞。歌唱演员和合唱团的孩子们开始演唱，豆豆站在前排，开心地大声演唱。舞台场景不断变换，缤纷绚烂。

侧台，栗凯和乔卫国紧张地看着舞台上。

舞台上，全体演员亮相。

观众席，大家热烈鼓掌，掌声经久不息。乔晓羽开心地鼓掌，微笑流泪，齐贝贝激动地起立鼓掌，其他观众也起立鼓掌。

舞台上，演员再次谢幕。

侧台，乔卫国激动地拍着栗凯的肩膀，栗凯长出一口气。

25-25 电视台前厅　夜

观众陆续离场。

童振华、许如星、童飞一家和乔卫国、沈冰梅、乔晓羽一家道别。童飞和乔晓羽站在一起。

童振华：乔主任，你们团的几个节目太精彩了，看来你这余热发挥得不错啊！

乔卫国：惭愧惭愧，我得努力跟上年轻人的步伐啊……你们喜欢就好，多提宝贵意见啊！

许如星：（对沈冰梅）看这俩人……还客气上了，乔主任什么时候这么谦虚了？

沈冰梅：（笑）他那是假谦虚，心里美着呢！

许如星：（对乔晓羽）晓羽教出来的孩子们表演得更好，真是锦上添花！

乔晓羽：（微笑）谢谢如星阿姨！

童飞悄悄靠向乔晓羽，从身后牵乔晓羽的手。乔晓羽脸红，把童飞的手甩开。

大家挥手告别，童飞趁大家不注意，偷偷向乔晓羽做打电话的手势。

25-26 电视台前厅　夜

栗铁生、周青云、栗凯一家和齐向前、高洁、齐贝贝一家道别。

栗凯：爸，我去送一下叔叔阿姨和贝贝。

齐向前：不用，我们溜达回家吧。

栗铁生：今天有点晚了，老齐，让栗凯去送你们吧，他开车方便，快去吧，我……去送一下……（看着周青云）。

周青云：不用送我，你今天累了，回家歇着吧。

栗铁生：太晚了，你住得远，不安全。

周青云：那……好吧。

栗铁生和周青云准备离开。

栗凯：（犹豫）妈。

周青云赶紧回头。

周青云：孩子，怎么了？

栗凯：有空的时候……搬回家住吧。

周青云愣住，眼圈瞬间红了，栗铁生不好意思地看着周青云。

齐贝贝微笑看着栗凯。

周青云：（有点激动）嗯，嗯，好……

齐向前和高洁欣慰地看着栗凯和周青云。

齐向前：（推栗铁生）老栗子，开心了吧？

栗铁生：开心，开心，今天太开心了！

周青云流出眼泪，栗铁生掏出纸巾，笑着递给周青云。

25-27 校园／公安局门口　日

乔晓羽走在校园里，手机铃声响起。乔晓羽接听。

乔晓羽：（拿着手机）喂？（甜蜜）嗯，下课了……周末啊，哦，刚才小雯给了我两张美术馆的票，说几位新晋画家在新城办画展，我想去看看……

童飞站在公安局门口打电话。

童飞：我陪你去看。

乔晓羽：你周末不值班吗？

童飞：这周末没事，我去找你。

乔晓羽：（微笑）好。

25-28 美术馆　日

童飞和乔晓羽漫步在美术馆里，欣赏画展。不时有人经过，悄声低语。一位工作人员微笑着给展厅内的人讲解。

乔晓羽走到一幅画前。

乔晓羽：（看着画）为什么这幅画看起来……这么亲切……

童飞也走过来看着画。乔晓羽视线慢慢往下移，作者一栏写着"姚瑶"。

乔晓羽：（惊讶）姚瑶……是姚瑶……真的是她……

工作人员微笑着走过来。

工作人员：小姐，请问您对这幅画感兴趣吗？

乔晓羽：这幅画的作者是？

工作人员：哦，这位画家叫姚瑶，说来也巧，她就是我们清城本地人，前几年一直在海外求学，等会儿她和其他几位画家会来和大家见面……

姚瑶：（画外音）晓羽！

乔晓羽回头，姚瑶站在远处。乔晓羽惊喜，眼泪涌出，姚瑶笑着走过来，两人拥抱。童飞笑着看两人。

姚瑶和乔晓羽互相擦眼泪。

乔晓羽：这么多年你也不理我，我生气了……

姚瑶：以前总觉得学无所成，不好意思见你们……是我错了，这不是回来了嘛，（看童飞，坏笑）嗯，你们俩果然在一起了！

童飞：（笑）难道你未卜先知吗？

姚瑶：当然！我可是艺术家……

三人谈笑，画面由实到虚。

25-29 小区民宅　童飞新家　夜

童飞走进家门。许如星和童振华看到童飞进来，紧张地匆匆收起一个文件袋。

许如星：（掩饰）童飞回来了？吃饭了吗？

童飞：（疑惑）吃过了……你们怎么了，那是什么？

许如星：没什么没什么……你快休息吧。

童振华欲言又止。许如星摇头，示意童振华。

两人走回卧室。

童飞皱眉。

25-30 某单位办公室　日

童振华坐在办公室看文件，魂不守舍，不时走神、皱眉。

敲门声响起。

童振华：（恢复神态）请进！

门开，童飞走进来。

童振华：（惊讶）童飞，你怎么来了？

童飞：爸，你们是不是有什么事……瞒着我？

童振华愣住。

坐在童振华对面的童飞猛地站起身。

童飞：（生气）这么大的事，为什么不告诉我？

童振华：（愁苦）你小姨不让我跟你说……可是，我也知道，这是瞒不住的……

童飞：（急迫）医生怎么说，下一步治疗方案是什么？手术吗？

童振华：唉，自从初步诊断结果出来以后，她就再也不肯去复查了，我劝了好多次，她都不听……

童飞：那怎么能行？我去跟小姨说！

童振华：童飞啊，你小姨，她……她害怕医院……

童振华像无助的孩子一样看着童飞。

童振华：别说是手术了……她只要听到"医院"这两个字……她都……你知道的……

童振华眼圈红了，扭过头。

童飞紧紧皱眉，深呼吸。

25-31 车内　日

童飞开着车行驶在街道上。

25-32 宠物医院　日

天使宠物之家，童飞和齐贝贝坐在小

桌子旁，童飞神情焦虑。

齐贝贝：你别着急，刚才我问过我妈了，如星阿姨的胃癌发现得及时，还属于早期，只要尽快进行根治性手术，治愈率很高。现在最重要的，是解决如星阿姨的心理障碍，如果她不配合，医生也没有办法……

25-33 车内　日
童飞开着车行驶在街道上，眉头紧锁。

25-34 小区民宅　童飞新家　夜
客厅，许如星坐在窗台前，轻轻摆弄着花草。门开，童飞走进来。

许如星：（慢慢回头）童飞回来了，累了吧，想吃什么，小姨给你做。

童飞慢慢走到许如星旁边坐下，看着许如星头上的白发。

许如星：（局促微笑）怎么了？

童飞：小姨，我这些日子太忙了，都没有发现，你瘦了这么多……

许如星：人家不都说，有钱难买老来瘦嘛，没事，我多吃点就是了……你别担心……

童飞忍住眼泪。许如星看着童飞的眼睛。

童飞：（抬起头）小姨，有件事，我想告诉你。

许如星疑惑地看着童飞。

童飞：我……和晓羽在一起了。

许如星先是吃惊，而后欣慰、开心地笑。

许如星：（握住童飞的手）真的，你和晓羽……太好了……我太喜欢晓羽这孩子了……哪天把晓羽叫来，我给她做好吃的……

童飞：小姨，如果将来我和晓羽结婚，还有很多事需要做，我们俩工作都很忙，可能连准备婚礼的时间都没有……

许如星好像明白了什么，怯怯地看着童飞。

童飞：（坚定）如果你不做手术，把身体养好，我可不敢向晓羽求婚……

许如星动容，涌出眼泪。

童飞：相信我，我们会找到最好的医生。

许如星：（感动）嗯。

25-35 医院院子　日
童飞站在住院楼门口。远处，乔晓羽走进医院大门，向童飞挥手。

乔晓羽走过来，手里拎着饭盒。

童飞：你怎么又来了？不用每天跑过来的……

乔晓羽：寒假还没结束嘛，我有时间……你工作忙，有什么需要做的，就让我做吧。

童飞：（轻抚乔晓羽的头发）辛苦你了。

乔晓羽：（举起饭盒）如星阿姨明天就要禁食了，我妈专门熬的鱼肉蔬菜粥，她肯定愿意吃。

童飞：嗯，咱们上去吧。

两人走进住院楼。

25-36 医院病房外　日

童飞和乔晓羽沿着走廊走到一个病房门口。病房里传来说话声。

童振华：（画外音，生气）你在瞎想什么啊！

童飞听到童振华的声音，停住脚步。

童飞的主观视角，穿过半掩的门，看到童振华坐在病床旁边。

25-37 医院病房　日

许如星半躺在病床上。

许如星：老童，我没有瞎想，我知道，你们给我找了好医生，可是，什么事也有个万一……我只是想把后面的事情安排好……

童振华闷声不说话。

许如星：如果……（哽咽）老童，把我送回老家，葬在童飞姥姥身边……求你了……

童振华：你……

许如星：我妈走得太突然，我没有好好尽孝……我想以后陪着她……行吗？

童振华眼圈红了。

许如星：而且……姐姐她……她一直等着你，百年以后，你们一定要在一起……

童振华捂住脸，无声流泪。

25-38 医院病房外　日

病房门口，童飞涌出眼泪，表情痛苦。

乔晓羽流着泪，紧紧抱住童飞。

25-39 医院病房　日

许如星坐在病床边喝粥。

童飞和乔晓羽微笑坐在旁边。

许如星放下饭盒。

乔晓羽：阿姨，好喝吗？

许如星：真好喝。

许如星微笑地向乔晓羽伸出手，乔晓羽伸出手握住许如星。许如星牵着乔晓羽的手，又牵过童飞的手，把两人的手放在一起，微笑看着两人。

三人默默无言，忍着眼泪微笑。

25-40 手术室门口　日

手术室门口，童振华、童飞、乔晓羽坐在椅子上焦急等待。乔晓羽不时安慰童振华。

手术室门打开，大家赶快站起身。医生走出来。

童飞：（急切）大夫，我小姨……

医生：手术很成功，放心。

童振华：（流着泪）谢谢，谢谢……

童飞和乔晓羽高兴地握住手。

25-41 医院病房外

医院走廊里，许如星的几位老同学来探望，在病房外挥手告别，童振华一一道谢。

25-42 病房护士站　日

一个中年男人小心翼翼地走到护士站前询问。

男人：你好，请问，许如星做完手术了吗？

护士：许如星？你是她什么人？

童飞拎着水果经过护士站，听到两人对话。

男人：（犹豫）我……

童飞站住，走过来。

童飞：您好，许如星是我小姨，您是？

男人：小姨？你是……如月的儿子？

童飞：……是我。

男人露出感慨的表情。

25-43 医院院子　日

住院楼外的小花园，童飞和中年男人坐在长椅上。

男人：你叫童飞啊，都长这么大了，真是岁月如梭啊……我是如星的高中同学，我姓秦。

童飞：秦叔叔好。

秦叔叔：如星她……她手术怎么样了……

童飞：手术很顺利，请放心。

秦叔叔：那就好。

童飞：小姨已经醒了，您可以进去……

秦叔叔：不，不，我就不进去了。

童飞：您……不是来看她的吗？

秦叔叔：我是想看她，可是没脸见她……

童飞疑惑。

（闪回）

25-44 组镜

年轻时的许如星和小秦并肩走在公园里，两人害羞又含情脉脉。

秦叔叔：（画外音）我和如星是初恋……虽然没有明说，可是大家都知道我们是一对，那时候，就差向她求婚了……可你妈妈突然难产去世，如星坚持留下照顾你，我父母不理解如星的做法，还催我结婚，给我介绍了别的女孩，我……

童家老平房门口。许如星抱着童飞（婴儿）晒太阳，拿着奶瓶喂奶粉。

文工团家属院大门口出现一个青年男人的身影。

许如星抬头望去，认出是自己的同班同学小秦，也是自己暗恋许久的人。

小秦望着许如星，表情复杂。

许如星想站起身，可是怀里的婴儿哭了，许如星赶紧哄着婴儿，让婴儿继续吃奶。

许如星再抬起头，发现小秦已经不在大门口了。

许如星流出一行眼泪，用袖子抹干。

（闪回结束）

25-45 医院院子　日

住院楼外的小花园，童飞和秦叔叔坐在长椅上。

秦叔叔：是我对不起如星，我没脸见她，只希望她以后都平平安安的，不再那么苦了……

童飞难过地握紧拳头。

25-46 医院病房　日

许如星躺在病床上，微弱地睁开一点眼睛。

童振华、童飞站在旁边。

护士过来检查许如星正在输液的手。

护士：消炎药输完以后注意排气。

童振华：好、好，谢谢。

护士离开。

童振华轻轻靠近许如星。

童振华：手术很成功，放心。

许如星虚弱地点点头。突然，许如星表情痛苦，脸部开始发紫，胳膊等身体裸露部位也开始发紫。

童振华：（着急）如星，如星！你怎么了？医生！护士！

童飞飞奔出去叫医生。医生、护士快速走进来，给许如星检查。许如星虚弱得像要失去意识。

童振华：如星！如星！

医生对护士快速说着什么，护士跑出去。

童飞突然害怕地发抖，紧紧握住病床栏杆。

护士跑进来，拿着一瓶液体，给许如星更换。

许如星逐渐恢复意识，面色逐渐正常。

医生：（对童振华）病人术后抵抗力差，出现了药物过敏的情况，已经更换了另一种，应该没事了。

童振华如释重负地点头。

医生、护士走出去。

许如星：（无力）我没事……

童振华：（流泪）还说没事，吓死我了……

童飞从害怕的情绪中缓过来，松了一口气。

25-47 组镜

（梦境）

童家老平房。童飞（1岁多）刚学会走路，跟跟跄跄地朝年轻的许如星走过来，笑着喊"妈妈"，许如星张开手臂抱童飞。许如星突然放开了童飞的手，背景出现一束白光。许如星慢慢走向白光，不时回头微笑。

成年后的童飞走在一条阴暗的走廊，两边悬挂着巨大的白色布条。童飞惊恐地往前走，前面出现一个桌子，上面摆着许如星的遗照。

童飞：（想喊但喊不出来，痛苦）小姨……

25-48 医院病房　日

童飞从梦境中醒来，满头大汗。

童飞发现自己趴在医院病床边，许如星安详地躺在病床上。

童飞流泪，握住许如星的手。许如星微笑看着童飞。

许如星：（虚弱）醒了？小姨没事，你太累了，快点回家，好好睡一觉吧……

童飞：（痛哭）小姨……

许如星：你怎么了，孩子……

童飞：（哭泣）我已经没有妈妈了，不能再没有你……

（闪回）

刚学会走路的童飞，跟跟跄跄地朝许如星走过来，许如星张开手臂抱童飞。

（闪回结束）

童飞：（成年和幼儿两个声音重叠在

一起）妈妈……

童飞扑在许如星怀里，许如星抱着童飞，泪流满面。

25-49 医院病房外　日

病房门口，童振华端着饭盒，擦泪。

25-50 组镜

插曲音乐响起。

童飞新家门口，童振华扶着许如星，童飞拖着行李。童飞打开门，许如星走进门，整个房间布置得非常温馨。许如星回头微笑看着童振华和童飞。

童飞新家，许如星、沈冰梅、金艳丽坐在一起谈笑。

电脑专卖店，许如星打开门走进去，周青云惊喜地看着许如星。周青云站起身走过来和许如星拥抱。

童飞新家，童飞、乔晓羽、栗凯、齐贝贝、贾午、黄大卫坐在一起吃喝说笑，许如星端上零食和水果，微笑地看着大家。

25-51 废弃小桥　夜

冬夜，童飞和乔晓羽牵手走在街道上，远远看到以前曾躲在下面的小桥。两人默契对视，一起走过去。

童飞：还记得这儿吗？

乔晓羽：我记得……那天的烟花特别好看……

童飞：（靠近乔晓羽，调皮）除了烟花呢？

乔晓羽：（假装不懂）除了烟花……好像也没有别的了……

童飞：（假装生气）我送给你的手套，你不会已经丢了吧……哼，我就知道……亏我还跑了那么多商场，才找到一副上面有羽毛图案的……（噘嘴）

乔晓羽：（从包里拿出一副手套）是这个吗？

童飞：（惊讶）你一直带在身边……为什么不戴？

乔晓羽：舍不得啊……怕弄坏了……

童飞拿过手套，给乔晓羽换上。

童飞：（牵着乔晓羽的手）坏了我再送你新的。

乔晓羽看着童飞微笑。乔晓羽看到童飞眉边的伤疤，抬起手轻轻抚摸。

乔晓羽：唉，还是留下疤了。

童飞：你是嫌我丑了吗？

乔晓羽：（调皮）嗯……是有点丑了……

童飞假装生气地抓住乔晓羽的手腕，乔晓羽笑着挣脱。

（慢镜头）童飞把乔晓羽拽到自己身边。

（闪回）

童飞家，乔晓羽坐在童飞旁边，慢慢把眼药水移动到童飞眼睛上面，童飞下意识歪头。乔晓羽轻轻呼吸，把童飞的脸扭过来。

乔晓羽：别躲了。

童飞怔住，看着乔晓羽。一滴药水落入童飞眼里。

（闪回结束）

童飞：（靠近，看着乔晓羽的眼睛）这次，换我说这句，别躲了。

童飞吻乔晓羽。

小桥上，两人拥吻。

25-52 阳光休闲城宴会厅　日

宴会厅里回响着喜庆的民乐，一派喜气洋洋中国风。台下一桌桌酒宴，人来人往，贾有才、金艳丽、乔卫国、沈冰梅、童振华、许如星、齐向前、高洁热情地招呼亲朋好友。

贾晨、杨帆带着小嘟宝向大家打招呼。

童飞、贾午、黄大卫穿着西装开心地走在人群中，谈笑风生。

大家陆续落座。

栗铁生、栗凯穿着中式礼服一起从两边走上舞台。宴会厅门口，乔晓羽穿着漂亮的裙子向台上挥手。

乔晓羽：两位新娘子来了！

乔晓羽打开宴会厅大门。

周青云和齐贝贝穿戴着凤冠霞帔，牵着手，一起走进宴会厅。乔晓羽和小嘟宝把篮子里的花瓣撒向周青云和齐贝贝。

周青云和齐贝贝慢慢走上舞台，栗凯牵起齐贝贝，栗铁生牵起周青云，四人微笑向台下鞠躬。

台下亲友纷纷鼓掌，大家笑着闹着。

栗铁生、周青云、栗凯、齐贝贝四人一起合影。

所有亲朋好友走上台，一起合影、拥抱、说笑、打闹，一片温馨场面。

25-53 组镜

梁咏琪《爱的代价》[①]音乐响起。

歌词：还记得年少时的梦吗，像朵永远不凋零的花，陪我经过那风吹雨打，看世事无常，看沧桑变化。那些为爱所付出的代价，是永远都难忘的啊，所有真心的痴心的话，永在我心中，虽然已没有他。走吧，走吧，人总要学着自己长大，走吧，走吧，人生难免经历苦痛挣扎，走吧，走吧，为自己的心找一个家，也曾伤心流泪，也曾黯然心碎，这是爱的代价……

乔晓羽、童飞、齐贝贝、栗凯、贾午、黄大卫每人骑着一辆自行车，穿行在清城的街道上，大家一路笑着闹着。

（慢镜头）清城一中，大家在校园、操场跑跳。

（慢镜头）童飞、栗凯、贾午、黄大卫在篮球场打球，乔晓羽、齐贝贝在场边跳着加油。

（慢镜头）大家一起走上小白楼天台。

乔晓羽：（画外音，成年）小时候，我以为这样的日子，这样的朋友，会永远存在，不会改变，后来才知道，那只是人生中短暂的一瞬；长大后，我以为那样的日子，那样的朋友，只是人生中短暂的一瞬，根本不必在意，现在才明白，那些

[①] 《爱的代价》由李宗盛作词、作曲，梁咏琪翻唱，收录在梁咏琪2000年发行的专辑《最爱梁咏琪》中。

人、那些事，早已变成我生命的一部分，永远都不会消失。

（慢镜头）镜头慢慢转向天台一角，一个少年（童言）的背影出现，童言回头，微笑望着大家。

（慢镜头）大家冲过去和童言拥抱。

（慢镜头）所有人站在栏杆边向天空挥手。

25-54 小区民宅　童飞和乔晓羽家　日
字幕：2027年6月

刘德华、那英《东方之珠》音乐响起。

歌词：小河弯弯向南流，流到香江去看一看，东方之珠我的爱人，你的风采是否浪漫依然。月儿弯弯的海港，夜色深深灯火闪亮，东方之珠整夜未眠，守着沧海桑田变幻的诺言……

一个少女的背影，少女快速地整理床铺、穿衣服、整理书包，床上放着一个智能手机，正在播放新闻音频。

主持人：（画外音）今年是香港回归祖国30周年，30年来……（话音渐弱）

少年：（画外音，大声）童思言！童思言！

童思言的手指按了一下手机屏幕，声音暂停。

童思言背起书包，跑到窗边，打开窗户朝下望去。书包一角，小王子造型的钥匙挂件轻轻晃动。

童思言：（笑着）来了！

附录　主题曲及插曲

今生最亮的月亮

看一场烟花，黯淡了黑夜，
只留你眼眸，照亮我心间。
如流星般灿烂的耀眼，
坠落时无悔无怨，
一生一面。

看一场大雪，冰封了冬天，
还有你双手，温暖我的脸。
如少年心纯白的孤单，
融化时心甘情愿，
一世一现。

当时以为，稀松平常，
懵懂间望着今生最亮的月亮，
藏起汹涌的思念，掩饰慌张，
转身走入未知的人海茫茫。

年少只作，美梦一场，
迷茫中拥着今世最远的微光，
等待青丝变白发，细数沧桑，
回头仍是最初的那个地方。

你眼里的我

我们还有多少岁月可以浪费呢，
时间像白马一样悄悄溜走了，
无数次想要握住的手，
还是依然颤抖着。

我们还有多少梦想可以挥霍呢，
青春像流星一样轻轻飞走了，
那些我没参与的故事，
希望你是快乐的。

你眼里的我，
是否还清澈如昨，
你心里的伤口，
有没有人曾触摸。

你眼里的我，
也许已改变了太多，
你没发现坚硬的伤痕下，
早已长出温柔的花朵。

只要想起

银杏树黄了又绿绿了又黄，
梦中的秋千还在轻轻飘荡，
眼前浮现熟悉的微笑，
多希望你还陪在我身旁。

看世间春去秋来匆匆忙忙，
梦中的旋律还在轻轻回响，
耳边传来孩子的欢笑，
是我们回不去的旧时光。

只要我不经意想起，
你就出现在我脑海里，
只要我想起那些往昔，
回忆将一切都占据。

如果我不再轻易想起，
你就住在我心海里，
如果我不再回忆过去，
能否在梦里和你相遇。

会笑的星星

冒着倾盆大雨，
环山公路走了几公里，
能把我召之即来的，
这世上也只有你。

酒杯还未斟满，
就看到你笑容摇曳，
不敢喝多怕你担心，
我喝醉了回不去。

朋友摇摇头，说我傻得可以，
你懂的，我哪有那么痴情，
妈妈说笨一点好，别太聪明，
你懂的，我只是喜欢安静。

和空气干杯，感觉有些微醺，
循环的，还是那张旧CD，
窗外雨小了，它终究会停，
这墓碑，还欠我一个回应。

我原谅你，在离开时没有告别，
如果这样，你可以永远做一个小孩，
当云雾散去，我仰望夜空，
那颗会笑的，就是你的星星。

清城故事

火车在隧道里穿行，
回忆像倒叙的电影，
念念不忘儿时的味道，
爸爸自行车后座的冰激凌。

独自在古城里旅行，
乡音是夏日的微风，
犹在耳边童年的旋律，
妈妈轻轻挥手温柔地叮咛。

不同的主角，同样的微笑，

我们的故事青春不老，
天若有情也会明了，
酸甜苦辣都是记号。

不同的舞台，同样的歌谣，
我们的梦想青春不老，
平凡岁月不要忘掉，
生命是经历过就好。

后记

　　写作接近尾声时，仍有朋友不解我为何采用剧本而非小说的形式进行创作。我非戏剧专业出身，很难用专业术语详尽解释。有的写作者侧重于进入人物内心世界，描写流动的情绪、心理活动和潜意识；有的写作者侧重于依靠描绘场景、环境、表情、动作、对白等表达意蕴。我更偏向于后者。受成长经历和个人爱好影响，每当我构思一个故事时，脑海里更多出现的是第三视角，是立体的背景画面、运动的观众视角、不断变换的场景、人物的表情和动作，以及恰到好处的音乐。经过多次尝试，最终选择以剧本文学的方式来记录故事。目前大部分剧本文学仍然仅为戏剧作品的表演、拍摄等服务，离普通民众有一些距离，在文学爱好者中也属小众。如果在不久的将来，剧本可以成为大众普遍接受的文学形式，被大家阅读、赏评、修正，共同讨论契合的演员，或许是一种不错的新型"围读会"。

　　相比起影视和文学，我最偏爱的永远都是音乐，时至今日仍认为20世纪90年代是华语乐坛的巅峰时期，无法超越。人到中年，不畏惧年华老去，惶恐的是那些和我们爱恨情仇相依相伴的情感寄托被时光遗忘，因而第一稿时不由自主地引用了很多经典歌曲当作背景音乐。第二稿时从旋律意境、歌词内容能否完美契合剧情入手，割爱删掉了一些"最爱"曲目。尽管如此，还是真诚希望年轻读者有缘搜索、倾听一下目前保留的歌曲，以及这些创作者、表演者同时期的其他作品，相信会给喜欢音乐的人带去乐海拾遗的幸福感。每集引用的背景音乐均是故事发生时正在流行的歌曲，标题采用其中一句歌词，正是该集故事的核心剧情。引用歌曲的创作者、表演者都已一一注明。除此之外，为配合剧情，我自己写了包括主题曲及插曲在内的五首歌词，分别是《今生最亮的月亮》《你眼里的我》《只要想起》《会笑的星星》《清城故事》，文辞粗浅，聊以自娱。

　　人物对白中关于"月亮幻觉"的解释，参考了中国科学院物理研究所微信公众号2019年3月2日发表的相关科普文章，特此说明。

2023年7月于北京